〔美〕马修·托马斯 著

黄瑶 译

不

属于我们的

世纪

We
Are Not
Ourselves

MATTHEW THOMAS

广西科学技术出版社

著作权合同登记号：桂图登字：20–2015–137 号

Copyright © 2014 by Matthew Thomas
Published by arrangement with The Clegg Agency, through The Grayhawk Agency.
Simplified Chinese edition copyright:
2016 Guangxi Science and Technology Publishing House Ltd.
All rights reserved.

图书在版编目（CIP）数据

不属于我们的世纪 /（美）马修·托马斯（Matthew Thomas）著；黄瑶译.
— 南宁：广西科学技术出版社，2016.9（2016.10重印）
ISBN 978–7–5551–0654–8

Ⅰ．①不… Ⅱ．①马… ②黄… Ⅲ．①长篇小说—美国—现代 Ⅳ．①I712.45

中国版本图书馆CIP数据核字（2016）第136520号

BU SHUYU WOMEN DE SHIJI
不属于我们的世纪

作　　者：［美］马修·托马斯	翻　　译：黄　瑶
产品监制：何　醒	责任编辑：何　醒　黄圆苑
特约编辑：孙淑慧	整体装帧：肖晋兴
版权编辑：王立超	责任校对：曾高兴　田　芳
责任印制：林　斌	

出 版 人：卢培钊	出版发行：广西科学技术出版社
社　　址：广西南宁市东葛路66号	邮政编码：530022
电　　话：010–53202557（北京）	0771–5845660（南宁）
传　　真：010–53202554（北京）	0771–5878485（南宁）
网　　址：http://www.ygxm.cn	在线阅读：http://www.ygxm.cn

经　　销：全国各地新华书店	
印　　刷：北京富达印务有限公司	
地　　址：北京市通州区潞城镇前北营村	邮政编码：101117
开　　本：880mm×1240mm　1/32	
字　　数：562千字	印　　张：21
版　　次：2016年9月第1版	印　　次：2016年10月第2次印刷
书　　号：ISBN 978–7–5551–0654–8	
定　　价：46.00元	

致乔伊

亲爱的，你还记得

你嫁的那个男人吗？触碰我，

让我想起我是谁。

——斯坦利·库尼茨

人一旦有病在身，肉体受苦，心神也跟着它遭难。

那时候，我们也就由不得自己了。

——李尔王

他的父亲望着水中的涟漪。男孩抓住了一只青蛙，把一只钩子插进了它的腹部，想要端详一番。青蛙光滑的内脏粘在了钩子上，一种想吐的愧疚感油然而生。他试着用无辜的声音问了一句："你可不可以用青蛙来钓鱼？"他的父亲瞟了瞟他，鼓了鼓鼻翼，朝他摇了摇手中那只满满当当的咖啡罐。罐子里的蠕虫撒了一地，纷纷扭动着身体。父亲告诉他，他做了一件邪恶的事情。他年纪这么小就如此残忍，是不应该为自己找借口的。父亲让他把钩子取下来，捧着那只浑身抽搐的小生物，直到它死去，然后又递给他一把切诱饵的刀子，吩咐他挖出一个小小的坟墓。父亲说话的时候完全没有了他熟悉的口吻，仿佛他们不过是地球上的两个陌生人，彼此之间那条无形的锁链早已被切断。

埋葬了青蛙，男孩慢吞吞地拍打着坟墓上的泥土，不敢抬起头来。父亲让他好好反省一下自己的所作所为，然后便走开了。男孩蹲在那里，听着远去的脚步声，眼泪止不住地流了下来。腐烂的树叶味道夹杂着泥土的气息刺激着他的鼻孔。他站起身来望向了河水。薄暮在村庄上空一闪而过。过了好一阵子，他才想起自己已经离开父亲太久了，却又不敢回到车子那里去，因为他害怕回去时父亲已经不认得他了。他想象不出比这更糟的事情了，于是一边向河里丢石块，一边等待着父亲过来接他。丢着丢着，他发现一块落水的石头并没有发出他熟悉的声响。听到身后响起了一阵聒噪的呱呱声，被吓坏了的他拔腿就跑，发现父亲正靠在车旁，一脚踩着挡泥板，看上去已经等了他一整夜的样子。父亲抬了抬帽檐，打开了车门，准备开车带他回家。看来他还没有失去父亲。

目录

第一部

阳光雨露下的日子 1951—1982   I

第二部

年轻富有幻想的日子 1986 年 10 月 23 日，星期四   105

第三部

呼吸富足的空气 1991   123

第四部

平坦，立体，正直，真实 1991—1995   301

第五部

欲望满是无尽的距离 1996   465

第六部

埃德蒙德·利里的财产 1997—2000   587

尾声

2011   649

阳光雨露下的日子

1951—1982

1

人们下班后总是会聚集在多尔蒂酒吧里和艾琳·图穆蒂的父亲聊天，而不会去找神父告解。尽管艾琳才刚上小学四年级，却经常大摇大摆地出入酒吧。下午四点半左右，父亲在完成了配送工作之后便会把她从踢踏舞教室里接出来，然后带着她去酒吧。踢踏舞课程六点钟才会结束，不过她并不介意早点离开那间地下室。赫尔利先生总是会对她大喊大叫，提醒她把握好节奏或是将两臂平举在体侧。赫尔利先生说，艾琳的身材实在是太瘦长了，无法完成如此紧凑的舞蹈动作，看起来好似警察经过时为了掩饰什么而试图假装站好似的。她想要学的其实是吉巴特舞或林迪舞之类能够任她恣意甩动好动的四肢的舞步，但母亲还是给她报了这种爱尔兰舞蹈班。

她的母亲还是没有彻底忘怀爱尔兰。她的母亲还不是美国公民，而她的父亲最喜欢吹嘘自己在获得公民申请资格后的第一天便提交了申请表格。那张落款日期为 1938 年 5 月 3 日的公民证书被裱上边框挂在了客厅里，正对着一幅描绘圣帕特里克驱赶毒蛇的水彩画——如果不算上厨房里挂着的那只木雕凯尔特十字架的话，这应该是公寓里唯一的一件艺术品了。小小的证书上盖着一个钢印，还留有一个清晰的签名，印着一张严肃冷酷的脸庞。艾琳端详着这张脸庞，想要寻求某种答案，但照片里年轻的父亲绷着嘴唇的样子似乎什么也不想对她透露。

看到艾琳的父亲胸前托着牛仔毡帽、一脸不苟言笑的样子出现在了门口，赫尔利先生停止了吼叫，或者应该说是停止了对艾琳的吼叫。她父亲的到来总是会让周围的人主动安静下来。录音机里还在播放着音乐。姑娘们刚刚跳完滑步捷格舞的舞步。当艾琳不必强迫自己僵硬的身体跟上步点时，那小提琴的声音听上去还是挺悦耳的。音乐声结束时，赫尔利先生并没有浪费口舌准许艾琳离开，而是在她收拾东西的时候望着地板。她是如此迫不及待地想要离开那里，踏上一段沉默的路途，以至于来不及换下鞋子就奔上了马路。

当他们走到酒吧所在的街区时，酒吧已经开门了。艾琳一路小跑地赶在前面，想要看看有没有人坐在她父亲的高脚凳上。她还从没有在那只高脚凳上看到过别人的身影。不过，她赶到的时候发现酒吧里的人已经在凳子旁边围成了一个半圆，仿佛是在期待他的出现。

酒吧里乌烟瘴气。她是那里唯一的小孩子，但这并没有影响她观察父亲主持大局。5点之前，酒吧里的主顾都是像他一样的工人。他们恣意地喝着啤酒，心满意足地享受着四周如薄雾般环绕着的倦怠而又幸福的气息。5点钟一过，白领们便纷至沓来，一边等待着自己点的东西，一边在拥挤的吧台上敲打着手中的硬币。他们会把杯中的啤酒一饮而尽，然后立马伸手示意再来一杯，紧接着用两只手紧紧地攥着扶手，俯下身子急匆匆地再咽下一杯，眼睛像盯着酒保一样盯着她的父亲。

她穿着起褶的短裙和带领的衬衫，挑了最前面的一张破烂的桌子坐了下来，一边做作业一边训练自己用一只耳朵偷听父亲的对话。她无须用力便可以听到他们对话的内容，因为他们根本就没打算压低嗓门——即便她就坐在几英尺以外的地方。她父亲的权威性起到了一定的澄清作用，使得其他几个人也不用为自己感到尴尬。

"我快要被逼疯了。"他的朋友汤姆支支吾吾地说道，"我睡不着。"

"你有什么话就尽管说吧。"

"我背叛了希拉。"

她的父亲俯下身靠了过来，用眼神将汤姆牢牢地按在了高脚凳上。

"几次？"

"就只有一次。"

"别对我撒谎。"

"第二次的时候我太紧张了，所以什么也没做成。"

"那就是两次了。"

"是的。"

酒保晃了过来，扫了一眼他们杯子里的酒，然后把擦玻璃杯的毛巾甩到肩上，走开了。看到父亲斜眼瞥了瞥她，她赶紧用力按着铅笔在作业本上写了起来，结果按断了笔尖。

"那个荡妇是谁？"

"是银行里的一个姑娘。"

"那你告诉她，这段愚蠢的关系已经结束了。"

"我会的，麦克。"

"你以后还会不会做这种该死的傻事了？现在就告诉我。"

"不会了。"

一个男人走进了酒吧的大门。她的父亲和汤姆都对着他点了点头。一股冷气紧跟在他的身后吹了进来，冻得她赤裸的双腿一阵哆嗦。空气里飘荡着溅洒出来的啤酒和地板清洁剂的味道。

"摸摸你的衣服兜。"她的父亲说道，"把你私藏的每一分钱都拿出来，给希拉买点好东西。"

"对，我需要的就是这个，就是这个。"

"要花得一分不剩。"

"我不会有所保留的。"

"在上帝面前发誓，一切就此结束。"

"我发誓，麦克。我郑重地发誓。"

"别再让我听说你到处拈花惹草。"

"那种日子已经过去了。"

"也别傻乎乎地把你的所作所为告诉那个可怜的女人。就算她什么也不知道，和你这种家伙过日子对她来说已经够糟糕的了。"

"好的。"汤姆回答，"好的。"

"你真是个该死的傻瓜。"

"没错。"

"这是我们最后一次谈论这件事情了。给我们再倒几杯酒来。"

无论他说什么，他们都会开怀大笑。但只要他一严肃起来，他们便会跟着板起脸来。他们还会对他歌功颂德，仿佛他根本就不在场似的。他们中有一半人都是刚从国外过来的，工作也都是他给介绍的——胜斐尔、梅西百货、酒吧的临时工或杂务工。

所有人都称他为"大块头麦克"。他最出名的特质就是不怕痛。他的肩膀是那样宽阔，以至于衬衫穿在他身上都像是西装外套。他的拳头和婴儿的脑袋一般大小，身躯和那些他用手肘就能钩起来的啤酒桶差不多大。除了工作，他从不会费尽心力去健身，因而身上也没有什么硬邦邦的肌肉，只不过是身强力壮而已。如果你偶然看到他休息时的样子，便会发现他的身体在他睡着时似乎会缩成正常的比例。可一旦你对他有所隐瞒，他就会在你的眼前一点一点膨胀起来。

她已经不是小孩子了。她知道为数不多的那几个能讨父亲欢心的人对他的谬见也并非是全盘接受，偶尔对他的善举也颇有微词，满腹狐疑地耸一耸鼻子。

虽说那时的她只有9岁，但已经明白不少事理了。她知道父亲为什么不在回家吃饭的路上顺便来踢踏舞教室接她，因为那会剥夺那些结束了一天的工作、西装革履地从曼哈顿赶回来的男人与他相处的仅有一点时光。他们会围坐在一起，松开领带，脱下外套，挤作一团，开始大聊特聊。5点半一过，他就会起身离开酒吧，绝不会赖到6点差一刻的时候，因为多出来的那十几分钟关系重大。她知道这对他来说不仅是一种乐趣，更让他在受人拥戴的过程中感受到自己还能发挥几分余热。不过在他看来，自己身为一个丈夫的责任也是同等重要的。

他们一家三口每天晚上都会一起吃饭。她的母亲每晚6点钟会准时把晚饭端上桌，白天则在宝路华工厂里清洁厕所和办公室。她从没有心情听别人找借口。艾琳的父亲在回家的路上一直都在看表，快到家门口时还加快了脚步。若是艾琳偶尔有些跟不上，他便会在最后几步路时伸手把她抱起来。有时候，艾琳会故意放慢脚步，只为了能够依偎在他的怀抱里。

那是6月的一个温和的晚上——还有一个星期的时间，她在小学的第四个学年就要结束了——艾琳和父亲到家时发现碗盘已经摆好，但卧室的门却是关着的。父亲的脸上出现了一种遭人背叛的表情，他敲了敲手表，又拧了拧发条，然后抬头和水池上方的挂钟对了对时间。挂钟上的指针已经走过了6点20分。艾琳从没有看过他露出如此难过的表情。她明白，这不仅仅是一顿迟到的晚餐的问题。她的父母之间一定发生了什么她不知道的事情。她为母亲如此墨守成规感到有些愤怒，可她的父亲看上去却并不生气。他沉默地慢慢咀嚼着，站起身来给自己倒了一杯水，顺手也为她满上了一杯，还从炉台上的锅子里舀了一大勺胡萝卜给她。不一会儿，他披上外套出去了。艾琳走过去推了推卧室的门，发现门是锁着的。于是她又静心听了听，可什么也没有听见。她又走到了基欧先生的门口，也没有听到任何的声响。一阵突如其来的恐惧袭上了她的心头。她害怕自己就这样被人抛弃了，于是想要重重地拍打那两扇门呼唤他们出来。但她很清楚自己不能在那个时候打扰母亲。为了让自己冷静下来，她把炉台和桌面擦得干干净净，不留下一丁点的面包渣和污渍，以至于不知道的人根本就看不出来她的母亲曾在这里做过饭。她试

　　　　　　　　　　　　　　　不属于我们的世纪

图想象自己若是从小就孤身一人会是什么样的感觉，最后得出了这样的一个结论：一开始就是个孤儿可比成为一个弃儿要好过多了。这世上应该没有什么比被人抛弃更糟糕的了。

她之所以喜欢在酒吧里偷听父亲的谈话是因为他在家的时候很少说话，只会在切着盘子里的肉时偶尔念叨几句大道理："一个人不该因为不想努力就放弃自己想要的东西。""每个人都应该有一份副业。""钱就是用来花的。"（他十分坚持最后这一点。他可没有耐心应付那些钱包里没钱请大家喝上一轮酒的土生土长的美国人。）

他的副业就是在多尔蒂酒吧、哈特尼特酒吧和利特里姆城堡酒吧里调酒——每个星期在一家店里工作一晚。每到大块头麦克·图穆蒂前来调酒、倒酒的日子，酒吧里总是人满为患，赚得盆满钵满，好像他是什么限时演出的巡演艺人似的。胜斐尔也没有吃亏，所有人都知道他是胜斐尔公司的人。他至今仍操着满嘴的爱尔兰口音，可这恰巧是她的母亲一直努力在矫正自己的；要知道，这种口音在他的工作中可是很有用处的。

每当艾琳鼓起勇气追问自己的祖籍，他总是会挥一挥手示意她安静。"我是个美国人。"他回答道，仿佛这就足以解答她的问题。从某种意义上讲，事实的确如此。

艾琳出生在 1941 年 11 月。那时候，她家附近的不少地名仍暗示着这里曾经是一片森林，虽然原先如盖的浓荫如今只剩下了公墓边的一排树木。自然的秩序被颠倒了过来：活人在沥青、墙板和砖石之间喘息，死人却得以坐拥一片草坪。

她的父亲来自一个生育了 12 个孩子的家庭，她的母亲家里也有 13 个孩子，可艾琳却没有一个兄弟姐妹。在纽约高架地铁 7 号线穿过的一排紧凑的河畔四层小楼里，一家三口挤在一间和军队营房差不了多少的房间里，分睡在两张相对着并排放置的床铺上。房子的另一间卧室里住着房客亨利·基欧先生。由于帮助他们分担了一部分房租，他在这里睡得就像个国王一样。基欧先生会在别的地方吃饭，回家后便会关上房门，坐在自己的房间里轻声吹着单簧管，声音小到艾琳必须把耳朵贴在门上才能听得到。她只有在他出入房门或是上厕所的时候才能够看见他。尽管他神出鬼没的行踪不免让她感到有些奇怪，但是知道他就在那扇门背后倒是让她感到十分的安心，尤其是在她的父亲喝完威士忌回家的那些个晚上。

其实她的父亲不常喝酒，就算是在酒吧工作的那些夜晚也滴酒不沾，只有到了每年的大斋节期间才敞开肚皮喝得酩酊大醉，就为了证明自己还是有些酒量的——当然，除了圣帕特里克节前后的那几天。

若是父亲晚上要去酒吧上班，艾琳和母亲便会早早地爬上床，沉沉地睡去。若是他不用去上班，母亲便会准许她熬得晚一些，和她一起仔细清理家里细小的贵重物品——上好的银饰、小雕像、支架吊灯上的水晶和相框。不管她的父亲回来时家里有多乱，母女俩总是会显得格外兴奋，仿佛是在为某位客人准备一场派对似的。等到家里实在没有什么东西可以擦洗和抛光时，母亲便会送她上床，自己则坐在沙发上等待。这个时候，艾琳总是会把卧室的门留一道缝。

她的父亲喝完啤酒后的酒品还可以。他会摘下帽子，小心翼翼地将大衣挂在墙上的钩子上，然后像只被人拴着绳子的大狗熊一样猛地跌进沙发里，嘴里轻声嘟囔着什么，牙缝间还紧紧地咬着烟斗。她能够听到母亲在悄声和他谈论着什么家务事；而他则会点点头，张开双手，用手指搭成一座尖塔，然后又再度放开。

有些晚上，他还会跳着舞走进家门。尽管母亲刻意不想去搭理他，却还是会被他逗得咯咯笑起来。他喜欢把她从沙发上拉起来，拽着她一起在房间里缓慢地挪着方步。他是个魅力超凡的男人，而她对此毫无免疫力。

8　　　　　　　　　　　　　　　　　　　不属于我们的世纪

然而，在他往肚子里灌下几杯威士忌之后——尤其是在发工资的日子里——拴在他脖子上的那根绳子仿佛就断开了。他会把外衣甩到门廊的桌子上，昂首阔步地在家里寻找可以拿起来乱丢的东西，似乎是要把在酒吧里累积的压力全都通过肢体动作发泄出来似的。大家都知道她父亲很能喝威士忌，喝多少都不会失态——她曾经听多尔蒂酒吧里的男人夸耀过这件事情——一天晚上，面对她母亲坦诚而又令人挫败的提问，他解释说自己之所以会喝这么多是因为在面对敬酒的挑战时不想让别人失望，尽管事后他总是要费上九牛二虎之力才能够集中注意力、挺直腰板、捋顺舌头。看来每个人都需要为自己寻找某些信仰。

　　好在他只会朝她的母亲扔一些不易碎的东西：沙发垫、书本之类的。面对这种情形，她的母亲只是默默地坐在那里，直到他发泄完毕。如果他发现艾琳正从卧室的门缝里偷偷地看着自己，便会猛地停下手里的动作，像个忘了台词的演员一样径直走进浴室。这个时候，母亲便会进屋钻回床上。第二天早上起床后，他总是会怒目圆睁地盯着一杯茶，像只蜥蜴一样缓缓地眨着眼睛。

　　有时候，艾琳也会听到格雷迪或是隆斯家传来争吵的声音。那愤怒的噪音总是能够为她带来一丝的慰藉：这意味着她的家庭并不是楼里唯一存在问题的人家。每当这样的声音响起时，她的父母也会心照不宣地坐在餐桌旁对着彼此扬起眉毛或是交换一个惨淡的微笑。

　　一次，一家人围坐在一起吃饭时，她的父亲伸手指了指基欧先生的房间。"我们不可能永远让他住在这里。"他对她的母亲说道。正当艾琳悲切地想象着没有基欧先生的日子时，她的父亲又补充了一句："如果情况允许的话。"

　　无论她如何尽力透过墙面去偷听基欧先生房里的声音，听到的都只有床垫弹簧发出的吱嘎声，他坐在小书桌旁时笔尖的摩擦声和轻柔而又粗糙的单簧管声音。

一家人坐在桌边吃晚餐的时候，她的母亲站起身来，急匆匆地离开了房间。她的父亲紧随其后，一把关上了身后的卧室大门。虽然他们说话的声音很小，但艾琳还是从中听出了压抑已久的怒气。她缓缓地向前凑了凑。

"我会把它要回来的。"

"你这个该死的笨蛋。"

"我会让事情回到正轨上来的。"

"你打算怎么办？'大块头麦克不会向任何人借一分钱？'"她冷笑了一声。

"总会有办法的。"

"你怎么会让事情变得如此失控？"

"你觉得我想让自己的妻子和女儿生活在这种地方吗？"

"哦，你这话倒是说到点子上了。现在这又变成我们的错误了，是不是？"

"我可没有那么说。"

一阵阵风顺着卧室的门缝吹进客厅，划过艾琳的双手，让她的心跳得越来越快了。

"你喜欢赌马。"她的母亲说道，"不要再给自己找借口了。"

"我有过这种想法。"她的父亲说道，"我知道你不想待在这里。"

"我还曾经相信你终有一天能当上纽约市长呢。"她的母亲反驳道，"可你却觉得自己能做上多尔蒂的市长就足够了。你连多尔蒂的老板都不是。多尔蒂市长。"她停顿了一下，"我永远都不该把那个该死的东西从我的手指头上拿下来。"

"我会把它要回来的，我发誓。"

"你不会的。你心里清楚。"她的母亲一直在压抑想要喊叫的冲动，说话的时候嘴里还带着嘶嘶的声音。紧接着，她的话音里又多了几分难过的腔调。"家里的东西被你一点一点地败光了，总有一天会什么都不剩

不属于我们的世纪

的。"

"好了，够了。"她的父亲喝道。两人随即陷入了沉默。艾琳想象着此刻的他们正互相传递着某种神秘的信息，就像永远也无法被她看穿内心的石雕。

后来，她趁自己独自在家的时候打开了抽屉，翻看了一下母亲收藏订婚戒指的保险盒。自从一次洗碗时差一点儿让戒指掉进了下水道里之后，她便一直都把戒指放在保险盒里。每次看到她打开那只盒子，艾琳都以为她是想要在灯光下端详一下宝石的刻面。然而，此时此刻，望着盒子留下的那个空荡荡的位置，艾琳才明白母亲那么做是在检查自己的戒指到底还在不在。

艾琳 10 岁生日之前的那个星期，她和父亲回家时发现母亲并没有出现在厨房里，也不在卧室和厕所里。她甚至都没有留下一张字条。

她的父亲热了一罐豆子，煎了几片培根，然后又拿出了几片面包。

父女俩吃饭的时候，母亲回来了。"恭喜我吧。"她边说边把自己的外套挂了起来。

直到嚼完嘴里的食物，父亲才开口问道："恭喜你什么？"

母亲把几张纸拍在了桌子上，用偶尔想要故意惹怒他的那种眼神看着他。他又咬了一口培根，一边扭动着下巴嚼着肉片，一边拿起了那几张纸。读着读着，他的眉头皱了起来，于是又把它们放了下来。

"你怎么能这么做？"他小声地问道，"你怎么不带上我？"

若是艾琳对此毫不知情，可能会以为父亲受到了什么伤害。但这个世界上是没有什么能够伤害到她的父亲的。

母亲似乎对于没有人对自己大喊大叫感到有些失望。她拾起了桌上的纸张，走进了卧室。几分钟之后，父亲从挂衣钩上摘下了自己的帽子，离开了。

艾琳走进卧室，坐在了自己的床上，看到母亲正坐在窗口抽烟。

"出什么事了？我不明白。"

"那些是入籍文件。"她的母亲指了指梳妆台，"去看看吧。"艾琳走过去拿起了文件。"从今天开始，我就是美国公民了。恭喜我吧。"

"恭喜。"艾琳回答。

趁着抽烟的空当，母亲露出了一丝暗淡的微笑。"我好几个月前就开始做这件事情了。"她说道，"我没有告诉你父亲。我本打算给他个惊喜，带他一起去的。若是他能在我宣誓的时候到场做见证人，应该会很有意义吧。可后来我决定要刺激他一下，所以带上了我的表兄丹尼·葛雷辛。"

艾琳点了点头。丹尼的名字的确在上面。入籍文件用的是那种看上去可以保存好几百年的纸张，仿佛只要人类文明还在，它就不会消亡。

"现在我倒是希望自己没有这么做。"母亲悔恨地笑了笑，"你爸爸最喜欢这种大场面了。"

艾琳不太确定母亲这话是什么意思，但她判断这肯定与父亲无论对待多小的事情都力图完美有关。她就曾亲眼见到过不少类似的场景：他会假装若无其事地扶住醉汉的手肘，好让对方靠在吧台边站稳，不至于出丑；他从不会打翻啤酒杯，也从没有洒出过一滴威士忌；他总是把头发梳得油光锃亮，容不得一丝毛糙。她还在很多葬礼的扛棺队伍中看到过他的身影。伴着风笛手吹奏的音乐，他直视前方、昂首挺胸、步伐稳健，仿佛抬着逝者的棺木走下教堂的台阶是世界上最重要的任务一样。这也许就是大家总是感觉他很强硬的其中一部分原因。想必她的母亲也是这么想的。

"永远也不要爱上任何一个人。"母亲边说边拿起那份文件，将它们塞进了自己保存戒指的书桌抽屉里，"这么做只会伤了你自己的心。"

2

1952 年的春天，艾琳的母亲惊异地宣布自己怀孕了。艾琳此前从没有见过父母牵手。要不是凯蒂婶婶说他们两人是在一家爱尔兰舞厅里认识的，后来还成了那里知名的舞蹈情侣档，艾琳可能会以为她的父母从没有碰过彼此呢。然而，她的母亲现在却和普通女人一样怀孕了。世界还真是奇妙。

母亲辞去了宝路华工厂的工作，坐在沙发里给小宝宝织毯子。织完最后一针，她又开始织起了帽子，紧接着便是毛衣和一对毛线鞋。所有的东西都是雪白颜色的，被她统统收进了一个断层式橱柜的抽屉里。她的手艺很精湛，针法紧密，针脚整洁。艾琳从不知道母亲还会织毛线活儿，不知道她是否曾给远在爱尔兰的家人做过衣服，或是把自己的作品拿到商店里去出售过。但她明白自己不该多问，甚至都不该开口询问能否去抚摸母亲隆起的肚子。因此，她和这个宝宝之间最近的距离便是去抽屉里翻看母亲织的那些东西，用手指抚摸它们光滑的表面，然后把它们举到面前端详。一天晚上，待母亲入睡后，她拾起了还温热的毛衣针。只见针下摇摇晃晃地挂着母亲还未织完的第二只毛线鞋。艾琳想象着那个会和她一起住在公寓里、鼓着一张让人忍不住想要亲吻的圆脸的宝宝，眼前却只看到了母亲微缩版的面容，以及她每每看到艾琳撒娇时的那副表情。她努力集中注意力，直到母亲的脸逐渐消失，取而代之的是一张充满光明与喜悦的婴儿面庞。她决定，自己一定要和这个与她的父母"毫无关系"的弟弟或是妹妹搞好关系。

艾琳实在是太期待当姐姐了，以至于当父亲将母亲流产的消息告诉她时，她的心都要碎了。在扩张术和刮宫术都不能帮助母亲止血时，医生切掉了她的子宫。

接受子宫切除手术之后，母亲又患上了膀胱炎，还差一点儿丢了性命，只好住在医院里打磺胺类药剂的点滴吊瓶。大人是不鼓励小孩子去探望病人的，所以艾琳一个月都见不到母亲一次面。在这段时间里，父亲很少提及母亲，在之后连续好几个月、半年甚至是更长的时间里都极少说起有关她的话题。每次打算带艾琳去看她时，他只会模棱两可地说上一句"我们要过去了，快去做好准备"，否则就好像会把她从彼此的生活中抹去一样。

艾琳很快就意识到自己也不应该提起母亲。然而，某一天晚上，也就是这项不言而喻的"新规矩"刚立几星期的时候，她起码连续提起了母亲好几次，就为了看看父亲会作何反应。"够了。"他勃然大怒，从桌旁站起身来，脸上明显压抑着怒火，"把盘子洗干净。"他离开了房间，仿佛待在妻子平日里忙活的地方对他来说有多痛苦似的。他们大部分时间都在吵架。艾琳觉得，自己永远都搞不懂男人和女人之间的关系。

如今，做饭和打扫卫生都变成了她的工作，不过父亲也会留些钱供她采买家用，或是到自助洗衣店去洗衣服。她会骑着车到附近村子里的一间农场去购买新鲜的蔬菜，然后仿照母亲往日的菜谱创造自己的"保留作品"：炖牛肉配胡萝卜和青豆、伦敦烤肉、苏打面包、羊肉块配烤土豆。她还从图书馆里借来了一本食谱，开始探索更高深的厨艺。她做过一次千层面，无奈辛辛苦苦做好的面体最终还是化成了一盘黏糊糊的汤汁，气得她一拳砸在了料理台上。

做完功课后，她会将床头灯调暗，然后坐在地板上用扑克牌搭盖小塔，或是到楼上的施密特家看会儿电视，惊奇地看着电视里那些从不会停止微笑的母亲，以及愿意折好报纸与子女聊天的父亲。

在学校，她通常在其他女孩举手之前就已经想好了答案，但她最不想要的就是吸引任何人的注意力。如果有人把全世界的超能力都展示出来任她选择，她绝对会毫不犹豫地选择隐形。

一天，父亲带着她来到杰克逊高地，在一座占据了整座街区的巨大合租公寓门口停了下来。他们走进地下室，迈进了他朋友居住的套间里。站在厨房中，她抬起头来，透过铁栏杆望着地平面。那里种着一片草坪，一片耀眼的绿色草坪。她提出要到外面去走走。"只要你不去踩那片草坪就行。"父亲的朋友嘱咐她，"就连住在这里的人都不允许到那里去。他们给了我一大笔钱，就为了让我确保它能够这样闲置下去。"她和父亲相视一笑，但她并不理解这话是什么意思。

紧密相连的一排建筑将这片宽敞的草坪围了起来，周围还立着一圈铁栏杆。没有什么比跨越这么小的围栏更简单的事情了。草坪的四周和中央铺设着精美的砖石小路。她沿着分隔出来的两条长方形小路和外围的大圈来回走着，变换着各种排列组合的方式，听着树枝间的鸟鸣和风中的树叶沙沙作响的声音。入夜后才会亮起的煤气灯像卫兵一样保卫着这片繁华。她感到心里格外平静。既没有疾驰而过的汽车，也没有推着购物车回家的人。一位老妇人朝她挥了挥手，随即消失在了楼门口。若是艾琳能够生活在那里，抬起头看着挂有装饰窗帘的窗棂，心里一定会倍感满足。她不需要踩上那片草坪。也许会有人带她走上楼去，让她一眼望尽整片草坪。二楼一间公寓的餐厅亮起了灯。她停下脚步，朝着里面张望起来。一座落地式大摆钟和一组漂亮的壁挂橱柜和蔼地俯视着桌子上的一个碗。她看不到碗里装着些什么，但她知道那一定是她最喜欢的水果。

生活在这座楼里的人悟出了生命中某些重要的事情，而这个秘密却被她偶然发现了。她现在才明白，原来这世上有些地方竟充斥比其他地方更多的幸福。除非你知道这种地方的存在，否则就只会安于现状。她开始想象更多和这里一样的地方。它们隐藏在高墙和树丛的后面，其中的每个人都可以保有自己的秘密。

看到她的鞋底都要磨穿了，对于女性物品一窍不通的父亲买了一双像粪便一样颜色的棕色新鞋回家。在艾琳看来，那应该是男孩子才会穿的鞋。当她拒绝穿它们时，父亲没收了她的旧鞋，害得她别无选择。第二天晚上，她开始抱怨其他的女孩是怎样嘲笑她的。父亲说道："起码这双鞋能裹住你的双脚，给你保暖。"他告诉她，自己像她这么大的时候能得到一双二手的鞋子就已经感恩戴德了，更别提穿新鞋了。

"如果妈妈病好了"，她幽怨地答道，"是不会让我穿这种鞋的。"

"是的。但是她的病还没有好，而且她也不在这里。"

父亲嗓子里的颤音吓得她不敢再多争辩。第三天晚上，他带回了一双美得无可挑剔、闪着珍珠般光芒的鞋子。

"到此为止吧。"他说。

基欧先生很晚才回家，不过看上去并没有喝醉。他总是一副彬彬有礼的样子。虽然他从艾琳两岁时便住在了这里，但她总觉得他是刚刚才搬进来似的。

她多做了一些吃的，所以端了一盘到他的房门口，敲了敲门。他笑着开了门，感恩地接过了盘子。艾琳的父亲开始抱怨自己应该多收些伙食费。

基欧先生的一头灰发中还夹杂着几缕黑色的头发，看上去就像是有人用柏油扫帚在他的头上刷了几把似的。脱下袖口松垮的花呢夹克衫后，他会把衬衫的袖子卷起来，微微松开领带。

他开始和断断续续的咳疾做起了斗争。一天晚上，她端了一杯茶到他的门口，还有一天则送去了止咳糖浆。

"我只不过是太少出去透气而已。"基欧先生说道，"我会多出去散散步的。"

即便是咳疾严重发作的时候，他也会挣扎着吹奏单簧管。她不再假装不去听他演奏，而是坐在门边的地板上，背靠着墙面读课本。孤独的夜里，她感觉没有必要为了自己的兴趣道歉，有时还会随着曲调哼唱几句。

一天晚上，父亲吃完饭后一脸愁容，安静地坐在了沙发上。为了躲避他，艾琳像往常一样在基欧先生的房门旁边坐了下来。热气钻进单簧管，吹奏出了一种和谐的韵律。她抬起头来，不安地发现父亲正异乎寻常地紧盯着她，于是赶紧低头专注地读起了手中那本精美的插图版《格林童话》。一天前，当她告诉父亲这本书是基欧先生送给她的时候，发现父亲的脸上出现了一丝沮丧的神情。不一会儿，她看到父亲敲了敲基欧先生的房门，递给了他一些钱。

正当她沉浸在那个叫做"出门学习恐惧的年轻人"的故事中时，父亲突然出现在了门边，吓了她一大跳。还没等她躲开，父亲已经猛地推开了基欧先生的门，让他别再吵了。基欧先生为自己给他惹了麻烦道了歉，但艾琳知道他什么也没有做错，因为她父亲坐的那个地方基本上是听不到基欧先生的吹奏声的。

父亲试图将单簧管从基欧先生的手里夺走。基欧先生站起身来紧紧地握着自己的乐器，直到上面的零件开始掉落下来。他跌跌撞撞地后退了几步，猛烈地咳嗽起来。她的父亲转身走回了厨房，将收音机的声音调到最大，吵得邻居们忍不住敲起了天花板。

第二天她回家的时候发现，基欧先生已经搬走了。

她差不多一个礼拜没有和父亲讲话。父女俩擦身而过时就像一对老夫妻一样什么话也不说，直到父亲某一天在走廊里拦住了她。

"他早晚是要离开的。"他说道，"我只不过是想让事情早点结束而已。"

"他哪儿都不应该去。"她回答。

"你妈妈就要回来了。"

她一下子变得既兴奋又恐惧，她本以为母亲永远也不会回来了。这样一来，她就要交出这座房子的控制权了，而父亲也不再是她一个人的了。

　　"这和基欧先生有什么关系？"

　　"你今晚就可以把自己的东西搬过去了。"

　　"你不找新房客了吗？"

　　他摇了摇头。一种兴奋的感觉席卷了她的全身。

　　"我可以有自己的房间了？"

　　父亲移开了眼神。"你母亲决定要和你一起住。"

3

1953 年复活节之后的那个星期三，也就是母亲离开八个月后，她出院了。分居成了两人离婚的前兆。

母亲在第 42 街上一家名为罗夫特的精致糖果店找了一份工作，每天都很晚回家，还经常喝得醉醺醺的。作为抗议，艾琳任由脏盘子在水池里堆得高高的，也不理会卧室角落里堆放着的那一大堆脏衣服。然而，因为实在忍受不了学校里的同学嘲笑她衬衫上有褶子，别无选择的她只好继续单独承担起了家务。

母亲在家时也开始酗酒，瘦长的身体沮丧地窝在沙发里，一手握着一杯威士忌，另一只手上捏着烟，烟头烧出长长的一段，像在鼓足勇气等待某一跃似的。艾琳无助地看着家境每况愈下。虽然母亲的大腿上时常会托着一个烟灰缸，但灰烬有时候也会掉到坐垫上，吓得艾琳赶紧跑过去拨开它们。许多个夜晚，母亲都是在沙发上睡着的，但无论如何都会爬起来上班。

那个夏天，母亲从皇后大道的史蒂文斯商店里买回了一台窗台空调机，并让送货的工人把它装在了她和艾琳同住的房间里。这一层楼里，除了她们没有谁家安空调。于是，她邀请了格雷迪太太和隆斯太太到她们的卧室里来做客。这两个人站在源源不断送风的风口前，仿佛是在看一个拥有治愈神力的救世天使。

她的父母都在家时，家中总是充斥着一丝不安的氛围。母亲会关上卧室的房门，坐在床边看着窗外华灯初上的景致。晚饭后，艾琳会给她泡上一壶茶。父亲则坐在餐桌旁，抽着烟听着爱尔兰足球赛的广播。至少他们还住在同一个屋檐下。

她不愿想起母亲乘坐地铁的样子。看着母亲的身影消失在黑黢黢的地铁隧道里，她会花上几个小时的时间坐在餐桌旁盯着家里的房门。只要一听到开门的响声，她便会站起身来将水壶放到炉灶上，或是开始洗盘子。艾琳不想让母亲知道自己在担心她，并从中获得某种满足。

一天晚上，她在做完了晚饭、洗好了碗盘之后筋疲力尽地窝进了沙发里。母亲坐在一旁抽着香烟，望着前方。她试探性地把头放在了母亲的大腿上，一动不动地躺在那里，看着烟头烧出的灰烬随着母亲苍白的嘴唇里喷出的几缕烟雾而越变越长。除了嘴边新长出来的几道皱纹和两颊上暴出的几条血丝之外，母亲的皮肤依旧光滑饱满，闪耀着陶瓷般的光芒。她的嘴唇还是十分的饱满，只有满是烟渍的牙齿暴露了她的年龄。

"你为什么不能像电视里的母亲那样拥抱和亲吻我？"

艾琳本以为她会用尖酸刻薄的话来回应自己，不料她只是按灭了烟头，重新点上了一支。紧接着是一阵长久的沉默。

"你不觉得自己已经长大了，不需要这些了吗？"母亲终于开口答道。她把艾琳推到一旁，起身给自己倒了一大杯酒，然后又举着杯子坐了下来。

"我和你爸爸不一样。"她说道，"我等不及要逃出那片农场了。我记得在收拾行李时听到父亲对母亲说：'迪尔德丽，让她去吧，这里不是年轻人待的地方。'那时我18岁。我是来寻找世外桃源的，结果只在长岛上找到了一份清洁女工的工作，每天都要坐着火车出去，拂晓时分才能回来。拂晓。你可能都不知道这个词是什么意思。"

她知道，母亲又开始像往常那样不时地呆呆地自言自语了，言语间还穿插着很多华丽的辞藻。而艾琳只需要坐在那里静静地听着就好了。

"我过去常常会幻想能够住进自己清洁的那些大楼里。我喜欢擦窗户，这可是别人最不喜欢干的活。站在窗前，我可以眺望外面起伏的草坪，上面一块石头都没有。我也喜欢看网球场，平整得无可挑剔，连一点滋生出来的嫩枝都没有。它们就像是……什么呢？——被镇压的纷乱。我喜欢被风吹拂过的沙丘、滔滔的浪花、被拴在码头上的船。清理另一边的窗户时，我窥到了斜倚在长沙发椅上的女人，那姿势就像刚刚从碗里啜饮完牛奶的猫咪一样。我并不羡慕她们的清闲。若是换我去过那种生活，我也会一起床便用手肘撑着脑袋倚在那里，直到睡觉的时候再钻回丝绸被单里去。"——母亲摆了摆无力的手指，不禁让艾琳联想起了骨瘦如柴、伸着一只手的死神。

"听起来很不错。"艾琳搭了一句。

"才不仅仅是'不错'呢。"母亲愣了一会儿，待思绪终于回转过来后厉声答道，"应该说是——'不可思议'才对。"

圣诞节的前几天，母亲让艾琳在自己下班前乘地铁到罗夫特糖果店去找她。艾琳到达的时候，母亲正保持着一脸的泰然自若，任谁也看不出她有严重的酗酒问题。艾琳目瞪口呆地在店里逛了起来，张着大嘴端详着那些流光溢彩却有些华而不实的手工糖果。

做完手里的事情之后，母亲顺手递给艾琳一盒松露巧克力，让她带回家吃，然后又带着她步行到第五大道和第39街的交汇处，站到了罗德泰勒百货的橱窗前。这是艾琳从前只在报纸上看到过的画面。橱窗的背景上印着熊熊燃烧的温暖火炉和镶了丝绸软垫的迷你家具，让她在恍惚间想起了自己站在宽阔草坪上偷窥那些拥有花园景观的公寓里近乎完美的世界。她甚至想要爬进那些装饰着华美帷幔的画面中，然后就这样在里面生活下去。一阵疾风吹过，好在气温并不是很凉。空气中飘荡着令人神清气爽的冬日气息，骚动着她的鼻翼。映着残阳，大道上的街景和橱窗后的景观一样如同被人施了魔法。想到路人眼中的她们就像是一对正在享受晚间购物乐趣的母女，她感到有些喜不自胜，于是开始观察别人的表情，想要猜测他们心里到底是不是在想：多么美好的一个小家庭啊。

"圣诞节才是最重要的。"在回家的地铁上，母亲对她说道，"留心记着点。别的事情都不重要，就算是你危在旦夕我也不在乎。"

那天晚上，母亲自出院以来第一次帮她盖好了被子。半夜，艾琳醒来时发现另一半的床铺是空的，于是跌跌撞撞地爬下来，发现母亲正坐在沙发上。一瞬间，她满心恐惧地以为母亲已经死了。只见她仰着头，张着嘴，手里还攥着一个空空如也的平底玻璃杯。艾琳凑上前去，看到她的胸口仍在起伏，于是小心翼翼地伸手拿走了放在她大腿上的烟灰缸和手中的杯子，将它们全都放进了厨房的水池里，以免吵醒她。然后，她又从母亲的床上取来了毯子，盖在了母亲的身上。那一晚她是开着门睡觉的，好让自己随时都能看到母亲躺着的地方。

她收到的那个包裹里装着一本单簧管吹奏教程，下面还压着基欧先生的那只单簧管。一封律师信函上写道，他死于肺癌，并在遗嘱中将这支乐器留给了她。她抱着它睡了好几个晚上，直到母亲发现后叫她不要再做这么让人毛骨悚然的事情了。她也曾试着吹奏过几次，但都因为只能吹出恼人的噪音而感到格外受挫。记起它曾经隔着墙壁发出过的低沉委婉的声音，她想起了基欧先生。只要闭上双眼、集中注意力，她还能听到他吹奏的完整乐曲，仿佛那些音符正等待着她用一只训练有素的手将它们弹奏出来似的。可她连几个最熟悉的曲调都吹不完整。最后她只好把它的零件一一拆解，一边端详一边把它们放回箱子里的粉红色软毡垫上。她不需要通过吹奏来表达自己对于基欧先生的这支单簧管的欣赏。只见那些零件已经被磨得有些发亮了，一看就曾在行家的手中经历过千锤百炼，锃亮的金属凸起部位闪耀着耀眼的光芒，掂起来手感和分量都刚刚好。她喜欢按下那些按钮，看着它们顺滑地陷下去然后又直挺挺地立起来的样子。吹口的位置已经被基欧先生的双唇磨成了锥形。她喜欢用双唇去包裹它，体会牙齿咬着它时产生的那种压迫感。

这支单簧管是她和她的家庭拥有过的最美好的东西，以至于她觉得它根本就不应该属于这样的一间公寓。等她长大了以后，一定要搬进一座让这支单簧管都相形见绌的美丽房子里。那才是基欧先生想要的。看来她得嫁一个能够实现她这个梦想的男人才行。

13岁那一年，她开始在自助洗衣店里工作。拿到自己的第一笔工资，她用拇指和食指把那些钞票搓揉了半天，然后又把它们全都摊在了面前的桌子上，仔细数了数。如果她继续工作，把赚得的每一美元都存起来，高中毕业后她就不需要父母再给她任何东西了——也许还用不了等那么久。如此美好的前景令她倍感兴奋，但随即又感到有些哀伤。她不愿去想象不再需要他们的生活。她想要把自己的收入全都存下来交给他们。

母亲酗酒如今比父亲还要严重，仿佛她是在试图借此弥补失去的那些时光。为此，艾琳提前为她的需求做起了准备，而不是被动地去应付她。等她回家的时候，艾琳会做上一壶咖啡并备好阿司匹林，然后待她在沙发上睡着之后为她盖上一床毯子。

一天晚上，艾琳走进客厅时发现已经喝得有些意识恍惚的母亲正点着头努力抵抗着睡意。这时候照顾她是最容易的，因为那时候的她早就说不出什么尖酸刻薄的话了，在感知到艾琳的出现时也只会微微动一动眼皮而已。

艾琳在她的身边坐了下来，感觉手掌下面有些湿润。起初，她以为母亲只不过是弄洒了手中的酒。

艾琳不敢给母亲换衣服，因为那样有可能让她知道到底发生了什么。但艾琳又不能任由她在湿乎乎的沙发上坐一晚上。于是艾琳试着脱掉了她身上被沾湿的衣服，裹了一件睡袍在她的身上，把她放到了沙发上干燥的那一边。扶她上床想必是件难上加难的事情。

艾琳在沙发旁边蹲了下来，把母亲的头和肩膀从她的大腿上轻轻放到了地上，然后把她身体的其他部分也放了下来，抓住她的腋下，拽住她的两只胳膊。母亲的嘴里发出了嘟嘟囔囔的声音。然而，当她把母亲拉到床边时，却怎么也无法把她的身体提起来放到床上去。母亲已经有些醒过来了，试图把身子赖在地板上。

"妈，让我拉你起来。"她说道。

"我睡在这里就行了。"

"你不能睡在地板上。"

"我可以。"她的尾音颤抖了一下。每次喝醉或是生气的时候，她说起话来总是不免带着些许的爱尔兰口音。

"地上很凉。让我扶你起来。"

"别管我。"

"我不能不管你。"

艾琳试了一会儿，最终还是放弃了，一头倒在了母亲的那半边床上睡着了。醒来时，她听到了父亲从酒吧下班回来的声音。她走到厨房，看到他正握着一杯水坐在桌子旁边。

"你能把妈妈拉起来吗？她躺在地板上。"

他一声不吭地站了起来，跟在她的身后。她这才想起来，自从基欧先生离开的前一夜起，她就再也没有看到父亲踏进过这间卧室。借着从厨房照进来的一点亮光，母亲就像是摊在地板上的一堆脏床单一样。

艾琳看着他轻松地把母亲拉了起来，好像这活儿根本就不需要用两只手来完成似的。他用一只手臂托着她的头，任由她纤长的四肢向下垂着。她睡得很香。他慢腾腾地把她放到了床上，看着她躺在那里。她听到他轻轻叫了一声"布里奇"，更像是在自言自语而不是在唤她的母亲，然后把毯子拉过来盖在了母亲的身上，还抚平了搭在母亲双肩上的被角。

"想象一下整个伍德赛德都栽满树木的样子。"玛丽·爱丽丝修女在她的八年级课堂上讲道，"想象一下辽阔无垠、完好无损的一百多公顷原始森林。孩子们，就是这个样子。你们现在居住的这片社区里的每一寸土地，曾经都属于同一个家族，其历史可以追溯到建国之初。"

校园门口停着的一辆垃圾车咳嗽了两声，修女停顿了一下，等待噪音过去。黑板上悬挂的卷轴地图轻轻地摇晃了几下。艾琳猜想着它会不会一下子展开，击中修女的头。

"麻省剑桥市的早期创始人之一的孙子买下了一大片土地，并在附近修建了一座农舍。"修女开始在教室里溜达起来，手里摊开的书页上展示着这座房子的照片。"他的后裔将农舍改建成了一座庄园。这座庄园——"修女真的是这样措辞的，"有一条宽广的走廊，通往一间宽敞的大堂。后厅里修建了一座巨型火炉和一个大厨房，门上还装了铜质的门环。庄园的一侧开辟了一座果园。"修女如数家珍的说话方式听上去就像是在做当庭陈述一样，"传承了几代人之后，他们将土地卖给了一个来自南卡罗来纳、在曼哈顿做生意的商人作为周末度假地。后来，就在上个世纪后半叶，随着铁路线的扩建，一位房地产开发商从中看到了商机。他砍光了这片土地上的所有树木，抽干了沼泽里的水，铺就了你们今天走着的这些道路，把整个区域按照他绘制的草图分成了近千份。他对中产阶级打开了大门，允许他们支付每月 10 美元的分期款。房子建成之后，这片土地上最后的一片遗迹——那座庄园也于 1895 年被夷为了平地，改建成了一座教堂，最终成为了你们现在身处的这座学校。"

修女举着书本走到艾琳面前时，正盯着教室前方那只皱着眉头的时钟的她慵懒地瞥了一眼图片，可目光刚一落在上面便怎么也移不开了。修女向下一排走去时，艾琳又把她叫了回来。

"皇后区大桥是 1909 年竣工的。第二年，长岛铁路东河隧道也完工了。区间快线的法拉盛线——也就是你们所知的 7 号线——于 1915 年开始逐站建设。爱尔兰人——你们的祖父母，也许还有你们的父母——渐渐驱车过河，寻找除了曼哈顿贫民窟经济公寓以外更好的住处，并停留在了伍德赛德。想象一下十个甚至是二十个人居住在同一间公寓里的画面吧。1924 年，天意。城市住房公司开始建造房子和公寓来缓解住房密集问题。"修女已经走回了教室前方。说到最后几句，她的嘴角隐约浮现出了一丝胜利的微笑。"这就是上帝的方式。对于贫乏的人，他会给予。所有人都能住在这里岂不是比一个特权家庭住在林间庄园里更好？你说呢，图穆蒂小姐？"

艾琳此刻正为自己刚刚看到的那张消失了的庄园照片做着白日梦，一下子被修女的提问打断了思绪。"是的。"她答道，"是的。"

可她满脑子想的都是，拆掉这么大的一座房子是件多么可耻的事情啊。如此恢宏美丽的乡间庄园，周围还环绕着田地——也许并不完全是一件坏事。

"再想想这个。"玛丽·爱丽丝修女开始做结束语了，"如果这座庄园还在，你们就不会坐在这里。我们谁都不会出现在这里，谁都不会存在。"

艾琳环顾四周，观察着身旁的同学，试图想象他们都不复存在的样子。她还想起了自己和父母同住的那间小小的公寓。如果它没有被建起来的话，她会不会有什么损失呢？

她想象着自己坐在庄园的沙发里，望着窗外的一排树木。她会一边跷着二郎腿一边翻着一本大书。终究是要有人出生在这样的一座房子里的，那个人为什么就不能是她呢？

也许她不会出生在那里，但也肯定会出生在别处，然后找到某个方法来到这里，即便没有人知道该怎么做。

有些晚上，她会走到街尾探望婶婶凯蒂和比她小四岁半的表弟帕特。她父亲的哥哥——帕特的父亲派迪——在帕特两岁的时候便去世了。自此，帕特一直视她的父亲为自己的父亲。

艾琳从小就会念书给帕特听。入学后，他也早早地学会了自己看书，在其他孩子还在背诵字母表的时候就已然学会了写字。他聪明绝顶，可成绩却不好，因为他从不做作业。他也经常读书，只不过是不爱读学校的课本罢了。

她挨着他在餐桌旁坐下，强迫他打开自己的课本。她告诉他，一定要每门都考 A，其他的成绩是不被接受的。她还说自己永远都会帮助他，希望他能够成功，富有到可以买下一座庄园，让她住进其中的一间耳房。可他还是只会在草草做完功课之后跑去读冒险故事，长大后的理想无非是做一名胜斐尔的卡车司机。

母亲早些日子起床时展现出来的非凡自制力已经开始枯竭了，直到艾琳升入高一时——她获得了布朗士区圣海莲娜中学的全额奖学金——这种自制力便在一夜之间蒸发殆尽了。一天，母亲去罗夫特糖果店上班时迟到了，几天后又迟到了一次，后来就干脆不去上班了。还有一天，她在大厅里昏了过去，被警察送上楼来。警察离开后——父亲保证事情不会被记录在案——艾琳一句话也没有说，也不想要给母亲换身干净衣服，因为她怕母亲会感到尴尬。尽管此刻的母亲瘫软得就像一袋麦子，但艾琳依旧很怕她会发火。她至今仍记得自己儿时犯错时，母亲操起晾衣架打她的场景。

第二天，两人都坐在餐桌旁时，母亲慵懒地默默抽着烟。艾琳告诉母亲，她打算打电话给匿名戒酒互助会。艾琳并没有提及自己是从凯蒂婶婶那里拿到的电话号码，也没有告诉她自己曾和家里的其他人谈论过她的问题。

"你想干什么就干什么吧。"母亲说罢一脸惊奇地看着艾琳拨通了电话。电话的那一头传来了一个女人的声音；艾琳告诉她，自己的母亲需要帮助。那个女人表示他们愿意帮助她，但她必须自己来求助。

艾琳的心一下子就沉了下去。"她是不会去寻求帮助的。"说到这里，她的眼眶湿润了。看到母亲瞪着她时似乎发现了她的眼泪，她赶紧伸手把泪珠抹掉了。

"我们在采取行动之前需要她先求助。"那个女人坚称，"我很抱歉。

别放弃。你可以找人聊聊。"

"他们怎么说?"母亲边问边把袍子上的腰带紧紧地系了一个扣。

艾琳用手捂住话筒,解释了一下当下的情形。

"把那该死的电话给我。"母亲说罢按灭了手中的香烟,站起身来,"我需要帮助。"她对着听筒喊道,"你听见了吗,小姑娘?见鬼,我需要帮助。"

第二天晚上,两个男人来到公寓门口,要求见见她的母亲。艾琳从没有像今天这样感恩父亲的缺席。她坐了下来,听他们说协会计划把她的母亲送到纽约人医院去。他们隔天晚上就会过来接她的母亲。

当晚,就在那些人离开之后,母亲从架子上拿下了一瓶威士忌,把里面的酒一点点地倒在平底酒杯里。她小心翼翼地啜着杯子里的酒,像是在吃药一样。按照他们的吩咐,艾琳往一只小圆筒包里塞了两周的换洗衣物,然后将包放到了床底下。她准备等母亲入院后再向父亲解释这一切。

艾琳在学校里度日如年,生怕在那两个人回来之前的这几个小时里事情会发生什么变故。她回到家里时发现母亲的状况看上去不错,屋里的一切也没有什么变化。闪亮的水壶依旧立在小型的四灶火炉上,地板也拖过了,百叶窗整齐地挂在窗前。艾琳做了两人份的香肠鸡蛋。母亲吃得很慢。当那两个西装革履的男人赶在六点之前出现在门口时,母亲并没有提出什么异议,只是带着温顺而又哀伤的神情在屋子里扫视了一圈,拿上了她需要的最后几样东西——牙刷、钱包和一本书。艾琳的胸口一阵疼痛。

艾琳也坐上车和他们一起去了医院,随后又坐着那两个男人的车回了家。车子到达公寓楼门口之后,司机把车子开进了停车场,默默地停了下来,而坐在副驾驶座位上的那个男人则下车帮她开了门。她站在车子旁边,心里想着是不是应该说些什么来表达自己的感谢,却又什么话也说不出来。那个男人摘掉了自己的帽子。周围充斥着一种奇怪的、不言而喻的沉寂氛围。她很高兴这两个男士话也不多。他伸手递了一张纸条给她，上面写了一个电话号码。

"如果你有什么需要，可以打这个电话。"他说道，"随时都可以。"然后他们便离开了。

母亲在那里住了 9 天。出院后，她开始参加戒酒互助的会议，并找了一份在湾边几所小学里打扫卫生的工作。虽然她总是抱怨长岛的铁路时间表耽误了她的行程，但艾琳猜测真正困扰她的是坐在列车上的那段孤独时光——这只能让她懊悔自己在这么多年的往返旅途中仍旧止步不前。

艾琳也曾梦想过自己会踏上一段壮丽的旅程。在地理课上，她听说死亡谷是北美地区最热、最干燥的地方，于是下定决心有机会一定要去看一看，即便她知道自己雪白的皮肤若是暴露在阳光下肯定会被严重晒伤。如此荒无人烟的广阔天地是她可以想到的、在没有人陪同的情况下可以探索的唯一一个地方。

4

　　1956 年的秋天，艾琳升入了大学二年级。又有一拨亲戚开始从爱尔兰移民过来。她是多么的欢喜啊！当然了，有时公寓就像是病房一样挤满了刚刚到达、四处寻亲的人。他们占领了地板上的每一寸地方，就连她的床也不放过，但最重要的是：有了这群人在身边，她的父亲再度恢复了活力，就像马戏团里用鼻尖顶着球的动物一样到处娱乐着大家，而她们母女则合力在喧闹中维持着秩序。

　　先后共有不下十几个人曾在这座小小的公寓里落脚：她母亲家年纪最小的妹妹玛吉（她只比艾琳大几岁，而且艾琳的母亲从没有见过她）；她的姨母萝尼和莉莉；她的叔叔德西、艾迪和大卫；她的堂表亲诺拉、布兰登、米奇、伊蒙、德克兰、玛格丽特、特里希和西恩。每一批访客都会有两个、三个甚至是四个人和他们住在一起，直到他们在洛克威、伍德劳恩或是茵伍德找到新的住所，下一批才会如约而至。艾琳此前从未感受过一大家子人围坐在餐桌旁的感觉，因此每每夜半醒来，听到他们发出的微弱呼噜声或是翻身的声音时，都确信此刻绝对会是她人生中最快乐的时光。

　　德西叔叔是她父亲家年纪最小的弟弟，也是第一位下榻在她家里的访客，搬进了她父亲的房间。父亲第一次不在家的时候，艾琳缠着德西叔叔问了很多问题。想让他开口说话其实并不难，因为他的话匣子一旦打开就像水龙头一样再也关不上了。

　　　　　　　　　　　　不属于我们的世纪

"你爸爸深爱着金瓦拉。"德西叔叔说道，"他是你能够想象到的最幸福的家伙，每天都咧着大嘴笑个没完。土地改革法颁布之后，我们不得不搬到了洛赫雷。虽然那里的牧场条件更好，但我相信他自从离开那片田野和那座他小时候帮忙建起来的房子之后，就再也没有忘记过心中的那份伤痛。"

德西叔叔的故事仿佛让公寓、邻居和一切外界的杂音都烟消云散了。他伸手揉搓着长满胡子的下巴时，周围的一切也都随之安静了下来。

"搬家的时候我的年纪比他小得多，只有7岁左右吧，所以花了大把的时间参与新房子的建造。我们真的是白手起家。爸爸会带领着我们这些男孩子挖掘黏土，从泥塘中拽出木头，或是收获茅草来铺设房顶。我告诉你，那座房子至今仍屹立不倒。除了你爸爸之外，所有人都感到很满意。他说，如果他们能够违背你的意愿夺走一座房子，就还能夺走另一座。他根本就无法安定下来。我猜，天空才应该是他的天花板吧。有一件事：他从不需要别人三番五次地提醒他去工作。上帝啊，连一次都不需要。他永远都在工作。他建造的那些石墙——足有一英里长。

"他想要的只不过是一点儿可以用来打牌的钱。那时候流行一种可以一连打上五天五夜的牌局。除此之外，他还想要回到田里去工作。如果我告诉你他的力气大得足以掰弯一把锤子，你可能都不会相信我。他只想去拔顽固的蔬菜。后来，1931年的时候——你爸爸当时应该已经有24岁了——我们家在都柏林做辖区警察的大哥威利得了白内障，瞎了一只眼睛，因此只好回到了农场。这片小小的土地并不足以供养我们的爸爸和他的两个儿子，而整座荒凉的岛屿上也没别的工作可做。起码没有适合你父亲这种人做的工作。"

他扬起一边眉毛，夸张地舔了舔嘴唇，仿佛是在暗示自己的大哥无处容身的悲剧昭示着他必将离开那片国土的劫数。

"我们的爸爸所能做的就是给他买上一张船票，送他到这里来。虽说想要移民的是威利，不是你的爸爸，但那是不可能的。这个国家不接受病弱的人。

"我们的爸爸给了他三个月的时间，而他把这些时间全都用在了耕田、耙地和播种上面，既不吃饭也不睡觉。大家都以为他打算死在田里了。他的朋友们为他举办了记忆中最盛大的告别派对，足有三天三夜。多么美好的时光啊！最后，你爸爸从派对上直接返回了田里。大家试着劝他进屋睡觉，但他就是不听，整整工作了一宿。一早，我们的爸爸手握着船票走出了家门；我跟在他的后面，发现你爸爸正在狠狠地拔着野草。我永远也忘不了他当时说的那些话。"

德西停顿了一下，站起身来表演起了当时的情景。

"'麦克尔·约翰。'我们的爸爸叫道，然后伸手把票递了过去。"他假装递了一张票给她，"'你必须得走了。就是这样。'然后他就转身走回了屋里。"德西也转过脸去，跨了几步之后又绕了回来，"我和你爸爸在那里静静地站了一会儿。后来还是我们的妈妈把他送上了船。"

他坐下来，盯着自己空空如也的茶杯。她站起身来为他续了一杯茶。

"我还记得你父亲寄回来的第一封信。"德西一边嚼着酥饼一边说，"他说最让他纠结的是想起威利肯定不知道该如何照顾自己留下的那些作物，所以只能任由它们长时间地烂在地里。事情的确如此。他把自己一路上的心路历程全都写了下来，说他可以想象那些作物腐烂在地里，释放着糖分，丰富的营养就这样被通通浪费掉了。他说他永远也不会再种下一颗种子了。我的哥哥派迪——你表弟帕特的爸爸，愿上帝保佑他的灵魂——已经在这里住了好几年了，是他推荐你爸爸去胜斐尔上班的。他们一看到他，便安排他去拖运酒桶了。"

她知道父亲对于自己会写字这件事有多么的骄傲，因为和他一起的伙伴大多是文盲。每一次父亲戴上阅读眼镜在支票和送货单上签字时，她都会饶有兴致地在一旁观看。但是她还是无法想象他坐下来写信的样子——尤其是一封直抒胸臆的信。他最直接表达个人情感的瞬间便是某些愚昧懒散、唯利是图的人惹毛他的时候。

她心里明白父亲也曾年轻过，但却从没有真正思考过那到底意味着什么。如今，她终于可以把他看作是一个漂洋过海、追求新生活的年轻人，一个心中怀有一丝遗憾和心痛，却只能默默忍受的勇敢男人。但她还是不够了解他。她想要找到一个和他相似，却又没有他那般冷酷外表的人：某个被命运考验过，却又保持着多一点天真的人。一个有能力摆脱并超越眼前充满磨难的生活的人。如果说父亲有什么弱点的话，这就是了。她知道自己总有办法让自己坚强起来。

她需要一个"树干粗壮但树枝纤细"的男人。他能够开出美丽的花朵，即便只为了她一个人。

也许是收留所有的亲戚给了她的父亲一个安顿下来的理由，也许是管理层薪水的力量一直在约束着他。不管是为什么，当她的父亲从司机晋升为司机主管之后，离奇的事情发生了：他不再外出，而是开始在家里酌起酒来。以前，她可从没在家里看到过父亲把酒杯举到嘴边。他待在家里自斟自饮的样子是那样的泰然自若，脸上带着安逸隐忍的神态。要是换做她的母亲，家里早就要闹得鸡犬不宁了。可他却能喝得温文尔雅、有礼有节，这无疑是一种进化。

他买了几只精美的杯子，在里面加上几个冰块和一指高的昂贵威士忌酒，一个晚上总是会喝上那么一两次。无论家里住着什么亲戚，他的这个仪式总是雷打不动，仿佛这只不过是一种有益健康的消遣方式，一个能够高效过滤他计划引擎中残留泥巴的方法。他还购置了一些新家具、一个洗碗机和一张手工制作的东方地毯。他买了一台电视；有些晚上，所有人都会围坐在一起看电视。艾琳心中幸福的魔咒唯一破灭的一次，是她在大家都屏气凝神地关注着一部大片的紧张环节时偷瞄了母亲一眼，期待着她和别人一样专注地看着屏幕，结果却发现她的双眼正紧紧地盯着丈夫手中的酒杯，就像是一只在等待餐桌上掉下零星食物碎渣的狗。

她和比利·玛拉嘉一起去了位于桑尼塞德的"起锚"酒吧。比利比她大一岁。从迈科克兰西毕业之后，他找到了她的父亲，想请她父亲帮忙给自己在胜斐尔找一份工作。他显然已经暗恋艾琳很多年了，或者她的朋友是这么说的。她对他并不感兴趣，之所以愿意和他出去不过是为了日后可以声辩自己给过他一次机会。很多女孩都愿意对比利投怀送抱。他长着一头茂密的金发，看上去结实得足以把一个人吊在他的发尾上。他既壮硕又有魅力，就连身旁的同性也都十分喜欢他。她能够看到他身上的感染力，却无法和一个最大的志向便是开卡车的男人过上 30 年。

　　"起锚"酒吧里十分昏暗，空气中飘荡着一股发霉的味道。她和比利刚到的时候，一支乐队正在演奏。不过他们很快便收拾乐器走人了，转而改成了自动唱机在播放。人群中无论老幼全都活力四射。

　　她以前从没有喝过酒。她浏览了一遍酒单，点了一杯冰冻果汁鸡尾酒，想了想便仰起头一饮而尽。比利翘起了嘴角，露出了赞许的灿烂微笑。

　　"我还记得自己上班第一天时的情景。你爸爸说我是个爱尔兰佬。他把所有在美国出生的爱尔兰人都称作是爱尔兰佬。我敢保证，这话从他的嘴里说出来绝对会让人感觉是一种荣誉。"她忍不住一直盯着比利，看着他摇晃着平底酒杯里的冰块以及他咽下一口酒之后用毛茸茸的手背擦嘴的样子。"他分配我负责一条往返斯塔顿岛送货的路线。那意味着一笔额外的区域薪金。我工作的第一天，一个像我这样自命不凡的孩子，他想要确保我的口袋里能够赚到钱。他说：'你一路上一共要停 12 站，6 个小时就能跑完，但你不到 10 个小时不要回来。'我不明白，也并不想让他觉得我是个懒骨头。于是我告诉他：'先生，如果我 6 个小时就能跑完，那我就争取 5 个小时回来。'他看着我，好像我是个十足的傻瓜一样。'如果你开不到 10 个小时，'他答道，'那就不要回来了。'"

　　他谈论她的父亲时一脸神采飞扬的样子，以至于她都搞不清楚他到底爱的是谁了。她惊讶地发现，自己居然很快就用吸管饮完了高脚杯里

　　　　　　　　　　　　　　　不属于我们的世纪

的甜酒。看着空空如也的酒杯，她不禁感到有些紧张，仿佛自己的身体已经开始失控，脑袋也微微有些刺痛，说话的时候嘴唇还有些迟钝，头也变得愈加的沉重。她不知道自己是不是踏上了远离梦想的第一步，而最吓人的则是这整个过程竟是如此的轻而易举。她所要做的就是把杯子里的东西全都灌进自己的胃里。为了消除那些令她不安的想法，她很快又点了一杯酒，一饮而尽，脑袋里唧唧喳喳的声音很快便安静了下来。她一直都在试图回应比利迫切注视着她的目光，可满眼只有他那张奇特、苍白而又松弛的脸颊以及两只凸出的耳朵。她想象着他矮上她几英寸、穿着横条纹T恤衫、留着锅盖头的样子。在听他讲述一个小故事的过程中，想到自己面前这个明明还是个男孩的人在别人眼中竟然已经是个成熟的男人了，她忍不住笑了起来。那个看上去无疑比她的父亲小上一两岁的酒保给了她一个比利没有看到的眼神，似乎十分同情这个男孩。艾琳点的第一杯酒里糖浆的味道太重了，但她喜欢自己点的第二杯酒，于是又连着要了三杯。

过了午夜，比利才把她送回家。事后她听说比利在她父亲面前连声求饶，说她就像疯了一样，每当他试图劝她回家，脸上都会挨上她一拳。他表示自己不想让别人在她的身上打什么歪脑筋，于是坚持要送她回来，不肯把她和那群禽兽留在一起。

第二天一早，父亲就把她叫了起来。她在浴室的瓷砖地板上瘫了好几个小时，头靠着马桶圈，只有感觉想吐的时候才会坐起身来。等到她把胃里的东西吐得一干二净，父亲才让她去冲澡，然后带着她走到圣塞巴斯蒂安教堂去参加弥撒仪式。

"你和其他人没有什么区别。"他说，"得不到特殊豁免权。"

新建教堂里的空调吹干了她身上的汗水，冻得她直打哆嗦。其间她站起身来走到圣器收藏室的洗手间上了一次厕所。若是她不小心睡着了，便会被父亲用手肘推醒。圣餐仪式时，她不得不强行把那一大堆东西咽进嗓子眼里。站上祭坛的那可怕的一刻，她生怕自己会忍不住吐出来。

返回靠背长凳的过程中，她一路都迈着从容不迫的步伐，试着做了几次深呼吸。最后，她还是旷了一天课。

星期五晚饭过后，待厨房已经清洁一新，她的母亲也返回了房间，父亲拉着她在沙发上坐了下来。

"如果你傻到会做出这种事情来。"他开口说道，"就不能不做好充分的准备。"

他走到酒柜旁，拿出了几个平底酒杯，把它们一一放在了咖啡桌上。紧接着，他又转过身去，抱回了几个不同种类的小瓶威士忌酒。

"这是什么？"

"我要给你上一课。"

"我不行。"她答道。

"你可以的。"他说。

"我已经得到教训了。"

"这次不一样。"他答道，"我们要从好的东西下手。"

他说他要系统地教她什么能喝，什么不能喝，然后在她的杯子里倒了几指高的威士忌。如果说和自己的父亲一起喝酒这个念头已经足够令她恶心的话，那么当她意识到父亲对这一切早有安排时就更是倍感震惊了。他似乎还专门为此添置了几瓶酒，仿佛真把自己当成了一个需要备课的老师似的。

她微微地抿了几口，感觉嗓子里一阵烧灼。父亲劝她喝上一大口。威士忌的味道闻上去像是烧焦的木炭，喝起来则像是泡了水的烟灰。他从每一个酒瓶里倒出一点酒来，让她依次品尝。她只能勉强分辨出这些酒在品质上有所区别。倒到第四杯时，他给自己也斟了一杯，然后嘱咐她和自己一起慢慢品尝。这一杯酒很容易入口，不留痕迹地滑过她的喉咙之后，在她的腹中留下了一种逐渐蔓延开来的温暖感，让她的身体也跟着逐渐暖和了起来。

他把威士忌酒瓶悉数放了回去，又拿出了几小瓶伏特加。她没有一瓶喜欢的，而他也一口都没有沾。他戴着阅读眼镜，似乎这里面还大有门道。她分不清楚这应该是一节高级讲习课还是一种代替软禁的形式。紧接着，他又取出了几种不同种类的杜松子酒，一瓶一瓶地撕开包装，倒了一点在她的平底酒杯里。自从喝完威士忌酒之后，他就再也没有喝过一口酒。她不知道他这么做是不是想试图通过学术的方法引起她的厌烦，从而消除酒精在她心中的魅力。

他朝着冰箱走了过去，取回了一瓶胜斐尔啤酒。

"把这个喝了。"他说道。

"我不喜欢啤酒的味道。"

"赶紧把它都喝光。"

他打开瓶盖，把酒瓶递到了她的手里。她稍微嘬了几口，试图把它推还给他。

"喝完。"他催促道。

看着她把这瓶啤酒全都灌下肚后，他告诉她，以后再也不能喝任何其他品牌的啤酒了。之后，他又拿出了几瓶果味更浓、颜色也更加鲜艳的酒——她根本就无法想象他会允许这种酒出现在自己的家里。橘味白酒。薄荷甜酒。黑醋栗甜酒。香橙干邑甜酒。他让她一一品尝。她喜欢薄荷甜酒的味道，于是他便摇着头给她满上了一杯。

"那么，好好享受吧。"他说道。

"我不想喝那么多。"

"如果你还想待在这个家里，就喝完它。"他又拿出了一个平底酒杯，在里面斟满了酒，"喝完之后，还有这一杯。"

他回来的时候，她正好喝完了，于是他又倒了一杯给她。

"这是怎么回事？"她头晕眼花地问道。

"喝掉。"

早晨醒来的时候，她感觉头痛欲裂。幸好今天是星期六。

"永远也不要喝你看不明白的任何东西。"看到她站在厨房里、靠着料理台吞咽着阿司匹林，父亲开口说道，"永远也不要在放下酒杯、转开视线后再拿起那杯酒。"

"好的。"她应和道。

"喝点威士忌。"他说，"上好的威士忌。但不要喝得太多。这很重要。"

"我想我再也不会喝酒了。"

她仿佛看到他的唇边露出了一丝微笑。

元旦那天晚上，他朝着她举起了酒杯，在场的其他人也做了同样的动作。

"这一杯敬我的艾琳，祝贺她再一次荣登光荣榜。"他大声地欢呼道，"上帝保佑她。我们说不定有一天全得为她工作呢。"他停顿了一下，"让我来告诉你们吧，她在 6 杯冰冻果汁鸡尾酒下肚之后还能屹立不倒，这就对了——说明她绝对是我的女儿。"

*她绝对是我的女儿。*从这几个字眼中，她听出了他一辈子未曾表达过的情感。她猜想自己可以把这句话回味好几年，就像仙人掌可以依靠零星的雨水存活很长时间。尽管如此，她还是为自己打算不再喝酒的决定而感到不好意思，因为就连她参加的各种社团中最无聊的女孩都会喝酒。

5

　　从学生们迈进位于布鲁克林布什维克大街上的圣凯瑟琳护理学院的那一刻起，一直到他们毕业，导师们最乐于传授给他们的知识便是：成绩不好的人将被淘汰。不过，接受了13年天主学校教育的艾琳早就习惯了这些策略。虽说护理并不是她自己选择的专业，但她从很小的时候便在无意间训练了自己的护理能力。这些老手已经教不了她什么生活没有教给过她的了，而他们自己对此好像也心知肚明。有时候，她甚至觉得他们是在以同行的礼节来对待她。她忍不住心想，也许这就是她父亲常有的那种感觉吧：为了某些并非自己选择的东西而受到赞美，因而总想着要找个方法逃离"受人尊敬"这个道德陷阱。

　　殉道从不是她的目标，却是和她一起上学的不少虔诚的信徒毕生所追求的。每当听到他们抱怨自己有多么吃力不讨好、语气里却暗藏着满足感时，她都会想他们为什么不干脆去投靠修道院。不过，这些人在修道院里肯定连五分钟都待不下去，因为他们根本就没有那种坚韧不拔的意志。

　　她从没有梦想过要成为一名护士。只不过，在她的周围，凡是聪明到不甘做秘书的女孩都会去当护士。她更希望成为一名律师或是医生。不过，在她眼中，这些职业都是拥有一定特权的人才能够从事的，而且她也不知道自己怎样才能赚足这些专业的学费。她觉得自己也许有这份头脑，却害怕自己缺乏必要的想象力。

1962 年，她从圣凯瑟琳毕业之后获得了圣约翰大学的奖学金，当年秋天便入学成为那里的一名本科生。她计划利用暑假的时间多修几门课，用三年的时间修完四年的课程，再挨过研究生那几年，开启自己的行政管理之路。她通过在布维特·泰勒那里做时装模特赚了点零用钱——为将来的护理管理学位积攒了些学费。女人们来店里选购衣服的时候，她就负责为她们展示——如果她们的腰再细上几英寸、个子再高那么一点、锁骨再凸出一些，或是拥有一头闪亮的黑色秀发、光滑平坦的肌肤和一双如猫头鹰般勾人魂魄的深邃祖母绿眼睛——那些衣服穿在她们身上会是什么样子。她们唯一能够胜过她的便是金钱，还有与生俱来的那份傲慢的安逸态度。她成了展厅里最受欢迎的女孩，可她完全是身不由己。她不会叉着腰把衣服举到潜在顾客的面前，只知道穿上一件衣服、站在那里。她有时候会笑，有时候却很严肃；有时会和顾客进行眼神交流，有时又刻意回避；有时会和顾客聊天，有时又会保持沉默。她从不做作，一举一动都随心所欲。如果她感觉鼻子瘙痒，便会伸手去挠。只要顾客提出要求，她很愿意转着圈地向她们展示身上的衣服，等她们看完之后再回到更衣室里把它脱掉。相比之下，其他的女孩都会在原地逗留一会儿，尝试说服那些没有动心的顾客。

她幻想着下一个走进来的会是一个来为女友选购衣服的有钱男子，在看到她之后便决意改变自己的人生轨迹。他会让她忘掉护理的事情，带着她飞遍全世界，还会满足她父母的需求。这样一来，她就能梦游着度过余生，永远也不用亲自去更换脏兮兮的床上便盆，不必在俯身时拍开老男人的"咸猪手"，不必在为老太太量体温时忍受阵阵的口臭，不必再多工作一天，也不必再多动脑子。她可以回到这间店铺里来，坐在椅子上，考验某个女孩的本领。她会假装自己什么也不打算买，不想耽误大家的时间，然后随便买下一样东西，让她们知道自己是永远也不可能理解像她这样的女人会喜欢些什么的。然而，出现在店里的全都是些比她年纪大一点的女人，或是跟着母亲一起来逛街的少女。尽管她们总是夸奖她是如何的光芒四射，可她还是能够听到她们的潜台词。

1963 年 4 月的一个下午，一个和艾琳差不多大的女孩走进店来，想要为自己的伴娘选购礼服。显然她只不过是在随意挑选，脸上还带着一种紧张的神情。她看上去有些眼熟——情况似乎有些不妙；直到艾琳为她换完了好几套衣服，才意识到她就是弗吉尼亚·托尔斯，那个七年级时从圣塞巴斯蒂安学校转去曼哈赛特读书的女孩。艾琳祈祷她不要认出自己，可就在弗吉尼亚检视衣服的缝线处时，突然激动地拍了拍艾琳的肩膀。

"艾琳？"

"有什么事吗？"

"艾琳！艾琳·图穆蒂！"

弗吉尼亚的声音充满了一股鲁莽的热情。艾琳默默地扬起了眉毛作为回应。她在这里与其他女孩之间苦心经营起来的距离感就这样被几句熟络的对话打破了。她为此感到由衷的困扰。

"是我啊，金妮。金妮·托尔斯。"

"弗吉尼亚，我的上帝啊。"她低声附和道。

善良真挚的弗吉尼亚曾是她班上唯一一个父亲高居投资银行总经理一职的孩子。她的父亲是个新教徒，可母亲却是在附近长大的天主教徒。尽管弗吉尼亚既害羞又有些笨拙，但没有人敢嘲笑她；仿佛她家的财产在她的肩膀上披挂着一层保护性的外衣似的。

"你在这里做什么？"弗吉尼亚问道。

面对这个问题，似乎没有哪个答案能让人不感到难为情。于是艾琳示意性地拽了拽连衣裙的领口，然后开玩笑般摊开了双手。

"对！"弗吉尼亚答道，"裙子。"她的手里正拿着两条裙子，衣架上还挂着三条，可是没有一条是她中意的。"哎，见鬼。你喜欢这些吗？"

如果艾琳有钱去买这么贵的伴娘礼服，她肯定不会选择这些样式——她喜欢布料更加光滑、样子不那么粗俗却很实用的款式。她相信自己衣柜里挂着的衣服肯定比弗吉尼亚手里拿的要好看许多。尽管她只有 6 件衣服，但每一件都是完美的。如果有机会花上 100 美元买下一件足够精美的连衣裙，她就绝不会花钱去买五条单价为 20 美元的连衣裙。她不常出门，因此也不担心别人看到她时发现她总穿着同样的衣服。

"我觉得我在试这几件之前穿过的那一件挺不错的。"艾琳回答。

"淡紫色的那件吗？我就知道！我也喜欢那一件。那我就让她们订那件好了。"

穿着鼓鼓囊囊的蓬蓬裙，艾琳觉得自己就像是身上挂着广告牌、四处宣传特价午餐的那些男人。

"艾琳·*图穆蒂*。"弗吉尼亚叫着她的名字，仿佛那是某个益智问答节目的答案似的，"我猜这只是你白天的工作而已。"

"我正在读本科。"她回答，"我上的是护理学校。"

"我觉得你将来肯定会从事医生之类的行业。你一直都是我们之间更聪明的那一个。"

她发觉自己脸红了。

"我今年就要从莎拉·劳伦斯学院毕业了。而且我要结婚了！不过这一点你已经知道了。他是宾州大学的。人很正直——正直得总是让我傻笑。我父亲想办法为他安排了雷曼兄弟公司的面试。我们打算在布朗士区安家，这样我毕业前的最后一个月就能走路去学校了！"

她听说过布朗士区，那里是下威彻斯特郡的一处富庶的近郊住宅区。"听上去不错。"

"我觉得你肯定猜不出我明年打算干什么。"

"你打算干什么？"

"我要去念法学院了。在哥伦比亚大学。"

"你总是那么有才华。"艾琳边说边压抑着自己内心的惊讶之情。

"我不像你。你才是个聪明人呢。"

"你真好。"

"你比我们其他人都要成熟。"弗吉尼亚说，"我经常想起六年级的那一天，你带我去了伍尔沃斯的文具店，非要让我为每一门课都买一个笔记本。你还记得吗？"

她当然记得。但她并不喜欢回忆自己当时对于大规模的改进项目抱有多么过剩的精力，仿佛朝着目标不懈努力才能让这个世界恢复道德平衡似的。

"我记得你那时候确实不是个做事很有条理的女孩，但我不记得我们去过伍尔沃斯，真的不记得。"

"我觉得你可能看够了我永远都找不到自己需要的东西时脸上的那副样子。你让我分开做笔记。那应该是别人对我做过的最有帮助的事情之一了。"

"我很荣幸。"艾琳边说边感觉五脏六腑都在翻滚。

"你应该和我一起来上法学院。我们可以做一对学习伙伴。这样我就又可以占你便宜了。"

此时的弗吉尼亚仿佛正站在马戏团的笼子外面和她说话，一只手握着栏杆，另一只手则心不在焉地举着一块羊肉。艾琳得想个办法赶紧离开，以防自己会说出什么让人后悔的话来。

"也许下辈子吧。"她心头压抑着的那份尴尬之情一下子卷土重来。这条低胸剪裁的连衣裙似乎也暴露了她的情感。店里来了一位新顾客。其他的女孩都在应付自己的主顾，于是艾琳询问弗吉尼亚是否决定要买那条淡紫色的连衣裙，然后便把她交给了收银柜台里坐着的那个女人。

"请过来看看我们。"弗吉尼亚临出门时嘱咐她，"给我们几个月的时间安顿下来。布朗士区，别忘了。电话簿上会有我们的联系方式。利兰·卡洛夫妇。我们肯定会很高兴接待你的。生活中没有什么比老朋友更加珍贵的了。"

她的母亲总是教导她要节俭，如果非要买车的话也只能买台二手车。

不过最后陪她去展厅里看车的还是她的父亲。

一辆崭新的 1964 年版庞蒂亚克"风暴"就停在那里。

"这辆车差不多要花掉我全部的积蓄了。"艾琳开口说道。

"你还会赚到更多、攒下更多的。"

"这可不是什么好的投资。"

"这是对你生活的投资。"父亲说道,"如果这就是你想要的,那就买下来。我得说这可比运啤酒的卡车强多了。没准我也会给自己买上一辆。或者我可以在那边的敞篷款式里挑上一款。他管那辆叫什么来着?GTO?我可以开着它带你妈妈出去兜风。你觉得她会喜欢吗?"

片刻间,他的话听上去是那么的认真。艾琳多么想说上一句,爸爸,我觉得她会喜欢的。然而她却话锋一转,开口答道:"要是这么说来,那才是最糟糕的投资呢。"紧接着,她转移了话题,问他樱桃红和海军蓝哪个颜色更适合她。

她本可以买一辆二手车,为将来多积攒些积蓄,或是陈述自己的人生打算走向何方,改变别人对于自己心里这个诡计的看法,设法改变未来。

"你觉得我会怎么回答你?"父亲反问道。

她选了樱桃红色的那一辆。

刚刚下班回家的母亲和她一起坐在了桌旁。

"又在学习呢?"

艾琳嘟囔了一句以示回应。为了增加问话的影响力,母亲把一串钥匙丢在了艾琳展开的笔记本上。环环相扣的钥匙环上挂了许多把钥匙,每一把都代表一个或者几个她母亲需要去打扫的房间。艾琳把它们从笔记本上推开,仿佛上面包裹着什么病原体似的。

"不如先放下书本 5 分钟。"母亲开口说道,"开车送我和我的朋友一程。"

"去哪儿?什么朋友?"

"我在互助会上认识的朋友。"

互助会的朋友，艾琳心里涌起了一股怒火，这话从她的嘴里说出来倒是轻巧。

"你把我的车开走吧。"她头也不抬地回答。

"我开车会紧张。"

她的母亲拿驾照才刚满一年，上路的时候还哆哆嗦嗦的。何况"风暴"还是全新的呢。

"我还有个考试要准备。"

"我们发起了拼车的活动。"她的母亲说道，"我答应了这星期会去接他们的。"

"那你打算怎么兑现你的话？"

"走吧。"她的母亲催促道，"快要迟到了。"

第一站是杰克逊高地。令她倍感惊讶的是，她们竟然停在了一座合作公寓的门前。她一直以为有钱人是不会沾染上人类的某些陋习的。母亲一下车，艾琳便拿出了课本。她打算每一次停车后都看看书，哪怕车里还有别人。她没有时间出于礼貌拘谨地和别人闲聊，她被逼前来执行这个悲催的任务已经够让她窝火的了。

母亲回来的时候，说起话来满是愉悦的腔调。

"海勒姆，"她对那个坐进后座的男人说道，"这是我女儿。"

"我猜你就是今晚的'卡戎'。"

"我叫艾琳。"她答道。

"'卡戎'。冥河上的那个船夫。"

"哦。"她说，"明白了。"

"摆渡亡魂的。"

坐进车里时，他头上戴着的假发撞到了门框上。不过他并没有偷偷摸摸地伸手去整理，而是干脆把它整个都摘了下来，再若无其事地重新戴上，仿佛他戴假发的目的不是为了掩盖，而是为了展示自己的秃顶似的。

"你不是还生龙活虎的吗，海勒姆。"她的母亲开始傻笑，"不过你头上的那顶假发就不一定了。"

"我应该给你一条建议。"他开口说道，"这条如何：躲着点戴假发的男人。"

"这倒是个忠告。"艾琳回答。

"你应该跟我的妻子聊聊。她认识我的时候，我可不是这副样子的。你真该看看我那头浓密的发丝，简直就是大力士参孙。"

她从后视镜里发现他正若有所思地望着窗外。也许是感觉到有人正在观察自己，他警惕地瞥了她一眼，仿佛是常被人跟踪似的。

"小心随身携带剪刀的女人。"他一边说一边咯咯地笑了起来。他一直都在暗自发笑，好像身边的一切都无足轻重。"当心酒过三巡的午餐。"

"喝一杯就够了。"她的母亲搭话道。

"好吧，如果我们这是要下地狱，起码要走得轰轰烈烈些。这辆车可真漂亮。"

"谢谢。"艾琳答道。

"你说反了。"她的母亲说，"我们这是要离开地狱。"

"是的，是的。"他愉快地附和着，"我们身处炼狱之中，但还是有希望的。即便我们没有希望，至少也不会屈服于绝望。即便我们屈服于绝望，至少我们坐的还是一辆漂亮的车子。"

每一次带着一位互助会的朋友走向车子，母亲脸上总是洋溢着轻快的表情，嘴里还不住地唠叨着嘱咐他们不必拘束。即便是车上只坐着海勒姆一个人的时候，艾琳也根本就没有想过要打开课本。事实上，她度过了一段非常愉快的时光。和他们在一起不出几分钟的光景，她便从他们的身上看到了不少来之不易的闪光点。她开了三段路，然后在一个街区的尽头停了下来，从后视镜里看着自己的母亲和四个高矮胖瘦各异的朋友消失在了教堂的地下室门口。

回家的路上，在她把这些朋友一一送回去之后，她的母亲对着半敞着的车窗抽起了烟，嘴里还轻快流畅、喋喋不休地说起话来。尽管她看起来十分乐观，但艾琳还是看到了她下垂的嘴角，仿佛有人在用鱼钩拽着它们似的。她知道，母亲并未全然相信自己已经得到了原谅。艾琳也不相信这一点，尽管她曾听从母亲的话在餐桌边坐下来，含着泪听母亲提起那些已经被她埋藏进心里的错误，并亲口宽恕了母亲的抱歉。为了销毁过去，她的母亲付出了艰苦卓绝的努力，但那一幕幕却依旧存留在艾琳的心里，从看上去十分坚固的固体融化成了液体，渗透进了她童年的每一个角落，留下的只有混乱与腐坏。往事的气息和控制不住的烟味破坏了她们之间的氛围。缺少了其他人的"过滤"，车子里仿佛飘荡着一朵散发着刺鼻气味的阴云。

"请再把窗户摇下来一点。"

她的母亲默不作声地把窗户摇了下来。她直视着前方，像曾经酗酒酗得最凶时那样一边抽着烟一边躲避着艾琳的眼神。艾琳把车子停在了一边，走下车来，摇上了后座旁的玻璃窗，然后站在车边稍稍注视了一会儿母亲的后脑勺。令人振奋的一瞬间，她感觉那颗头看上去仿佛是属于另外一个人似的。无论母亲正在经历些什么，艾琳只能允许自己在意这么多了。她还有自己的生活要去担忧。生活是靠自己拼搏出来的。她这一路上经过的几栋房子对她来说已经足够豪华了，可那些人为什么还不知足呢？如果她能有幸住在这种地方，肯定不需要别的女人开车来载自己去潮湿的教堂地下室参加什么互助会。她会放眼望着自己的火炉、皮沙发和摆满了书本的书房，享受着四周清静的氛围，瞥一眼静静等候着新鲜面孔前来下榻的空客房，或是干脆惬意地空着它们。这一切就足以让她放下手中的酒杯了。可那些不知为何总是不知足的人却依旧存在——这个念头不禁让艾琳越想越气，仿佛被人拽进了一个充满哀怨的无底洞。她摇了摇头，像是在给那张东方挂毯掸灰一样甩掉了这些想法，决心只要自己能够拥有这样的一栋房子便足够了。

6

她花了 1963 年一整个夏天的时间说服自己的表弟帕特提交大学申请书。12 月在即，申请截止日期眼看就要临近，很多大学都已经结束了招生工作。她找到帕特，准备进行最后一次游说。

"我不是上大学的料。"帕特边说边把一双大脚翘在了凯蒂婶婶的咖啡桌上。艾琳穿着紧绷的棉质短裙、双膝并拢地坐在一旁。

"胡说八道。"

"我从来就不喜欢上学。"他俯下身来，往咖啡杯里掸了掸烟灰，然后又再度躺了回去。

"你本来可以做个很好的学生的。你比其他那些男孩都要聪明。"

"你得放弃让我成为美国未来领袖的梦想了。"

事实上，她早就放弃这个梦想了。他聪明到不用做一点作业也能够上到高二，还拥有一种与生俱来的天赋，能让周围的人都支持自己的奋斗目标——这不禁让她想起了自己的父亲。他把自己显然无法承受的诺言全都挥霍在了未成年人的酒吧里，但她早就不在乎了。她只想要守护他的安全。

"你在梦里都能考到 A。"她开口说道，"只要你稍稍努力一点。"她跷起二郎腿，玩弄起了一包香烟，强忍着不去伸手驱散朝着她的方向飘来的烟气。

"我没法坐下来学习。我老是感觉很焦躁。"

"那我来帮你申请。"

"我得*动起来*，不能把自己关在这里。"他掐灭香烟，把两只手背在了脑后。

"等你到了越南，有的是机会动起来。"她悻悻地答道，"直到你入土为止。"

他到 1964 年 2 月时就满 18 岁了。她试图让他和正在约会的女友结婚，可他却怎么也不肯。6 月份，他高中毕业时收到了要求提交体格检查报告的通知。她惊恐万分，因为他的体格简直就是一个完美的样本：体型高大威猛，强壮得令人难以置信，双眼视力极佳，强健的膝盖也没有遗传到任何家族病史。就此看来，他是绝没有可能在体检中得到四项不及格的。她试着让他报名加入国民自卫队，以躲避危险性较高的兵役岗位。8 月，东京湾决议通过之后的几个星期，就在她确信他肯定会去上大学之际，他参加了海军陆战队的招募。

帕特打架从没有输过，因此说不定以为自己只要瞪一瞪眼便能让所有的麻烦都迎刃而解。他先是去了位于帕里斯岛上的一处低级军营，然后又接受进一步训练成为一名反坦克爆破兵，被派往列尊营服役，一直到 1965 年 6 月才回来。越南南部爆发第一波地面战之后，他又报名参了军。

离开美国之前，他给艾琳打了一个电话。她无法想象电话另一头的他顶着平头、穿着整齐划一的马球衫和斜纹棉布裤的样子——仿佛所有人都是在同一间商店里购物似的。她眼前出现的仍是那个比自己小五个年级、身穿圣塞巴斯蒂安运动上衣、不耐烦地左右换脚等待她给自己系好领带的孩子。他就像她的亲弟弟一样。

"你最好活下来。"她说。

"这里有不少看上去吓得不轻的家伙，如果你想给他们鼓鼓劲的话，我可以把话筒递给他们。你是在和帕特说话哦。帕特·图穆蒂。我们很快就会见面的。"

"好吧。"

"告诉你爸爸，我会让他骄傲的。"他嘱咐道。

她父亲在她表弟的脑袋里灌输了不少爱国主义的豪言壮语，所以他才会相信自己即将踏上的是一段光辉的冒险旅程。

"你千万别想着要给他留下什么深刻的印象。"她答道，"虽然他从没有这么说过，但他怕你出事怕得要死。"

"这是他告诉你的吗？"

"不用他说我也看得出来。他只想让你全身而退。这个老头满嘴都是些胡话，真让人摸不透。"

"如果他们允许，他肯定会愿意替我上战场的。"

"就算这话是真的，也未必是什么好事。他生平唯一害怕的就是平淡的生活。回来以后好好过日子给我看。别老惦记着我爸爸。"

她感觉仿佛听到了他立正的声音。

"告诉他，我会让他骄傲的。"他重复道。

她叹了一口气。"你自己去告诉他吧。他还在你离开时坐着的那张该死的躺椅上呢，哪儿也不去。都是大家上门来找他。"

"我会的。"

"再见，帕特。"她说完又在心里默念了一遍，再见，帕特，等着他先挂上电话。

7

她开始期待能够跟随另一个男人改姓的那一天。图穆蒂家族彻彻底底的爱尔兰特色一直都在困扰着她。他们的血液里流淌着泥炭沼的气息、放荡不羁的歌声和骚动的喧嚣，深深受挫后往往会落入寻欢作乐的危险境地之中。

她成长的过程中身边围绕的全都是爱尔兰人，因此从没有过多地考虑过自己是爱尔兰人这个事实。圣帕特里克节那天，当整座城市热闹得就像一场家庭聚会时，她的心中充满了对于宗族的自豪。每当她听到哀怨的风笛声，都会被一种古老的归属感所召唤。

不过，在进入大学、见识到一穷二白的父亲所生活的那个世界之后，她这才开始理解别人的看法在塑造自己的前程时能够起到多么至关重要的作用。虽然她无法摆脱自己的名字"艾琳"，但若是能够在其中加入些截然不同的元素，也许就能再次享受到自己的爱尔兰特性，甚至可以放心地为之骄傲，正如她的灵魂只有在那些难得的场合中才能被激发出对于自身起源的向往，让她像19岁生日前夕听说肯尼迪当选总统时一样喜极而泣。

她想要一个与众不同的名字，一个暗示着盎格鲁－撒克逊裔白人新教徒一脉血缘的端庄而又高贵的名字。如果这个名字还代表着某种门第的话，她就更没有什么好抱怨的了。

那是 1965 年 12 月中旬的事情了。刚刚读完三年本科课程的她正按计划在纽约大学进修护理管理的研究生课程。课间，她和在附近工作的朋友露丝约好了在华盛顿广场的拱门下见面，准备一起出去吃午餐。那天是 12 月中难得的温暖的一天，一些年轻人身上只套了一件毛衣，连夹克衫都没有穿。

"好吧，其实也不是说他是多么地需要一次约会。"和她一起走向百老汇大街上的某家简餐餐厅的路上，露丝开口说道，"他根本就没有约过会。"

艾琳叹了一口气：又来了。每个人都相信自己为她找到了真命天子，可更多的时候对方只不过是个能够迷惑她的朋友和酒吧里其他人的谄媚自大的花花公子，害得她甩掉都来不及。

"我确定那个人会出现的。"她附和道，"告诉他，好事总是会光顾那些有耐心的人。"

能够让她心动的男人——那些可靠又可预见的人——按照其他女孩的标准来看总是略显乏味。她还没怎么见过这种人。这也许是因为他们挤不过酒吧里围绕在她身旁的那些人。不过，若是他们连接近她都做不到，那就更谈不上适合她了。她宁愿终老一生也不愿意和一个胆怯的男人过一辈子。

"你真是无可救药。"露丝开口说道，"我一直都在替你留意呢。算了——你知道吗？没关系。真的没关系。"露丝边说边伸手扣上了外衣的纽扣。

艾琳能够感觉到露丝的心中正燃烧着怒火。在简餐厅门口，露丝拦住了她。"是这样的。"她说，"是弗兰克让我帮他这个忙的。我们才刚开始，所以我才想帮他。我不在乎你跨年的时候打算做些什么。你不想找乐子，我没意见。你想孤独地度过余生，我也没意见。我已经努力过了，甚至还把你和汤米·德莱尼撮合在了一起。看看你是怎么回报我的。"

"你觉得自己和一个从西点军校毕业的男人在一起会安全吗？"艾琳

这话仿佛是对自己说的，"你是觉得他有点社会地位吧。"她看到一辆出租车停在了转弯处。一个腋下夹着报纸的男人正在支付车费。

"汤米是个优秀的男人。"露丝回答。

"嗯，我相信他的确很了不起。"艾琳说，"可我没有办法去了解他。他连坐下来和我多说两个字的时间都没有，一直都在和周围的人拍着背，打着招呼。"

"汤米有很多朋友。"

"他请每个人都喝了一轮酒，还扬言说，尽管我自己还蒙在鼓里，但他就是我未来的丈夫。大家马上就高声欢呼起来。真是太厚颜无耻了！"

那个夹着报纸的男人从出租车上走了下来。他是个高个子的帅哥，一头深色的短发，脸上的眼镜十分引人注目。她把他想象成了一个访问学者，说不定是意大利或是希腊人。趁他朝自己所在的方向看过来之前，她急忙调转了目光。

"他喜欢你，想要给你留下个好印象。"

"好印象！"

"你看，这个人不一样。"露丝弱弱地应了一句，"他不会试着去赢得你的好感，因为他比你还不想待在那里。"

"他有什么问题吗？他是不是同性恋？"

艾琳也不知道自己为何会如此抗拒。一般来说，面对露丝这样的小要求，她是一定会帮忙的。但她没心情失望，今天可是新年夜。她看着出租车驶离了路边，很快便又停在了街口。一个年轻人挤了上去。太阳从云朵后面探出了脸庞。露丝解开了外衣的扣子。

"他是纽约大学的研究生。弗兰克和他是解剖课上的同学。他对于自己的研究特别痴迷，从不会离开图书馆。弗兰克很担心他，想让他出来走走。"

艾琳一句话也没有说，试着不去相信自己脑中出现的那幅充满希望的画面，害怕自己最终会失望而归。

"所以弗兰克告诉他，其实是我在不厌其烦地催他为自己的朋友找一个新年的约会对象。"

"绝对不行！"艾琳说道，"我才不会假装去支持某人的慈善事业呢。"

"他是个绅士，是不会拒绝一位身处困境的女性的。只有这个方法能起作用。"

"露丝！"

两个女孩推搡着经过她们身旁，走进了餐厅。艾琳眼看着吧台旁边的座位逐渐被人占满了，只剩下一个空着的卡座。

"如果我告诉你他长得很帅，会不会有些帮助？连弗兰克都是这么说的。他说他认识的所有女孩都觉得他很帅。"

"那就把他让给她们吧。"她口是心非地说了一句，简直不敢相信自己竟然会感觉被这个男人给冒犯了。

"你就看在我的面子上帮我这个忙吧。我以后再也不会烦你了。"露丝边说边伸手准备开门，"你去完就可以回来做你的老女人了。"

"好吧。但我可不会为他愿意和我约会而假装感恩戴德的。"

在朋友的撮合和最终的约会日期之间，她一直都在说服自己这只不过是一个善举而已。可当露丝家的门铃响起时，她却一下子紧张得不行，冲进卧室，锁起了房门。

"快出来！我得去开门了。"

"我不去了。告诉他我病了之类的。"

"出来打声招呼嘛！"露丝加重语气低声说道。门铃再一次响了起来。

她听见露丝把他迎进了屋子。她喜欢他的声音：温柔却又不失刚劲。她打算打开门，但还是想要先给他添点麻烦。她不想让任何男人误会自己需要他出现在那里，更不需要一个被她拽着袖子才敢在屋子里踱步的笨拙隐士。

还没等她找到机会说些挖苦讽刺的话，埃德就先行站起身来。他的确很英俊，但又不会过于秀气；打扮整洁干净，身材瘦削苗条，全身上下每一个细节都无可挑剔，包括那张笑起来格外动人的脸庞。

他俯下身来在她的耳边低语了一句："我知道你不必这么做。我保证努力让你不虚此行。"

她的心像台发动机似的，在冬日的下午被人猛然发动起来，颤动了一下。

他的舞步如梦境般美好。被他紧紧搂到胸前时，她为他壮硕的体格吃了一惊。他鼻梁上架着的那副眼镜、梳得整整齐齐的头发以及走在人行道和门前时所表现出来的绅士风度都令她印象深刻。然而，拥着这样的后背和双肩，她却感觉格外的放松。桌旁坐着的女孩子都说他是自己见过的最彬彬有礼的男子。第一次听到他清晰有力、不带口音的奇妙讲话方式，她感觉他就像是出现在电影里的教授，只不过少了几分木讷，多了几分阳刚。即便这样，他儒雅的气质还是会让她认识的男性友人为之侧目。他能够谈论他们不理解的话题，手中逐渐温热的那杯没怎么喝的啤酒倒不如说是献给"对话之神"的贡品。她很担心他能否与自己的父亲相处得来，于是提早带他回去见了父亲，免得自己说不定哪天便会和他分手。然而，埃德的某些举止竟然卸下了她父亲的心防。两人相谈甚欢的场面反倒让她感到有些不太自在。其实这也没什么好惊讶的。他就像个邻家男孩，知道如何在朋友落难时出手相助，在问题出现之前用话语为所有人解围——大家都爱听他的建议，因为他说话的方式会让人感觉自己并非是一无所知。

他是个天生的运动员。他们曾和她的老朋友辛蒂以及她的高尔夫迷丈夫杰克一起去练习场打球。将球放在球座上之后，埃德打出了完美的一击。球沿着抛物线落在了远处的尽头。

一个周末，他们出发前往森林小丘探望她的朋友玛丽和汤姆·卡达西。卡达西家的联排别墅旁正好有一座网球场，于是他们便从主人那里借了两身白色的网球服，在球场上展开了四人双打。他们既不计分也不发球，只是随意地相互截击。每一次遭遇不可能接得到的快球，埃德竟都能轻松回击，以至于汤姆最后还提出要与埃德单挑。艾琳转过身时看到了玛丽脸上尴尬的表情。她们都知道结果会怎样。汤姆曾是福特汉姆大学的荣誉球员，发起球来威力十足。尽管他在混合双打的过程中一直都在压抑自己的好胜心，但在后来的对决中面对对手就不再手下留情了。

两个男人各自就位之后，汤姆发起了猛烈的一击。只见那只网球急剧上升，从埃德的身旁擦肩而过，蹦出了边界，仿佛是意图多次击中他似的。第二球冲着埃德的手边发了过来。他在最后一刻轻轻翻转手腕，将球击回了网子的另一边。汤姆匆匆加快脚步前去拦截，无奈为时已晚，球早在他赶到之前便已落地。轮到换边发球的时候了。埃德发球时沉着冷静，反击时坚决有力。她喜欢他在胸前挥舞球拍、突然发力予以还击的样子。他打出了不少对角线球，在场上灵活地奔跑着。虽说汤姆获得了最终的胜利，但在他们的圈子里，埃德的表现堪称与他旗鼓相当了。

一行人步行返回卡达西家，准备洗澡更衣。艾琳一手牵着埃德，另一只手则按着玛丽借给她的那条时髦超短裙的边缘。在场上，她感觉穿着它怎么动都不会走光，下了场却反而觉得像是没有穿衣服一样。埃德穿着汤姆那身白色球服的样子精神极了，仿佛他天生就应该这样打扮似的。

"你连网球都打得那么好？"

"我打得不怎么好。"

"我看挺不错的。"

他边走边在地上拍着网球。"有一年夏天，我曾经在展望公园里收过垃圾，下班后常留下在那里的网球馆打球。发完球之后，我会追着球奔跑，试图赶上它们。那里的一位行家曾经免费给我提过不少建议。'你觉得球会往哪里飞，你就往哪里跑。'他说，'赶过去给它一个迎头痛击。'"

"我也有个不错的策略。"她说道，"那就是原地不动，让它直接朝着你的方向飞过去。"

他大笑起来。"我注意到了。"

"我是平足。"

金银花的香气从花园里飘荡了过来。埃德将网球放进了口袋里。"好吧，我们总不能让你穿着这身白裙子跑得汗流浃背，是不是?"他把她拉到自己的身旁，捏了她的屁股一下。"这么小的一条白裙子。"两个人拥在一起跌跌撞撞地向前迈了几步，"那样就不好看了。"

"这叫*白色网球服*，泰山。"她边说边嬉闹着推搡着他，"这是最得体的装束了。所以说，请你检点一些。"

汤姆正和玛丽走在前面，肩上扛着的球拍看上去就像猎户用过的来复枪一样。他身上的衣服皱皱巴巴的，衬衣的下摆胡乱向外支着，整个人似乎从不会为了钱而发愁。然而，艾琳知道这不过都是他试图融入社会的伪装。虽然他在摩根大通工作，却出身于桑尼赛德，和她一样，父亲也是普通工人。而且福特汉姆就是福特汉姆，既不是哈佛、普林斯顿，也不是耶鲁。

服务生走过来点菜时，汤姆指着酒单上的什么东西努了努鼻子。艾琳知道那是因为他不想念错红酒的名字。还没有问过全桌人想要吃些什么，他便不由分说地点完了菜。埃德轻轻地捏了捏她的手，仿佛有一股脉冲正在两人之间流动。那一刻，她清楚地明白了他在想些什么——那与汤姆无关，而是与她和他自己，以及生活中的一切有关。她喜欢他看事情的方式，愿意将自己的一生都调整到和他一样平静的频率上去。

他并不是个一本正经的人，也不是个懦弱无能的人。那个词怎么说来着?想起来也奇妙，她脑子里唯一能够想到的词竟是"敏感"：他是个敏感的男人，无论你给予他什么，他都能够吸收。

他姓利里——一个再普通不过的爱尔兰姓氏——但她还是义无反顾地决定嫁给他。

8

　　埃德的家族早在内战之前便搬到了纽约，不过唯一能够证明这段家族史的事件便是他的曾曾祖父曾经参与修建了"莫尼特"号军舰。埃德说，他的父亲总是喜欢漫不经心地暗示自己的祖先曾是军舰设计师，可他却只能在大陆钢铁厂里上班，嘟着嘴制作船体。

　　埃德的母亲科拉有着和缓的声音和温暖的笑容。每逢星期五晚上，艾琳都会和她以及埃德一起坐在埃德从小长大的那间厨房里，喝喝茶，吃吃燕麦饼干。埃德的家住在卡罗尔花园鲁盖尔街上一处车厢式的公寓住宅中，靠近 F 线的高架铁路。即便是最冷的天气，科拉也会开着窗户，驱赶热气。艾琳喜欢看着蕾丝窗帘在微风中飘动的样子。附近常有猫咪出没，蜷着身子睡在破旧的轮胎里。若是它们偶尔跳上窗台，科拉便会拿出洗碗巾把它们赶走。列车时不时轰隆隆地开过，标记着时间的流逝。无论他们何时起身准备离开，科拉都会给她一个大大的拥抱，而每一次感受到母爱的关怀，她都会无法克制内心的诧异，只得尴尬地回敬一个拥抱。尽管她有时也会心不在焉，或是满心好奇，不过对于对方的盛情从来都是来者不拒。

　　埃德的父亲休已经去世多年了。艾琳对他知之甚少，因为埃德很少透露有关他的信息，而科拉也从不提起他的事情。他在公寓里留下的唯一痕迹就是摆在茶几上的一张裱框照片。照片中的休戴着一顶帽子，穿着大衣，微笑中带着些许神秘的色彩。艾琳知道他曾经为无声电影弹奏过钢琴配乐，还在萨柏林工厂里做过密封油漆罐的工作。一次，因为提议工厂将房顶的水箱全都画上涂鸦，他还小赚过一笔奖金。此外，他在丘博保险集团做过债务评估员，并在二战中找到了真正属于自己的唯一一点目标感。

虽然没有太多的记忆，但埃德似乎从不忌讳谈论父亲在战争期间的经历，因为那些只不过是他听来的故事。

"如果你和他提起有关战争的事情，他肯定会滔滔不绝地讲上好几个小时。"埃德说。

当时的政府十分鼓励平民从事能为战事做出必要贡献的事业。于是休便加入了托德船厂，负责为码头上停靠的受损船只安装舱壁和船体钢板螺丝。除了存在落水的轻微风险之外，这份工作本身并没有什么刺激之处，但他就是喜欢和其他人一起在阳光下劳作，呼吸着咸咸的海风，想象自己的工作将会创造怎样璀璨的未来，全然不知——充满讽刺意味的是——在美国生活了三代之后，利里家族的人仍旧只不过是一介船工。

埃德说，父亲和工友们能把普通的货船改造成油轮，还能在船体上加盖一层甲板。他们将豪华的游轮改造成了运兵舰，在船上搭起了一排排营房。从产业和重要性的角度来看，他们事业贡献的巅峰便是在"玛丽女王"号上工作的时候。他们拆除了船上的家具和木头镶板，把吧台和餐厅改造成了医院，并将船身涂成了阴暗的灰色——以扰乱海面上升起的潜水艇的视线——还加装了抑烟装置。它的速度堪比驱逐舰，每小时可达30海里，而普通的潜水艇速度只有每小时10海里。1943年，在战争进入白热化阶段时，它曾在没有炮艇护卫的情况下将1.6万名士兵从伦敦转移至悉尼。

一天晚上，艾琳在埃德家待到了很晚。科拉已经睡了。艾琳和埃德一起坐在外围边缝都已磨破、裂缝里还露出了些许填充物的沙发上，伸手从茶几上拿起了休的相框。

"他是个什么样的人？"

"我猜他应该和大多数的爸爸没什么差别吧。"埃德答道,"在外工作,很晚才回来。他很少在家。"

"那他人怎么样?我每一次想象他的样子时,眼前都会出现他穿着这件大衣、戴着这顶帽子的画面。"

房间里唯一的光源来自一对台灯,四周看上去就像是一间破旧俱乐部的雅座一般。科拉在每个角落都摆上了可爱的小雕塑,但独有的特性顶多只能让一间公寓感觉起来更像一个家。想起母亲总是把家里操持得干干净净、有条不紊,父亲又总是会及时换掉残破的家具,艾琳不禁心生感激。埃德的童年显然不及她过得富足。

"他喜欢笑。"埃德开口说道,"他喜欢讲些猥亵的笑话,嘴里老是叼着一根雪茄,看上去就像是大热天里耷拉着舌头的狗。从工作的角度上来讲,他总是在拼命赚钱。"

"还有呢?"她放下手中的照片,感觉他已经快要全部坦白了,"再多跟我说说。"

"他喜欢喝酒。"埃德继续说道,"酒品不太好。"

"这我倒是略知一二。"她应和了一句。两人互相表示理解地沉默了片刻。

"很抱歉。"他说,"你值得更好的生活。"

她感到喉头一酸。"你知道的,你我之间是可以无话不说的。"

"根本就没什么好说的,所以我也不知道该说些什么。"

"想到什么就说什么呗。"

他沉默了,害得她有些担心自己是否逼他逼得太紧。局促不安中她摘掉了沙发扶手上盖着的布毯,现在只好一边盯着埃德,一边试图用一只手将它铺回去。她应该让他一个人好好静一静,而不是冒着惹怒他、冒着让他封闭自己的危险去烦他。但她又不想和其他男人那样只与他进行表面的交流。除了埃德,她不愿和任何人进行如此深入的对话。她想把自己从未告诉过任何人的事情全都告诉他,然后用自己不曾了解过任何人的热情去了解他。她曾经以为一点点的神秘感是一个男人能够吸引她的先决条件，因此这也是她第一次感受到自己了解一个人越深，对他的感情却能有增无减。

"你还记得查理·麦卡锡吗？"过了一会儿，埃德问道，"埃德加·卑尔根的木偶？我父亲常说我长得像他。"

艾琳把两只手叠在大腿上，屏住了呼吸，试着表现出很想继续听他说下去的表情。

"我很早就发现自己每次模仿查理·麦卡锡的表情都会惹得他捧腹大笑，所以就开始勤加练习。简明扼要地说吧，我很擅长模仿他的声音。每次爸爸从酒吧里回来，我都会跳上沙发，扮着鬼脸为他表演。"埃德边说边为她表演起来，睁大眼睛，露齿咧嘴，空洞的眼神像个娃娃一样诡异地左右张望。"有时候他会大笑，有时候则会让我停下来，说我演得像个娃娃。我一直都不知道该怎么演才对。我还记得最后一次为他表演的时候，他笑了很长的时间，然后给了我一巴掌，啪！"——埃德把一只手放在了茶几上——"告诉我别再让自己难堪了。"

他们的手在沙发上朝着彼此摸索起来。等到两人的手指交缠了一会儿之后，她用双手紧紧地握住了他的手，将它拉到自己身前，轻轻吻了吻，然后靠了过去。

埃德说，母亲从不会和自己谈论父亲酗酒的问题。据他理解，父亲在战前并不是一个酒鬼。"如果这场战争没完没了地打下去，或是他做了公园管理员之类的户外工作，事情也许就不一样了。"

回归和平年代之后，休返回了丘博保险集团，成了一名整天坐在办公桌前的文员。他并没有什么爱好。"我想唯一可以让他发泄焦虑之情的地方应该就是莫雷酒吧了吧。"埃德讲道，"他一进门，所有人都会举起酒杯。他的笑话逗得大家前仰后合。他们还让他请大家轮流喝酒。"

他说，自己9岁那年，每逢星期五发薪日，母亲都会派他坐地铁去取父亲的工资。若是他不能准时赶到，全家人一整个礼拜就要缺衣少食了。其实，就算他迟到了，父亲也不至于没有收入。凭借一副好嗓子，他当上了圣玛丽海洋之星教堂的葬礼弥撒独唱歌手，一次能挣25美元，相当于他一周工资的三分之二。埃德之所以知道父亲在从事这一行是因为他上学的时候也做过葬礼的祭台助手。

"他第一次演唱时——"埃德回忆道，"我正好举着葬礼开始时所需的十字架从圣器收藏室里走出来。他站在一边，脸上挂着羞怯的微笑。时间到了。他走上了诵经台，紧张地看了我一眼，仿佛是在做什么不轨的事情正好被我抓了个正着似的。也许是他的一个朋友知道他有一副好嗓子，才帮他找了这样的一份差事。我记得他上台之前总是会先喝上两杯。我只能看出这么多了。"

她点了点头。

"管风琴声响起，他开口唱了起来，自己都被自己的声音吓了一跳，好像这是他第一次唱歌似的。我简直不敢相信他的歌声居然这么美妙，感情又是这么充沛。观众席里的好几张脸庞上都溢满了泪水。"

"我爸爸就不会唱歌。"她搭了一句，"但他觉得自己唱得很好。"

埃德给了她一个温暖的微笑。"事后，他过来领取报酬。当时我正好在牧师家更换白麻布圣职衣。他把手指放在了嘴唇上。'不要告诉你妈妈。'"埃德脸上的表情一下子变得严肃起来，"那时候我已经知道有些话是不能说的了，你能明白吗？"

她再一次点了点头。有时候，她心想，生活会让你早熟。可有些人就是永远也长不大。

"他出场的次数越来越多了。我不知道他是怎么在不被丘博集团开除的情况下兼顾这份工作的。往返列车需要很长时间，他每次至少要花上两三个小时的时间坐车，但他还是坚持了许多年。我怀疑这份工作的收入一分钱也没有被他带回家交给我妈妈。想象一下，他自始至终距离她只有一个街区的距离，她肯定会很乐意和他一起吃顿午餐的。"

埃德一开口便如决堤的大坝一样。他们每个星期都要到曼哈顿去吃一顿饭，聊天的内容多是彼此的童年生活。她得知埃德小时候曾是个模范学生，上了高中之后成绩却一落千丈。在他被第二所学校开除之后，科拉动用了自己在教区里的各种关系，将他送进了曼哈顿的权力纪念高中做试读生。遥远的地铁上下学旅程让他安定了下来，最终毕了业。他在离家不远的哥伦比亚大街科恩斯塔姆工厂找了一份工作，负责混合油漆和染料。他把所有的收入全都交给了母亲。

埃德说，他在科恩斯塔姆工厂里找到了值得尊敬的榜样——一位指导工人混色的科学家。工作中的化学程序唤醒了他心中潜伏着的求学渴望。他很快就熟悉了这些化学制品，其他人开始不再查阅手册，而是跑来直接找他询问。为了获取更高的收入，他跳槽去了多米诺方糖公司，学习如何用矿渣制糖，并留心观察其中的反应、试剂和产品。他参加了社区大学的夜校课程，后来又从多米诺公司辞职，成为圣弗朗西斯学院的一名全职学生。他的哥哥菲尔也在那里读书。科拉用来供两个儿子读书的钱全都是从埃德的工资里省下来的。

他们的公寓里没有走廊。要想从厨房走到客厅，就必须蹭过每一张床的床脚。这其中的一张床便是埃德与菲尔曾经共用的，直到他的姐姐菲奥娜在他21岁那年结婚搬去了斯塔顿岛。在休从办公室里为他们搬回一张书桌之前，埃德和菲尔一直都是在餐桌上一起学习的，因为那是家里唯一一个可以摊开书本的完好平面。科拉从不需要叫他们来吃晚饭，只需要让他们把书本推开就好了。

星期五晚上，在朋友们都出去玩的时候，埃德则在等待酒保的电话。他会将车子停在酒吧门口，然后按上几声喇叭。休听到后总是会再喝上一杯，让他多等一会儿。埃德不会到酒吧里去，因为他不想看到父亲买醉的样子。一次，他实在是等了太久，醒来时猛踩了几脚刹车，因为他以为自己是在开车的时候打起了瞌睡，差点就要撞上前面的那辆车了。他开始狂按喇叭。几个男子从酒吧里走了出来，想要看看发生了什么事情。休也跟着人群走了出来，像在看别人家的疯小孩一样盯着他。埃德还在猛按喇叭。等他终于停下来时，他的父亲开始朝他大叫。埃德说，从那以后他每次赶到那里，都只会简短地按上两声，然后就把车子熄火。

继菲尔之后，埃德的名字也入选了邓斯·司各脱荣誉学会名单。他们成为圣弗朗西斯学院历史上第一对接受这一荣誉的亲兄弟。

他们坐在位于第14街的勒柯餐厅，吃着维也纳扎小牛排和德国泡菜。埃德对她讲起了他父亲去世那天发生的事情。

"就在我毕业前的那几天。"他开口讲道，"爸爸坐在沙发上时突发了心脏病。我开车把他送进了医院，一路上飞奔着闯过了好几个红绿灯。我一直用一只手臂扶着他，防止他撞向前方。"——埃德用手按住了她的身体，好演示给她看，"就像我每次从酒吧里接他回家时那样。我就这样飞转着车轮拐过了无数个十字路口。然而赶到医院门口时，我发现他已经死了。我拍了他的脸好几次，然后把他扛在肩头冲了进去。"

过后，听闻父亲已经去世的确切消息，埃德坐在候诊区里啜泣起来，这才意识到自己扭伤了后背。在悲伤和疼痛的感觉交织下，他发现自己其实深爱着扛着父亲回家的过程，可身处那些夜晚之中的他当时却是如此地憎恨这件事：父亲重重压在他肩头上的体重拉扯着他腋下的肌肉；他喷出的热热的酒气不断拍打在他的脸上，粗糙的胡楂磨蹭着他的脖颈；还有他那轻缓的嘟囔声，以及嘴里甜腻得让人恶心的威士忌酒的味道。

"有些事情你是无法解释的。"埃德说道，"你也知道别人是无法理解的。"

"我能理解你的意思。"她本以为这话是在暗指自己也对父母有过爱恨交加的记忆，后来才意识到她是在同情埃德。人总是希望心中感受到的爱能被时间的书籍记录下来。"你不用再说了。"她告诉他。

9

她想给未婚夫买一份奢侈的结婚礼物。碰巧，她父亲最好的朋友，同时也是他在哈特尼特酒吧里的常客——父亲自从重新操起酒保的老本行之后便从多尔蒂酒吧转移到了哈特尼特酒吧——正好是负责北美地区积家品牌分销的副总裁。艾琳花了 600 美元购买了一只积家牌手表的新款样表。这只样表拥有精美的 18K 金表带，零售价为 2000 美元。为了这笔购置款，艾琳还申请了三期贷款。

她想要试着凝练出一句能够概括自己对他的感情的亲密话语，并打算把它铭刻在手表上传承给子孙后代，可想出来的每一句话都有些华而不实。最后她还是决定在上面刻上他的名字，包括他的中间名，希望他能够从这份朴实无华以及她认定他就是自己的男人的温情之中读出些许的诗意。

婚礼前一周，他们去了绿苑酒廊。从地铁站出来，他们坐上一辆马车，来到了酒廊的入口。她以前从没有进过酒廊。她喜欢这里的宴会桌、全景落地窗和窗外冬日里萧瑟的树木。

吃过沙拉之后，她将手表送给了埃德。他打开蝴蝶结，小心翼翼地掀开绿色的铝箔包装纸，打开盒子，将手表托在了手心里。

"真美。"他说了一句，试都没试便把手表放回了盒子里。"但我不能收下它。我不是那种一心想要戴上金表的男人。你应该把它退回去。"

倍感诧异的她一瞬间不知该说些什么才好。除了出离愤怒的感觉，她的内心深处更是萌发了一种失望之情，害得她的胃一阵酸痛。

"这是样表，埃德。我不能退回去。"她重新叠了叠铺在大腿上的餐巾，抚平了连衣裙上的绸料。

"为什么不行？"

"因为它是独一无二的。"

"我相信他们会听——"

"这上面还刻了字，该死的。"

埃德还在滔滔不绝地说着，可她一句也听不进去，而是冷静地抬起双眼，飞快地浏览了一遍餐厅的结构，琢磨着怎样才能离开。她一个字也不会说，还打算把手表留在桌子上。她想要回家，告诉父母婚礼取消了。想到自己没有机会看到父亲头戴高帽、身穿燕尾服的模样，她心里不禁有些失落。一个服务生走上前来收走了他们面前的沙拉盘，另一个则走过来为他们的水杯续水，动作慢慢腾腾的，以防大水罐中满满的冰块会不小心掉落出来。他尽职尽责的样子是她此刻没有起身的唯一理由。

"也许你可以把金表链摘掉，换上一条皮表链，如果你不想把它退回去的话。"但这个与她交换了誓言的男人此刻却如此傲慢地无视她的心思，丝毫没有体会到自己的话在她听来是多么的荒谬无力。"我是个普通人，不知道该怎么戴这样的一块表。"

她这才发现放弃自己想要的生活原来是这样的轻而易举。在对埃德充满同情的那一瞬间烟消云散之后，她坐在厌恶的小水坑里，哀叹着自己未来的丈夫竟是如此的愚昧和拮据。

两人就这样挨过了一顿局促的晚餐，甚至还勉强吃完了甜点。起身离开之后，在心中涌起的怨恨作怪之下，她从皮夹里掏出了手表，非要他看一看背面刻着的字样。

他默不作声地望着自己的名字。片刻间，她以为他会为此而感动，从而改变心意，心里莫名其妙地紧张起来。可他却把手表递了回来。

"我会把我的爱和忠诚全都贡献给你，一辈子都努力工作。"他说道，

"我不知道自己该如何感谢你为我买了这样一份礼物。它是我这辈子收到过的最美好的东西了。但我知道自己是不会戴上它的。如果你把它退回去，我们还可以把省下来的钱存起来给孩子做大学的学费。很抱歉。但我改变不了自己。我也希望自己能够改变。毕竟戴上另一副面孔有时候会让生活变得容易许多。比方说，此时此刻。你今晚看起来美极了。我是多么憎恨自己让你失望了啊。"

几天之后，艾琳的父亲见到埃德时询问了手表的下落。听着埃德一五一十地把事情叙述了一遍——那块手表现在已经被他收藏在了家中的一个盒子里，因为他觉得戴上它很不舒服——她的父亲并没有像她期待中的那样火冒三丈。埃德的答案似乎让他陷入了沉思。

那天晚上晚些时候，父亲把艾琳叫到了自己的房间里。"他不愿接受美好的东西是有理由的。"他开口说道，"他的家族在这个国家定居已经有一百年的时间了，却还是没能拥有一座房子。这是一种罪。如果你在我死去的时候还没能搬进一栋房子里去，我做鬼也不会放过你的。"

在相识一年多之后，他们结婚了，并在尼亚加拉大瀑布度过了自己的蜜月周末。这并不是她梦想中的蜜月目的地——法国、意大利、希腊——但埃德当时正在为毕业论文做研究，况且他们也没钱出去长途旅行。

淡季时的"新娘面纱"瀑布正处于枯水期，所以他们只能站在观景区想象瀑布的壮观景致。瀑布下方聚集了大量的冰块，扑面而来的冷气让人很难在上面长时间停留。于是他们只得找了几家餐厅，然后沿着景点的步道散了散步。

最后一天，当她站在展望公园的观景塔上思考如此庞大的水体是如何发源自同一条河流时，埃德宣布他们要回家了，否则他就无暇趁一年之中最好的时节做他的研究了。她并没有把他的这番威胁当真。她认为，埃德之所以这么说也许是因为他真的相信自己需要与世隔绝地去做研究，但更有可能的是他试图掌握家中的领导地位——用言过其实、不容置疑且充满男子气概的话语来安排家中的大小事宜。在他们恋爱以及婚礼的整个准备阶段，他都在做着同样的研究，但他总是能够设法腾出时间来陪她。的确，他们只有周末的时候才能见面，但她也有自己的工作要忙。

1967年3月下旬，他们返回了纽约，从父母的公寓搬到了位于杰克逊高地第83街的一座散户合住楼房的二层。她为自己终于实现了生活构想中的一部分而感到格外的兴奋。这么多年来，邻里一直都是她想象力的有力驱动，如今她每晚也能回到这样的家中睡觉了。细节在她看来是那样的熟悉，却又充斥着新的激情。十字路口的花盆象征着新生，而从窗口飘进来的春天的气息则萦绕在枕头上久久不曾散去。

她很高兴自己能够将父母公寓里的喧嚣全都抛在脑后。她想做个保守的人，不过不是在政治上——如果她转换自己的政治立场，父亲想必一定会和她脱离关系的——而是在言谈举止方面。她总以为自己只不过是在言谈举止方面稍显老成，如今却发觉自己做出的每一个选择的确十分审慎节俭，比如将还没有发臭的过期牛奶统统倒进下水道、驾车转弯或在雨中行车时都开得格外缓慢之类的。她还给埃德买了一件漂亮的新花呢外衣，强迫他丢掉了自己所有的旧鞋子，把它们换成了翼尖款和牛津款的皮鞋。

不过，她的心性之中还是隐约潜伏着某些不安定的因素。她和埃德所住的这间夹在两户人家中的公寓并不是她梦想中的家。房东安杰洛·奥兰多一家就住在公寓的一楼，而他的姐姐康索拉达则独自住在三楼。安杰洛在卫生部工作，他的太太丽娜是个家庭主妇。他们有3个孩子——10岁的盖瑞、9岁的唐尼和7岁的布兰达。奥兰多家终日里嘈杂喧闹，这样的单元房总是令她联想到独栋住宅。她一直以为只要能够搬进一座独栋住宅——即便是与人合住——就如同潜入了一片难得的静谧泳池之中。然而，奥兰多家的男孩却总是和邻居家的孩子一起在车道上不知疲倦地打闹。若是外面在下雨，他们便会伴着丽娜刺耳的责骂声在屋子里喧嚣嬉戏上好几个小时，还不时地在墙壁前推来搡去。每天晚上，位于埃德书房楼下的布兰达的卧室里总是会不间断地传来广播的杂音。这自然是打扰不到戴着耳塞、全神贯注的埃德的，却惹得艾琳愤慨不已。安杰洛和丽娜之间偶尔发生的争执也会带来尖叫和摔门的声音。除了楼下，楼上传来的噪音也令她困扰不已。大部分夜里，康索拉达都会焦躁不安地在公寓里走来走去。艾琳很难想象像她这么纤瘦的女人，脚步怎会如此沉重。将这间屋子里的电视关掉之后，她又会拧开另一间屋子里的电视，然后一直开着它，直到节目全都播完了也不关掉。艾琳就是这样伴着电视通讯中断的沙沙声睡着的。

婚后三个月，艾琳惊诧地意识到自己还没有和丈夫一起进过一家酒吧和餐厅或是一起出席过一场派对。她已经厌倦了用各种借口来搪塞自己的朋友。每当他们打电话来邀请她，而她又无法脱身时，她只想把话筒塞给埃德，让他来解释。有时候，她也会只身前去参加朋友家的聚会，但鉴于别人总是不厌其烦地询问起埃德的去向，她后来决定这样的场合不出席也罢。她想象过和他一起在寇克力家玩尤克牌戏，或是看着他帮忙收拾弗兰克·麦圭尔"烤肉灾难"的残局，抑或是在汤姆·卡达西家里为刚刚灌下几杯香蕉代基里酒的客人们弹琴助兴的场景。她也想象过若是埃德允许她花些钱更换餐厅的家具，让她可以召集三五好友围坐在桌前，生活会是什么样子。在她满脸骄傲地端着柠檬胡椒粉烤鸡从杰克·寇克力面前走过的时候，他肯定会拍起手来，夸张地撑大鼻孔到处嗅闻。然而，每当她窝进扶手椅中时，陪伴她的却只有几本折了角的小说。她之所以还留着这把该死的椅子，唯一的原因便是因为这是倍感羞愧的埃德迫于她母亲的压力买回来的，好让她在过来串门时能够有个优雅的地方坐下休息。她直截了当地表示自己拒绝坐在他们从移居多伦多的菲尔手中继承下来的破烂沙发上。只要埃德有地方靠头——就算是地板他也不在乎——他就能心满意足地去工作，好像身体的需求都是些恼人的小事，而灵魂的需求只能是幻想似的。在他的心里，唯一真实可信的便是他的工作——不是抽象意义上的工作，因为他根本就懒得听她回顾自己的一天——而是他的工作，那份有望为科学做出珍贵而又重要贡献的工作。每次只身到社区散步之前，她都会在走廊里停留片刻，看着他俯身趴在那些该死的笔记本上的身影。他甚至连敷衍着朝她摇摇手道别都不愿意。

　　她走在幼时偶尔才有机会踏足的小路上，回想起那时候的杰克逊高地还是一片有人引见才能够进入的社区。路过曾经看完电影之后吃汉堡、喝奶昔的雅恩餐厅，她想起不管和她约会的男孩子是多么的前途无量，都会护送她在第 37 街逛个来回，直到送她坐上回家的地铁。有时候她也会带着他们绕路找些小巷来走，倒不是想找个亲热的地方——尽管事实如此——而是因为她喜欢望着那些合作公寓和独立住宅，畅想着自己也能生活在这样的富人区里。

　　有时候，对于这些可能的幻想会重新袭上她的心头，然后随着她的脚步逐渐退去，直到眼前的街区莫名变得陌生起来。她在阿图罗餐厅门口停下脚步，看着成双成对享用晚餐的男女，或是互相递着碗盘的一家人，猜想自己到底要过多久才能和他坐下来分享一篮热气腾腾的面包——要是能够抹上些黄油就更好了——再喝上一杯红酒暖胃，然后不慌不忙地靠在那里翻看着诱人的菜单。他们需要留出些时间享受这一切，否则生活在她眼中根本就毫无意义。

　　那是早春里的异常温暖的一天，埃德穿着内裤和 T 恤衫坐在书桌前。她开始反感那张书桌，嫌弃它残破不堪的桌腿和又脏又呆板的棕色。她知道自己无论如何也摆脱不了它，因为她走到哪里它就会跟到哪里。

　　埃德曾经告诉过她，拿到这张桌子的过程是他成年后与父亲少有的几次愉快经历之一。一天，父亲下班后把他从床上叫了起来，让他坐上车跟自己走。父亲不肯告诉他此行的目的，而是径直开到了丘博的办公室门口。"那地方看上去干净得就像是被人清空了一样。"埃德说道,"他带着我来到了一个储藏室,只见里面摆放着一张桌子和一张椅子——他的桌椅。这些都是他拜托一位勤杂工朋友替他保存下来的,因为整个办公室第二天就要更换全新的家具了。'坐下。'他对我说,'拉开抽屉看看。假装你正在工作。'在他的注视下做这些动作让人感觉很奇怪。我工作的时候,我妈妈就经常趴在我的肩膀上偷看。'你能不能用这套桌子来干活?'他问道。'谁不想用这样的桌子干活啊?它太美了。'我答道。'太好了。现在我可以在餐桌边看报纸了。'我爸爸说起话来还是那个老样子。但我知道他很高兴能够为我做点好事。"

第一次听到这个故事时,她倍感动容。然而,现在这张丑陋的桌子却越看越像是一个符号,象征着她的丈夫永远也无法看清自己的成长史给他的想象力带来了多少限制。

她望着他工作的背影,看着他那两条从三角裤里支出来的可笑而又苍白的腿,等待着他转过椅子来面对她,暂时做一个正常的男人。怀着愤怒而又失望的心情,她走过去拧开了空调。埃德沉默地起身把它关上了,然后又继续回去工作,连看都没有看她一眼。他们就这样循环往复了好几次。她简直不敢相信自己居然甘愿和这样一个投身于毫无意义的苦难之中的男人厮守一生。无论从哪个角度来评判,他们的家境都算不上是一贫如洗,每次发工资时还能够从中省下一些,存做未来买房所需的首付款。然而埃德的生活却容不下一丝半点的放纵。

早在他们恋爱时,艾琳就已经见识过了像他这样拥抱变革的人身上的怪癖。他具有大陆美国人的天赋,无疑比艾琳在工作中认识的那些医生更有魅力。他和他们一样聪明,只不过因为热爱研究而放弃了报考医学院的机会。如果说这些怪癖本来还包含着些许的浪漫色彩,那么当艾琳真正和他生活在一起之后才发现它们已经演变成了某种病态。原本在她看来颇为迷人的独立性如今只是让他整个人变得很难取悦、自暴自弃。

阵阵热浪突破了她的心防。她告诉他,她受够了,然后推开门朝着伍德赛德的父母家走去。尽管她的衬衫已经湿透了，可心中的厌恶感却还在驱使她不断前进。就让埃德一个人尽情享受那间闷热的公寓吧。她可再也不想和他在一起多待一分钟了。

看到她进门时火冒三丈、大汗淋漓的样子，她的父亲一下子就意识到事情不对。"那里现在是你的家了。"他说道，"你得和他一起解决问题。"

匆忙离开埃德时，她忘了带上钱包，于是便开口向父亲要些零钱坐车回家。

"你是走着过来的。"父亲答道，"也可以走着回去。"

等到她终于走回家门口时，对于父亲的怒火已经让她完全忘却了自己还在和丈夫生气。埃德看到她的时候什么话也没有说，可当她洗完澡时却发现屋子里的空调正吹着凉飕飕的微风。

那一晚，他们如胶似漆。她完全不介意多出点汗。

一次，她去伍德赛德探望父母，在多尔蒂酒吧的窗户上看到了这样的一张告示："大块头麦克·图穆蒂 vs. 皮特·麦克尼斯竞走比赛。7月21日星期五 7:00。"

她认识皮特，但从来都不喜欢他。他是个又高又瘦的家伙，总是喜欢做作地扯着嗓门讲话，仿佛是在模仿别人的声音似的。

"比赛是怎么回事？"她一边走进厨房一边询问父亲。此时他正捧着一杯茶坐在餐桌旁边，眼睛望着窗外，身上穿着一件新的汗衫和一双新拖鞋。

"他到处吹嘘自己的脚程有多快。"

"你已经是快 60 岁的人了。"

"那又怎么样？"

"皮特才 30 岁。"父亲把水壶放回了炉灶上。

"所以他的年纪比我小一半。"父亲答道，"他还不如曾经的我呢。"

虽然她觉得整件事情都很荒谬，比赛那天却还是忍不住在下班回家的路上顺路去了一趟多尔蒂酒吧。酒吧比平日里热闹了许多，拥挤得让人仿佛能够看到不时飞溅起来的静电火花，或是即将上演的是一场职业拳击赛而非什么荒谬的蹩脚竞走比赛似的。喧闹之中偶尔还会响起快活的欢呼声。目光所之之处，都是挤作一团、用手掌互相拍打彼此后颈的男人。有人询问她的父亲打算怎么击败皮特。"我要用烟末把他弄瞎。"他边说边鼓着脸做起了咀嚼的动作，惹来了一阵捧腹大笑。大家已经开始进行最后一轮下注了。"两美元押大块头麦克赢。"她听到一个人充满骄傲地说道。这不禁让她想到，若是将父亲的追随者掷下的赌注全都摞在吧台上，说不定足够把整座酒吧给买下来或是做些什么更有意义的事情呢。

赛道已经设置好了：他们将从酒吧的后门出发，沿着人行道绕街区一圈，然后再返回酒吧。这可不是一场赏心悦目的比赛。皮特和他那两条像高头大马一样的长腿肯定会轻松地转过街角，而她的父亲则只能鼓着双颊跟在后面，脸色通红，双腿颤抖。所有人都会聚集在那里目睹一个时代的终结。

"给我来一杯爱尔兰威士忌。"她的父亲边说边轻轻地用指关节叩了叩吧台，"我要热热身。"他脱掉了衬衫，然后又脱掉了贴身内衣，看上去就像是一个没戴手套的拳击手。皮特试着假笑了两下，不过看上去有些烦躁不安。只见父亲把一只脚翘在了一把高脚凳上，露出了几块肌肉。当他俯下身来系皮带时，后背看上去宽阔得能让人在上面打牌。

"吉米，"他假装严厉地喊道，"把那些孩子从街上轰开，我可不想把任何人撞倒。"

在场的人都笑了起来，互相交换着眼神。两名参赛选手站到了酒吧后门的起跑线上。酒保从三开始倒数时，两人穿过两旁拥挤的围观人群，同时到达了门口。她的父亲像只横冲直撞的公牛一样侧着身体将皮特撞在了门框上。还没等他们出门比赛，皮特就已经蹒跚着脚步喘不上气来了。

"他们把门给挤坏了。"她的父亲边说边走回了自己的高脚凳，裸露的皮肤似乎正泛着热气，怒目圆睁散发着一丝杀气，沉重的脚步声仿佛透露着宗族族长的自豪。她看着他的朋友们纷纷取回了自己的钱，感觉他们的目光正停留在她纤长瘦削的身体上。夏夜里的高温让她的工服套装紧紧地贴在她的身上。他们的眼神中充满了赞许，但也掺杂着一丝向往与渴望。她是族长的女儿，却嫁给了一个外族人。

　　他们什么也没有赢到，但也什么都没有输掉——无论是金钱还是他们对于大块头麦克的看法。她的父亲参与了皮特的游戏，只不过是以他自己的规则而已。虽说这样的解决方法充满了人生的大智慧，却让她不禁哀伤地想到，凭借如此鼓舞人心的天赋，若是他生在其他人家，肯定能做出一番不同的大事来。

10

埃德是大脑方面的专家。在神经系统科学的领域里，他的附属专业是神经药理学，尤其精通精神病药品对于神经功能产生的影响。在进行论文研究的过程中，他在美国自然历史博物馆动物行为研究室的水族馆开展了一项试验，研究神经递质去甲肾上腺素与西非黑翅帚齿非鲫的学习机制之间的关系。这种鱼类的公鱼会在母鱼产下的卵子上喷射精子，然后将它们集中起来含在舌头下方进行孵化。埃德将它们分开饲养在一座 26 摄氏度恒温的温室小型鱼池中，并在同样室温的不同房间内进行试验，给它们注射具有增敏或降敏效果的药剂，然后在它们的前方打上一道红色的灯。如果这些鱼在看到灯光的 5 秒钟之内还没有跳过屏障，就会遭到电击。他这是在测试药物对有机体的决断能力——简而言之，就是学习能力——所产生的影响。

他对有关学习机制的课题总是很有兴趣。他告诉艾琳，他之所以对此如此痴迷，与自己人生中的偶遇有着密不可分的关系。"如果我没有遇见科恩斯塔姆公司的那个化学家，就不会知道自己还能有今天的成就。我觉得自己很侥幸。"

整整一年的时间，他每个星期都会安排 6 天按时去对那些鱼进行试验，无论碰上什么样的不便也不曾放弃，更是不惜错过了各种家庭聚会和朋友聚餐，甚至会在她表示坚决反对、要求他分出一点时间给自己时转而依靠同事的帮忙。他总是睡得很少，还经常饿着肚子，后背也因为长期坐在办公桌前而受了伤。然而，面对研究接近尾声时所展现出来的前景，他却充满了动力，整日里神采飞扬。看到他如此高兴，艾琳独自上街用美国运通卡订购了一个咖啡桌、两组沙发和一对床头柜，心想他应该没有心情抱怨。不过，她还是很担心几周之后的那个星期六——也就是家具到货的日子——自己会为此付出什么样的代价，因为她还没有告诉他，自己都买了些什么。那一天，她如释重负地看着他提早出了家门，去试验室收集数据。待工人将她买的家具悉数送到，并把旧沙发搬到后院里去、等待星期一时再来回收之后，她坐在其中的一组沙发上焦急地思索起了自己应该如何交待。终于，外面传来了前门被人打开的声音。正当她跳起来准备为自己开脱时，却发现从门厅里迈着步子走进家门的埃德脸上满是一心思索工作时的那副平静表情，仿佛是刚刚做完冥想回来似的。他走进房间时，艾琳本以为他的脸色会一下子阴沉下来，也做好了准备表示自己会将它们统统都退回去，不料他却一屁股坐在了沙发上，开口说道这些枕头可比旧沙发上面的紧实多了。她从没有想过他居然还会记得那些破烂东西。

就在他还差两个星期便能集齐自己所需的所有数据时，供暖设备发生了故障，冻住了他的鱼池，害得里面的试验样本全都一命呜呼。

他并没有砸烂自己的仪器，或是臭骂厂长，也没有回家后把怨气全都撒在她的身上，而是静静地吃完了一顿晚餐，然后在玻璃咖啡桌和沙发之间的客厅地板之间躺了下来。为了陪他，她在另一组沙发上坐下来看起了书。她知道他并不需要别人来为他加油打气。上床睡觉的时间到了，她弯下身子，看到他的眼中并没有哀怨，而是充满了倦意。她知道自己无须告诉他一切都会好起来的，于是吻了吻他的嘴唇，嘱咐他快点进来，然后便关上了灯。他就那样一声不吭地在黑暗中躺了好久，很晚才爬上床。第二天，他弄来了一批新鱼，准备从头开始，因为他需要一组完整的数据。

一年后，他终于完成了这项试验。由于试验周期实在拖得太长，就连作为样品的鱼都改了两次学名。

"要想做成大事，是永远也没有捷径可走的。"当她问起他是如何挨过那段困难的时光时，他这样说道。她完全赞同他的说法。不走捷径——不与不如自己的人凑合着生活在一起——这也是她任性嫁给他的唯一原因。

他们又开始出门约会了。埃德为他们申请了一张大都会交响乐团的会员卡。一次，在去听交响乐的路上，他在路边拾到了一只受伤的幼鸟，于是用手帕包裹着它走了好几个街区，在她的再三抗议之下才表示妥协，把小鸟放在了一个花架上。直到两人回到家，他一直都沉默不语。关上灯之后，她开口说了一句："晚安，圣芳济。"他才忍不住地笑出声来，两人缠绵了一会儿才沉沉睡去。

1970 年 12 月，她和埃德一起到曼哈顿去观赏第五大道的橱窗陈设。尽管埃德去年就曾对这些橱窗挖苦讽刺过一番，哀叹它们是"过度消费的祭坛"，她的心情依旧十分激动。自从母亲在她 11 岁那年带她来观赏过一次之后，她一有机会便会跑到这里来大饱眼福。因此，她可不打算让他的埋怨坏了兴致。

埃德不想支付室内停车场的停车费，于是两人花了半个小时的时间才在第 25 街和第 7 街的交汇处找到一个停车位。那里距离罗德泰勒百货足有一英里远。即便她穿着高跟鞋，室外的气温也只有零下 6 度，大街上还寒风呼啸，他也不愿意雇一辆出租车。太阳即将落山，店铺的大门也为了抵挡寒气紧紧闭着。第七大道上异常冷清。她注意到身旁经过的出租车里都搭载着客人。

百货商场附近的人行道上，行人越来越多。救世军募捐的铃声响彻每一个街角。看到前方正聚集着一群人，艾琳加快了脚步，而埃德则叹了一口气，慢了下来。

她欣喜地看到橱窗里的一只金毛寻回犬正叼着一份礼物的边角，撕扯着包装纸，可埃德——此时他正捧着一小包就快见底的烤花生——却开口打破了如此梦幻的氛围。

"这些玩意儿看起来是为了娱乐你们。"他说，"实际上是为了从你的身上敛财。"他的语气是那么的狂傲淡漠，仿佛是在暗示，他相信两人之间又建立起了什么新的默契似的，"就像是有机体会进化出带有诱骗性质的复杂装饰性机制一样。人们总是会掉进这样的陷阱。细想起来，其实也挺奇妙的。"

"听听你自己在说些什么吧。"

"比方说，蜂兰的花朵看上去很像是雌性的黄蜂。雄蜂在企图与之交配的时候脚上便会沾上花粉，然后传播出去。所以说，橱窗并不是重点，把你拉进店里，让你买点什么东西回去才是最重要的。"

她试图集中注意力观赏橱窗里的一个小女孩机器人。只见小机器人正看着圣诞老人把一对黑色的靴子扔进烟囱，然后缓缓地抬起手捂住了张得大大的嘴巴。

"这是种使人麻木的催眠把戏，会让你陷入极易受到暗示的状态之中。"

"你凡事都要这么任性吗？一定要把每一样东西都剖析到极致吗？"

"奇妙的是，它们每一年看上去都一模一样。"

"你这么说就太无知了。"她声辩道，"这些橱窗才没有一模一样呢。负责布置橱窗的人投了很多的努力。他们花了好几个月的时间才把它们设计出来。"

如果不是他坚持要把她拽进这样的一段对话之中，她本是可以不在乎他的异议的。她只想要和他分享一段快乐的时光，难道这也算是奢求吗？

她环顾四周，看了看别人的丈夫。虽说他们看上去兴致也不高，但都呆呆地站在那里，把手背在身后或是抓挠着鼻子。看来，就算他们怎

　　　　　　　不属于我们的世纪

么努力，也是没有办法像埃德一样精明地进行一番冷嘲热讽的。

"还有游客之间的博弈。"他继续说道，"情况一年不如一年。大家你推我搡、你争我抢，全都涌到首都来吃喝玩乐。我希望我们不必这样。"

她开始朝地铁走去。迎面走来的一对夫妇好奇地看了她一眼，仿佛看出了她脸上凝重的厌恶表情。她发现自己正无意识地朝着一个男人微笑，笑容间充满了起锚后有些令人窒息的兴奋感，而对方也雀跃地红着脸以示回应。当她感觉到有人拽了自己的手肘一下时，她已经走到了下一个路口。

"别这么歇斯底里。"埃德说道，"我只不过是发表了几条意见而已。"

"这个世界不是你的试验室。"

"别这样。"他劝慰着她，"我们再回去看看吧。"

他穿着那件袖扣都已经磨损了的大衣，看上去就像是四处乞讨地铁车费的退伍军人。

"你把氛围全都毁了。"

"别这么说。听着，我有时候就是控制不住自己。我也不知道怎么了。"

"我知道。"她答道，"你从小就没有经历过什么好玩的事情。"

他拽了拽她的胳膊，可她还是不肯挪动脚步。她望着从井盖里袅袅腾出的蒸汽，胸口随着呼啸而过的大巴车感到一阵悸动。她强烈地意识到了物质世界的有限。她想要生活在橱窗画面中那些停滞的时光里，身处每一个零件都和谐运转的完美和谐世界，实现那只指引的手设计出的计划。如果不必为生活中所有琐碎细节都作出抉择，其实也是一件挺好的事情——只需要每年老老实实地按照时令出来扮作一幅景观，取悦那些用欣赏的目光默默盯着自己的人。真实的世界是那样的污秽，灯光不够完美，油漆也斑驳不堪，就连快乐也都不够完整。

"我希望我们终有一天再到这里来的时候，你也能学会欣赏它们，不再让我感觉那么沮丧。"

"那我今年就满足你的这个愿望好了。"他答道,"我们回去再看看那些橱窗。求你了,亲爱的。让我来补偿你吧。"

"太晚了。"她说。

"永远不会太晚的。"他说,"别那么说。"

她说话时一直都没有盯着他看,听到这一句时才把眼神转了回来。川流不息的人潮从两个方向经过他们的身旁,急匆匆地朝着未知的目的地行进着。这就是她在这里的生活——此刻看上去似乎有些寒酸——这就是她选择与其共度一生的男人。他的手里正拿着自己的帽子,仿佛是为了哀求她才特意摘下来似的。她明白,他永远都不会是完美的:表达反对意见时总是过于强烈,谈论到世界的堕落与颓废时又太过于固执。她心想,*我们总不能一直穿着苦行僧的粗毛衬衣*。可他就在那里,试着把她拉回被自己鄙夷的地方。她也明白,除了按照自己以为正确的方式活下去,他并没有其他的选择。而每当他终于发现正确的答案时,又会在意地仿佛这才是唯一重要的事情似的。周围经过的每一个人影都像空气般虚无缥缈,只有他们手中的购物袋才能将他们牢牢地钉在地上。

"我有没有告诉过你,我很喜欢你的发型?"他开口说了一句。艾琳试着平复自己的心情,因为她觉得他可能根本就没有注意到自己情绪的起伏。她握住了他的手,和他一起往回走着。身旁的街道上人声鼎沸。她发现自己这个不完美的丈夫身上也有些许的完美之处——虽说他对于资本主义的影响过分敏感,还长了一双明显的弓形腿,但却是个平凡而又现实的男人。她一直盯着他那双拍踏着人行道的鞋子,任由他拉着向前走去。

11

获得博士学位后不久，埃德收到了默克公司的高管前来找他接洽的邀请。据说，对方是在看到他发表在期刊上的一篇文章之后找上门来的。听到这个消息时，艾琳正在厨房里切着蔬菜，准备做一锅炖菜。

"他说我可以拥有自己的试验室，还会给我配备各种先进的设备。所有东西都会是顶尖的。我还能拥有自己的助理团队。"

"那他有没有提到给你多少工资?"她把青椒丢进砂锅里，然后将刀子放进水池里浸泡。她闻到一股让人反胃的甜腻糊味儿正从楼下的奥兰多家飘散出来。

"他不用说我也知道。就这么说吧，肯定比我现在挣的要多。"

"多多少?"她开始将带着肥肉的牛肉切成小块。要是埃德知道她花了多少钱买这块肉，肯定又要不高兴了。

"我们会过得很滋润的。"

说这话时，他的表情看上去并不是很激动。

"亲爱的!"她放下刀子，听到自己长声尖叫道，"这真是太棒了。"她伸出双臂拥抱了他。

"不过我们得搬到新泽西去。"

"我们想住哪里就住哪里。"她说罢放开手让他走了几步，脑子飞快地旋转了起来，依然开始憧憬一座位于布朗士区的房子，"比方说，即便不住在新泽西，我们也可以搬到韦斯切斯特去。"

"从那里出发上班太远了。"

"那我们就搬去新泽西。"

"我才不想去呢。"

"那你打算怎么办？你觉得怎么才够舒服？"

"待在我现在住的这个地方。"他答道。

她望着他，发现他是在认真严肃地考虑推掉这份工作。不得不说，他其实早已经做好了决定。想到这里，她操起刀子切下了最后一块肉。

"你喜欢做研究。想想你能拥有怎样的试验室吧。说不定我还得过去硬把你拽回家呢。"

"这可不是什么研究，而是制药。"埃德朝着客厅的方向来回踱起了步子。

"是治病救人的药。"她边说边把肉块丢进了锅里。

"是能赚很多钱的药。"他纠正道。

这个机遇看起来就是他们的宿命。肯定有什么方法能让他听从她的劝告。她往锅里加了些盐巴和胡椒，然后又倒了两杯水进去，打开了炉灶。"你早就参与过药品研究。这又有什么不同呢？"

埃德在厨房与客厅之间的拱门下停住了脚步，舒展双臂，活动了一下身上的肌肉。"药品研究和药品制作是截然不同的两件事情。"他解释道，"做独立研究时我一个人就可以说了算；给他们工作时，我就是只哈巴狗，或者是一只警犬。"

"那若是我们有了孩子怎么办？"她盖上了油壶和调料瓶的盖子，"你难道不想好好地供养他们吗？"

"我当然想了。我想这取决于你对于供养这个词的定义。"他意味深长地看了她一眼，放下两只手，透过玻璃锅盖瞥了瞥锅子里的东西，然后打开收音机，扭转天线，以便消除喇叭里的静电杂音。厨房里顿时飘荡起了古典管弦乐的小提琴和长笛声。

"我可以强迫你接受这份工作。"她说道，"但我是不会那么做的。"

"你不能强迫我。"

"我可以。女人总是在做这种事情。我会找到方法的。但我不会这么做。"

他挺直了腰板。"你不是那样的人。"

"你太幸运了。这话没错。"她答道。不过,她心里清楚自己就是这种人,而埃德根本就不了解她。如果她的丈夫不打算为他们的未来打拼,就一定要有人顶上去。"我只想让你知道,我清楚自己没有做哪些事情。也就是我没有强迫你做过些什么。"

"别忘了我正处在成为终身教授的'快速通道'里。"他说道。艾琳明白,这件事在他的心里已经是不可动摇的了。

埃德从纽约大学毕业后便一直在布朗克斯社区大学任教,成了一名助理教授。不久的将来,他会升任副教授,然后很快就能坐上正教授的职位。

"你那才不叫什么快速通道呢。"她嘴上怨恨地说着,眼睛则望着他在窗户上的倒影,不想直视他的脸庞,"而且我也不在乎你多快能够当上正教授。"

结婚 5 年之际,也就是艾琳年满 31 岁那一年,夫妻两人决定停止采取计生措施,试着怀上一个孩子。在她所工作的爱因斯坦医院里,身为护士长的她拥有良好的声誉,因而十分自信自己在短暂休假之后还能够重返这个领域。要是埃德答应了默克公司的邀约,她早就可以辞职不干了。

7 个月过去了,她的肚子还是一点反应也没有。这不禁让她感到有点担心。虽然她的年纪并不算太大,可心里很清楚自己应该理性地估算一下了。在这件事情上,他们一直都抱着顺其自然的态度,性生活也都很随性。她决定将怀孕这件事情作为一个有意识的项目来执行,将自己处理其他事情的注意力全部转移过来。她绘制了一张排卵时间表,并要求埃德遵从她的计划。两人还双双去了医院接受检查。埃德的精子量很正常，活跃程度也很不错，而她的卵巢也没有什么问题。每次来月经时，她都会哭上一鼻子。埃德只好在一旁安慰她。

终于，在尝试了6个月之后，她怀孕了。一抹崭新的亮光就此照进了她的灵魂，仿佛那些曾让她倍感烦恼的事物全都远离了她。她的笑容多了，对埃德的管束少了，监督手下的护士工作时也宽容了不少。就连她自己也为自身心态竟能如此平和而感到惊讶。她从未想过自己会成为一位全能的"大地母亲"，可她做到了——虽说有些疲惫不堪，却还是做着一日三餐，家务也处理得井井有条，脸上还时刻挂着微笑——甚至应该说是灿烂的笑容。她不会再为晚间新闻的内容而感到愤怒，在高速公路上被人插了队也只是无所谓地耸耸肩，变换一个车道，一心只希望所有人都能安全地到达自己的目的地。

母亲来家里看她时翻阅了一下报纸，然后赞许着嘟囔了几声，把报纸递到了艾琳的手上。

"给。"她说道，"读读这篇。你没准能学到些什么东西。"

这是一篇有关罗斯·肯尼迪的文章，其中一段讲到肯尼迪的孩子会把衣架藏起来，好让母亲找不到东西打他们的后背。艾琳已经很久没有想起过母亲用衣架打她的事情了，一方面是因为这些记忆实在不太美好，另一方面则是因为它已经彻底融入了她的童年之中，根本就不用去费力思考。即便这么多年过去了，一想起母亲举着那个小小的金属"鞭子"抽打自己的画面，她还是能够体会到一种切肤之痛。

"看到了吗?"艾琳把报纸递回来的时候，母亲骄傲地对她说道，"不只是我一个人会打孩子。如果罗斯·肯尼迪可以这么做，那么我也可以。你也应该学一学，不过我猜你是下不去手的。你这个人太软弱了。"

如果艾琳没有怀孕，一定会滔滔不绝地反驳她，告诉她金钱不一定能买来地位，她的举止说明她还是皇后区的一名清洁女工之类的，想必这一定会戳到母亲的痛处。然而，她却开口答了一句"我猜每个人都有自己的风格"，并且当即下定决心，即便再生气也不会动手打孩子。

怀孕几个月之后，她遭遇了流产的厄运。毁灭性的哀伤之情笼罩了她，让她感觉有苦难言。更糟糕的是，她在冥冥之中回忆起了一段尘封已久的记忆。也许母亲的那次流产经历一直都在影响她们母女二人的生活。虽然她从未有意承认过这一点，但在内心的绝境之中，她始终都在担心自己很难设法保住肚子里的孩子。

她试图不让埃德看出她有多么的不安，因为她需要他继续尝试让自己再次怀孕，而且她暂时不想让他感觉帮她放下包袱是一件多么英勇的事情。又一年过去了，没有任何的结果。在餐厅就餐时，她开始习惯多喝一杯酒，就连每次在家做饭时也会喝上两杯。她还开始成箱地购买喜欢的葡萄酒，把它们悉数储藏在地下室里。这不仅是为了在亲友到访时拿出来与大家共饮，更是因为成箱的购买价格比较便宜。她感觉逐渐能够理解母亲当年的生活了。不过她还是有一定自控力的：她每天都会去上班，还会定期把收入存进银行户头里。

埃德已经不再费力安抚她的情绪了，似乎已然接受了膝下无子的命运。有时候她也曾猜想他是否会为此而感到释怀。尽管他极力否认，但在她看来，他应该是不会太介意将作为一个父亲所需付出的时间全都留给自己的。一次，他在计划好要进行一次尝试的那个夜晚表示自己太累了，随即遭到了她的一阵指责，说他破坏了他们的计划。她知道自己有些歇斯底里，但就是无法克制自己。

她的朋友们在生儿育女方面都没有遇到什么麻烦。辛蒂·寇克力在5年时间里生了3个女儿，直到为杰克生下了儿子肖恩。玛丽·卡达西在产下儿子史蒂文之后又怀上了双胞胎卡丽和萨凡纳。凯莉·弗拉纳根的女儿伊芙琳生下来便有兔唇，但比她小几岁的弟弟亨利却越长越像嘉宝公司商标上的那个可爱宝宝。他们接到了一通又一通传递好消息的电话，收到了一张又一张庆祝新生命降临的卡片。她的闺蜜中唯一没有生育的人是露丝·麦奎尔，因为她还需要抚养自己的 7 个亲妹妹中最小的那两个。当露丝向她提起自己绝不会要小孩这件事时，艾琳觉得和她更加亲近了。她们可以一起面对无儿无女的人生。

每次参加朋友子女的生日聚会，看着孩子拆开生日礼物的样子，艾琳都会飞快地咬着自己的指甲。她相信所有人都能从她强颜欢笑的表情之中读出她的想法。她总是会花上一大笔钱，给小寿星买上一大堆的生日礼物，然后紧张而又期待地看着那个孩子撕开礼物的包装纸。她希望自己买的那份礼物正好是孩子此刻最需要的东西。

无儿无女的境况为埃德免去了半夜起床喂奶、更换尿布或是去儿科医院看病的负担，让他可以无拘无束地追求自己的职业兴趣。他承担了神经介质方面的重要研究工作，在各种会议上演讲，并在同辈人中率先获得了正教授的职称。

她不再把每一次的月经都看做是自己女性化的全民公决，出于弥补的心态转而把所有的活力都投入了工作之中，因而也被连续晋升了好几次。她感觉自己在上司和同事的眼中就是新型女性的代表——要知道那还是 1975 年的事情——愿意为了事业牺牲自己的母亲身份。男人们都十分尊重她，而母亲们则对她充满了反感。只要她愿意全身心地追求，机会还是会有的。

然而，流产的噩梦仍旧萦绕在她心头。她梦到自己坐在马桶上，听到异样的扑通一声响，发现马桶里有一个小小的婴儿正睁着眼睛望着她——她看不出孩子的性别——那双眼睛里充满了愤怒，眼皮缓缓地眨着。她在惊慌中醒来，同时也摇醒了埃德。从此，她每一次上厕所时都故意不望向马桶里面。最终，她和埃德习惯了没有孩子的生活，并开始享受这样的日子给他们带来的无可争辩的好处：和其他夫妇一同出游时，他们不必费心照料孩子；作为叔叔和阿姨，他们可以肆无忌惮地宠溺那些孩子；与此同时，他们还可以把养育孩子的精力全都投入到经营自己

　　　　　　　　　　　　　不属于我们的世纪

的事业上来。也许这就是艾琳在得知埃德拒绝了部门主任一职，打算专心任教和钻研时感到心灰意冷的原因——他仿佛是在告诉她，他不爱他们的孩子。

为了弥补拒绝主任一职给家里带来的经济损失，埃德开始在纽约大学的夜校里兼职教授解剖课。回到家中短暂停留并吃过晚饭之后，他便会坐着地铁返回市区。做完解剖回来，他的身上闻上去如同一具酸臭的尸体一般。她不能忍受他在碰触完尸体之后再来碰触她，因此每当他嬉闹着伸手摸她时，她总是会长声尖叫着跑开。

纽约大学生物系空出了一个可提供终身任期的教职。埃德的一位指导老师正好就是遴选委员会的一员，因而提醒埃德认真考虑一下自己是否要提出申请。

她也力劝他申请这个职位。毕竟纽约大学的声誉还是不错的。

"布朗克斯社区大学需要我。"他答道，"任何人都可以在纽约大学教书。对我来说，重要的是要让学生们在毕业时知道自己接受过真正的教育。我想要帮助他们考进纽约大学。我想要他们准备好满足那些要求。"当然，他留任的理由不仅仅是这些：纽约市可以为他提供天衣无缝的退休计划和丰厚的健康福利；纽约大学不能保证他可否获得终身教职；而他在布朗克斯社区大学里拥有一座不错的试验室，在纽约大学里能够进行的研究在这里也同样可以进行；他在这里还可以申请各种拨款。"心怀正确的抱负就够了。"他说。

最终，他没有提交那份申请。面对那些曾听她激动地讲述丈夫在纽约大学可能会有怎样前景的人，艾琳为埃德的选择做出了辩护，只要机会一到，他迟早会成为社区大学的教务长。她说，这种前途可不是说有就有的。因此，只要好好利用自己的职业经历，他还是有希望在声誉更高的学府中谋得一个与之旗鼓相当的管理职位的。

他仍旧在夜校里任教。如今，每当他带着满身的尸体防腐剂臭气踏进家门时，她不仅不会让他靠近自己的床边，而且在他洗完澡之前都不肯和他拥抱、亲吻和打招呼。尽管之后的晚饭和清洗碗盘环节能够让气氛缓和不少，但她大多数时候在上床之前都不会碰他一下。她并不会为自己将他拒之千里而感到难过。这是他自己做出的选择，因而没有理由期许自己可以拥有想要的一切，尤其是在她为他的快乐做出了巨大牺牲的情况下。

后院里那棵高大的树木恣意伸展的树冠不仅盖住了奥兰多家的山墙房顶，也遮挡住了他们卧室的大部分阳光。靠近35岁的门槛，他们已经逐渐萌发了长者的心态，于是只好依靠夫妻生活来拖延岁月的脚步。怒火不时地搅乱着他们的心境。可即便两人连续几天都处在争执之中，却谁也没有离开过谁。她也曾想过要离婚，并怀疑他也动过同样的念头，但两人谁都没有公开提起过这个话题。他们知道自己是永远也不会切断这份姻缘的，而这样的共识也打开了通往他们内心深处的大门。躺在床上的他们变成了最熟悉的陌生人，为彼此的爱情生活注入了新的力量。她不知道自己的朋友们是否也走过相似的路，却始终没有勇气开口去问。

艾琳35岁那一年，在她早就放弃去担忧自己不孕的问题时，她怀上了一个孩子，并于1977年3月15日前几日的某个黎明顺利产下了一个婴儿。此前，她和埃德已经踌躇了好几个星期的时间，不知道生下来的若是个男孩应该起什么名字才好。让负责填写出生证明的那个姑娘倍感错愕的是，直到艾琳生产后的第二天早上，夫妇俩还是什么也没有想出来。露丝专程乘车过来探望她，意外地将自己的书落在了医院的床头柜上。第三天早上，那个姑娘再一次前来看望艾琳，并告诉她，她可以随时亲自到市政厅去提交命名文件。艾琳的目光落在了露丝留下的那本书的作者署名上。*布里奇夫人*。她从没有听说过这个人。她有个远房亲戚名叫康奈尔。她之所以选择康奈尔是因为它听上去更像是一个姓氏而不是一个名字，就像她辅助的那些医生常有的高雅绰号一样，她也想让儿子的人生拥有先发制人的优势。

就在康奈尔长到几个月大的时候，她像是刚刚从一场长眠中苏醒过来一样，突然意识到儿子的降生对于这个家庭来说事关重大。之后的那段时间里，她逼着埃德再要一个孩子，不过最终还是因为害怕自己这种高龄产妇会给孩子带来什么生理缺陷而作罢。看来，她的未来全都要指望这个男孩了。

她惊奇地发现，自己居然这么喜欢给孩子洗澡。她猜想，认识她的每一个人应该都会对此倍感惊讶。只要她一放下塞子，打开水龙头放水，心中就会产生一种不同寻常的平静感觉。她一手托着他的头和脖子，用前臂内侧支撑着他的身体，并用另一只手来给他清洗身体，握着洗澡布擦拭着他皮肤上的每一个小小的纹路。看着那张无声地望着自己的笑脸，她心中压抑的情感一下子全都烟消云散了。几滴小水花溅到了他的脸上。只见他咳嗽了几声，随即便令人难以置信地平静下来。等他长大一点、可以坐在水池里之后，她会把一块吸满了水的毛巾递给他把玩吸吮，自己则一边拿着另一块布给他擦洗身体，一边愉悦地听着他充满活力地用小小的牙齿吮吸毛巾的声音。

等他再长大些、可以坐进浴缸里时，她最喜欢望着他踮着脚尖站在浴缸的边缘，挥着手想要触碰洗澡水的样子。凭借他那股努力转动后脖颈上小小肌肉团的热情劲儿，说不定真有可能一头朝下跌进浴缸里去。他会飞快地拍动着水面，把四溅的水花洒得浴缸外面到处都是。当她在他的一头黑发上搓揉洗发水时，他总是会一边咯咯地笑个不停，一边试探性地欢快拽着自己的小鸡鸡。他还会抓着冲洗用的杯子装肥皂水玩，害得她总要花上很长的时间才能够把它从他的手里夺回来。她喜欢在他洗完澡之后用毛巾把他包裹起来，在他小小的身体上撒些痱子粉，穿好纸尿裤，然后拽着他小小的四肢，为他套上睡衣，体会他穿上柔软的衣物后所感受到的那份平静和自在。为他扣上扣子的过程总是让她感到莫名的愉悦。闻着他身上的婴儿体香，她简直想象不到自己若是没有他该怎么活。她怀着极其骄傲的心情给他洗澡、在他睡前为他更衣、抹掉他湿乎乎的头发上挂着的最后几抹水滴、给他喂奶、把奶瓶递到他的手里、将他放到床上、起夜时用指尖感受着他起伏的胸口和平缓的心跳——这一切都让她兴奋不已。尽管她总是睡不着觉，筋疲力尽，还总是担心自己醒来时会发现一切只不过是个梦境，她还是无时无刻不在惦记着他，充盈的母爱让她在睡梦里也想把他从婴儿床上抱起来，紧紧地搂到胸口，亲吻他柔软的脖子。如果说有些事情是难以言表的，那么这肯定就是其中的一件——像她这样的女人在面对自己漂亮的宝贝儿子时内心究竟能够获得多少的快乐。她知道这样的画面无法永恒；她很快便会对他严加管教，期望他能够成就一番大事。但她至少还可以享受这个阶段，在心里珍藏上足够她品味许多年的美好回忆。

不属于我们的世纪

12

　　戒酒之后，艾琳的母亲发觉无所事事比长时间工作更让她难受。于是，年逾六旬的她又在河湾的小学里找了份清洁工的工作。她的丈夫早就拿上了退休金，把卡车的钥匙全都交给了年轻的小伙子。而她自己，在她的雇主失去了与学校之间的合同之后，就再也没有外出找过新的工作了。很多年前，她曾提起过想要存钱在微风角买一座海滨住宅，不过艾琳一直都怀疑她在所剩无几的几年光阴中根本就不会做出这样的飞跃。她放弃了《每日新闻》，开始阅读《爱尔兰回声报》，还用积蓄回了几趟爱尔兰。曾对美国宣誓效忠的誓言在她的心里逐渐模糊了起来，仿佛她在第二故乡度过的人生不过是一段不太理想的催眠试验而已。

　　艾琳很早就曾和母亲谈起过自己与埃德之间有关职业发展话题存在争执，因此她知道母亲一定会摇着头对他缺乏上进心的事实表示咋舌。不过，母亲的身上也正发生着一些变化，使得她不再像以前那样现实。她似乎很少为自己的身份地位而烦恼了，也不再埋怨政治、抱怨自己在地铁上遇见的白痴，或是丑陋不堪、乌烟瘴气的城市生活。她爱上了读小说，还参加了书友会。艾琳不禁感到有种遭人背叛的感觉。她猜想，母亲之所以做出这样的转变，其中一部分原因应该是想要逃避喝酒。"负面的想法会把你逼入死角。"一天下午，母亲在推着外孙去法拉盛草地公园野餐回来后笑着对她说，"这些想法会不断增生，把你团团围住。不要去想你不曾拥有的东西。要试着关注简单的快乐。"这话太荒谬了，听上去无异于冗长的过时教义，简直就是迟到的马后炮。这也许是一个想要耍些小手段却又失败了的女人所用的伎俩——更糟糕的是，她有可能从未耍过什么手段。不过她的母亲选错了听众。这样的话在匿名戒酒协会那些亲手毁掉了自己的生活、如今只能满怀遗憾的人听来也许还能有些用处，但艾琳的问题根本就不是思想太过于负面，而是在看到周围的每一个人时都过于乐观。她有自己的理想，一秒都不愿意转头放弃，即便她的丈夫——如今又加上了她的母亲——都不看好她。至少她还有父亲愿意站在自己这一边——上帝保佑他，只要是她全身心投入的事情，他总是会无条件地支持她。她就打算这么办，毫无疑问。只要埃德愿意沿着她为他铺设的这条路走下去，前方等待他们的就将是美好的美式生活。

"每天进步一点。"她的母亲说道。艾琳心想，*我要的是一下子拥有一切。*

1980 年的圣诞节，艾琳给埃德买了一台录像机。他们曾经一起去商店里看过录像机，可当他看到标签上的价钱时——大约 1000 美元一台——还是决定不买也罢。艾琳辛辛苦苦工作了一辈子可不是为了看着自己能够买得起的东西却束手旁观的。如今，作为布朗士区劳伦斯医院护理科的主任，她拥有一份相当不错的收入。考虑到埃德对于老电影的喜爱，录像机无疑是个完美的礼物。所以，她从 8 月份起便开始为这台录像机支付分期款了。

拆开礼物的包装纸时，埃德脸上的表情惊悚极了，仿佛眼前出现的是从一座神圣墓地里挖出来的遗物，会给他们带来什么厄运似的。

"你怎么能这么做呢？"他当着 3 岁大的儿子的面发起火来，"你怎么会想到买这种东西？"

几天之后，她洗完澡回到房间里，看到他正蹲在那里把一卷录像带放进机器里。她冷笑着看了他一眼。

"好吧。"他承认，"我错了。这是份很棒的礼物。"

"省省吧。"

"我是认真的。你很体贴。"他把空着的家用录像带盒子抱在了胸前，"我很喜欢它。"

"我真不敢相信。"

"哎，我知道自己很固执。"

"这还用你说。"

"可这并不意味着我不能学到点什么呀。"

他转动电视桌，好让屏幕正对着床铺的方向。电视里正播放着公共广播公司的幕间筹款广告。埃德拍了拍床。"躺过来。"他招呼道。

"我得去梳梳头发。"

"来嘛。"他喊道，"我想确定自己是不是都录下来了。"

"不管怎么说，我还是很高兴你把它拿出来用了。"

"我还能说什么呢？"他诙谐地张开了手臂，"你也是为了我好。要是没有你，我可怎么办呀？"

"真的吗？"

"千真万确。没有你，我肯定会迷失自我。"

一瞬间，她感觉自己为他经历过的种种磨难都是值得的。要知道，男人是很难承认自己彻底错了的。

"亲爱的。"她边说边松开了围在身上的浴巾，裸着身体站在了他的面前，做起了他总是试图让她模仿的动作。她先是微微俯下身来，然后又缓缓挺起上身，双手抚摸着自己的臀部，享受着他贪婪凝视着自己身体时的那种眼神。电影已经开始了，可埃德的目光却片刻也没有离开她。她感觉脸一下子红了起来。"你最好赶紧按下录像键。"她说道。埃德并没有把眼神移开。于是她爬到了他的身上，按下了那个按钮。

"我们可以一会儿再看。"他边说边吻了吻她的脖子，"这东西不就是为了这个目的存在的吗？"他伸手摸着她的后背，捏了捏她的臀部，然后又把手伸向了她的私密处。

"我们想什么时候看就什么时候看。"她喘息着答道。

她从他的身上滚落了下来，掀开了床单。他调小音量，猛地扯掉了自己的内裤。就在她伸手去关床头灯的时候，他顺势把她翻了个个儿，进入了她的身体。录像带有节奏地嗖嗖作响着。电视屏幕一闪一闪的，照得房间里忽明忽暗，衬着美好的夜色勾勒出了他们身体的轮廓。

1981 年 1 月，艾琳的母亲被诊断出患了食道癌。

尽管他们为母亲请了一位住家护士，但她的父亲还是力所能及地承担起了照顾妻子的责任。下班后前去探病的艾琳总是发现他已经喂母亲吃过了药、洗过了澡、换好了衣服，还为她做了一些流食——她已经无法吞咽固体的食物了——并为她盖好了被子。他搬进了她的房间，睡在了另外一张单人床上。

1981 年 11 月 23 日，就在她的母亲入院治疗的那一天，父亲提起自己的胸口有些疼痛。两人被医院一同收治之后，他们发现他一直都在隐瞒自己也患上了癌症的事情。癌细胞已经扩散到了他的胸腔，感染了他身体里的器官。他们将他安置在了艾琳母亲所住的病房走廊尽头的一间单人病房里，每天都推着两个人到对方那里去一趟。

他们的父母分居已有 30 年了。可就在圣诞节到来的几天前，当医生最后一次将艾琳的母亲从她父亲的房间里推走时，她却在走廊尽头喊出了他的名字。

"别让他们把我从你身边带走，麦克，我的麦克！"整层楼的人都能听得到她的呼喊声。

他们没有听到她当晚插着喉管对艾琳所说的那些话。

病床边拉着窗帘。除了她病床上的那一盏灯之外，所有的灯都被关上了。艾琳倒的两杯冰水一口未动地放在那里，里面的冰块早就融化了。

"值得吗？"

艾琳俯下身来，想要听得更清楚一些。"什么值不值得，妈？"

"我25年滴酒未沾。结果有什么不同吗？"

她感觉自己露出了一个尴尬的笑容。她一点儿也不高兴，可就是无法停止这令人毛骨悚然的笑容。她不想让母亲看出自己有多受伤。透过敞开的房门，她听到了呼唤按钮发出的遥远的嘟嘟声以及对讲机里的说话声。虽然她已经在医院里工作了20年，却还是莫名其妙地感觉自己正身处某个陌生的地方。在日光灯发出的绿光照耀下，她的母亲看上去就像是一个幽灵，纤薄的皮肤下透出了根根分明的静脉。

"你怎么会想起问这个？"

"我在问你呢。"母亲用尽力气在枕头上扭转了一下头部，一双警觉的大眼睛下方的颧骨上如今只剩下了两个圆圆的空洞。"值得吗？"

艾琳回想起了母亲戒酒之后的那段日子。那是他们生活中最幸福的一段时光。母亲心里的冰川悄然融化着，偶尔还会迸发出感情的冰山崩裂的巨大声响。直到康奈尔出生之后，她心里的冰川便彻底消逝了，只剩下了波澜不惊的大海，上面不时会出现几座名叫沮丧的小岛。有时候，她的母亲甚至会露出欢喜的表情，不过那也许只不过是一种表演。

"当然。"艾琳边说边握住了她的手。

"我真希望自己没有戒酒。"母亲没有看她，而是把目光转向了充满褶皱的窗帘，另一只手的手掌按在毯子上。

"想想那样的话你都会错过些什么吧。想想你触动过的所有生命。我们这些年过得很不错啊。"

母亲把手抽了回来，叠在了另一只手上。"我宁愿用这一切来换一杯酒。"

"哦，你才不会那么做呢。"

"我会的。"

艾琳再一次抓起了她的手，用力握了握。"太晚了。你已经选择了戒酒，就没有办法再回头了。你这一生过得很快活。"

"有道理。"她的母亲答道。不一会儿，她就过世了。

　　艾琳的父亲两个星期之后也过世了。翻阅文件的过程中，艾琳发现他早在几十年前就卖掉了家中的债券和自己的人寿保险。也许他就是用这笔钱设法从典当行那里赎回了母亲的戒指。或许他又借了一笔更大的债务，而她一直都蒙在鼓里。她知道他一直都在赌马，但从未想过他是否真的已经赌博成瘾。如果事实的确如此，那么他在对她保密方面做得还真是不错。她想起了自己10岁那年放学后在朋友诺拉家看到的一幕。诺拉打开门，看到门口站着一位身穿黑色套装、头戴帽子的男士。对方让她转告她的父亲，他应该偿还自己欠下的钱。当时艾琳就站在她的身后。"如果他不还钱的话，你们这些小孩子就要替他偿还。"那个男子伸手指着诺拉和她说道，"把这话告诉他。"艾琳惊慌失措地跑回家，把自己的所见所闻全都告诉了父亲。父亲安慰她："他说的不是你。他以为你是诺拉家的孩子呢。可你不是。你是我的孩子。"很难想象会不会有人有勇气以同样的方式出现在他父亲的家门口，毕竟他和城里的每一个爱尔兰警察都是铁哥们，而那些非爱尔兰裔的警察和他的关系也不错。不过，这并不意味着他不会欠任何人的钱。也许这就是他们从没有住过独栋住宅的原因，同时也是他如此固执地要求她为自己谋求一栋房子的原因。她不得不动用自己的存款来支付父母的葬礼花费。

　　由于父亲和母亲的守灵仪式挨得很近，所以她很担心有的亲友会不愿意为她的父亲专程赶回来一趟。然而，那些前几天才刚刚飞来为她母亲守灵的人大部分都到场了。即便不是所有人都赶得回来，她家的客厅里也只剩下站立的空间了。

　　她盯着父亲的棺材，试着想明白他是如何躺进那么小的一个盒子里去的。这时候，一个年龄与她相仿的黑人男子走了过来，向她介绍自己叫做纳撒尼尔，是他父亲多年的驾驶搭档卡尔·华盛顿的儿子。纳撒尼尔问她是否知道他们两个人的父亲是如何变成搭档的。她这才惊讶地发现，在她于过去几天里听过的各种有关父亲的故事中，竟然没有人和她提起过这件事情。

"我爸爸是胜斐尔公司雇佣的第一位黑人司机。"纳撒尼尔讲道，"他第一天上班的时候，没有人愿意和他搭档，还吵闹着要罢工。我爸爸不知道自己是否应该去找一份新的工作。就在这个时候，你爸爸走进仓库，看着所有人咄咄逼人地把手叉在胸前的样子，开口说道：'到我车上来吧，你这个黑鬼。'然后就一声不吭地跳上了卡车。"

她畏缩了一下，但纳撒尼尔却笑了。

"他这个人说话比较粗鲁。"她答道。

"我爸爸还听过更糟糕的话呢。"他说，"从那以后，你爸爸除了愿意和我爸爸搭档工作之外，再没有和任何人一起出过车。20年了。我不知道你是否记得，他过去常走布朗士区的路线。"

她点了点头。

"和我爸爸成为搭档之后，他坚持把路线改到了上东区。"

"我记得他的确换过路线。"

"'布朗士区的黑人已经够多的了。'他对我爸爸说道，'让黑人的面孔出现在白人社区里给大家换换口味吧。'"

她用一张纸巾擦了擦眼睛，顺手也给他递了一张。

"大块头麦克这个，大块头麦克那个。"纳撒尼尔说，"从小到大，我在家里听到你爸爸名字的次数比自己家人的还要多。"

他挥了挥手，招呼自己的妻子和孩子过来见她。她也一一回敬了他们的问候。

她局促不安地得知，华盛顿先生几年前便去世了。更令她感到忐忑的是，当她说出"我要是早点知道就好了"这句话时，纳撒尼尔脸上的表情似乎是在说，他从没有想过她会出现在自己父亲的葬礼上。

13

1982 年 2 月，布朗克斯社区大学宣布他们的教务长将在学期末退休。他们把这个职务提供给了埃德，甚至还提及了未来某一天升任他做校长的可能性。她觉得自己就像是一位未卜先知的国际象棋大师。接受教务长的职务意味着埃德教职生涯的结束，但他是不可能拒绝的：他会把儿子和她全都拴在自己的背上，带着他们一起朝着通往社会上层的阶梯爬去。

在劳伦斯医院工作期间，她对于生活在上层社会里的人过着怎样的生活可谓是大开眼界。下班后，她总是会步行或开车在布朗士区里转悠，惊奇地看着修剪得整整齐齐的灌木、整洁地立在街旁的独栋住宅，还有闪亮的平板玻璃窗后装点得如同圣诞晚餐般的餐桌。有时候，由于车子被送去店里维修，她不得不乘坐地铁北线出行。这对她来说简直就是一种福利，因为布朗士区的地铁每一站都装修得格外别致，不仅视线所及之处没有涂鸦，就连地铁建筑折射出来的光线都在轻柔地摇曳，而前来送客的汽车也透露着几分慵懒的宜人气息。她等车的站台通透宽敞，气氛异常平和。列车驶入拐角处时，车上仿佛装载着属于另一个年代的高贵气质。略带倦意的乘客困乏地坐在车厢里从睡城向中央火车站前进。她不禁开始想象，如果她也能住在那样一个充满魔力的地方，就能拥有自己想要的生活了。可是他们还需要再多攒些积蓄才能够搬到那里去，因此埃德的工作邀约来得正是时候。

她本以为自己已经清清楚楚地向埃德表明了心意，并博得了他的理解与赞许。然而，某天回家之后，他竟然告诉她，自己拒绝了教务长的职务。"教室才是更重要的地方。"他说道，"我希望他们能够接受和精英学校一样良好的教育。至少我知道自己的教室是可以做到这一点的。我也控制不了太多。"

丈夫擅作主张的做法激怒了她——他是那样的任性，那样的放纵。这不是她嫁的那个头脑清醒的男人。当然了，他也有自己的道理：他从不在乎花哨的头衔和丰厚的收入；他所追求的是某种无法量化的、哲学上的东西，而这样的目标是永远也无法用世俗的物质来量化的。她对他的长篇大论越来越不耐烦，却把这些话拿来在自己的朋友们面前学舌，用牺牲和职责之类的精练修辞来包装自己。

她希望埃德的理想主义能够战胜她的实用主义。几个星期过去了，这个主意的确奏效了一段时间，直到她某天晚饭时提出自己已经厌倦了这间他们住了 15 年的公寓，现在是时候买一套属于自己的独立住宅了。埃德企图用奥兰多家低廉的房租一事来搪塞她，还摆出了要为康奈尔攒钱上学的事实，强调他们应该避免花费太多，免得做房主那么操心。要是换做别的日子，艾琳可能也就忍气吞声地让步了。然而，此刻的她却揪住埃德，打算把心里因他的胆怯而激起的怒火全都发泄出来。感觉自己就快忍不住喊出一些会永久改变两人婚姻关系的刻骨铭心的话来，她开口吩咐他先把儿子抱上床，然后重重地摔上了房门。

第二天下班后，当那些永远都不着急回家的人准备涌向医院附近的酒吧时，艾琳破天荒地接受了他们的邀请。即便家里还有年幼的儿子，她也决心要在外面待到天知道几点钟的时候再回去，别人做什么她就做什么，直到大部分人都喝倒了为止。然而，还没等半杯酒下肚，她就回想起了母亲外出上班的那段时间里自己待在家中的悲惨经历。她伸手想要掏钱付账，但被其他人制止了。开车回家的路上，她决定不能在埃德面前装作什么都没有发生过的样子。她感觉他们的人生道路上似乎有一个定时器正在滴答滴答地响着，让她变得愈加不安。她本以为自己和埃德一直都处在同一个梦想之中，踏着同一条路径朝着更大的赌注前行。然而，他越是坚持要留在这间公寓里，越是让她怀疑他根本就不是那个愿意全身心投入，为她赢取未来的搭档。她需要他成为自己的搭档，因为她疯狂地爱着他。尽管和他一起生活的过程时有艰辛，但她是不会任由他伤害自己的。她要坚持带着他们离开，拯救自己的婚姻。他一直都很听她的话。在他随着年纪的增长而逐渐屈从于自己的恐惧与习惯时，她不得不喊得更大声一点，好让他听个清楚。只要他听见了她的话，但凡能够容忍她的要求，他也就照做了。从另一方面来讲，她也会尽自己所能为他着想。他对于真正的家的渴望不比她少，只不过陷入了理想之中，思想变得越来越狭隘。他需要一个空间来让自己的思维呼吸。他需要重新部署，发现新的可能，开拓更广阔的思路。如果说她能够帮上什么忙的话，那就是帮他树立起更大的雄心壮志了。

就在她抱着一筐叠好的衣服走向楼梯平台的时候，门铃响了。埃德正在夜校里上课，因此她只好无奈地嘟囔着用手肘顶开了门，三步并作两步地跑下前面的楼梯，在第二声门铃响起之前赶到了门口。她的儿子睡觉时总是很容易被惊醒，5岁生日之后这几个月来更是一有动静便会睁开眼睛。反反复复地上楼下楼——一趟往返于洗衣房，一趟狂奔去应门——她感觉自己已经快要被逼疯了。

看到安杰洛站在门口，她马上回想了一下自己是否忘了把房租塞进他家的门缝里。她每个月下楼去交房租时都倍感羞辱——谄媚地弯着腰，费劲地把信封塞进硬邦邦的隔热条里去——所以她很有可能任性地故意忘了交钱，好看看他们多久才会发现。

"说话方便吗？"

"当然，进来吧。"

她穿着合身的运动套装，因而走在他前面迈上楼梯时感到有些不好意思。上楼后，她邀请他在餐桌旁坐下，可他还是选择了站在门口，靠

　　　　　　　不属于我们的世纪

在门柱旁边，手里还握着刚刚摘下来的针织帽。

"要不要我给你倒杯咖啡？白开水？"

"不用了，谢谢你。"

她坐了下来。

"我遇到了一点经济上的麻烦。"安杰洛开口说道。

"真抱歉。"她应和了一句。由于不想再听更多的细节，她开始琢磨起了给座椅加装套垫的事情。

他深深地吸了一口气，捏了捏自己肿胀的指关节。"我不想向你赘述整个故事。长话短说。我不得不把这座房子卖掉了。"

"好吧。"她回答。

"我想问问你是否有兴趣。"

最近，她和埃德已经开始认真探讨买房的可能性了。她打算通过唤醒他讲求实际的一面来动摇他的想法，达到说服他买房的功效。拥有一座房子固然意味着为家里增添一份经济负担，但也相当于为自己积累财富，而不是一味地支付租金。况且他们早就存够了支付头期款的钱。唯一拖着他们止步不前的便是他在花钱方面的保守心理和害怕改变的普遍心态。虽然她还没有想过要把房子租给多个家庭合住，但租金的收入确实能够抵消一部分房贷。想到这里，她突然意识到，相比说服埃德买一套新房，让他出钱把现在居住的这栋房子给买下来显然要更容易些。他们甚至都不需要去雇佣搬家的卡车。看来，这无疑是她利用丈夫最近才软化下来的立场的最好时机；等待的时间越长，他就越有理由劝自己不要把钱全都花在房子上面。何况若是他听说安杰洛遇到了麻烦，肯定会愿意出手相助的。

这样一来，曾经许诺若是她和埃德不能拥有一座属于自己的房子便做鬼也不会放过他们的父亲也可以安息了。最近，她经常想起父亲的诅咒。她可以声辩自己早在他去世之前便住进了一座独立住宅中，只不过差了几张证明房屋所有权证书而已。他肯定也会赞许这个简明利落的解决方案的。

"这太突然了。"她开口说道。

"我可以打折卖给你。"他回答,"我只求你能按我们付得起的价钱让我们留在这里。"

"我会和我丈夫商量一下的。"

"拜托了。"他说,"要不然我很快就得搬出去。"

她的脑子乱得像一锅粥似的。她不喜欢住在楼上,特别是在听说埃德住在布罗德隧道旁的表兄家的孩子为了扮超人而从二楼的房顶上跳了下去、摔断了一只手臂和一条腿之后。她也厌倦了没有自己的私人车道的日子。她过去常觉得自己还算幸运,因为安杰洛允许她和埃德把车停在车道上。如今,随着这份感恩之情逐渐淡去,每每想到自己需要在房子里绕来绕去才能走到自己的房门跟前,或是在大门被堵时只得按响安杰洛家的门铃,她心中的怒火便会熊熊地燃烧起来。

"我想要提个要求。"她开口说道。

"你说吧。"

"我想要和你交换住处,搬到楼下去。"

"你的房子,你说了算。"他回答。

"还有一件事。"

"什么?"

"我想要让你把车子停到街上去。"她说道,"我想把车道清出来留给自己用。"

他似乎是在仔细地考虑她所说的话,嘴角落魄地露出了一丝绝望的微笑——她意识到自己其实根本就不在乎这些。

"没问题。"说罢,他从短暂的失落之情中重新振奋了精神,"附近的停车位很充足。即便是在最糟糕的情况下,我也可以走上一两个街区。"

"我们还需要你把车库也腾出来。"

"那里所有东西都会被清空的。"

"还有地下室的松木衣橱。你们可以用我们现在的这个。"

她感觉似乎听到了他吹口哨的声音。她不知道对方会对自己讨价还价的能力感到惊讶还是印象深刻。"这些细节都可以商量。"他总结道，"我们可以一起开个会。"

"我只是想把话都说明白而已。"

他从柜子上的碗盆里拾起了她的钥匙，用手指把玩了几下。"我懂你的意思。"

"我会和埃德商量一下的。"

"那你会允许我们留下吗？"

"会的。"

他丢下钥匙，直起身来。"只收我们出得起的房租？"

"我不会狮子大开口的。"她答道，"你们现在就像我们的家人一样。"

"即便我死了也一样？"

"安杰洛！我的上帝。"

他看了她一眼，仿佛并不把她当做一个女人——而是一个男人来看待。"我在问你呢：即便我死了也一样吗？"

"当然。即便你死了也一样。"

"我只想知道有人会关照我的家人。"他解释道，"我也不想让自己倾家荡产，只想照顾好我的家人。"他说罢便准备下楼去。

"我明白。"她跟在他的后面附和道。

"不如我们调查一下类似的房子市场价是多少，然后你可以少付我一些。"

"我得和我的丈夫商量一下。"她再一次回答，"我们得有资格申请房贷。"

"别担心。"他向下迈了一截台阶，转过身来朝她露出了一个看上去欢欣鼓舞的灿烂笑容，"在这个国家里，像你们这种事事都安排得有条不紊的人想要什么就能拥有什么。"

第二部

年轻富有幻想的日子

1986年10月23日，星期四

14

再一次遭遇人手短缺的情况，艾琳不得不加班加点地填写表格，书写文件。就在她端着小纸杯四处分发最后一轮药品时，一个病人握着拳头拍向了自己的嘴巴，想模仿那些自以为很酷的愚蠢之人吃药或是咽花生时的样子，结果没有投中。药片弹跳着掉在了漆布地板上。药房不接电话，她手里又没有药品储备，因此只好跪在地上寻找起来。15分钟之后，她终于在远处的那张病床下面找到了裹满尘土的药片。她抬手比画着胜利的手势将手臂伸向了床板下面，却在手脚并用地爬出来时发现，就在自己专心致志地攻克手头难题的过程中，那位病人却像个白痴一样紧盯着她翘在床沿边的臀部。她本想把药片一把塞进他的嘴里，再猛地合上他的下巴，磕断他几颗牙齿，但她并不想让这样一个没用的傻瓜害她丢了风度，于是把药片放回了小纸杯里。在她选择的这个行业中（事实上，她觉得是这个行业出于报复心理选择了她），就连管理者也像块死肉一样没有任何的情感。

踏上东彻斯特路时，时间已经将近6点30分。感谢上帝，哈钦森路上的车流还在移动，大都会棒球队也身在波士顿。所以说，待在桥的这一边也许并不是一件坏事。季后赛期间的交通简直就是噩梦：单调乏味、无穷无尽、不得要领，几乎印证了宇宙的无序。她的坐骨神经抽动着，双脚也变得麻木起来，根本就没办法忍受坐在那里随着车流蠕动。

接近白石大桥时，道路开始朝着缆车的起点处倾斜向上。她感觉自

不属于我们的世纪

己的情绪也随之昂扬起来。桥上的这段时光是她上下班途中最享受的一段旅程。她喜欢缆车在靠近第一个拱门时沿着胜利的曲线骤升继而又向下俯冲的样子。有时候——正如此时此刻——广播里的音乐还能配合大桥的走势。缆车向着第二个拱门爬升时，她感觉自己正身处一种离奇的美妙之中。一天之中，再没有什么别的东西能够激发她沉思如此抽象的概念了。穿过这座大桥，她仿佛感到桥身在宣告自己是多么的稳固。居高临下地处在东河之上，对平日生活的执念，随着试图饱览眼前美景的目光所消解，化为一片模糊的印象。缆车很快停靠在了站台上，周遭的景色又回归了人类视角，而她今晚在制高点上产生充满希望的幻想也开始变得渺茫起来。

至少车流还在移动。按照目前的速度，她7点之前就能到家。下午5点钟的时候她曾给家里打过一个电话，表示自己可能要晚些下班，请丽娜帮她给康奈尔做些吃的。临走之前她又打了一个电话，说不用了。丽娜向她保证这并不是什么麻烦事，可艾琳还是坚持要和孩子一起吃晚饭。就连她自己都听出自己的语气有些犀利。她之前把一只鸡放在了冰箱里解冻，若是不做的话会坏掉的。

那天早上，虽然埃德不在家，她还是要让一家人坐在一起吃顿家常便饭。如果他继续在夜校教书，强迫她放弃理想中的家庭时光，她也只能退让这么多了。她不能像最近这样全盘妥协，在他去夜校上课时拜托丽娜给孩子做饭，然后在上楼接他之前先焦躁不安地洗个泡泡浴。她和康奈尔就足够组建一个家庭了；事实上绰绰有余。很多家庭都只有母亲和孩子。她不需要让埃德觉得开心。

埃德一个星期要教两节夜校课程已经让她足够恼火了，而他还要再花一个晚上的时间来做研究的事情就更是让她气不打一处来。如果他经常不在家，至少也应该多挣些钱才对。她至今仍对他拒绝默克公司工作邀约的事耿耿于怀，而他这么多年来还要打两份工的事实不知怎么只会让他看起来更加的不负责任。

在白石高速公路的北出口处，她满心欢喜地看着谢亚球场空空如也的样子。很快——用不了多久——没完没了的赛季就要结束了。她从第114街处驶上了第34大道，因为她不喜欢开车行驶在科罗娜的北边。虽说她所居住的街区近来也已失去了往日的光鲜亮丽，但她还是感觉住在如此破败的地方旁边难免让人感觉有些压抑。一些可靠的老店都变成旧货商店，而且越来越多的路牌都出现了西班牙语。

她并不期盼去奥兰多家接走康奈尔。曾经，在他还在上幼儿园或小学一年级时，每当看到她出现在后门，他总是会奔跑着过来迎接她。可她最近却不得不使出浑身解数才能将他从那里拽出来。这不仅是因为奥兰多家的电视总是开着的，也因为那地方似乎拥有一种格外吸引小孩子的舒适感，随处可见各式各样的小摆设和有趣的杂物。布兰达4岁的女儿莎伦就总是在那里玩。因此，奥兰多家里似乎永远都不会少于3个人。这也让她想起了自己还是个少女时因为爱尔兰新移民潮所带来的众多亲戚而度过的那段快乐时光。当然，这其中也有不尽相同之处：奥兰多一家嗓门更大，举止更粗鲁，感情也更真挚。早在她还是个孩子的时候，就一直在和烟鬼打交道，谁知奥兰多家的烟鬼更多。当着艾琳的面，除了莎伦之外，每个人都有可能在某一时刻点起一支香烟。艾琳怀疑，无论康奈尔觉得那里有什么乐趣，都无法和她曾经与表兄妹们在一起度过的那些下午相比，可惜他根本就体会不到其中的区别。或许这就和她小时候到楼上的施密特家看电视时一样，总觉得自己是在逃离现实生活。康奈尔也是这么感觉的吗？如果真是这样，他完全没有理由逃避呀。她和埃德为他营造的这个环境可比她小时候的家安宁多了。尽管如此，他近来还是不乐意下来。她不得不承认，和带着儿子刚下楼的那几分钟相比，她直到打开厨房的收音机、开始做饭时才感到屋里不再空空荡荡。

她停下车，走进屋里，甩掉鞋子，快速地脱下了长裤，穿着拖鞋沿着后楼梯走到了楼上。穿着宽松外衣的丽娜一边为她开门一边念叨着"进来吧，进来吧"，语气里满是无忧无虑、轻松随意的感觉，一看就是个闲

　　　　　　　　　　　不属于我们的世纪

适的居家女人。在她的身后，安杰洛正坐在餐厅里那张曾经属于艾琳的餐桌旁，抽着烟翻看着《邮报》。他的身上还穿着环卫局的衬衫，不过既没有系上扣子也没有把衣角塞到裤子里，还露出了里面的汗衫。他的手很粗大，手指上满是烟渍，但头发倒是梳得十分优雅，顶上稍长的几缕发丝向后拢成了复古背头的造型。他朝她温暖地笑了笑，还微微举了举手表示欢迎。屋里仅有的几卷落满尘土的书籍就放在他身后的玻璃书柜里。虽然安杰洛连高中都没有毕业，但还是会给人留下一种什么问题都能够答得出来的印象。她看着他安逸地翻动着报纸，用舔过的手指轻轻弹动着报纸的背面，仿佛那是什么让人倍受启发的手稿似的。自从康索拉达几个月前去世之后，他已经不再扯着嗓门快速讲话了，而是经常坐在桌旁和康奈尔交谈，逗得小男孩很是开心。这家人依旧在为康索拉达的那间公寓支付着房租，用的大概是她留给他们的一小笔遗产。丽娜和安杰洛计划带着盖瑞搬到楼上去住，好给唐尼、布兰达和莎伦腾出喘息的空间。孩子们都长大了，但显然短时间内还无法自立。

盖瑞和布兰达正坐在沙发上。莎伦坐在两人的中间，头靠着母亲的大腿，双脚则放在舅舅的身上。唐尼倚在一把安乐椅上。康奈尔则独自霸占着一张小沙发。他们正在看《危险境地》这个节目。艾琳走进来的时候，康奈尔甚至都没有抬眼看一看她。倒是唐尼挥了挥手。盖瑞在发现有人正注视着自己时显得有些尴尬。他穿着一条灯芯绒裤子，身上的 T 恤衫紧巴巴地绷在肚子上面。其实这并不是因为他胖了，而是因为这件缩水的 T 恤衫是他小时候穿过的。

节目此刻提出的问题是哪位总统在任时间最短，只有 32 天。艾琳记不起他的名字了。

"哈里森。"盖瑞在那位选手按下抢答键说出"威廉·亨利·哈里森"之前便大声喊了出来。康奈尔满怀热情地接了一句"没错"，而唐尼也得意地笑着看了看哥哥。题库的下一个问题问的是"谁在巴尔的摩和波托马克火车站射杀了詹姆斯·加菲尔德"。

"查尔斯·吉托。"盖瑞小声答道。不一会儿那位选手也给出了同样的答案。

盖瑞待在自己的房间里时，她总是会觉得轻松一些。她不喜欢想起他。他是几个兄弟姐妹中最年长的一个，却总是保不住一份工作。他的身上有一股逆来顺受的气质，似乎早就放弃了对于生活的希望。与此同时，他是个绝顶聪明的人。她不喜欢理会那些有着真才实学却在生活中成不了大器的人。她的表弟帕特就已经让她够失望的了，因此她不愿想象康奈尔也会像盖瑞一样成为一个平庸的人。当然，从小范围来讲，她更不愿去想象类似的事情会发生在自己的身上。虽然她在事业上已经获得了一定的地位，但还不够理想。换句话说，尽管她倾尽全力想要开拓一条道路，远离中产阶级生活的灌木丛，却还是无法找到通往空地的路径。如果盖瑞是个满腹经纶的学者，她可能还会觉得好过一些。可他偏偏是个全能的聪明人。每当听到他谈论起当下的时事，她都忍不住对他表示赞同，甚至被他点破的那些连她自己都想不到的独到论点所启发。然而他还在这里，生活在边缘地带，和电视说话，一次昏睡半个小时。一种幽闭恐惧症的感觉席卷了她的全身。她需要忘记盖瑞这样的人的存在，忘记失败的可能性。她需要把她的儿子带走，以防盖瑞把他吸进生活的黑洞。

康奈尔站起身来，隔着咖啡桌和唐尼击了一下掌，然后抬眼看了看她。

"该走了。"她说道，"我在做晚饭。"

"我能不能等饭做好了再下去？"

"不行。"她厉声答了一句，然后又冷静了一下，"你现在就得下去。他们已经受够你了。让奥兰多一家安安静静地过一个晚上吧。"

"他没有打扰到我们。"安杰洛隔着报纸说了一句，"他想待多久就待多久。"

"谢谢你，不过他得回去帮我做晚饭了。"她并不打算询问康奈尔是否愿意帮忙。她只想要寻找一个好的借口。

"我们之前在谈论政治。"安杰洛说，"他说你想让他做一个政治家。我问他知不知道政治家是做什么的。"

艾琳尴尬地微微笑了笑。"我现在最想让他跟我下楼去。"她提高了嗓门，好让康奈尔能够听清她说的话。

她道了个别，走向了门口。康奈尔不情愿地跟在后面，一边还不忘驻足看看电视里的节目。盖瑞又答对了一个问题，唐尼和康奈尔都歇斯底里地欢呼起来。

"康奈尔。"她说道，"走吧。"

他慢吞吞地拾起书包，跟着她走下了楼。她让他帮忙切些生菜，自己则在一旁忙着烤鸡。她打算做些沙拉，上面撒些鸡肉。她最近吃了太多的比萨，而埃德做饭的时候又总是离不开奶酪——奶酪黄油、奶酪汉堡。按照她的喜好来判断，这孩子简直就是个小胖子。诚然，他现在还没有到达生长高峰期，但她的家族大体格基因若是不小心对待，很有可能逐渐演变成超重。缺乏人情关爱的康奈尔只知道往自己的嘴里塞满糖果和冰激凌。她小时候可没有工夫长成一个胖姑娘。从比他现在大不了几个月的时候起，她就已经开始琢磨着做饭、采购和料理家务了——她根本就无法想象他做这些事情时的画面。即便是派他带着清单去商店里采买，他还是免不了丢三落四地回来。

她打算开始为他的人生制定一些规则。埃德在这一方面肯定是帮不上什么大忙了。他实在是太宠爱这个孩子了，不仅过分纵容，而且看他做什么都高兴。康奈尔考了 95 分回到家便能赢得埃德的笑脸，害得她不得不开口追问他是怎么丢掉那 5 分的。她最讨厌看到康奈尔走路时一副毫不在乎的样子，仿佛他的身上根本就不需要担负起什么责任似的。

她往沙拉里放点樱桃番茄，用平底锅快炒了一下鸡肉，抓过一些调料胡乱倒进锅子里，吩咐他坐好，然后把沙拉端到他的面前，在上面铺了一层鸡肉。

"这就是晚饭？"他问道。

"你需要多吃点绿叶菜。而且是特定的某种绿叶菜。"

7点30分。埃德的课刚刚开始半个小时，还有一个小时才能结束。她一时间感到有些愠怒，不知道他的脑海中是否曾经出现过她和康奈尔的身影。康奈尔和往常一样嚼得飞快。尽管他并不喜欢沙拉，却还是飞快地吞咽了起来。他吃饭的样子总有种停不下来的感觉。也许他是想快点吃完晚餐，好赶紧吃些甜点。他知道家里的规矩：在把盘子里的食物吃干净之前是不许碰甜点的。她花了好几年彻夜静坐才让他学会自己把饭吃完。在此过程中，她推断出了自己应该避讳些什么，这样他就不会趁她不注意的时候把食物偷偷丢进垃圾桶里去了。她发现甜点对他就很有诱惑力，于是总是会为自己和儿子留些存货，但每次只允许他吃一小块，完全比不上他狼吞虎咽的分量。如果他想要在那些正经人中间出人头地，就必须学会自我约束。如此自暴自弃的行为显然是不够得体的。她劝他慢点吃，可他点了点头之后还是继续按照自己的速度吞咽着。"慢点儿。"她的语气已经有些不耐烦了，"你会噎着的。"她起身给自己续了一杯水，站在水池边一饮而尽，然后又伸手接了一杯。她转过身来，看到他正挥舞着手臂，叉子放在盘子中，整个人又蹦又跳的，双手还捂在喉咙上。她告诉他这不好笑，随即却盯着他尖叫起来。"你噎着了吗？"她的心中早有答案。这样的情况在他还是个蹒跚学步的婴儿时就曾发生过好几回，但每次都是有惊无险。鉴于卡在他食道里的都是质地比较稠密的食物，比方说金枪鱼或是花生酱等，因此他还是能够呼吸的。可现在的他却一点声音也发不出来。面对这种情况，她本应该冷静地一把抓住他，用一只拳头按压他的腹部，让食物移位出来，另一只手再不断地挤压施力的手——但她根本就动弹不得。

她在从业过程中不止一次遇到过异物导致窒息的病例，因此十分清楚只要勒住病人身体的中段，适当按压，方能让对方把卡在食道里的食物吐出来。整个过程只需几秒便可完成，远比人们想象的要迅速许多。

除此之外，病人窒息的时间只要不超过 4 分钟便不会造成脑部损伤。可这是她的儿子，她容不得自己犯下半点错误。

她用双手抱住了他的肩膀，心里开始发慌。她知道自己不应该慌张，但就是控制不住自己。她实在是太爱这个孩子了，心里一直想着*请不要死，请不要死*，嘴上则开始大声呼救，然后推搡着他走出家门，来到了后楼梯下。她站上楼梯尖叫起来："安杰洛！安杰洛！安杰洛！"还爬上楼、拍着门大喊"快下来"。想起独自一人待在楼下的儿子，她赶忙跑了回去双手都在颤抖。"他噎着了！"她喊着。康奈尔的脸色已经有些发青了。她听到有人飞奔了下来。唐尼一把把她推到了一边，站到康奈尔身后，用海姆利克急救法勒住了他的腹部。只见有什么东西从康奈尔的嘴里飞了出来，落在了地板上。他开始咳嗽起来，嘴里还发出了哀鸣的声音，听上去不像是一个哭泣的孩子，更像是一只被吓坏了的小猫。那是一颗樱桃番茄。他肯定是把它一口吞了进去。艾琳捡起那颗番茄，愤怒地用手把它捏了个粉碎。她扶着儿子在餐桌旁坐了下来。安杰洛、盖瑞和布兰达全都来了。康奈尔还在不住地咳嗽，但哀鸣声已经减弱了不少。她去给他倒了杯水。在厨房里，她看到了晚餐的餐盘，于是把它们连同里面盛着的食物一起猛地丢进了垃圾桶里。她能够感觉一股怒火正在体内熊熊地燃烧，眼看着就要把她给包围了。康奈尔很快就喝完杯子里的水。她再也不会因为他吃饭太快的事情对他发火了。相反，让她感到气急败坏的是不在场的埃德。是他的缺席让儿子陷入了险境——好在值得信赖的奥兰多一家每晚都会在家。令她倍感羞辱的是，作为一个护士，她居然无法亲自动手救他。

"你现在能慢点吃饭了吗？"回到餐厅之后，她只能想出这样的一句话来，紧接着便放声大哭起来。康奈尔似乎有些茫然，一滴眼泪也没有掉。

"如果你是盖瑞，"唐尼说道，"我可能就会任由你噎死了。他们是怎么说的来着，盖瑞？安乐死？"

康奈尔一边咳嗽一边简短地笑了两声。

"你不许再这么干了。"安杰洛对他说道,"我可不需要再发作一次心脏病。两次已经足够了。"

"你好了吗?"布兰达边问边把一只手放在了康奈尔的肩膀上。他点了点头。"别着急。你的食物又不会跑到别的地方去。"

"好了,我的任务完成了。"唐尼说,"我最好找个电话亭去变身。"[1]

"你为什么不把丢在浴室地板上的脏兮兮的长衬裤捡起来?"布兰达应道,"我觉得篮子应该不是氪石做的吧。"

几句打趣的笑话此时还是很有益处的。她能看出,唐尼也受到了这次惊险灾难的影响,两只眼睛睁得圆圆的,还在不住地摇头。奥兰多全家似乎都被吓坏了。虽然康奈尔经常整个下午都待在楼上,但艾琳从未想过他们真的会把他当做自己的家人来对待。

"现在正在播《命运之轮》呢。"盖瑞说了一句。大家闻讯全都回到了楼上。她和康奈尔一起坐在了桌旁。

"你还好吗?"

他点了点头。

"吓坏了吗?"

他再一次点了点头。"我不能呼吸了。"他回答。

"我知道。"

"我也不能说话。"

他不知道自己这副样子让她感到多么的难过。

"太可怕了。"她回答,"我也吓呆了。"

"唐尼救了我的命。"

"我不知道自己怎么了。我以前也曾采取过这种急救的手段。我猜可能是因为这件事情对我来说从没有过这么重大的意义吧。"

---

[1] 动漫超级英雄超人是利用电话亭变身的。他的超能力会被氪石抵消。

"感谢上帝，幸好有他们在。"他说。

"我终究是会动手的。"她说，"我的训练是不会白费的。我想可能是因为我知道他们在家，所以才没有逼自己进入救生模式。"

"他救了我的命。"男孩若有所思地念叨着。

"别说得那么严重。"她说道，"你本来也不会有事的。我们有的是时间。"

他看上去仍没有从震惊之中缓过劲来。于是她走到冰柜门前，往小碗里挖了些冰激凌给他。

"来，吃点这个。"她说，"我觉得这个总不会噎着你了吧。除非你是故意的。"

平日里，入夜后的这个时段总是她催促他坐下来写作业的时候，但她今天却只字未提。那一刻，她根本就不在乎他以后还会不会做作业——也许埃德一直都是这么想的。

她告诉儿子，他可以把冰激凌端到沙发上去吃——这还是头一回——自己则走过去为他打开了电视。家里唯一的一台黑白电视机一直都放在他们的卧室里，只有在季后赛和世界联赛期间才会被推到客厅里来。趁着他观看《今晚娱乐》那档节目时，她清理干净了盘子里剩余的鸡肉，然后坐下来和他一起看起了电视。球赛一般会在 8 点或 8 点之前开始。当他起身准备换到 NBC 电视台时，《考斯比一家》开始了。可想而知，赶在球赛之前播放《考斯比一家》肯定会让电视台损失不少的广告收入。他们分别躺在了不同的沙发上，费力地看着远处的电视。屏幕上那个名叫瓦妮莎的女孩想要违背母亲的心意化妆去上学，而男孩西欧则试图组织全家人进行一次消防演习。这个电视剧的内容和《反斗宝贝》差不多，只不过里面的所有人物都是黑人。世界正发生着日新月异的变化。她已经很难再把自己儿时的记忆装进儿子的美国式世界观里了。她感觉自己就像是挤在夹缝中的一代人，跨立于冲突的历史两边。她的生活对于康奈尔来说既遥远又古老，如同她像他这么大时听到过的朝圣定居者的故事一样。

《考斯比一家》结束了。球赛即将开始。她告诉儿子，自己准备回卧室躺下了。他哀怨地望了她一眼。

"你不看比赛了吗？"

她知道他还在为刚才的事情感到不安，所以并不想一个人待着。"那我就看一会儿吧。"她温和地答道。

她并不怪他。就连她的心里也在一遍遍重演着唐尼把那颗番茄挤出来的画面。她想要坐在康奈尔的身边，紧紧地搂着他，却又不知道该怎么做。她实在是没有兴趣捺着性子看球，于是等了几分钟便起身取了一本《寂寞之鸽》来看。她心不在焉地翻着书，反复地读着同一页。大都会队从一开始就落后，第 5 局结束时比分已经是 4 比 0 了。

她知道自己并不是这个世界上最温柔的母亲。她的心里大部分都是工作、工作，仅此而已。其他的母亲都会留在家里烤烤饼干，还总是和孩子们聊天，因而十分清楚他们心里所想的每一件事情。她就从没想过要试图成为康奈尔的朋友，只会努力在饭桌上发起一些有意义的对话。这不仅是因为和家人聊天有助于康奈尔将来在那些以言谈举止来判断一个人的社会中崭露头角，也因为她喜欢倾听他在想什么。她一直都在努力工作，只为了能让他拥有舒适的生活，而这一点与为他提供情感寄托一样珍贵。生活不仅仅是表达情感和给予拥抱。何况她根本就不知道该如何打破儿子的心防。看来这个令她心烦的问题既需要聪明智慧，也需要一定的情感付出。

她往书页里夹了一个书签，把书抱在了手中。"我想睡了。"她说。

"你能不能留下来再看会儿书？"

他需要她的陪伴。虽然他不愿多说些什么，但或多或少还是承认了这一点。她再一次摊开了书本，目光落在了她所读的那个篇章的第一页上。

还不到 10 点，埃德便走进了家门。他们听到了他开门和把外套挂在门廊里的声音。迈进客厅之前，他会先走进书房，把公文包放在书桌上。

"还是 4 比 0 吗？"他边走边问。

康奈尔点了点头。"古登被打得可惨了。"

"他们在广播里说他的速度下来了。"

"埃尔·西德显然很不错。但他的手感很糟糕。"

"出了点事情。"艾琳插了一句，"康奈尔噎着了。"

"什么？"他转过头来看着她，然后又转了回去，"出什么事了，兄弟？"

"我试着专心不让自己噎着，结果反而噎着了。"

他望着她。"是真的噎着了吗？"

"卡在他的气管里了呢。"

"是什么东西？"

"一颗樱桃番茄。"

"你把它弄出来了？"

"是唐尼帮的忙。"

他指了指楼上。"你在奥兰多家吃的饭？"

"是唐尼下楼来的。"康奈尔答道。

"下来和我们一起吃饭？"

她很害怕一讨论到有关这孩子的事情，别人就会看出她脸上挥之不去的不安。

"我以后会和你解释的。"她回答。

"到这里来。"埃德边说边在沙发上坐了下来，伸出一只手臂搂住了康奈尔。那孩子顺势倚在了父亲的花呢夹克衫衣领上。埃德总是很容易和他建立感情联系——这反倒让她成了家里那个唱白脸的人。也许康奈尔对她就是硬下了心肠。他靠得更紧了，胖嘟嘟的肚子顶住了埃德那条宽松长运动裤的腰带。只见他把一张小脸埋进了埃德的法兰绒衬衫里，啜泣了起来。埃德吻了吻他的额头，伸手搓揉着他的后背。几分钟过去了，康奈尔依旧埋着头。埃德抬起头来看着艾琳，默不作声地用口形询问她到底发生了什么，可她就是不理睬他。过了一会儿，康奈尔抬起了头。

"如果我没有弄错的话，你现在会不会乖乖听你妈妈说过好几次的那些话——"埃德用坚定却又温柔的语气问道，"试着慢点吃东西？你能不能为了我做到这一点？"

康奈尔点了点头。

"好的。"

紧接着，他们不动声色地转变了话题，继续看起比赛来。艾琳放下了手中的《寂寞之鸽》，把目光投向了父子俩的身上。这真是一幅值得期待的画面：埃德和儿子显然很亲密，任由他将一条腿搭在自己的腿上。要知道，艾琳在康奈尔小的时候可是和他很亲近的，直到他3岁左右的时候，一种难以捉摸的因素介入了他们母子之间，让她很难再和儿子拉近距离。她知道埃德和他的关系依旧很好，所以从不担心儿子缺少疼爱。可她现在却感觉自己正处在什么重要的事情的另一边。她并不愤怒，甚至连受伤和微微被蛊惑的感觉都没有。

大都会队在第8局开局时便斩获了一分。第9局时，在雷伊·奈特打出了滚地球出局、凯文·米切尔也被罚离场的情况下——近来捺着性子看了许多场季后赛比赛的她已经能够记住球员的名字了——穆基·威尔逊击出了二垒打，拉斐尔·桑塔纳又以一垒安打送他进垒。埃德说这支队伍在二出局安打方面很有诀窍。僵局之中，伦尼·戴克斯特拉站上了本垒板，可几击之后便被三振出局。比赛就此结束。在世界职业棒球大赛中，大都会队的战绩是三胜两负。如果再输掉一场比赛，这支让纽约人短暂团结在一起的球队——就连她这种不怎么上心的人都知道它今年表现得格外成功——这个赛季就无望了。

"赫斯特完投。"埃德说，"真是让人印象深刻。"

"他们是追不上他的。"康奈尔说。

埃德起身关掉了音量，却并没有关上屏幕。两人继续坐在那里看着红袜队的队员们望着翻动的比分板欢呼雀跃。直到新闻节目开始，他才关掉电视，拔掉插头，将电视机推回了卧室。

　　"下一场和他们对阵的是克莱门斯。"康奈尔的声音里带着某种不祥的预感。

　　"是的。但是他们会在纽约进行比赛。"

　　"他们还得赢两场。"

　　"他们会的。"

　　"是罗杰·克莱门斯。"

　　"塔格·麦格劳怎么说的来着？"埃德用苏格拉底式的口气问道。

　　"你必须相信。"康奈尔回答。

　　"这就对了嘛。"

　　那时已经是 11 点 30 分了，早就过了康奈尔应该上床睡觉的时间。简短道过晚安之后，这孩子便回屋了。埃德推着电视机，就像是在推投影车似的。她躺回床上。埃德在为康奈尔盖好被子之后也躺了上来。艾琳这才把孩子是怎么被噎住、自己又作何反应的整个过程——或者应该说是怎样不知所措——全都一五一十地告诉了他。埃德点了点头，安慰她一切都过去了，没事的。她这才冷静了下来。埃德总是知道该怎么安抚她的情绪。他给了她一个吻。她转过身去，伴着嘈杂的广播声清醒地思考起来。她为什么会愣在那里？看着康奈尔站在那里喘不上气、默默伸手摸向自己的喉咙，她的心里涌起了一股比爱更加浓烈、更加不可思议的感觉。她感觉他仿佛又变回了自己身体里的一部分，带着她一起走向了生死的边缘。如果他死了，一切就都不一样了。尽管她还会活下去，但她的生活将会失去意义和目的。原来这个经常让她烦心不已、火冒三丈的孩子手心里也握着她的命运。艾琳是不会放心让他为所欲为的。她感觉自己正脆弱地暴露在世人的面前。她一定要让他好好地活下去。

　　凌晨 1 点 30 分，她在康奈尔的推搡下睁开了双眼。原来他想要爬上来和他们一起睡。她实在是太困了，根本就没有力气拒绝，于是挪动了一下身子，好让他爬到他们中间来。她已经记不清儿子上一次和他们睡在同一张床上是什么时候的事情了。她在他还很小的时候就划清了这条界限，因为她不想让每晚都和他们同床共枕的孩子成为他们婚姻的人质——当然就更别提夫妻生活了。她只想在夜里睡个好觉。很快，康奈尔就放弃了爬到他们床上来的企图。

感受到儿子躺在身边，她无力地回忆起了之前的事情，还听到他推醒了埃德。父子俩就这样聊了起来。

"我差点儿就死了。"康奈尔说。

"你没事的。"埃德回答。

"我很害怕。我还是很害怕。"

埃德转过身来。"你一点儿事也没有，很安全。你还有很长的一段日子要过呢。很长的一段日子。"

"我不想死。"康奈尔答道。

"所以说，你现在就得记住那种感觉，然后走出去好好利用你的人生。"

"你真的觉得他们会赢吗？"

"大都会队？是的。"

"两场？"

"两场。你等着瞧吧。"

"你确定？"

"要有信念。"埃德说，"他们会渡过难关的。现在赶紧睡觉吧。"

听着他们俩的谈话，她想起了基欧先生还住在她家时，自己和父母并排睡着的那几张床。她不记得他们三个在关灯后进行过任何的对话，因为她的父母都是背冲着她躺着的。她记得自己曾经想象过他们两个若是睡在一张床上的画面。如今她又开始猜想自己为什么从没有勇气爬到他们两个中间去，感受两个人的体温一左一右地为她取暖。若是他们一直都同床共枕，她长大后说不定也会成为一个有胆量做这种事情的女孩吧。也许一个人的想象力同样会被界限所束缚。只要自己的床能够被摆放在他们两人中间，她就已经倍感安慰了。也许人不应该贪得无厌。她能够伸手触碰到他们的后背就应该感觉心满意足了。但这对于她的儿子来说显然是不够的。她很高兴自己在未能出手营救他的这个晚上能为他提供一个和自己赖在一张床上的机会。她小时候没有得到过这样的机会，并不意味着她的儿子也要错失这种感受。她不知道自己今晚有没有让他感到些许失望。人生不过就是一个剥离幻想的过程。可能她只不过是有些操之过急。可能这还算不上是最糟糕的情况。他终有一天是要学会照顾自己的。

她感觉康奈尔从埃德的身边滚了过来，意外地依偎在了她的身旁，用前额抵住了她后背的上缘。不出几分钟，他便睡着了。她不敢动弹一下，生怕惊醒了他，这个姿势却让她有些难以入眠。她决定等一等。说来也怪，儿子的陪伴居然让她感到有些动容。不管怎么说，这都将是一个漫长的夜晚，而她早上起床时也一定会感觉筋疲力尽，但她并没有伸手把他推开。

她躺在那里心想，*我差一点就失去他了。我再也不会在饭菜里加什么该死的樱桃番茄了。埃德对大都会队的预测最好是对的，不然相比对球队失望，这孩子对父亲的失望之情肯定会更深。他不得不学会事情不会总是如他所愿。*

她辗转反侧地思考着到底是让康奈尔得偿所愿更好，还是让他在失望之中塑造自己的人格更好。想必是一整天疲乏的工作和肾上腺素的流失让她忘却了身体对于空间的需要。她感觉自己迷迷糊糊地睡了过去，即便身后的儿子还在紧紧地贴着她。

这孩子肯定会欣喜若狂的，她心想。让他们赢吧。

再一次醒来时，她发现自己入夜后不知怎么把身子转了过来，此刻正面对着熟睡的儿子。埃德依旧躺在康奈尔的身后，睡得正香。康奈尔缓缓地喘息着。只见他长着和他父亲一样的长睫毛，脸颊在透过百叶窗钻进来的静谧日光照耀下显得格外甜美饱满。似乎是感觉到了她注视的目光，康奈尔也睁开了眼睛，像小时候那样半睡半醒、心神不宁地眨了眨眼睛，给了她一个迷迷瞪瞪的微笑，然后又进入了梦乡。她不知道该如何消化自己对于儿子和丈夫此刻的这些感觉，于是起身去洗澡，留下他们两个醒来后望着床铺上的彼此。

第三部

呼吸富足的空气

1991

15

康奈尔上床睡觉之后，艾琳惊讶地发现埃德并没有返回书房抓起自己的报告或是阅读期刊论文，而是拿着报纸躺在了沙发上，耳边还听着瓦格纳的音乐。即便她不懂音乐，也能从渐强的音色和歌手低沉的嗓音中听出瓦格纳的风格。埃德在沉思的时候经常听瓦格纳的音乐。

她抱着自己的书坐在另一个沙发上，伴着窗棂上结着的冰霜欣然与他分享着这个寒冷刺骨的二月夜晚。她打开人工壁炉的灯，还停下来简单拨弄了一下玻璃碳，聆听着它们互相碰撞的声音。她很高兴自己嫁的这个男人虽然学识远胜那些凡夫俗子，但还是会阅读整版的体育报道。其间他起身进过一次书房。就在她以为自己今晚又无人陪伴时，却发现他只不过是去取钢笔来做填字游戏。她很喜欢他在面对一条令人困惑的线索时随口呼唤她过来帮忙的样子。它揭示了他对自己完美智慧的不变信念，说明他有能力迎头痛击那些会倾覆别的男人的自信之船的海浪：它们对于他这条巨轮来说只能算是轻拍的微波。

"我什么方法都试过了。"他边说边把被折成了四分之一大小的报纸放到了咖啡桌上，"我想要活得现实一点。也许现在是时候放松一下了。"

她把目光从书页上抬了起来，想要望向他的眼睛，可他却在抬头看着天花板。

"我不确定你在说什么。"她开口答道。

"我眼看就要满 50 岁了，该慢下来了。我有资格休息一下。"

“胡说。”她说。

“我准备向那种回家后倒头就睡的人看齐。也许我还可以看会儿电视。”

“等我真的看到你这么做的时候再相信你好了。”

“我现在就可以开始这么做。”

她的心慌了一下。想象一下他能多睡一会儿的画面自然是好的。感谢上帝，他终于放弃了在夜校教书，但在孜孜不倦地工作，常在她睡熟后很久才从书房返回卧室。

“我不知道你能坚持多久。”她回答，“你会感觉无聊的。”

“我会没事的。”

“好吧，你开心就好。”她说。

他已经起身走向了唱机，打算换一张唱片。为了先不让她听见自己在听些什么，他还插上耳机听了一会儿，然后才躺回来闭上了眼睛。

她等待着和他四目相接。他喜欢躺着陷入沉思，但也会趁着变换姿势的空当睁开眼睛，微微挑眉以示对她的回应。看他躺得笔直，她不知道他是否睡着了，可他随即便跟着节拍轻轻拍起了脚。唱片的这一面播完了，可他依旧躺在那里，双手叉在胸前，一动也不动。她关上了自己那一侧的灯，站起身来朝卧室走去。她叫了他的名字一声。没有回应。她望着他，想要看他是否会对自己的离去做出任何的反应，可他只是扶了扶眼镜。于是她走回他的身边，站在了一旁。他肯定以为自己在这个沉默的游戏中能够胜过她，而她的确感到越发的心烦意乱。她俯身准备吻着他的脸颊道一声晚安；可还没吻下去便发现他正睁大了眼睛惊悚地回望着她，仿佛她打断了他思索什么可怕的东西的过程似的。

“我准备上床了。”她说道。

“我一会儿就过去。”

断断续续地睡了几觉之后——没有他在身旁，她永远都睡不安稳——她起身去了客厅，发现茶几上的灯依旧亮着，而埃德也没有摘下头上的耳机。一张唱片正在旋转，旁边的自动换片机上还堆着一摞他准备听的唱片。她关上音响，喊出了他的名字。他抬起一只手来示意她安静。

"让我在这儿再多躺一会儿。"他开口说道。

"凌晨4点了。"她关上了灯，可初升斜阳的温和光芒还是充盈着整个房间。"你需要良好高质的睡眠。你总是这么说。难道灯光不会打扰你睡觉吗？你需要快速动眼型的睡眠。舒适的睡眠。进来吧。你过几个小时还要去上课呢。"

"我觉得我应该取消这堂课。"他答道，"我感觉不太舒服。"

"哈？"

20年来，他从没有缺过一堂课。为此，他们还曾经吵过好几架。落下一节课没有什么关系，有事的时候她总是会说，*他们又不会开除你。没错，他们又不会开除你，就是这样*。

"我觉得我值得休息一天。"他答道。

"好吧，不管怎么说，到床上来睡吧。时候不早了。"

她就这样站在他的身旁，直到他也站起身来。两人慢慢吞吞地一起迈向了走廊。第二天早上，她醒来时发现他正坐在床脚上。

"也许你最好帮我打个电话请假。"他开口说道。

打完电话后，她冲了个澡，换了身衣服。在去往厨房的路上，她发现他又躺回了沙发上，仿佛他自从昨晚以来就没有挪动过似的，唯一不同的是桌子上摆了一杯茶。

"看来你是把'放松'这回事当真了。"她说道。

艾琳吻了吻他以示道别。下班回家后，却发现他仍旧躺在同样的位置上，身上还穿着同样的衣服。她没想到他真的一整天都待在家里，这不像他的风格。唱片机还在忧郁而骄傲地吟唱着。餐厅的椅子上随意地挂着康奈尔的书包和外套。

埃德紧闭着双眼，两脚还打着节拍。她站到他的身旁，伸手拍了拍他的肩膀。她说话的时候，他冲着耳机打了个手势，示意听不见她说的话，于是她只好在耳朵旁边比画着让他把耳机摘下来。

"我在听音乐。"他说。

"显而易见。"

"工作怎么样？"

"挺好的。"她回答，"你在这里呆了一整天吗？"

"我爬起来吃过东西。"

"所以说，这就是你的新爱好？"

"我还在试验。我感觉无比的神清气爽。"

"我很高兴你会这么说。"她回答。

"我打算多花些时间满足自己的需求。"他说，"这是第一步。我已经烦恼好一阵子了，正尝试着返璞归真。"

"那工作的事情怎么办？"

"我需要你明天再帮我打个电话请假。"

她从另一个房间的大镜子里看到自己的身上仍穿着那件打算换掉的大衣。她曾经以为 30 岁就已经足够可怕了，可对于年底即将年满 50 岁的她来说，30 岁简直是令人难以置信的年轻。

"你打算这个样子生活多久？"

"我还没有设计出一个计划来呢。"

"那我今晚要不要等你和我们一起吃饭？"

"当然。"他边说边挥了挥手示意她离开，然后重新戴上了耳机。

开始准备晚饭时，她考虑了一下事情可能的走向。这显然属于中年危机。他想必是被什么事情给吓坏了：也许是衰老。她确定他没有别的女人。他们共同追求的是生活的常态。在他们心中，阻止他们背叛彼此的是比爱情还要强大的、对于维护稳定家庭和无忧生活的渴望。她知道他是个可靠的男人，不仅是因为他不会因为酗酒而误工，或是把工资全都拿去赌马，抑或是忘记他们的纪念日。从某种微妙的角度来讲，他之所以可靠是因为他这很容易就能被人读懂。有些女人渴望她们的男人能够保留一些神秘感，而她却恰好热爱埃德的单纯无邪。虽说他的内心也有阴影、深度和纹理，但这对他来说已经足够复杂，实在是没有什么剩余的激情可供他去尝试着拈花惹草，就更别提做出什么下流的事情来了。他整个人都扑在了工作上，无暇同时去爱两个女人，也缺乏成功出轨的人与他人进行肤浅互动的耐心。

几天之后，他重返了工作岗位，但每晚戴着耳机听音乐的仪式却被保留了下来。一天晚上，她如释重负地看到他钻进了书房，本以为他是在给试验报告打分，却在端着一盘饼干走进屋里时发现他正拿着一本笔记本写着什么，还费尽心机地挡住了她的视线。等她晚些时候再去寻找那个笔记本时，却什么也找不到了。

她发现晚饭的那段时间突然变得有些异样。她试图抓住埃德的视线，他却一直在逃避，也绝口不提与自己工作有关的任何事情——或是干脆什么话都不说，只会开口问一问康奈尔这一天过得怎么样，或是学校里发生了什么事情。

"后来——"康奈尔讲道，"他们把他举了起来，好让他抓住篮圈，却没有给他扣篮用的篮球。有人把他的短裤给拽下来了，后来又有人把他的内裤也拽下来了！他就那么吊在那里，直到科茨沃尔德先生跑过来把他抱了下来。"

"哈！"

埃德兴趣索然地笑了笑。她本期望他能够批评一下那些男孩的行为，可他看起来并没有听进去康奈尔所说的话。他的语气里掺杂着某种柔和的气息，眼睛也心不在焉地闪烁着光芒，让她不禁怀疑自己是不是过于草率地排除了婚外恋的可能性。他最近总是无精打采，有时看上去就像是在梦游一般。

"好了。"埃德把椅子推了回去，敷衍地拍了拍康奈尔的头，躺回了

　　　　　　　　　　　不属于我们的世纪

沙发上，戴上耳机进入了自己的"私人空间"。康奈尔看上去有些尴尬，仿佛是在准备和别人握手时遭到了拒绝似的。她很清楚自己是无法通过言语来和他妥协和解的。

她邋邋遢遢地上了床，捏了捏臀部上的赘肉，心里琢磨着它们是何时设法爬到自己身上来的。她知道和自己一同工作的医生现在还是会在走廊上回过头来注视她，可若是埃德不再用这样的眼光来看她，那么其他男人的青睐就不足以为她的自信加分，反倒是一种缺乏差异、不经大脑过滤的粗鄙陋习——她看见过他们观察许多女孩的那种目光——让她不禁怀疑自己是否真的曾经美丽过。

埃德过了午夜才进屋，站在她的床边眼神怪异地望着她，吓得她全身都僵直起来。

"你有没有什么想告诉我的？"

"没什么。"

"那你在听什么？"

"瓦格纳的《尼伯龙根的指环》。我有好多张唱片连塑料包装纸都没有拆开过。看着它们就这样堆积在那里，我感觉很焦虑。我正在集中精力把它们听完。"

她很惊讶自己听到这些之后竟如释重负。这话详细得足以被她采信。她可以想象有些人会在感觉过去和未来都同样渺茫时做出这样的举动——退却到某件大事曾给他带来的高度上。

长久以来，她评判一顿饭做得是否成功的依据都来源于盘子里的颜色搭配，可这样摆盘如今看来却充满了无望的中产阶级气息。她斜着眼睛望着那些橘红色的胡萝卜、淡绿色的豌豆、雪白色的土豆泥、深色的肉块和洋葱，像小时候那样厌恶地用叉子在里面挑来拣去。

她曾经很喜欢坐在自家的餐桌旁，透过被风吹动的窗帘望着不远处的帕伦博一家在餐厅里团聚的画面。然而，这两座房子之间的距离如今却让她感到有些太近。她讨厌他家朴素的砖墙和简陋的装饰。她之所以能忍受这么久，完全是出于自己能够拥有一座房子的优越感。不过，她现在已经有些忍无可忍了。

近来她时常忍不住想起布朗士区。自从1983年离开劳伦斯医院，到法洛克卫的圣约翰主教医院任护理部主任之后，她就再也不需要每天都经过那里了。几年后，当她重回爱因斯坦医院担任护士长时，她又开始考虑眼下没准正是她终于可以搬进布朗士区的好机会。这样一来，他们两人上下班的路程就都可以大大缩短了。她目前的收入还不错，埃德也接手了一门授课费不菲的课程，两人还做了几笔成功的投资。在听取埃德的同事之一——纽约大学的一位地质学家的建议后，他们在油页岩股票中投入了8000美元。如今这只股票的价值已经攀升至4.4万美元。不过，油页岩公司在1985年时倒闭了。祸不单行，那一年他们又因第一泽西证券的低价股骗局损失了2万美元。1987年，她的上司离开医院赴政府任职，继任者尽可能开除了原来的班底，组建了一支属于自己的领导团队——这无疑也成了压死骆驼的最后一根稻草。尽管她在中北布朗士医院找了一份差事，化险为夷，但工资水平却大不如前。

那些日子里，帕伦博家如同黄油一般闪着亮光的可怕枝形吊灯和两人数十年如一日吃着的无聊餐食已经让她不忍再眺望，于是她站起身来拉上了窗帘。埃德将她起身的动作当做是晚饭结束的信号，也跟着站起来，走向了沙发。

她和埃德刚搬进来的时候，附近住着的不是爱尔兰人和意大利人，就是希腊人和犹太人。街坊四邻的所有人都认识彼此。后来，一些家庭逐渐搬离了这里，将房子卖给了哥伦比亚人、玻利维亚人、尼加拉瓜人、菲律宾人、韩国人、中国人、印度人和巴基斯坦人。她从没见过康奈尔那些新玩伴的父母。一个伊朗家庭——他们声称自己是波斯人，但她还是一门心思地认定他们就是伊朗人——在她的朋友爱莲搬去花园城之后买下了她原先的住所。他们的儿子法西德便成了康奈尔在圣女贞德学校里的同班同学，而且经常到他家来玩。

这个社区很容易给人一种郊区的感觉，因为这里本身就有一半的区域是郊区，既可乘坐公共交通出行，也可开车出行。每一座房子侧面都开辟了私人车道。北大道上每隔一段距离便能看到加油站和汽车经销店。拉瓜迪亚机场距离这里只有很短的一段车程，而罗伯特莫·摩西公路、谢伊的大型停车场以及世博会建筑那如冰川碎片般的外壳也都近在咫尺。

她喜爱的大多数商店都已经搬家了，取而代之的是小饰品店、T恤衫店、令人眼花缭乱的黑市店铺、隐藏在厚重窗帘后面的充满异国风情的发廊、公然出售致命武术器具的承包商、漫画店、空手道学校、支票兑现所、韩国人开设的奥特玛牌雪茄店和出售日本玩具廉价仿冒品的糖果店、出租车仓库、简陋的酒吧、快餐店、百货批发店、疑似鸦片馆的餐厅、售卖各种她永远也不会考虑品尝一口的食物的小杂货铺。转角处的"戏剧大道"如今已经变身为拉丁舞厅，入夜后便会开启闪烁的霓虹灯，没完没了的节拍吓得原本打算留守的老保安也辞了职。舞厅门口停满了汽车，还总有警察前来制止打架斗殴。昏暗的小爱尔兰酒吧成了唯一存留下来、抵抗入侵势力的老店，可在故意逃避了它这么多年之后，她实在是无法伪善地为它感到骄傲。

只有附近的花园公寓建筑身上还残留着昔日里的繁华残留的痕迹。她想象着枯槁的单身汉守着逐渐缩水的财富，长长的台词最后都归于一个静默的结尾。虽然还有几家铺面仍保留着往日的风采，比如巴里切尼的巧克力店和雅恩的餐厅，但踏进这些老店只能令她想起曾经的回忆已经所剩无几。

她知道应该把变化视为这座城市的伟大之处，同时也是未来生活的远景和移民更迭的必要周期，只要你自己不会被取代。如果你是一位圣人，这一点也许还是可以做到的。她不想成为圣人，因为那样她就需要磨掉身上的棱角，遏制住内心对于这些人的怒火。她也断然不是依靠圣人之心——而是出于想要在这片社区里继续生活下去的欲望——才姑息他们几年前乘邮轮去巴哈马度假时遭遇的入室盗窃案的。可她何尝不想在每一次踏进杂货店时都恼怒地破口大骂一通呢？她眼中所看到的每一个人，无论是工作人员还是顾客，只要不是打扮得光鲜亮丽的那种人，就都有可能是曾经在她家破门而入的小偷。结束邮轮之旅回家后，她发现自己的首饰盒被人翻拣过了，抽屉也被翻了个底朝天。幸运的是，她先前不顾埃德的反对在汉诺威花钱租了一个保险箱，把埃德的积家手表和曾经让她母亲感到心烦意乱的订婚戒指存了进去。所有的债券也都锁在了保险箱里；一想到小偷没能偷走更多的东西，她便稍感安慰。这一次，埃德从不会在她的生日或纪念日为她购买项链手镯的作风似乎成了一个优点。小偷偷走了埃德的唱机，不过他好多年前就需要换个新的了，这次正好有借口让她亲自选购一款。她对当时应该在家的奥兰多一家感到十分的愤怒，因为她实在是想象不出他们怎么会什么也没听见，或是听见了却什么也没有做。某些夜里，她也会辗转反侧地思索着该如何报复这些小偷，因为他们偷走了她放在卧室衣柜里的基欧先生的单簧管。他们把单簧管拿去做什么呢？那种东西在二手市场上又能值几个钱呢？他们是绝不可能把它留给自己的，因为卑贱的人是不会弹奏如此精美的乐器的。她相信这些人在回到猪圈般的公寓里、开始翻拣战利品时，一定也会惊愕于自己竟然偷来了一堆单簧管的部件，然后便把它们全都丢进垃圾箱里。

她不能把所有的事情都归罪于最近的几波移民潮。她两边的近邻搬来这里的时间都比她长，可还是遭遇了困难时期。他们两家的房子曾经看起来都很体面，尽管挂在窗口的肮脏蕾丝窗帘和门边惨白的油漆颜色显得有些沉闷。可如今，帕伦博家的后院里停放着一台生锈了的报废汽车，旁边还摆着一个积满了雨水的大桶；而吉尼·库尼家的房子则永远都在施工之中，丑陋的脚手架破坏了门口的风景，花园中的花盒里也堆满了杂草和建筑垃圾。吉尼整天紧张兮兮地在院子里走来走去，腰上还绑着一条工具腰带。有关他和他家人的流言四起，在新来的住户中间广为流传。据说，他是爱尔兰共和军的武器走私贩，之所以隐居在此是为了避风头。还有人谣传他那个穿着短裙和渔网袜的女儿是个站街女。艾琳知道真相并非如此：自从他的妻子在北大道上被肇事逃逸的司机撞死之后，他就变得疯疯癫癫的，而他的女儿也不是妓女，只不过是从小受到了身边充斥着的西班牙文化的毒害罢了——不过有人会把她误认为妓女也是情有可原的。

她刚刚搬到这条街区来时，房前花园的盒子中种满了盛开的鲜花，仿佛是在争相展示园艺学的美好。没过多久，四周便回归了荒芜的景象：疯狂生长的巨型野草眼看就要遮住房子的墙面了。尽管她没有遗传到父亲会种各种蔬菜的那种灵性，却还是决心要趁自己的花园腐败之前将它改造成一座绿洲。过去一直都是安杰洛在帮她养活这些植物，而她也能在从旁协助时从他的身上学到点知识。自从第三次心脏病发作终于要了他的命之后，她就只能不时买些新植物回来，然后趁半夜用它们来替换下那些枯萎的枝叶。

她在家具上浪费了不少钱，不仅要清洗地毯，还每两年就要冲刷一次墙面。她在包厘街大甩卖中淘到了一个漂亮的水晶枝形吊灯。虽然房子算不上豪华，但有了吊灯的点缀也显得熠熠生辉。她唯一不能够逃避的便是头顶上传来的奥兰多一家的脚步声，而这整栋房子都归她所有的事实并没有让它们听起来格外悦耳。

埃德坐在桌旁的时候，她正在泡茶。他背对着她，壮硕的身形和她第一次欣然伸出双臂环抱他时的那副样子一模一样。可她如今却只想猛击他的后背。看到他弓着身子揉搓着自己的太阳穴，她伸出一只手搭在了他的肩膀上，不料他却畏缩了一下。她心想，*他到底把我当做是谁啊？*

她打算趁他插上耳机之前毅然挺身而出，或是看他在枕头上躺好之后猛地拔掉插头，隔着满屋的乐声把心中积怨已久的话全都骂出来。但她并没有那么做，而是坐在扶手椅上一直读书读到上床睡觉为止。

她不知道为何要为难自己的丈夫。毕竟他教了这么多年书，也该好好休息一下了。她还从没听到康奈尔对此表达过任何的意见，不过她倒是期待正步入青春期、整天都一脸阴沉的儿子能够无视他父亲的新习惯，从而允许她得出这样的结论：一切都只不过是她的想象而已。

然而，康奈尔还是注意到了这一点。"所以说，你老听着唱片是怎么回事？"一天晚上他开口问道。艾琳一直都为他嘴里漫不经心地嚼着口香糖的声音感到烦心不已，现在才明白正是这种态度给了他开口的勇气。

埃德抬起眼睛，却并没有回应。

"你干吗总戴着耳机？"他再一次问道，随即朝着父亲身边靠了过去。

考虑到埃德最近行为古怪，她本以为他会火冒三丈，不料他却只是摘下了耳机。

"我在听歌剧。"

"你最近总是在听那玩意。"

"我决定在死前把所有的杰作全都听上一遍。威尔第。罗西尼。普契尼。"

"谁要死了？你的命还长着呢。"

"没有比现在更合适的时候了。"埃德回答。

"那你也不用戴着它呀。"康奈尔一边说一边指了指耳机。

"我不想打扰任何人。"

"你觉得你这样就不会打扰别人了吗？"

另一个晚上，当她在康奈尔结束田径训练后前去接他回家时，他坐在车里开口问父亲是不是不太开心。

不属于我们的世纪

"我不这么觉得。"她说，"我觉得他挺开心的。"

"他总是说：'你不得不为自己的人生作出决定。沉思片刻，考虑一下各方利弊，做出决定，坚持到底。'"

她从未在埃德口中听到过这番理论。想必这一定是父子俩趁她不在家的时候谈论的话题。她感觉自己的耳朵都要竖起来了。

"比方说，在对待女孩子方面，他是这么说的：'结婚之后，你做了决定就要坚持到底。事情并不是永远都那么完美，但你要去努力经营。重要的是，你一定要自己来做决定。'"

她收紧了肚子。

"但我不明白的是，既然这种事情这么困难，既然你们说决定了就要坚持到底，那为什么刚开始的时候还要去做它呢？"

"人们之所以会这么做，是因为他们陷入了爱情之中。"她充满反抗心理地答道，"你爸爸和我就曾经相爱过。现在也相爱着。"

"我知道。"他回答。

她这才想到，也许他并不知道这一点。她一直都羞于公然表达自己的感情——在儿子面前就更是不愿意表达了。埃德在康奈尔还是个婴儿时曾经紧紧拥抱和亲吻过她，但却被她设法逃开了。她自然是不会对他投怀送抱的，好在他自从娶她的那一天起便知道自己不得不采取主动。和那些比她小上好几岁、身穿迷你短裙的女人不同，她给予他的是顺从地放弃自己不羁的独立性。和他躺在床上时的她就和平日里的自己不尽相同了，不过她可不想让儿子听说这些事情。

"你爸爸很快乐。"她说道，"他只不过是老了而已。你有一天会明白的。因为同样的事情也会发生在你的身上。"

这似乎并不是最好的解释，但也足够应付一阵子了，因为他在接下来的路程中一言未发。

16

如今总是躺在沙发上的埃德某天早上走进了康奈尔的房间里，说要带他去棒球练习场。他们开车去了位于中央景观道路附近的一处老地方，来到了一座迷你市场的身后。

康奈尔从架子上选了一根最破烂的球棒，然后又试着寻找一个合适的头盔。他的父亲从贩卖部的柜台那里买回了一大把机器代币。康奈尔朝着那台贴着"非常快"标签的机器走了过去，戴上充满汗渍和臭气的头盔，将击球手套戴在了右手上，站上了左撇子击球员的位置上，投入了代币。机器上的灯亮了。静默片刻之后，一颗棒球射了出来，狠狠地撞在了橡胶挡网上。又一颗球从康奈尔的眼前飞了过去，让他不禁怀疑自己到底能否击到任何一颗球。虽然这些球的飞行速度不及显示的90英里/小时那么快，但无疑也超过了80英里/小时。

又一轮发球开始了。康奈尔计算了一下时间，故意晚些挥动球棒，可球还是猛地撞向了挡网，在他的身后发出了可怕的重击声。在接下来的几局中，他不是用棒尖把球击出了界外，就是打出滚地球，最后才一个平飞球径直击中了机器。虽说这一球注定是要出局的，但他挥棒时格外自信。父亲在身后为他欢呼了起来，可康奈尔却在下一次迅速挥棒时弧度过大，使得球身直接撞击在了他的把手上。清晰的刺痛感让他一下子就松开了双手，完全错过了下一球。

"冷静，孩子。"父亲说道，"你可以打得到的。要找到节奏。"

不属于我们的世纪

最后一球时，他又打出了一个界外球，于是便停下来把球棒夹在两腿之间，调整了一下击球手套。鉴于身后并没有人在排队等待，他完全可以慢慢来。附近的场子里也传来了挥棒击球和棒球入网的声音。他的父亲双手扶着挡网，身子也靠在了网上。

"你准备好了吗?"

"是的。"

"去打吧。"

他投下一枚硬币，后退了几步。第一球呼啸着穿过他的身旁，重重地打在了挡网上。

"眼睛要盯着球。"父亲说道，"看着它飞向捕手手套的过程。看着这一球，别挥棒。"

他看着球急速从自己身边飞过。

"现在计算一下时间。下一颗球的速度还会是这样的。位置也一样。只不过是时间选择的问题。"

他努力尝试了一下，结果又出界了。他很快就面露疲惫。

"缩短你挥棒的距离。"父亲说道，"只要试着接触到球就行。"

他又试着稍加控制地削了一球，把球击到了外场的位置。他一次又一次地挥舞着球棒。球棒和棒球相撞的声音听上去就像是一颗西瓜被砸烂了似的。整个场地弥漫着一股烧糊了的橡胶味。

代币用完时，他把球棒递到了父亲的手里。"你想进来吗?"

"不了。"父亲答道，"你好好玩吧。"

"我不介意的。"

"我觉得我一球都击不中。"

"你当然可以了。别小看自己。"

"我最辉煌的日子已经过去了。"父亲推托道。

"为什么不来试几次呢? 来吧，爸爸，就用一个币。"

"好吧。"父亲回答，"如果我进去后像个稻草人一样，你可不许笑我。"

父亲走进了练习场，从他的手里接过了头盔和球棒，但拒绝使用击球手套。他的身上穿着格子花呢的扣角领衬衫和一条贴身的牛仔裤。康奈尔心想，他看起来的确有点像稻草人。他的眼镜如同试验室护目镜一样从头盔下面露了出来。康奈尔走出练习场，站到了父亲刚才的位置上。父亲投入硬币，站上了击球位置的左边，和康奈尔一样。

第一球狠狠砸中了挡球网。第二球也一样。他的父亲把球棒举到了肩头上。下一球同样落入了网中。

"你到底要不要挥棒啊？"

"我在计算时机。"父亲答道。

下一球嘭的一声射了下来，紧接着的那一颗射出的角度有点高，冲着康奈尔所在的方向飞了过去。他的父亲还是没有出手。

"你得选个时候出手了。"康奈尔提醒他，"只剩下三颗球了。"

"我在看着球落入手套的过程。"他答道，"我在等着自己的那个投球呢。"

"还有两颗了。"

"好的。"父亲说。

"爸爸，你不能只是站在那儿。"

最后一颗球像炮火一样飞了出来。他的父亲狠狠地截断了它飞行的路径，球棒如教科书里描述的那样停在了他的背上。是泰德·威廉姆斯的经典动作。要不是被远处的球网拦住从而重重地摔了下来，那颗球肯定还能继续上升。

"哇！"

"不错。"他的父亲答道，"我想我还是在领先的时候退出吧。"

康奈尔走进场地，从父亲的手中接过了头盔和球棒。只见父亲一脸倦容，好像已经击了半个小时的球似的。他投了一个币，站上了击球位置。想必是父亲的这一击激发了他的自信，因为他挥棒几次只打丢了一个球。紧接着他又投了一枚币，继续击球，拦截了好几个平直球。

"好小子。"他的父亲叫道。

他直到打累了才停下手来。两人驱车来到了练完球后总喜欢去的那家小餐馆。康奈尔要了一个芝士汉堡，而他的父亲点了一个金枪鱼三明治。父子俩还分享了一杯巧克力奶昔。眼看着康奈尔喝完了杯子里的那一半，他的父亲把自己的那半杯也递了过去。

"没事的，爸爸。"

"你喝吧。"父亲劝道。

食物上桌了，可他的父亲并没有怎么吃，而是饶有兴致地盯着康奈尔。

"怎么了？"康奈尔开口问道。

"我过去最喜欢看你吃饭。我想我现在也很喜欢。"

"为什么？"

"在你还是个幼儿的时候，也许两岁左右吧，你总是会抓上一把的食物放进嘴里，然后用你的手掌往里推。就像这样。"父亲把一只手举到嘴边演示了起来，"'还要肉丸！'你过去常这么说，脸上还沾着酱汁。'还要肉丸。'你的表情很坚决，好像这世界上就没有比肉丸更重要的东西似的。"他说罢咯咯地笑了起来，"而且你吃饭的速度好快！饭量也很大，吃完还要。'吃完了！'你喊着。我过去最喜欢看你吃饭。我猜这应该是种本能吧。我知道，只要你能吃就一定能活下去。不过其中一部分原因也是因为看你吃饭很有乐趣。一个被切成了小块的烤芝士汉堡那时对你来说就是全世界，仿佛把它咽进嘴里才是唯一要紧的事情。嚼得再快也不为过。"

发现父亲总是盯着自己，他有些紧张，盘子里的食物一口也没动。

"你就打算一直坐在那里看着我吗？"

"不，我会吃的。"

父亲张嘴咬了几口三明治。康奈尔叫人帮他加了点水，添了些番茄酱。

"我希望我能解释给你听。"过了一会儿，父亲开口说道。

"解释什么？"

"拥有你是种什么样的感觉。拥有一个儿子是种什么样的感觉。"

"那些薯条你还吃吗？"

"都给你吧。"父亲回答。康奈尔伸手拿了一些。"想吃多少就吃多少。"父亲把盘子推到了他的面前，"吃光吧。"

17

埃德的 50 岁生日在即。她打算放弃说好的私密家庭聚餐，为他筹办一个盛大的惊喜派对。虽说这样做肯定能让他一晚上都远离沙发，但她想要的还不止这些：她想要唤他起床，安排他做些什么，找回消失的热情。最近他大部分时间都在独处，因此强迫他和别人交流一下应该会对他有所裨益。

直到起草好宴请的宾客名单时，她才意识到他们的社交圈子已经严重偏向了她那一边。与他们失去联络的许多人都是埃德的朋友。反观自己朋友的丈夫，她也看到了同样的趋势——妻子的社交圈子一直在萎缩、疏离。她有责任确保自己的丈夫不会变成一个彻底的宅男。她决定突破他们日常接触的圈子，去寻找他们刚刚结婚时和他关系密切的那些朋友，以及自己从未谋面的一切表亲。她想要提醒他，生活还存在着许多的希望。

她为自己的花盆做了一次彻头彻尾的大改造，尽管她知道它们根本就熬不过 3 月初的寒气，说不定等不到派对结束就会枯萎。

就在她夯实玫瑰丛旁的泥土时，一辆车危险地朝北大道的方向飞驰而过，车身四角安装的功放音响还大声地播放着萨尔萨舞曲。如果她是个男人，肯定会厌恶地吐上一口唾沫。她讨厌那个司机；讨厌那个可能雇用了他的贩毒集团；讨厌想象乘坐地铁前来参加派对的人可能会遇见哪些麻烦。当他们迈上罗斯福大道时，希望上天不要允许那些妓女上前来和他们搭讪。要知道，曾经还有妓女在他们牵着手走下台阶时走过来和埃德搭讪。

她希望自己邀请的那些中北布朗士医院高管不会依据她的现状来对她妄加评判。她的职业生涯还要依靠他们把她视作圈子里的一员来过活呢。她该怎么向他们解释杰克逊高地以前的面貌呢？

她觉得自己并不是个种族主义者。她也曾帮助过那些遭到上司不公待遇的黑人护士，并为此深感骄傲。她也十分享受自己在中北布朗士医院的保安中拥有的好人缘。要知道，他们大多数是黑人。

她很喜欢讲述自己的父亲在无人愿意与华盛顿先生搭班时挺身而出的故事，也很乐意重述父亲是如何不顾爱尔兰保守势力的反对，出手帮助刚刚开张就濒临倒闭的中国杂货店的。看到店主刘先生是个勤劳本分的生意人，她的父亲感到十分满意，于是花了好几个晚上的时间站在杂货店附近的街角上，抱着他家售卖的蔬菜，见人便说："去那个穷得叮当响的臭小子家买点东西吧。"大家都很听他的话。如今的伍德赛德已经开满了中国杂货铺。她很怀疑如今的新一代会不会像她父亲多年前为他们的族人所做的那样，好好对待想要在此安身立命的爱尔兰移民。她也不知道一直以来受自己照顾的黑人护士会不会出手帮助一个需要帮助的白人女子。多年来，她目睹了布朗士区治安的每况愈下。那些保安在听说她每晚都会独自开车驶过那里时都惊得目瞪口呆。要知道，他们连放她晚上一个人走去自己的车旁都不放心。

不，她算不上是种族主义者。但这并不意味着她必须赞赏他们在自己社区里的所作所为。这里简直就要被他们糟蹋成战区了。

派对当天，她的房子里从没有这样拥挤过。早在埃德到家前一个小时，走廊里的人就已经几乎挪不动步子了，她不得不让表弟帕特搬了一张边桌到地下室。尽管如此，当人们开始聚集在厨房时，她还是感觉自己的周围像是被套了一身盔甲似的。她一边留意着烤箱里的焗花椰菜，一边还要照顾着每个炉灶上烹煮的不同菜肴。她做的都是些符合大众口味的菜，所以上菜的时候一点也不会感到忧心。等宴会承办商送来吃都吃不完的美食之后，她就能松一口气了。

当康奈尔用公用电话通知她，说他们父子俩10分钟后就到家时，她惊奇地发现自己突然变得满心惶恐起来。她走进了客厅，当着一屋子喧闹的人群宣布了这个消息。屋子里出奇的安静，和刚才的喧闹形成了鲜明的反差，深陷压抑情绪中的她几乎可以听到自己的脉搏。她沿着人墙往前蹭了蹭，好让他在进门的时候能够看得到她。

埃德踏进房门时，艾琳闭上了双眼，怀着诡异的心态强迫自己不要去看他的脸，身旁响起了大家狂欢般异口同声喊出的一句话。她睁开眼睛，发现他挂着满脸灿烂的笑容，走过一个又一个人身旁，每看到一张新的脸庞就会尖叫一声——听上去就像是印第安人战斗时发出的呼号一样。他要不就是欣喜若狂，要不就是精神错乱了。他的脸色因为兴奋而涨得通红，还冒着汗珠。当她凑上前去拥抱他时，听到他也同样欢呼了一声，好像好几年都没有见过她了似的。欢呼声还在继续，久久没有衰退，仿佛他和每个人打招呼时都怀着同样不可思议的狂喜心情。

她既不敢离开他，也不敢在他身边逗留。看到他被淹没在了朋友们的怀抱中，她钻进厨房给他倒了一杯酒。等她回来的时候，他还在一遍又一遍地给大家表演着令人不可置信的戏码。她不想让任何人发现他在强颜欢笑，于是朝着康奈尔喊了一句，示意他打开音响。埃德在众人的推搡下走进了餐厅。她试着从镜子里观察别人的反应，却还是忍不住扭头看着丈夫的表情。看到自己从多伦多远道而来的弟弟菲尔，他如同垂死的动物一样嚎叫了一声。她伸手取了些什锦小吃分给大家。食物的香气混合得正好，她所触碰到的任何一个表面也没有一丁点灰尘的痕迹，一切都井然有序。屋子里唯一乱糟糟的地方也是宾客们自己惹的祸——有人撞上了大酒杯，在地板上砸碎了几个水晶杯——不过那些都被她耐心地处理好了。

她给自己斟了一杯红酒，悄悄溜达到了客厅，热情洋溢地聊起天来。每个人的音色背后都飘荡着热热闹闹的低语声。她忍不住有些担心丈夫能否禁受得住这般狂喜，于是开始四处寻找他的身影。

她到门廊上问了问帕特和那帮烟鬼，然后又看了看孩子们，可谁也没有看到他出来过。浴室的门紧锁着，但她很快就发现从里面走出来的是她的姨妈玛吉。她又来到了地下室，找遍了每一处幽暗的角落，还是没有看到他的身影。

走到后门的平台处时，她没有返回屋内，而是想起了楼梯。虽然楼梯上没有人应答，但她还是凭借着莫名的直觉爬了上去，发现他果然正坐在二楼和三楼之间的楼梯间里，眼睛直勾勾地看着她朝自己靠近。他的眼神让她感到十分的焦躁，仿佛早就在等她来寻找自己似的。此起彼伏的音乐声和谈话声模模糊糊、断断续续地沿着旋转的空间飘扬了上来。狂欢的气氛还不够强烈。

"弗兰克想要给你照张相。"她说道，"菲奥娜刚到。我不知道你看到她没有。"

他安静地坐在那里，眼神一动也不动。

"帕特是为了你才到这里来的。他已经不再参加派对了。你真应该听听我在电话里说服他过来的时候他是怎么说的。'为了埃德？'他说，'当然了。什么事情都可以。'"

"别让他靠近吧台。"埃德回答。

"他连进门都不肯。"她咯咯地笑了起来，"正站在门廊上呢。"

她感觉双眼湿润了，可心里却并没有感觉到哀伤。"楼下的这场派对很不错。"她说，"如果你能过来就更好了。"

他拍了拍身边的位置。虽然他举手投足间彬彬有礼的样子让她分外动容，但满怀愤怒的她还是感到有些困惑，一心只想孤独地走下楼去。她退缩了，理了理身下的裙子，坐了下来。

"我老了。"他开口说道，"我能感觉到自己的身体快要垮了。"

"你之所以会有这种感觉是因为今天是你的生日。"她说道，"所有人都会老。"

"我没想到自己会看到这么多人。我还以为我们要度过一个安静的夜晚呢。"

她一脸挖苦地看了看他。"我们最近的夜晚过得还不够安静吗？"

"这里有一半的人我都不认识。"

"你差不多每个人都认识啊。"她答道，"应该只有4个人是你没有见过的。"

"那就是我不记得他们了。"

"你当然记得了。我带你四处走走，和他们聊聊天，你就能想起他们是谁了。"

他移开了眼神。

"你最喜欢派对了。"她说，"你总是抱怨我太常请客，可派对开始后没人玩得比你更开心。这些人都是到这里来看你的。要是他们问起你去哪儿了，我可不知道该怎么回答他们。"

"告诉他们你刚刚看到我在别的房间里。"

"你怎么了？"

"我累了。我没法告诉你我有多累。我厌倦了站在一大堆人面前、成为众人注意的焦点。你知不知道这要耗费多少力气？你永远都下不了台。永远都不行。你不能遇上一个糟糕的日子。我感觉自己一直都在努力让所有杂耍球都飞在空中，不让它们掉落在地上，否则就会有不好的事情发生。我现在只想躺下来。"

"好吧，你可不能躺下来。大家都在这儿呢。我们得妥善处理这个问题。很抱歉我做了这些。"

"你不必道歉。"

"不，这是个愚蠢的主意。很蠢，很蠢。"

"我只想等这个学年结束。"他说，"就是这样。我没法告诉你我是多么地期待假期。今年我是不会再上暑期班了，这是肯定的。我哪儿也不想去。"

若是换做别的日子，她可能会一脸厌恶地让他赶紧起身到楼下去，但她忍住了。正当她打算开口说自己5分钟后再来找他时，他却拍了拍膝盖，站起身来。

"好吧。"他说，"我们走。"

在重返派对之前，她跑到地下室里，从酒架上抓了一瓶酒。

"进去的时候晃一晃这个。"她嘱咐道，"以防有人注意到你走了。"

脖子上挂着相机的弗兰克·麦圭尔把埃德喊了过来，脸上露出了如同重新召回畜群的猎犬一样宽慰的笑容。她看着他在餐厅里组织大家站队，让所有人等着他调焦。一瞬间，那份宁静似乎被延长了许多。所有人都屏息凝神起来。她试着记住这个画面——不是眼前这些她日后可以在照片中回顾的细节，而是那种氛围——那种轻快的友爱之情，还有大家互相拽着彼此、稍许不耐烦地摆着姿势、事后又对这份亲密一笑了之的心情。她心想，每一张列队拍摄的合照最后都会如此收尾吧。大家仿佛是被人故意驱散开来似的，各自把住一个角落喝着杯中的酒水，吃着盘中的美食，吸着手中的香烟。这不由得让夹在人潮中的埃德看上去格外的脆弱无助。她决定在接下来的派对过程中伴随在他的左右，偷偷用手臂推搡着他四处走动。他是条完美的帆船，哪怕是她轻拽缆绳也会有所回应，在她想让他停住的地方停住，想让他转弯的地方转弯。有了她的陪伴，他似乎轻松了不少。很快，她就又玩得不亦乐乎起来，不得不抑制住想要离开他的冲动，朝着有好的话题可聊的地方靠近。她总觉得要想指望自己的丈夫在派对上自娱自乐简直就是一种奢望。若是隔着一间屋子，他们还可以挥一挥手、点一点头或是眨一眨眼来照应彼此。看到有女子靠近，她总是忍不住想要盯着她们在他身上游弋的目光。然而，她紧靠在他身边时却很难再看清这一切，仿佛有什么东西在透视距离缩短的过程中丢失了一样。

辛蒂·寇克力捧着蛋糕走了进来。众人唱起了《生日快乐歌》。艾琳伸出一只手扶住了埃德的后背。他吹蜡烛的时候明显有些无力，试过两三次之后仍有几根烛火在摇曳。灯亮了起来，辛蒂递给他一把刀。他站了一会儿，挥舞着手中的刀子。艾琳下意识地感觉到这幅画面似乎包含着几分威胁的意味，于是赶紧伸出一只手握住了他的手，假装两人正准备齐心协力地切下一块婚礼蛋糕。她攥着他的手切开了蛋糕外面那层薄薄的糖霜，把刀子插进了下面冻得硬邦邦的冰激凌里。待她松开手之后，他还在试图把刀子从那坨冻得结结实实的固体里抽出来，却怎么也不得法，只好丧气地甩了甩手，后退一步远离了蛋糕。她笑了笑，模棱两可地摆出了一副"全世界都知道男人很无用"的表情，用双手托住了他的头，给了他一个纵情的亲吻。当着所有人的面做出这番举动违背了她所接触过的所有文化。他先是僵硬地站在那里，然后才放松下来任由她亲吻。大家全都哄笑着欢呼起来。她放开他，从蛋糕里抽出了刀子，开始给大家分发切好的蛋糕。

她讨厌在乱糟糟的房子里醒来，那种感觉就好像付账消费之后却没有东西值得回味。尽管如此，在最后一位客人离开之后，她还是直接爬上了床。埃德仰面平躺着睡在那里。这几乎可以说是她最欣赏他的一点。她在书里读到过，平躺着睡觉是需要勇气的，因为这样的姿势会把所有的内部器官全都暴露出来。他在床上总是很自信。她喜欢他让自己显得很渺小的那种感觉，也喜欢依偎在他身旁，环抱住他的手臂。这让她想起了第一次和他跳舞的时候，是如何惊异地发现他那件松松垮垮的夹克衫里竟然还隐藏着如此壮硕的身体。他长手长脚，颇有运动员的素质，和那些靠体力工作的男人站在一起也不会显得突兀。他允许她在两个世界之间搭起了桥梁。桥的一端是她身处的地球，另一端则是她渴望的天堂。只有他的怀抱才能让她安稳入睡。

第二天一早，她给自己沏了些茶水，然后便开始收拾那些瓶瓶罐罐。就在她擦干净台面和柜门、用拖把拖厨房的地板时，却惊觉平日里看着闪亮的地面、吻着松木的清香时那种骄傲的感觉并没有涌上心头。她怎么能容忍这片油乎乎的地板这么长时间？墙纸有些地方已经翘了起来，窗棂的衔接处也有些松动了，以至于抬起窗户时上面的玻璃会像松动的牙齿一般晃来晃去。清理到餐厅时，看着拖把划过闪亮的地板砖，闻着墨菲油皂散发出来的温和涩味，她的心里稍感安慰，但很快又觉得墙面镜脚下的那些污点怎么看都不顺眼。走进浴室，她注意到浴缸的瓷釉也有些脱落了，露出了黑色的内里。

她着了魔一般地回想起了客人都注意到了哪些细节。他们有没有看到软垫搁脚凳下地毯上的污渍？或是那些小物件上的霉渍？她想象着他们顺手拿起一些物品，却发现下面铺着一层尘土。

她走进地下室，开始清理洗衣房。她必须得找布兰达谈一谈，因为她经常会在洗衣机里看到用过的干衣机专用纸，以及她不得不亲手扔掉的洗衣粉空盒。要知道，正是这些有损于生活品质的细节在积少成多的过程中毁掉了她在这个星球上的幸福。清理完这一片区域之后，她又移步到了储藏架那里，一边整理上面的东西，一边琢磨着该如何教育唐尼收拾好自己的工具。接下来是杉木衣柜。这一次她只能责怪自己的粗心大意了，因为她最喜欢的好几件毛衣都被蛀虫咬出了破洞。接下来她回到了楼上，开始仔细地擦洗浴室地板砖之间的缝隙。当她抬起头时，发现埃德正站在门口，而康奈尔则跟在他的身后，两个人全都穿着弥撒的衣服。

"你们在干什么？"她开口问道。

"我们要去做弥撒啊。"埃德回答，"这不是我们星期日应该做的事情吗？"

"几点了？"

"4 点 45。"康奈尔回答。

看来，她除 5 点钟的仪式之外已经错过了整个弥撒的过程。感觉到父子俩诡异的目光，她低头看了看手上那双仿佛不属于她的橡胶手套，其中一只手上还握着一块破烂的绿色海绵。

"等等我。"她一边说一边脱下手套，关上门梳洗起来。

18

老师离开教室时，康奈尔感到有些害怕。在权力真空的情况下，他只能受制于同侪的评定。所以，当欧利希太太离开地理课堂去上厕所、安排劳拉·霍利斯在黑板上记名时，康奈尔知道大致会发生什么。那一天，皮特·麦考利跑到黑板前抓起了板擦，想要砸向他，却远远偏离了目标。后排的某个人投出铅笔补了一记，正好击中了他一动不动的后脑勺。教室里嘈杂的谈笑声就像是狂风中的百叶窗。就连他那些书呆子朋友也咯咯地笑了两声。劳拉什么也没有写。胡安·卡斯特罗站到了后门旁望风。皮特捡回板擦，跑过来把它拍在了他的背上。尽管他在接下来的一整天都在揉搓运动上衣，却还是不能擦掉上面的粉笔印。

他也曾和这些孩子打成一片。他们大多数都住在公寓里，因而他家的后院就成了他的优势。他们会在那里集合，丢下自己的自行车。他会跟着他们跑到伍尔沃斯里去偷比那卡牌的口气清新剂。虽说他从没有亲自动手偷过什么，但还是愿意跟着他们去探险，整个过程都在忧心会被保安抓到。逃出前门之后，他们会大摇大摆地拆开包装，把喷剂喷到自己的嘴巴里，好像那里面装的是某种毒药似的。他们会说，这是为了自己的女友准备的。谢恩·邓恩和皮特·麦考利宣称他们两人已经发生过关系了。康奈尔没有理由怀疑他们。每年夏天的天主教青年夏令营大巴上都至少坐着一个怀孕的七年级或八年级女孩。

后来，四年级那个春天发生的一件事情改变了他的生活。一天，他们为胡安的哥哥被卷入纷争之中的事情骑车赶去了第78街公园。康奈尔发现自己和同班同学以及一群年龄稍大的孩子走成了一排，朝着另一群人的方向逼近。他看到身边的一个孩子抽出了一把刀。尽管他无力做任何事情，但还是继续向前走着，心想肯定要在接下来的混战中被人捅上几刀。紧接着，他的耳边响起了警笛的声音。一切都慢了下来。他仿佛能够看到自己坐在巡逻车后面的样子。他的未来就这样被毁掉了。刚才还站成一排的孩子朝着各个方向四散开来。他和朋友们朝着自行车的方向跑去，骑着车奔向了第34街的家中。他疯狂地踩着踏板，心脏在胸腔里猛烈地跳动，仿佛身后跟着一只张着血盆大口的鳄鱼似的。

从那以后，他就开始和在特殊数学小组中认识的一群书呆子一起玩了。小学五年级开始，他从没有在任何一门学科上得过低于95分的成绩。他两次在数学比赛中获胜，还赢得过拼字比赛和科学展览。虽说他不会像约翰·伍那样四处揭别人短，也不会像艾尔伯特·林那样到处吹嘘自己的成就，但他还是成了所有人最喜欢欺负的靶子。这也许是因为他的举止很像个玩具士兵，总是笔直地坐在那里，很少转动脑袋。就算是其他的孩子试图吸引他的注意力，他也不会回应——因为他不想因为犯事而落到老师的手里。他也不再让别人抄自己的卷子了。更糟糕的是，他还是个肉嘟嘟的小胖子。自从小学三年级起，肥肉就不请自来，仿佛是在睡梦中悄悄爬到他身上来的。如今，已经升入八年级的他又长高了几英寸。尽管那些肥肉已经开始转化成肌肉，但这改变不了什么：他还是那个胖小孩。作为班上唯一一个考进市里最优秀天主教高中的学生，他的境遇似乎变得更加糟糕了。也许，他要等上许多年才能亲吻东岸一个女孩。也许，其他的孩子能在他的身上闻到些什么味道。从前的他若是碰到糟糕的一天总是会和父亲聊聊天，现在却只会钻进地下室开始练习举重。

午饭时间，他赶去在一场安魂弥撒中担任助祭。只要一有时间，他就会去葬礼上帮忙，好远离餐厅。反正他也不会吃午饭。他就算是中午吃了些东西，事后也会吐掉。他希望身上的肌肉能够像动作片明星那样紧实。

教堂的走廊又高又长，除祭坛之外到处都是一片漆黑。所有的聚光灯和探照灯都对准了祭坛，尤其是神龛的位置。他喜欢观察那些坐在靠背长凳上的观众的脸庞。他是这里最优秀的祭台助手。他总是到得很早，对于仪式细节的了解和牧师们相差无几。他不会像站在那里手捧着大捧卷宗的其他孩子那样左摇右晃，而是像座人体矮墙一样纹丝不动。为了上帝，他丝毫不会在意手脚正在痉挛绞痛。

体育是他最喜欢的课程。不过这也是因为他身上的运动素质能够让他短暂成为队中最有价值的成员。为体育课换装是场噩梦。某些虐待狂规定大家必须把运动服套在学校制服里面，然后像表演脱衣舞一样脱下外衣。他们会当着彼此的面一层层脱掉制服。女孩子在体育馆的这一头，男孩们则在另一头。他保证不会望向女孩子那一边，因为若是不巧被其中一个男孩发现，后果是无法言喻的。他也不能向下看或是左顾右盼，不然就有可能被别人唤去跑腿。所以他只能望向和教堂天顶一样高的天花板，或是看向总是敞开着展示外面诱人风景的高窗。

在科茨沃尔德先生吹响上课的哨声之前，还有几分钟的时间可供大家毫无目的地乱转。自从那次被皮特和胡安挂在了篮圈上之后，他在这段时间里再也没有和任何人打过交道。那一次，那两人十指交叉着为他搭了一个放脚的台阶。其他的孩子都被这样举起来过，只要接过球扣一个篮就可以被放下来，看起来很好玩。因此，皮特和胡安招手示意他过来的时候让他放松了警惕。结果，他非但没有接到他们的传球，反倒是被谢恩拽掉了短裤和内裤。尽管他告诉父母这是发生在别人身上的事情，可心里还是感觉很奇怪。他至今仍不知道自己为什么没有松手从篮圈上跳下来。

一天终于过去了。他坐在年级教室里等待下课的铃声。他想要在铃声响起的那一刻冲出教室，但他知道自己不能再出一次糗了。上周时他就操之过急地在"可以起立"的信号出现之前站起身来，惹得全班哄堂大笑。

巴拉雷佐太太会示意大家起身，然后再示意约翰·额带领全班排着队鱼贯而出。康奈尔坐在第二排的排首位置，所以顺势站到了克里斯蒂娜·赫尔南德斯的背后，跟着队伍融入了下楼的学生人群中。感谢上帝，巴拉雷佐太太安排他坐在了前排，给了他一个奋力逃离的机会。这也算是遭到孤立境遇之后的一个好结果。她是在不久之前才安排他和凯文调换座位的。她无须解释自己为什么要这样做，谁都知道他若是坐在后面肯定会被人害死。

他走下楼梯，迈步走向了街道，没有丝毫的犹豫，也不曾和任何人交谈。走出大门之后，他深深地吐了一口气，松了松领带，解开了扣子。他还不能完全放松，因为眼前还有好几座街区。每路过一间房屋，他的心里都感觉更踏实一些。回家的路途就是一个逐渐松开紧握的拳头的过程。

第一座街区位于学校门口的大道上。短短几步之后，他转弯走上了第83街。这本该是路上最安全的一段，路上不仅车水马龙、人来人往，街角上还矗立着一座教堂；但事实并非如此，反倒成了放学后最令人糟心的一段路。走过教区长家门口时，他发现他们不知为何早已先行到达了那里，好像是会瞬移一般，此刻正坐在台阶上。他能够感觉到他们正在决定自己的命运：汤米、古斯塔夫、凯文、丹尼、卡洛斯、谢恩和皮特。丹尼就住在他所在的街区里，这还是有些意义的——起码是在放学后。在学校里，丹尼对待他的态度就和其他人没有什么区别。看到别人拿康奈尔开玩笑，他笑得比谁都大声。不过他从没有动手打过康奈尔。丹尼会推他，但是从没有打过他。

走过教堂，康奈尔的心里如同着了火一般。他今天有没有做过什么引起他们注意的事情？他有没有和哪个女孩说话？或是和任何人说话？

他的沉默有没有惹恼任何人？一切皆有可能。他想要变成隐形人。如果他能趁人不备赶到街角那里，跑过马路，那么他们跟踪他回家的可能性就会降低。但那里距离自己家还有一个半街区的距离，途中都是人烟稀少的狭窄小巷，所以他不得不加快脚步。如果他们想在那里堵住他，他就进退维谷，难以脱身了。

走过马路时，他用余光看到他们正在身后紧跟着自己。等到他一踏上对面的马路，他们马上就蜂拥上来围住了他，站成了水泄不通的密集队形。他们犹豫了片刻，似乎是在考虑自己是否在以多欺少的问题。他觉得这一刻的他们看上去最软弱，仿佛把他的逆来顺受看做了某种荒谬的礼数。他想象着他们决定就此罢休的画面。也许丹尼会开口说道："嘿，兄弟们，算了吧。"听罢，一群人四散开来，各自走上了回家的路。

最近，他有时也会妄想他们并非是什么校园恶霸，而是一群迷失的孩子，甚至是长大后仍旧迷失自我的成年人。他不知道自己为什么会这么想，也不知道自己为什么要在晚饭后绕着街区跑步，朝着陌生人打招呼，或是向倚靠在门廊上的老太太挥手。

犹豫的间隔就这样过去了。一个孩子如同触电一般突然冲了出来。那是卡洛斯·托里斯，安静的卡洛斯，名不见经传的卡洛斯。康奈尔的个头比他还要大些，于是他鼓起了胸膛给自己壮胆，笨拙地朝着康奈尔靠了过来，凭空挥舞起了拳头。康奈尔尽力躲避着，感觉身上的衬衫向上卷了起来，扣子也随着左闪右躲的动作紧绷了起来。剩下的只是时间问题了。围在他周围的圈子越来越小。一个巴掌扇在了他的一侧耳朵上。巨大的刺痛感伴随着震耳欲聋的爆裂声在他的耳边响起。他唯一需要做的就是抱住自己的书包，上天都不会允许他们把它从自己的手中夺走。又一个巴掌重重地落在了他的脸上。这群孩子先是带着些许崇敬的意味吃惊地看着他忍受着这些拳头，然后就变得出离愤怒起来：他为什么不反击？他也在疑惑。他比他们个头更大，身体也更强壮。也许是因为他们其中有人会带着刀子去上学的缘故吧。他曾经看到他们耀武扬威地展示过自己的武器。传说，一个最近毕业的学生凭借哥哥曾是"拉丁之王"组织里的成员，还曾带枪来过学校。康奈尔有时也会想，有个哥哥真好：跟着一帮兄弟去闯天下总比孤身一人被揍得屁股开花好得多。不过，他之所以没有还手并不是出于恐惧，而是还有其他隐秘的原因。

他举起手来捂住脸庞，感觉体侧传来了嘭的一声。他已被人团团围住，只能一心站稳脚跟。如果他摔倒了，就不得不用手臂捂住身体，任由他们宰割，祈祷他们不要踢向自己的头部。他努力维持站姿的行为让他们出手时客气了一些。卡洛斯朝他尖叫起来，似乎每出一拳自信心就会增长一些。

"还手啊！"

他在眼前模糊的人影中寻找着帮助。他以前也是这样注视他们的，有时会感觉其中的某些人也会向他投来同情的目光。不过，此刻的他们个个都虎视眈眈，和卡洛斯一起朝他叫嚣着。

"动手啊，娘娘腔！"

他们把他推向了卡洛斯。

"哦，糟糕，卡洛斯，你能忍吗？"

他举起了双手。

"你想打架吗？哈？你想打架吗？"

"不。"康奈尔答道，"不。"

他感觉一个拳头重重地砸向了自己的五脏六腑，痛得他整个人都弯下腰去。他的胃在灼烧，但眼泪却没有掉下来。他并不害怕他们靠过来。他只想哭一会儿，却怎么也哭不出来。

卡洛斯像个疯子一样露出牙齿笑了起来，看上去似乎是在和康奈尔分享一个笑话似的。"还手啊！"他尖叫着，"笨蛋。"康奈尔看到了他眼中的仇恨，试图盯住他的双手。卡洛斯出手太狠了，以至于康奈尔连回声都听不到了，仿佛眼前的种种都发生在别人的身上。这群孩子都吓坏了。康奈尔蹒跚着走了几步，好在一个陌生的成年人走过来驱散了这场斗殴。大家这才四散开来。

康奈尔掏出钥匙走进了家门。他瘫倒在了沙发上，直到听到父亲回家的声音才醒过来。他听到父亲走进书房，放下了手中的公文包，很快就会移步到客厅里来。康奈尔不想让他走进来的时候看到自己赖在沙发上，也不想让他看到自己身上的伤痕和淤青，拉住自己问这问那。但更重要的是，他不想应付接下来的诡异妥协过程：如果看到康奈尔也在客厅里，他的父亲总是会徘徊一阵，等到他起身之后再戴上耳机，进入自己孤立的小宇宙。

他想起也曾经和父亲无话不谈。他总是知道怎样才能让康奈尔好受一些。他会依偎着父亲，任由父亲亲吻脸颊和脖子。想起这一点，他感到有些不好意思。他知道这并不像他所假装的那样已经是很久以前的事情了。

他站起身来。"我要出去了。"他对着父亲俯在书桌上的背影说道。父亲沉默地点了点头。于是他沿着街区迈开了步子，在北大道上转了一个弯，朝科罗娜走去。虽说长途跋涉地深入这个区域让他感觉很不安全，不过这也没有什么。他打算一直走下去，直到该回家吃饭时再返程。他能够感觉到身上的脂肪正随着每一个脚步燃烧起来。

他们又在沉默中度过了晚饭的时光。叉子敲击出来的每一个响声都像是被扬声器放大了似的。虽然他的父母以前也会坐在饭桌旁开些毫无恶意的玩笑，如今却只会冷酷而又高效地做着咀嚼的动作，如同狩猎后享用猎物的狮群一样。空气中飘荡着暧昧的不安气息，停歇在了康奈尔身后门框上方那一堆蹲坐在桃心和摆着亲吻姿势的石膏鸽子身上。这对鸽子是他父母的朋友送来的礼物。从那以后，他们之间就失去了联络。它们被一颗钉子松松地钉在墙上，稍有震动或巨响就会摇晃起来。一年前，其中的一只鸽子还掉了下来，磕掉了桃心的一角。父亲用万能胶把它粘了回去，在破损的地方留下了几条白印。康奈尔真想把它们从墙上摘下来，扔到他们的面前，开口骂道："看看这个吧！你们俩本该是这个样子的！一对相思鸟！"

随着晚饭的进程，银质餐具的敲击声变得愈加频繁起来，仿佛他的父母都在急着吃完这些东西，好回去享受自己的小宇宙提供的那份更加完整的滋养。他的母亲并没有注意到他把满是肥肉的牛排裹进了腿上搭着的餐巾中。他打算趁她没有望向自己时把它丢到垃圾桶里。

就在这时，母亲伸手拍了拍桌子。"这个家什么时候变得没人愿意说话了？"父亲仍在咀嚼着，康奈尔也没有停下嘴巴。沉默的局面就这样持续了一阵子。看到父亲低下头紧盯着盘子，康奈尔也试着学了起来，却无法回避母亲落在他身上的目光。

"好吧。"她说道，"那我先开始好了。学校怎么样？有没有什么有趣的作业？"

近来他发觉自己的名字总是会在大家需要驱赶沉默时被提起。此前，他身上的种种琐事还没有成为可供大家消遣的素材，害得他总是感觉险些脱口而出某些令人尴尬的话题。

他摇了摇头。

"好吧。"母亲答道，"我已经受够你们俩了。"她站起身来端走了自己的盘子。

"我打算写一篇有关帕特舅舅的作文。"他应了一句。他并不想提及此事，因为他讨厌承担起活络家庭对话的责任，但这个作业是真实存在的，而且如果它能够吸引母亲重新坐回桌旁，也能够减轻父亲那边的一些压力。

"为什么要写帕特舅舅？"母亲边问边坐了回来。

帕特舅舅并不是他的亲舅舅，而是他母亲的表弟。帕特曾经把康奈尔放在幽暗酒吧的长凳上，还向别人介绍他是自己的"哥们儿"。他的脸上留着一道伤疤，是为一位遭遇抢劫的老太太解围时受伤留下的。不管他们走到哪里，似乎没有人不认识帕特舅舅。

"我必须在家里挑选一个从事有趣职业的人。"康奈尔答道,"如果可能的话还要到那个人工作的地方去看一看,然后写一篇500字的作文。"

他的父亲放下了手中的刀叉,抬起头来。"他可不想看我上课。"他斩钉截铁地说道,"让他跟着帕特到兽笼周围去走走吧。他可以学到不少有价值的教训。"

"埃德。"她叫了一声。

"他可以问问他舅舅在经营过诺斯福克最成功的几间酒吧之后为什么会跑去清理金丝雀的粪便。他还可以问问他舅舅去年交税的时候为什么要开支票。"

"我宁愿你去观摩一下你爸爸的工作。"他的母亲说道。

"我没法去爸爸那里。"他答道,"作文明天就要交了。"

"明天。"她轻蔑地哼了一声,"真是太好了。那你打算什么时候去岛上?"

"我去过农场。"他说,"我可以编一些内容。"

"不,你不可以那么做。我是不会允许你逃避调研过程的。"

"上帝啊。"

"我可以明天一早打电话给学校,说你病了。这样你就可以晚一天交作业了。"

"太好了!那我也可以坐地铁到帕特舅舅那里去咯。"

"你别做梦了。"他的母亲厉声喝道,"你要跟着你爸爸到大学里去。"说罢,她把手中的餐巾丢在了盘子里。"我要去散步了。我做的饭,你们两个洗碗。"

前门被重重摔上的那一刻,父子俩交换了一个眼神。不过父亲并没有注意到他把餐巾里的牛排丢进垃圾桶里的小动作。

通常来讲,他只有在发高烧的时候才能留在家里。毕竟母亲的轮床上死过不少人,曾经还有一个家伙死在了她的怀里。

"明天是你的幸运日。"父亲直截了当地说道,"我11点才有课。"

康奈尔跳着舞庆祝起了胜利。他本以为父亲看了会笑，可他只顾着低头把手伸向了漂着油星的洗碗水里。

康奈尔在一种单亲家庭般的奇怪氛围中醒了过来，跌跌撞撞地走进了书房，发现父亲正俯在书桌上写什么东西。他正打算开口说话，却被父亲伸手打断了。

"去冲个澡。"

还没等他吃完碗里的麦片，父亲就吩咐他去发动汽车。康奈尔喜欢坐在驾驶座上听着发动机转动的声音。那轰鸣代表着力量与自由，以及潜在的巨大危险。如果他换挡换得不正确，肯定会撞破新装的车库大门，或是倒车撞上人行道上的行人。

"闪开。"他的父亲喊道，"还不是时候。还有，别打开那玩意。"趁康奈尔还没有碰到收音机的按钮，父亲一把抓住了他的手。

"让我来跟你说说我的学生。"沉默片刻之后，他开口说道，"他们都很难对付。"他露出了动容的眼神，"他们很骄傲，隔着一英里远也能发现骗子的踪影。他们不能忍受别人把他们当做小孩子来看待。对他们来说，这是一件利益攸关的事情。"

康奈尔完全不知道父亲想说什么。

"等我们到了教室，我会把你介绍给大家。然后我希望你能坐在后面好好听讲，不要打扰任何人。我没法回答你的问题，所以你也不能提问。请不要打扰我，好让我能够集中注意力。"

驶入校园之后，他们把车停在了车库里。他的父亲熄灭了汽车引擎，坐直了身体，紧闭着双眼深呼吸了几次。正当康奈尔期待会有什么事情发生时，他的父亲却开始揉起了太阳穴。过了一会儿，他的父亲睁开双眼看了看他。

"你准备好了吗？"

"是的。"康奈尔答道。

他的父亲伸手抓过放在后座上的公文包。"我只不过是在进行上课前的小小放松仪式而已。"

他很难相信父亲竟然还需要做这种事情。他发号施令的时候总是格外的轻松，何况家里的墙上还挂着表彰他作为优秀教师的小奖状呢。

他在公文包里翻找什么东西，没有找到，于是变得越来越急躁。他疯了似的拽过一大摞纸张，在里面搜寻起来。紧靠着父亲坐在前排座位上的康奈尔几乎能够听到他的心脏正在狂跳。等他终于找到自己想要的拍纸簿后，那起伏的胸口、疯狂颤抖的双手连同整个身体才离奇地平静下来。康奈尔不知道该说些什么，而他的父亲也只是直愣愣地盯着前方。

"没事。"他的父亲说道，"都是因为你在这里，我才希望一切都能够很完美。"

他们步行穿过校园，途中遇到了不少和他父亲相识的人。草草把他介绍给大家之后，尽管大家的脸上都挂着在遇到自己同事的后代时不得不展示出的那种稍纵即逝的绚烂笑容，父亲却丝毫也没有想要逗留的意思。他走得实在是太快了，最后还小跑起来。康奈尔很难跟上他的步伐，更别说惬意地观赏一下周围的景色了。这里看上去和电影里的那些美丽校园没有什么区别，建筑门前都竖着令人敬畏的圆柱和石雕，一点儿也不像是岌岌可危的人待的地方。

"这里真不错。"康奈尔说道。

"这座校园是一位名叫斯坦福·怀特的著名建筑师设计的。"他的父亲不假思索地答道，"这里还曾是纽约大学的布朗士分校呢。"他的声音听上去很遥远，好像是在讲课一样，"纽约大学修建这座校园的时候，他们的校长说他想让这里成为美国人心目中理想的大学。70年代初，由于维护的费用太高，纽约大学才把它卖给了纽约州。后来我们才从布朗士理科中学那里搬了过来。"

"爸爸。"他叫了一声。

"什么事？"

　　　　　　　　　　　不属于我们的世纪

"我们是不是迟到了？"

"没有。"

"那我们为什么要跑？"

他的父亲一定听出了他话音里的意思，于是停下来把一只手搭在了他的肩膀上。

"我也不想这样。"他说道，"相信我。在这里我有很多东西想让你看。有一个景色很不错的眺望点叫做……"他揉了揉鼻子，"美国伟人名人堂。"他停顿了几秒钟，"站在那里，你可以看到几英里外的景致，周围还立着不少的雕塑。如果一切顺利的话，我也许可以在下课后带你过去看看。"

走到楼前，他们并没有像父亲刚才急匆匆的脚步所暗示的那样径直跨进教室，站到一群眼神里充满期待的学生面前，而是朝着他的试验室走去。进屋之后，父亲关上了房门，告诉他可以随意找些有意思的东西来看，只要不打碎任何东西就行。他朝着挂在角落的一具人体骨架、远处墙边的一排老鼠笼子和单独堆放在一起的烧杯和培养皿那里挥了挥手，然后拿出了标准拍纸簿，踱着步自言自语地小声念叨了起来。

康奈尔没有去触碰那一小堆挤在一起、眼看着就要摔碎的烧杯，也没有直视老鼠们控诉的眼神，路过那具骨架时更是快步躲了过去。由于找不到任何有意思的东西，他只好绕了回来，一边敲击着老鼠笼子外面的玻璃，一边留心听着父亲口中正在读些什么。

"如果你愿意，可以喂它们点东西吃。"他的父亲边说边指了指那些仿佛也在偷听他说话的老鼠，"你身后的抽屉里有颗粒饲料。"

"我没事。"康奈尔答道。

"我正试着集中注意力呢。"他的父亲说，"这有助于让我不用担心你是否在偷听我说的每一个字。"

父亲四处找了找。"这儿呢，接着。"父亲边说边扔给他一本《科学美国人》杂志。康奈尔不喜欢这本杂志，家里就存着好多本。虽然他的父亲总是想把他的注意力吸引到有关黑洞、冰川或是酸雨的话题上来，康奈尔还是沉迷于《体育画报》和《时代》杂志背面的"人物版"之中。

"不如你到外面去坐着吧，我结束了就出去找你。"

如果他真的这么想把自己赶走，康奈尔倒是想说自己根本就不想来听他那愚蠢的课。但是康奈尔忍住了。再怎么说，他还是得动笔写完那篇作文。不过，他隐约感觉自己不必这么小题大做。"干脆我直接到教室里去等你好了。"他答道。

"好的。"父亲回答时显然是如释重负，"上两层楼。443教室。记得自我介绍一下。"

康奈尔离开的时候，他的父亲站在长桌一头的水池旁往脸上拍了点水。

他一步三个台阶地爬到了楼上。教室的门开着，他尽可能假装随性地走了进去。这间教室比他想象中还要拥挤一些。他应该怎样站在满满一屋大学生面前介绍自己呢？他甚至都不敢面对自己的同龄人站好，生怕嘴里发出的短粗怪音会出卖自己。

他佯装全神贯注地读起了布告栏，然后又原路折返再一次路过了教室门口。这是一间围绕着讲台逐渐升高的阶梯教室，坐在上面向下望时不免有种高高在上的感觉。墙上挂着的一个盒子仿佛是在嘲弄他，上面写着：遇到紧急情况，击碎玻璃。这些字眼在他读起来似乎饱含着几分辛酸的意味；就算是他手里握着一把斧头，也一样会感觉软弱无助。他这才明白父亲提前备课是多么明智的举动。

他走进教室，硬生生地挤到了后排的一个空座位上，等待着胸腔里狂跳的心脏平静下来。如果他们在乎的话，会搞明白他是谁的。

他的父亲走进教室时并没有抬头，而是直接念起了本子上的内容。

"今天我们要讨论的是中枢神经系统。"他讲道，"这一课会涉及很多内容，而它们对于你们准备期末考试也是至关重要的。所以我要求大家仔细做好笔记，因为我不打算重复自己讲过的内容，也不会被课程中任何一个问题所打断。如果你们对某一点感到困惑，请将问题写在纸上，下课后交给我。我会在星期四的课上为你们做出书面答复。除此之外，我很抱歉地通知大家，由于一项长期研究项目的需要，我不得不取消接下来这个学期里的师生互动时间。"

教室里爆发出了一阵令人不可置信的呻吟声。他的父亲还是没有抬起头来，而是伸出一只手指按着书页，等待着喧闹的声音自行消退。

"每一节课下课后，我都会收集大家的问题，并下发上一堂课问题的书面回复。书写这些回复同样会花费我大量的时间，所以我希望你们放心，互动时间的取消是完全可以通过这种方式来弥补的。如果你们发现我行动迟缓、心不在焉，或是看上去需要镇静一下，都是被目前繁忙的计划所拖累的。

"还有一点值得注意。从今天开始，我只会阅读准备好的提纲，放弃回答或提出问题的环节。在最近的几堂课里，我们比刚刚开课时的进度落后了不少，这一点你们也都注意到了。"

有人嘟囔着表示赞同，不过他的父亲并没有停下来留意他们所说的话。

"从现在开始，我请求你们原谅我讲课的内容本质会相对乏味一些，但我向你们保证，某种程度的快捷会给你们留出充足的时间准备期末考试。所以，话不多说，我们现在就开始上课吧。"

自从他的父亲走进教室，屋里就一直有人在愤愤不平地念叨着。他开始讲课之后，起初还有几个学生在四处观察别人的反应，现在却连那些没有拿出笔记本的学生也都掏出了纸笔，纷纷摆好了做笔记的姿势。

他开始讲课了。

"中枢神经系统。"他说道，"代表着神经系统的主体部分，是由大脑和脊髓组成的。连同我们今后将会学到的周围神经系统，中枢神经系统在控制人的行为方面发挥着不可或缺的作用。"

康奈尔身边的人全都在奋笔疾书，把他所说的一一抄录下来。

"中枢神经系统位于一个被称为背侧腔的地方，而背侧腔又分为两个部分，即颅腔和脊髓腔。颅腔包裹着大脑，而脊髓腔则包裹着脊髓。"

几只手举了起来——显然这个习惯一时间还很难改变。即便他的父亲用余光看到了学生举起的手，也没有给予他们任何的示意，而是翻篇继续读了起来。

"中枢神经系统拥有一套两层的优质保护系统。首先，大脑和脊髓外都包裹着一层被称为髓膜的薄膜。髓膜由三层连续性结缔组织构成。从外向里依次被称为硬脑膜、蛛网膜和软脑膜。"

学生们似乎很困惑。大部分人都停下笔来。他们面面相觑，争相举起手来。

"中枢神经的第二层保护是由骨头提供的。大脑由颅骨来保护，而脊髓则由脊椎来保护。"

这时，几乎全班学生的手都举了起来。虽然他的父亲说过不想解答任何问题，但是康奈尔相信若是他知道有多少只手正在高举着，一定会想要先理清大家的疑点再继续的。

"大脑既可以通过脊髓也可以通过自身的神经来接收感官输入——这一点我们稍后再做命名和讨论。大脑的大部分功能在于处理这些感官输入，并触发动作输出。"

他得想点什么办法。显然，他的父亲根本就听不见班上嗡嗡作响的抱怨声，而是处于某种自我状态之中。没有人再做笔记了。康奈尔虽不想惹恼父亲，但他心里十分清楚父亲事后会感谢他帮助自己解决了眼下这个难题的。

他站起身来，在发觉所有人的脸都转向了他时，不由得感到手指有些刺痛。他只想让父亲的目光离开拍纸簿。他清了清嗓子。

"爸爸！"他尖声喊了一句。

他的父亲一定没有听到他喊话，或者即便听到了，也还是不理解问题的严重性。康奈尔想要坐回去，但现在已经回不了头了。他感到有些气短。

"脊髓有三大主要功能。"他的父亲继续讲道，"它可以处理周围神经系统给大脑发送的感官信息，或是处理大脑发送给不同效应器的运动信息，同时还是一个次要的反射中枢。"

"爸爸!"他再一次喊了起来，语气也加重了不少，"爸爸!"

他的父亲直直地望向了他，仿佛教室里只有他们两人似的。所有举起的手一下子都放了下来。他的父亲环视了一圈那些望向自己的脸庞。所有人都在期待着下一步会发生什么。他的父亲俯下身来再次看了看本子，不料教室里的那些手又都高举了起来。还有人放声喊了出来。

"利里教授!"

"教授!"

可他并没有理睬他们。"中枢神经系统的第二层保护。"他不顾一连串的抱怨声说了起来，"是由骨骼提供的。"一个男子从座位上跳了起来，仿佛是准备跑下去把他从讲台上抓起来似的。

"大脑由颅骨来保护……"

康奈尔知道自己听到了些什么。

"这是什么鬼东西。"那个刚刚从座位上跳起来的男子问道。

"嘿!"坐在高处那几排座位之中的一个女子也喊了起来，"你不能忽视我们。"

康奈尔以前也曾看到过父亲下定决心时的样子。当他想做什么事情时，当他真的想做什么事情时，就会低下头来把它做完。

教室里的叫喊声越来越大了，以至于你根本就听不见他在读些什么。

"爸爸!"康奈尔喊了起来，"爸爸!"

他的父亲再一次停了下来。这一次，他后退了几步，离开了拍纸簿和讲台。康奈尔看到他在拍纸簿的页脚处折了一个角，然后抬起头来用一种神秘的眼神望着他，仿佛康奈尔是屋子里唯一的听众。他走回公文包旁边，紧紧抓住了提手，生怕别人把它从自己的手中夺走。过了一会儿，他似乎缓过神来，再次走回了讲台。康奈尔也坐了下来。

"今天我们要讨论的是中枢神经系统。"他停顿了一下，在教室里环顾了一圈。屋子里静得可怕。康奈尔迫切地希望有人能站出来说点什么，因为他知道自己什么也做不了。

几秒钟之后，他的父亲指了指前排那个不顾嘈杂仍在做着笔记的女子。

"凯伦。"他叫了一声，"凯伦？对吗？"

"是的，利里教授。"

"凯伦，如果你不介意的话，能不能告诉我，我刚才讲到哪儿了？"

"您刚刚讲到脊髓是次要的反射中枢。"

"好的。"他说，"很好。很好。谢谢你。这正是我所需要的。脊髓是次要的反射中枢。"

他狂躁地翻起了本子，待全部翻完一遍之后，又仔仔细细翻了一遍，看上去就像是要把它们撕下来似的。

"你瞧。"他念叨着，"我累了。我一直都在努力工作，脑子里塞了好多的事情。事实上，我心里现在就有一件特别的事情让我分心。我希望你们能够原谅我今天被它搅乱了心思。如果你们回头看一看，就会发现我的儿子正坐在教室后面。"

康奈尔感觉热血一下子涌上了脸颊。

"正如你们所看到的，我的儿子是和我一起来的。"他的父亲说道，"今天对他来说是个重要的日子。"他的眼神直直望向了康奈尔，"是不是，儿子？"

他的意思是强迫他继续这个话题。

"是的。"康奈尔回答。

"今天是他的生日。"他的父亲开口说道。

所有人都在盯着他。其实他的生日已经过去差不多一个月了。他什么都明白了：金属球棒、击球手套、高档球座、球网、球盒还有装球的桶子；他的父亲定是见过自己晚饭后顶着寒风来到私人车道后面，在静静的月夜下狠狠地击球入网，为自己能够击出的球重重入网而感到高兴。

一些脸庞微笑了起来。他的耳边传来了哄堂大笑的声音。一个女子凑到他的身边问他几岁了。

"我14岁了。"他答道。

"他今天就14岁了。"他的父亲说道，"他一直都是个好孩子。你们看，我们下课后准备去看大都会队的比赛。今天是开幕日。我一直都在琢磨这件事情，担心交通的情况，还打算抄近路。我要为自己今天有些心不在焉表示歉意。真的，实话实说，我想要询问你们是否介意我今天早点下课，下周再补。我知道你们有些人是从很远的地方赶过来的。你们能不能原谅我取消今天的课程，下次再补？"

学生们环顾四周，面面相觑。有些人抱怨起来；一个男子失望地拍着自己的课桌，一边喊叫着"胡扯"，一边走了出去。其他人也耸了耸肩。

"很好。很好。太好了。"他的父亲说道，"那我们现在就下课吧。"

大家纷纷开始收拾东西。"我会写一份文字资料，深入解释自己今天打算探讨的课题。下一节课开始时，我也会花上一小部分时间带着你们一点点回顾。"他拾起了地上的公文包，开始收拾自己的东西。"谢谢大家。"他在一阵书包和外衣的摩擦声中说道，"你们真是好人。很抱歉浪费了你们的时间。"

有些人在离开教室之前还不忘祝康奈尔生日快乐。他的父亲挥着手将他们送出了门口。直到所有人都离开了，康奈尔还坐在原位上。他起身走到教室前面，看见父亲正面对着黑板，双手扶着板槽。康奈尔看出他的肩膀正在上下起伏。

"我得去小便。"尽管他并不是真的想上洗手间，但还是说了一句。

走进洗手间，他看了看镜子，提起了自己的T恤衫，然后交叉双臂把它脱了下来。他的肌肉增长了不少，线条也更加明显了。他把拳头举到耳边，学着霍克·霍肯的样子挤了挤自己的肌肉。他那缺失了几颗牙的笑容看起来很奔放、很狂野。他向前倾了倾，用额头抵住了镜子，口中呼出的气体在镜面挥发殆尽。他重重地拍了拍肚子上仅剩的一点婴儿肥，留下了一道红红的手印。

"滚开。"他说道，"滚开！"说罢，他这才开始担心有人进门时会撞见他这副模样。他穿上衣服，走出了洗手间。两人默默地回到了车子旁边。

"我没有买比赛的门票。"开出一段路之后，他的父亲开口说道，"不过我们还是可以过去一趟的，看看能不能进去。"

"我们不必这么做。"

"买票可能有点儿难。"

"是啊。"

"我在想，我们可以去看飞机。"

康奈尔打开了收音机，又把音量调高了几格。他瞥了瞥父亲的脸庞，想要试探着看看他是否露出了些许愠色，可他似乎并没有注意到音量的变化。康奈尔顺势又想把音量再调大一些，不料这一次却被父亲先行抓住了按钮。

"太吵了。"他说道，"不能太大声。"

此刻的音量比他第一次调整时还要小，可他不想冒险，只好望向了窗外。

"嘿，爸爸？"

"什么事？"

"这一切到底是怎么回事？"

"我只不过是今天不想上课而已。"

"你为什么要说今天是我的生日？"

他发现父亲的脸红了，握着方向盘的双手也抓得更紧了。

"你难道以为我真的不知道自己儿子的生日吗？是3月13日！"他做了一次深呼吸，"我只是想让一切都近乎完美。我想让你能为自己的作文找到好的素材。"

"你看上去有点糊涂了。"

"我很好！"他喊了一句，"到此为止！我只想让你在场的时候看到一切都很顺利。我以前从没有带你来过我的课堂。就说这么多吧！"

他说话的语调随着音量一路飙升，话音也颤抖起来。说完这句话，他的呼吸好不容易平缓了下来。

"我今天不想被关在屋子里。"他念叨了一句。

父子俩就这样安静地行驶了一段路程。

"很抱歉毁了你的作文。"他说道，"也许你有时间可以再来看我上课。"

"好呀。"康奈尔答道，"我会补上这一课的。我早就知道你是什么样的老师了。因为你每天都在给我上课。"

他们返回了皇后区，朝着通往拉瓜地亚机场的道路旁边那片被他们"据为己有"的草坪驶去。停好车之后，他的父亲朝着他转过头来。

"你能不能帮我一个忙？不要把这件事情告诉你妈妈？"

"你是说到这里来的事情吗？"

"不是。是另一件事。"

"当然。当然。"

"她是不会像你那么理解我的。"

他们朝着跑道附近的围栏走去。隔着老远，康奈尔就看到飞机正隔着长长的间距排着队。一架又一架飞机起飞了，引擎放肆地咆哮着。在起飞和降落的飞机面前，站在那里的父子俩显得是那样的渺小。他的父亲伸出一只手臂搂住了他，而他则用手指紧紧地扒着连锁状的围栏。

他们在回去的路上收听了比赛的实况转播。到家后，他的父亲并没有放上唱片、戴上耳机，而是拧开了收音机，和他一起坐在沙发上听起了赛况的转播。大都会队通过跑垒击败了费城人队。古登8局都投出了好球，而弗朗哥则稳定了胜局。

他也曾想过要把父亲的举止有些古怪的事情告诉母亲，但古怪的地方实在是太多，很难说清事情是从何开始又从何结束的。这既不是什么代沟也不是什么会张开大嘴、吞噬人一生的深坑。他的父亲放弃了和花季少男少女们相处的机会，而是让自己沉浸在了试验室中，耳边还播放着冰·哥罗士比的音乐。他热爱外语和老掉牙的双关语。康奈尔就经常在伸手为自己多加一份早餐时被父亲伸手拦住，非要让他听自己热情地模仿搞笑的语气，问他一个鸡蛋在法语里是不是念做"un oeuf"。

谁能忘记去年感恩节发生的事情呢？他们前去寇克力家做客。寇克力一家过去曾住在距离他家几个街区以外的地方。和利里家一样，他们的房子也是三户合住的；如今他们搬到了长岛，住进了一座拥有长毛绒地毯的房子里。幽暗的小书斋里四面都摆着沙发，里面还有一台巨大的电视，正适合他们观看比赛。辛蒂·寇克力和他的母亲自从在圣塞巴斯蒂安学校里上一年级起就是朋友。

他的父母已经在卧室里做好了准备，而康奈尔还躺在床上看书。客厅的收音机还开着；他们肯定以为他正在外面听广播，因为他的母亲突然像个少女般嗤笑了起来，让他感觉自己仿佛听到了不该听到的话。他蹑手蹑脚地走到了门边。

"哦，埃德，"他听到她说着，"别这样！"

"为什么不呢？我觉得这是个好主意。"

"这是个很糟糕的主意。"她嘴上虽然这么说，可兴高采烈的声音表达的却是另一个意思，"我坚持——不，我要求你——不要这么做。"

"我就要这么做。"他答道，"我来了。"

"埃德！"她尖声叫道，"这是全新的！"

虽说听到他们两人的欢笑声已经够奇怪的了，但他们的话语间还有些更加不同寻常的地方：他们是在嬉闹玩笑。有他在身边时，他们笑起来总是会端着家长的架势，有所拘束。他还从没有听到过母亲的笑声竟能如此年轻。

"这样看上去怎么样？"他的父亲问道。

"你不许把它拿出去展示给别人看。你听到我说的话了吗？"

"你害怕那些女人会把持不住。"他说道，"你觉得她们会被我迷昏。"

接下来的几秒钟里，屋里似乎安静了下来。他径直走到了他们关着的房门前，心脏在胸腔里怦怦直跳。他听到里面传来了几声闷响。

"我们没有时间了。"他的母亲嘴上虽然这么说，但听上去却像是在说他们有的是时间。

她呻吟了几声。康奈尔的血液都凝固了。他还从没见过他们接吻呢，此刻他们却在做着除了接吻之外只有上帝才知道的某些事情。他想起自己经常看到杰克·寇克力充满爱怜地把辛蒂搂到怀里，而他也曾默默地催促自己的父亲能够当着众人的面把母亲拥入怀中。

"我们最好赶紧出发。"他的母亲说着。他听到了她连衣裙拉链的声音。

"也许我会逗杰克笑一笑。他需要笑一笑。"

康奈尔冲回了自己的房间。看到父母再次出现在门口，他努力在他们身上寻找着自己刚刚听到的那些玩笑话留下的蛛丝马迹，可什么也没有找到。

他们愉快地默默驶上了北部高速公路，把车停在了寇克力家门前。男人们坐在小书斋里看起了橄榄球比赛，女人们则自顾自地聊起了天，顺手把锅子里的食物分装到上菜的盘子里。餐厅的桌子上摆着上好的银质餐具和红酒酒杯，还有纯银的盐和胡椒罐，台面上铺着两层桌布。大家鱼贯而入时发现康奈尔已经坐在了桌旁，期待着吃个肚胀。晚饭后，他打算和其他男人一起窝在沙发上，拍着圆滚滚的肚皮，默默地打着嗝。

杰克切开了火鸡。所有人都开始动手提送着盘子。

"埃德，"杰克问道，"你为什么不把外套脱掉？你不是已经来了一会儿吗？"

所有人都知道接下来会发生什么。

"我不能脱。"康奈尔的父亲答道"这件衣服没有背面。"

桌旁响起了一阵浅浅的笑声。康奈尔感觉自己脸红了。他们每年都会表演这个戏码。康奈尔不在乎其他人是否会被他逗乐：为什么他的父亲就必须这么怪异呢？他是唯一一个穿着套装的人，其他人都穿着毛衣和卡其裤。即便是在盛夏最热的天气里，他也依旧穿着长袖衬衫和长裤。康奈尔并不在乎他有关皮肤癌和臭氧层萎缩的警告。他只知道自己的父亲看上去像个呆子。

"你知道的，埃德。"杰克说道，"你总是那么说。但那到底是什么意思？你打不打算告诉我？"

作为前任海军陆战队队员，杰克的身高足有 6 英尺 4 英寸，体重也有 250 磅。坐在杰克的小书斋里看比赛时，他很难想象杰克若是上场掩护四分卫会是怎样的一副情景。他讲故事时声音总是格外浑厚，结尾还会伴随震耳欲聋的笑声。相比之下，康奈尔的父亲说起话来就十分斯文，以至于对方不得不靠过来才能听清他的意思。每次和康奈尔的父亲交谈时，杰克的脸上总是神采飞扬；但康奈尔却希望父亲能够快点讲完，因为他担心杰克会看出他父亲的古怪举动。

"我的意思就是说，我穿的这件衬衫正好没有背面，所以我不能脱掉自己的外套。"

"衬衫怎么会没有背面呢？"

"这样比较便宜嘛。"他的父亲答道，"省布料。"

"我觉得在座的人都不介意看看你的后背。"杰克的声音里有种古怪的优越感。他转过头来询问弗兰克·麦圭尔："你介不介意看看埃德的后背？"

弗兰克的眼神在康奈尔的父亲和杰克之间徘徊了很久，仿佛不知道哪个答案才是正确的，最后只好紧张地笑了起来。"算了吧，兄弟们。"他答道，"他想穿着外套就让他穿去吧。今天是感恩节。"

"我知道他想要穿着外套，弗兰克。可我想让他把它脱下来。他让我

　　　　　　　　　　　不属于我们的世纪

感觉很紧张。"

"你真是这么想的吗？你想让我把外套脱下来？"

杰克狠狠地瞪了康奈尔的父亲一眼。辛蒂这才迟钝地感觉到现场的气氛有些紧张——好像他们说话的频率只有狗才能听得到似的——赶紧伸出一只手默默地按住了杰克的手臂，无声地请求着。

"是的。"杰克答道，"我就是这么想的。"

"好吧。这是你家。"

"起码我上一次检查的时候这里还是我家。"

"杰克！"辛蒂喊了出来。

就连一直置身事外地微笑着的康奈尔的母亲也露出了忧虑的表情。康奈尔本不应该知道自己的父母所知的事情：杰克所在的航空公司正计划一次大规模的裁员，因此杰克一直都在担心自己会下岗。一天晚上，康奈尔站在漆黑的房门口，听到母亲在走廊另一头的厨房里打电话。

"没事的，辛蒂。"康奈尔的父亲说道，"这件外套真的让你感到很心烦，是不是？"

"其他人都没有穿着外套。"

"那好吧。"他的父亲边说边站起身来，"我能理解。很抱歉挑起了这场小风波。"他缓缓地脱下了一只袖子，然后又脱下了另一只。看起来他是把一件很昂贵的衬衫的整个后背全都剪了下来，两只袖子就像大风中的风向袋一样勉强连着衬衫的轮廓。他的皮肤如同是一块荒谬的空白帆布，上面零星散落着一些斑点和凌乱的汗毛。一时间，整个房间似乎都陷入了静止状态。

"这就是你想要的吗？"他问道，"你想看这个？这会不会让你感到很高兴？那就好好看一看吧！"

杰克的嘴里当即爆发出了一阵响亮的笑声，听上去就像是死亡的喉鸣；短暂喘息过后，又一阵笑声迸发了出来；接下来，他的笑声开始变得急促而断续，像是小石头跳过水面时掀起的涟漪一样，最后像传染病般在屋子里蔓延开来。

"坐到这张该死的桌子旁边来，吃点我做的火鸡，你这个愚蠢的混蛋。"杰克收拾了一下自己的情绪，开口招呼道。他脸上的表情在说，如果有必要的话，他一定会与康奈尔的父亲投入战斗。康奈尔以前也曾看到过别人用这样的眼神看他的父亲。也许只有等你长大了才能理解其中的含义。

那年秋天，他让康奈尔在科学展上进行一项有关习惯的试验。他们将一支钢笔多次绑在了一群矮胖的虫子身上。其中有些虫子很快就不愿意飞起来了，而剩下的则显得十分烦躁不安。最终，它们全都放弃了做出任何反应。这本应是具有重要意义的，因为它们在经历了5分钟无谓的愤怒情绪之后就学会了忽视几百万年继承下来的本能。康奈尔收集了一些数据，还请父亲帮他绘制了几张海报展示板——上面既有数据图又有曲线图，不过算不上有什么技术含量。到达会场之后，康奈尔知道自己没有什么机会，因为其他的孩子要不就建起了巨型的人工火山，要不就做出了无线电遥控车，或是用足以铺满两个桌面的复杂环状绳索展示出了整个生态系统。相比之下，他手里的虫子还不够装满一个盒子。当老师们聚集在他的桌旁准备聆听他的演讲时，他汗流浃背地尽力按照自己的理解向他们解释起了他和父亲——他——是怎么完成这项试验的，他显然远不及自己的父亲知道得多。

在为他颁发一等奖时，他们表扬了这个项目的简洁明了及其所包含的缜密的科学思维。发现自己孩子的名字并没有出现在获奖名单上，其他家长都怒骂着发起了牢骚，只有他的父亲坐在自己的座位上，冷静地朝他微微点了点头，挥了挥拳头。康奈尔此生还从没有被父亲的言行所打动过，仿佛父亲一直都知道他们是在扮演胜利者的角色似的。

母亲到家后把他拉到了一旁。"爸爸的学校怎么样？"她问道，"他表现得怎么样？"她脸上的表情异常紧绷，说话的时候几乎是在耳语。康奈尔不禁感到有些烦躁，差一点儿就把实话说出来了，这才想起自己许下的诺言。

"爸爸还是老样子。"他回答，"我没听懂他讲的任何一个字。"

19

护理期刊中的一篇文章提到，固定的路线对于患有抑郁倾向的人来说是有害的，而重组抑郁症患者所处的环境对于引入治疗很有成效。从严格意义上来讲，她并不确定埃德是不是患上了抑郁症，但她知道自己是永远也不可能带他去精神病医师那里查清楚的。

埃德所需要的——他们都需要的——是摆脱枯燥乏味的生活。她开始猜想，搬家也许能够激励他脱离蛰伏的状态。此时的时机正好：康奈尔明年就要上高中了，无论住在哪里都可以乘坐公共交通工具进城；考虑到周围社区的衰败，他们的房子价值也只能继续走低。用不了几年，他们就会被困在这里。

一座房子就能够改变一切。寇克力一家的境况在杰克被晋升为SAS的货运主管之后就有所改善，而他们也搬去了东梅多区。早在他们还住在杰克逊高地时，杰克就曾表现出某些抑郁症的症状。然而，在搬去东梅多之后，他不仅在宽敞的车库里做起了家具，还爱上了园艺和园林绿化。他在自家的后院里开辟了一片可供所有人欣赏的田园美景：响水泳池、能够掩盖远处割草机噪音的收音机、凝固在热混凝土上的湿脚印、无处不在的防晒霜气味。

这已经是她连续第5年以远低于市场价水平向奥兰多一家加租了，可每一次涨价的幅度都微不足道。心知自己的儿子住在这里会很安全的事实总是会让她放弃从奥兰多一家身上赚钱的想法。至少康奈尔放学后

　　　　　　　　　　　　不属于我们的世纪

还能上楼待在某个人的公寓里，直到她和埃德回家。不过，既然他已经到了足以照顾自己的年纪，他们提供的这份保护也就不如以前那么有意义了。

"我一直在想这座房子的事情。"她说道。康奈尔去法西德家吃晚饭了，所以餐桌旁只有他们夫妇二人。埃德并没有回应，好在她已经习惯了这种单方面的交流，也知道该如何从不同的角度解读他的沉默。夜晚的沉默是一种吉兆，没有其他时段的那样沉重，就像是一张任由她投射思想的白纸。

"我一直在想，如果我们能有一座属于自己的房子就好了，没有其他的租客。我已经厌倦做房东的日子了。你呢？"她把一个盛满了鸡肉、土豆和清蒸四季豆的盘子递给了他。菜品看上去很乏味，但毕竟吃饭的只有他们两个人，而埃德看上去也不是很在乎。

"这里是我们的家。"他答道。

"我知道。"她说，"我只是在想，我们可以找一处……只属于我们的地方。"

"我们在这座房子上下了很多的工夫。"埃德用刀切开了盘中的鸡肉。他没有把它切成小块，而是从中间一分为二。

"你在这里很快乐吗？"

"是的。"他闷着头，把眼前的半份鸡肉进一步切成了两半。

"你不快乐。"她反驳道，"你很痛苦。你都不愿意离开沙发。"

"我很快乐。"

"我们可以搬到郊区去。买一座好房子。"

"我们在这里的房子就不错。"他第一次抬起头来看着她。盘子里的鸡肉被切成了一口就能吃掉的大小，整齐地摆成了马赛克的形状，但他还没有开始吃。

"周围的环境越来越差了。"

"我是个城里孩子。"他说道，"受不了空空荡荡的街道，还有隔得老远的房子。"他不屑一顾地挥了挥手中的叉子。

可房屋之间的间距就是这个世界上她最想要的东西。

"离开这里不好吗？在别的地方重新开始，现在正好是个完美的时机。康奈尔明年就要去新的学校上学了。我们也存了不少的钱。"

"这里已经比我长大的地方要好多了。"埃德回答。

"是的。"她说，"你说得没错。"

她讨厌强迫自己表现得像个爱财如命的小人一样。可她又不是在寻找一座宫殿，只不过是想要以这里为基础更上一层楼罢了。对他来说，这就是她满脑子的想法，可她又怎么能在和他谈及此事时不让他对自己的推理思路产生怀疑呢？

"我不想再让任何人在我的头顶上走来走去了。"她说。

"那么我们就和丽娜交换一下。她肯定会高兴得跳起来的。那些楼梯间可能会要了她的命。"

她讽刺地瞪了他一眼，发现就连盘中的四季豆也被他切成了两半。

她本想忍住不说，但还是决定先下手为强。"你已经有了全新的生活。"

她看着他终于开始往嘴里塞了些食物，缓慢地嚼了起来，好像是要重新思考拒绝她的理由似的。她简直就快要被他逼疯了，于是干脆放下了手中的刀叉，等待着他。

"我们没有那么多钱搬去你想住的地方。"说罢，他好像已然脱离了这段对话，只顾着专注地往嘴里塞着小块的食物，用牙齿咬碎它们，然后用力吞下。

"你根本就不知道我想要搬去哪里。"她怨恨地说道。

她很早就不去打理家里的理财细节了。管理联名账户时，他总是锱铢必较，而家里的各项投资也都是交由他来处理的。鉴于他在选择证券投资组合时一直十分保守（投资第一泽西有价证券是她在听信了医院里一位医生的小道消息后出的主意，埃德只好不情愿地接受），他们几乎没有受到过度曝光的影响，和与他们收入相当或水平更高的同龄人相比，他们一直处于优势地位。然而她却不能忍受让他来掌控买房的决定。如果她不能激起他对这个项目的兴趣，就要创造一个足以让两个人都为之兴奋的理由。

她开始在布朗士区搜索挂牌出售的房产。

"这地方看上去很不错。"她边说边给埃德展示了报纸上刊登的一则开放参观日广告。

"你知道我是怎么想的。"

"依我一回吧。那天是星期六。我们可以痛痛快快地玩一整天。"

"我那天已经安排了不少事情可做。"

他几乎从未做过任何的计划。对于这种拖延策略，她忍不住一笑了之。

"那你跟我说说看。"她说。

"大都会队的比赛门票。"他回答。

"你买了门票？一定要星期六去吗？"

"我有个同事给我留着票呢。我说了要看看我太太的安排。"

他的脸上露出了充满希望的神情，仿佛真心以为她看不穿自己的诡计，也就不会和他争辩似的。第二天晚上，他还真的拿出了门票，但毫无疑问是在下班回家的路上从体育馆买来的。他甚至还买了四张票，而那多出来的第四张票就是为了证明自己所说的话的真实性。

星期六到了。这是五月初一个阳光明媚的温暖日子。她不得不承认，这的确是个观赛的好日子。有了那张多余的门票，康奈尔带上了法西德。7号线地铁上坐满了身穿幼稚运动服、身上洋溢着青少年般过剩活力的成年男女。当列车的车门在威利点那一站打开时，她感觉自己的心情也被人群中的轻快氛围带动了起来。这一次，他们没有像往常一样沿着之字形的坡道向顶上走去，而是在爬了一段楼梯之后停了下来。迈出走廊，他们一下子就被湮没在了一片光亮之中，眼前出现的球员看上去和平日见到的真人大小一样。

感觉到自己的座位颇受楼上的观众嫉妒，两个孩子显然有些得意洋洋。看到球员们正在场上进行击球练习，他们也拿出了自己的手套。康奈尔从没有忘记过要戴着手套来看比赛，无论多么不舒服也坚持要戴上几个小时的时间，哪怕从来没有接到过一个球；这主要是因为他们所坐的位置一直都不好。然而，坐在较低的看台上时，戴上手套倒是一个好主意。

询问过他们想要吃些什么、喝些什么之后，埃德起身去给他们买东西。没有他在现场主持大局，两个孩子开始彼此说起了一些不明所以的词汇：猛击、必死高飞球、帆船头、绕过海角、三垒、脏东西、曲线球。听着他们讲话的声音，她感受到了一种冥想般的平静。埃德观赏球赛或收听实况转播的时间对她来说是最好的思考机会。她向来清楚棒球的基础规则，而埃德也曾成功地给她解释过不少更为复杂的规则，但她还是不能理解这种游戏在她的丈夫和儿子心目中近乎崇高的地位。在他们心中，陈旧的球棒和开裂的皮手套就像圣物一样值得膜拜，正如几个世纪前的人们连圣人的手指和脾脏也要拿来膜拜一样。实际上，儿子在棒球方面的广泛涉猎让她印象深刻。在允许自己的大脑吸收这些知识的过程中，他俨然变成了一个小小的学者。父子俩研究退役运动员数据时的专注堪比人类对于历史的渴望——仿佛化身成了某个年轻的国度里从未上过战场的勇士，在面对曾经的敌手留下的划时代的瞬间时还是感觉自己有些渺小。有关棒球的豪言壮语总是让人想起古代文物：静默的石头、庄严的举止、从路人到圣人的升华。康奈尔和埃德甚至还会为自己收看、收听甚至是到场观看过的比赛撰写评论，仿佛针对比赛的描述比比赛本身更为重要。埃德还总是热情地评论某些体育专栏作家的写作能力，可她却从未读到过这些人的文章；里面无非都是些陈词滥调，却被加持上了史诗般的光环。她倒是更乐意关注来球场看球这种体验本身蕴藏着的乐趣：热狗夹杂着德国泡菜的味道、计分板翻动起来的巨大响声、儿子和她击掌时的感觉。

埃德去了很长时间。她开始四处搜寻他身上穿着的那件会员俱乐部外套。经过不懈的搜寻，她终于在另一个区域里找到了他，看到他正依靠在栏杆上，像站在瞭望台上的瞭望员一样用一只手挡着眼睛。他的票根还在她的口袋里，所以他无法把它出示给试图让他不要在此停留的引座员看。她可以看出埃德的情绪越来越急躁了，以至于反手打了第二个前来阻止他的引座员的手。她最讨厌让自己成为别人注意的焦点，但他随时都有可能被赶来的保安带走，害得自己当众出丑。于是她站起身来喊叫着他的名字，还挥舞起了双臂。看到她的身影，他挣脱了引座员的拦阻。好在引座员看到秩序逐渐恢复正常，就没有继续追赶他。他端着托盘费力地沿着走道走了下来，她接过之后赶紧把里面的食物和饮料分给了两个孩子。

他站到了自己座位前。"你到底去哪儿了？"

她偷瞄了一下四周，想要看看有没有人在偷听他们的谈话。"我就在这里啊。"她边说边试图劝他冷静下来。虽然还没有人注意到他们，但她和埃德已经快要到剑拔弩张的地步了。

"我找不到你。"他厉声喝道。

"我发现了，亲爱的。但是你现在不是回来了吗。"

"我到处找你。"

"埃德，"她安慰他，"我就在这儿。你也在这儿。好好看比赛吧。"

两个孩子正沉溺在美食的诱惑之中，根本没空留意埃德的情绪。他还是没有坐下，依旧站在那里张望着人群，仿佛混淆了他视线的原因就藏在别人的后脑勺里一样。法西德无精打采地摆弄着一只蜡色的椒盐卷饼，而康奈尔两口就吞下了一只热狗，此刻正啃着椒盐卷饼。在终于决心抛开刚才的烦恼之后，她拽了拽埃德的袖子。只见他一屁股坐了下来，开始不懈地反复捋着自己的裤子，仿佛是在试图搓揉自己的大腿来取暖或是掸掉面包碎屑似的。他没有给自己和艾琳买任何吃的东西。

"我们的呢？"

"我没给咱们俩买东西。"

她不可置信地摇了摇头。"那我们吃什么？"

"你又没说你要吃东西。"

"难道我非要提要求才有东西吃吗？"她从康奈尔那里揪了一块椒盐卷饼。

"等一下。"他说道。一个卖热狗的人正好进入了他们所坐的区域。他挥手示意对方下来。

"我觉得你已经不会思考了。"拿到热狗之后，她开口劝诫丈夫，"我得提醒你自己留点神，埃德。"

"我们好好看比赛吧。"他回答。

几局过后，大都会队朝着他们的坐席方向扔出了一个高界外球。她能够感觉到那颗球正冲着他们飞来。球快要靠近时，时间似乎缓慢了下来，所有人的心中都充满了期待。只见它在风中摇摆着，眼看着就要改变方向了。就在这时，它飞到了他们的头顶上。周围所有人都伸出手来够球，可它却径直朝着埃德飞了过来。他笨拙地伸手碰触了它一下，结果手一滑，害得球又弹了出去。一阵混乱之中，坐在他后面的那个男子抓到了球。

就在那一瞬间，康奈尔露出了惊呆的神色。命运之神的手刚刚划过了他的脖颈。他紧张得浑身颤抖，如同油锅里的油滴一样坐立不安。

"哇！"他朝着自己的父母、法西德还有身边所有听得到他的人喊了起来，"你们能相信吗？"

那位"获胜"的球迷在朋友们友好地拍着他的后背时坚毅地望向了远方。如此故弄玄虚却又没有自鸣得意的举动反而引来了更多的关注。

埃德看上去很失望。"真对不起，小家伙。"他说道，"我试着为你接球来着。"

　　　　　　　　　　不属于我们的世纪

"没关系的，爸爸。"

"我真的很抱歉。"他看上去有些凄凉，"我感觉很糟糕。"

"也许如果你戴着手套就好了。"康奈尔一边体贴地回答，一边伸出了自己的手套。埃德转过身来询问那个男孩可否让他看一看那颗球。艾琳眼看着对方一脸警惕地把球递到了他的手中。康奈尔也满眼渴望地握了握那颗球。艾琳本担心他会央求她把球留下，但过了一会儿他便默默地把它还了回去。球的主人赶紧小心翼翼地把球塞进了口袋里。就是这样一种护身符式的东西、人为战争的战利品，竟能将人类的情感衰退到如此原始的水平。每一次有高球朝着他们的方向飞来，无论球飞得多远，康奈尔都会拍一拍自己的手套，而她却想不出任何话来阻止他。

20

她和康奈尔一起坐在了顶层的台阶上，对人们竟能为了星座的事情如此小题大做感到十分疑惑不解。那些星网的光芒很难描绘出人们赋予它们的形象。就算她知道应该把它们看做什么，也还是怀疑自己能否放下成见，看出它们的特点。

平日里，即便能见度够高，星空中也只会闪烁出些许微弱的光芒。不过那一晚的星空倒是格外璀璨。这又是一个搬家的理由——也许他在郊区随时都能看到闪亮的星星。

"你看到了什么？"她问道。

"很多的星星。"他回答，"你呢？"

"那里是北斗七星。"她说。

"还有小熊星座。"

"是的。"

"还有北极星。"

"没错。"

这就是他们对于星座所知的一切了。她为儿子不会滔滔不绝地讲述一大堆有关天文的知识而感到如释重负。嫁给科学家给她带来的恐惧之一就是担心自己的孩子无法融入正常人的世界。

"我喜欢想象生活在几千年前的人们也在和我们看着同一片星空。"他说。

184 不属于我们的世纪

听到他颇具哲学意味的语调，她露出了笑容。

"我们死了以后，未来的人所看到的星空也会是一样的。"他接着说。

她颤抖了一下。这难道不应该是她给儿子描述的远景，而不该是儿子讲给她听的吗？虽说她早已经历过丧失双亲的痛苦，工作中又日日目睹死亡，可还是在听到儿子提起那不可避免的结局时感到有些胆寒。

"进来吧。"她催促道，"很晚了。"

"我想要看看星星会不会越晚越闪亮。"

"你明天还要上学呢。"她感觉已经有些按捺不住自己的脾气了。她生活中的男性总是拒绝配合她的要求。"你可以等到夏天的时候再研究这件事。"

她站在走廊里，看着他拖着缓慢的步伐走向自己的房间。不一会儿，她发现自己不自觉地走回了门廊，再一次抬头仰望着夜空，试图猜想古代人都能从中看出些什么——动物、猎人，也许还有国王。可除了一只脖子上戴着项圈的狗之外，她什么也没看出来。等她再抬起头来时，就连那只狗也不见了。

那一晚她失眠了，满脑子都在琢磨着星星的恒久是如何超越人类的悲哀与困惑，从深不可测的地质年代为人类带来信念的……

21

每个星期日，他们都会参加一点钟的弥撒仪式。埃德从来都不是他们去教堂的动力。在康奈尔还是个婴儿时，只要他一表现出准备崩溃大哭的迹象，埃德就会抱着他从教堂的后门匆匆离开。

作为家中那个负责催促所有人前去参加弥撒仪式的人，艾琳也已经不再相信自己对于上帝的信仰了。早在许多年前，她就曾有过这个世界不过是某个神圣计划产物的想法。也许护士的工作向她展示了太多需要她与自己的信仰作斗争的事实。她见识过手术台上各式各样的死法——吵闹的、安静的、扑腾着的或是完全僵硬的。死亡看起来不外乎就是机体停止工作的过程：肺部的最后一次吐气、心脏的最后一次跳动和大脑的最后一次供血。

但这并不意味着她不会再去参加弥撒仪式。她喜欢带着儿子去听听思想品德的课程，而教堂的慈善活动也是他们前去参加弥撒的最重要理由——不管是不是为了上帝。一个人胡思乱想的时候，她也会忍不住把思想切换到别的频率上去。圣餐仪式之后，当她和其他教友一起跪下来时，她也会对着那个频率祈祷，尽管大多数时候她都觉得自己是在自言自语。

上一个星期日恰逢圣灵降临节。主持完在这个教区里的最后一场弥撒仪式，在任30年的芬尼根神父介绍了自己的继任者乔杜里神父。所有人都将这位正在台上准备礼物、皮肤黝黑的新神父视为一种征兆。在过

不属于我们的世纪

去的 10 年中，这里的牧师已经从大部分都是爱尔兰人变成了大部分都是西班牙人的局面；如今，显而易见，印度人也加入了这个队伍之中。

每一年，她在教堂里遇见的印度人数量都在与日俱增。几个月以前，一个印度家庭买下了和她在同一条街上的沃尔家的房子。鉴于她一直以为他们是信奉印度教的，所以当她在接下来的弥撒仪式上看到他们时着实吃了一惊。她逗留了一会儿，以免和他们同路。那天晚上，她躺在床上想起了这件事情，心中不禁感到有些羞愧。后来的那个星期日，她在离开教堂时特意赶上了他们，和他们一同走了回来。为自己所犯下的不为人知的小错做些弥补让她感觉很不错。从那以后，她也可以放心让他们独自走回家了。

埃德对于其他文化一直都抱持着开明的态度。走在格林尼治村的街道上，他总是用赞赏的眼光惊奇地看着那些留着莫霍克发型的朋克乐迷，而她却只觉得一阵恶心。所以，第一次参加乔杜里神父主持的弥撒仪式时，她对埃德听得格外认真一点也不感到惊讶。在她眼中，乔杜里神父穿着那身雪白祭服、身后的祭坛上还架着耶稣雕像的画面实在是让人有些毛骨悚然。何况他说话时的口音也很吓人。就连那些西班牙人也在左顾右盼，好像在说，这家伙和我们不是一伙的。只有埃德饶有兴致地抱着手臂，或是在大腿上轻拍着教堂的传单。

诵经的过程中，埃德总是喜欢急着翻到祈祷文的下一部分——他更感兴趣的是《圣经》的文学性而不是其中的宗教文本——然而，当乔杜里神父站上讲坛时，他却把经书打开在了诵经的那一页上。至少乔杜里神父的口音比奥尔蒂兹神父的好懂多了。有时候她甚至希望奥尔蒂兹神父能够放弃英语，转而用西班牙语布道，然后在身旁配备一个翻译。

今天宣讲的内容来自《箴言》，提及的是上帝在创造世界之前是如何获得智慧的。

他立高天，我在那里，

他在渊面的周围画出圆圈，

上使穹苍坚硬，

下使渊源稳固，

为沧海定出界限，

使水不越过他的命令

那时，我在他那里为工师，日日为他所喜爱，

常常在他面前踊跃，

踊跃在他为人预备可住之地，

也喜悦住在世人之间。

　　乔杜里神父合上《圣经》开始布道时，埃德安坐在那里聆听着。乔杜里神父讲了一些和刚才的经文完全不相干的事情，比方说：如果我们都来源于尘埃，那么同样的尘埃——他称之为宇宙的尘埃——在世上就随处可见；这些宇宙的尘埃也许是在创世大爆炸中被创造出来的；同为这种尘埃的产物，我们对于彼此便是有责任的。埃德似乎听得如痴如醉。乔杜里神父还说起了人类和浩瀚的宇宙相比是多么的渺小，但这般渺小又是具有教育和启发意义的，提醒我们谦虚正是人性中的一部分。他劝诫所有人团结起来，让自己在众生面前感受奇迹与敬畏之情，不管它是大还是小。然后他引用了一位名叫德日进的法国耶稣会会士的话："他绝对肯定地认为，和最可靠的丰富细节相比，即便是最高尚的理论，其空虚的脆弱性也存在于全部实在的真相之中。"她还从未见过埃德在教堂里表现得如此热心。看到他伸出一只手拍着面前的长凳背面，迟疑不决地在座位上不安地左摇右晃，她一瞬间还想过要伸手去拉住他，以免他站起来鼓掌。

　　弥撒仪式结束后，人群在教堂外聚集了起来。艾琳费劲地挤到了路边，回头却发现只有康奈尔跟在身后。埃德还站在台阶上，像婚礼上的祝福者一样站在队伍中等待着和神父交谈。这太过分了。

　　她赶到的时候，他正伸出手来和神父握手。

　　"您讲得太好了。"他用荒诞的语气说道，仿佛是夸奖一位政客，"您的家乡在哪儿？"她感到有些羞愧，可乔杜里神父却兴高采烈地握着埃德

的手。两个人就这样长时间地聊了起来，任由身后排起了长队。

她就这么一直等着，直到她感觉话题有些扯远了。

"这到底是怎么回事？"

"你说什么？"

康奈尔从兜里掏出了一个网球，自顾自地拍了起来。

"你什么时候对神父的生活变得这么感兴趣了？"

"他做得不错。"埃德回答。

康奈尔扔丢了网球。埃德帮他把球从街上捡了回来。他边走边在手里扔球玩的样子着实惹恼了她。盛怒之下，她把传单卷成了一个纸筒，像警棍一样握住它，敲击着自己摊开的掌心。

"你真的需要问他是从哪里来的吗？他是个印度人啊。"

"他是从孟加拉来的。"

"你需要知道这个干吗？"

"我需要学习新的东西。活到老，学到老。"埃德把网球扔给了康奈尔，"对不对，小家伙？"

到家之后，埃德原地不动地在房前的人行道上停住了脚步。她挥手示意康奈尔进去。那孩子犹豫了片刻，先行进了屋。埃德还是没有挪动脚步。她开始爬上台阶，希望埃德也能跟上来。

埃德把康奈尔的球丢在了地上，待它弹起之后又再度抓住。"我看见那张报纸了。"他开口说道，"你圈出来的那些房子。"

她卷起裙角，在楼梯的顶端坐了下来，感觉就像是有人发现她正在和男友搂搂抱抱似的。网球嗖的一声从人行道上弹了起来，埃德用手掌紧紧地握住了它。

"我不想离开。"他说，"我们已经有了一座完美的好房子，还了解周围的人。这难道不重要吗？此外，我们还有了一位新牧师。"

"他是印度人。"她脱口而出之后才发现自己说错了话，可已经来不及住嘴了，"看看你的周围吧。看看这里会发生什么变化，以及已经发生了什么变化。"

"这里是我们的家。"他回答。

"那个怎么样?"她边说边指向了街对面那座高大的公寓楼基座上的涂鸦。

"那也是家的一部分。"

"那你万圣节的时候走在路上会被人扔鸡蛋又怎么办?"

"到处都有熊孩子。"

"那丽娜被抢的事情呢?"

"你不能生活在虚幻之中。"他回答。

"发生在库尼太太身上的那件事呢?你也希望它发生在我身上吗?"

"当然不是了。但那是一场意外。"

"我说那几乎就是谋杀。"

她停顿了一下,感觉自己的怒火已经消退了。她不需要再和他争辩。如果有必要的话,她不用依靠他也可以做成这件事情。

"我想让我们去看一看。"她说,"只为了知道外面是什么样子的。"

他摇了摇头,露出了头顶上正在形成的一小块秃斑——不过那只有从这个角度才能够看到。他停下了拍球的动作,用一只手捏了捏她的脚。这个动作让她感觉如同触电一般,仿佛所有的能量都被传递到了他的手里。

"我无法跟你解释自己在这件事情上为什么无法给你更多的支持。"他说道,"我只不过是真的不想去任何地方。你有没有感觉到生活正在离你远去,所有人也在围着你绕圈,而你却赶不上他们?如果你能让世界停止转动,仔细聆听,别人就暂时不会离开,而你也能有足够的时间去理解这个世界?我希望我也能这么做。我不想让任何人或者任何事物向前挪动一寸。"

"人总是在迁移。"她回答,"这就是生活。"

"我要提出抗议。"说罢,他把网球塞进了口袋,起身进了屋,把她一个人留在了门廊上。

不属于我们的世纪

22

　　她看的第一座房子价值 90 万美元，至少是他们所能付得起的价钱的两倍。不过，为了能够有个比较的基础，她还是不得不去看一看。

　　她穿了一身高档的灰色套装，里面套上带褶饰边的衬衫，脚上踏了一双高跟鞋。驶上房前那条长长的环形车道之后，她看到路旁停着的几辆汽车：一辆宝马、一辆大众和一辆奥迪。这不由得让坐在雪佛兰科西嘉里的她倍感尴尬。她很高兴埃德的懒散还没有让他放弃洗车的习惯，至少她的车还算干净整洁。

　　门开了。她走进了铺设着大理石地板，墙上装饰着油画，头顶的拱形天花板上还悬挂着巨大枝形吊灯的宽敞大堂。就在她感叹这里的开阔时，一位活泼的房产中介走下了楼梯，后面还跟着一对年轻夫妇。和艾琳相比，这对夫妇的打扮十分随意，表情也更加自然。看来她还是选错了衣服。想到这里，她脱掉了外套——这衣服穿着也确实有点热——看着他们迈下那条长得似乎没有尽头的楼梯。

　　"欢迎。"中介人员边说边展开了双臂，仿佛是要走过来拥抱她似的。那对夫妇应该要比艾琳年轻上 10 至 15 岁。她感觉自己好像打搅了别人，一心只想转过身朝自己的车子走去。

　　"我看到门开着。"她说道。

　　"当然！当然！我们正打算去后阳台上看看呢。一起来吧，或者你也可以四处逛逛，如果你愿意的话。"

"谢谢。"她回答，"我想我还是随意看看吧。"

她站在那里目送着他们朝屋外走去，心里又萌发了马上离开的念头，但实在是无法忍受走后遭人议论的感觉。一股浓郁的百花香味道从厨房里飘了出来。虽然她不想让自己对这座房子臣服，却还是抵抗不了身处其中的那份心境，于是抬脚迈上了台阶。在顶楼的卧室里，她惊奇地发现另一对和她差不多年纪的夫妇正带着两个女儿在里面参观，其中那个年纪较小的女孩还在床上轻轻地跳了起来。看到艾琳站在那里，那位母亲赶紧喝止了自己的女儿。她的丈夫正在观赏窗户的做工，发现艾琳之后从头到脚地微笑着审视了她一番，仿佛她也是这房子中的一部分似的。看到妻子催促着两个女孩离开了房间，他还停留在原地，对这座房子的构架发表着看法，仿佛是在想象自己的身后还跟着一堆参观者似的。

待他们离开之后，她也溜达到了那个男人刚刚观赏过的窗户边。从那里向楼下望去，她的汽车仿佛变成了迷你的版本。小鸟和橡果磨损了汽车的顶棚，看来它需要喷漆了。

她抖了抖那个小女孩刚刚躺过的枕头，试着抑制住想要坐下来的冲动，却突然感觉有些疲惫，不知道自己除坐下之外还能在这个房间里做些什么。她觉得自己像是被困住了，但又不想面对楼下的年轻夫妇和中介人员。她听到了低声嘟囔的声音，努力让自己的呼吸慢下来。直到这一刻，她才注意到心脏一直都在狂跳。她试着望向窗口照射进来的美丽日光，伸手抚摸着被子上的蕾丝，但最终让她放松下来的还是这套房子的宁静。外面没有鸣笛的声音。她深深地吸了一口气，想起这些人并不知道自己是在冒充有钱人，说不定他们也都是骗子呢。她猜想，来看这种房子的人可能没有几个是真正属于这里的——包括那个不得不装出一副高贵的气质才能融入周围环境的中介。话说回来，她和其他人一样，不过是在做自己的本职工作而已。

就在她快要说服自己平静下来时，眼睛却瞟到了三张装裱精良的照片。它们如同站岗的哨兵一样围在床头柜上的台灯旁边。没有什么能比照片上的画面更能解释她肚子里绞痛的感觉了。她看到了一张全家福，也许是在度假的时候拍摄的，一张黑白的婚纱照片，以及一对老夫妇骑在马背上的留影。照片里的丈夫笑得格外轻松从容。也许他们打算卖掉这座房子是为了搬到宜人的南方去，或是他们中的一个人或两个人去世了，于是把房子当做了遗产。看起来他们这一生过得似乎格外丰富。那位丈夫脸上依旧洋溢着和他的年纪不符的热诚表情。她感到一阵紧张，有些反胃。

埃德不明白，在这样的一座房子里，她将终于有机会歇息一下，整理好两个人的东西。在这里，她可以成为那种不用在他早晨出门之后就急着要把午饭做好的妻子。她甚至不介意去想象她的下一个家会是她未来死去的地方。

她鼓起勇气朝楼下走去，发现中介人员正和那对年轻夫妇站在外面的露台上。其中的丈夫正扫视着花园里的景致，而妻子则在检视烧烤架。在打开玻璃门之前，她伸手拽了拽自己的衬衫。

"我得走了。我没有多少时间留下来闲聊。"

"当然！"那位中介人员答道，"你有没有拿上一本手册？"

"这房子很不错，但不是我们要找的那种。"

"每个人心里都有自己的清单，对不对？不然这也不过就是一间大房子！"

"我丈夫和我想要看看这片区域里的其他房子。"

"太好了！请收下我的名片。你们现在住在哪里？"

"城里。"艾琳回答。从严格意义上来讲，皇后区的确应该算是城里，但她知道那不是自己想要表达的意思。

"我很愿意带你们去看看其他的房子。"

"谢谢你。"她朝着那对夫妇转过身来，"祝你们找房的时候也有好运。"

"你也一样，不管你想要什么样的房子。"那个年轻男子泛泛地答道。

她心想，这个人可真没有教养。

回到家，她看到埃德正闭着眼躺在沙发上，头上还戴着耳机。她站在那里挥舞着双臂，试图吸引他本能地睁开眼睛。无果之后，她转身走进了康奈尔的房间。

康奈尔正穿着棒球球衣躺在地板上。看到他穿着球衣的可爱模样，她的心里不禁有些动容。在过去的几年当中，他的确长大了许多，手臂也变得紧实瘦长了，上半身还结实了不少。她不知道自己该不该担心他长时间待在地下室里练举重的事情，因为她听说那样有可能会阻碍他的发育，但最近还有不少的事情值得她去担忧，因此她至少应该庆幸他没有沉迷于什么消极有害的活动当中。

他明智地脱掉了沾满块状泥巴的夹板，可球衣上的其他地方依旧沾着一层洗也洗不下来的黏土。

"比赛怎么样？"

"我们输了。我打得可臭了，送了9个人上垒。"

他自顾自地抛接着一颗球，那颗球眼看着就要砸到他的脸了。如果他没有及时转过头来的话，其中的一次抛接动作差一点就要砸到他的鼻子了。

"你会好起来的。"

"不过我扔得很用力。"他说着脸上露出了骄傲的微笑。

"只要别把车库的门打凹进去就行。"她嘱咐着，"我可不想再花钱买一扇新的门了。"

他点了点头。"爸爸来看我打比赛了。"他说。

"真的吗？"

"他做了些奇怪的事情。"

她感觉自己有些慌张。"出什么事了？"

"他在赛后朝我发脾气来着。那时候我不得不留下来帮忙收拾球筒、球垒之类的东西。爸爸去开车。可我一上车，他就冲我尖叫了起来。我以前还从没有见到过他这个样子。他一直喊着：'*你让我等了好久！你让我等了好久！*'"

"嗯，让别人等你确实不是什么好事。"她敷衍了事地应付了一句，不知道儿子能不能听出自己和他父亲之间团结一致的决心如今有多么薄弱。

"可我不能扔下那些球棒之类的东西啊。是教练叫我去帮忙的。而且我也没有耽搁多长时间，真的没有。他在回家的路上一直在朝我尖叫。"

"你爸爸最近过得很不容易。"她安慰他，"你别放在心上。"

"我又没叫他等我。我都没请他过来看比赛。"

"他喜欢看你打比赛。"

"随便你怎么说吧。"

"别这么说话。"

"妈妈，你当时不在。他就像疯了一样。"

他抛球的时候一不小心把球丢了出去，于是像个小矮人一样坐起来，跪在地上寻找了起来，并且凭借经验很快就找到了。他是个聪明的孩子，心里清楚有些孩子的父亲会动手打他们，或者根本就不会陪伴在他们的身边。尽管如此，看到他幻想破灭的样子还是让人感觉很难过。平日里，她总是很嫉妒他们父子俩之间的感情，现在却只想要守护这份联系。

"你爸爸最讨厌坐在车里等人了。"她说道，"你别放在心上。我相信他也很抱歉。"

"他强迫我在车道上坐了半个小时，好跟我道歉。"

"你看。"她回答，"我就说吧。"

不过，她当天晚上躺在床上还是和埃德对峙了一番。

"康奈尔说你朝他发火了。"

"我没控制住自己的情绪。"

"他只不过是个孩子，埃德。"

"这种事情再也不会发生了。"

"最好是这样。我根本就不在乎你爸爸对你做过些什么。别用对待他的态度来对待这孩子。"

她把车子停在了几条街区以外，步行朝中介办公室走去，以防工作人员看到她的车子。虽说这样的诡计终究会暴露，但她还是喜欢被认真地当做这些房子的竞价者来看待，就像她年轻时会要求商店为她保留某件商品一样。收银员会把她的名字写在一张纸上，容她再多考虑考虑。在那段有限的时间里单纯地想象一下自己已经拥有了那件东西就已足够熄灭她心中的欲望了，因此她基本上从没有回去完成交易过。说不定这样的法则在购买昂贵的房子时也同样适用：在里面待上几分钟就足以让她给自己灌输各种她不适合住在里面的理由。

中介的办公室位于布朗士区中心，尽管左右两边各开设着一家精品店，但里面还是有种陈旧的牙医诊所的感觉。墙上贴着嵌板，地上铺设着薄薄的蓝地毯，办公桌旁的椅子也没有轮子。如此破败的办公室让艾琳感觉还没有离开自己的领域。角落里，一位中介人员正在小声地讲着电话。

格洛丽亚留着一头棕色的短发，看上去很像是女政客的发型，其中还隐约残留着一些金色的发丝。她穿着海军蓝的职业套装，里面搭了一件似乎是丝绸质地的衬衫。她的牙齿不仅颜色雪白，而且十分整齐，如同假牙一般。她的个子和艾琳差不多高。

和上次见面时一样，格洛丽亚又伸出了双臂以示欢迎。艾琳不知道这是不是她从房地产手册上学来的招数，却发现这一招对她来说就像百花香一样让人难以抵挡。她们在桌旁坐了下来。

"我们为什么不先聊聊你们想要看什么样的房子呢？有没有让你们特别感兴趣的类型？"

艾琳不太了解与房屋有关的艺术术语。殖民地风格？爱德华风格？还是都铎风格？她只听说过这些术语。正如她总是想要拥有一座郊区房的执念一样，她心里只有抽象的欲望，因而也只幻想过房子的外表：优雅、恢宏、僻静、持久。

"我很喜欢自己上周看的那座房子。"她说。

格洛丽亚看上去很惊讶。"我以为它不怎么吸引你呢。"

"嗯，是的，这话没错。从某个方面来看它确实缺乏吸引力。不过在其他方面它的确是座不错的房子。"

格洛丽亚脸上的表情似乎是在权衡自己到底要不要放她一马。过了一会儿，她露出了笑脸。"我一定要找出一座各方面都很完美的房子来。"她说道，"我希望能够帮你这个忙。"

"谢谢你。"

"如果你不介意我这么问的话，价位的问题呢？"

"没事。"艾琳回答，"价位不是问题。"

格洛丽亚扬起了眉毛。"好的。"她说罢按了一下手中的钢笔，"好吧，如果要帮你寻找一个未来的家，我还需要你为我提供几条指导方针。"

"当然。"艾琳回答。

"不如我们从头开始吧，艾琳。你姓利里，对吗？"

"是的。"

"你说你住在城里？"

"没错。"

"哪个区域？"

"皇后区。"

"皇后区有很多地方都很不错，是不是？老实说，我有个哥哥就住在道格拉斯顿呢。"

道格拉斯顿完全是另一个世界。艾琳停顿了一下。"我们住在杰克逊高地。"她回答。

"是花园合作公寓中的一座吗？"格洛丽亚再一次扬起了眉毛，一脸充满期待的样子，"我听说那里很漂亮呢。"

"我们拥有一座房子。"她回答，"是三户合住的房子。"

"好吧。"她把这一点记了下来，"那你是特别想要搬到布朗士区来吗？还是对这附近都很感兴趣？"

"布朗士区。"

她从拍纸簿上抬起头来，露出了灿烂的笑容。"布朗士区是不是很漂亮？我丈夫把我们的家搬到这里来时，我觉得自己真是死而无憾呢。"

"我曾经在劳伦斯医院工作过。"她接话道，"是很多年前的事情了。我记得我也很喜欢这里。"

"所以说你很喜欢你看过的那座房子。那你最喜欢它什么？"

"尺寸。"

"你想要几间卧室？三间？四间？还是五间？"

"最少四间。"艾琳感觉自己就像个醉汉，随手一指便选出了中间的数字。

"好吧。这就算是个开头了。现在我要问一下你的价格范畴是多少？"

艾琳沉思了一分钟。"视情况而定。"她回答，"要看你向我或我的丈夫开什么价了。"

格洛丽亚笑了起来。"这就是我们爱这些男人的原因，不是吗？男人们什么都要管。实话跟你说吧，我一直都在试图劝说我丈夫考虑换间大点的房子。对自己好一点总是没错的。那你丈夫是不是在华尔街工作？坐地铁下去是很方便的。"

"他是个大学教授。"

又是一阵沉默。格洛丽亚继续评估了起来。

"所以说，你想要四居室。要不要靠近地铁站？他是不是在城里教书？纽约大学？哥伦比亚大学？"

"我们都会开车出行。"她直截了当地回答，"他在布朗克斯社区大学任教。"

"那你们有没有考虑过买学区房？"

"这倒没有必要。我儿子康奈尔在城里上学。"她故弄玄虚地停顿了一下，补充道，"瑞吉斯中学。"说罢，她期待着自己的坦白会让保护尊严的气球膨胀破碎。格洛丽亚果然扬了扬眉毛。

"是吗！"格洛丽亚回答，"他肯定是个聪明的年轻人！"她的话似乎戳破了那颗气球，"我丈夫也是那里毕业的。他总是会说起那里。我都听烦了。我家里全都是女儿。若是我有个儿子，我也会送他去那里读书的。"

艾琳压抑着想要纠正这个女人的冲动。你是无法"送"你的儿子去瑞吉斯中学读书的：他必须参加 11 月份的奖学金考试，然后期待着他能够收到面试的邀请函；紧接着，在面试结束之后，你还要再次祈祷他能够考个好成绩——真的是祈祷，没有任何的修辞，即便你从没有祈祷过。收到通知书之后，你会把儿子叫过来，和他一起坐在餐厅的桌子旁边，拆开那封通知他已被学校录取的信件。当他说自己不想进一所全都是男孩的学霸高中读书时，你还要告诉他，他没有别的选择，而且他以后会感谢你的。尽管他假装对此很心烦，但你还是能够看出他脸上一闪而过的得意神色。当你开口说"你的祖父母一定也会很骄傲的"这句话时，会感觉自己的精神也振奋了起来，因为你这么多年以来一直都在为他承担着责任，现在终于可以把一部分责任交到他自己手里了。这时候你会发现他似乎也有些懵懂，知道这其中并不只有自己的功劳。你想象着自己的父亲站在身后，默默地点着头。你那谜一样的母亲微笑着站在那里，仿佛能够预知这孩子和全家人的未来，不管是生是死。

"那理想的范围呢？ 100 万以上？ 还是 100 万以内？"

她心想，她能够出得起的价钱顶多也就是 40 万。只要能够卖掉杰克逊高地的这套房子、交完税金和佣金，他们就能凑足支付头期款的钱。可 40 万已经是她的上限了。虽说这距离"100 万以内"还差得远，但她还是选择了回答后者。

"还有什么我需要知道的吗？"

"我想要一座从街道上一眼望去就会给人留下深刻印象的房子。"艾琳回答，"一座能把你吸引过去的房子。一座大大的美丽的房子。"

　　星期日的弥撒仪式结束后，埃德并没有躺到沙发上去，而是为三人准备了一顿野外午餐，驱车带着他们去了拉瓜迪亚附近的一个地方。她铺开了毯子，一家人坐在上面吃完了他准备的极其平淡无味的三明治：火鸡肉加面包，既没有美奈兹酱，也没有黄芥末酱，更没有生菜或西红柿；他甚至没有把三明治切成两半。

　　这么长时间以来，这是他们第一次出来散心。她很想好好地享受这次的家庭活动，可康奈尔却拿出了棒球手套，像只小鹿一样蹦来蹦去，而埃德还在一旁为他加油喝彩。

　　一团云朵飘过之后，太阳出来了。飞机在阳光的照射下闪烁着光芒，逐渐朝着远方降了下去，留下了一串噪音。一阵微微的凉风带走了酷热的感觉。她觉得这一刻是那样的美妙，正如生活中某些平凡的瞬间一样。她试着把这一刻封存在自己的脑海里：苹果的酸甜，咬下一口时唇齿间留下的清脆感，还有青草的味道。从某种意义上来说，这是在作弊，是在利用记忆自然筛选的过程。但她发觉自己停下想象，如同做梦般对自己喊道"我醒了"的那些瞬间，却往往是她记得最清楚的画面。

　　埃德坚持要站起身来，身体有一些笨重，等待着儿子扔球给自己。不过，在他应该横移的时候，脚步却意外地弹跳了起来。看来他穿着的纽扣衬衫和正装长裤并不适合做运动，但他还是不屈不挠地跳着。他戴着手套，一接到球就想要满怀热情地尽快把它丢回去，差一点就破坏了康奈尔精准的接球动作。康奈尔似乎想要铺展开来，把球平稳地击打回去。埃德扔出去的每一个球都划出了一道舒展的抛物线，而康奈尔也尽可能以平直球回击，不过满腔的热血有时还是会让他把球打到界外，害得埃德只好急忙奔跑着赶在球滚到街道上之前把它捡回来。他们的身旁停放着一排汽车。她最不想看到的就是这番田园美景会伴随着玻璃一起碎掉。埃德喊叫着让康奈尔靠近一些。那孩子起初不太愿意，但是看到埃德将球握在手套里朝他挥手的样子，还是慢吞吞地靠了过来。现在，他们之间的距离和刚开始扔球时相差无几了。埃德示意他把速度降下来。

"不要太快。"他喊道，"我们正玩得开心呢。"

"我不会扔得太狠的，爸爸。"康奈尔回答。

但她看得出他并没有慢下来的意思，而是把手举到脑后，使足了全身的力气投出了那个球。尽管埃德接住了它，但看上去还是被它的速度吓了一跳。

"慢点儿。"埃德的话音里已经带着些许的怒气了。

"怎么了？接不住了吗？"

康奈尔又扔了一球。只见那个球像一记重拳一样朝着埃德所在的方向飞了过来。埃德挪了一步让球飞了过去，然后给了儿子一个眼神，示意他去把球捡回来。

"够了。"趁着埃德听不见，她冲着儿子喊了一句，"你爸爸让你不要扔得那么狠。"

"我没有！我还没有使出全力呢。"

"你就听听他的话吧。"

"好的。"他应和道，"放松，妈妈。"

埃德看上去并不愤怒，但是很挫败。现在他只能任凭达尔文逻辑的摆布了。他站了一会儿，似乎是在考虑自己的选项，然后把球丢回了康奈尔的手中。那孩子在半空中一把接住了球。

还没等那颗球从康奈尔那里脱手，她便看出了他身体里积蓄的怒火。一个男孩在转变成男人的过程中所产生的身体变化是很神奇的。他有着势不可当的进攻需求，渴望清除上一代，为自己的存活留出空间。想到自己生命中的两个男人即将剑拔弩张地开战，她的心头涌起了一阵恐慌，因为她知道这两人都不可能毫发无伤地离开。

也许他还在为父亲在车里朝他喊叫的事情生气，也许他是在为父亲很难捕捉到他投出的球而感到沮丧，也许他是在担心自己的父亲总是落后于别人的父亲。埃德不仅已经上了年纪，还是个保守的人。但他和康奈尔之间在棒球的问题上一直是一致的。也许康奈尔还接受不了父亲完成日常琐事的能力已被衰老所折损的事实。无论是什么原因，他把一切都倾注到了投球的动作之中。所以当她看到棒球从他的手中脱手的那一刻，她不自觉地微微吸了一口气。

那颗球实在是太快了，以至于埃德在等待它的过程中似乎愣在了那里，甚至没有试着躲开它。随着时间逐渐在她的眼前缓慢下来，她这才发觉自从嫁给他以来，他的运动技能的确衰退了不少。他手上的动作已经不如他的脑子转得那么快了。即便隔得老远，她也能看到他奋力睁大的双眼。那颗球恰好击中了他的胸口。他蹒跚了两步，重重地仰面摔倒在了地上。先是臀部着地，然后是后背。

她惊呼着跳了起来，朝他跑去。康奈尔也跟了过来。当她赶到的时候，他已经跪在了埃德身边，正在跟埃德说话。她把他一把推到了一旁。埃德用力地压着胸口，仿佛是犯了心脏病一样。康奈尔结结巴巴地道着歉，试着不顾她的推搡靠到埃德身边来。埃德伸直了手臂推开了她，用手肘撑起了身体，看着他们母子。

"我没事，见鬼。"他说道，"让我站起来。"

埃德起身之后，艾琳冲着康奈尔举起一只手来，悬在半空中，摆出了一副要臭揍他一顿的架势。那一刻，她感觉一家三口如同雕塑一般静止在了那里。她的手忍不住颤抖着，而她的儿子也在等待巴掌落下的过程中几乎有些发抖。她狠狠地照着他的脸庞打了一巴掌。

"这孩子下手不知道轻重。"埃德边说边握住了她麻酥酥的手掌。他俯身拾起了地上的球，开口说道："快站回去。"

"我们回到毯子那里去吧。"她小声地说道。

"我们还有几球没有丢完呢。"

"我们不用再玩了。"康奈尔对埃德说。他没有看向她。

"我们还没结束呢。"埃德回答。

"埃德。"尽管心里有着各种别扭,她还是开口央求了一句。

"坐下吧。"他边说边拍了拍手套,"来吧。"他朝着康奈尔喊了起来。

康奈尔半信半疑地走开了。埃德把球丢给了他,然后他又把球挑高、缓慢地扔了回来。

"用力点!"埃德说。

康奈尔这一次丢得更加无力了。

"用力点!"埃德扯着嗓子喊道,"丢出界!"

那天晚上躺在床上,艾琳清楚地看到他的背心 V 领处的胸口上残留着一个棒球形状的印记。她用手抚摸了一下那里,不料却被他一把抓住,手指别扭地立了起来,仿佛她正准备掀起黄油碟的盖子,迅速把它撕开。

两人就这样默默地仰面平躺在那里,身体没有一丝一毫的接触,两只手臂软绵绵地瘫软在体侧,好像变成了两具木乃伊。她那只抵着大腿的手还在因为掌掴了康奈尔而隐隐作痛。

不管他们吵得有多厉害,卧室一直都是一片未受亵渎的圣地。在这里,她可以表达自己在别处不能表达的情感,也可以用会吓坏自己手下小护士们的方法搂抱着他。她知道,出于某种守旧的原因,她总是在等待他先起头。而这对他来说从不是什么难题。当华而不实的言语显得不够牢靠时,身体的触碰就占了上风。

"我有话要向你坦白。"她说,"昨天我说自己和辛蒂出去了,实际上是去看了房。"

他不耐烦地看了她一眼,闭上了眼睛假装睡着了。"我不知道你为什么对搬家这件事情如此着迷。"他回答,"我很喜欢这里。"

"你怎么能这么说呢?你的心甚至都不在这里。你把所有时间都浪费在了沙发上。你可以留在自己那间没有感官的房子里,戴上耳机就以为自己听不见喇叭的轰鸣或是汽车音响的噪音。所有采买的事情都是我来操持的,所以你从来也没在超市的过道里和别人互相推搡过,也不用和那些不会说英语的收银女孩打交道。你不是女人，所以也不必担心自己入夜后出行的安全。"

"现在还不是时候。"他回答。

"现在正是时候。康奈尔已经从圣女贞德学校毕业了。我们在这个藏污纳垢的地方住得还不够久吗？"

"上帝啊。"他终于睁开了眼睛，"你怎么一下子像是变了个人似的？"

"我最近才萌发了这个想法，现在却觉得自己已经被压得抬不起头来了。"

"我参加了一个有关再生和复原的项目。"他答道，仿佛是在提及一个完全不同的话题，"最近一直都忙于处理自己没有做过的事情。我不想让那些档案堆积在那里瞪着我。所以我决定采取行动，即便你和康奈尔，还有你那些好说闲话的朋友都不喜欢这个主意。"

听到他提起自己的朋友，她的心中不由得燃起了一阵怒火。对于他的所作所为，她从未和朋友说起过只言片语，就是害怕听到她们可能会说的那些话。

"是时候为我自己做些事情了。"他接着说道。

她已经出离愤怒了。为他自己做些事情？那她为了支持他完成研究生学业所做的那些牺牲呢？不过，他这番话听上去并不像是事先斟酌好的，其中还含有几分慌乱的意味，像是一颗坏死后掉落的牙齿。难道他真的相信自己所说的话吗？

"我不能永远这样生活下去。"她说。

"夏天快到了。我打算花点时间修缮一下这里。我已经想好了几个方案。我可以翻新一下车库，再粉刷一遍房子。"

"那你能把整个社区都变回老样子吗？你能消灭那些噪音吗？"她假笑了两声，"我的意思是说，为了我们其他人。你为自己做事的时候总是做得很好。你能为了我们在门口铺设一片草坪吗？"

"你需要放松一下。"

不属于我们的世纪

"别告诉我我需要什么，也别用居高临下的语气和我说话，特别是在你自己都快要疯了的情况下。回想起来，这一切都是从你发疯开始的。"

"事情现在不是好多了嘛。"他伸手摸了摸她的头发。现在轮到她抵触他的触碰了。

"我想让你跟我一起来。和我一起看看那些房子。我讨厌一个人去。"

"如果我们已经安顿下来了，去看那些房子还有什么意义呢？我会把这里修缮好的。"

这简直就像是在对一个孩子说话。她感觉心里有一根弦猛地断掉了。"你也许会待在这里。"她缓缓地说，"但我可不一定。"

"我不会离开的。我告诉过你了。"

"你是不能回到娘胎里去的，埃德。"

"别像个泼妇一样。"

结婚这么多年以来，他还从没有这么叫过她。她狂怒地瞪着他。

"对不起。"他说，"我不是那个意思。"

她咬了咬牙。"别跟我说脏话。"她忍不住咬牙切齿起来，"如果你想对女人说脏话，那就找个女朋友好了。这就是其中的缘由吗？那些怨天尤人、泰然自若的莫名其妙的话？这附近是不是有个女孩让你舍不得离开？西班牙小女孩？"

埃德翻了个身。"晚安。"他说道。

她才不愿做打破沉默的那个人。她躺在那里转动着肿胀的手指上戴着的戒指，愤怒地感受着它摩擦自己皮肤时产生的不适感。她晚饭时做的粗盐腌牛肉让她的手指如同充了气一般膨胀起来。她想要把戒指摘下来，不是因为那份不适，就是单纯地想要把它取下来，何况埃德此刻也不会跟她说上任何一句话，无论他知不知道，可她就是无法让它穿过自己的指关节。

"你错了。"过了一会儿，埃德开口说了一句。她感觉他把一只手放在了自己的肩胛骨中间，"没有什么女孩。你是我唯一的女孩。你知道我有多宠你。"

她还是没有转过身来，双眼瞪着屉柜抽屉的把手。"那你为什么不愿意为了我做这件事情？"

他沮丧地拍了拍床铺。她感觉自己身下微微震颤了几下。"我现在还不能走。"他回答，"我只想待在原地。"

"郊区就能满足你的需要——让你安安心心地待在一个地方。"他没有回应。"亲爱的，听着。你一切还好吗？真的吗？你是没有看过自己最近的样子。"

"我很好。只是这一年过得有点漫长。"

他们再一次沉默地躺在了那里。最终她转过了身子。"我们不必现在就搬家。"她说道，"搬家要花上好几个月的时间呢。甚至也许需要一年多。"

"我就是不能搬！"他边说边拍着枕头，"你难道没有听见我的话吗？"

她玩弄起了倒带背心胸前装饰的小花，好分散丈夫这话给自己带来的屈辱感。

"我不会停止看房的，也不会背着你把房子卖掉，埃德。我需要你的赞同。"

"我这个夏天就会把房子修好。"他回答，"也许到时候你就会愿意留下了。"

"如果这样做能让你高兴，那就随你好了。"她说，"但别以为这能改变些什么。这只不过是杯水车薪。"

不属于我们的世纪

23

　　艾琳坐进了格洛丽亚的车子。一座拥有 6 间卧室的房子，里面的空间宽敞得足以让她举办自己梦想中最奢华的晚宴派对，或是长期接待前来探望她的亲友。她甚至想过开口让格洛丽亚允许她留下来睡在主卧室的地板上，好在醒来之后像在空荡荡的办公楼里巡夜的人那样在黑暗中四处游走。在格洛丽亚的认可下，她伸手触碰了一些美得无法用言语来表述的东西。随处可见的高品位精致木制品散发着不可方物的魅力。台面上的花岗岩使人瞬间就平静了下来。

　　"我想要尽力多看一些房子。"离开时，已然眼花缭乱的她说了一句，"我想要把它们全都看上一遍。"

　　看出格洛丽亚很愿意迎合自己的小心思，艾琳也放松了下来。她一直都很担心自己会浪费中介人员的时间，可格洛丽亚所展现的那份泰然自若的职业素养却让她决定相信对方持久的耐心。格洛丽亚会在路上把房子的价格告诉她，顺便介绍一下自己认为它们有什么可取之处。艾琳能够看出格洛丽亚正在观察她的反应，试图以此建立可以供她争取的基准，所以艾琳故意没给对方留下任何的线索，即便是面对美轮美奂的室内装饰、修剪整齐的草坪、无可挑剔的露台以及可以观赏未来孙辈们嬉戏打闹的巨大厨房观景，她也只会随口夸赞两句，且每一次都只会说些差不多的话："哇！""天哪！""真漂亮！"因为她总是要说些奉承格洛丽亚的话，以至于都忘了去追问自己的真实感受——其实她的心里是诚惶诚恐的。而化解这种惶恐情绪的方法便是格外热情地进行评价和肯定。她们会坐在车里聊上几分钟，然后再启程开始下一段表演。整个下午就这样糊糊涂涂地过去了。

在看完第5座房子之后，格洛丽亚在把车钥匙插进点火装置之前停顿了一下。

"很有意思，是不是？"

"太有趣了。"艾琳回答，"我可以一整天只做这件事情。"

"是呀。好了，某一时刻我们不得不选定几个因素。"

"这很难说。它们全都太美了。谁能离开这么美的房子呢？除非是搬到其他几间我们看过的房子里去。"

"我相信你肯定会喜欢下面这座房子。"格洛丽亚斩钉截铁地表示，"我都不打算给你叙述它的具体情况。我只想要看你的反应，看看它能否触动你。"

驱车来到这座房前，艾琳发现这果然是她迄今为止见过的最令人印象深刻的房子。它是一座殖民地风格的中心大厅式灰砖建筑——她现在知道这些名词了——坐落在远离公路的一块高地上，门前坐拥的一片草坪沿着缓坡向下倾斜着。它拥有长长的黑色百叶窗，一座精致的前门廊。厢房里还装饰了落地玻璃窗。这里的空间是他们现在所住房子的3倍。在里面走上一圈的过程中，艾琳故意睁大了眼睛，任由格洛丽亚把她引导到门廊上。

"你介不介意在这里坐一会儿？"

"当然不介意。"艾琳边说边在一个高大的白色摇椅上坐了下来。格洛丽亚则面对着她坐在了最顶层的台阶上。从路边望过来，细细想来，即便是在这门廊前坐上一会儿都是件极其奢侈的事情。

格洛丽亚掏出了一包香烟。"介意我抽根烟吗？"

艾琳摇了摇头。

"我很少在客户面前抽烟。相信我，这可不容易。"

"请自便。"

"和你在一起我感觉很自在。"格洛丽亚说道。

艾琳低下头来看了看她。她和自己一样是个工薪阶层。她的鞋子有些磨损了，看得出手上的指甲油也是自己涂的。艾琳不知道父亲会对这个女孩的表现作何评价。她的嘴唇开始颤抖了。

"当我提到 100 万以内这个数字时，我觉得可能不太现实。"

"那应该是多少？"

"你不会喜欢这个答案的。"艾琳回答。

"我什么数字都可以接受。我只是需要知道该从哪里下手。"

"我连能否说服我丈夫搬家都不知道。"

"看看你。你这么漂亮，想去哪儿他都会跟着你的。"

"你真好。"她嘴上这样说着，心里却感觉有万般的悲哀正在聚集，好像那些破碎的碎片正被一块强力磁铁拽着一样。

"那我们在讨论些什么？ 80 万？ 70 万？"

一谈到精确的数字，艾琳就感到有些焦虑，仿佛中介人员正对着她的脸举着一盏明亮的灯，想要看清她皮肤上的瑕疵。

"40 多万吧。"她回答，"最多 50 万。"

"天哪！"格洛丽亚重重地吐了一口气，把烟蒂按在了台阶上，"你知不知道这座房子的挂牌价是多少？ 猜猜看。"

"95 万。"她边说边夸张地挥起手来，仿佛是在嘉年华会上大声喊出了某人的体重似的。格洛丽亚笑了起来。"我们得改变策略了。"

"很抱歉我浪费了你的时间。"艾琳悻悻地说。

"是这样的，实话实说，我们的确浪费了一些时间，但我并不是很在意。我喜欢看房子，而且我会给你找一座好房子的。一座让你丈夫无法拒绝的房子。"

两人就这样约定下周再去看房。当她回敬格洛丽亚一个再会的拥抱时，突然意识到自己竟是如此感激这位手握她命运的女子没有趁机羞辱她。

　　她在市中心常去的美容院预约了电蚀除疣的疗程。其实她并不想去，这样的疗程实在是很难令人愉悦，而她早就开始为从自己上唇和下巴处冒出来的小汗毛深感困扰了。她不知道这是否预示着剧变即将到来。最近，她的皮肤和往常相比似乎更容易感到刺痛和瘙痒，还总是在某些奇怪的时刻感到一阵暖意，但她还没准备好称之为潮热。她的乳房看上去没有以前那么饱满了。不过她的经期一向不准，所以也不必过分解读。她最近时常感到头晕，但很难想象任何人身处她所在的环境还能不头晕。更年期到来的时候，她是不会自欺欺人的，只不过还没有准备好在找到确凿的证据之前妄下结论罢了。与此同时，她也会奋战到底，尽可能延长自己的美丽。

　　为了躲避堵车，她坐上了地铁。在回程的路上，7号线站台上的人越积越多，直到第74街的换乘站才分流出去一部分。从第82街下车后步行回家的那段路正是她想要离开的恐惧来源。在社区发展到巅峰状态时，这条街曾是这里最珍贵的一部分。白色灰泥修筑的门面上交错装饰着木质支架，营造出了一种都铎风格的美感——她现在一眼就能辨认出都铎风格的建筑——路灯也全是用装饰铁艺做成的。如今，这里的主干道已经被拉帮结伙的帮派所占领，原先的夫妻店也都被卖酒的小杂货铺，支票兑换店以及挂着廉价招牌、门脸陈旧不堪的一元店所代替。就连曾经被用来装饰第82街路灯的球形灯罩也不翼而飞了。与这里最初的样貌相似的街景在布朗士区的庞德菲尔德街上也能找到，而这也是她为什么会被吸引过去的其中一部分原因：那里就如同杰克逊高地衰败之前的时空胶囊。

　　正当她走在街上时，一群身穿运动衫、头戴棒球帽的年轻人——也许是西班牙裔，但她总是分不清楚——朝着她的方向走了过来，占据了整个人行道的宽度。其中一个人正面对着其他人倒着向前走，还狂妄地张开手臂示意他们鼓掌欢呼。除非她走到大街上，不然肯定会和他们撞个满怀，但她并不打算退让，他们应该和别人分享人行道才对。看到背对着她的那个人并没有转过头来，她决定停下脚步，希望他们能够绕过她的身边，如同流水在遇到岩石时会分出两个支流来。出于保护自己的目的，她把两只手抱在了胸前。不料，那个年轻人在看到同伴们怒目圆睁的表情之后还是反应太慢，一下子撞到了她的身上。

"不好意思！"她的声音比自己预期的刺耳了不少。他摆出了防御性的姿态，转过身来，仿佛是准备好了要摆出手刀的姿势，看到她才放下手来。

"抱歉，女士。"他答道。其他人全都窃笑起来。她知道自己应该继续往前走，什么也不要说，因为她还是本能地有些害怕这些聚众出行的年轻人。她曾经听说过不少结局悲惨的意外。尽管如此，她还是无法抑制心头涌起的正义感。

"你知道吗，人行道是公用的。"

"对不起。"那个年轻人答道，"这是个意外。"

她已经从他的嘴里得到了第二句抱歉，深知自己应该适可而止。他们可以一边跑开一边嘲笑这个疯狂的白人女子，也有可能一边咒骂一边离开她的视线。不过他敷衍了事的道歉方式惹恼了她。她打算教育一下这个年轻人，如何才叫心口如一，即便其他人都懒得把时间浪费在这种事情上。

"你走路的时候最好看着点儿。"她说，"这里的人行道已经够难走的了。如果你们再这样走下去，别人就没地方走了。"

"随便你怎么说吧。"虽然他心里有如猛虎出闸一般，但还是有所顾忌的。

"这里也是我的社区。"她接着说道，"你把这里占领了，不意味着我就要离开。"

站在那个男孩身后的一个人向前迈了几步。她知道接下来会发生什么：*滚开吧，白皮肤贱人！*但那个男孩却伸手挡住了他。"等等。"他说，"我很抱歉撞到了你。我也没打算把人行道给占满。没人想占领你的社区。我也是在这里出生的。这儿大着呢，谁都容得下。"

他清晰的口齿让她感到很镇静。只见他将同伴分成了两拨，为她留出了一些空间，还温和地伸手示意她过去。就在犹豫不决的间隙，她脑子里回放了一下刚才的这个意外，试图搞明白事情是怎么不可思议地发生逆转的。她本以为自己会招来恨意，却在事态背道而驰时颇感失望。不可否认的是，这个孩子很有教养。她想要忘记这段际遇，可它却比暴力事件更让她感到不安。这个过程隐约预示着未来，暗示着她的衰老。

那一晚，在讲述这个故事时，她故意用自己期待听到的话模糊不清地替代了那个年轻人异常有礼的道歉——无论如何，这个版本也更加贴近她真实的生活体验，除却这一次不可思议的诡异遭遇。"我就不重复自己听到的一些恶毒的话语了。"她说道，"就算是康奈尔不在这儿，我也不打算再多说了。"她知道这算不上是什么不可饶恕的罪过，但她还是想借由此事为自己辩护，表明搬到郊区去是为了每个人的利益着想。然而埃德却并没有如她所期待的那样颇具骑士风度地表示愤慨，只是默不作声，从而更加激起了她对于那些帮派成员的愤怒。不出几天，她开始以为他们的确说过自己嫁祸给他们的那些话。事情也许的确如此，毕竟记忆是很狡猾的东西。

再次返回房地产办公室时，她把车子直接停在了门口。格洛丽亚和她打招呼时显然更亲切了，也不再表现出过分的热情。架在她们之间的那座桥梁已经被跨越，两人反而更加地信任彼此。也许格洛丽亚为她找起房子来也比以前更卖力了。

她们又踏上了看房的路途。在前往每一座房子的途中，格洛丽亚都会列举出艾琳即将看到的几项优点，但也会推心置腹地向她坦白一些不可回避的现实，好让她怀着对彼此的信任去直面现实，然后才会带她进屋。若不是上一次看房的情景还历历在目,艾琳可能会觉得它们都很有吸引力,毕竟它们的地理位置可比她家强多了。但这是多么大的落差呀!原先的5居室变成了3居室,大理石也变成了漆布,木材要不就换成了复合板,要不就已严重磨损,需要全部拆除或更换。宽敞的中庭变成了小门厅,比她现在房子里那个隐蔽的小厅大不了多少。还有之前那几座房子里随处可见的盛气凌人的灯光、高高的天花板和足够多的窗户也都让位给了她熟悉的黑暗。艾琳的期待随着房价的下降一起沉了下来。

格洛丽亚也注意到了艾琳情绪上的转化,试图通过复述房子的几条不太明显的优点来帮她打起精神,可艾琳什么也听不进去。她可以住在自己觊觎的房子所在的街道上,结识它们的主人所交的朋友,却无法住在那些房子里面,起码在嫁给埃德的这一世还不行。她享受了知识分子的多年陪伴,也养育了一个快乐健康的孩子,这已经是许多女人可望而不可即的成就了。每当幻想自己若是嫁给别人会过上怎样的生活,她就会觉得自己格外小气吝啬。然而,当她坐在刚刚看完的那间令她倍感失望却又无论如何也买不起的房子门外时,却又忍不住哀叹这都是自尊的代价,对它嗤之以鼻起来。

车里充斥着哀怨的气息。她想要打消格洛丽亚的疑虑,表达对于她所展现出来的善意和耐心的感谢。"我的期待有些不切实际。"她说,"用我手头可以支配的这点钱是买不到我想要的东西的。"

"其实这些房子中有些还是挺不错的。"格洛丽亚回答。

"有些房子让我想起了现在生活的地方。"艾琳说,"边缘化的社区。两种发展的可能性都有。我希望找到的下一座房子能是我安身立命的地方,让我不再活得战战兢兢、小心翼翼。眼下看来,我可能还是留在杰克逊高地比较好。"

格洛丽亚带她看的这几套房子都位于扬克斯和芒特弗农地区,居住的大多是穷人和相对富裕的人群——这里也正好是黑人和白人居住区的分界线——彼此紧紧相连。她并不是有意想要躲避黑人面孔,只不过是不想招致他们的愤怒和报复，也不期待他们充满正义感地见义勇为。她想要在入侵的罪犯面前设立一道缓冲，不去目睹社区再一次惨遭破坏，自己则如同僧侣守护着日渐衰落的民族留下的卷轴一样守护着这个社区的记忆。

"先别放弃。"格洛丽亚安慰她，"再给自己一点时间。"

"当然。"艾琳回答。

24

　　康奈尔在没有比赛或不用参加埃尔姆杰克少年棒球联合会训练的日子里总是会到第 78 街的公园里去——尽管那里有时会有点吓人——和那里的人打打垒球。无须分队，只不过是捡捡球而已。打球的过程还是让他感觉比较安心的。一群年纪稍大的白人青年也会顺便到访，年纪都在 20 岁上下，戴着头巾，穿着运动衫，携带的手提音响播放着震耳欲聋的经典摇滚乐。不打垒球的时候，他们也会玩轮式曲棍球，还总是用纸袋包着啤酒瓶豪饮。不知为何，他们傍晚的时候都不用去工作。而和他差不多年纪的女孩儿都很迷恋他们。

　　他喜欢和偶尔过来的那群高中生扔球玩，因为即使他铆起劲来他们也不会抱怨。他正和其中一个人玩着传球游戏时，走起路来散漫得如同口袋里塞了砖头的男孩本尼·埃拉索走了过来。本尼去年被圣女贞德学校开除了，如今在 145 技校读书。康奈尔通过让他抄写作业和考试卷子帮他完成了五年级的数学课程。本尼的弟弟何塞还在圣女贞德学校读书，有时候也会出现在放学后吓唬康奈尔的那群人中。

　　"你得为自己的名声担忧了。"本尼说道。

　　"我的名声？"

　　"整条街的人都知道你是个软弱的家伙。"本尼的身上穿着公牛队的运动衫，嘴上留了一撇淡淡的小胡子，一身古龙水味道隔着好几层衣服飘散了出来。

"我都不知道自己在这条街上还有名声。"

"我只是随便说说而已。"

"我不软弱。"他说。

"有些人就是什么话都说得出来。你得注意一下自己的名声。"

"谢谢你告诉我这些。"康奈尔用力把球丢进了手套里。

"跟我混吧，给自己起个绰号。你需要一个绰号。"

"我已经有绰号了。"他也不知道自己为什么要这么说。

本尼一脸疑惑地看着他。"是吗？真的吗？"

"是的。"

"叫什么？"

他的脑子飞快地转了起来。"PAV。"他说。这是他脑海里出现的第一组字母。

"我觉得这名字什么也不是。"本尼评价道。

他从没有想过自己居然这么容易就想到了一个绰号。"别告诉任何人PAV 就是我。"他严肃地叮嘱对方。

"它是什么意思？"

他再次思索了一下。"人类是脆弱的。"他回答。

本尼想了想。"深刻。"

"谢谢。"

"要是有人听说你在冒用他的绰号，你就死定了。"

"这就是我的绰号。"

"一会儿帮我干点儿事吧。"本尼说道，"等我从我妈妈那里回来。"

"我已经不干了。"他试着让自己的话听上去很酷。

"为什么？"

"我有一次差点儿就被人抓住了。"

"你真是个娘娘腔的白皮肤混小子。"

"不是的，我只不过是为了照顾自己的名声而已。"他停顿了一下，

"还有我父母的名声。"他试着开起了玩笑。本尼推了他一把。他跟跄着后退了一步。那个和他玩传球游戏的家伙走开了。

"我没有骗你。"本尼说道，"大家都说你很软弱。我就是告诉你而已。"

康奈尔知道接下来的行为看起来可能很疯狂，但他还是不顾一切地卷起了 T 恤衫袖子。"你觉得这叫做软弱？"他边问边绷紧了手臂上的肌肉。本尼把手伸进了自己的口袋里，掏出了一把弹簧小刀。

"再告诉我一遍你不软弱。"本尼笑着说，"再告诉我一遍。"

康奈尔默默地站在那里。

"再说一遍你的绰号。"他的声音里有几分威胁的意味，"说啊，小康康。"本尼打开了刀刃，把刀子举到了他的面前，然后又用掌根把它合上了，可刀柄依旧握在他手中。

"你想让我说什么？"康奈尔提问的时候满心惶恐。

"说'我是个娘娘腔的混蛋'。"

"我是个娘娘腔。"他说罢停顿了一下。他并不习惯说出这样的词汇。本尼笑了，仿佛读懂了他的心思。

"混蛋！"本尼纠正道，"娘娘腔的混蛋！"

"娘娘腔。"

本尼又把刀子举到了他的面前。"说啊！"

"混蛋！"康奈尔说罢感觉胃抽搐了起来。

"连起来说。'我是个娘娘腔的混蛋。'"

"我是个娘娘腔的混蛋。"

本尼大笑起来。"如果你想要顾及自己的名声，就最好不要到处跟别人说那句话！"他把刀子放进了口袋里。"兄弟——我本来就没打算把这东西用在你身上。"他动手推了康奈尔一下。康奈尔畏缩了。本尼又笑了。"你要是想活下来，就最好不要到处打着别人的旗号。他们会找到你的。这就是我今天给你的教训。"

回家的路上，康奈尔一直都在脑海中回放他所说的话。*我是个娘娘*

*腔。我是个娘娘腔。*回家后，他看到父亲正戴着耳机躺在沙发上。康奈尔站到他的身边望着他，看着他举着食指，一只手来回地移动着，一双眼睛紧紧地闭着，好像正试图在漆黑之中寻找某种东西似的。随着耳机中传出来的模糊曲调渐入高潮，他的手臂也随之向上挥舞，把他的身体从沙发上提了起来。当交响乐平静下来时，他又躺回了沙发上，双眼依旧紧闭着，只有胸口随着呼吸上下起伏着。

康奈尔把书包丢在了餐厅的桌子上，朝着地下室走去。他在杠铃两侧多加了 10 磅的杠铃片，然后躺在了长凳上。*举起来，娘娘腔，*他心想。可他就是怎么也举不起来。他把增加的杠铃片摘了下来，举了几组 10 磅的。

举重的过程中，他又想起了可以让本尼大笑的几句话。当本尼问道"那是什么意思"的时候，他本可以回答"娘娘腔的处女"的。但他却只能在事后想起这种东西。他甚至还知道一个用来形容"事后诸葛亮"的法语词组，这才是他真正娘娘腔的地方呢。那是他父亲教给他的。当场就能反唇相讥的人是永远也不用担心自己是胖、是聪明还是有点娘娘腔的，而且还得心存几分卑鄙，愿意偶尔出言不逊地诋毁别人。但他并不想让任何人感到尴尬。他发自内心地相信自己是个娘娘腔，也许那就是他为什么无法当着本尼的面说出那些话的原因。

也许这其中也有他那个软弱的父亲的错。他是个好人。但这并不意味着他没有教康奈尔还手。上一次康奈尔顶着肿胀的一只眼睛回家时，他的父亲就告诉他："我允许你还手。我不会找你麻烦的。"但康奈尔并不想冒这个险。他可不想被当做少年犯、遭到停学或是落得更糟糕的下场。他得为自己的终身记录着想，不想糟蹋自己进入一所好高中，过上理想生活的机会。他要让老师和校长全都站到他这一边来，帮助他脱离这个社区。如今他就要拿着奖学金去曼哈顿的好学校上学了。在这样的环境中长大，这已经是他所能做到的极限了。也许他的确是个彻头彻尾的娘娘腔，但至少他不像本尼那样是个混球。

他又把杠铃片加了上去，心里想着，*举起来啊，混蛋*。紧接着，他又把这句话大声地喊出了口，就像是在背诵加入什么新俱乐部的密码一样。他举起来了一次，杠铃重重地砸了下来。他的父亲并没有跑下来查看他有没有伤到自己，因为戴着耳机的父亲什么也听不见。

娘娘腔，他默念着。混蛋。

25

她醒来的时候，埃德正在车库里忙活。他把里面大部分的东西都清到后院，杂乱无章地摆了一大堆，想必在近邻看来很是碍眼。这是一个酷热的 5 月的早上。他浑身上下早已大汗淋漓。

"我要带上康奈尔。"她说道。

"好的。"

"你确定你不想来吗？"

"我有点儿忙。"他指了指那堆破烂。她为自己带走了儿子感到很内疚。不管丈夫在做些什么，她都应该留下他帮忙才是。可她无法独自面对那些房子。

坐进车里，康奈尔找到了 Z100 调频，顺手调高了音量。

"你怎么没让我把声音关小一些？"

"因为这还不算是很吵嘛。"她回答。

"爸爸开车的时候就不让我把音量调高。他说他需要集中注意力。"

"我不介意。"她用闲着的那只手在车门上敲击了起来。收音机里正播放着她上班路上常听的那首歌曲。康奈尔朝她笑了笑，让她感觉自己仿佛成了儿子心中更喜欢的那个家长。他总是偏向他的父亲——她怀疑这全都是她生产之后太快返回工作岗位造成的。也许这并不仅仅是因为她常不在家，也是因为她晚饭后只知道和朋友们打电话聊天，好像打卡上下班只是她的第二职业似的。现在她明白了，她这是在逃避。等他们搬家以后就不会有这个必要了。她可以变成他想要的那种母亲。

"你爸爸有很多心事。"她大方地承认。

"他是这个世界上最正直的人，每时每刻都要两手紧握方向盘。你不能跟他说任何一句话。"

他们刚刚认识的时候，他开车去接她时还会把一只手肘支在窗户上，就像电影里的酷小子一样。

"你不知道身为成年人是什么感觉。"她说，"你总是有很多事情需要去考虑。"

"距离收费站还有一英里的距离，他就让我把零钱准备好。他对这件事情的反应很反常。如果我没有把钱拿到手里点好，他就会发疯。把钱扔进桶里时，他会使上全身的力气，像是在扔棒球一样。这太尴尬了。他怎么了？为什么行为举止这么古怪？"

她也曾坐过埃德的车。他的动作简直就是在做开颅手术，而不是在开车。"爸爸们有时候就是很古怪。"她回答，"别想太多。"

"可我感觉很尴尬。"

一首他喜欢的歌响了起来。他摇头晃脑地用手敲起了仪表盘。

"我需要你投入一些。"她嘱咐道，"我看房看到已经不知道自己到底是怎么想的了。"

"那爸爸呢？他怎么说？"

"你爸爸和我在目前是否应该搬家这个问题上存在分歧。"她回答，"我不得不要求你用成年人的眼光来看待这件事情。就算我们真的找到了一个自己喜欢的地方，我可能也需要你保持沉默。"

"当然。"

驶上中央景观道路时，她重重地踩在了油门踏板上。一股新的力量涌上了车身。她有了一个同谋。她感觉这就足以改变一切了。开车的时候，她觉得自己比埃德更自由。她足够新潮，懂得欣赏儿子喜欢的音乐；在高速公路上行驶时，她也能提起速度，直到驶进收费站才会把硬币从兜里掏出来。她的能量足以为自己的生活做出重大的改变，把她的丈夫从深坑里拉出来，硬生生地让全家人都远离那个有可能会将他们吞噬的社区。

　　格洛丽亚朝着康奈尔热情地张开了双臂，似乎很高兴见到他。起初艾琳还以为这是销售人员的诱饵，后来才意识到康奈尔的出现似乎证实了自己不是在幻想。

　　"我为你找到了一个完美的住处。"格洛丽亚开口说道，"那里美极了。虽然稍稍超出了你的价格范畴，但多得并不离谱。我想让你好好考虑一下。它应该是你所出的价钱能买到的最接近完美的房子了。"

　　他们沿着帕尔默路朝扬克斯方向驶去，途中路过不少富丽堂皇的复合式公寓房和绿树成荫的公园。没走多远，车子便拐了一个弯。凭借对于这片区域的研究，艾琳很清楚这里位于布朗士区的边缘，区间设立的是归属布朗士区的邮箱，但学校却都属于扬克斯区。不过，既然康奈尔今年夏天就要去城里上学了，学校对她来说就不是什么大问题。路边竖着一块指示牌——很难分辨出上面的字蕴含的是骄傲还是防备的意味——"劳伦斯公园西"。

　　这片区域前景不错。既有新房也有老房，蜿蜒的小路旁遍植高大的橡树。透过树干的缝隙，映入她眼帘的是一排排带车库的都铎风格灰泥建筑，其间还点缀着一座网球场的身影。他们转弯驶上了一条较为宽阔的街道。这里的路面很平坦，让人一眼就能看到路边那些高高在上的高架房。车子停在了一座灰色的殖民主义风格建筑前。只见房前竖立着茂盛的树篱，廊柱一直从门廊处支到了屋顶上，就连私人车道旁也竖着几根石柱。门口的步道上放着一个手持灯笼的小丑，身上的红色披肩在阳光的曝晒下褪成了粉红色，上面也已出现了碎裂的痕迹。从外观上来看，这座房子应该建于20世纪上半叶，但做工很精致，面积也是她上周看过的那几套的两倍。她的心中又燃起了希望。

格洛丽亚带着他们走上了车道，来到后门的台阶处。这里是一座露台，砖面上铺满了青苔，周围立着一座石墙，其间草木茂盛，类似一座不修边幅的英式花园。花园正对着一座崎岖不平的斜坡，裸露的石块上铺满了常青藤。山顶上还有一条小街，通向另外的几处房屋。

　　屋内的厨房看上去像是被水泡过，橱柜的门关不严实，墙纸也鼓起了大泡，石砖地板上还蒙着一层又厚又脏的聚氨酯。整座房子的后半部分——包括厨房、小书斋和餐厅——都暗得如地下墓室一般，但她能够看出天气好的时候阳光还是可以照射进来的，特别是在她修剪完屋后的灌木之后。虽然餐厅里铺设着暗淡的地毯，顶上挂着的枝形吊灯也东倒西歪，但她还是可以想象自己在这里呈上的一场场盛宴。客厅里的光线格外充足。隔壁就是铺设着砖石地板的门厅和正门。一段带有扶手栏杆的楼梯直通二楼，平台的底部还有几节楼梯，通往一间可以被当做阅览室的房间。阅览室的隔壁可以被改造成埃德的书房，里面拥有一扇凸窗和一座嵌入式书架。

　　格洛丽亚走到两扇正门前，动作夸张地拉开了房门。光线一下子涌了进来。站在前门廊上向左看，左手边立着一排腐败的木质围栏。艾琳能够沿着道路的转弯处一直望向帕尔默路，也就是镇子里的主干道——这座房子颇为体面的邮寄地址的来源。

　　艾琳迈上了门廊，想象着山下的人们打开巨大的铁门，沿着蜿蜒的缓坡小径向上爬的画面。想到这里，她充满期待的内心一下子激动了起来。他们会拥抱她，将红酒、蛋糕和礼物递到她的手中。转过头来，她看到康奈尔正站在客厅的窗户前向外眺望。一道飘渺的光线洒在了他的身上，让他恍然变成了几个世纪前的肖像画中那些贵族子弟的模样。眼下的这段岁月将成为提炼他命运的熔炉。机遇正逐步在他们面前关上大门。她必须快点行动起来才能保住自己想象中生活的模样：埃德可以快乐地在书房里辛勤工作，反复斟酌自己的想法，引发新的假设。她则是家中位高权重的女主人，受到整个家族的景仰。这座房子将成为他们第二段人生的背景，而康奈尔若有所思的凝视目光更加肯定了她的想法。

"你觉得怎么样？"格洛丽亚一边走进屋子一边夸张地问道。在把握时机方面，她是个大师：此刻根本无须作答。她带领母子俩走上楼梯，就像是新郎在引导着新娘走向婚房一样。

"我先带你们去看看其他几间。"她说道，"然后再带你们去看主卧套房。"

他们走进了一个无比宽敞的房间。就算把康奈尔现在的卧室整个吞并进来，这里还能剩出不少多余的空间。

"这里可以给你做卧室。"艾琳说。

"真棒！"他飞奔了进去，像只标记自己领地的猫咪一样四处溜达起来，开合着衣柜的门，然后又躺在屋子中央，尽可能地伸展着四肢。看到他这么激动，她忍不住大声地笑了起来。

"别这样。"她说，"快起来。"

"没事的。"格洛丽亚说，"就让他兴奋一下吧。"

"这里都可以降落一架飞机了。"他说。

"也许是直升机吧。"格洛丽亚许诺道。

"这房子真的很大。"艾琳小心翼翼地评价着。它的价格到底"稍稍"超出了她的价格范畴多少呢？说不定这又会是一场闹剧，只不过这一次她是不会作践自己的。

"你还没去看看主卧室呢。"

"我有点儿担心价钱的问题。"

"你准备花 40 万。"格洛丽亚说，"最多 50 万。"

"到头了。"艾琳回答。

此时她们两人正站在走廊上压低了嗓门说话。

"这房子卖 56 万。"

"这可差远了。"艾琳试图掩饰心中涌起的恐慌和失望。

"等你想明白这里经过修缮之后会是什么样子，情况就不一样了。这是一座价值 75 万美元的房子。最低。*最低。*"格洛丽亚说话的语气很冷静，带着些许的不耐烦，仿佛她们正在讨论的是一件不该被价钱问题所玷污的艺术品似的。

"不过这座房子有几个隐藏的难题。"

"隐藏的难题？"

"它们倒也不一定会破坏这桩交易。你丈夫的动手能力怎么样？"

她想了想正在家中车库里干活的埃德，身边正摆着一圈的工具，试图把房子修缮一新，诱使她留下来。他对于房屋改造的所有知识都来源于工具书。不过，只要他下定决心想要学点什么，成果往往都还过得去。"如果我能读完博士学位，"一次，走廊的照明灯短路时他就曾这样说道，"我就能搞清楚怎么修理损坏的电线。"他做到了，只不过费尽了周折。每次完成一项修缮房子的大工程，他都会累得筋疲力尽。

"他的手挺巧的。"她回答，"为什么要这么问？"

"这座房子已经上市一年多了，是退市后重新挂牌的。他们这才降低了价钱。"

"房子有什么问题吗？"

"是供水的问题，而且还是个双重问题。房子位于山脚位置，总会遭遇水土流失。而房体又是建在岩石上的。背靠岩石，所有水都只能流进屋子里来。除此之外，屋里的水管今年冬天还裂过一回，地下室也遭了殃。大部分管道需要拆除重建。谁也不能保证类似的情况不会再次发生。还有，几年之内你就得更换新屋顶了。在这种位置更换屋顶可不便宜，不过若是你们自己动手应该会便宜许多。"

"这种工作我丈夫能胜任。"她回答。

这对他有好处。他可以通过体力劳动来发泄一下情绪。她仿佛能够看到他喝着啤酒、穿着牛仔裤、用 T 恤衫擦汗的模样，屁股上还挂着一个棒球帽。

"我们过去看看你的房间吧。"格洛丽亚说道。她们把康奈尔留在了那里，简短地停下脚步看了看两间尺寸平平的卧室和一间浴室。浴室里摆放着一对相称的水池，水池上方挂着的带灯镜与更衣室里的镜子一模一样。双扇落地玻璃门后还隐藏着一个马桶。

主卧套房里的衣柜尺寸堪比她现在的客房大小。她想象着在这里专门开辟一个角落作为休息区。迎着阳光，想必没有什么烦心事能够在她的心头停留。

近几年来，他们的卧室里总是萦绕着一种犹豫不决的氛围。他们会笨拙地摸索彼此的身体，仿佛进入了新的人生阶段，不得不重新认识对方一样。她需要能供他们嬉闹和探索的光线。如果他们能够在明媚的日光下看到对方的裸体，应该会对彼此都有所益处。

这里的墙纸上也布满了裂缝和水泡，墙角天花板上的水渍也亟待修整。看来这些细节得花上些时间和金钱才能陆陆续续修补好。

她朝着窗口走了过去。她曾经听到过不少有关郊区是多么无聊的评价，却完全想象不出这样的一座房子怎么会让人感觉无聊。如果充裕的空间和光线还不足以让她暂时忘却自己离开了什么样的地方，或是仍有一丝不确定的阴影笼罩在她的心头，她只需猛地打开这对窗帘后的窗户，凝视着外面空荡荡的街道，等待着一辆又一辆汽车驶入街区。在此期间，她有大把的时间让自己冷静下来：如果没有想见的人，你是不会到这里来的；如果没有让你留下的理由，你也是不会长久在这里待下去的。

"我觉得你很喜欢这里。"格洛丽亚开口说道。

"没错。"她小声答道，"我很喜欢这里。我正在试图想清楚自己怎样才能付得起那笔钱。"

她沉浸在了创造未来的无尽想象之中。即便魔咒很快就会破碎，她也甘愿流连忘返，告诉自己要把每一个细节都铭记于心。

他们是不可能砍下如此大的价格差的，只能选择支付更多的月供，而且不能马上开始实施心目中的改建计划。他们只能一步步来，还得节衣缩食，不能再去餐厅吃饭或是外出看演出。

不属于我们的世纪

"你觉得呢？"格洛丽亚问康奈尔。

"我们能不能在车道上立一个篮球圈？"

*小事一桩，*艾琳心想。*他心中的担忧和自己的相比起来是多么的迥异啊。*

"我看没什么不可以的。"

"太棒了！"他撞了撞自己的拳头。

"有人很激动嘛。"格洛丽亚说。

"我也很激动。"她说，"但我们还要说服他爸爸。这里结构不错，维修也可行。只要财务的问题能得到妥善解决，我觉得这里可能就是我们的完美选择。"

格洛丽亚拍起了手。"这就对了。"她回答，"要不是这些特殊情况，你肯定没法以这个价格拿下这座房子。话虽如此，不如我们先看看问题在哪儿吧。"

三人走下了楼梯。格洛丽亚为艾琳指出了她之前没有注意到的几处漏水点，然后又带着他们到房子的深处去转了转。艾琳的眼神飘过了格洛丽亚所指的每一个地方，心里尽量告诫自己不要介意。康奈尔伸手戳了戳一处腐烂的地方，还顺便拽了一块下来，可她却一点儿责骂他的精神也提不起来。听着有关房子存在种种问题的陈词滥调，她感觉自己像是身处水下一般，只有在需要点头的时候才点头，还拉长了脸表示担忧。当格洛丽亚向她展示车库里一处被水泡坏、随时都有可能倒塌的承重墙时，她甚至还听到了自己叹气的声音。她毅然决定要让这些细节隐患保持原样。到了适当的时候，他们会想出办法解决的。当下的问题是维持她的想象力。也许这座房子的根基已经腐烂了，但它的外表还是足以驱散任何疑虑的。

"这可不是一项小工程。"格洛丽亚说道。

"我们可以办得到。"艾琳转过头来看着康奈尔，"你不觉得你和爸爸能够胜任这项工作吗？"

"一点也不。"

"他只是不想在装修的时候干活儿而已。"她对格洛丽亚说,"但是我们能搞定的。我有信心。"

"你爱怎么说就怎么说吧,妈妈。"

"也许我们可以雇用你做承包商。你也是时候为自己赚点零花钱了。"

"有很多事情是他做不了的。就像我所说的,房顶需要修缮。在这一点上你的时间很紧。屋里的电线也老化了,所以你可能会遇到电力不足的问题,还有可能遇上短路。有几处排水口也堵住了。我是不是吓到你了?"

"你说吧。"

"水管和管道里有些石棉。所以若是再想把房子卖出去可能有点难。还有地下的油箱问题。"

"我不担心出售的问题。我只关心自己要怎么把它买下来。"

"水流会聚集在壁炉那里。这些维修工作都不便宜。感谢上帝,积水至少没有带来霉菌。这我们是知道的。"

"听起来我们需要一个水管工。还有一个会盖房顶的人。"

"还有一个建筑公司。"格洛丽亚接话道,"以及一个电工和一个心甘情愿的丈夫。"

"少几个出水口我还是能凑合一阵子的。可没有这座房子,我就不知道该怎么活下去了。"

回家的路上,他们停下来加了一次油。进屋交费的时候,她顺手买了几张刮刮乐——她从没有想过自己会买这种东西——用 25 分的硬币刮彩票时顺手买了两个奶油夹心饼。发现自己没有中奖,她又掏钱买了五张。她刮出了几张免费奖券,她又买了两张,可还是什么也没有中。她买了五张准备带回家去,又买了点夹心饼好和康奈尔分着吃,然后朝车子走去。儿子正坐在车里,显然并不知道她的心里有多乱。

不属于我们的世纪

她一边开车一边感觉胃里七上八下，只好玩弄起了电动玻璃窗。停好车之后，她看到自己好几条不错的床单被临时当做了防水布，盖在了埃德留在车道上的那些乱七八糟的工具上，角上还压着煤砖砌块。车库的门紧锁着。裸露的雪白床单让她的心一下子就凉了下来。

　　埃德正坐在书桌后面。门厅紧邻着他的书房，中间只隔了一扇玻璃门。心情好的时候，只要听见她进门的声音，他就会坐在椅子上转过身来。可这一次他却没有回头。"我们回来了。"她喊了一句。看到他没有反应，她走过去站到了他的身后，看见他正在给学生的学期作业打分。桌子上到处散乱着卷子和试验报告，旁边还堆着一小摞文件。他边算边在一个拍纸簿上草草记录着什么。她还从没有见过他打起分来如此小心谨慎。只见他把每个学生的姓都抄写了下来，还把他们考卷上的罗马数字也记下，写了好长一行。她看着他一丝不苟地检查着自己写在考卷上的每一个数字。这显然是在重复做工，而且他平时用脑子想一遍就能完成。

　　感受到她把一只手搭在了自己的肩膀上，他差一点儿就从椅子上跳了起来，可还是没有转过头来看她。

　　"你怎么回事啊？"他问道。

　　"我不是故意要吓你的。"

　　"别在我打分的时候烦我。"

　　"这话从何说起？"

　　"我得认真做好这件事情。这是一个大班。我这几天已经判了不少作业了，可想而知现在头有点儿晕。我不想在算分的时候出什么差错。看久了之后，我觉得自己看什么都是重影的。"

　　"那些床单是怎么回事？"

　　他用平日里认真思考问题时的那种方式摘下了眼镜，随即又放下了肩膀。

　　"床单？"

　　"就是你放在外面的床单。"她回答。

"我想把那些东西先堆在那里。"

"那你为什么要用这么好的床单?"

"好床单?"

"不是还有不少旧床单吗?"

他猛地把铅笔摔在了桌子上。"有什么区别吗?"

"你用的是我拿来铺床的那一种。壁橱里放着大约十套旧床单,你大可把它们拿来用啊。"

他坐在椅子上转起了圈。她本能地后退了几步。他气得脸色通红,嘴巴都扭曲了。"我只是把自己能够找到的第一条床单拿出来用了而已!"他站了起来,"我没有时间研究哪条床单能用,哪条床单不能用!"他开始喊叫起来,"所以我就拿了自己能找到的第一条床单!"他把一只手举到了面前,好像是要打她或是要咬上自己一口似的,"房前整天都会有人经过,还会四处乱看。我得把所有东西都遮起来才行!"

她本打算不再纠结此事,如今却不得不开口问上一句:"那你当初为什么要把东西丢在那里?"

"我不想再把它们重新摊开。"他回答,"这样回答你满意了吗?该死的!该死的!"

她默不作声,心想不知康奈尔会不会听见他们的争吵。

"对不起。"他说道,"打分的事情让我感觉压力很大。对付这些孩子实在是让我心烦。年轻的这一代太不懂得尊重别人了。简直是一种耻辱。"

"你这话是什么意思?出什么事了?"

"出什么事了……"埃德回答,"最近发生的所有事情都很让我分心。"

她想要知道他这话到底是什么意思,因为眼下好像一切都很平静,只有一大沓没有打好分数的考卷。但她忍住了。

"我受到了些干扰,在算分的时候犯了几个错误,结果却被他们拿来小题大做。就是这么回事。现在的这些孩子认为一切都要以他们为先。你说你会重审这些分数,他们就会说自己等不到下一堂课了。他们简直是疯了！我想要慢慢来，做一次严格的检查。可面对着办公桌前围着的一大堆人，你什么也做不了。特别是当你听到他们那些鲁莽而又无礼的话时。"

他这番话听起来有几分蹊跷。他是学院里最受欢迎的教授之一，其中一部分原因就是他在打分时很好说话。他们都想为他工作，给他留下一个好印象。而他对这些孩子的信任也增强了他们的自信。不过，这有时候也让她想要杀了他，因为她根本就不相信这是他们应得的。

从衣橱里取出一张旧床单之后，她来到车道上，拾起了压在床单上面的砖块。床单下面盖着一块宽四寸、长两寸的不规则锯木。埃德正在试着搭建什么。她看不出这东西是用来做装饰物的，还是修缮房屋结构的，因为它看上去和一堆柴火没什么两样。和她的想象不同，这里并没有埃德好几次都不愿搬走的那些重型工具，只有这块没有什么用处又令人费解的家伙。她把那条好床单折了起来，铺开了一条旧床单，以免他发现自己动了手脚。干完这些，她加快脚步离开了车道，就像她偶尔在地下室里感觉身后有东西在靠近时那样慌张。

进屋的路上，她还在思考要不要对埃德说些什么，转念一想，却又觉得和他摊牌的时机已经过去了。如果他明天发现有人更换了床单——这是毫无疑问的——也只能接受她搅乱了他的安排这个事实。

醒来时，她发现床上只有自己一个人，于是踉踉跄跄地走到了客厅里，看到埃德正坐在亮着灯的书房里。他弓着背，仿佛已在桌前坐了太长的时间，身上的元气都已经消耗殆尽了。他的头发一团乱。桌上的台灯烤得屋子里闷热无比。汗水的气味混合着旧书散发出来的蘑菇般的味道，让书房俨然变成了一座温室。

"上床睡觉吧。"她劝他。

"我在工作呢。"

"现在已经是凌晨 3 点钟了。上床睡觉吧。"

"我得干完这些。"他的声音听上去很虚弱，好像是在椅子上睡着了一样，脸上却挂着异常警觉的表情。他的两只眼睛深陷，周围是一圈浓重的黑眼圈，仿佛就快要结束一场漫长的斋戒。

"你就不能明天再完成它吗？"

"不行。"

"让我看看。"她说道。

她俯身探过头来。尽管他扭动着身体想要阻挡她的视线，但她还是看到了他身子两边摊着的那些文件，还有夹在中间的计算器。她拾起一沓考卷，翻看了一遍。试卷的首页都已经打好了分数。这不禁让她感到有些惊讶。如果埃德不是在给它们打分的话，他到底在做什么呢？放下试卷，她不顾他的反对拾起了几份试验报告。这些也一样：分数已经标记在了上面，右上角的红色数字周围还随意地画着一个圈。

"这些全都打过分了。"她问道，"那你为什么还不来睡觉？"

"我在工作。"

"你还在打分？"

"是的。"

他用手捂住了书桌上的一个本子。她能够看到那正是他早些时候抄录下来的名字和数字。只不过旁边还放着另一个本子。

"那是什么？"她指着第二个本子问道。

"你就不能让我一个人静静吗？你就不能回去睡觉吗？我做完了就进去。"

她挡住埃德的手，拿起了第二个本子。只见上面的名字和数字与第一个本子上的如出一辙。

"这些都是什么？"

她看完第一张考卷就找到了问题的答案。本子上列举的每一个数字对应着学生在某一部分考试中的分数。他的成绩册被压在了桌面的最底

不属于我们的世纪

下。她拿起成绩册，想要查验自己的预感：没错，分数并没有被记录在上面。他会不会是因为紧张才犯下了这个错误？这些孩子到底是有多么莽撞无礼，才会让他这样位高权重的老师直到深夜还在一遍又一遍地复核自己显然没有破绽的评分？他早就该躺下来歇息，把那些吸走他的自信的精神恶魔抛在脑后。在缺乏睡眠、头脑混乱的情况下，事情只会看起来更加严重。

"让我来帮你吧。"她小心翼翼地说道，可又没有指明自己想要帮他做些什么。他对她竟然这么快就屈服感到十分惊讶。她收拾了一下他的东西，领着他坐到了餐厅的桌子旁边。"你拿着成绩册，"她说道，"我来告诉你该填什么数字。"

他拿起了笔，准备开始记录。她拾起那沓文件中的第一份考卷。埃德温·埃尔瓦雷兹考了 84 分。她翻了翻卷子，确保每一部分的分数总和和卷首的总分相符。就是 84 分。他说不定是埃德最得意的门生，一个住在这附近的孩子。

"好了。"她开口说道，"埃德温·埃尔瓦雷兹。"

"等等！"埃德突然慌张起来，"等等！等等！"

他站起身来，冲出了房间。还没等她跟上去，他就举着一把长长的尺子回来了。他在椅子上坐直了身子，把尺子比在了埃德温·埃尔瓦雷兹那一行格子下面。看到他那副紧张的样子，她忍不住笑了起来。不过他可没有心情和她一起笑，甚至连头也没有抬，好像如果不瞪圆了眼睛望着眼前的名字，它就会消失似的。

"好了。"他说，"继续。"

"埃德温·埃尔瓦雷兹。"

"埃德温·埃尔瓦雷兹。"他吞吞吐吐地重复着，似乎是在核实名单里的名字。奇怪的是，那个名字就写在第一行。

"考卷分数 84 分。我们现在只记录考卷的分数。"

"好的。"他附和道，"只记录考卷的分数。"

"好了吗？我们可以继续了吗？"

"84分？"

"没错。"她边说边咬了咬舌头。尽管她的心情和这项任务一样令人烦恼，但现在还不是废话的时候。她必须得等两个人都躺回床上的时候再说。

"好了。"她说道，"露西·阿玛托。等我一下。"

她翻了翻卷子，在心里计算了一下分数。她明白这种工作为什么如此折磨人，毕竟谁愿意在深夜加减这些数字呢？埃德这一次又加对了。她知道这一步是个多余的累赘，但这就是选择婚姻的后果。有时候嗜好与痴迷只有一线之隔，怪癖若是不加以限制便会退化成障碍。事情还有可能更糟：他可能会沉迷于美色，或是养成嗜赌的习惯。

他找到了阿玛托小姐的名字，用尺子比着那条横线记下了她这个学期的成绩。

"73分。"她念着。

"73分。"他的声音里已经没有了绝望的意味。尽管她很累，却还是为自己陪丈夫并肩完成任务的画面所感动，与彼此为敌真是让人心力交瘁。也许她根本就无法和他谈起房子的事情。

他们就这样审核着那一沓材料。她来点名，他来记录，再由她来核实他加出的总分。随着核实速度的提高，她已经能够判断他的计算全都是准确无误的了。她会像宾戈游戏的发牌员一样喊出一个数字，而他则会在下笔前重复那个数字，然后再提高语调确认一遍。为了肯定他听的没错，她也会用别扭的语气再念一遍，感觉自己就像是一个正在教书的老师一样。他们顺利地审完了所有的材料。过程中埃德的注意力丝毫不曾分散，手里那把如同射线般精准的铁尺也从不曾随意滑动。他出汗了，但只有在她飞快地进行心算时才会伸手擦一擦前额，目光从没有离开过纸张。

最后一个名字，阿拉什·扎合达尼，碰巧也是这群学生中分数最高的那个人：97 分。想必这个令人高兴的巧合应该能让埃德带着好心情去睡觉了吧。时间已经接近凌晨 4 点；她还有几个小时就得起床了，深知自己是睡不好了，何况她此刻清醒得很，根本就睡不着。尽管如此，她还是打算躺下放松一下肌肉。明天的工作很重要。联合委员会要来视察中北布朗士医院，其间定会产生很多让她头疼的问题。虽说她的下属已经做好了准备，但她还得充分挖掘自己的潜力，才能在如此缺觉的情况下拿出最好的状态来。前一个星期，她为了他们的到来夜夜加班，已经累得精疲力竭。星期五的时候还有 10 个护士请了病假。她打算辞退其中的几个，因为她们心里本来就应该清楚周末是不该请假的。鉴于人手短缺，她不得不费力应付满满一屋子在探视时间之后闯进门来，要求进入重症监护室探望一位腹部中枪的同党的帮派成员。他们从保安的身边挤了过去，穿过两道门，朝着病房走去，一行 20 多人。她跑过去堵住了他们的去路。"你们不能进来。"她说道，"你们可以明天再来。"其中一个人开口问道："你是不是害怕我们了，这位白人女士？"她没有力气与他们争辩。前来增援的保安也赶到了。加上刚才的那一位，一共是 3 个黑人。如果这群暴徒不赶紧见势退却的话，保安眼看着就要拔枪了。天知道之后会发生什么事情。她是病房里唯一的白人。保安要求那群暴徒离开。他们中有一个年轻的小女孩，看上去应该是伤者的女友。她的怀里还抱着一个婴儿。她给了艾琳一个恳求的眼神。"我一次只能放几个人进去。"艾琳说，"而且我们得客气地对待彼此。这样你们明天还可以再回来看他，我也向你们保证会好好医治他。大家谁也不欠谁的。"保安的脸色缓和了许多。他们让这些暴徒全都背对着墙壁站好。她可以看出帮派中的领袖也在安慰所有的人，还给了她一个眼神，仿佛是在说，*女士，你说得对*。那个眼神提醒了她，即便是对一个暴徒来说，能够得到别人的认可也是很有意义的。下一次埃德再为了某种荒谬的事情几近疯癫时，她想要这个年轻人当着她丈夫的面再这样看自己一次。生活中还有许多比埃德那些琐碎的抱怨更有意义的事情。

她想要高调地了解此事，但过分谨慎的精神又爬上了她的心头。"我们再检查一遍吧。"她说道。从他的眼神中可以看出，他本来就是这么计划的。

"我们来交换好了。"她提议道，"我来检查表格。你来念分数。"

他们又翻了一遍考卷。埃德带着更加轻快的情绪迅速执行着自己的任务。还剩下4份考卷了。她要求埃德再重复一遍他所念的拉珊达·华盛顿的分数。

"86分。"他答道。

但他记录在成绩册上的却是67分，正好是排在她前一格的麦尔文·托雷斯的分数。

"等一下。"她抬起眼睛看了看他手中的考卷。旭日的光芒已经逐渐照亮了外面的天空，看上去更像是薄暮的余晖而不是黎明前的曙光。

"怎么了？出什么问题了？"

"我只是想查一个东西。"

"我告诉你了。"他说，"我告诉你了，是86分。"

"我也以为你是这么说的，亲爱的。"她的嗓子一下子紧了起来，"我只是想复核一下。"

"有问题吗？我写错了吗？"

"我需要改个东西。"她说道，"给我一分钟。"

她伸手拿起了铅笔，却被他狠狠地用手按了下来。"怎么了？"他的情绪十分激动，"怎么了？"

"排在拉珊达·华盛顿前面的那个学生的成绩被抄写了两遍。"她实事求是地回答，"就是这样。我正想要用橡皮擦掉它，把正确的数字填进去呢。"

"啊，上帝啊！"他两手一抛，"上帝啊！全都错了！全都错了！"

"你稍等一下，让我把这个错误改过来就好了。"

"算了。"他回答，"这又有什么用呢？"

"只不过是无心之失而已。"她安慰他，"你把上面的那一行数字抄了下来。不怪你，都已经这么晚了。"

"是啊，是啊。"他不屑一顾地回答，"就是这样。现在交给我来完成吧。我做完了就进去。"

他夺过本子，把它合上了，然后抱着头揉起了眼睛。

"我们还有 3 份就核对完了。"她说。

"没关系。"他斩钉截铁地答道，"我们已经干完了。"

她本应默默地换掉那个数字的。她本应等他睡着之后再出来做些改动的。现在她只能说服他别再熬下去了。

"如果你说我们已经干完了。"她劝道，"那就上床睡觉吧。"

"我一会儿就进去。"

"现在就来。"

"我说了我一会儿就进去。我会进去的。"

"你需要睡一会儿。"

他一拳砸在了桌子上。"我要进去的时候会进去的！我到底还需要跟你说多少遍啊？你就不能让我一个人清静一会儿吗？见鬼！"

她从他的手里一把抢过了本子。"别跟我说一个字。"她慢吞吞地说着，还给了他一个冷冰冰的眼神，"一个字都别说。"

她打开记录着成绩的那一页，看了看最后的三个数字。惠特克，73分。威廉姆斯，58 分。扎合达尼，97 分。她检查了一下试卷，然后狠狠地合上了本子。

"搞定。"她说道，"里面的数字全都对上了。我要去睡觉了。你可以过来，也可以留在这里。我都不在乎。"

她感觉自己在沿着走廊步入卧室的途中握紧了拳头。她已经在他的身上浪费了太多的时间。她想象了一下他若是一整夜无穷无尽地检查那些数字会是一幅怎样的画面。

她躺在床上，自从孩提时代以来第一次数起了绵羊，同时还沮丧地咬住了枕头。紧接着，她听到了他步入走廊的声音。她翻了个身。感觉他爬上床躺在了自己的身边，她尽可能地往床边上挪动了一下。即便是意外的触碰也有可能点燃她心中的怒火，让她不得不搬到沙发上去睡。不过现在尝试入睡已经没有意义了，她等不了多久就该起床洗澡了。

她感觉床垫微微震动了起来。起初她并没有意识到那是什么声音，直到身下的震动感变得愈加强烈。虽然埃德努力压抑自己，却还是被弹簧床垫出卖了。紧接着，她听到了一阵吸气的声音。她之所以没有听出那是什么声音是因为埃德在她的心目中是个有泪不轻弹的男人。他也并非是想展现什么男子气概，只不过是不会流眼泪而已。即便是在他父亲的葬礼上，他也不曾哭过一声。

她躺在床上缓缓地转过身来，心里有些犹豫，不知道自己若是碰触他，他会有什么反应。他很有可能变得粗暴起来，就像被困笼中的野兽一样。他们现在身处的是一片新的领域，得有新的规矩。

她往他的身边蹭了蹭。看到他并没有愤而起身，她又伸出手碰了碰他的肩膀，本以为他会把自己的手扇开，不料他却任由她的手停在了肩头。当她安慰地揉搓着他的肩膀时，他竟然啜泣得更厉害了。于是她只好用整个身体顶住他，看着他缩成了一团。她举起另一只手臂，好紧紧地环抱住他，感觉自己怀抱的仿佛是个孩子。她一直很抵触用这种方式拥抱他，担心这样会降低自己对于他的吸引力。但此时此刻，她已经完全顾不得吸引力的问题了。就这样，他躲在她的怀里啜泣着，而她则用嘴里冗长、缓慢而又低沉的嘘声试图安慰他，直到他转过身来把头埋进了她的睡衣里，继续啜泣。

她知道这是为什么——可能就连他自己也不明白——这都是日渐衰老惹的祸。她也能感觉自己正在老去，但不知为何这一点对于男人的意义似乎有所不同。脱发、驼背这种事情总是能吓他们一跳。相比之下，女人在处理死亡和衰老时准备得就更加充分一些，尤其是那些生过孩子的母亲，因为她们见识过生与死之间是如何只有细细的一线之隔。作为

　　　　　　　　　　　　　　不属于我们的世纪

一个护士，她更是目睹过许多人的离世，其中还有不少是与她日益建立起了深厚感情的人。虽说埃德教过解剖学和生理学，但这相当于停留在死亡的博物馆里，并非是站上了死亡的前线。如果说这么点数据录入的错误都能让他反应得如此过激，那么遭遇中年危机时他又该如何理智对待呢？谁不会经常有些荒谬之举呢？

他们正一起迈入人生的下一个阶段。对此她并不害怕。*尽管来吧*，她心想。*会有人好好照料他的。*

不到几分钟的时间，他就沉沉地睡着了，看来是哭得筋疲力尽了。她清醒地躺在那里，直到闹钟响了起来。在她起身换衣服的时候，他依旧没有醒来。她动手把桌子上的纸张一一摆放整齐。

联合委员会派了 8 个成员前来视察工作。她和另外几名负责人走进会议室，一起做了一次情况介绍。她很高兴那天早上额外抽了些时间整理发型和妆容，还穿上了灰色的短裙套装。这套贴身的套装在彰显她职业化的同时还显露出了几分性感，因为出席会议的团队里大部分都是男性。

尽管她本人疲惫不堪，却对属下的准备工作很有信心。她已经花了一年的时间培训这些护士，教她们如何回答问题。无论用何种标准来衡量，他们都是最先进的：药房、设备、员工知识、病患护理。唯独患者面试这个环节让她有些忧心。虽说病人们在大部分情况下发表评论时还是十分宽容的，但一个心怀不满的病人就足以让委员会四处打探了。"服务怎么样？""很糟糕。""你的房间如何？""这地方脏极了。""你有没有及时拿到自己所需的药品？""这里从来就没有人回应过我的要求。"

她简要叙述了一下护理方面的状况，然后找了个位置坐下来。在其他负责人介绍情况时，她一直都努力保持清醒。很快，他们便宣布散会了。

他们不允许她随队四处巡查。这不禁让她感觉自己就像个罪犯，毕竟评审正处在紧要关头，有些标准还是需要她去维护的。不管怎么说，他们对此实在是缺乏幽默感，昂首阔步的样子像极了一队突击队员。他们会检查试验室，确保所有东西都已清洗干净、妥善储存。他们会检查每一份表格是否都存放得当。他们会集中精神阅读文书，就像是地方检察官在寻找一桩诉讼案的突破口似的。他们还会拷问工作人员。没人知道他们出现之后会停留多长时间。有可能是 3 天，也有可能是一整个星期。

按照她所要求的效率完成手头工作之后，她属下的员工甚至都能在新闻发布会上顶上半边天了。即便如此，事情还是没有按照计划进行。一位巡视员在采访某个病人时发现了一包过期的输液袋。这也引发了其他人的进一步搜查，最终在某辆急救车上找到了另一包过期的药品。要知道，一包过期的药品足以要了你的命。你可以训练护士从容地应对各种提问，可一旦被他们翻出一瓶过期几周的药品，过去几周的训练就白费了。急救推车并没有出现在它应该出现的锁柜里。当然，他们也不愿告诉她那东西在哪儿，只说它已经被送到了应该去的地方。这话伤害了她。她一直都为自己能够运营一间一流的急诊室而感到骄傲。她所在的医院还没有出现过一例因为心脏骤停、没能从急救车上获得适当的药品而死亡的病例。不过，如果它没有出现在应该出现的地方，那么车上装了些什么也就不重要了。

当天下班之前，他们给了她一份明细。上面列举了太多可能会影响评级结果的事项。他们给了她一个机会在第二天采取进一步的行动。只需执行几个简单的补救措施——换掉旧药，更换输液包，把急救车推到应在的位置上去——但上面还表明了一句话："恕不另行通知。"她会熬过去的，而中北布朗士医院也会保住自己的评级的，虽然没有人向她承诺过这是件容易的事情。眼前将是无比漫长的一个星期。医院里的生活还在继续。人们不会停止得病，也不会停止突发心脏病，还有一个入院的孩子竟用爆竹炸掉了手。

　　　　　　　　不属于我们的世纪

回家的路上，她在等红灯时打起了瞌睡。当她驶入自家的车道时，看到屋后那堆盖着床单的杂物依旧摆放在那里。经历了一天的骚动，她早就把这件事情忘得干干净净了。她走上前去，掀起了床单的一个角落。所有东西都还纹丝未动。她实在是没有精力体谅埃德的自尊心，于是猛地抽掉了床单。如果他想做的不过是一堆篝火，不如换个方法来驱散自己心里的恶魔。她把那些木材一一捡拾起来，丢进了垃圾桶，任由它们东倒西歪地高高立在桶里，然后把垃圾桶拽到了路边，以备明天倾倒。老实说，若是埃德看到了这个画面，肯定会发疯的。但这就是她的目的。疲惫让她对他狠下了心。昨晚的那个脆弱的他和温柔的她——想起来仿佛早已是一年前的画面。她已经几乎想不起来了，也许那只是一个梦。但这样的梦未免也太愚蠢了些。她怎么能纵容他沉溺在其中呢？

　　她跨着大步走进了屋子里，发现他正弓着背翻看昨夜他们还没来得及检查的试验报告。她感觉自己仿佛坠入了一部循环播放的电影之中。

　　"我把你的木材扔到路边去了。"她开口说道，"如果你能让我们的后院看起来不像是座旧车厂，我就感恩戴德了。"

　　"好的。"他头也不抬地答道。

　　"就这样吗？就一句'好的'？不发火？不告诉我别乱动你的东西？"

　　他仍在工作，仿佛没有听见她说的话。她隐约闻到一股麝香的味道从他的身上飘散出来。他没有洗澡，但是换了衣服。感谢上帝。不过他在出门去上班之前是不会洗澡的。埃德讨厌不洗澡就出门。若是没能冲洗一下，他一天都会觉得身上蒙着一层脏兮兮的尘土。

　　"总之，你原本打算用它们做什么？"

　　"我不知道你在说什么。"他边说边转动着座椅，眼神中仿佛是在对她说，自己只不过是想要做点实在的事情罢了。他就是那种常受委屈的丈夫之一，总是要应付自己那个没有恶意，却常常不够理智，从而把事情搞得一团糟的妻子。

　　"我说的是你堆在后院里的那些东西。"她直截了当地回答，"你的小小巨石阵。"

"我真的得专心工作了。"他回答，"不管我做了什么，我跟你道歉。"

"你不记得自己在后院里用床单盖住的那堆木材了吗？"

"记得。"他答道，"记得。"她能够看出他想起来了——也许是自从他把那些东西丢在那里之后第一次回想起来。他干起事来就是这么的一心一意。

"那好，就这样吧。"她说，"告诉我些事情，我就允许你熬夜工作。你打算用它们做什么？"

"你说什么？"

她了解这种开场白。他这是在假装听不见她的话，好拖延时间。

"你在做什么？"

"哦，你是知道的。"

"我不知道，所以才要问你。"

"我在做某种东西。我告诉过你了。你心里清楚。"

"上个星期六我离开家的时候你说你心里有几个项目。房屋改造项目。"

"是的，是的。我就是在为房子做东西。"

他的答案听上去就像是身旁有个绑架犯一边给他举着电话，一边威胁他不要泄露什么信息似的。

"那到底是什么？"

"哦，是一个惊喜。"

"我不需要任何的惊喜。"她看了他一会儿，"今天过得怎么样？"

"还行。"

"没出什么问题？"

"没有。"

"没有学生抱怨你？"

"没有。"

她犹豫了一下，把话说出了口。

"你今晚需不需要我帮你核实另外那一沓报告？"

"需要。"他立即答道。

她没有力气做饭，所以给两人叫了一个比萨饼。吃完饭后，她洗了一个又长又暖和的热水澡。洗完澡，她打算先休息一个小时再帮埃德整理那些试验报告。她不想沉浸在卧室昏昏欲睡的环境中，于是趁机在沙发上躺了下来。这是他们之间一个原则性的姿态——尽管她也需要去遵守，但其中大部分原则都是埃德设立的。在两人新婚的时候，埃德还不是那么讨厌电视，只不过不喜欢电视给美国人的生活带来的影响罢了。客厅里没有电视的确会给他们带来些许不便，但也并非毫无益处。有人前来拜访时，大家总是能够展开言之有物的对话，不像在埃德的姐姐菲奥娜家里那样，所有人的眼睛都注视着屏幕，以至于每一段对话都变成了心不在焉的自言自语。每个星期日，他们一家三口还会把一起赖在床上观看《菲尔蒂旅馆》当做一件大事。不过，埃德最近似乎格外在乎看电视的问题，在她试图观看约翰尼·卡森的夜间节目时坚持要她关掉电视，仿佛这个原则已经成了他总体思想倾向中的一部分。他不仅反应愈加强烈，就连想法也愈加保守。她却正好相反。等他们搬进了新房子，她要在客厅里摆上一台大电视。

她走进卧室，把屋里的小电视推了出来。她想要放空大脑，不在乎噪音会不会打扰到他。反正他做什么都不会有成果，而她也迟早都要和他一起坐在餐桌旁，审核那些分数。

她醒来时，埃德正在拍着电视机。

"关掉这玩意。"他说，"我正在这工作呢。"

她实在是太困了，根本就没有力气为了他的话生气，满心好奇地猜想他接下来会做什么。

"把它弄进去。拿走。"

"我好像也住在这个家里哎。"她边说边感觉血压正在升高。

"把它给我搬走！我无法集中注意力了。"

她站起身来，拍了拍身后的枕头。"我们家的人是不会这样对彼此说话的。我从不允许我爸爸这样对我说话，也不会允许你这么做。你犯浑已经不知道有多长时间了。我都忍了。但我现在再也不能多忍一天了。如果你现在还不停止这种行为的话，我发誓，埃德，我这就离开。我不会大张旗鼓地走，但我会带上我们的儿子。你知不知道我有多累？我的日子有多漫长？因为我还得熬夜帮你。你不是什么事都想要亲力亲为吗？那好。你去做吧。和你没有任何关系对我来说反倒容易不少。"

他一屁股跌在了扶手椅上，坐在那里看着她。他的眼神是那样的急切，差一点就要让她失去信心了。她发现自己竟然违心地同情起他来。他的眼神中有种东西能够让她的心中死灰复燃，即便它们已经被深埋在了好几层灰烬下面。

"对不起。"他开口说道。

"这话你昨天已经说过了。"

"我最近工作压力很大。"

"我也是。"她回答。

"我知道。"

"你的工作是从什么时候开始给你带来这么大的压力的？我以为这个职位的好处之一就是压力小呢。"

"最近可不是这样的。"

"你没有用心。"她说，"我觉得你的精神状态不太对。但你又不愿意跟我说，不想让我去了解你。"

"我应付的是新生代的孩子。"他回答，"我需要做到完美无缺。"

"这是中年危机。"她说，"我并没有要轻视你的意思，但事实就是如此。"

"我只需要撑过接下来的几个星期。"他坦白道，"之后就没事了。我需要利用这个夏天好好休养一下。我拖延了几件事情，现在正在挨个处理。我试着不让你知道这些。我太累了，犯了不少错误。我睡得也不好，需要养精蓄锐。"他摘掉眼镜，揉了揉眼睛。

"我知道那种感觉。"她边说边打了个哈欠，"你什么时候需要把那些试验报告交回去？"

"明天就是最后一节课了。"

"去把它们拿过来，我们一起动手检查完，然后就都可以去睡觉了。"

她烧了些水，准备泡茶，感觉双脚仿佛是在一锅浓汤里搅和一般。她站在炉子旁边，盯着水壶里的水，直到它烧开。她给自己倒了杯茶，然后懒洋洋地挪到桌边坐在了埃德的身旁。她打算坚持一个小小的仪式，不大口喝茶，而是小口地品茗。但她需要让埃德先冷静下来。此刻他的膝盖正在上下抖动着，就像他有时候忍不住所做的那样。

"开始之前，先让我把这个喝了。"

"好的，好的。"

她试着让这杯温暖的液体发挥滋补的效力，却不小心倒了太多的牛奶进去，毁了一杯好茶。为了保持清醒而泡茶的做法真是再愚蠢不过。这么多年以来，她每次睡前喝下的茶水反倒都起了安眠药的作用。

"我们开始吧。"她说。

他决心将注意力全都集中到展开的成绩册上，就像是一名站上了起跑线的赛跑运动员。她又回想起了前一晚努力过后招致的那场闹剧，合作的精神竟然堕落成了大声吵嚷的争论。要是能有办法躲开随后的争执就好了——如果埃德又犯了一个错误的话。出于某种原因，她感觉这是必然的。也许是他那条控制不住疯狂抖动的腿透露出他正处于一种她无法理解的精神状态之中，而录入错误正是一切毁灭的先兆。这不禁让她想起了女人们遭受的不公正惩罚：生完康奈尔以后，她体内的激素水平让她永远也证明不了自己疯了。

想到这里，她突然计上心头，一眼就看出这才是解决问题唯一正确的办法。她昨晚就应该想到这个办法的，不过那时候的她是在按照埃德的规矩行事，而今晚她打算按照自己的规矩来。尽管如此，她还是犹豫了。不管这个模式有多短命，只要稍有偏离，都定会招致埃德不可遏制的怒火。她能够想象他像个躲避枪战的老千一样掀翻牌桌的样子。

她清了清嗓子。"我有一个主意。"她试探性地说了一句。他没有回应，显然已经把将这段对话引向好的方向的种种姿态——抛在了脑后。"这个主意能帮我们节省点时间。当然，如果你想使用别的方法的话，随便你。"

他点了点头，示意自己正在听——这算是有点进步。她啜了一口茶。

"由我来直接填写成绩册。"她建议道，"等我写完了你再来检查。"

"可以。"他轻快地答应了。起初她还以为他没有听清自己的话，直到看到他抬起头来重复了一遍，才感觉身体放松了下来。虽然她并没有意识到，但她刚才一直都以为自己会听到一声怒吼——甚至是挨上一拳。

"好的。"她边说边从他的手中不情愿地接过了成绩册。他在让渡任务的控制权时反应实在是太快了，好像心里一直都希望她能够全盘接手似的。

她开始抄录那些分数，不一会儿就抄完了，不禁得意地笑了起来。她本以为这是一项需要注意力高度集中才能完成的任务。事实上，只要前几个数据填好了，后面就很难出错。报告已经被按照字母顺序排列好了。想到埃德花了多少时间来检查字母的排序，她不禁打了个寒战。

"好了。"她边说边合上成绩册，希望他不要坚持亲自检查一番。

"谢谢你。"这话从他口中说出来着实吓了她一跳。

"我们上床去吧。"

他们缠绵了一阵子，战况很激烈。埃德似乎借由她的身体把自己全部的压力都释放了出来，而她也很享受。他们已经很久没有如此淋漓尽致地尽享鱼水之欢了。比起一个被锁链禁锢的男人，更恐怖的其实是他的愤怒。他咕哝着结束了，而她也随着他一起达到了高潮。事后两人沉默地躺在一起，身上挂满了汗水。发现埃德正心无旁骛地端详着她，她感觉挡在两人之间的那道无形的屏障消失了。现在就容易多了。她可以和他聊聊房子的事情了。

26

　　星期六，她开车到布朗士区去与格洛丽亚见面。虽说她还没有出价，但已经没有兴趣再看其他的房子了。尽管如此，她还是开车去了一趟。格洛丽亚桌上凌乱不堪的样子让她产生了一丝惴惴不安的感觉。

　　"你觉得我们边走边说怎么样？"格洛丽亚指了指外面，"看看市中心。"

　　走出办公室，格洛丽亚掏出了一包烟。艾琳迟疑了一下。

　　"你不介意我抽支烟吧，对吗？"

　　"当然不介意。"

　　"太好了。因为我忍不住了！"

　　格洛丽亚发出了刺耳的笑声，随即咳嗽起来。她点了支烟，深深地吸了一口。

　　"你有没有和你丈夫提起这件事情？他叫什么名字？"

　　不知道从何时开始，格洛丽亚已经不再在她面前装腔作势了，声音里也流露出了一丝粗俗的气质。起初她们彼此熟络的关系还是挺令人振奋的。可随着艾琳朝着安顿在这里的目标又近了一步，心里却产生了抵触的感觉，仿佛是在理想的面前有些退却。她想了想格洛丽亚在城里可能认识的所有人。只要她愿意，作为房地产中介，她可以行使的权力其实是很大的。她可以掌控对话，而她知道的秘密也并不比精神病医师或是牧师少。

　　　　　　　　　　　　　　　不属于我们的世纪

"埃德。他叫埃德。"

"你有没有得到他的同意？"

"我们还没有讨论此事。他很忙。"

格洛丽亚又深深地吸了一口。艾琳感觉她正在盯着自己。

"你害怕向他提起会听到否定的答案，之后就没有什么好商量的了。我能理解。我也有过这样的经历——相信我。"

艾琳气得汗毛直竖。事情远比她说的复杂。即便她有时间充分解释这其中的微妙之处，也不确定格洛丽亚这种人是否能够理解。她不知道自己是怎么设法在这么粗鲁的女人面前放下防备的。

"我很快就会和他商量这件事情的。"艾琳说，"而且我相信自己有能力出价。"

"你还有点时间。"格洛丽亚理智地答道，"但我不会永远等下去。这座房子是低于市场价格的，因此你很难承受价格战。"

她窃以为这座房子一直都处于自己兴趣的无形泡沫保护之下，心中这才感到恐慌正在生根。她们绕着街区转了一圈。途中，格洛丽亚一直在与房主和销售人员挥手致意，其中还有几个人走上前来和她攀谈。艾琳感觉有些急躁，仿佛自己的口才不足以说服任何人。还是坐在车里时更安全，还是单独走在路上更安全。

直到驶过了布朗士河大道的入口匝道，她才意识到自己要去哪里。她就这样向前开着，直到眼前出现了格洛丽亚带她看房时拐过的那条两边立着石柱的街道。她凭着感觉又转过了几个弯。那座房子出现了。她的心中并没有什么计划，只知道自己需要过来一趟，确定自己对它是否有感觉。

她把车子停在了门口，生怕开上车道未免有些太过张扬。她在车里坐了一会儿，望着围在前院四周的石墙，鼓起勇气下了车。她知道自己打算做的事情从严格意义上来讲属于非法入侵。若是被房主知道了，肯定不会介意借此来鉴定她买下房的决心。她走上车道，来到了后楼梯处。露台上并没有摆放什么桌椅，但她可以发挥自己的想象力。房主雇了人照料这里的植物和灌木。她找到了一块自己可以加种些花草的地方。想必住进这样的一座房子肯定可以激励她学好如何把它们养活。一条石阶通往屋后的山坡。她沿路爬到了半山腰上的一处无人打理的平台上。她可以在那里再布置一张桌子，把它改造成俯视自己领土的高地。

这片土地一直延伸到了山顶上一座意大利风格别墅的庭院旁边。那里的房子显然比这座更加恢宏大气，但被这样华丽的房子比下去也没有什么好丢人的。

过了一会儿，她看到隔壁房子的后院有一位工人正在翻土。虽说他一抬眼便能够看到她，却并没有意识到她的存在。她躲在了一棵树后，直到看到他消失在了房子里，才惊慌失措地沿着石阶跑了回去。露台上的灌木给了她打开纱门走进去的勇气。所幸纱门后面的玻璃门没有锁。她很快就站到了屋子里。

她没有伸手打开任何一盏灯。声音回荡在空空荡荡的房子里。她踌躇着朝房子深处走去，但门外的一阵树叶声吓得她一路小跑钻进了客厅。

她走上楼去。这地方的味道闻起来和以前不大相同。她隐约闻到了一丝发霉的味道，也许是从地下室飘上来的，不过也有可能是因为房子不太通风的缘故。她走进了康奈尔曾经在地板上打过滚的那间卧室。空无一人的时候，这里显得格外空旷。但她并没有久留，而是走进客卫拧开了两个水龙头。她望着镜子里的自己，然后又转过头来，生怕背后会出现什么东西。在这座安静的房子里，每一个声响都会被放大。

她走进主卧室，靠着窗边的墙壁坐了下来。她坐得越久，心中就越紧张，却怎么也站不起来，只好等待着外界环境中出现某种能够促使她站起来的信号。她感觉自己就像是一个终于登上了渴望已久的山峰的登山者，完全舍不得返回自己平淡的人生。

不知坐了多久，她的耳边响起了说话的声音。她猛地站了起来，四

处寻找可以藏身的地方。她不想走下楼去坦诚地迎接他们，毕竟她并不
清楚来者是谁：是房主、其他潜在买家、邻居还是警察？她本想躲进主
卫生间的浴帘后面，却发现那里并没有浴帘；即便是有，若是他们拉开
浴帘发现她躲在里面，又会作何反应？他们肯定会打电话报警的。她想
起了藏在某个衣橱顶棚镶板里的阁楼里，但又不知道该如何悄悄地把它
们拉下来。何况她又打算藏在阁楼里的什么地方呢？

　　她站在卧室的门口，看到楼下的灯闪烁着亮了起来。她听出那是一
位中介人员——不是格洛丽亚——带着一对夫妇前来看房。她决定留在
浴室里，一直等到他们上楼。这样一来，只要听到他们上楼后向左拐的
声音，她就可以溜出去跑下楼了。如果他们拦住了她，她就随便嘟囔几
句，继续往前跑就是了。他们是不会追上来继续审问她的。若是他们向
右拐，朝着主卧室套房的方向走来，她就说自己是留下来看房的。

　　她聆听着那位陌生的中介向这对夫妇列举着这座房子的种种优点，
竟然萌发了某种格外得意的心情。他们在楼下逗留了很长一段时间。焦
虑和急躁的心情结合在一起，意外地激发了她的胆魄。她冲了一下厕所，
然后冲到了楼梯平台上，朝着楼下走去。

　　"哦！"那位中介人员说道，"我不知道这里还有人。"

　　"不好意思。我是留下来上厕所的。"

　　"没关系。"

　　"别让我打扰到你们。"看到那对夫妇从厨房里走了出来，她开口说
道，"这房子很不错。"

　　"是啊。"那位丈夫回答。

　　"好了，起码我们知道厕所是能用的！"这话刚一出口，她就感觉自
己有些愚蠢。那位中介人员看上去也很不自在，心里大概和艾琳有着相
同的感受。

　　"是啊——哈！"他顿了顿附和道。

　　"你们介不介意我从前门离开？可以在我身后把门锁上吗？我想去前

面的门廊上看一看。"

"没问题!"中介人员如释重负,"请便!"

走出门口,艾琳心中的狂乱这才平息下来。她靠在栏杆旁喘着气,抚摸着上面光滑却又斑驳的油漆。她闻到了刚刚割过的草坪和树间的紫丁香花散发出来的熏衣草香气,听到了小鸟在树枝间扇动树叶的声音。修剪一新的灌木在风中微微颤抖着。她的耳边既没有恼人的警车或救护车的喇叭声,也没有加强了马力的汽车的轰鸣声。一个骑着自行车的小姑娘朝着她摇了摇手。艾琳也摇了摇手,恍惚间真的以为自己成了这里的主人。她这才意识到她是来寻找一丝平和、追寻某种妙不可言的东西的。紧接着,她听到中介人员带着那对夫妇走进了门厅,打破了周围的这份宁静。他们的声音在前门的遮挡下听起来有些模糊,但她知道他们是在检视、权衡和考量这座房子。在她的心里,这里已经属于自己了。为了实现这一点,她什么事情都做得出来。

27

康奈尔也不确定他为什么会告诉母亲自己想要搬家。也许是因为他看出她是如此地渴望听到他能够说出这样的话来。事实上，他哪儿也不想去。他感觉现在离开就像退出一样，好像在说，*我真的就是你想的那种娘娘腔*。他眼看着就要去新的学校上学了，会在那里结识新的朋友。如果他搬家了，就会失去现有的那些朋友；这一点是毫无疑问的。法西德、赫克特，还有和他一起忍受别人调戏的艾尔伯特。法西德要去布鲁克林科技高中了，赫克特和艾尔伯特则分别被圣弗朗西斯预科学校和莫洛伊高中录取了。

如果他们搬走了，他就只能丢弃自己的一部分。纵然老朋友总是害他惹祸上身，但也已经成了他生活里的一部分。也许等他们长大成人，坐在餐桌旁喝着啤酒，摇头晃脑回想起自己孩提时的经历，都会忍不住大笑起来。不过，若是想与和自己有着如此丰富过往的人留在一起，就不得不留下来，深深扎根于此。

他再也找不回那个家了，不会再以同样的方式。他的母亲似乎并不在意这件事情，可她 20 多岁之前一直都留在伍德赛德，她最好的朋友也都是从小学一年级起就与她相识的人，而他也看到过她们享受彼此陪伴的那副模样。她说事情已经不像从前那样了。随着人们搬来搬去，邻里之间早就不如往昔那样熟络了。但他知道一切皆有可能。只不过你不能拔腿就走。

他正在法西德家里玩着《麦克·泰森拳王争霸》的游戏。他尝试了两次，想要击败本田，但总是心不在焉，于是把手柄递给了法西德，看着法西德聚精会神地击败了苏打水和秃牛。可他连法西德刚开始玩的那个关卡都打不过。法西德的手指按下按键的动作看上去就像是蜂鸟在扇动翅膀那般敏捷。

其他的小孩总是不太喜欢搭理法西德。他是六年级才转到圣女贞德学校的。那时候，每个人都已经有了属于自己的小圈子，只有他是个"自由人"。

"我妈妈要让我们搬家了。"康奈尔开口说道。

"是吗？"法西德这话似乎只是表明自己听到了他在说话，却没有听见他在说些什么。此刻，他正在空中一边回复手柄一边疯狂地拍打着按键。

"她想让我们离开这里。"

"到哪里去？"

"韦斯切斯特。"

"那是哪儿？"

"郊区。"

"真酷。"他骂着脏话丢掉了手柄，好在它缓缓地落在了地毯上。于是他顺着线把手柄拽了回来，重新打起了游戏。

"我不想走。"

"为什么？"

"这里有我的朋友。"他回答。

"但你可以拥有一座后院。也许还有泳池。"

"是啊。"

"要是我，我会愿意搬走的。"

"那你的朋友怎么办？"

"什么怎么办？"

"你不介意离开他们吗？"

"你别见怪啊。"他回答，"但我不在乎——没错。"

"我会想念你和赫克特的。甚至还有艾尔伯特。"

"即便你留在这里，也不会再见到我们了。你会到大城市里去，认识许多书呆子朋友，和他们一起在更衣室里自慰。"

"也许你错把我想成你自己了。"康奈尔说。

"我会找姑娘来陪我的，谢谢你。"

"一切都会突然改变的。"

法西德打完了这一关，按下了暂停键。"你需要彻底改造自己。我妈妈就是这么对我说的。'重新改造你自己。'不过她是用波斯语对我说的。兄弟，我也不想到这里来。可我爸爸要执行什么无聊的政治任务。说到一切瞬息万变这个话题，我们很快就不得不离开了。"

"如果你搬家了，就不能去布鲁克林科技高中上学了。"

"我压根就不在乎自己去哪儿上高中，兄弟！这里，那里，我都无所谓。我在乎的是毕业后的事情。上大学！自力更生。"他击了一下掌，"还有宿舍里的漂亮姑娘！哈！"

康奈尔知道其他人为什么不会欺负法西德了。他从不会对他们低头，而且心里早就做好了规划。

"这里是我的家。"康奈尔说。

"家？"法西德反问道，"那又是什么意思？我要去华尔街工作。我要娶个像艾丽莎·米兰诺那样火辣的老婆，抱着她躺在我的大床上。我想要一座大房子和一个大泳池。那才是家。"

康奈尔感觉自己很幼稚；他憧憬的还只是某天能够牵起一个女孩儿的手，而法西德已经想到娶老婆的事情了。

"听上去不错。"康奈尔附和道。

"彻底改变你自己！"法西德边说边把游戏手柄递到了他的手里，"你可以先从玩转《拳王争霸》开始!"

"我得先成就自己,才能彻底改变自己。"康奈尔说。

"啊,别那么说。"法西德回答,"你已经是个大人物了。你是我人生中见过的最木讷的书呆子。"

不属于我们的世纪

28

事情是从数学课上开始的。古斯塔夫·科鲁兹敲了敲他的后背。康奈尔已经忍受了一年，但古斯塔夫还是没有放弃。对于某些孩子来说，现在正是每一分都至关重要的时候。平时康奈尔只会用手臂紧紧地护住自己的卷子，俯下身来用身体稍稍挡住上面的字迹。他不在乎此举是否会让自己看上去像个无望的书呆子。他只想让老师知道他和作弊这件事情没有半点关系。

此刻，古斯塔夫已经开始拍他的脖子了。康奈尔无法转过身来喝止他，否则只会冒险让自己看上去像是对方的同谋。

他知道自己在别人的眼中是什么样的形象——一个举止古怪的、倔犟顽固的书呆子，心里别扭地躲藏着曾经那个小胖子的身影，既没有派头也缺乏勇气，永远都不敢亲吻一个女孩子。他已经不下一千次遭到这样的骚扰和取笑了，还被吊在了篮球圈上，绝望地想要换手遮挡私处却又害怕会掉下来，但这还算不上是遭遇过最真实的羞辱。他的父母总是告诉他，他比其他孩子眼中看到的样子更有价值，不过他已经不确定自己是否还应该相信这些话了。

他坐直身体，靠向了另一边，好让古斯塔夫能够毫无遮拦地看到他的试卷——起码是最上面的那一部分。这是多选测试题，最下面还有几个让学生自由发挥的问题。光是这些选择题的答案就足够让古斯塔夫及格了。康奈尔很紧张。如果蒙特罗小姐在监考的过程中朝他的方向看过来，他会更加紧张，但他还是努力假装摆出了一副泰然自若的样子。

在学校的食堂里，古斯塔夫简直是欣喜若狂。

"兄弟，你就该这样。卡－奈尔！"

"嘘……"康奈尔佯装冷静，但还是感觉自己已经暴露了，"小声点儿。"

"我明白，兄弟。"

几天之后，老师又对他们进行了一次突击测验。康奈尔一直等到写完了卷子才倒向旁边靠了一会儿。这一次蒙特罗小姐厉声喝了一句："看自己的卷子！"不过这些时间对于古斯塔夫来说可能已经足够了。

"卡－奈尔！"古斯塔夫再一次叫道。康奈尔在心里默念着，是康－奈尔。康－奈尔。

那天下午，他没有急着回家，而是在神父家门口的台阶上和他们一起坐了下来。他使出了浑身解数才混进他们中间，希望没有人会注意到他并不属于这里。

他们去了谢恩家，准备打几个恶作剧电话。他们先是拨通了詹尼餐厅的电话，然后按照电话簿上标注的一位老师的住址叫了一份外卖。之后，他们又拨通了心地善良、长相平凡得不能再平凡的女孩安提戈涅·普斯罗斯家的电话。这姑娘被人起了个十分缺乏想象力的外号"猪欧尼"。皮特假意要约她出去，不料却在她慎重地表示同意之后丢下了一句"神经病"然后挂断了电话。

"总和你一起玩的那个中国孩子叫什么来着？"

"谁？"

"你的朋友。"谢恩回答，"艾尔伯特。艾尔伯特·林。"

"他不是我的朋友。"

"无所谓。他家的电话号码是多少？"

"我不知道。"康奈尔回答。

"给你。"谢恩把电话机递到了他的面前，"你来拨号。点几份中餐。"

所有人都凑过来，拍着自己的膝盖。他们正坐在谢恩家的客厅里。他的母亲下班很晚，父亲甚至不在国内。他是个海军陆战队队员，刚刚参加完海湾战争，本来3月就该回国。但在战争结束时，他却被改派去了孟加拉国，参与旋风过后的救灾工作。电话上方就挂着他的一张戎装照。

"我不知道他家的电话号码。"康奈尔说。

"胡说。"皮特喝道，"你每天都会和那个孩子说话。"

"等等。"谢恩插了一句，"我曾为了作业的事情不得不给他打过一次电话。"

谢恩拿过电话簿，拨通了电话，在听到铃声响起之后露出了兴奋的笑容。

"你好？"他对着听筒说道，"是发发厨房吗？我想要点一些炒饭和肋排。"

其他人也开始起哄。康奈尔试着笑了笑。谢恩用一只手捂住了听筒。*是他爸爸*，他比着口形说道。

"不，我说我想要点些肋排。外卖。"

谢恩笑着挂断了电话。

"拨回去！"皮特说罢把电话塞进了康奈尔的手里，"你来打。"

康奈尔假装看了看电话簿，拿起了听筒。他缓慢地按着电话，故意按错了一个键，然后又重新拨了一遍。这一次他由于紧张的缘故真的拨错了号码。谢恩一把抓过电话簿，替他拨起了号。康奈尔的手中仍然举着听筒。电话响了几声便被人接了起来。这回不是艾尔伯特的爸爸了，而是艾尔伯特本人。

"你好？"电话那头的声音响了起来。

康奈尔紧张得说不出话来。

"你好？是哪位？请不要再打电话了，好吗？"

艾尔伯特挂上了电话。

"他猛地把电话挂了。"康奈尔说着,希望这就已经足够了。

"拨回去!"

"你们不想打给别人吗?"

"拨回去!"

康奈尔接过电话簿,再一次拨通了那个号码。电话响了一会儿。正在他满心释然地以为自己可以逃过一劫时,电话通了。又是艾尔伯特接的。

"你们这些混蛋别再来烦我们了。你们已经从麦当劳下班了吗?哦,等等,我忘了。就连麦当劳也不会雇佣你们。我猜他们会愿意雇用你妈妈。按小时收费。我听说她很廉价。"

他总是很欣赏艾尔伯特成熟的发型和犀利的智慧。可此情此景却让他感觉很羞愧。他们全都专注地看着他。他刚刚结识的这群"老朋友"。

"说点什么。"谢恩催促道。

"我想要点几份肋排和炒饭。"康奈尔压低了声音,用假嗓子说道。

"真好笑。"艾尔伯特说,"是原创的。我还从没有听到过这个段子呢。一次都没有。"

康奈尔不知道该怎么说了。他感觉脸上露出了愚蠢的笑容,仿佛脑子越变越笨了。他发现其他人都在一脸欣赏地回望着他——这是真的吗?他满脑子想到的就只有再多点些食物了。

"还有蛋卷。"他拙劣地模仿着中国人说话的口音,逗得周围的朋友笑得更大声了,"还有馄饨汤。"他感觉很不舒服——若是他父亲知道了这件事情,肯定要发疯的——但和这群人打成一片的感觉实在是太好了。

"谢恩·邓恩?是你吗?皮特·麦考利?"

他祈祷着艾尔伯特不要说出他的名字。

"我们根本就不是中国人。"艾尔伯特说道,"你们这些笨蛋连这点区别都看不出来。我们是韩国人。我也不喜欢中国菜。你们为什么不点些泡菜呢？没准我妈妈还能给你们这些无知的蠢货做上一些呢。我可以送过来扔在你们的脸上。"

艾尔伯特是好斗的。这在平日里看来是一个优点，此刻却着实吓到了康奈尔。艾尔伯特的母亲做的泡菜的确很好吃。康奈尔第一次吃到它的时候感觉自己的嘴巴都要着火了。他在家从没有吃到过这么辛辣的食物。

"加油，康奈尔！"皮特叫嚷道，"说点什么。"

这句暴露了他们身份的话语让所有人都安静了下来。他们先是假装受到了惊吓，随即爆发出了一阵哄堂大笑。

"康奈尔？是你吗？"

康奈尔还没来得及回答便挂上了电话。他知道艾尔伯特再也不会和自己说话了，所以当他们让他拨通法西德家的电话时，他接过电话便拨了起来。

"给我。"谢恩说，"我要亲自和那个中东人说话。"

站在自己父亲那张眼神坚定的照片下面，谢恩朝着电话里破口大骂起来，甚至连自己的声音都懒得掩饰。

趁着唐尼上厕所的工夫，康奈尔站在大厅的门口，聆听着冲厕所或是脚步挪动的声音。他从断层式书架上的一个大碗里抓了一把硬币，塞进了口袋里。他并不缺少零花钱，但还是把那些钱带走了，感觉有些胃痛。

他买了食物、漫画和棒球卡。在罗斯福大道上的一家商店里，他看到几个家伙买了双节棍和飞镖。于是他也买了一把会猛地吸入保护性刀鞘中的弯刀。他把刀带到了学校，打开书包展示给自己的新朋友看。

"把那破烂收起来。"谢恩说道，"你这样的书呆子怎么可以这么愚蠢？"

鉴于埃尔姆杰克联合会那里没有比赛，他去了公园。他所有的新朋友都会打曲棍球，可他却连曲棍球的装备都没有，所以只好和一个年纪稍大的孩子玩了一会抛接球，然后坐下来等待。

他跟随着他们走到了北大道上的"舞动力"教室，隔着百叶窗偷看里面的姑娘跳舞。他喜欢过的姑娘都在那个舞蹈班里，可除了他，剩下的所有人都在和她们约会。趁着课间休息的工夫，一些姑娘会到外面来换换空气。他是唯一没有穿着曲棍球装备的男孩，只好试图将自己的棒球手套藏在身后。"棒球是同性恋玩的游戏。"他听到谢恩说了一句。尽管他曾经看到过谢恩在场上和年长的孩子一起打垒球的那副德行，但还是觉得自己抱着手套站在一群穿着护具、踩着高直排轮旱冰鞋的男孩中间就像是一个小娃娃。女孩子只会疑惑地瞟他几眼，好像是在等待其中的某个人站出来解释一下康奈尔为什么会跟到这里来似的。

他们准备到奥普迪莫商店里去偷点东西。暮色已经降临了，他知道应该在晚饭前帮母亲买点东西，而且早就应该离开，却还是想要通过跟随他们来证明自己在这个团体中的合理性。

计划是这样的：他们会派出一个人去行窃，其他人则负责分散前台的韩国人安迪和他在店后储藏间里的母亲的注意力。他们在店内四散开来。康奈尔站在了店门口售卖棒球卡的展示柜旁边。想要装出一副饶有兴趣的模样对他来说并不是什么难事，因为他进去的时候手里已经捧了一大堆的漫画书和棒球卡了。他提了很多问题，好让安迪忙碌起来，但他什么东西也没有偷。他本以为自己帮了忙就会得到大家的敬意，结果却在跟着这一行人走出街区时发现每个人都展示出了自己的战利品——糖果、汽水、热水瓶——只有他的手上空空如也，结果又被他们叫做娘娘腔。

他们去了几个街区以外的皮特家。皮特从父母的柜子里取出了几瓶烈酒，分给大家。康奈尔一口也没喝。

"你真是个书呆子。"皮特说，"我简直不敢相信你竟然这么木讷。他到底凭什么跟我们出来玩啊？"

皮特看了看耸了耸肩膀的古斯塔夫。"我的兄弟康奈尔帮了我的忙。"古斯塔夫边说边朝着康奈尔使了一个眼色，仿佛在说，*你得自己帮自己了*。

他们出去和刚刚结束了舞蹈课的女孩约会。他可以想象自己若是放松下来，相信自己有权利和她们说话是怎样一种感觉。七年级的时候，他曾经在法西德的催促下给克丽丝汀·塔代伊打过一个电话，约她出去。那通电话的结局很令人羞愧。如今，克丽丝汀就站在那里，说着些他听不懂的话。他感觉自己几乎什么都听不见了，全身的血液都在激动地奔涌着。

"你真臭。"克丽丝汀又说了一遍。

"什么？"

"你需要用点除臭剂或是古龙水。或者洗个澡。"

其他女孩也窃笑了起来。"我会的。"他回答，尴尬得仿佛脚趾都缩成了一团。

"见鬼，哟！"谢恩说道，"我的女孩刚刚狠狠羞辱了你一下嘛。"

谢恩领着克丽丝汀走开了，皮特也回了家，剩下康奈尔和古斯塔夫、凯文一起沿着北大道走去，来到了奥普迪莫商店附近。

"你应该偷点东西。"古斯塔夫说，"大家都这么干。"

夜幕已然降临。商店很快就要打烊了。安迪正背靠着窗户。他已经上大学了，康奈尔可以看到他身上正穿着纽约大学的运动衫。康奈尔几乎每天都会找他买棒球卡，每个月至少还要买一次漫画。为此安迪总是会定期为他准备一包书，有时候也会扔给他一个免费的棒球卡包，就为了感谢他这个好顾客。他喜欢看着康奈尔翻开卡包寻找新秀卡的样子。

古斯卡夫说了些什么，可康奈尔已经不想听了，和他们拉开一段距离往前走了几步，转过身来用力地扔出了一颗球。伴随着一声巨响，巨大的窗格玻璃破碎开来，碎片像冰柱一样掉落下来。

古斯塔夫喊了一声"天哪"，拉着凯文沿着大道跑了下去。康奈尔也朝着街对面跑去，穿过熙熙攘攘的车流，孤独地跑回了自己家门口，心脏在胸膛里狂跳。前门锁着。他站在门廊里回望着是否有人在跟踪他，一心只想和别人换副皮囊或是干脆换个身体。

　　他的父亲正躺在沙发上，头上戴着耳机，母亲则在厨房里烹饪着什么，闻起来像是西蓝花和意大利通心面的味道——冰箱里没什么东西好做的时候，她就会随手热些这种菜来打发他们。他说了一句"我回来了"，面对她询问自己去了哪里时默不作声地回了房。他听到门外响起了警笛声，只好低头咬起了指甲。他走进浴室，脱光衣服，嗅了嗅自己的腋下。

　　她说得对：他身上很臭。也许他准备好了不要事事都像个可恶的小孩一样。他走进淋浴间，将把手拧到了最热的一挡，然后又打开凉水调和了一下。洗澡水烫伤了他的皮肤，让他整个人变成了红色。蒸汽飘散出来，逐渐充满了整个浴室。

　　他还是无法停止回想那扇被打破的玻璃。刚刚发生的那一幕一遍遍地出现在他的眼前。玻璃碎落的那一刻，以及摇摇晃晃地在地上的那些大个的碎片。他们会找到那颗棒球的，还会从上面提取指纹。不过他们其实并不需要指纹，因为他每天都会戴着手套和棒球到那家商店去。一次，他还把手套落在了店里。他们不仅打电话通知他回去取，还特意为了等他直到深夜才关门。他能够看到安迪摇着头，为这个疯狂的孩子到底是怎么了而迷惑不解。每当有人说些蠢话或是举止有些混蛋时，他总是很喜欢听安迪嘴里那些挖苦讽刺的话。尽管他已经上了大学，但还是不得不把所有的时间都花在看店上面，负责和那些小孩子调侃。康奈尔能够看到他在柜台上捶着拳头的模样，以及他锁上门，安慰自己的母亲，和她一起清扫玻璃碎片的画面。他想象着他清空了橱窗里展示的所有卡片，在一盒盒卡包中捡拾着碎玻璃，然后嘟囔着脏话拉下了铁门。他们不值得自己这样对待他们。

　　他像是要惩罚自己一样飞快地揉搓着身体，可怎么也冷静不下来，满脑子都回荡着克丽丝汀·塔代伊说他很臭的声音。克丽丝汀在和谢恩约会之前曾和古斯塔夫在一起过。有人还说她和古斯塔夫发生过性关系。她的裙子总是比别的女孩拉得更高，衬衫也绷得更紧。想到这里，他的下体不由得一紧。他在一片蒸汽中抓住了自己的下体，揉搓了几下便达到了高潮。看着一堆黏糊糊的东西消失在了下水道里，他搓了搓手，试着把上面沾着的残留液体洗掉。现在他感觉更糟糕，甚至是更害怕了。他有罪，是个罪人。他会被抓起来的。这是迟早的事情。他想要远走高飞，逃离这个地方。高中生活到来的脚步还不够快。他想要走得远远的，不想再看到安迪或是安迪的母亲。不管他们在哪儿，都不会忘了他的真实面目。

他听到有人敲响了浴室的门。"晚饭好了。"虽然母亲只开口说了这几个字，但他还是感觉自己仿佛被传唤到了法官面前。

29

公布最终成绩的前一夜，在她开口询问埃德晚饭想要吃些什么时，他并没有发出咕哝的声音，甚至连头也没有抬起来，只是抬起手来专横地把她轰走了。

她走开了，却把满心的沮丧全都发泄在了汉堡肉的身上。她野蛮地重重切着胡萝卜，耳边充斥着刀子和切菜板碰撞的声音。

晚饭后，趁着她洗碗的时候，他把所有的文件全都抱到了厨房里来。

"和我一起坐下来。我准备好之后，你来帮我填写数字。"他说道。

"我要去客厅看会儿书。"她回答，"等你准备好了叫我。"

"不行。"他说，"我想让你待在这儿，做好准备。我会示意你的。"

他表现得就像正在等待救护车到达的急诊室领导一样。说实话，让她保持如此高的警惕性实在是有些荒谬。不过她并没有大惊小怪，而是泡了壶茶，抱着书来到餐桌旁坐在了他的身边。

"不行。"他抬起头说道，"不行。"

"什么不行？"

"不许看书。"他回答，"我需要你做好准备。"

"你不是说真的吧？"她说着把目光放回了书本上。

"不行！"他从她手中一把夺过了书。

易怒的急诊室医生对着护士发完脾气之后有时会在事后道歉。而对待那些从不道歉的医生，你的道德教训就是不要把对方的话放在心上。

　　　　　　　　　　　　　不属于我们的世纪

但毕竟那些人是在拯救生命啊，埃德这是在试图拯救谁的生命呢？

"亲爱的。"她开口说道，"我在你工作的时候坐在你旁边看书会影响什么吗？这又有什么大碍呢？"

他把手中的钢笔重重地拍在了文件上。"我们是有方法的！"他喊道，"我们是有行之有效的方法的！我们需要遵循这个方法！必须遵循它！"

她已经明白了这所谓的方法是什么：不管他在做什么，都希望她能够默默地、慈爱地、毫不动摇地望着他。

"好吧。"她合上书本，专注地看着他。他太阳穴附近的头发已经有些灰白了，不过其他地方还保有深灰色的光泽。他的睫毛还是长得足以让任何女人嫉妒，蓝水晶般的眼睛弱化了坚挺的鼻子和硬朗的下巴轮廓。她吃惊地发现他原来是如此的英俊。

她坐在那里等待着，缓缓地啜着口中的茶。看来喝茶是他可以容忍的项目之一。她伸手拿过一沓他已经核验完的试卷，想要提前动手。他用手挡住了她，让她等一下。她正要站起身来，打算走到水池边上去。他却让她坐下。她发觉自己一直都在干扰他，隔一会儿就要提几个问题来烦他。他并不理睬她，只顾着低头干活。终于，他抬起头来瞪着她，一边咬牙一边喘气，眼神里闪烁着憎恨的光芒。

"安静。"他咆哮着说，"坐好，别说话，等我把这些做完。"

她想要刻薄地说点什么，用他羞辱自己的方式反过来羞辱他。她之所以忍住了是因为她心里有种模糊的感觉，这并不是自己嫁的那个男人——他的身上肯定发生了某种轮回转化。她坐在椅子上，一手放在桌上，一手握着马克杯。

做完手头的准备工作，他把钢笔拍在了桌子上，做了一个深呼吸，还揉了揉眼睛。他靠着椅背朝着她转了过来，仿佛是第一次认真地打量她。惊讶地发现他猛然间专注的目光，她的脸一下子红了。她想要触碰他，消除自己的紧张情绪。她拿了一沓论文，开始在成绩册上抄写分数，很快就抄完了。放下笔，他又递了一本过来，只见上面的数字旁还有不少的空格。

"现在，来写这个。"他说道。

"这是什么？"

"期末成绩表。"

"我要做些什么？"

"你需要在另一张表格上找到学生名字旁边的数字。"

看来他已经为她准备好了一切。考虑到他已经把所有的文件都整理妥当，她不知道他为什么还要让自己来做这些。

填完表格，她重重地合上了本子。埃德拍了拍手，欢欣鼓舞地把手举到了头顶。这个举动让她感觉很尴尬——看到他居然为了如此平凡的成就大肆庆祝，她试图寻找某些讽刺的迹象，却什么也没有找到。

他们又激情四射地缠绵起来。他故意朝她扑了过来，深深地吻着她，按住了她的手腕。这不禁让她回想起了他们试图怀上二胎时那段短暂的经历：他们的身体搅和在一起，臀部的每一次推动都是那样的紧凑刻意、有板有眼。唯一让她感到不够完美、有些挑剔的是她担心康奈尔会听到床头敲击墙壁的声音。

夜深了——她无力地看了看时间，发现此刻已经是凌晨4点钟了——埃德摇醒了她。她费了半天的力气才弄明白他在说什么，跟着他走进了厨房。

她早先填好的表格又被摊在了她的面前，旁边还放着另一份看上去一模一样的表格。她看着他，一脸的困惑。虽然她的眼睛仍旧在适应厨房的灯光，但她还是能够看出自己原先书写的分数已经被人划掉，重新写上了新的分数。

"我需要你做几处改动。"

"我不明白。"

"我做了一些改动。我需要你把它们抄到新的表格里去。我得把它贴到我教室外的墙壁上。"

"你为什么要做改动？我们已经完工了啊。"

她想要把头靠在桌面上，但感觉即便自己这样做了，他也会站在同样的位置等待着，直到她醒来。

"快改！"他吼了起来，"我已经改好了！我需要你把它们照抄过去。"

她完全不能理解其中的逻辑，却不得不服从这一决定。不过她很快就从他明显的打分模式中看出了端倪：埃德把每个学生的分数都升了一级，不再考虑加分和减分。C–变成B，C+也变成了B，而B则直接升成了A。埃德长久以来一直都很抵触提高成绩等级的做法，很少给出A的评价，因而能在他的课上考到A对学生来说总是意义重大。

"这是怎么回事？"

"我不得不把其他的因素也考虑进去，出勤之类的。"

"你真大方。"她挖苦地答道。

"大方又没有什么错。"

"当然没有。"她笑了，"但你也太大方了吧。"

"我重新考量了几个学生的分数。这和你没有关系。"

"好吧。"她回答，"我很累，不知道自己为什么还要说这么多的话。"她在数字旁边抄上了对应的字母，然后放下了笔。"好了，我要回去睡觉了。"

第二天早上，她发现他躺在了沙发上，而桌子上摊开的成绩单内容又被上调了。现在就只有两个等级了，A和B。成绩单下面还放着一张没有填写最终评定等级的表格。她明白把这些上调的成绩抄写上去是她的责任。会不会还有一个版本在等着她呢？一个全都是A的版本？

她站在那里，想起了父亲退休后的许多年里，仍旧住在家中的她是怎样偷偷摸摸地往他的裤兜里塞钱，好让他去酒吧时能够请别人喝上几杯，解燃眉之急。如果她照做了，肯定也能帮助埃德摆脱窘境。

他蜷缩在对他来说显然太过短小的沙发上。他睡着的时候很难让人感到担心，看上去就像个孩子一样，类似于康奈尔的放大版。只见他的双手交叠着放在脸蛋附近，像是在祈祷。大概所有的男人在被叫醒的瞬间都是一样的，仿佛从一种万能的状态跌回了琐碎的生活之中。那一刻她有些出神，感觉一切的存在都有了意义，然而这一瞬间稍纵即逝，埃德又变回了她的丈夫。

不属于我们的世纪

30

　　她蹲下来，带着少有的平静心情聆听着周围的声音。她听到远处传来了飞机轰鸣声，看到它飞过了天际。一辆汽车朝着北大道疾驰而过，她隐约听到了音乐重重的鼓点声。情景喜剧的笑声在两座房子之间的小巷里回荡。怀揣解脱的隐约希望，忍受一个地方的缺憾似乎也变得容易了许多。不管是谁买下这座房子，都得理解他们的处境并欣然接受。若不是对这片社区怀有浓浓的乡愁，至少她还可以想象自己签下让渡房契的文件时释然的感觉，再次回头审视这里心中只会剩下一丝超脱。她还是可以回这里理发的；除了柯特，没人能够驯服得了她额前蓬乱的鬈发，而且他的收费也很合理。她也能想象自己回来光临阿图罗餐厅的场景。老实说，阿图罗餐厅的确是一家不错的社区小饭馆，为这里让人难以忍受的生活添色不少，但并没有什么大的前途。她还会发现更多更好的餐厅。

　　康奈尔跳了两步，好躲避向后甩过来的车门。他的手指捏着一本包着塑料封皮的漫画书，看上去就像是在举着一份关键的证据，另一只手上则提着一个购物袋。

　　"这孩子在漫画店里收获不小啊。"她模棱两可地对埃德说了一句。

　　"他今年表现得不错，是个好孩子。"

　　"看起来他今天的表现也不错，大手大脚的。"

"这是一种投资。"埃德回答,"他很懂行,是不会买些垃圾回来的。"

她走进康奈尔的房间,发现他正像个负责特别典藏书籍的图书馆管理员一样沉默而又严肃地把那些新买的漫画书塞进长长的盒子里。

"你是不是在利用你爸爸?"

"没有!你为什么要这么问?"

"学年结束了,他很开心。你也看到了。"

"这不是我的主意。他回家后就对我说道:'我们到漫画店去吧。'我告诉他我不想去。他还在坚持。我一直都在说我已经不去那家漫画店了。因为我不喜欢那里的人。"

"为什么?"她追问道,"他们对你做了什么?"

"没什么。"他回答,"他们只是不够和善。总之,我已经不去那儿了。他说:'那我们就到你原先做牙齿矫正的诊所附近的那家漫画店去吧。'他开车带着我一路来到了湾边。我根本就不想买这些东西。我的意思是说,我想买,但是觉得很别扭。他一直都在说:'买点你想要的东西。'"

"他花了多少钱?"

"一大把。"

她靠在了他的身边。"那是多少?"

"200。200多。"

"200多是多少?"

"248。"他回答,"还有7毛8分。"

她简直不敢相信这个数字。她本以为在漫画店里花这么多钱至少能买回一推车的漫画书的。

"你利用了他。"

"我没有。"他愤愤不平地说道。此刻他正往漫画书的塑料封套间塞硬纸板衬垫,然后把它们一一存放到自己用来储存漫画收藏的档案盒里。如果这真的是一种收藏,那么她也不能责备他些什么。"他一直在说:'我想让你感觉自己想要什么就能有什么。'他催促我把购物袋装满,可我还是没有拿那些昂贵的漫画。"

艾琳打了个冷战，仿佛屋里吹过了一阵冷风。她从埃德慷慨的赠与中感觉到了他内心的苍凉。这孩子似乎也感觉到了这一点，因而面对满满的收获却感受不到丝毫的雀跃。她的心头涌起了对丈夫的强烈同情，就像相隔千里的人有时也会同时感到心痛一样，只不过他就坐在隔壁的房间里。

带着随意而又不失端庄的风度，一位上了年纪的领班带领他们在一张桌子旁边坐了下来。阿图罗餐厅自从多年前开业以来一直都不曾改变过：员工在黑色制服外套着白色的围裙，小臂上还挂着餐巾；彩色的碎拼大理石墙面上镶着满墙的镜子；室内播放着轻柔的音乐；冒着热气的面包片；味道值得信赖的浓郁自酿红酒。城里到处都是这种街头意大利小饭馆——不仅特色菜风味上佳，其他的菜也同样拿得出手——但她总觉得这个地方带着一点精致的氛围。阿图罗的儿子桑德罗在保持餐厅风格方面做得十分到位。尽管如此，她还是很期待能够放下这里，体会真正与众不同的餐厅。

埃德一脸慈祥地微笑注视着菜单，仿佛那上面写着的是某些有趣而又琐碎的问题的答案似的。

"学年结束了，你高兴吗？"她问道。

"很高兴啊。"他说。

她玩弄着手中的糖包。"好了，埃德。"在一段似乎永无止境的停顿过后，她边说边试着笑了笑，"我们看了一栋不错的房子。我们两个都很喜欢。"

"你找到房子了？"

他面无表情地看着她，似乎很不自在。

"嗯，准确地说，我们还没有找到房子。"她回答，"而是看上了一栋房子。它有很多不完美的地方，更别说我们可能根本就买不起它了。"

"你想要搬家，那我们就搬吧。"

"什么？"

她感觉有些头重脚轻，于是把两只手都放在了桌子上，好稳住自己。他的投降令她猝不及防，以至于她不禁怀疑这是否是因为他们正和儿子一起坐在公共场所里的缘故；一旦回到家里，他就会充分发泄自己心中的不快。还有一个想法也让她踌躇了一下：其实她是相信他的。仿佛他一开始就没有真心反对过这个意见。

埃德转过头来询问康奈尔："这也是你想要的吗？"

她深深地吸了一口气，胃里翻江倒海，好像马上就要吐出来了。

"当然非常想要。"那孩子异常凝重地回答，"我已经准备好要离开了。"

"是吗？"埃德问道。

"马上。"

"为什么？"

"嗯。"他答道，"我也想了很多。"她猜想这孩子在跟随她去看房之前肯定什么都没想过。"我得出了一个结论：我今年秋天就要上高中了，所以这对我来说是个新的起点。我想我们都应该有个新的起点。"

这孩子帮了她一个大忙。她从不知道他竟能表现得如此镇静。也许她希望家族中能走出一位政治家的梦想终于要实现了。埃德看了看她。她耸了耸肩膀。

"除此之外，"康奈尔补充道，"我们找到的那栋房子棒极了。车道的宽度足有半个篮球场大。"

有了康奈尔的卖力推荐，她完全不需开口也能够事半功倍。

"你想要搬家？"埃德往嘴里塞着面包，再次问道。

康奈尔点了点头。

"为什么不呢？"埃德回答，"那我们就搬吧。"

"还不用这么着急。"她不禁为埃德的想法竟能产生如此彻底的改变而感到惴惴不安。

"你说你已经找到房子了？"

"是的，但是——"

"那我们就可以搬家。"

"真的吗？"康奈尔问道。

"真的。"

"好。"她答道，"我很高兴你对这个主意持开明的态度。我们稍后再讨论吧。"

"这个主意不错。"他一边往面包上抹着黄油，一边露齿大笑起来，逗得康奈尔也傻乎乎地跟着笑了起来。

"某人心情不错嘛。"她说了一句。可埃德并没有听见她的话。"我说，某人心情不错呀。"父子俩咬着牙起劲儿地笑了起来。埃德伸手示意服务员再拿一碗面包来。待服务员把面包端上来时，康奈尔还添了一杯可乐。"留点肚子吃晚饭。"她也不确定自己到底是在叮嘱谁。她不自觉地撕开了一个糖包，里面的东西撒在了她的大腿上。她用手揉搓着那些小晶体，直到手上形成了一层颗粒状的薄膜。可她拒绝起身去洗手。

"好了。"她说，"康奈尔想要搬走。你想要搬走。我也想要搬走。这是不是意味着我们全票通过了？"

埃德点了点头，抓起一片新的面包，在上面抹了厚厚的一层黄油。

"你不介意我继续制订些计划吧，既然你同意了？"

"当然。"他回答。

她突然怒火中烧。"后退一下。"她说，"你还记不记得你说自己不想搬家？你还记不记得你说现在还不是时候？"

"我知道我们说起过这件事情。"他回答。

"那你记不记得你毫不含糊地说过你不想——你不能——搬家？"

他点着头，可她还是不清楚他到底有没有在听她说话。

"那你突然就想明白了？"

她的音量不自觉地升高了，害得附近桌上的顾客纷纷转过头来。

"抱歉。"他说，"我很抱歉。"他并不只是试图让她冷静下来，话音里真的有一丝忏悔的意味。

"嘿，爸爸！"康奈尔说道，"没事的。这是件好事！"那孩子挪过去用一只手臂抱住了父亲。

"对不起。"他说，"我只是想再吃点面包。"

他的道歉让她感觉心里很不舒服。"你就告诉我一件事情。"她开口问道，"是什么让你改变了主意？今天有什么不同？"

"我今天感觉很好。我很高兴自己放假了！我好几个星期——好几个月都不用回学校了！"

他似乎有些反复无常。也许这并不是抑郁症所致，而是躁郁症。

既然学年已经终结，那么展现在他眼前的就将是连续3个月的假期，可以供他完成她布置的一切事务。他并非不愿搬家，只是无力应付任何的题外话，因为他不得不把大部分精力都用来应付自己的抑郁症、中年危机、学生和科研，以至于打分这种原本稀松平常的事情也变成了难以克服的负担。压力让他的脑子短路了。贴在墙上的一张成绩单里的几个计算错误、几处数据抄写错误就让他失去了理智。他为了伪造成绩的事情辗转反侧，还朝着她大声尖叫，或是躲在她的怀里哭泣。他需要的只是独自舔舔伤口，可他的工作却让他终日都不能安宁。只要他闭着眼睛躺在沙发上，让音乐隔绝所有的思绪，恶魔就无法接近他。

埃德和康奈尔风卷残云般吃完了自己的晚饭。艾琳紧盯着自己的盘子，避免和任何人交谈，不紧不慢地吞咽着。看到她也吃光了盘子里的食物，桑德罗这才大摇大摆地走上前来，身后还跟着一位端着甜点盘的服务员。

"我很荣幸地邀请你们一人选上一样。"他说道。

桑德罗偏偏选中了这个时候来表达自己的贴心。"你不必这么客气。"她回答。

"我们今晚正在举行庆祝活动。"他说，"我说的是真的，我们这家店已经在这里开了 30 年了。你们是我们的老顾客之一。"

他肯定看出她的身体变得僵硬了起来。

"我的意思不是说你们年纪大，"他说，"而是说你们惠顾本店的时间最长。"

"我们吃不了 3 份的。"

桑德罗转向了埃德。"你发现了吗？"他用假装恼怒的声音说道，"这就是她的身材为什么还这么好的原因。"

埃德亲切地笑了笑，脸上丝毫没有露出紧张的神色。倒是康奈尔在座位上蠕动了几下。桑德罗离开了。

"这杯酒敬学年的结束。"说罢他举起酒杯，将杯中剩余的葡萄酒一饮而尽。

"这杯酒敬我们找到了房子。"她接话道。埃德举着手中的空杯，而康奈尔则举起了水杯。三个人碰了碰杯。

"也敬我的高中。"康奈尔说罢，三人又碰了一次杯。

埃德看了看她。"祝你好运。"他说。

"什么好运？"

"找房子。"

"我告诉过你了，我已经找到合适的房子了。"

他转向了康奈尔。"也祝你的高中生活好运。"

"谢谢你，爸爸。"

"祝我们都有好运。"

31

听到母亲喊他出来，他走到门口，发现她正靠着铲子站在花盆旁边。最近她把不少时间都花在了侍弄花草上面。每当他离开家前去参加周末的比赛，都会看到她蹲在一株植物旁边，戴着手套挥动着手里的小铁锹，或是从无底的袋子里倾倒着肥沃的土壤。

"我想让你帮我把这个埋起来。"她递给他一尊雕塑，看上去很像是丽娜公寓里的断层书架上摆放的那一种。雕塑描绘的是一个穿着红色斗篷的男子手捧着一个婴儿的画面。那个婴儿穿着粉红色的衣服，也许是耶稣。她指了指玫瑰花之间的一处空隙。"就埋在这个洞里。"她说道。

"要埋多深？"

"你就开始挖吧，我会告诉你什么时候停手的。"

"你为什么要把这个埋起来？"

"据说圣约瑟夫能帮助人们卖掉房子。"她答道，"你得把它倒着埋起来，面朝着大街。"

"你相信这些？"

"相信又没有什么坏处。"她答道。

他感觉铲子碰到了什么东西，于是动手扒开一些泥土，看到了几块大石头。他在石头的周围挖了一条沟，把它拽了出来。石头移动得很缓慢，顽固得如同生了根一样。他脱下衬衫，把衣服挂在栏杆上，继续挖着。他很欣赏自己新近练出的这副体格。那一年他的个子也长了四五英寸，锻炼时也能看到肌肉一松一弛的样子了。

"这是我买的第二尊雕塑了。"他的母亲边说边看他挖着，"第一尊花了我 4 美元，但就是怎么看怎么觉得不对。它是用白色塑料做的。只有圣约瑟夫，没有耶稣。我是从宗教用品商店的那个女孩那里买来的。我告诉她：'我需要一个质量好的，而不是一个廉价的。'她就把这个拿给我看，还说这东西不是用来埋在地底下的。"

"这个多少钱？"

"40 美元。"

这么值钱的东西埋在地下似乎有些浪费了。他终于把那些不断滑落的泥土清了出来，于是把雕塑头朝下地放了进去，用土盖了起来，还重重地踩了几脚，好让土地更平坦一些。

"如果不管用怎么办？"他问道。

"会管用的。"母亲回答。

32

　　她把报价单拿给了辛蒂·寇克力的妹妹简。简是二十一世纪房产的中介人员，在东梅多分公司里工作。把房子卖给当地人自然更容易一些，但她也不打算让邻居从自己身上揩油。

　　接下来她要做的就是把这个消息告诉奥兰多一家。她走上后楼梯，来到了二楼的平台上，仔细听了听屋里的动静，并没有急着敲门。她能够听出他们全都在家——盖瑞和丽娜也在，应该是从三楼下来的——一家人正其乐融融地看着"幸运之轮"的节目。唐尼乐呵呵地朝着电视机喊着，一边叫嚷着答案一边骂着参赛选手。

　　卖掉这座房子就意味着要把他们扫地出门，或者至少给同时支付着两份房租的唐尼带来更大的负担。布兰达在帕斯马克超市里工作的薪金并不高，盖瑞的零工也坚持不了多长时间，丽娜更是早已经过了能够外出工作的年纪。

　　她走下了楼梯。第二天，她硬着头皮再一次上了楼，在听到几段模糊的对话声之后敲了敲门。布兰达开了门，身后的唐尼和莎伦正坐在餐桌旁。

　　"看来我来得不是时候。"

　　"哪儿的话！"唐尼指了指一张空椅子，"要不要一起吃？我们做了很多。"

　　她晃晃悠悠地走进了公寓。布兰达消失在了厨房里。

　　　　　　　　　　　　　　　　　　不属于我们的世纪

"你吃了吗？"唐尼问道。

"我不想打扰你们。"

"坐下。"唐尼招呼她，"我去给你拿个盘子。"

事实上，她的确还饿着肚子。埃德带着刚刚参加完比赛的康奈尔在回家的路上找了间小餐馆吃饭，她本计划着热些剩菜来吃的。餐桌中间摆着一个大面碗，深红色的番茄酱下面铺得满是又大又圆的肉丸子。

莎伦隔着一瓶汽水淘气地望着艾琳。布兰达端着一盘裹在锡纸里还冒着热气的蒜香面包走了进来。

"你要不要和我们一起吃？"布兰达问道。

唐尼盛了一满勺的意大利面，又舀出了好几颗丸子，在上面浇了满满一大勺汤汁。还没等艾琳回应，他就把盘子递到了她的面前。

"我想那我就吃一点吧。"她回答。

莎伦眼前的盘子被拿走了。小姑娘隔着桌子默默地朝着艾琳笑了起来。已经九岁的她长着一头漂亮的直发，五官很精致，性格既害羞又温和，绝不是那种被宠坏了的孩子——尽管全家人都格外喜欢她。她光彩照人的模样仿佛家族中某个蛰伏的隐性基因终于活过来了似的。

布兰达说了几句饭前祷告的话。要知道，艾琳在康奈尔出生之后也曾试图延续这个传统，但不久便放弃了。听着布兰达念叨着那些熟悉的祷告词，她的良心感到有些惶恐，于是赶紧凑合着补充了两句。

"这顿饭看起来棒极了。"艾琳在所有人都用手在胸前画过十字之后紧张地说道。

"谢谢你。"唐尼边说边朝她夸张地挤了挤眼睛，"我尽力了。"

"你真搞笑。"布兰达插嘴道，"你连鸡蛋都煮不好。"

唐尼发现艾琳正盯着自己，于是赶紧充满戏剧性地冲着妹妹抬起了眉毛。"有你来为我做这些事情，我还需要动手煮鸡蛋吗？"他问道。

"你就这样继续下去吧。"布兰达说，"某天早上你会从自己的咖啡里喝出毒药味来的。"

唐尼笑着咬住了自己伸出的舌头，为了庆祝自己成功激怒了她而抖动着舌头。莎伦在这段对话过程中一直都在咯咯地笑着。

"你有事想说吗，艾琳？"布兰达问道，"我一直在忙着端菜上桌，都忘了问你过来有什么事。"

"你能不能先让这个可怜的女人好好吃饭？你看看，她满嘴都是吃的，你还在这里东问西问。"

艾琳一边咀嚼着一边伸出了一根手指。唐尼饶有兴致地默默看着她。他长着一张温和宽大的脸庞，脸上的肉丰满得有些夸张，看上去像是一位职业拳击手。不过他的确也长着拳击手那样宽阔的后背和肉乎乎的双手。他本可以变成和他兄弟一样抑郁的人，或是和他父亲一样的赌鬼，但他却力图自力更生。他过去也曾和一群恶棍混在一起。回想起来，那帮人和如今游离在社区里的贩毒团伙相比简直就是无恶不作。自从唐尼的好朋友——住在同一个街区里的克雷格——把自己的摩托车撞在了街灯上之后，她就再也没有看到过他们出现在这附近。唐尼通过父亲找到了一份清洁工的工作。他也会修车，但如今只会在休息时出于爱好动手，并不把它当做收入的来源。无论他在帮谁修车，帕伦博家都允许他把车子停在他们家的车道上。

"我真的很想知道你是怎么调这种酱汁的。"艾琳回答，"我做的从没有这么好吃过。"

"关键要用新鲜的香肠。辣味的或是甜味的都行，看你喜欢哪种。一定要用好食材，不能选择廉价的东西，而且要放在锅里烤一下。"

"故意的吗？"

"等外皮烤焦了时就可以加西红柿进去了。西红柿的酸会把焦糊的部分从锅子上剥离下来的，肉汁也更入味。有时间我做给你看。"

"别听她的。"唐尼说，"我妈妈做的才是最好的。"

"这一次这个傻瓜倒是没有说错。"她回答，"没有人能比我妈妈做得更好了。我不在乎，我还有的是时间精进自己的手艺。"

　　　　　　　　　不属于我们的世纪

"她肯定得精进自己的手艺。"唐尼插话道，"她还需要用它钓金龟婿呢。"

"你够了。"布兰达拍了他的脑袋一下。在桌边的人情绪都如此高涨的情况下，旁人似乎根本不可能不被感染。怪不得康奈尔在她下班回家时不愿马上下楼来，也怪不得她不得不上楼来接他。

"我老听到你的车发出某些我不太喜欢的声音。"唐尼说着捋了捋自己的下巴，"你知道我说的是什么吗？"

"我不太确定。"

"把车开来给我看看吧。也许我能在问题出现之前把它给揪出来。"

"你不用这么客气。"她回答，"我可以把它开到店里去修。"

"他们会对你狮子大开口的。我可以免费帮你修，何况我的手艺也比较好。经我的手修过的车子永远都不会坏。"

"谢谢你。"她一脸愧疚地答道。出于紧张，她把手指插到了旧桌布的蕾丝空洞里，戳破了桌布。这件事比她想的还要困难许多。她怎么能告诉他，自己一有机会就打算买一辆好一点的车？她将餐巾铺在大腿上，把身体推离桌子。

"你还好吗？"

"我吃得有点快。"她回答。

"布兰达做的菜确实会有这样的结果。"唐尼说，"你总是希望能尽快吃完。"

莎伦咯咯地笑了起来。

艾琳想要放弃眼前的计划，回到楼下去，等到自己镇定一些时再回来。但她不仅需要在房前竖几块牌子，还需要所有公寓的出入权。

"谁想来点儿甜点和咖啡？"等到叉子碰撞盘子的声音渐弱，布兰达问道。

"我不想打扰你们了。"

"哪有的事。到里面来坐吧。我去泡壶茶。"

唐尼把她引进了客厅，让她坐在黄色的花朵图案沙发上。她总是觉得这个图案过分显眼，裙状布罩和扶手的地方也有些破损。她一直把他们买了一台新电视却留下了这套沙发的举动看做是一个生动的细节。如今，当她真的把身体陷在里面时，才体会到了它的柔软。这座一直被她看做是装修失败典型案例的房子散发着一种能与家人共享的陈旧而又温暖的感觉。角落里摆放着一台又小又破旧的钢琴，看上去就像是从老旧酒吧里劫掠出来的一样。她偶尔也会听到有人在这里练琴，但直到这一刻才意识到它给自己带来的快乐。

唐尼坐在她对面的沙发上，莎伦走过来坐到了艾琳的身边。电视机开着，静音；唐尼用余光瞟着屏幕。

"那些是你的吗？"她边问边指向了墙上那些裱了框的绘画作品。莎伦点了点头。

"我不知道她是从哪里学来的。"唐尼说，"这个家里没有人拥有这样的天赋。你应该看看她在学校里的成绩。给利里太太说说你的上一张成绩单。"

那个女孩表示了反对。

"来吧。告诉她。"

"全是 A。"她飞快地回答。

"我连高中都没有念完。"唐尼说，"我真是为这个孩子感到骄傲。"他的眼神有些恍惚，"我也曾试着在课桌旁帮帮她，但她根本就不需要我的帮忙。我的小女儿也一样，聪明得很，还不到两岁就能数到 10 了。她这一点肯定不是从我身上遗传的。我告诉莎伦，要多观察你和利里先生。你们是活在另一个世界里的人。我让她以你们为榜样。我从不知道教育有什么意义，所以只好叮嘱她一定不要成为我这样的人。"

"别这么说。"艾琳回答，"我敢打赌她肯定很骄傲能有你这样的舅舅。"说罢她惊奇地意识到自己真的相信自己所说的话，"你也会成为那姑娘的好爸爸的。"

他疲惫地笑了笑，坦然接受了她的结论，并没有反驳。布兰达端着一盘夹心饼干走了进来，随后又送来了几杯咖啡。艾琳四处寻找着杯垫。

"别担心。"布兰达安慰她，"这张桌子的年纪比我还要大。它撑得住的。"

桌面上装饰的环状浮雕就像是这一整夜对话留下的战利品。艾琳这才开始反省自己为什么总是想要保持桌面的原样——看上去就像她刚买回来的那天一样，上面留不下任何历史的痕迹。

"我有事要告诉你们。"看到布兰达也在唐尼身边的沙发上坐了下来，她这才开了口，"这话很难说出口。"

布兰达的身上似乎内置了一个预知危险的雷达，在座位上挪动了一下。

"埃德和我已经决定要搬家了。我们打算卖掉这座房子。"

唐尼挑起了眉毛。布兰达双手捧住咖啡杯，抿了一口。

"太棒了，艾琳。"唐尼回答，"你们要搬去哪里？"

"韦斯切斯特。"她说，"布朗士区。"

"在扬克斯那边，对吗？那里可漂亮了。"

唐尼敏捷的答话方式让她的心稍微放松了一些，不过她也不必为了他熟知 200 英里范围内的每一条主干道而大惊小怪。

布兰达拿出一支烟，脱掉了浴袍的袖子，好让自己坐得舒服一些。然而，这副姿态倒是让艾琳浑身不自在起来。弥漫在整间屋子里的香烟味道朝她扑面而来。她不喜欢去想象唐尼或是入睡后的莎伦被围困在烟雾中的画面。让她更为恼火的是，这还有可能成为让潜在买家分心的因素之一。

"你们打算什么时候搬？"布兰达说话的时候，嘴角喷出了一小股烟雾。那支香烟就挂在她的嘴角，正如艾琳的母亲经常做的那样。她感觉自己对待布兰达硬下心来，还波及到了唐尼和莎伦。换句话说，布兰达让她摊牌的过程比想象中容易了不少。

"很快。我也不确定。"

"多快?"

"我已经找到了一座房子,正准备出价。"

"那我们怎么办?"

"我真的不知道。买家可以选择让你们留下,也可以要求你们搬走。这都取决于他。"

"已经有买家了吗?"

"这还只是我一厢情愿的想法。"

"我不在乎他们会不会提高房租。"布兰达回答,"我会想办法的。我只是不想搬家。"

"你对我们一直都很好。"唐尼伸出一只手,仿佛是想牵制住自己的妹妹,"我们对此表示感激。"

他们默默地坐在那里。布兰达深深地抽了几口烟。

"没有你,我们可能会不习惯的。"唐尼说。

"不住在这里,我们才会不习惯呢。"布兰达说。

"你需要我们做什么吗?"唐尼问道,"我们能帮上什么忙?"

他是个勇敢而有担当的男人,热情的圆脸上没有表现出一丝的绝望。

"我需要展示一下楼下和楼上的公寓,举办开放参观日的活动。可能会占用几天的时间吧。我会通知你们的。"

"好的。"他应允了。

"根据房产中介人员的要求,开放期间你们不能在家。你母亲和盖瑞那里也一样。"

"知道了。"

"她有可能会带点东西进来。蜡烛、杯子等。"她停顿了一下补充道,"她也会在我的公寓里做同样的布置。"

"没问题。"他回答。

"我想再问一次,这将是什么时候的事情?"布兰达边问边用力地把烟从嘴里抽了出来。

"很快。我们可以下周就开始。"布兰达把莎伦叫了过来。当女孩在自己的母亲和舅舅中间的沙发上坐下来时,屋子里的道德天平似乎倾斜了方向。"我很抱歉如此突然地通知你们。我们也是刚刚才决定的。我第一时间就过来找你们了。"

"别误会我的意思。"布兰达说,"我为你高兴,也不怪你。如果有机会的话,我也会想要离开这里的。"

艾琳低头看了看交织在一起的手指。

"你把房子卖掉之后,我们还有多少时间?"

"看情况吧。"她说,"30天。60天。90天。我也不知道。"

"作为房客,我们难道不该有某些权利吗?"

"我也不确定,因为我们从没有担心过租期的问题。我可以问一问中介人员。"

"真是胡说八道。"布兰达抱怨着,"给我们设一个租期。为我们争取些时间。"

唐尼站起身来。"这里有点热。"他说,"有没有人想来一杯啤酒?"说罢他便离开了房间。

艾琳清了清嗓子。"这么做可能会让我很难卖掉这座房子。尤其是因为你们的房租已经比市场价要低很多了。"

"那就涨房租。我不在乎。收双倍。怎样都行。"

"现在先不要担心。"艾琳回答,"也许我会找到一个想把房子整个租出去的买家呢。等我知道得更多些时再来考虑我能做些什么。"

"也许我们可以自己把它买下来。"唐尼端着一杯冰水走了进来。她知道他本想通过啤酒来放松一下自己的心情。"我女儿过来的时候能够拥有自己的空间也不错。"他看了看姐姐的脸色,想试探一下她的想法。布兰达的表情变得僵硬起来,仿佛是在说,谁有那么多钱啊?唐尼叹了一口气。"别担心我们。"他说,"我相信你要考虑的事情已经够多的了。我会看看我们能凑出多少来的。有什么需要帮忙的，告诉我们就好。"

她想起了丽娜，深知丽娜应该从自己的嘴里得知这个消息，但她不知道自己是否还有勇气上楼去把刚才的话再说上一遍。丽娜一向都很正直，品行和美德就是她身上默认的属性。她就是那种整天坐在教堂里为周围的罪人承担责任的英雄式的老太太。

"还有一件事。"她开口说道。

"什么事？"唐尼回答，"你就说吧。"

"你能不能帮我把这个消息转告给你的母亲？"

一周之后，简举办了一次开放参观日的活动。一想到那些人会呆呆地看着自己的家具、财产和浴室，艾琳就气不打一处来。但她转念一想，*让他们来吧，让他们看看我们创造了怎样的一片绿洲*。简提前一个小时就过来了，在楼上的床上铺些床单——正如她所要求的那样，他们把房子清理了出来，尽管艾琳还是能够想象得到他们蹲在门廊前一脸哀怨或是怒气冲冲的样子——一些装饰品也摆在了桌子和书架上。她在露台上热了几罐百花香，恍然间这里仿佛已经成了别人的房子。

她不知道谁会出现。现在是离开这里的时候，而不是重新发现的时候——但也许有些无畏的年轻人还会幻想自己拥有足够的进取心和耐心能够在未来占得一席之地。她没有责任告诉他们这里的光辉岁月已然逝去。

艾琳离开家，去了理发店。当她回来的时候（开放日活动本应在半个小时以前就结束了），看到一个高大的印度人正站在门廊上和简聊着些什么。她停在了帕伦博家的门口，在那个男人的脸上寻找着对于这座房子感兴趣的迹象。只见他胡乱比着手势，无论简说些什么都只顾着点头。一个看似是他妻子的女人带着一双儿女站在人行道上，身旁的两个孩子都靠着他。艾琳忍住了走上前去做自我介绍、向他们推销这座房子的冲动。他们离开之后，简告诉她这家人的确有可能出价。那个男人说自己

　　　　　　　不属于我们的世纪

需要腾空这座房子，以便迎接自己的大家庭——兄弟姐妹、外甥和外甥女，还有祖父母。*原来他们是这样生活的，*艾琳心想。

几天之后，那个印度男人给出了全价——365000 美元。简本以为他的出价还会稍微更高一些。艾琳打电话询问格洛丽亚布朗士区的房子是否已经卖出去了，然后又打电话告诉了唐尼对方已经出价的事情。

"多少钱？"

她如实告诉了他。唐尼对着话筒吹了一声口哨，长时间地沉默了。他知不知道自己是以多么低廉的价格从他父亲的手中把这座房子买下来的呢？

"真不少。"他回答，"很好，祝贺你。"

"谢谢。"她说。

他再一次停顿了一下。"我们还有多长时间？"

她解释说事情进展得很快，最多只剩下一到两个星期的时间了。她希望能够尽快把房子卖掉。

"你能不能再稍等一下？"他问道，"我可能还有几个选项，但我还需要一点时间。"

她不知道唐尼打算向谁借钱，或者会为了凑到钱给自己惹上哪些麻烦，但那是他的事情。

"我会看看我能做些什么的。"她回答。挂上电话，她意识到自己什么也不打算做，因为她必须把握机会赶紧离开这里。

她拨通了格洛丽亚的电话，将自己要为布朗士区的房子出价的事情告诉了她。

第二天——她允许自己撒了一个谎——她告诉唐尼，面对竞价者的压力，第一位出价的买家已经表示愿意加价，但这也是他的最终出价了，因此需要她马上给予回复。

他说他连头期款都还没有凑齐。

"对不起。"她说道，"我要把房子收回来了。"

艾琳给布朗士区的房子所出的价格比售价还要低，但由于无人与他们竞价，房子最终轻松落入了他们的手中。

那位印度买家坚持要让他们在 30 天内清空房子，但艾琳借由房客的缘故设法把期限延长到了 60 天。这也是她能为他们尽力做到的极限了。

唐尼还是帮忙修好了她的车。

33

康奈尔在父亲的尖叫声中醒来，发现他正在自己的面前挥舞着手指。

"上帝啊！你知不知道你做了些什么？你知不知道？"

康奈尔的脑子飞快地转了起来，可还是想不起来自己犯了什么滔天大罪。

"你把果冻在外面放了一整夜！"他的父亲说，"你没有把盖子盖上！"康奈尔结结巴巴地道了歉，可他的父亲却只是挥了挥手。"你怎么能做这种事情呢？"他先是跺了跺一只脚，然后又跺了跺另一只脚，好像是在踩葡萄似的。康奈尔从没有看到过父亲做出如此幼稚的举动，何况此举比冲他大喊大叫还让他感到困惑。

十分钟之后，父亲回到了他的房间里，在床边坐了下来。"我不知道自己刚才是怎么了。"他说道。

一整个夏天，他都在进行节能改革运动。他说他们不需要每天都洗澡，隔一天洗一次就足够了。只要你从音响前走开一秒钟，他就会走过去关掉电源键。要是你为了洗碗长时间地开着热水，他也会站到你身边伸手关上水龙头。如果你打开车里的空调，他则会让你打开窗户。当他连家里的空调也要关掉时，康奈尔不得不以离家出走来要挟他，他才把空调重新打开。如果说有些事情他还能够理解得了的话，那么其他的就只能让人费解了。他允许空调开着，却拔掉了咖啡机、烤面包机、音响、电视和苹果电脑的电源。

一天晚上，当他们坐在厨房的桌旁时，他的父亲因为写字太用力，按断了笔芯而沮丧地吼了一句。"这该死的东西真差劲。"他愤怒地将铅笔撅成了两半，"差劲极了。"

他的母亲开车带着他们驶过一片风景如画的街区，来到了他们即将搬入的新家。停好车后，他的父亲叉着手站在车旁边看了一会儿。他们曾经去约克城采摘过一次桃子。那一次，他的父亲也是这样插着兜靠在一辆闲置的拖拉机旁边，看着他的母亲在篮子里装满自己所能找到的形状最美的桃子。在走回谷仓去付钱的路上，他的父亲伸手从母亲手中的篮子里捡了几个桃子，开始把它们往地上扔。"我们不需要这些！"他说。

"你到底有什么毛病啊？"眼见着篮子里的桃子已经被他扔出去了一半，母亲伸手拦住了他。她环顾了一下四周，想要看看有没有人注意到她正在发火。"你疯了吗？"

"我们不需要这么多。"他边说边跟在康奈尔的母亲身后，用脚踩烂了那些桃子，"我们吃不了这么多！"

"我打算做一些馅饼。"她对康奈尔说着，仿佛是想要博取他的支持。可唯一能让他感觉安全的做法便是耸一耸肩膀。

"别给我做！"他的父亲说道，"我下辈子都不用咬一口你做的馅饼。"

听到这些话，他的母亲把篮子倒了过来，扔掉了里面剩下的桃子，然后丢掉篮子，默不作声地和他们走回了车旁。他们就这样静静地在回家的路上开了至少半个小时的时间。康奈尔戴上了耳机，却并没有打开随身听。他等待着有人会打破寂静，可谁也没有开口。这种感觉让他越来越反胃。快到家的时候，他才听到坐在副驾驶座位上的母亲发出了一些抽噎的声音。之后他便按下了随身听的播放键。

　　　　　　　　　不属于我们的世纪

34

8月底的某一天，他们搬走了。和艾琳记忆中最炎热的那天一样，那一日的热浪足以让一个人快乐地逃离城市。她花了好几个星期的时间才打好包。墙上那些曾经挂过照片或曾经摆放过家具的地方颜色要比其他地方浅上许多，仿佛是他们生活的慢曝光照片。物品留下的可怕轮廓、空空荡荡的周遭空间以及墙角和线脚下聚集的灰尘都让她愈加渴望离开这里。搬家工人来了，开始往卡车上装载物品。

"你想不想和我最后一次在屋子里走上一圈？"她询问正和康奈尔一起坐在门廊上的埃德。

"我已经和它讲和了。"他说。

她讨厌埃德话里暗示那种私密的仪式感。她曾想过要在开始打包时和他一起开瓶好酒，或是在最后一夜到来时开瓶香槟庆祝，可这两个愿望哪一个也没有实现。

"你不想再最后看一眼它吗？"

他没有回应。康奈尔看上去也想坐在那里。她没有从两人身边硬挤进屋里去，而是绕到了侧门处，走上了后楼梯的二层平台。她偷偷往里面瞟了瞟，只见里面空空如也，让人不免感觉有些压抑。一阵焦虑的痉挛感直击她的心头，她根本就无法走进公寓里。她原本以为自己还能在那里看到唐尼、布兰达或莎伦，可一个星期之前，唐尼就带着全家人搬去了一间三居室的公寓——布兰达和莎伦睡在一个屋子里，他和盖瑞睡在另一个屋子里，而丽娜则单独占据了第三间卧室——公寓位于街角处的一座板式建筑里，其风格和花园公寓自然是无可比拟的，公共区域里寸草不生，周围遍布着狭窄的水泥巷道。她喊了一句"有人吗"，伴着回荡在餐厅里的回声走进了屋子里。她站在自己曾和奥兰多一家坐着谈起搬家计划的地方——这里也曾是康奈尔出生前后那几年中她和埃德吃饭的地方——想到这里，她心中有些乱了方寸，于是赶紧走了出去。

她匆忙跑下楼，来到了自己的公寓里。她现在可以看出它只不过是一间公寓了。住在这里的这些岁月中，她更愿意把它看做是一座住宅，只不过有几层楼是她不曾使用的罢了。

1982 年，安杰洛·奥兰多是在绝望中把房子卖给她的。过了不到 10 年的时间，他的继承人本有一个机会可以把他们童年时的家买回来，但最终还是与它失之交臂。他们的家族在这座房子里的故事已经走到了尽头。他们漂泊在临时安置所之间：别人的公寓，别人的大楼。剧变永远都不曾停止。悬挂全家福用的钉子留下的孔洞中被填上了抹墙粉，门边墙壁上留下的脏鞋印也被油漆所掩盖，一层清漆抹平了破旧的走廊。如今，这里已经准备好了要迎接一个新家庭的到来。

从她手中买下这座房子的那个家庭不喜欢默默无闻。他们会在新近粉刷的油漆墙面上打上属于自己的钉子眼。深入靠坐在软垫中会嗅出他们做饭时的味道，而石灰墙面之间充斥着的也会是他们的欢笑、痛苦与快乐。他们将把房子的三层楼都利用起来。用不了多久，他们就会忘却这里曾经属于别人。这个念头反过来想想也不赖：就好像她从没有在这里居住过，一直都是布朗士区的人似的。

交房时，她和托马斯一家见了面。令她倍感惊奇的是，这家男主人的名字也叫做托马斯——只有写在合同上的中间名和她期待的差不多，由一堆错综复杂的元音和辅音组成。看出她对于这个名字难以掩饰的惊讶之情，个子特别高、戴着有色眼镜的托马斯向她解释道，他并不是自

不属于我们的世纪

己家乡唯一一个叫做托马斯·托马斯的人。由于圣托马斯曾在公元 1 世纪中叶时到那里在离散的犹太人中传教，所以这个名字在那里格外受欢迎。她不想考虑这个说法有多的荒谬，圣托马斯也许真的到访过印度，但他和任何一位使徒是绝不可能赶在西欧或爱尔兰人之前到达那里的。托马斯·托马斯似乎是一个很有学识的人，但他肯定记错了日期。

一个印度人买下了她的房子，并打算让一大家子人把从地板到天花板的所有空间都占满的事实再次提醒了她，杰克逊高地已经变成了一个大熔炉，而她已被包裹在一个泡泡里，在蒸腾的热气推动下轻飘飘地离开。据推测，这地方可能是世界上种族最多样的一平方英里。一些更具诗意的人可能会从不同的口音中得到些许灵感，但她只想被看起来像是自己家人的人包围。

她眼下所剩的唯一一件事就是在自己的公寓里再走一圈，看看有没有落下什么。在客卧里，她发现一只死蟑螂正躺在地板上，正准备弯腰把它捡起来，却在碰到它之前把手抽了回来。

在厨房的餐具室里，她看到一根扫帚正倚在墙边，仿佛是在舞会上被人遗弃的求爱者。虽然埃德和康奈尔还在门外等待，但她还是忍不住拿起扫帚扫了扫地板上的积尘和些许碎片。她想起自己还是个小女孩时在伍德赛德的家里扫起地来是多么的有条不紊，像在绘制鸢尾花一样画着无形的几何图案，扫过油布上的每一寸。那时的她还梦想着能够住进自己正要离开的这种房子里。在人生的旅途中，她选取了更高的标准。她的新房子既宽敞又明亮，在街道上格外显眼，同时还拥有倾斜的车道和板条做成的百叶窗，门口的步道两旁还立着石柱。可以说，她想要的那里应有尽有。她试着不去猜想新房子是否有一天也会像现在这座房子一样让人感觉既老旧又沉重。

她看了看地板中央堆着的那一坨脏东西，却又找不到簸箕，连一块可以用来撮土的纸板都没有。它们很快就会被搬家工人或托马斯一家自己的脚步踩散。这座厨房已经不是她的责任了，它如今已经归属于另一个女人。不拘小节地把那些尘土留在那里，径直走出门去可谓是一种胜利，但她这辈子一直都在收拾残局。她曾听埃德向康奈尔讲起，皮肤细胞大部分都是由灰尘组成的。如果此话当真，那么堆放在那里的就相当于是一个微观的她。她穿着长筒袜小心翼翼地跪着趴在了地板上，隆起一只手将那些尘土扫进另一只手中，然后把它们全都倒进了水池里。当她发现自己的小指在阻挡尘土的位置上还留下了一条小土坡时，她浸湿了双手，把自己留在这座房子里最后的一点痕迹也擦得一干二净。

她走出门去。埃德和康奈尔已经坐进了埃德的汽车里。她前一晚下班后把自己的车子停在了车道上。房子里一片漆黑。她快步走向了人群中，不想独自在里面停留太长的时间。

一直都在等待她的埃德看上去并没有生气，只不过一脸茫然。茫然对于当时的她来说并没有什么大不了的，她还可以在上面增添几抹色彩。不过，康奈尔的表情倒是有几分复杂——她希望这和此情此景没有关系。他坐在了后座上。就这样，由埃德的车领头，搬家公司的卡车随后，一行人载着他们的家当浩浩荡荡地朝三区大桥驶去。

那是晴朗的一天。当他们驶上北大道时，太阳在街区的住宅上洒下了温暖的阳光。康奈尔朝着一位艾琳并不眼熟的老人挥了挥手。整个社区对她来讲都已不再熟悉，仿佛她正缓缓地从一个梦中醒来。从车窗望出去，映入她眼帘的那些面孔都在炙热的天气中显得格外亲切。三三两两走着的人们甚至是独自在街上漫步的人仿佛都带着不易察觉的轻快心情。她不再害怕这些人了，她已经把那些脏东西全都从自己的血管中清除了出去。前天，当她意识到自己再也不用参加乔杜里神父主持的弥撒仪式或是在罗斯福大道上行走时，她甚至如释重负地笑了起来。

她看到一个店员正在往酒窖里搬运罐装啤酒，于是便把头靠在了头枕上，盯着泡沫天花板。当她再望向窗外时，车子已经驶离皇后区高速公路好几个街区了。她早已将前往布朗士区的路程熟记于心。她可以看到一条高速公路转向了一条又一条其他的高速公路，直到眼前出现了地面街道和他们一家人即将展开新生活的那座房子。不过，她目前的生活还剩下一小部分没有走完。最后一次望向大道时，她的心里丝毫没有涌起任何的思乡之情，于是她闭上了眼睛，想要快点把这些全都抛到脑后。幸运的是，她的眼前一片空白，只有如同死亡般沉寂的黑暗。她已经为这一刻忙碌了一辈子，此刻已然精疲力竭。她感觉自己可以睡上好几年都不用醒来。

街道上的喧哗被空调的声音所蒙蔽，让人越发听不清楚。当她再次缓过神来时，车子已经开进了车道。看到眼前的房子，她的第一个想法竟然是：这里的窗户不如她印象中的那么高大了，而且不知为何显得有些局促，看上去分外平凡。她想要开口让丈夫倒车，说这并不是他们的房子，让他继续找下去，直到找到他们真正的家为止。可她发现身后的搬家卡车也已经载着他们的家当停在了转弯处。

她走下车，伸展着长长的四肢，想要甩开困倦的感觉。埃德和康奈尔茫然地站在那里。她这才想起房子唯一的一组钥匙正装在自己的钱包里。

车道在干热的夏日里被烤得滚烫，上面布满的裂痕恐怕要等天气转凉些才能闭合。天气预报说，未来的几天都将是晴朗无云的好天气。如果埃德和儿子早上一起床就开始动工，那么铺上的第一层沥青很快就能干了。稍后她还要派埃德去五金店买个推式扫帚和装沥青用的桶子。

她带领着一家三口走进了房门。大家分散到了厨房的不同角落，站在那里看着彼此相对无言，不知道其他房间里还有怎样的情景在等待着他们。她伸手拉开了一扇只有一个铰链还挂着的柜门，像握着一个钟摆似的晃了晃它。虽说这里斑驳的油漆、剥落的墙纸、陈旧的橱柜、丑陋的漆器、缺边少沿的胶木台面她早已一一见过，但她不知为何竟然忘了这些东西已经毁坏得如此严重。她这才意识到，这间厨房比她刚刚离开的那间还要糟糕，也才懵懂地理解整修新家到底要花费多少工夫和多少金钱了。

她本想说点什么来为这座房子命名，却又不想去考虑自己的话听起来有多么的笨拙，只好把父子俩送出去帮忙卸车。之后有的是时间让他们回味新生活中的种种现实，感激如今的处境。

　　她打开前门，走到了门廊上，小心翼翼地倚靠着东倒西歪的栏杆。她看到沙发在被人从草地上抬起来时微微摇晃了两下，而跟在它身后的沉重的山核桃木梳妆台也随着工人脚步的踌躇上下起伏着。一瞬间，家具似乎都受到了一股看不见的波浪的影响，就像是一批沉船后漂流着的货物。她想象着自己衰老的躯体被人从一堆漂泊的残骸中捞起，站在船舶的甲板上向着未知的海岸驶去。

　　她走回屋内，让出了宽阔的弧形走道，好让工人能够把沙发搬进宽敞的门厅里来。她检视了一下地板砖。上面一指厚的油漆必须马上就刮掉。她感觉自己仿佛正从昏迷中醒来。

　　工人把沙发搬进了客厅，望向了她，等待着她的指示。然而，把沙发放在哪里这么简单的问题竟然把她彻底难住了。她让他们先把它放下，容自己思考片刻，转身指挥工人把梳妆台先搬到楼上去。她是多么希望自己下一个阶段的生活能够永葆可能性，把剩下所有的东西都留在卡车里呀。等搬家工人卸完车，他们就会扬长而去，把她和她的家人留在她奋力抗争才获取的空荡宅邸中。

　　她让他们把沙发摆在了窗下靠墙的位置上，并没有体会到想象中第一次在这座房子里发号施令的那种奇妙的喜悦感。这不仅是因为所有的东西暂时都还居无定所——至少没有被放置在让她放心的永恒位置上——还因为她烦躁地意识到这只不过是她即将做出的众多决定中的头一个。如今的她已经成为船长。

　　搬沙发的几个工人正朝着卡车走去，被她叫住了，于是站在楼梯上抬起头望着她。包括她自己在内，所有人都在期待她接下来会说些什么。她试着把这一刻定格在脑海中，留到以后再来回味。未来如同汹涌的雾气一般在她的眼前铺展开来。她满眼都是这座房子和他们居住在里面的画面。虽说房子现在的样子并不是她想要的，必须在她付出了金钱和时间之后才能变成她梦想中的模样，但她却担心这两样东西很快就会被她消耗殆尽。他们的现实生活还装载在山脚下的卡车那黑洞洞的货仓里。她回过神来，发现工人都在专注地盯着她，手里拽着潮湿的 T 恤衫，身子靠在了栏杆上。她本想说些什么，她应该说些什么。要是时间能够再多一些就好了，这样她就能想出一段完美的措辞了。她能够看出他们已经越发不耐烦起来。他们只想把她的家当从一个地方搬到另一个地方，却完全不知道他们把每一样东西放在一个明确的地方之后，她却只能感到自己距离失望更近了一步。

第四部

平坦，立体，
正直，真实

1991—1995

35

康奈尔穿过一条又黑又长的隧道，从一个封闭的院子里钻了出来，加入了一群一边等待一边嬉闹的男孩子之中，按照录取信中的指示，会有人带领他们走进校园。现场没有成年人，所以他们可谓是在没有任何缓冲的情况下暴露在彼此面前——这些男孩子都曾是班中的翘楚，如今却只不过是众多学子中的一个。一个男孩的头高高地凌驾于其他人之上。康奈尔听到一些人在传言那个高个子的篮球技术有多高超，还说他有希望率领球队参加城市冠军杯的比赛，当着绝望的对手暴扣篮筐。想到有人能够代表学校践踏对手，他不禁感到有些激动，仿佛自己也终于有机会一雪前耻，消除多年来作为初中书呆子所受的怠慢和羞辱。光是那个男孩的体型似乎就暗示着某种伟大的承诺。他将翻过作为前言的过去，从尴尬的蝶蛹中脱颖而出。

借着一股有感而发的勇气，康奈尔飘过院子，凑到了高个子男孩的身边。近看时他才发现，对方居然长了一张娃娃脸。听完康奈尔的自我介绍，男孩的嘴里发出了一个令人惊奇的深沉而又温柔的声音。原来他叫罗德·亨尼。罗德告诉他，自己也是从韦斯切斯特的一个名叫多布斯费里的小镇乘车过来的。他们在人潮的推搡下走进了礼堂。听完讲话，填完表格，领完课本，他们到食堂去吃了一顿热热闹闹的午餐。一天结束之后，康奈尔和罗德一起乘坐 6 号线到了中央车站，心情一直都沉浸在今天所听说的种种新鲜事之中。两人还约好第二天一早在火车站的钟

　　　　　　　　　不属于我们的世纪

表旁见面。

第二天，当康奈尔朝钟表的方向走去时，发现罗德已经在向他招手了。只见他伸出细瘦的手臂，提起了自己的书包。康奈尔感到有些紧张。这段崭新的友谊既有可能加深他们之间的相互理解，也有可能让彼此失望。他可不想一开始就出师不利，事后却又无力弥补。

"你好吗，兄弟。"康奈尔一边和他击掌，一边随性地观望四周，试图摒弃自己声音里的一切个性。

"上学的路上我好激动！"罗德回答，"我从没想过自己会说出这样的话来！"

看到罗德望向自己的那份寻求认可的眼神，康奈尔这才意识到这个男孩不会是自己的救星。罗德的眼神是那样的明亮，身体怪异地弯成了问号的形状。康奈尔只想让他站直。

那天，借着大家在体育馆里集合，进行一小时自由活动的机会，康奈尔证实了自己对于罗德的怀疑。他连接球和运球都不会，就更别提灌篮了。他几乎都无法在持球的同时在空中跳起来。他在球场上唯一能够破坏的就只有他自己。

开学的第一个星期，康奈尔根本就甩不掉罗德，就连越野运动会也要被他尾随。这是一场公开选拔，因此没有什么预选可言。只要你常来参加训练，就能成为球队的一员。

越野并不是一项炫酷的运动。在周末的早晨早早醒来之后，他一口气要跑上好几英里，就连每天放学后也不得闲，从而让很多号称自己是"真正"运动员的人都望而却步。康奈尔也为自己作为一名"真正"运动员的身份感到骄傲，可在来年春天之前没有人会知道他是一个球员。他之所以会加入越野队完全是为了打棒球时能够增强腿部力量，提高自己的速度和耐力。他学会了为自己所从事的运动而操心，却总是为了自己的缺陷而感到沮丧。他的肌肉又细又瘦，身材修长紧实。他很清楚跟着真正优秀的跑者长时间奔跑是种什么样的感觉。看着他们渐行渐远的身影，他能够感觉到自己的身体里仿佛也蕴藏着能够赶上他们、做得更好的潜力。

训练时的罗德总是格外严肃，凭借自己的苦练成为阿米杜尔教练给所有人树立的榜样。教练总是说自己能在今冬到来之前把罗德训练成一位跨栏运动员。可罗德显然连跨越一个栏所需的协调能力都没有，就别说一系列的栏杆了。

不管罗德如何努力，他在训练时的时间成绩总是没有变化，一直都落后于慢速组一分钟。对于自己的不长进，罗德也十分自责。罗德的父亲曾在赛季初期前来观看过他的训练，使得旁人一下子就看出了罗德过分自责的来源。就在罗德冲过终点线的那一刻，亨尼先生当着所有人的面对他喊叫了起来。康奈尔和他的队友们都围了过去，拍着罗德的肩膀。然而，那一星期训练的时候，这些深知罗德缺陷的人却全都一马当先地冲了出去。他们开始嘲笑罗德的步态、沉重的呼吸声和多汗的毛病，甚至连他所穿的短裤也不放过。康奈尔并没有刻意制止这些嘲讽的言语。他知道这样做是不对的，而罗德也和他心照不宣。当他嘲笑罗德时，罗德沉默地用眼睛打量了他一遍。生理上的些许差异是康奈尔和罗德之间唯一的不同；不过，他的父亲亨尼先生有些癫狂这一点也不尽相同。虽说拥有这样的一位父亲并不是一件容易的事情，但罗德走起路来一脸幼稚无助的模样实在是对他没有什么帮助。这种表情会让人紧张，反而会迫使别人想要离他越远越好。

康奈尔参加完训练回家时，他的父亲正跪着趴在厨房的地上，用钢刷刮着地板砖，试图刮掉上面肮脏的漆痕。他一路从厨房清理到了书房，然后又刮到了门厅，一块砖都不肯放过。康奈尔换上一条旧的牛仔裤，也加入了他的行动。父子俩默默地蹲在那里，并肩工作着。当康奈尔将全身的力气都放在钢刷上时，这才感觉跑完5英里之后的酸痛感已经深入自己的肌肉。

　　　　　　　　　不属于我们的世纪

"按照这个速度，我们2000年的时候才能干完。"他开口说道。

"好好干活。"

"那味道简直是要了我的命。"所有的窗户都开着。厨房的桌面上还摆了几台电扇。这是9月里炎热的一天，充满溶解剂味道的空气几乎没有流动。"我头疼。"康奈尔站起身来揉了揉双手，检查手上是否磨出了茧子。

"你要是不想帮忙，就不要帮忙。"

"我在帮忙啊。"

"那就不要废话。"

他们在地板砖的缝隙里挖了起来。尽管溶解剂已经腐蚀了清漆，但还是需要用尽力气才能刷干净每一块砖。他相信肯定有一种专门清洗地板的机器，但父亲就是下定了决心要用自己的方法来操作。他拒绝休息，仿佛是在试图借由此事表明某种态度似的。

康奈尔刷掉了另外半块地板砖上的清漆。"我明天还有拉丁文的考试。"他说。

他的父亲挥了挥手示意他离开，连头都没有抬。"做你的功课去吧。"他回答。

"我可以帮忙的。"康奈尔内疚地应了一句。

"做你那该死的功课去吧。"

那个周末，他的父亲带着他参加了在万考特兰公园举办的越野运动会。阳光明媚的早晨，一望无垠的天空和轻快的风——一切都让康奈尔的心中充满了希望。他唯一担心的就是发令枪响起之后的事情：1.5英里如地狱般的奔跑，还有酸臭的汗水和疲惫的愤怒感。草地不远处，几个当地人正在追逐一颗橄榄球，对于即将发生在他身上的这番苦难毫不在乎。

参赛选手的家长和兄弟姐妹们东倒西歪地站在一起。在人群的边缘，罗德弯着腰，用长长的手触摸着地面，完全没有一个身高六英尺半的男孩应有的自信。康奈尔的队友之一史迪凡嘴里的冷嘲热讽一直就没有停歇过，让所有人都倍感紧张。看到康奈尔身后的罗德窝着又高又瘦的身体奋力而又笨拙地做着伸展运动，史迪凡窃笑了起来。唯一没有嘲笑他的队友是陶德·库格林。在赛道上的天然优势让他显得格外大度。

埃德在全队做伸展运动的时候为他们拍了几张照片。近来他看见什么都要拍照。为了表示抗议，康奈尔故意不看镜头，边伸展把头埋了下去，集中注意力体会腿筋的拉伸感、关注正在附近热身的另一支队伍，心里充满了对领土的防卫感。只见他们边跳边用手掌拍着大腿上的肌肉，脸上还带着盛气凌人的轻松表情。

枪响之后，随着所有人汇聚在了中距离处的某一点上，为了抢夺位置纷纷展开了艰苦的肉搏——你一拳我一肘，彼此鬼祟地推搡着。人群很快形成了一条无情的战线，自然法则暴露无遗。一片遥远、平坦的空地通向了使人精疲力竭的后山。在那里，除了水路桥和天桥上有承担标记任务的人在把守之外，他发现自己孤身一人，周围只有被随意涂抹在岩石上、充满嘲弄意味的涂鸦。他一路闪避着地上的马粪，试着不要在崎岖不平的小路上扭伤脚踝。站在山丘最高处向下望去，脚下是一片险峻的陡坡。他选择了极其危险的曲折路线，以免绕路太远。山脚附近的哈德逊景观道路上，一辆辆驶过的汽车发出了嗖嗖的响声。他急转过一个弯，眼前豁然出现了一片空地。就在前方四分之一英里处，观众和教练正一字排开，大声叫嚷着。他拖着疲倦的身体尽全力朝着终点线冲刺过去，心脏和肺部都在与他作对。

看到站在远处终点线上的人群，他感觉自己就像是在倒着看望远镜一般，一心只想走到一边狂呕一阵。一大群选手从他的身边跑过，神秘兮兮的一句话也不说。他连头都快要抬不起来了。

看到父亲的身影之前，他先是听到了他的声音。"加油，康奈尔。"父亲把两只手聚拢在了嘴边，温和地喊着"加油，儿子"。

他深吸了几口气，拼命甩起了双腿，好像它们并不属于自己，而他需要把它们物归原主似的。他眼看着就要追上前面的那群人了。不远处的终点线处传来了一阵欢呼声。他想要和大家一起冲线，可赶上他们的时间不多了。他们并不是第一批到达终点的选手；他们早就在一旁休息了，手里还握着镀金的奖牌。眼前的这些选手是一小群竞争者。他不知道还有没有剩下的奖牌值得他们去争取了。赛事组织者总是会刻意发放许多枚奖牌：30枚、50枚。天知道有多少。前三组撞线的人都有奖牌可拿：获得金牌、银牌和铜牌。后面的人就要空手而归了。当有人问及阿米杜尔教练赛会方当天打算发放多少块奖牌时，教练不耐烦地回答："你为什么要在乎这个？为什么非要垫底？"

他勉强赶上了那一群选手。大家在警戒线的拦阻下排成了漏斗的形状。余下的奖牌还有许多。他弯着腰，驼着背，一边试图喘口气，一边看着挥手示意他们让路的工作人员。每跟上来一名选手，他的奖牌价值仿佛就要跌价不少。等奖牌发放完了，到达终点的选手们也少了炫耀的动力。喧嚣之中偶尔能够听到一两个人欢呼的声音。聚集在终点线附近的人群也越来越稀疏了。

落后的那一批人终于鱼贯而至。罗德夹在他们中间，身体笔挺地杵在人群中，活像一根复活的图腾柱。罗德那位尖声尖气的父亲沮丧地朝他喊叫起来，周围的人也跟着发出了嘘声。即便是在罗德撞线之后，他父亲的长篇阔论也还在继续。大家都纷纷移开了目光，心里却在为这个男孩感到尴尬。阿米杜尔教练无力地用笔敲了敲自己手中的写字板，一脸责备的表情。

"那孩子叫什么名字？"康奈尔的父亲问道。

"谁？他吗？"康奈尔回答，"罗德。"

"待在这儿。"

康奈尔紧张地望着父亲走向了罗德父子所站的位置。

"你叫罗德，对吗？"

罗德点了点头。

"你想干什么?"亨尼先生厉声问道,"我在和我的儿子说话呢。"

"我在想,罗德,"康奈尔的父亲丝毫没有要搭理亨尼先生的意思,"你是否愿意摆个姿势和我照张相?"

罗德虽然看上去很惊讶,但还是应了一句"当然愿意",而亨尼先生则吃惊得有些说不出话来。康奈尔的父亲把相机递给了史迪凡。那孩子先是尴尬地环视了一下四周,然后才摆好了为他们拍照的姿势。康奈尔简直不敢相信眼前发生的这一切,更是不敢想象这一刻到底有多么让人难堪。他冲过去从史迪凡手中夺过了相机,用最快的动作瞄了瞄取景框。他的父亲和罗德都在微笑。所以说,光看照片是永远无法得知快门被按下的那一刻到底发生了些什么的。康奈尔照完了相,跑去向阿米杜尔教练询问自己得了第几名。教练在把写字板展示给他的时候轻蔑地移开了目光。

一个和康奈尔同级的名叫德克兰·科因的孩子和他一起坐上了从布朗士区进城的地铁。每逢周末,他便会带着康奈尔四处乱逛。

"你看上去像个意大利裔的工人。"德克兰说,"你需要装出预科生的样子来。"

"好吧。"

"举个例子来说吧,你不能穿高领毛衣,得找件不同的衬衫来穿。真正有领子的那一种。橄榄球运动衫也可以。马球衫,系扣的款式。"

德克兰是在镇子里长大的,原先上的是圣约瑟夫学校。他认识附近所有在福坦莫上预科的学生以及布朗士高中的孩子,还能和他们打成一片。他们并不在意他是个杰出的钢琴演奏者的事实,他们在意的是他八年级时曾经在帝都比赛的橄榄球队里当过守门员。他们也许还注意到了德克兰的父亲在晴天时停在车道上的名爵牌汽车。

"中间凸起的鸡冠头——不可取。"德克兰说,"还有满头的发胶也不行。把你的头发留长一点，做个偏分。"

德克兰那一头难以驾驭的鬈发已经从那顶绣着"美国公开赛"字样的帽子下面支了出来。就连康奈尔的大都会队帽子也没有达标，听说只有幼稚鬼才会戴绣有某支具体球队标志的棒球帽。

"至于这些裤子嘛……你看上去就像是要从飞机上跳下来似的。你看看周围，有没有穿 Z Cavaricci 或是 Bugle Boy 牌子的裤子？你要这么多的口袋和环孔做什么呢？你穿着这身行头都可以去做建筑工人了。你只能买牛仔裤，而且是最普通的款式，不能是那种酸洗的不雅观的样式。"

康奈尔的母亲就曾给他买过德克兰最憎恨的那种牛仔裤。康奈尔忍不住注意到德克兰的母亲似乎把他的每个细节都打理得十分得当：他的校服裤子被熨烫得十分平整；三明治也被整齐地用油纸包了起来，看上去就像是圣诞礼物一样，旁边还排列着用透明袋子装着的迷你胡萝卜——每一根胡萝卜都仿佛在叫嚷着"我很健康"之类的话——以及两片滚圆的手工巧克力碎片燕麦饼干。她甚至还把他的餐巾也整齐地叠成了三角形。除此之外，不仅德克兰在学校里的装束看不出任何的线头，康奈尔简直不敢相信他的家里也是如此的整洁完美。他自己家的房子就从没有过科因家的这番模样，何况科因太太同样拥有一份全职工作。

"别把裤子紧紧地卷起来。那完全是工人的打扮。"

他猜测自己此刻注视德克兰的眼神一定很像是土著部落的人第一次接触到了文明世界是什么样子。

"丢掉那些锐步牌的便鞋吧。买几双平底帆布鞋。贝斯牌的就行。没有人会穿三角裤了。你得穿四角裤，而且只能穿四角裤。"

"四角裤？"

"没有例外。我已经不能再强调这件事情了。"

"我会去买一些的。"

"再买些足球鞋。阿迪达斯的桑巴斯鞋。"

"我不踢足球。"

"那是因为你不知道自己适合什么。"他说，"所有人都会踢足球。买几双足球鞋。"

"那我这么打扮看上去会不会太装模作样了？"

"那你想让自己看上去已经完全放弃希望了吗？"

公园旁边流淌着布朗士河。河的西岸就是布朗士河大道。帕尔默街位于河的南岸，北岸则是庞德菲尔德街。这里的主干道边绿树成荫，随处可见大广场上铺设的宽阔无垠的草坪。入夜后，许多孩子都喜欢聚集在这里喝酒。

在镇上，这算不上是什么大罪过。警察总是把车子从大道拐上草坪突袭他们，吓得这群不到饮酒年龄的孩子慌不择路地朝帕尔默路跑去。他曾经看着他们仓皇逃离公园，猜想自己有没有机会和那些孩子一起玩。

德克兰带着他来到了聚集在路边不远处的人群中。德克兰说，这些男孩中的大部分人都在福坦莫预科学校上学，还有几个人上的是伊欧娜学校，其余的则是布朗士高中的学生。那些女孩上的则是乌尔苏拉会学校和圣婴学校，也有几个同样是布朗士高中的学生。其中还有几个年纪稍大一些的男孩；他们有的是大学生，有的已经辍学，还些是从没有上过大学就已经工作了的人。

在德克兰把康奈尔介绍给大家认识时，其中的一个男孩将手电筒举到了下巴附近，照着自己的脸，分明的五官看上去甚是吓人。他长着胖鼓鼓的脸蛋，上身穿着一件粉白条纹的牛津衬衫，眼睛里布满了血丝。德克兰说他是福坦莫的二年级学生。

"给。"那个男孩说，"喝瓶啤酒吧。"

他从一个六瓶装的啤酒包装盒里取出了一瓶啤酒，递给康奈尔。康奈尔感觉自己无法拒绝对方，只好试着动手拧掉瓶盖。

"让我来帮你吧。"那个家伙用钥匙链上挂着的一个开瓶器打开了瓶盖。德克兰挥了挥手，一个看上去和康奈尔差不多大的男孩应声走了过来。

"布鲁斯特，康奈尔。"德克兰介绍道。

"所以说，你和这小子是同学？"布鲁斯特指了指德克兰。

"是的。"康奈尔回答，"不过我也有可能会退学，转到福坦莫去。我可不想一天到晚总是读书。"

这些孩子不需要知道康奈尔成绩很好的事实。他不想一开始就让镇上所有的人都以为他只不过是个书呆子。

"要不要再来一瓶？"那个年纪稍大的家伙边问边拿走了康奈尔手中的啤酒瓶。康奈尔趁无人注意的时候把瓶子里的酒全都倒在了地上。看到德克兰一脸热情地看着自己，康奈尔觉得有必要把这一瓶真的喝下去。他啜了一口，感觉很苦。

"你看到那边那个女孩了吗？"德克兰的说话声此刻更洪亮了一些，"那个金头发的？她的名字叫丽贝卡。她可以给你口交。你有没有让别人给你口交过？"

康奈尔连一个女孩都没有吻过呢。"没有。"他回答，"还没有。"

"她可以和任何人鬼混。"

他无法理解如此漂亮的女孩为什么要和别人鬼混。

"那你有没有和她鬼混过？"康奈尔问道。

德克兰的脸上缓缓露出了微笑。"很棒。"他说，"感觉好极了。"他喝完了手中的啤酒。"你为什么不过去和她说说话？"

德克兰把他朝着那个女孩的方向推了推。她正站在刚才为他递上第一瓶啤酒的家伙身边。于是他摇晃着手中的啤酒，走过去再要一瓶。

"我的兄弟。"那家伙赞许地回答，"酒多的是。"

他感觉胸口涌上了一股气，在那个男孩为他开酒的时候打了个嗝。丽贝卡长着天使般的脸庞，笑容很甜美，很难想象她是个如此放荡的女孩。有人开了个玩笑，她笑得花枝乱颤。康奈尔感觉一股暖流穿过了自己的身体。德克兰走了过来，将他介绍给了几个穿着几乎一模一样的男孩。康奈尔漫不经心地和他们握了握手。他能够感觉酒精正在发挥作用，一种少有的勇气偷偷潜入了他的体内。

"这里总是这么死气沉沉的吗？"他问话的时候感觉丽贝卡正饶有兴趣地盯着他。

"差不多吧。"一个男孩答道。

"如果我把我的那帮哥们从城里带过来。"他说道，"肯定能把那群警察吓得尿裤子。"

"硬汉。"一个男孩嘲讽地说了一句。康奈尔看到他瞟了另一个男孩一眼，还傻乎乎地笑了笑。

"我过去也是混帮派的。"康奈尔说道。他看到德克兰摇了摇头。"我不知道如果这里真的发生了什么，这些警察能起什么作用。"

有人说了一句康奈尔没有听到的话，逗得其他人都笑了起来。他想要说点什么诙谐机智的话，却一句也想不出来。丽贝卡朝着河边的大树走了过去。德克兰挪动了一下身体，这样就能背朝着康奈尔与自己的朋友说话了。康奈尔听不到他们在说些什么。当其他人都走开时，德克兰站到了他的身边。

"请告诉我你刚才说的都是些反话。"德克兰说道，"请告诉我你不是那么粗野的人。"

康奈尔只是喝着自己的啤酒。喝完之后，他又走到那个带着手电筒的家伙那里要了一瓶。

直到周围的人都匆忙散去，他才意识到到底发生了什么事情。他站在这一群人的最外围，因此距离警车也是最近的。虽然他有时间和那些孩子一起逃离公园，但他不知道为何只是站在了原地。他喝醉了，这一点毫无疑问。他以前还从没有喝醉过呢。紧接着他就发现自己手中的啤酒被一位警官拿走了。"现在这是证据了。"警官开口说道。另一位警官让他面对着警车背着双手站好。

不属于我们的世纪

他小时候也曾玩过手铐，但这一副手铐似乎更加的真实，深深地钻进了他的腕骨中。他感觉有人推搡着他进了车里。坐下时，金属嵌入了他的皮肤，害得他抽搐了一下。几位警官也坐进了车里，带着他扬长而去。隔着栅板，他端详着他们的后脑勺，心中涌起了一种诡异的平静感。旋转的警灯照亮了外面泥泞的草坪。他知道自己也许应该感觉更沮丧一些，却不知为何觉得这件事有几分必然。他的父母肯定会杀了他的。

他们驱车来到了警察局。其中一位警官带着他走进了一个小房间。"我会给你倒杯水的。"他说，"坐吧。"

康奈尔在警官指着的那张办公椅上坐了下来，太阳穴怦怦直跳。他的头顶上挂着一张裱了框的印刷画，描绘的是某一次的航海任务。一位警官走了进来，手里还端着一杯水。康奈尔接过水一饮而尽。

"让我比较感兴趣的是，我想听一听你手里的酒是从哪里来的。是你自己买来的吗？"

康奈尔摇了摇头。

"我需要你用言语来回答我。"

"我不知道是谁给我的。"他回答，"是一个年纪比我大一些的家伙。"

另一位站着的警官开口告诉他："这件事是要记录在案的，你明白吗？我们会通知你的学校。你的家长也正在赶过来的路上。"

"是吗？"

"那家伙叫什么名字？"

"警官，我才搬来不久。"他回答，"我不知道任何人的名字。"

"那你记不记得有关他的任何事情？"另一位警官问道。

"他年纪比我大，是个好人。他穿着带领子的衬衫。"

"这孩子在浪费我们的时间。"

"你会被送上少年法庭的。"第一位警官告诉他，"我们对待这种事情是要从严处罚的。你现在应该知道了吧。这里不是你的老家。"

"杰克逊高地。"

"管它在哪儿呢。"

不一会儿，他的父母赶到了。母亲进门就狠狠地打了他一巴掌，而父亲脸上的表情似乎是忧虑多于愤怒。

除了可以出门参加越野训练之外，他被禁止出门做任何事情。在东彻斯特的少年法庭上，地区检察官提出了一份认罪协议：30 个小时的社区服务。康奈尔不得不出庭受审。"如果我再在这个法庭上看到你。"法官对他说，"你最好随身带把牙刷。"

在出去的路上，他的母亲又在这一条上加上了自己的恐吓。"如果你敢再让我在这个镇子上如此丢脸，就别回家来。"她说道，"在 21 岁之前，你也别想再沾一滴酒。你连拿酒瓶的勇气都没有呢。"

"对不起，妈妈。"

"一点男人样都没有。"她又补了一句。

36

　　由于埃德的楼板改造工程几乎占据了整个厨房，只在冰箱、水池和炉灶旁边留下了一条狭窄的小道，所以他们不得不坐在餐厅里吃饭。等到埃德将注意力转移到他们脚下这片腐烂的地板上时，她就只能连餐厅也放弃了。不过，在此之前，她还是打算好好享受一下这里。她挂起了一张床单，把餐厅和客厅分割开来，因为客厅里不仅摆着客厅家具，还堆放着一些在埃德清理完地板砖之后应该被布置在书房和门厅里的家具。餐厅是她的避难所。她在布置这里时把标准提升到了无比挑剔的水平之上，其华丽程度看上去如同上演夜间戏剧的小剧场一般。瓷器靠在橱柜的里面，抛光的烛台像哨兵一样立在断层式展示柜上，枝形吊灯上的水晶在经过化学品擦拭后闪烁着耀眼的光芒，而雪白的蕾丝桌布则像极了古时的圣坛。

　　埃德坐了下来，头上仍在流淌着汗水。他把汗湿的小臂垂在了桌面上，用她折得整整齐齐的餐巾擦了擦眉毛。

　　厨房的地板整修完毕之后，他们就能安装新的橱柜和台面了。

　　"我不明白你为什么不愿找个承包商来整修地板。"她说，"我们还是有钱请人来帮忙的。"

　　"我做得很好。"他回答。

　　"我可不想这样子生活下去。我们之所以买下这座房子就是为了离开蜗居的日子。我想要一个真正的厨房。"

他们手头还有些可供周转的钱。在他们支付了折旧回抵税（她很后悔自己这么多年来都只向奥兰多一家收取低廉的房租；房租几乎都算不上是家里的收入）和一半的房屋购置款后，他们从出售杰克逊高地房屋的所得中抽了 4 万美元用于新房的修缮。

"你会得到你那珍贵的厨房的。"埃德回答，"地板很快就能修好。"

"还有两个月就到 11 月了，埃德。我们可以请几个人过来，一天之内就能完工。他们可能还有专门清洗地板的机器，几个小时就可以搞定。"

他抓住了她的手腕，朝她伏过身来。

"要是有任何一个人碰一下这里的地板——只要不是我和康奈尔——我就不干了。你明白吗？"

她挣扎着把手抽了出来。"随便你。"她一边挖苦着回答，一边揉搓着自己的手腕，"但别指望那孩子能帮你什么忙。你若是想要在这件事情上逞英雄，那就做到底好了。他是不会帮你的。他在学校里还有很多功课要做呢。"

"我不需要他的帮忙。"

她几乎尝到了心怀厌恶的滋味，嘴里满是苦苦的味道。

"那好。"她回答，"太好了。一切都是我想象中的样子。"

37

在加油站，趁着他的父亲出去付钱的工夫，康奈尔的母亲开始坐在后座上痛责他。

"我只是想让你知道这对你爸爸来说有多重要。"她说，"我更愿意住在山边一家舒服的住宿加早餐酒店，看看那里的植物。但你爸爸想要为你做这件事情。你要记住，要感恩。听到我说的话了吗？"

"好吧。"他回答。

"我还有件事要与你说道说道。早上出发之前，你说了什么让你爸爸那么不开心？他说这是你们两个之间的事情，但我能看出他很心烦。"

"没什么。"康奈尔回答。

"我敢肯定这不是什么小事。"

"他说得对。这是我们之间的事情。"

"别跟我发脾气。"他的母亲说道，"你还住在我们家的屋檐下。你可别忘了这一点。"

他并不想告诉母亲他说了什么，因为这只能证实他就是她言语中暗示的那种混蛋。他也不知道自己为什么要那么说，有些话自然而然就脱口而出了。他和父亲一起站在水池附近。康奈尔在把自己的盘子放进洗碗机之前先用水把它浸湿了，而他的父亲则正打算从他的身前伸手取一条擦手毛巾。就在这时，康奈尔开口说了一句："你有口臭。"看到父亲嘲弄般的眼神，康奈尔又说了一遍，这一次语气有些不同："你的口气臭极了。"他的父亲把一只手伸到了自己的嘴巴前面，吹了几口气闻了闻，然后用受伤、疑惑或是感恩的眼神望了望他——康奈尔也分辨不出那到底是哪种情绪。"谢谢。"父亲用让人无法信服的语气说了一句，然后离开房间去了浴室，将近一个小时都没有出来。康奈尔听到他不断地在里面开着水龙头刷牙。每次沉寂片刻之后，水龙头的流水声就会再次响起。

一家人到达小店林立的库伯斯顿时，他母亲的心情顿时明朗起来。他们把车停好，步行去了红砖结构、外形看上去很像是大学建筑或大型邮局的名人堂。在门外，应他父亲的要求，他的母亲在其中一个圆形的门前为父子俩拍了一张合影，然后便离开去购物了，并与他们约定两小时后在正门口会合。

走进名人堂，康奈尔和他的父亲经过了一排奖章柜。父亲指出了几位年轻时喜欢的球员——杰基·罗宾逊、杜克·施耐德、罗伊·坎帕内拉、皮·维·瑞斯。他抱怨着自己最喜欢的球员吉尔·霍奇斯并没有入选，还在那些个性十分值得他敬佩，却不是道奇队球员的人获得的奖章前停下了脚步：卢·格里克、斯坦·穆休、罗伯托·克莱门特。阅读这些奖章上的文字是件很酷的事情。书写这些短小个人简介的作者能将球员的职业生涯浓缩在一堆数据和几句简洁有力的评语之中。不过，早已不是12岁小孩的康奈尔已经不如从前那样欣喜若狂了。那时候的他对这些东西可是百看不厌。

逛了一会儿之后，已经见怪不怪的康奈尔开始惦记午饭的事情了，还思索起了母亲对于植物的评论似乎也有道理。看看花花草草自然是很无聊的事情，但至少他不用分享父亲的感受，对于父亲喜欢的东西假装很感兴趣。就在他们步入一间四面都摆设着玻璃盒子、人群熙熙攘攘的宽敞房间时，他的父亲突然停下了脚步。

"下一次我们到这里来的时候。"父亲说道，"你的名字就该入选了。"

康奈尔等待着他嘲讽的傻笑声，但却什么也没有听见。"当然，爸爸。"他边说边翻了个白眼，"好的。"

他很优秀，参加高中的校队绰绰有余，但绝不会被人看上；他的父亲对此也心知肚明。

"我想让你听我说。"父亲说道，"我要严肃地跟你谈一分钟。"

一个可爱的女孩正站在自己的父母和弟弟身旁，观赏着装在盒子里的旧手套。

"在这儿？"康奈尔问道，"一定要在这儿吗？"

"我在你身上发现了一些让我很着急的事情。"他的父亲回答，"也许是因为你让我想起了自己像你这么大时的日子。那时的我会过分为难自己。我看到你也在为难自己。那不是你。你封闭了自己的心。你原本是一个多么开朗可爱的孩子啊。"

"好的，爸爸。"他边说边举起双手想要阻止他说话。

"你明不明白我的意思？"

"我不明白。"他回答，"我是说，我很好，爸爸。我很好。你不必担心我。"

"你的确很好。"他的父亲说，"你不是很好，而是很完美。这我是知道的，相信我。但你的心里有些什么东西封闭起来了。"

"爸爸，"他问道，"这是不是和我说你口臭有关？"

他的父亲笑了。"听着，我打算让你做一件你可能会觉得有点奇怪的事情。你愿意为了我这么做吗？"

"是什么事情？"

"你必须要相信我。"

"这件事会不会让我难堪？"

"除了我们，没有人会知道的。"

"那好吧。"康奈尔挫败地在大腿上拍了拍手，"好的。当然。"

"生活总是会丢给你一些让你感觉很恼火的事情。我不想让你沉浸在怒火之中，忘了自己有多大的潜能。所以我们现在要做点小小的练习。"

"你还好吗？我的意思是，一切都还好吧？"

"我很好。"他的父亲回答，"你准备好了吗？"

"是的。"如今康奈尔是发自内心地感到好奇。

"我现在想要让你做的就是，发自内心地感觉一下，下一次我们到这里来的时候，他们会把你的名字也刻在这里。"

这太过分了。"这话到底是什么意思？"康奈尔提问的时候，那个可爱的姑娘正好走过他的身旁，和他四目相交。

"嘘。"他的父亲吩咐他，"闭上你的眼睛。"

康奈尔闭上了眼睛。

"我是说，等我们再回到这里时，你也会被引入名人堂。我想让你想象一下那样的场面。"

"好吧。"他边说边感觉有些心软。父亲的话语中带着几分激动的情绪，听上去是那样的笃定。康奈尔想要相信父亲拥有预见未来之类的能力。

"想象一下，你的目标是为大都会队奉献一生。你会在广播里上千次地听到自己的名字，还会听到欢呼声和喝倒彩的声音。你在草地上打球，在阿斯特罗特夫龙尼草皮上挥棒。也许你会弄伤自己的肩膀，摔伤自己的手肘，扭伤自己的关节，但这都是值得的。你每一次在主场参赛时都会预留出几个座位。你的孩子们会坐在那里，你的妻子也一样。现在你看到了一块印着自己脸庞的奖章。虽然你觉得那肖像照中的你看起来就像是另一个人似的，但那就是你——你的名字下面还写着你的球衣号码。"

父亲说话的方式听上去好像不只是在谈论棒球，也不只是在谈论名人堂。他想让自己的话被康奈尔解读成他想听到的样子，他想让康奈尔相信自己。

不知为何，康奈尔真的感觉到了：他体会到了给人们带去欢乐、做些伟大而又不平凡的事是什么感觉。他从不敢想象这样的画面。他甚至都不忍睁开眼睛。

不属于我们的世纪

"我想让你真切地去感受。"他的父亲说，"我还想让你记住这样的感觉，因为它将和你生命中的任何经历一样真实。你记住了吗？"

康奈尔闭着眼睛点了点头。

"你要发挥自己的想象力。"他的父亲说道。

康奈尔发觉自己的思想如同花朵般绽放开来。要不是他害怕去思考那些不可能的事情——他也许会成为人们口中谈论多年的职棒大联盟球员——在梦境中，他就不需要去实现这个梦想；他可以拥有它，就像他可以拥有自己想要的一切。

"好的。"康奈尔回答。他能够听到人们从他身边经过的声音。他无须偷看也能够看到他们走过的身影，看到他们身上的衣着和脸上的表情。

"你有没有感到自己很强大？"

"是的。"他回答。事实的确如此。他已经超越了时空。

"你现在还生气吗？"

"不生气了。"

"那你还害怕吗？"

"不害怕了。"

"你知道我爱你吗？"

"知道。"他回答。

"睁开眼睛吧。"他的父亲说道。但康奈尔还是等了一会儿，因为他隐隐感觉自己永远也回不到这一刻了。"我们去找你妈妈吧。"

38

　　星期五，橱柜装好了。当艾琳结束了一周似乎永无止境的工作回到家中，看到那些纯白的表面时，她靠在了垂涎已久的独立工作台旁，一脸惊奇地环顾着四周。然后她打开柜门，快乐地用手抚摸着浅黄色的内部空间。她已经忍不住要冲到美食百货里去了。自从她清空了所有的橱柜，准备把它们一一拆开以来，她就一直满怀期待地等着它被重新组装起来的这一刻。

　　第二天早晨，安装台面的工人带着几块巨大的平板出现在了她家的门口。起初，她选择了可丽耐的人造大理石，因为花岗岩实在是太贵了，而她又不想再与胶木为伴。但就在最后一刻，她打电话将订单的内容改成了花岗岩。

　　她本以为看着工人把这些台面装在橱柜上会是一种享受，但直到她看到装配工和他的助理们把它们拖上后楼梯的那个场景时才意识到，自己可能更享受欣赏完工时的神奇感觉，就像她小时候放学回家看到母亲用吸尘器清理地毯时留下的一道道痕迹一样。

　　她在小巷中绕来绕去，驶向了超市，在购物车里堆满了她所能想象的、家中需要的一切东西。还没走到干货区，购物车就塞满了，于是她不得不先行结账，把东西搬到车上之后再重新开始。第二轮采购结束之后，她不仅把后备厢塞得满满当当，就连后座、副驾驶座位和车的空当都堆满了东西。除了正前方和后视镜，她的视线几乎看不到任何一个方向。她甚至感觉发动机在载她回家的路上运转得都有些费劲。

她把车子驶上车道，按响了喇叭，呼唤康奈尔下来帮忙拎包。她走上楼目瞪口呆地盯着光滑的台面，用手摸着它们冰凉的表面走了一圈，为它们看上去竟然能延伸得如此纤长而感到惊讶。

康奈尔提着第一批购物袋走了进来，把东西全都放在了独立工作台上。

"怎么了？"

"你在为了什么灾难做准备吗？"

"我买了点东西而已。"她一脸防备地回答。

她开始收拾自己的购物成果了。康奈尔无数次地周转于车库和厨房之间。等他差不多搬完时，购物袋已经在独立工作台四周围了一圈。埃德走进厨房，一下子勃然大怒。他开始把冰箱里的东西一一抓出来扔进了垃圾桶里。

"我们的食物太多了！"他喊叫道，"食物太多了！"

"请你控制一下自己，行不行？"

"我们需要建立一个新的规矩。"他回答，"我们越来越胖了。我们得做些改变。一天一顿饭！不能超过一顿饭！"

"这些东西足够我们吃上 10 年的了。"康奈尔说。

"把它们都扔掉！"埃德一边咆哮一边离开了厨房，"通通扔掉！"

艾琳跟了出去。"你想扔就把它们全都扔出去好了。"她朝着他渐渐消失在楼梯上的背影喊道，"我没意见。"她试着保持冷静，不让自己堕落得和他一样。"这么做只能让我花更多的钱去买新的东西。我想要把食品储藏室里的每一寸都填满。"他消失在了卧室里。"我不在乎你会不会饿死。这个家里的其他人会吃的。"他没有回应。"像国王一样！"她喊着，"我们要吃得像国王一样！"

39

最近几周，埃德砸掉了地下室里所有腐烂的纸面石膏板，搞得那里看上去就像是射击场里悬挂靶子的区域一样。危机四伏的客厅也被他搞得一团糟。地板全都被他不加选择地掀了起来。排水管堵住了。车库的门也坏了。一次严重的风暴过后，他们的地下室又被洪水给淹没了。除此之外，鉴于橱柜和台面都已经装好了，埃德拒绝再雇佣任何一个承包商来帮忙。

他坐在她的身旁手握着方向盘，为自己身上穿着的那身不太搭配的衣服生起了闷气。她足足骂了他半个小时才让他脱下了身上那件脏兮兮的汗衫，赶着上路。他们要去麦圭尔家。这份困扰显然分散了他开车时的注意力，害得他在车道间来回摇晃，眼看着就要撞上堵塞的车辆，这才重重地踩下刹车。

"你能不能注意点？不要到处乱开。"

"我知道怎么开车。"他回答，"我自从，"——他停顿了一下——"16岁起就会开车了。"

他们出发晚了，又碰上了交通堵塞，因此赶到麦圭尔家时已经很迟了。埃德熄灭引擎之后坐在了车里。她站在车旁边，挥手示意他出来，但很快又打开了车门。

"你来不来？"

门厅的灯亮了，麦圭尔家的一员很快就会出现在门口。她钻回了车里。也许她还得再试一次。她压抑着声音里的不耐烦，问了一句："怎么了？"

"给我一分钟的时间。"他回答，"我想不起你说的话了。"

"亲爱的，"她尽可能温和地说道，"我们真的没有时间了。"

"你再说一遍，谁会过来？"

"只有我们。我们和弗兰克、露丝。"

"很好。"他回答，"我们见了太多的人了。"

自从他们搬家以来，就没有和任何人见过面。但现在不是争辩的时候。"你说得对。"她附和道，"我会缩小范围的。此时此刻我们关注房子的事情就好。"

"感谢上帝。"

"现在，我们可以进去了吗？"她递给他一瓶葡萄酒。露丝开了门，吻了吻他们两个人。埃德颤抖着把酒递了过去，她发现露丝也注意到了这一点。

晚饭已经做好了，于是他们直接坐了下来，看着露丝把菜端上餐桌。艾琳想要去帮帮她，可露丝却劝她坐下。弗兰克打开了酒瓶，好醒醒里面的酒。她感觉自己开始放松了下来。

"你那座'钱坑'怎么样了？"弗兰克问，"你找到它们埋尸体的地方了吗？"

听到这里，埃德本应该说些逗趣的话，让两人哄笑一番。

"很好。"埃德语气平平地回答，"还在修整当中。"

"埃德一直在忙着试图消除洪水留下的腐烂痕迹呢。"

"太有趣了。我也正在上有关水文历史的继续教育课程呢。"弗兰克说，"灌溉，水运。我们还没有讲到洪水。等讲到的时候我会告诉你们的。也许我还能给你支几个妙招呢。"

埃德什么话也没有说。

"能够重返课堂学点新东西一定很不错。"艾琳搭话道。

"我们已经不年轻了。"弗兰克回答，"必须让脑子转起来。我说的对不对？"

这一次，埃德还是没有回答。露丝及时地端着一大盘的烤牛肉走了过来。

"请吃吧。"她边说边示意埃德，"别客气。"

艾琳本能地想要帮他盛菜，却发现他正坐在她和盛牛肉的大盘子中间。埃德想用盛菜的叉子扎一块牛肉，不小心把叉子甩到了盘子上，溅得桌布上满是油渍。他又试了一次，下手有些过于用力，但还是设法把肉拨到了自己的盘子里，然后又伸手扎了一块。这一次，牛肉掉到了他的大腿上。露丝和弗兰克交换了一个眼神。埃德捡起牛肉，把它扔到了自己的盘子里，压根就没打算擦一擦裤子上的污渍。看到三块牛肉乱七八糟地堆在盘中，他把叉子递到了艾琳的手中，却并没有按照规矩把食物让给她或是把盛肉的大盘传给她。她不得不自己站起身来去够盘子。盛完之后，她还多添了两块肉到他的盘子里。她抬起头，意识到两位主人都在全神贯注地看着这个过程。

"你想让我来帮你盛肉吗？"她询问弗兰克。

"没事，我自己来吧。"

"这些看起来美味极了。"艾琳边说边递过盘子，但并没有坐下，"把你的盘子递给我吧。"她对露丝说道，感觉自己就像一位要事先想好下几步棋的棋手，"我帮你盛点土豆。"她用勺子舀了一些土豆给露丝，然后又舀了一些给自己，最后装作理所应当的样子也给埃德舀了一些。分发蔬菜时她也是这么做的。

埃德一脸疑惑地看着自己的盘子。由于无法用叉子叉到食物，他开始用手指把食物推到叉尖上来。就这样，他成功地送了几口吃的到自己的嘴巴里，却还是掉了一块在衬衫上。

这似乎是弗兰克打趣埃德喝醉了的好时机。埃德是不会介意弗兰克所说的任何话的。他们总是互相戏弄，却从不会产生什么嫌隙；有时候他们还会歇斯底里地笑起来，害得艾琳和露丝都不知道他们身上出了什么毛病。然而，今晚的弗兰克却只是愣愣地望着埃德，直到发现艾琳正在注视自己，才把眼神移开。

他们努力撑过了晚饭。"你和他们坐着就好。"露丝看到艾琳有意跟着她到厨房里去帮忙清理，赶紧开口说道，"到客厅里坐坐，喝点东西吧。确保他们不会闹出什么乱子来。"

艾琳给他们端了些饮料过去。客厅里的气氛显然就没有那么尴尬了。弗兰克唠唠叨叨地讲起了自己正在听的那门课程，缓解着气氛。她从没有这样感激过他的喋喋不休。埃德不时地插着嘴，让对话进行得像模像样。露丝也进来了。大家舒舒服服地举着酒杯坐在那里，就像刚刚吃完饭的朋友一样，从一个话题聊到另一个话题。

"康奈尔怎么样？"弗兰克问道。

"他的成绩不错，只不过生物课学得有点费劲，如果你能相信的话。"

"我高中的时候是个差劲的学生。"弗兰克说，"若是高中成绩像现在这么重要，我就没指望了。"

"我也是。"埃德回答。

"世界不一样了。"露丝表示赞同。

"他已经二年级了。"埃德说，"他得赶紧安定下来。"

艾琳抽搐了一下。

"我以为他才刚上高一。"露丝说。这就是拥有像露丝和弗兰克这样的老朋友的危险之处。他们在你提到自己的孩子时总是听得格外用心。

"是的，高一。"埃德说，"我刚才就是这么说的。"

"他喜欢英语。"艾琳飞快地插了一句。

"那很好啊。"弗兰克说，"我也喜欢文学。我下个学期还打算选一门莎士比亚的课程呢。"

"埃德很失望。"她接着说，"他想让康奈尔爱上科学，将来考上医学院。"

"这是你的想法。"埃德说,"我想让他随心所欲。"

"也许他会想通的。"弗兰克插话道,"听着,我们周末的时候想请他来做客。你觉得他会不会愿意,还是说有点勉强?"

"他会很愿意的。"艾琳说。

"也许他过来的时候你可以劝劝他。"埃德嘱咐他,"他的生物课学得有点费劲,如果你能相信的话。他根本就没有用心。"

"我不知道自己能帮上多少忙。"弗兰克说,"我第一次生物考试也没有及格。"

"这听起来恐怕很像康奈尔的作风。他的生物分数不是最高的,却偏偏喜欢文学。"

"这里是不是有回音啊?"弗兰克边问边大笑起来,"我可能得打断你了。"

"拜托。"艾琳试着假装如释重负地说道,"看在我们所有人的份上。"

"也许他需要再多喝两杯,而不是少喝点。"弗兰克站起身来拿走了她的杯子,然后又接过了埃德手里还满着的酒杯,还盯着杯子看了一会儿。

"让我来给你们添些酒吧。"他说。

重新倒酒的事情耽搁了几分钟。露丝还为大家添了些奶酪和薄脆饼干。

"告诉康奈尔,让他考虑一下周末过来玩的事情。"弗兰克说。

"你们要请康奈尔过来?"埃德问道。

"如果他愿意的话。"

"帮我和他谈谈多花点时间学习理科课程的事情。"埃德说。

"趁我还没有忘记之前,"露丝打断了他们的话,"我得给你们讲一个特别有趣的故事。"她滔滔不绝地讲起了上一次进城时自己的车子被拖走的事情。这故事一点都不有趣,而且结束得也比艾琳希望的要早,但她的眼神里还是充满了感激之情。

很快，南瓜环形蛋糕和咖啡就上桌了。看来食物比任何东西都能够抚慰人心。埃德安安静静地吃着蛋糕，大家也全都惬意地咀嚼着。她知道，已经快到他们可以起身告辞的时候了。趁着更多的意外发生之前，他们还有机会可以全身而退。

露丝抱来了他们的大衣。四个人站在门厅里告别。

"要记得。"弗兰克说，"问问康奈尔什么时候想过来坐坐。"

"我会的。"艾琳回答。

"也许你可以跟他讲讲道理。"埃德又说了一遍，"他的理科学得有点马虎。"

弗兰克睁大了眼睛，露出了一个尴尬的笑容，看上去更像是在做鬼脸。"别让这家伙开车了。"他叮嘱道。

尽管艾琳喝得比埃德还要多，但还是坐在了驾驶座上。她感觉浑身上下筋疲力尽，不止一次地眨着眼皮防止自己打瞌睡。埃德全程都像个孩子一样睡得香甜，完全不知道她恍神时自己的处境有多危险。

40

客厅和餐厅仍旧是一片混乱。他不仅没有开始铺地板，甚至连地板都没有买，而现在已经是 12 月的第二个星期了。他暂停了地板的整修工作，把所有精力都放在了地下室。看到房子里最重要的房间被弄成了这样，她简直要发疯了，决心毅然放弃在新房子里举办第一次圣诞聚会的梦想（当寇克力一家答应承办这项活动时，她担心自己已经把平安夜庆祝活动的主办权永远输给了辛蒂），她只想让自己终有一天能够坐进客厅里。如果他还相信自己有能力独自搞定这一切，他就是在拿自己开玩笑。

脚下传来的破拆和艰难施工的声音听上去仿佛是有人在建造一座酷刑室。她从没有下去找过他，而他每次带着满身的石膏灰和干水泥上楼时她也只是冷冷地默默坐在那里吃东西。待他入睡后，她也曾下去查看过他的工作成果。这地方已经被整修得有模有样了。一本自助家装手册平摊在地板上，被折了角的那一页证明他把注意力全都灌注在了如何让东西既平整又笔直的课题上。

她在书房的茶几上发现了一把一次性的剃刀，下面还连着几条剃须膏的痕迹。她告诉自己，这一定是埃德在剃着胡须下楼接电话时分了心才忘在这里的。不过，当她拿起剃须刀，发现压在下面的正是他最喜欢的《物种起源》第五版时，还是忍不住尖叫起来。除了埃德，没有人碰过这本珍贵的书，而且它也从没有离开过他的书房。如果说这本书被遗忘在茶几上已经足够令人感到惊讶了，那么它的封面还沾上了巴尔巴索牌的剃须膏就更让人难以理解了。她的第一反应——也是她唯一的想法——就是把刮胡刀留在那里，让他看看自己是怎么毁掉这本书的。

最近她开始养成了给他留字条的习惯——她会把写着温和的提醒话语的字条放在他的床头柜上，就像和老板有私情的秘书会帮自己的情人把第二天的日程整理出来一样。*我们今晚要去卡达希家*，或是*别忘了六点钟的家长会*。留字条的过程让人感觉十分的愉悦；无论前一晚的误解留下多少悬而未决的问题，都会像摆在闷热午后的一杯水一样蒸发殆尽。

其中一张字条上的内容她在重读时竟觉得有些古怪。她捧着字条看的时间越长，越觉得里面的内容有些晦涩难懂，就像那些让人难以理解的公案一样。她不可避免地意识到这些字条不仅是她留给埃德看的，同时也是在自言自语。*还有六天就是圣诞节了，埃德蒙德*，字条上写道，*请不要忘了给康奈尔买一只新的棒球手套。我现在已经提醒你第三次了。要不是我对这些一窍不通，早就替你把东西买好了。这似乎是一位父亲应该做的事情。说的就是你，对不对，一位父亲？*

她怎么会沦落到要给他书写字条的地步？她想起了他彻夜打分的那段时光，他是如何在 11 点之后才能上床睡觉，而她又是如何在他上个学年末的危机中帮他把试验报告的分数制成表格的。她还想起了自己最近的无能为力，想起了杰克逊高地后院里被床单盖着的那堆不知为何物的木料。她记忆中的这些场景全都变得不可思议地清晰起来，让她感觉仿佛走进了一间收藏着自己老年生活中所有琐碎细节的博物馆。她在脑海中仔细地分拣着这些记忆，从每一个角度去解读它们，试着理解这些恼人的画面为什么还没有消逝在历史的苍穹之中。

曙光突然出现了，仿佛已经追随了她很久，就像是在几英里外拉响了汽笛的火车终于卷着疾风从她的身边呼啸而过。

尽管如此，她还是无法在脑海中写出那个句子，埃德他……因为这是不可能的。他做着一份不断刺激他用脑的苛刻工作。直到最近，他还在不断地阅读，每天都要玩填字的游戏，一周锻炼四次——他至今仍是他们的圈子里身材最健壮的男人。

也许是肿瘤的缘故。或是腺体问题，缺食性营养不良，器官衰竭。

无论是什么，她都得带他去检查一下。

说起体检可不是一件容易的事情。他会说自己不明白她在说些什么，还会表明作为一个大脑的专家，若是自己的脑袋出了什么问题，他肯定会是第一个知道的人。她甚至都能听到他所说的那些话。她的心里何尝不希望他专横傲慢的态度能够解除她心中的恐惧，让她明白她如今有些歇斯底里呢？但她又不能让他在这件事情上压倒自己。她需要弄明白他的身体到底出了什么问题。

她等待着机会，希望他能够落下些什么东西，或是说些什么显然十分奇怪的话。但他就是不上当，一回家就像个要还债的合同工一样钻进地下室干活。每次去日用五金店，他都会从车上背下来一堆石棉水泥板、煤渣砌块或是几袋水泥。她生怕他的身体会吃不消。

当她打电话给埃德的医生，表明了自己对于埃德健康的担忧时，对方却说她一定是疯了，因为埃德健壮得像匹马一样。"我才见到他，那是多久以前的事情来着？6个月前吧。"他说，"他的肺像游泳运动员一样。当我把听诊器贴上去时，里面一点异响都没有。只不过他的血压有点高。周末的时候让他多休息休息。给他倒杯冰茶，打开游戏机。他的胆固醇也有点高。也许你最近可以少让他吃些芝士汉堡。也别再吃虾了。"

这些话在她听来不知为何很像是一种控诉。"我们是不吃海鲜的。"她说，"我过敏。"她试着压抑自己心中的不快，"你有没有发现他有些迷迷糊糊的？"

"迷迷糊糊？"

"我是说他的脑子反应有些迟钝。"

"也许是你对他的要求太高了。男人并不是完美的生物。我们身体的引擎也会衰老。我们也需要维修。保修期是会过去的。埃德是台好引擎，还能走上好长一段路呢。"

她留意着他，等待着他犯下什么大错，而且是那种严重的疏忽。他还在一点一点地施工，也依旧拒绝外界的帮助。然而，随着他为了完工日益苛刻地要求自己，她开始耐心认真地关注他，并发现事情的走向真的在向她所预料的方向转变：埃德的效率一天不如一天了。尽管她需要房子尽快完工，尽管她已经等不及要雇人来为自己的客厅和餐厅铺上地板，尽管她也希望事情能够如她所愿，但她竟然开始支持和同情起了这个每晚都在苦心钻研的男人。看到他弯着腰，一边埋头阅读手册一边举着锤子，后背弯成了拱形的样子，她也期待他能够展示自己的才华，虽然她知道这是不可能实现的。

她发现，埃德每一次坐在晚餐桌前都比之前显得愈加的疲惫，蓬头垢面，咬了几口就把盘子推到了一边。

一天晚上，她招呼他吃饭，却发现他并没有应声，于是便派康奈尔去叫他。

"他说他不吃了。"那孩子回来时说道。

"告诉他，我说了让他赶紧过来吃饭。"

"也许你应该去看看，妈妈。"

"怎么了？"

"他只是坐在那里。"

她走进餐厅，看到埃德正坐在一堆木板中间，手中还举着半截木板。木板上立着几颗钉子，钉尖排成了树枝状，锋利无比。她发现那上面一半的钉子已经嵌进了地板里。看来他肯定是想试着用手把它掀起来。

"站起来，埃德。"

"在我干完之前，我是不会离开的。"他回答。他俯下身来，用力地吸着气，看上去疲惫不堪。他立起一边膝盖，摆出了一副近乎恳求的姿势，让她不禁别扭地想起了耶稣受难像中的画面。她是不会给他机会塑造什么理想化的自我牺牲形象的——如果这才是他所追求的。若是他真的这么做了，唯一会为他感到抱歉的人就是他自己。他有的是机会请人来帮忙。他们的钱至少足够整修地板和厨房。只不过是他太固执而已。

"你已经完工了。"

"我还没弄完这一部分。"

"你已经完工了。"她说，"过来吃饭吧。"

他并没有跟上来。康奈尔和她吃完饭后，她端了一盘冷香肠和豆子给他。由于自己实在是不忍心看到他那副德行，她把吃的东西放在了他脚边的地板上就离开了。他已经半个小时没有挪动过了，依旧坐在餐厅的正中间。那里倒是正好能够看到他坚持亲自动手所造成的一片狼藉。

她打了个电话，请了一支能够整修厨房、铺设地板、安装高架和粉刷一楼所有墙壁的全能施工队。

就在施工队计划进驻开工的前一天，她把这个消息告诉了埃德，而他也没有做出任何的挣扎。她不知道自己为什么没有早点制止他，但婚姻毕竟没有自助手册，也没有断电时可用的带手电的应急箱。你只能在黑暗中摸索着寻找火柴盒。

　　　　　　　　不属于我们的世纪

41

1992 年元旦过后的几个星期，施工队开工了。厨房内外喧闹忙碌的场面让人倍感兴奋。她给他们倒了些饮料，还在独立工作台上准备了一个冷切拼盘，摆上了面包卷、土豆沙拉碗和土豆片。

一天，她为他们买回了一些六罐装的啤酒。埃德拿起一提就扔在了地板上。其中一罐砰的一声砸了下去，溅得橱柜上全是啤酒。一个刚刚上完厕所正准备走进客厅的地板工人在厨房里停下了脚步。

"一切还好吗？"他问。

"管好你自己的事情。见鬼。"埃德回答。

她已经好多年没有听过埃德说出那个词了。也许她从未听见过他骂脏话。

"你还好吗？"那位工人没有理会埃德，关切地问她。

"给我滚出这里。"埃德说。

"随你的便。"那个工人回答，"随你的便。"他退出了房间，举着双手表示认输。

艾琳跟着他走了出去，手里还提着那些没有摔坏的啤酒瓶的塑料套子。"我丈夫压力很大。"她说，"很抱歉他刚才那样对你说话。"

"别担心。"工人回答，"做我们这一行的什么人都能遇到。"

"他不是你刚才看到的那种人。"

他审慎地歪了歪头。"有些人就是不喜欢家里有外人，还做着他们应该做的工作。"

她感觉自己有必要保护埃德的名声。"他只不过是丢了工作。"她边说边被自己编造的这个谎言吓了一跳，"裁员。"

"很抱歉听到这个消息。"

"会没事的。我们都会没事的。"

他和另外几个工人都在望着她，好像是在期待她还会不会透露些别的事情。

"请喝一点儿吧。"她说着举起了啤酒罐。

"你不用反复提醒我们。"他说，"不过我们肯定得等到干完今天的活儿才能喝。"

这话让她想起了自己的父亲。她也经常听到他颇有责任感地拒绝喝酒。他们又回去铺设地板了，而她则走到断层式书架前，翻出了那个红丝绒衬里的盒子。盒子里装着一组刻着"胜斐尔"字样的水晶餐具。那是她父亲退休的时候收到的礼物。她把它们取了出来，在上面铺了一块布。

歇工后，她把六罐装的啤酒放在了餐厅的桌子上，用珍藏多年的胜斐尔托盘装了几个玻璃杯。

"请用。"她招呼着。

"哦，我们不需要杯子，夫人。"他礼貌地说。

"如果你们能够用上这些，我会非常高兴的。它们是我父亲留下的。我想要看到它们盛一回啤酒的样子。"

房顶的整修工作还可以再等上几年，而地下室的腐烂问题却不得不暂时维持现状了。她猜想自己只好以后再在那里铺设瓷砖。还有厨房和书房之间的那个没有洗浴设备的卫生间的改造工程，以及将洗衣房从地下室搬上来的工作。二层有一些撕不下来的旧墙纸，某些地方的墙面也需要粉刷。她想象着自己目光所及之处都刷上新油漆、铺上白色瓷砖的样子。虽说她也曾翻过不少设计杂志，想要寻找一些高级的点子，却还是觉得白色最大方、最干净，也是她目前能够处理的唯一一种颜色。她还要等上一段时间才能把所有东西都改成白色，所以只能凑合着看着那些灰色、黄色、棕色和令人恶心的淡紫色。她觉得自己的房子里大部分区域看起来都很像候车室。不过连通厨房、餐厅和客厅的走道——大家经常走的那条路——已经被收拾停当了。她可以不让他们上楼或是下楼。一旦她手头攒够了可供花销的几千块钱，就要好好整修一番小卫生间，再布置一下小书斋。

另一方面，家具也有问题。她就是看不惯自己从老房子里带来的那些家具，可又不能把它们改造成自己想要的样子。她的家具又矮又破，根本就填不满房间。满是划痕的餐桌，扶手破旧的椅子，还有那四四方方的茶几和永远凹陷着的沙发坐垫：它们看上去像是临时摆在那里占位用的，随时等待着真正的家具来替代它们。她现在明白了，她需要把它们全部换掉，然后用信用卡买一套新的家具。在楼上，她想要开辟一片起居的区域，买一张心仪已久的书桌，再给每一间客卧都配备一套音响、一把扶手椅和一盏漂亮的阅读灯。等手中的账单一还完，她还要把康奈尔的儿童家具给换掉。

她知道自己缺乏必要的审美能力，无法赋予这座房子它应有的氛围。因此她打算雇佣一位室内设计师。屋里还应该四处添些新的艺术品，再增加一些能体现自己很有眼光的小配饰。她可以用信用卡为这些东西埋单。虽说埃德一有机会便会否决这些开销，但他已经过了拥有否决权的时候，只能把自己的命运交到她的手中。他们会把这些钱都还清的。埃德还能获得一笔拨款，而他们的工资也会上升。一切都在按部就班地进行之中。他们可以节俭、理智地过日子，就像波士顿的婆罗门教徒那样。他们甚至还能找到一种方法重新积攒些积蓄，毕竟每年总是会有些小钱进账的。

42

"如果他没有什么毛病，"艾琳为了气短的问题来看病时对自己的医生说道，"我就要和他离婚。我不能再忍了。"

埃特金医生让她把丈夫带到这里来看看，于是她便假借让埃德到她的医生那里去体检为理由向他提起了这件事情。看到他并没有因为自己6个月前刚刚做过体检为由拒绝她，她知道自己做对了。他们默默地在候诊室里等了一会儿，然后她便送他进了检查室，自己则在门外等待。虽然她一直都叫嚣着要离婚，可现在才明白自己愿意做任何事情，只要能够换来一句：你的丈夫身体很好，他只不过是有些混蛋而已。

在和埃德相处了半个小时之后，埃特金医生出来找到了她。

"先别和他离婚。"他说罢递给了她一张转诊的单子，推荐她带着埃德去找自己信任的一个神经学医院看病。

到达蒙蒂菲奥里时，她已经做好了准备忍受埃德的怒火，不料他只是温顺地紧靠那张铺着纸和衬垫的桌子，等待着医生的到来，魁梧肥厚的后背看上去就像一个生面团。

先是验血，然后是体检。主治医生哈里发想要排除任何有可能引起失忆的因素，所以基于埃德的家族中有甲状腺病史而检查了他的甲状腺水平，还给他做了电脑断层扫描。

他的甲状腺很好，电脑断层扫描也没有显示肿瘤的迹象。

她又带他回来做了诊断测试。哈里发医生让埃德坐在桌前，自己也在他对面的位置坐了下来。她挑了旁边的一张椅子，心中为埃德感到紧张，仿佛埃德就要第一次笨拙地登上戏剧舞台进行首秀似的。

哈里发医生让埃德从100开始倒数。埃德数到97时停顿了一下。"86。"他数道。在正确地继续倒数了一连串数字之后，他又一次跳过了一个十位数，随即便被哈里发医生制止了。

她心中预测的吵闹与喧哗似乎成了不可能的事情。埃德看上去是那样的无助而渺小。他微笑着，试图迎合为自己检查的医生，或许是在不自觉地企求对方能对他高抬贵手。

哈里发医生让他画三个同心圆。埃德先是在纸上画下了一个很圆润的圆圈，然后又在其中画了一个与它两头相接的椭圆。画下第三个圆时，他的手有些颤抖，收笔时留下的更像是一个方形而不是圆形，其位置还落在了前两个的旁边。

"很好。这很好。"哈里发医生在埃德画完后沉闷地说了一句，脸上没有透露出任何的信息。她望着他的眼睛：从中她既看不出丝毫的惊讶，也找不到线索说明结果是否正常，抑或只是衰老或某种更加凶险的预兆。她开始猜想自己有没有办法在如此严密的监视下画同心圆。想必这样的任务肯定十分困难。她感觉自己好像是在看着一个孩子参加考试，心中涌起的同情让她不禁怀疑自己逼迫他忍受这些的决定是否明智。她有什么权力让一个迈入中年的男人遭受此番待遇，就凭自己当初的主观臆断，非要从他的身上找出偏离正轨的蛛丝马迹？她想要拽着他飞奔回家，让他随心所欲地做任何事情。有一类名词就是用来形容他这种久经考验、倍受尊敬的人的：心不在焉的教授。

"我真不是个艺术家。"埃德笑着回答，"你应该看看我画的那些消化系统图。"

医生也咯咯地笑了起来。

"我画的可能有点儿抽象。"埃德说。

哈里发医生看了看画，摇了摇头。她不喜欢他的态度：油嘴滑舌，一副事不关己的样子。他有一头完美的秀发，牙齿也白得耀眼。她一直都希望埃德能够考上医学院，可直到现在才承认自己对他的要求太过于苛刻了。她在工作中也认识这样的医生——他们总是以为自己有水上飞的本事。埃德从事的工作也许不如他们有利可图，但却是他们为病人作出诊断的基石。如果埃德说没什么大不了，那么事情大多数情况下就不会出什么差错。可她却用把他带到这个连给他提箱子都不配的无名之辈面前来羞辱他，就更别提还要让对方给他作出诊断了。

"这一部分就快要结束了。"哈里发医生说道，"我再提一个问题就送你去做身体检查。"

"好的。"

"告诉我一下，你知道现任总统是谁吗？"

如果他想要羞辱对方，现在正是时机。她甚至想让埃德给出一个可以挖苦讽刺他甚至是故意错误的答案，但她又不想让这位医生满意地在自己的小本子上写下些什么。

埃德坐在那里，似乎正在思索什么机敏的答案。

"我知道现在是共和党人当政。"他回答，"这我是知道的。"

"那你能不能告诉我他的名字？"

埃德拉长了脸。"里根？"他问道，"是不是里根？我能看到他的脸。不是里根，对不对？这太尴尬了。"

"你是知道答案的，埃德。"她在一旁搭话。医生瞟了她一样。她真想一拳打向他的脸。

"我能够看到他。"埃德回答，"我就是想不起他的名字。"

哈里发医生写了些什么。她想要喊出那个答案。这整件事都太愚蠢了。她简直不敢相信自己让他在这里逗留了这么久。埃德看上去很落魄，仿佛不仅考砸了有关记忆的考试，还失去了自己的个性。

"等一等。"哈里发医生说，"有时候想要回忆某个特定的答案的确有些困难。想点别的事情吧。你会想起来的。"

"华而不实的东西。"埃德说。

"差不多。"

埃德挠了挠头顶，似乎是想要从头皮里抓出什么答案似的。他深深地叹了一口气。"我想不起来了。"他问道，"是谁？"

"布什。"医生回答，"乔治·布什。"

"没错！就是他！我就知道。上帝啊，我就知道！我能够看到他的脸。当然了！他的竞选伙伴。这两个人很容易被搞混。"

医生什么话也没有说，只是继续在本子上写着些什么。

她想起了自己不得不去记忆这些总统和他们的任期的那段时光。她记得艾伯塔修女会把他们一个一个地叫到教室前面来，让他们每人回答一个问题。修女问她泰迪·罗斯福之后的总统叫什么名字。罗斯福前后有太多位总统的名字里都带有字母"W"了——她至今还记得他们：威廉·麦金利、威廉·霍华德·塔夫脱、伍德罗·威尔逊、沃伦·G.哈丁。尽管她认真地背诵过他们的名字，但那一刻脑子里却是一团糟。她很害怕有人会当着全班的面说她是个笨蛋。她的心跳开始加速，脑中一片空白，所以只能模模糊糊地说出几个名字。"好了，图穆蒂小姐。"在修女的提示下，艾琳说出了"威廉·威尔逊"这几个字。教室里的人全都哄堂大笑起来。

"你说得对。"她回答，"他们很容易被混淆。"

埃德满脸内疚地看着她，仿佛她是站在哈里发医生而不是他这一边似的。她挪动了一下椅子，朝他靠拢了一些。医生似乎还在无穷无尽地写着什么。

"我还有一件事情要记下来。"他说着，趁奋笔疾书之时竖起了一根手指，"很好。现在我想让你换上短裤。我要安排你为我做几项运动。"

他们走进了隔壁的房间。他在她的帮助下换上了衣服。她感觉自己好像是在帮他做好上体育课的准备似的，不知道未来还有怎样令人羞耻的事情在等待着他。哈里发医生走了进来，让他站着触摸自己的脚趾，然后从坐姿站起身来，再原地慢跑几步。在此过程中，他一直都在做笔记。埃德边做运动边不时看她几眼。而她也试着给他一些鼓励。当哈里发医生让他用手指触碰自己的鼻尖时，埃德却怎么也做不到。

"我没喝醉。"他说，"我发誓。不过我做完这些检查之后没准会去喝个烂醉。"

不属于我们的世纪

43

弥撒仪式过后，他们等待着他的父亲把车开过来，停在教堂的门口。外面刚刚下过雪，因此他的母亲不想踩着雪坐进车里。天空中又飘起了小雪，他的母亲在两人的头顶上撑开了一把伞，和他并肩等待着。

"你在棒球方面是不会有什么前途的。这你是知道的。"

若不是康奈尔心知这番评论的意思远不止是在谈论棒球，他可能会感觉很心痛。他的母亲最近一直都在劝他加入辩论队。

"我喜欢棒球。"他说。

"喜欢是一回事。花时间去实践则是另一回事。你不必去喜欢你所做的所有事情。此外，你也喜欢辩论。你天生求胜心就很强。这倒是从我身上遗传的。"

"你为什么这么想让我去学辩论？"

"我想看你发挥所长，明智地利用自己的天赋。"

"你想让我当上参议员。"他说。

"我想让你获得幸福。"

"美国总统。"

"别试图把我说成一条喷火龙。我就是想推你一把，那又怎么样？"

他默默地站在那里想了想。到底那又会怎样呢？对面那条刚刚铲过雪的私人车道上又蒙上了一层薄薄的雪。他若是有一天能够拥有那样的一座房子也不错。他可以雇佣别人来铲雪。可他完全没有兴趣加入辩论队，因为队里的那些人总是一脸快要伸出手来把别人掐死的样子。

"爸爸怎么说？"

"你爸爸和我都想让你得到最好的东西。"

"他到底是怎么说的？"

"你爸爸？"她笑了笑，"'别管那个孩子了。'他说，'他想做什么就让做什么吧。让他开开心心的。趁还有时间，好好享受一下天真。'"她越说越激动。一些正往自己的车子走去的人猛地抬起头来看了看她。"'最重要的是让那孩子体验到快乐。'你真想知道的话我就告诉你吧，这就是他所说的。你明白我的意思吗？"他的母亲脸上出现了某种严肃的神情，"我说我们得给他一个机会做出一番真正的成就。辩论队里的孩子学习成绩在学校里都是数一数二的。我的意思是让他成为他们中的一员。那都是些会考上常春藤联盟名校的孩子。让他和他们一起考进一流的学校，做个律师或是政治家。而且那些孩子也经常获得奖项或奖学金。让他加入他们又有什么不对的呢？让他获得好的生活、过得舒舒服服的有什么不对的呢？"

"只不过是辩论而已，妈妈。"

"他们都是最优秀的。你也应该和他们一样优秀，否则就是在浪费自己的时间。"

"我喜欢棒球。"

"可你又不会成为一个职业棒球手。"

"也许是吧。"

"绝对是这样的。"

"好吧。我是绝不可能成为职业棒球手的。"

"看。"她说，"你爸爸来了。别告诉他我们说了些什么。他现在只想让你打棒球，什么复杂的事情也顾不得了。或者永远也不想去顾及。他想让你成为旷野里脱缰的野马之类的。"她边说边尖声笑了起来，"不过，我不认为那是真正的生活。也许我想要驯服你，让你做个有用的人。我猜这才是我的本意。但有一件事情我是知道的。只要你听我的话，凭借你的能力，此生永远都可以别无他求。我可以引导你过上好的生活。如果我是个男人，我早就成功了。"

44

他们赴了几次诊。哈里发大夫重复进行着一些测试，同时还加入了一些新的测试。第一次赴诊后的第 6 周——那一天恰逢圣帕特里克节——他们到诊所来领取诊断结果。

自从婚礼那一天以来，她就从没有比今天更紧张过。埃德看上去倒是一身轻松，浑身散发着诡异的平静气场，像是个即将接受死刑注射的人。

他们坐在诊室里等待医生的到来。她牵起了埃德的手，不料却被埃德轻拍了两下，仿佛她才是那个等待结果的人。

哈里发医生抱着一个文件夹走了进来，身上隐约散发着一丝金属的味道。埃德的汗毛立了起来。医生的脚步很快，而且一点也不沉重。她心想，*就连萝卜能够传递的感情都比这家伙丰富。*

"是这样的，我这里有好消息也有坏消息。"哈里发医生说，"好消息就是，体检结果显示你壮得像匹马，是个不错的样本。"

她感觉有些兴奋，随即又担忧起来。"那坏消息呢？"

他转向了她："坏消息就是，你的丈夫可能患上了老年痴呆症。"

她猛吸了一口气。埃德的手也攥成了一个拳头。

"我并不想这么说，但是从现在开始，你最好把每一天都当做你余生中最美好的一天来度过。如果我是你，就会试着充分利用每一天。"

埃德死死地攥住了她的手，力道大得让她忍不住抽搐起来。

不属于我们的世纪

"我不明白。"

"如果他没有患上老年痴呆症，也许能活到95岁。心脏、肺部、双肾、血液循环——情况都极佳。但他已经患病了。"

"你确定吗？"她追问。

"几乎没有什么疑问。"医生斩钉截铁地回答，那种超脱而又决绝的语气就像老电影中那些会通过穿孔卡片吐出答案的巨型电脑一样。

"我就知道。"埃德冷冷地说。她一下子意识到，他有可能早就料到了这件事情，甚至有可能早在几年前就意识到了些许征兆。

"这怎么可能呢？他还不到51岁啊。"

"这种年纪患病确实很早，但也不是没有先例。"哈里发医生说，"我很抱歉。"他看上去的确满怀歉意，但并不是针对她的事情，而是为了自己不得不承担起宣布这个坏消息的责任而感到难过。"我也希望我还能多说些什么。"她把目光转向了埃德，期待他能够给自己一个比医生的诊断更好的解释。"我还是让你们两个单独待一会儿吧。"医生啪的一下合上了大腿上放着的病历，站起身来，"我相信你们有很多话要说。我10分钟后再回来。到时候你们有什么问题都可以问我。我们再商量一下治疗方案。"

医生走后，他们两人呆坐在那里，斟酌着刚才的消息。事实似乎有些自相矛盾：如果这是真的，那么一切就都解释得通了；可如果这是真的，一切又都没有意义了。显然他的确患上了老年痴呆症。但不知为何，这个消息听上去并不新鲜。

"我们该怎么办？"

"我们可以再找个医生看看。"她回答。

"我们不需要再找医生了。他已经是我看过的第二个医生了。"

"他可能错了。"她争辩道。

"他没错。"埃德充满权威意味的话语让她的心在胸膛里扑通扑通直跳。她感觉自己对他的爱就要溢出来了，于是不得不转开了视线。

他们默默地坐在那里。埃德紧握她的那只手一直到医生宣布这个坏消息时都没有松开过，可现在却逐渐放开了手指。

"这究竟是怎么回事？"他念叨着，"管他呢。"她突然意识到，这话既像是一种悲叹又像是一种承诺——承诺要尽力做好一切。"我们该怎么办？"他又问了一遍。

"我们要带着尊严优雅地面对这件事情。"她回答，"这就是我们的应对方法。"看到他衣领的一角翘了起来，她伸手将它翻了下来，然后帮他系上了纽扣。

他们开车驶向位于中央大道的内森餐厅。埃德从很小的时候起就经常坐地铁到科尼岛上去，因此她希望这样能够给他带来些许的安慰。这间被陆地所包围的偏僻餐厅位于一条平凡的当地道路旁边，是建在海浪大道上的老店的翻版，却被年轻的主顾们营造出了一种充满可能性的氛围。一群身上飘散着很重古龙水味道、留着刺头的阿尔巴尼亚人穿着带领的衬衫和高帮的运动鞋站在她所在的队伍前面，和柜台小姐们搭讪，时而叫嚣，时而拍手，时而满怀期待地谈论着即将到来的热闹夜晚。她透过窗户看到一辆装饰花哨的科迈罗车冲进了一个停车位，后面还尾随着一辆泛美牌汽车。

她领着埃德走到了宽敞的座位区。他伸出一只手稳稳地把热狗举到了嘴边，朝着堆放着香肠、洋葱、小菜、黄芥末和番茄酱的那一头咬了一口。一股酱汁喷射了出来，溅到了他的衬衫上。他默默地把它擦掉了。曾几何时，但凡有一丁点的番茄酱溅在他的白衬衫上，他都会感觉痛不欲生，可如今的他却好似已然看破了平凡生活的挫折。

他们在车库里停好了车子。走进地下室，她让他脱掉了衬衫和里面的汗衫，然后让他回到楼上，自己则走进了洗衣房。经过楼梯墙壁上悬挂的架子时，她意识到有人偷走了他的电动工具。

工人干活的时候，埃德都会待在书房里工作或是生闷气——对此她

　　　　　　　　不属于我们的世纪

已经不去关心了。他们肯定以为他是个好欺负的人。住在杰克逊高地时，只要家里有工人在干活，他都会警惕地看着自己的工具，以至于她总是冤枉他得了妄想症。

她的家里有两批不同的工人，一批负责铺设地板和装修厨房，另一批则负责粉刷墙壁，无法确定到底是谁干的。在一个人无法再使用那些工具时实施偷窃简直是最低劣的恶行——这个想法让她感觉很受伤。

她并没有把工具失窃的事情告诉他，而是第二天一早便提早出门上班，买了一套全新的工具。她扔掉了包装，把它们藏进了工具架上。虽说没有划痕的表面和尖锐的棱角让它们看上去丝毫没有使用过的痕迹，似乎不太可能逃过他的眼睛，但如今想要引起他的注意力已经是件不太可能的事情了。结婚以来，这是她第一次渴望自己善意的小伎俩能被他识破。

埃德坚持不把此事告诉儿子，而他们也不打算向埃德学校里的同事们坦白，以便想办法将他的工龄延长到30年，领取相应的退休金。加上大学时在园林局工作的那些年头，埃德已经在各个岗位上为纽约市工作了28年零6个月。如果他们能够允许他工作到30年时再退休，每个月就能多领取1200美元的退休金。她打算尽可能地从福利系统中多申请一些补助，因为未来照料埃德的花销肯定会与日俱增。

收到诊断书之后的日子里，埃德变得十分安静。一夜之间，他脸上那抹爱尔兰深肤色人种的橄榄色神采消失了，取而代之的是枯槁憔悴、缺乏活力的苍白颜色。他身上的体味也改变了，她几乎可以闻到从他的毛孔里飘散出来的恐惧的味道。他已经不那么频繁地洗澡了，如今更是完全不洗，只有在她站在一旁强迫他洗漱的时候才会刷刷牙。两人还是依旧若无其事地去上班，假装什么都没有发生过。她不知道如此悲哀而又肃穆的气氛是否会一直延续下去。

一天晚上躺在床上时，他问她自己是不是就要死了。

"还没呢，你不会死的。"她说，"你还有好长一段日子要过呢。"

"我害怕。"他回答，"我要死了。"

"我们都会死的，从某种意义上来说。"

"我的身上带着倒计时的钟表。"

"我们还不是都一样？"

"康奈尔不一样。"他说，"他还不至于。"

她本想说，*康纳尔也一样*，因为事实的确如此，但转眼就看到埃德脸上沮丧的表情。

"是啊。"她附和道，"他还不至于。"

"我不想让他也得上这种病。"他说，"我想让他平静地生活下去。"

她忍不住了。"他也许不会得上这病，但也并不一定就能平静地生活下去。谁也不能保证。"

"他是不会得上这种病的。告诉我。"

"他是不会得上这种病的。"

她的答案已经足以让他安稳地睡去了。她醒着躺了很长时间，思考着死亡之钟什么时候会敲响那最后一声。

也许康奈尔*也躲不开这种病*。也许她也躲不开。

谁知道呢。

眼下这就是真相。

以她多年的工作经验来看，医院对于某些老年痴呆症患者来说也不是万全之地。在走廊里迷路或者光着身子走出病房都还只是问题的开始。曾经还有一个男子摔下楼梯，伤到了后背。那些因意外而入院的患者更是惨不忍睹，有人的身上带着很深的伤口或烧伤的痕迹；一次，还有人切断了自己的一根手指。她想要尽可能地推迟真正的病状开始发作的时间，而答案就是用药。市面上很少有获批的药物，不过倒是有几种也许会起作用的临床试验药物。她得让他加入一项试验研究，让他为自己曾经拒绝加入的产业做些贡献，并从中赚些收入。她也曾想象过从制药产业中牟利，为自己购置一辆豪车，报名几次海外旅行，再添置几件古董家具；可如今她只想让埃德被围困的脑力能够慢点退化，希望某些头脑清晰、不拒绝世俗报酬的实用主义者能够熟练地进行埃德拒绝亲自参与的研究。

她给自己认识的人打了一圈电话，得知奥兰治堡的内森·克莱恩研究所——跨过塔潘泽桥后继续行驶 40 分钟——还有一项精神研究方面的开放试验，试验的目的是评估可能患有老年痴呆症的门诊病人在服用 ASDZ ENA 713 药物时的长期安全性、耐受性和疗效。而且，这项试验能够为埃德提供足够的药物，直到药物上市或在美国遭到禁用。

参与初步评估时，她拿到了一大沓的正式表格，其中一份名为"参与试验研究的能力测评"。表格内容显示，检测医师认为埃德缺乏理解研究项目目标、风险和益处的能力，因此不能独立决定是否要参与其中。虽然她知道这只不过是形式上的东西，他们这么说是为了让她在授权书上签字——她也照做了——但心里还是倍感愤恨，因为埃德显然完全能够理解他们所说的话，甚至有可能比他们知道的还要多。

她心痛地在"选择代理决策人能力的评估"表格上签了字。评估的过程中，当医生询问埃德她是谁时，他回答了一句"我的妻子"，好像没有什么比这更平常的事情了。

"你想让你的妻子代表你行使决定权吗？"医生故意用夸张的语气问道，仿佛是想要强调让埃德将签字权转让给她似的。

埃德笑了笑，询问那位医生是否已婚。医生点了点头。

"那你若是听说我妻子自从我们结婚以来就一直独揽大权一定不会感到惊讶。"听罢，那位医生带着人夫之间同情的笑声在"病人此刻此种能力"旁边的小格子里钩选了一下。让她感到分外惊奇的是，埃德到了这个时候竟然还能如此的可爱迷人。

她坚忍地在一份同意代表他参与这一项目的表格上签了字，但那张

"代理决策人选择记录"的表格又差点让她失去了冷静，因为这是唯一一张需要埃德亲自签名的表格。只见他在签名处上方一英寸的地方落了笔，然后向下画了一条线，仿佛他在签字的同时正从高空坠落一样。

不属于我们的世纪

45

　　艾琳热切地惦记着她的理发师柯特，不仅是因为他知道该如何应付她额前蓬乱的鬈发，还因为她怀念柯特那些逗趣的话语。它们不仅满足了她对政治的兴趣，还能让她对流行文化有所涉猎。自从她不再去他那里理发以来，这些资讯就与她渐行渐远了。每一次她在食品百货公司结账时都会发现，自己能在明星杂志封面上认出的脸孔已经越来越少了。

　　不过她并不打算回到杰克逊高地去找柯特，因此不可避免地要在布朗士区寻找一位理发师，即便她很害怕走进这里的理发店。这些被称为沙龙的理发店比柯特的店不知豪华多少倍，等候区还摆放着微缩版的日式池塘和皮沙发。她不敢在这里和任何人聊起政治的话题，因为她永远也无法得知对方的感受，更不知道谁在听她说话。除此之外，她也从不会拿起茶几上摆放的杂志——《人物》、《我们》、《首映》、《娱乐周刊》——因为她不想给任何人机会轻视她，即便所有人都在一脸自在、毫无愧疚感地翻看着它们。她就是无法摆脱自己会遭遇特殊规则待遇的那种感觉。对此，她也不知道该如何解释。

　　布朗士区的沙龙实际上就是全方位的疗养中心，提供美甲、按摩和美容的服务。这里的造型师都是熟练的技师，总是能够满足她的需求，但就是无法打动她的心。刚理完发的那几天，她的发型总是能够完美地维持好几天，看上去就像是头上套了一顶假发一样。然而就在接下来的某一天早上，她的发丝便会怎么梳都梳不整齐，而她也只好等到头发再长一些时再到店里去修剪。

柯特总是能够带给她意料之外的惊喜。经他之手剪出来的发型毫不夸张；有时她还会猜想他到底有没有动过手，还是光站在那里一边聊天一边假装挥舞手中的剪刀。在他掀开她身上套着的罩衫之前，他总是会先扫干净地上的发梢，所以她从没检验过相关的证据。不过，在她剪完头发几星期之后，还会有人询问她是不是刚刚理过发。

3月最后一个星期的某一天，在她等待理发时，听到排在自己前面的那位女顾客——尽管比她年长一些，这位女士仍穿着细高跟鞋，头上挑染着巧克力色、焦糖色和奶油糖色的发丝——正向自己的发型师讲述布朗士皮草店是如何在她靠在了未干的油漆上之后奇迹般地洗干净她的貂皮大衣的。艾琳看到了那件挂在钩子上的貂皮大衣。它看上去既闪亮又丰满，仿佛也刚刚接受过洗吹剪的服务。而那个女人谈起自己的貂皮大衣时的感觉也好像是在用密码谈论某种神秘的东西，仿佛艾琳只有在拥有了相应的钥匙时才能够揭开其中的秘密。她之前也曾有过这样的想法，也许一件皮草才是让她对这里产生归属感的关键所在。

一个星期之后，她经过布朗士皮草店的门口时看到他们正在进行春季促销，于是走进去买了一件貂皮大衣。它的手感是那样的柔软饱满，穿上时包裹着身体时让她感觉身材仿佛缩回到了少女时代的尺寸。尽管拥有一件貂皮大衣在某些地方已经不再时髦，而善待动物协会的那群积极分子的努力更是给穿着皮草的人强加了不少罪名，但皮草在布朗士区似乎还有立足之地。她有两件重要的东西——购买皮草的钱，或至少是可供花销的信用额度，还有可以穿着它与自己一起出去的人。谁知道这两者哪个能够持久呢？

"我们以备不时之需的那些存款呢？"埃德看到她的新衣服时问道。

"如果意外还能来得比眼下更加势不可当。"她回答，"那么就算是诺亚方舟也救不了我们了。"

天气已经转暖，穿不上皮草了，但她买下衣服之后的那个星期六天气正好凉飕飕的，于是她认定这也许是眼下她能够穿上这件大衣的最后一次机会了——下一次就要等上半年了。她订了7点钟的餐吧座位。这家华丽的餐吧位于庞德菲尔德的邮局对面，已经让她垂涎了好几个月的时间了。她和埃德把车子停在了几个街区之外卡拉夫特路与庞德菲尔德路交汇的地方，因为她想要招摇过市地让大家都看看她的新衣服。然而，她刚开始迈出几步就感觉自己穿得有些过分隆重了——周围根本就没有人像她这样打扮。实际上，自从她搬到这里以来，就没怎么看见过穿皮草的女人。

到达餐厅时，她已经走得浑身是汗，所以一进门就脱掉了大衣。她用余光看着服务生领班缓慢地把大衣从自己的肩膀上脱了下来，一次脱掉一只袖子。挂在她手臂上的大衣很沉重，感觉就像个熟睡的孩子。她把大衣递了出去，希望没有人会看见这个交接的过程。她明年冬天还得再试一次。

自从她记事以来，就一直想要穿上一件貂皮大衣。穿着貂皮的女人看上去都是些与世无争的人。她花了很多钱在这件大衣上——信用卡的账单最终也要用她的储蓄来偿还。一想起自己在这东西上花了多少钱——即便考虑到淡季打折的因素——她就倍感骄傲。

46

康奈尔的叔叔菲尔从多伦多回来探亲了。晚饭后，康奈尔的父亲又开始讲起了大家早就耳熟能详的那个故事——他在大学时在秘鲁做暑假义工的经历。而故事的关键就在于他和管事的牧师之间天差地别的分歧。

"我就在那里，身高 6 英尺的我。"他说，"还有——"

"你哪有 6 英尺的身高。"康奈尔打断了他的话，"你总是说你有 6 英尺高。你也就差不多 5 英尺 11 英寸吧。"

"我就是 6 英尺高。"他的父亲自负地回答。

"6 英尺，你别做梦了。"康奈尔刚刚量过自己的身高，知道自己有 5 英尺 10 英寸，而他的父亲比他高不了多少。他站起身来，和父亲背靠背地比了比，然后又让父亲把鞋子脱掉，自己也脱掉了脚上的马丁靴。

"孩子，我就是 6 英尺高。"

"也许你曾经有那么高。"他回答，"没准现在缩水了。"

"我还没老到个子会缩水呢。"

"那可没准。"他说，"爸爸，也许你早衰了，这样很多事情就都解释得通了。"

他的父亲敏捷地死死瞪了他一眼。"够了。"他边说边转过身去。"你要不要喝一杯？"他问菲尔叔叔。

"你喝我就喝。"菲尔叔叔回答。

康奈尔跟着他们走进了厨房。"如果你有 6 英尺高。"他说，"那就证明一下。"

不属于我们的世纪

"算了吧，孩子。"他的叔叔劝道。

"过来吧。"康奈尔说，"门就在这儿。你靠着门让我给你量一下。就像我们还住在老房子里时，你们为我做的那样。"

他的父亲看上去有些恼怒，但他还是站到了门边。康奈尔又让他把鞋子脱掉。

"5英尺10.45英寸。"他边说边用铅笔重重地把这个数字写在了门边。

康奈尔正在腾空洗碗机，手握着刀柄抽出了一把刀刃底部破碎的刀子。这顶多算是刀子的残根。

"它的好日子已经到头了。"他边说边把它举到灯光下面，"我准备把它扔了。"

说罢他就把刀子扔掉了，可他的父亲却走过去悄悄地把它从垃圾里掏了出来。

"这是一把能用上一辈子的刀。"他的母亲用一种实事求是的胜利语气说道，"质量实属上乘。"

"我能看得出来。"康奈尔顽皮地附和道。

他的父亲用手指揉了揉刀子的把柄，仿佛那是一块忘忧石似的。

"我早就想给那家公司打电话了。"他的母亲说。

康奈尔有些怀疑。"我们就不能把它扔了吗？你是不会打电话给公司的。你又能拿这把刀做什么呢，爸爸？说真的。"康奈尔说话的语气似乎是在向父亲故意挑衅，明知自己的话会伤害到他。

"说出来能吓死你。"他的父亲回答，"我要用这刀来搅拌我的酱料。"

"我会给公司打电话的。"他的母亲附和道，"他们会保修的。"

"我们有的是其他刀子。为什么非要留着这一把呢？"

"这把刀是我们结婚时你爸爸买回来的，花了不少钱。这样的答案够了吗？"

她眼泛泪花地望着那把刀。他知道自己不该再多说什么了。

"但这也不意味着你要留它一辈子。"他说。

47

　　艾琳这一年来一直都在帮埃德处理课业方面的事情，可随着春季学期期末的临近，她却发现堆在自己手中的试验报告和试卷越积越多了，而他只是站在自己背后给她做着解释。他们每人负责查看一摞，最终再由她来复核他的工作。

　　一年来，他一直都在为政府补助的一篇研究项目论文搜集证据，准备把这份论文带到某个会议上展示。诊断结果出来之后，他更是加倍努力，许多个夜晚都在试验室里加班至深夜。她知道自己应该为他还在继续追随消逝的抱负留下的浅淡轨迹前行而感到骄傲。有时她的确倍感骄傲，但也知道事情终究是没有结果的——没有进一步的津贴或设备，没有额外的声望，甚至连一份完整的报告都没有——她宁愿他能和自己一起待在家里。夜晚是孤独的。她只有在想到丈夫也在遥远的地方和她一起分享这份孤独时才能感到些许的安慰。她想象着他坐在灯光昏暗的试验室里，一边抓挠着头皮一边详细检查自己有没有误看哪些数据。

　　埃德每天要服用两次研究用的新药。她不愿冒险让他忘记服药，所以每天早晚都要盯着他把药片吞进嘴里。13 周过去了，她带着他进行了第一次评估。

　　"我感觉自己就像我养的那些小老鼠。"坐在候诊室里那些被固定住的橘色椅子上时，他开口对她说了一句。她嘲弄地看了他一眼。"我说的是试验室里的那些。"他补充道。

"这不一样。"

"没什么区别。"他回答,"不过这也没什么。这么多年过去了,也该换我当当小老鼠了。"

"别再说了,埃德蒙德。"

"也许这能帮到别人。"他说。

"这也能帮到你。"

"我不是目标。这是一种试验。别人才是目标。"

"话不是这么说的。"她反驳道。

"没关系的。这是科学。我是为了科学才到这里来的。"

她沉默了一会儿。

"我就是小老鼠。"他的语气现在更加明确了。

"好。"她附和着,"你就是小老鼠。"

"它们最后都死掉了。"他说,"我从来都不愿意发现它们身体僵硬地躺在那里。这从来都不容易。"

她想象着从笼子里散发出来的恶臭,还有那无神的眼睛和缩成猫咪玩具般大小的尸体。"那画面肯定让人看了很不舒服。"她说。

"那种感觉很凄凉。没有人感谢过它们所做的贡献。"

他们给他称了体重,又记录下了他的体征信息,还做了抽血、尿样采集和心电图测量的工作,并对他进行了记忆检测。除此之外,他们还监测了他执行某些特定任务时的能力,让他玩了玩木块,切了几片肉,写了几行字。对他来说,写字是最困难的事情。他讨厌自己的字迹,而且越来越不想要看到自己写下的东西。

最后,他们把足够埃德再吃 13 周的药物送到了她的手中,并嘱咐她要在他吃完之后按时过来体检。那一包药中似乎掺杂着她些许的希望。她恍惚了一会儿,不知自己若是把药一次性全都喂给他,他会不会在几

天、一个下午或是几个小时之内变回原来的自己。这是值得的，即便他
在剩余的时间里都是一团糟。不过她也知道这是不可能的。他心中真实
的自己正躲藏在哪里，等待着某天被解放出来，而这就是此时此刻真实
的他。

不属于我们的世纪

48

那是 7 月初的一个星期二。他们躺在床上，开着窗户。她试着阅读一本小说，却感觉有些紧张不安、心烦意乱，于是从藏在床下的一堆研究老年痴呆症的书籍里翻出了一本。埃德本来也要读书，此刻却把双手交叠在胸口，眼睛望向了天花板。

自从拿到诊断结果那一天起，时间已经过去了 4 个月。她已然将那一刻奇怪的逻辑从头脑中一扫而空——*不要告诉任何一个人*——但埃德明显不太知道什么叫做适可而止。

她不能亲口告诉别人，因为她知道埃德不会原谅她背叛了自己的信任。

她合上书，用手臂撑起自己的身体，面对着他。"我们来操办一场晚宴如何？邀请我们最近的朋友过来，这样就可以把消息全都告诉他们了。"

"我宁愿不要这么做。"

"这可比单独告诉每个人要容易多了。"

"谁说我们必须单独告诉每个人了？"

"一场温馨的晚宴派对。"她说，"感觉就像大家要一起努力解决这件事一样。我打算看看能不能把时间安排在星期六。"

他咬紧了牙关。"你听上去已经决定了。"

"我们也得告诉康奈尔。"

"那就是我的底线。"他近乎咆哮了起来，"我还不打算告诉他。我不想让他看到我这样衰弱。我还是想要做他的父亲。"

"你永远都是他的父亲。"她没有去安慰他，而是想了想"永远"这个词到底暗示着什么——病魔终有一天会搅乱他的神经元，让他连路都不能走，甚至夺去他的生命。

"不管怎样。"埃德说道，"我想等一等。"

康奈尔总是在打棒球，或是在城里，或是去朋友家。即便是他在家的时候，也都待在自己的房间里。如果她能够多加小心，应该还可以瞒上他一阵子。

"好吧。"她回答，"那我们就再等一等。但你最好做好准备。我们不能永远不让他知道。"

"我可以瞒他一辈子。"

"亲爱的，我没有别的意思——你做不到。"

"如果我死了。"埃德阴郁地说道，"他就不用看到我那副模样了，反而可以记住曾经的我。"

"这样很好。不过你眼下还是别抱着那该死的想法不放。你哪儿也去不了的。"

"如果事情能够一直像现在这样。"他的语气变了，"我是可以忍受的。"他说罢把被子拉到了下巴下面。

"也许药物会起效的。"她说，"或者，即便这种药没有疗效，也会有其他更好的药。科学会治愈这种疾病的。与此同时，我们也要尽自己所能，不能闲下来。你也要保持警惕，多读些书。"她看了看被他丢在床头柜上，几天都没有拾起来的那本书。"我们可以一起做填字游戏，一起去看戏、听歌剧，还可以一起去旅行，不受这件事情的牵制。"她牵起了他的手；那只手摸上去很僵硬，还有些冰凉。她又把另一只手放在了她的胸口上，感受着她的心跳。

她也不知道自己的话有多少可信，但说出来总会感觉心里好受一些。

　　　　　　　　　　　　不属于我们的世纪

她再一次把目光放在了书本上，开始阅读介绍环境的混乱是如何有可能加速病情发展的章节。文中提到，熟悉的环境和人对于失忆有预防的效果。

她想起了埃德为了留在杰克逊高地曾经做过的那些艰苦卓绝的努力。难道是她坚持要搬到布朗士区的事情让他受到了伤害吗？一种愧疚感开始在她的思绪里生根，并逐渐演变成了恐慌。

"我们不能再等待时机向康奈尔坦白了。"她开口说道，"万一他自己发现了怎么办？万一他偶然听到我在电话里提起这件事情怎么办？"

"那就别在电话里说起这些。"

"我们明天就得告诉他。"她说。

"再等一个星期吧。"

"好。"她回答，"这个星期六是晚宴派对，下个星期六我们就告诉康奈尔。"

"他那天还有比赛呢。"

"你把他的日程都背下来了？"

"他每个星期六都有比赛。"

"那就等他打完比赛。相信我。这是最好的办法。"

"好吧。"他回答，"我相信你。"

听到他居然如此轻易就退让了，她不可思议地感到有些失望。她明白这段新关系的开始预示着曾经那段旧关系的结束。他在她看来就像个孩子一样。

晚宴派对那天下午，就在她忙里忙外地把最后一些东西都布置停当时，埃德走了进来，让她把活动取消。

"这不是真的。"他说，"我们要告诉他们的是一个谎言。"

"亲爱的。"她唤了他一句。

"这是一个谎言。"

一切都已经太迟了。卡达西一家，也许还有麦圭尔一家已经在过来的路上了。饭菜也正在炉子上用小火煨着。

"这些人是我们的朋友。"

"这是一个谎言。"

"如果换做我来告诉他们，对你来讲会不会容易一些？"

"随你想怎么做就怎么做吧。"他边说边像个愤怒的老头一样朝她挥了挥手。

"他们一会儿就要到了。告诉我该怎么办。"

"这是你的事。"他说。他打开水龙头，把一个水杯放在了下面。流水灌满了水杯，从边缘处溢了出来。他就这样举了一会儿杯子，看上去像是要用它做个小喷泉一样。

"我想我们还是按照之前讨论的方法来做吧。"

"不行！"他厉声喝道，"他们不需要知道任何事情。这全都是谎言。"

"难道你以为他们看不出任何端倪吗？"她发现自己也喊叫了起来，"你以为他们都不明白是怎么回事吗？你以为他们都没长眼睛和耳朵吗？"她停顿了一下。"他们都没有脑子吗？"这话刚一出口，她就后悔了。

"他们是看不出任何事情的。"他怒不可遏，"没什么好看的。"说罢他就离开了房间。

她发现他焦虑不安地坐在了前面的台阶上，于是紧挨着他坐了下来。"我们肯定是要在某个时间点告诉他们的。"她伸出手来想要触碰他，却被他畏缩着躲开了。街对面的邻居正在修建自己的花圃。她还没有见过他们，因此一直都想找个对自己有利的时机前去自我介绍一番，却一再地错过。既然他们已经隔着灌木篱笆看见彼此这么多次都没有挥过手，现在过去未免有些太难为情了。

"没什么好说的。"

"你是不是宁愿没有人知道？"

他默不作声。

"因为如果你想要独自承担起这一切，只让我和康奈尔知晓，那我可做不来。也许我不如你那么坚强。我觉得我很坚强，但我还是需要自己所能得到的一切支持。现在更是如此。"

他转过身来望着她。

"我今晚什么都不会说。"她告诉他，"我们可以等你准备好了再说。但我有一个条件。"

他心无旁骛地眨了眨眼睛。

"在那之前，你不能让我感觉自己是在一个人面对这一切。康奈尔也必须知情。让我们来一起面对这个现实。别人就算了。但我需要知道这座房子里的人会一起面对现实。"

"好吧。"他说。

"你患上了老年痴呆症。"

"别那么说。"

"这正是我要说的。"她回答，"我们需要团结在一起。"

"好的。"他应允了，"很好。"

"我知道你心里清楚。"她说，"但我需要听你把这话说出来。"

"我的确清楚。"

"那就把它说出来。"

"说什么？"

"说你患上了老年痴呆症。"

"你疯了。"他回答，"我才不会说这种话呢。"

她其实不在乎他是否会加入他们。她可以告诉他们他病了，如果他选择游荡过来，她也可以开玩笑地说他奇迹般地康复了。也许他们会觉得这很奇怪，也许不会。也许他们会注意到什么，也许什么也看不到。她不再担忧谁来控制唱片机的问题了，也不在乎是否会有人晃荡到楼上去，然后发现她的房子里那些不被用来待客的地方还没有整修完毕。

弗兰克和露丝、辛蒂和杰克、汤姆和玛丽、伊万和凯莉，他们全都一起赶到了，仿佛是为了这一次的活动专程租用了一辆大巴似的。她试着用饮料以及挂衣服和递送碟子时的慌乱来分散他们的注意力。就在她试图为埃德的缺席想借口时，他却出现在了门口，开始和他们一一寒暄起来。

她把所有人都领到了餐厅里，打算告诉大家这一次的聚会并没有特别的目的，只不过是想要见见各位密友，又不想等到圣诞节的时候再聚。其实这也不是什么谎言，她很高兴能够邀请他们到这里来。为了躲避和他们见面，她已经找了好几个月的借口了。

她以弗兰克生日将近为由让他坐在了埃德常坐的桌首位置上，而让埃德坐在了自己的身旁。即便弗兰克看出了些什么，她也指望他不要说出来。趁着大家喋喋不休的说话声渐进高潮，她填满了埃德的盘子。

她很生气埃德阻止自己把事情告诉朋友们。她不在乎他是否会把食物掉到自己的身上或是把饮料洒在大腿上。他只能自食其力了，因为她正视图让自己沉浸在对话中，享受搬家后第一次与大家相聚的过程，从中寻找一丝安慰。她吃饭的时候一直心不在焉，以至于杰克在换菜时还问起了一切是否都好的问题。

正当大家吃主菜吃得尽兴时，埃德敲了敲自己的酒杯。她本能地捏了捏他的膝盖，可他却挣扎着站了起来。

"有件事我想要告诉大家。"他压低了嗓门说道。她也起身站到了他的身旁。"我想告诉在座所有的人，"他开口说道，"我的好朋友们，很高兴见到你们。"

他停顿了很长一段时间，以至于所有人都以为他已经说完了。她揉了揉他的后背以示鼓励。没有人知道该作何反应。他的话想起来有些好笑，甚至有些虎头蛇尾。她差一点就期盼弗兰克或是杰克能够说上一句"见到你我们也很高兴。现在请坐下来，让我们可以吃饭"之类的话了。不过他们什么话也说不出口，因为埃德脸上的表情是那样的肃穆。

"我想要告诉大家，我们有些消息。"他说，"不是什么好消息。"

没有人移动，也没有人说出一个字。

听到他竟然如此平静地提起了哈里发医生，她不禁感到有些惊奇。他心底深处的某些东西暴露了出来——他性格的必要因素。紧接着他又停了下来，一条腿开始颤抖，不得不靠在桌子旁才能站稳。她这才意识到他已经尽力了。他已经尽力避免让她来宣布这个消息，尽管她无论如何都是愿意为他代劳的。她伸出一只手扶住了他的肩膀，催促他坐下。

"我好像患上了老年痴呆症。"他说道。

一阵不知所措的沉默和几声唏嘘之后，有人抬起手捂住了嘴巴，露出了关切的表情。弗兰克重重地敲了敲桌子，怂恿埃德说说细节。杰克则对诊断的结果提出了质疑。伊万和凯莉把椅子凑在了一起，牵着手祈祷上天的庇佑。辛蒂哭了起来。玛丽郁闷地坐在那里。露丝试图开起了玩笑。汤姆举起杯子里的葡萄酒一饮而尽，不断地用拇指和食指拽着餐巾绕起了圈圈。谁都没有再碰眼前的食物。她不太确定自己是不是该为大家端上甜点，于是开口询问所有人是否愿意移步到另一个房间再讨论这件事情。他们走上前来——一拥抱了埃德。她的肢体反应很灵敏，很快就领会了大家的意思，仿佛已经用手术刀剖开了一个汲取了他身体精华的恶性肿瘤。想到他为了向所有人隐瞒这个事实付出了多少的脑力，她不禁打了个哆嗦。这对他来说可谓是一项坚韧的壮举。

杰克跟着她走进了厨房，嘴里嘟囔着些什么，仿佛那些字眼是他试着不想吞进嗓子里的贝壳似的。

"你怎么能这么做？你怎么能这样羞辱一个男人？"

她不得不放下自己的手，以免一拳打向他的脸。"这是埃德的选择。"她斩钉截铁地回答。

"没有哪个男人会选择这么做的。"他转过身，用退役军人的姿势笔直地面向另一个房间站着。

她不得不提醒自己，男人在消化这种消息时总会和女人有所不同。

在医院工作的这么多年之中,她早就见怪不怪了。个头越大的男人在听闻与疾病有关的消息时反应就越不自在。

"这是血小板沉淀的问题。"当她走回客厅时,听到埃德这样说道。有关诊断的话题似乎赋予了他某种力量,让他的声音听上去很有学者风范。

"血小板沉淀。"弗兰克重复着,声音里有种不知所措的空洞感,"我很在意自己的血小板沉淀。"

"神经元突触变更了路线。"埃德说,"脑质量减少,功能性就出现了问题。"

不管埃德的短期记忆出了什么问题,至少他的长期记忆目前还是坚不可摧的。他冷静客观地从神经生物学的角度讨论所发生的一切的样子也许会让你忘记他所说的人正是他自己。他似乎很乐意有机会用抽象的方法来谈论这件事情。面对他的泰然自若,周围的人都露出了钦佩的表情,同时也对这样一个富于创造力的人竟然会受制于生理上的反常意外而感到遗憾。

"早发型老年痴呆症是最致命的。"她在厨房里对玛丽说道,"它会在抹除记忆的同时消解运动和讲话能力。"她停顿了一下。"这才是老年痴呆症的真相。"想到自己的丈夫即将被神经紊乱退化的问题击垮,而病灶竟是最纯粹、最具有贵族气质的脑部疾病,她的言语中似乎还带着某种骄傲和自负。

所有人都比往常逗留得更晚一些。大家似乎都觉得离开有些不妥。也许他们还不想面对道路,不想面对他们心中黑暗的想法,面对自己也终有一天会失去伴侣的现实。最后,埃德也变得暴躁起来。"这事情还有没有个尽头?"他气鼓鼓地上床睡觉去了,连晚安也没有说上一句。露丝挑了挑眉毛,而艾琳也挑起眉毛回应了她,于是露丝便开始催促众人向门口走去。

　　　　　　　　不属于我们的世纪

在其他客人道别完走下台阶之后，只有露丝和弗兰克留了下来。弗兰克用保温瓶为回程的路途灌了一些咖啡。

"我就知道事情不对。"他说。

"这似乎是显而易见的。"

"我不知道该怎么消化这些信息。这太不真实了。"

"我也有这种感觉。"

"太吓人了。"他说，"我自己有时也会想到这个问题，当我忘记带钥匙或是不记得自己把车停在哪里的时候。"

弗兰克看上去的确是吓坏了，颧骨凸出的样子看上去像具死尸。

"你可以和他聊聊，这你是知道的。他还是你的朋友。他还在这儿。"

"我不知道该怎么和他聊起这件事情。"

"就开口看看自己会说出什么话来吧。"

弗兰克慢慢吞吞地移步到了门外，抱着保温瓶的样子就像是举着一盏灯。露丝给了他一个长长的拥抱。很快，厨房里就只剩下艾琳一个人了。到处都散落着杯盘，剩下的食物也需要用塑料薄膜盖起来或是倒进垃圾桶。看到自己的房子一片狼藉的样子，她还从没像此刻这样释然过。要想关灯上床睡觉，她至少还要收拾一个小时的时间。

紧接着的那个周末，一家人在康奈尔参加完比赛之后无精打采地默默吃着晚饭。两人隔着一层看不见的羊皮纸也能感觉到儿子已经筋疲力尽。

"你的表现怎么样？"她问道。

修整一新的厨房里那层闪亮的光芒还未退去，感觉就像是别人的房间似的。

"还行。"康奈尔回答。

"还行。"埃德顽皮地说，"他的表现可不只是还行。他出局了——多少次？"他看了看康奈尔。

"13 次。"

"没有一击是稳稳击中的。"埃德说。

"我还送了 8 个人上垒呢。"

"不可否认的是，他的控制力是个问题，整局都在用球棒末端击球，还扔丢了好多球。"

康奈尔恰好在这个时候揉了揉自己的肩膀。

"不过天高任鸟飞。一个拥有这种速度的左撇子？只要他继续努力，肯定能成为一员猛将。"

她等待着埃德将讨论的话题转换到疾病的事情上来。她用眼神示意他，却发现他摇了摇头暗示她计划取消了。她试着向他表示自己很不高兴，可他却低下头看着自己的汤，回避了她注视的目光。

"埃德。"她说着咳嗽了一声。他抬起头来。

康奈尔的眼皮因为疲倦而显得十分沉重。埃德站起身来，用一只手抚了抚康奈尔的头，一脸宠爱地弄乱了他的头发，然后走到水池边望向了窗外。

"怎么了？你们俩又吵架了？"

"没有。"埃德回答的时候眼神依旧望着窗外，"好好听你妈妈说话就行了。"

"你现在已经长大了。"她开口说道，"应该能够理解大人的事情了。"康奈尔在座位上挺直了身子，"我说的是成年人之间的谈话。你爸爸和我之间的谈话。"

"请别告诉我这是性启蒙教育的话题。我早就不需要听这些了。"

她忍不住淡淡地、哀伤地笑了笑，感觉嗓子里似乎出现了一个肿块。"我们有些坏消息。"她说。

男孩脸上滑稽的表情消失了。"怎么了？"

"这件事和你爸爸的健康有关。"她停顿了一下答道。

埃德转过身来，朝着餐桌走了回来，坐在了椅子上。"你妈妈想说的是，我被诊断出患上了老年痴呆症。"

"你知不知道那是什么？"她问道。

"知道。"他来回看着他们两人，"就是你会经常忘东忘西。"

"没错。"

"这不是老年人才会得的病吗？"

"有时候是的。"她回答，"大部分时候是这样的。但有时也会发生在年轻一些的人身上。"

"你不会有事吧？"

"可用的药物不多。"他回答，"我正在服用一些试验性的药物。我们会知道的。但情况正在恶化。"

"你害怕吗？"

这是她第一次听到有人询问埃德这种病对他个人有什么影响。之前的问题总是针对老年痴呆症本身。就连她自己也不曾提过这个问题。

埃德挺直了身子，眯了眯眼睛，眼神泰然自若。"有时候我也会害怕，这是当然。"他回答，"这是其中的一部分，毫无疑问。"他看了看糖罐子，像敲打着钹一样玩弄着罐子的盖子，"我喜欢我的生活。我热爱我的生活。我不想失去它。"

"你得这个病是不是太年轻了？"

"如果你问的是我的话，没错。"他答道，"如果你问的是疾病的话，答案就不一样了。"

"情况恶化得有多快？"

"亲爱的。"她安抚儿子，"别抓着你爸爸问这问那的。"

埃德举起一只手，示意她安静。

"可能会很快。"他说，"有可能需要几年吧。每个人的案例都不太一样。"

康奈尔琢磨了一会儿他所听到的答案。

埃德脸上的表情很严肃，仿佛是被这个问题给惹恼了。她本想开口调停，不料他却从座位上站起身来，俯身用双臂抱住了儿子。

"我永远都会知道你是谁的。"埃德边说边吻了吻他的头顶，"我向你保证。即便你以为我已经忘了，即便我看上去已经忘了。我永远都会知道你是谁的。你是我的儿子。你可不许忘了这一点。"

"你也是。"他说着也起身拥抱了他的父亲。

她开始收拾碗盘了。

"妈妈。"康奈尔叫了一声，朝她伸出了一只瘦长的手臂。

她走过去站到了他们的身边。康奈尔似乎是在催促她走过来拥抱他们。她一直都希望他能够听到这个消息。如今他真的听到了，她又希望他能够甘心忍受、坚忍地生活下去。但他和她不一样。她和埃德一直在努力让他过得比他们小时候轻松容易一些。可有时她也会怀疑自己没有让他过上苦日子是不是一种错误。

全家人拥抱在一起的主意让她感到很尴尬，有些无所适从。未来还有很多拥抱所驱散不了的黑暗时刻。她觉得儿子的拥抱就像是销售假药的小商贩设下的诱饵，于是快速而又用力地在他的背上拍了三下，仿佛是意图给出某种不言而喻的结论似的，然后转身上楼去了。

不属于我们的世纪

49

在他们终于向康奈尔坦白之后，她也可以随心所欲地和女友谈论埃德的病情了。她每晚都会给她们打电话——露丝、辛蒂、玛丽、凯莉、凯西还有她的姨妈玛吉——她按照名单挨个给她们打电话，刚挂上前一个人的电话便立即拨通下一个人的号码。一旦打开话匣子，她就不愿意被人打断，因此总是等到晚饭后埃德坐进书房里为试验报告打分或备课时才拿起听筒。接到她打来的电话，朋友们也总是会挂断其他人的来电。每一次拨通电话时，她都不知道该说些什么，可对话却自然而然地活络了起来，况且她们总是想要了解埃德的近况，所以她根本就不用试图谈起别的话题。她觉得，只要自己经常说起这件事情，就能与这种病症更加的熟悉，从而也就不会那么不知所措、心生恐惧了。

每一次她打给麦圭尔家时，若是弗兰克接的电话，他便会把话筒直接转交给露丝。就在他们向大家公布埃德患病的那顿晚宴结束后的一个月，弗兰克急不可耐地想要回避她的行为终于惹恼了她，于是她开口要求露丝把电话递到他的手中。

"你到底去哪儿了？"她逼问，"你为什么不打电话来？为什么不来看他？为什么不请他出去喝杯啤酒？你们这群该死的家伙，为什么没有一个人来邀请他出去？他每天晚上都窝在书房里。"

"我也很难接受这个事实。"

"他知道。但你总可以拨个电话跟他打声招呼吧？"

"我会的。"弗兰克应允道。

然而，他并没有兑现自己的承诺。一个星期之后，她又让露丝唤他过来接电话，然后假装电话是弗兰克打来的，顺手把话筒递给了埃德。她本来还担心埃德会注意到电话铃并没有响起的事情，却发现他接过电话之后竟像个青少年一样和弗兰克聊起天来，脸上的兴奋劲儿显而易见。她就这样听着埃德聊了一个小时。他们没有谈有关病症的事情。看来男人和女人之间还是存在很大差异的。男人在不揭穿任何事情的情况下也能相处得很好。她几乎有点羡慕这一点。不过这样也有它的缺点：他们最终还是要退回只有自己一个人的孤岛上去。

从埃德的手中接过电话，她强迫弗兰克保证会尽快再打电话来问候埃德。可弗兰克并没有打来。下一次他们去麦圭尔家做客时，弗兰克在晚饭的过程中几乎没有说话，因此他们也在用过甜点之后便离开了。

艾琳一直在给露丝讲述自己那些充满焦虑情绪的梦境。梦境中的她满嘴的牙齿都掉了，皮肤也从身上剥落了下来。令她倍感惊讶的是，露丝竟然建议她去看心理医生，还为她讲起了自己在疗程中的一些积极的体验。她甚至都不知道露丝曾经接受过心理治疗。这简直令人无法想象。露丝是个坚强的女人。事实上，她在听别人述说自己遇到的问题或遭受的苦难时总是能够表现出无尽的同情心，很愿意为朋友们留出倾诉的时间。不过她从不会向别人透露任何有关自己的事情。就算你把她绑起来，当着她的面勒死她的那几只猫咪，她也不会掉下一滴眼泪。这么多年以来，艾琳一直都听信露丝的断言，以为她在养大了自己的弟弟妹妹之后是真的无心再抚养任何一个孩子。然而，就在男人们都入睡后的某天深夜，露丝却坦白她一直都害怕会像自己的母亲那样在酗酒中毁掉一个孩子的人生。从那以后，每当艾琳看到露丝望着康奈尔时露出的疼惜眼神，都会意识到露丝的心底还有很多话不曾向任何人坦白，包括弗兰克。

艾琳从不把心理治疗放在心上，认为那是有钱有闲却没有朋友的人才会有的嗜好。除此之外，天主教徒也不会去看心理医生，他们的告解室也有同样的作用。可如果你自从20岁出头起就再也没有去告解过，又该怎么办呢？她想象着自己花了一个半小时的时间列举自己的罪行，出来时接过一张写着需要她背诵的无数祈祷文的列表，离开时却还是不知道自己为什么要走进去。

露丝的心理医生名叫杰洛米·布里尔。他的办公室位于露丝的单位附近，就在距离熨斗大厦一个街区的地方。他到门口来迎接了艾琳，并指引她在一张扶手椅上坐下。艾琳环顾四周，寻找着自己期待中的沙发，却只看到了一张红木桌、两把扶手椅和三张令人欣慰的毕业证书——哈佛大学、康奈尔大学和耶鲁大学——就挂在一个小书架上方的墙壁上。房间里的光线很暗，只有一盏落地灯和穿透百叶窗射进来的些许微光。

布里尔医生在一张扶手椅上坐下，请她开口说话。她发现事情的开始比她预料中的容易许多。她说起了自己父母、幼时在伍德赛德的生活、在杰克逊高地度过的那些时光以及她的职业，甚至是基欧先生的事情。念叨了一会儿之后，她第一次感到心中溢满了卸下负担的轻松。她陷入了沉默，满心欢喜地听到布里尔先生——他坚持要她称自己为杰洛米，但这是不可能的事情，即便他比自己还要年轻至少10岁——夸赞埃德还能对外保持常态说明他拥有超群的智慧。

"一个不及他聪明的男人可能早就放弃了。"布里尔医生说，"谁知道他到底隐瞒了多久呢？"

他督促她谈一谈自己对于埃德患病的感受。尽管她之前曾茫然地决定要回避这种问题，却还是直截了当、字斟句酌地讲了起来。这不禁让她吓了一跳。过了很长一段时间——她惊奇地发现布里尔医生一直都保持着沉默，好像是在用那双时而睁大时而眯起的双眼催眠她滔滔不绝地讲话似的——她感觉自己思维的发动机说着说着就停了下来。他告诉她，这个疗程的时间结束了。

第二次，她说起话来感觉有些别扭。见面寒暄过后，布里尔先生还是什么话也没有说。长久的沉默似乎已经渗透进了充满东方风情的地毯之中。这样的情景让她想起了埃德有时对她不理不睬的态度，或是康奈尔像个顽固的小孩子一样拒绝说话的样子。

"你心里最大的恐惧是什么？"过了一会儿，布里尔先生问道。

"我也不太确定。"她说，"也许是孤独吧。"

又是一阵沉默。

"那是为什么呢？"

"谁想要一个人呢？"

"有些人可能就会这么想。"

"我不想要。"她回答。

"你会不会害怕你的丈夫会丢下你一个人？"

"有时候是这样的，我猜。是的。我猜我是这么想的。"

"我能理解。"他说，"这是一种你永远也战胜不了的疾病。它不仅会击垮病人，也会击垮病人的伴侣、子女和朋友，让人倍感孤立。"

他这个人很极端，要不就一个字不说，要不就能说得比她想听的还要多。

她明白自己战胜不了埃德身上的病魔，但也不打算坐以待毙，让别人来告诉自己，她输了。她当即就决定自己再也不会回来了。这样的想法让倾诉变得容易起来。在接下来的半个小时时间里，她滔滔不绝地讲述了各种连她自己都不知所云的东西。最后，她为自己终于能够把这些话毫无保留地讲出来倍感解脱。就这样草草收场对她来说似乎是一大憾事，因为她已经开始从中看到这种尝试的价值了。但毕竟它的剂量还是太小，即便对别人有用，对她也无济于事。

她能够想象埃德终有一天不得不停止工作，因而她想要自己能够变得聪明一些。她去了老年痴呆症协会，想要弄明白自己有哪些资源可用。那里的社工告诉她，只有等到她贫困潦倒时，他们才能为她提供援助。

"贫困潦倒？"

"医疗补助计划只有在你山穷水尽时才会起效。你可以把自己的工资存起来，存到一定的数额，同时把你丈夫的收入直接存入医疗补助计划之中。你还必须清算投资。你可以把自己的钱用在家居装饰甚至是购置新衣、提前购买药品、加固房屋、留出一部分钱给自己和丈夫作为殡葬费用之类必要的事情上。但不要留下珠宝。绝对不要留下什么珠宝。除非是你们俩的结婚和订婚戒指。这些你还可以留着。如果你的钱花得太快，政府就会来质问你把钱都花到哪里去了，这样你就有可能拿不到医疗补助了。不管怎样，你还是可以留着自己的房子还有车子的。好处在于，在你几近破产的时候，补助就来了。"

"你是在告诉我，除了——破产，按你的话来说——就没有别的方法能够支付雇佣一位护士或去疗养院的费用了——如果事情发展到那种地步的话？"

"此刻看来是不行的。"

"我得把自己的储蓄花得一分不剩？"

"是的。"

"还有所有的股票？"

"没错。"

"退休金账户？"

"也是一样。"

"让我来告诉你几件事情。"她生硬地说道，感觉心头如发烧般涌起了一股傲气，"我一辈子都在辛勤工作。"

"抱歉。"

开销将是巨大的，他们的积蓄很快就会缩水。雇佣住家护工的开销（不到万不得已，她是不会考虑的）无异于支付第二份房屋抵押贷款，其昂贵程度不是两人的收入可以应付得来的。而且，在埃德只能领取工资水平的 40% 作为养老金时，她就更不可能在不触碰他们快速缩水的退休积蓄的情况下支付这笔开销了。

"我本应该把橱柜都做成樱桃木的。"

"您说什么？"

"我太节俭了。我本应该把砖块全都扒掉，铺上大理石砖。我本应该买三件貂皮大衣，而不是一件减价的。我本应该每年都去一趟欧洲。我本应该在自己二三十岁时效仿周围的人那样挥霍起钱财像个酒醉的水手。如果我是个穷鬼，事情也许就不会这么让人难以接受了。"

她去见了一位名叫布鲁斯·爱普斯坦的税务律师。他是她在医院里的朋友萨尼的丈夫。

她坐在布鲁斯位于上西区的办公室里。只见书架上陈列着各种法律书籍和经典文学名著。"对你来说最好的办法就是和他离婚。"他边说边递给她一碗巧克力，"当然了，这是从严格的财务意义上来说的。分隔你们的财产，把所有东西都归到你的名下，拿走所有的钱。"

艾琳翻弄着西服外套边缘脱落的一根线头。

"我知道你不想听到这些。"布鲁斯继续说道，"但这是最好的办法了。如果你和他离婚了，那么他马上就能获得医疗补助。对此，你最好采取实事求是的态度。你不用真的在心里与他离婚，而且还可以照顾他，只不过是站在一个不同的立场上而已。"

"那我该怎么告诉我的儿子？"

"你的儿子不必知道这些。你可以等以后再说。"

"那我又该怎么告诉埃德？"

"告诉他你这是在耍小聪明。告诉他你这么做是为了你们两个人好。没有什么会彻底改变，只不过你们会得到国家的资助而已。"

"就因为我丈夫得了老年痴呆症，我就应该和他离婚？"

"我知道这主意听上去很糟糕。"他回答，"但问题不是你自己提出来的吗？从财务的角度来看，离婚是最好的办法。如果我没有把你可用的选择都告诉你，那就是我的疏忽了。"

"那这个计划到底要怎么执行？我该怎么通过和他离婚拿到那些钱？"

"你们膝下还有一个未成年的孩子，这对你们来说就更容易了。你可以编造出一个婚外情的故事。想要做成这件事情的办法很多。你会得到房子，所以这一点是不用担心的。"

"我觉得我做不来。"

"这倒是没有什么稀奇的。"他热情地回答，"但我觉得你应该严肃地考虑一下。我的担心在于——避免你以后会后悔——你在深思熟虑之后做出的决定并不足以让你的情绪战胜自己。或者，如果你做了一个情绪化的决定，却用理性的方法来处理。我怕你认为感情的价值比经济利益更重要。如果你能够克服精神障碍，按照我建议你的方式来处理，才是最理智的选择。不过单纯的理智并不足以成为指引我们的罗盘。我可以这么告诉你：如果萨妮处在你的立场上，那我宁愿她按照我说的方法来做。这不仅能够帮到你，也能够帮到你的丈夫。记住：在上帝的眼中，你们永远都是夫妇。"

他所提倡的是尽力彻底掌控自己的生活，即便这意味着蔑视人们所珍视的美德。她一直都认为自己若是有机会，一定能够成为一名好律师，然而此时时刻，在听取布鲁斯冷静分析事实的过程中，她才意识到自己缺乏他那种天马行空的逻辑思维能力。她觉得自己没办法仅仅为了获得资助而和埃德离婚。她宁愿把钱都花掉。反正她只能永远地劳碌下去。

50

康奈尔正在女友瑞吉娜家的地下室里。他想要把她压倒在柔软的地毯上，然后爬到她的身上去，但他所能做到的顶多是紧紧地坐在背靠着镶板墙壁的沙发上依偎着她。他抠了抠镶板之间的一处缝隙，准备行动起来，将一只手臂垂在她的身上。尽管他那一天已经做过两次这样的动作了，可还是感觉十分紧张。第一次，在两人亲热了一会儿之后，楼梯顶上的门打开了。她的母亲朝着楼下喊道："一切还好吗？"从那以后他们就一直坐在沙发的两端，直到他想方设法一寸一寸凑了回去。可就在他凑过去时，她的母亲——好像她有超能力似的——又恰好叫他上楼帮忙从书柜顶端够一个大浅盘下来。瑞吉娜说过，她的母亲之所以允许他们单独待在下面是因为她听说他们学校里的男孩都是好孩子。

瑞吉娜一家是黎巴嫩人。她的父亲很凶，以至于康奈尔根本就不敢和他说话，也不喜欢她父亲在家时单独和瑞吉娜呆在一起，因为那种焦虑实在是让人感到有些不值得。

他记不得他们看的那部电影叫什么名字了。除了感受她甩头时头发轻扫过他的身体以及她呼吸时轻轻推挤他的身体时的那种感觉，他无法集中注意力做任何事情。她忠诚地吻了他几分钟，现在却坚持要看电影。尽管她试着装出了一副遵规守纪、成熟而又不放荡的样子，但他还是能够看出她其实和自己一样紧张。

他伸出一只手臂环抱住她，自己的手搭在了她纤瘦的肩膀上，然后

　　　　　　　　　　　　　　不属于我们的世纪

又把手往下挪了挪，停在了她的锁骨处。她穿着一件马球衫，嘴里正咀嚼着从大腿上的碗里拿起来的爆米花。他的手摸索到了她三角形衣领中间裸露的皮肤，然后停在了那里。好在他的胳膊够长，因为这样的姿势实在是有些别扭。几秒钟之后，她换了个姿势靠近他，倚在了他的法兰绒衬衫上。但他知道这个动作只不过是为了让他把手挪开而已。

他还从未把手伸进过她的上衣里面，只是隔着衣服抚摸过她。每当这个时候，她不出几秒钟就会挪动阻止他。一次，当他把手放在她的大腿上时，她直接就抓着他的手甩开了。

他曾经在父亲面前提起过她一次，因为他实在是没什么话可以跟父亲说。一看到她的脸上露出同情的表情，他就知道自己可以提起这个话题了。动作总是比沉默更好用。

她看电影看得如此投入，以至于即使是听说她事后还要给母亲交一份观影报告他都不会感觉惊讶。他满脑子想的都是她身上洋溢着的春天的味道，不知道她是否看得出他已经勃起了。

"嘿。"他开口说道。

"嘿。"她瞥了他一眼，然后又把目光转移回了电视屏幕。

"我感觉很难过。"

"怎么了？"

"我也不知道。"他回答，"没事的。"

她现在把整个身体都朝他转了过来。"怎么回事？"

"没什么。"他答道，"我们看电影吧。"

"你现在就得告诉我。"她脸上的表情极其诚恳，可他却看不出来她到底是不是在开玩笑。意识到她是认真的，他的心里感到有些不好意思。她那位家规严苛，还总是神出鬼没的父亲的身影仿佛正无声地反对着在一边旁观。

他把一只手指举到唇边，比了一个示意她安静的手势，却让她越发激动起来。

"你如果不告诉我，我今晚就再也不亲你了。"她说。

"别拿我开玩笑了。"他回答，"我只是不知道该怎么说而已。"

她把装着爆米花的大碗放在了茶几上，盘着腿坐在了自己的脚上。"现在你真的得告诉我了。怎么了？怎么了？"

"我刚刚想起了我的爸爸。一想起他我就很难过。"

她的五官露出了担忧的表情。

"跟我说说。"她边说便把一只手放在了他的膝盖上。

"他就快要不在了。他正在离开我们，很快就会忘了我。"

她开始摇头，看上去犹如一个年近 40 岁的妇女。"他不会忘了你的。"她的语气听上去既有些不屑一顾，又像是在安慰他，仿佛心里明白接下来要发生什么似的。

"他会的。人终有一死。"

"我不会的。我就在这儿。"

"你也会离开。"

"我不会的。"她回答。

她靠过来拥抱了他。他吻了吻她的脖子，然后又抬起头吻向了她的嘴唇。电影依旧在背景中播放着，可她如今却已经不在意这些了。她带着好几种不同层次的感觉长时间地吻着他。他勃起的下体此刻已经顶住了他的裤子，让他感觉很痛。他摸遍了她的身体，一只手伸向了她的马球衫，趁她没有反抗快速地向上摸索着，把手塞进了她的内衣里。他感觉自己的呼吸越来越急促了，于是把另一只手也伸了进去，一只手托住她的一只乳房。他仿佛已经跨越到了某个分界线的另一边。他开始亲吻她的脖子和耳朵，并最终拉起了她的上衣，吻起了她的胸脯。他不会再尝试得寸进尺了，因为今后还有的是机会。他得有所保留。在这一点上，他父亲的病情可是帮了他不小的忙——这么强大的借口他得省着点用才行。他不能让自己沉溺其中，但偶尔从中谋求一些好处也未尝不可。

房间恍然间暗了许多。他吮吸着她的乳头，仿佛是想从中吸出些什么似的。他知道自己做得不对，因为她在感受到他牙齿的压力时抽搐了好几次。

楼上的门又打开了。她猛地拉下了自己的上衣。时机来得正好。他这才意识到自己真的吻到了她的胸脯，为自己失去了天真而感到有些愧疚。如今一切再也回不去了。

51

弗吉尼亚的名字仍然留存在电话簿里，正如她许多年前所说的那样。或者应该说电话簿里的名字属于她的丈夫：卡洛·利兰。自从艾琳拍下这座房子起便一直想要联系弗吉尼亚。可她几次走到电话前面时，都因为不知道该如何展开对话而紧张得胃痛，不得不在拨号前就放下听筒。她不想在不得已的情况下让自己丢脸，于是决定亲自登门拜访。

她选择了一个星期六。如果他们不在家，她打算留下一张字条，然后第二天再来试试。她穿上了精致的衬衫和短裙，还做了个发型。弗吉尼亚家位于山上的某处别墅，属于那些远离蜿蜒的街道、房前隔着广阔草坪的豪宅之一。

驾车行驶到距离她家还有一个街区时，艾琳紧张得不得不在路边停了下来，好平复一下自己的心情。这是她期许了多年的一次会面，尽管她直到快要迈进对方家的门槛时才意识到这一点。弗吉尼亚踏入服装店的那件事在她的心里埋下了一颗种子。这颗种子不仅早已破土发芽，而且还挨过了不少漫长的寒冬。她想让弗吉尼亚看一看这棵树盛放花朵的样子。弗吉尼亚能否认出她来呢？她希望弗吉尼亚能把自己出现在门口当做是再正常不过的一件事，就像是某个邻居前来拜访——尽管她住在城市的另一边，又是位不请自来的老朋友，一位意外的访客。

庭前的花园里种着无数棵树木，每一棵的年纪看上去都比美国的历史还要久远。当时正是 10 月初，树叶已经开始变色了。街道上飘荡着薄

　　　　　　　　　不属于我们的世纪

雾的景色让她在路边稍稍徘徊了片刻才继续上路。

她把车子停在了弗吉尼亚家的门口。车道上有一辆车。她停好车，熄灭了引擎，聆听着老旧的汽车发动机沉重地冷却下来。她很后悔没有在托普斯的店门口停车买一盒饼干，或是在特莱弗洛斯花店选上一束鲜花。不过从另一个角度来看，30年未见的朋友带着礼物上门未免也有些奇怪。她想象着弗吉尼亚从自己的手中接过那盒咔嗒作响的饼干时脸上半信半疑的表情，仿佛里面装满了某段被人遗忘的陈旧纪念品似的。

她站在大街上端详着这座房子。这是一座近乎完美的美丽建筑，浑身上下没有任何一处她想要改动的地方——想必就连那些喜欢通过改造来破坏老宅的毫无品位的人也想不到要改动哪里。光是房前的景色看上去就已经昂贵得足以让人破产了。不过你很容易就能看出它贵有贵的道理。附近很安静，只听得到远处的除草机发出的低沉轰鸣声。她能够想象一位老人正戴着手套漫游在草坪间，手里还拖着装满了杂草的沉重垃圾袋。

她还是无法说服自己走到门前。和弗吉尼亚捧着茶杯对坐的画面让她回想起了家里所有的东西都拆包后她孤独地度过的那些下午。她一直都在等待自己的房子装饰一新、一切都尘埃落定之后能够居高临下地炫耀一番，可那一刻至今都没有到来。尽管已经失联多年，但她还在惦记着这个能够站在她这一边表现出无限热情的朋友。她知道再次见到弗吉尼亚会让她丧失心中的自我安慰，即便她从不愿承认那对她来说有多么的重要。

她迈开脚步，踏着石头小路横穿过草坪。还没走出几步，一只狗就冲出来朝她吠叫，吓得她一下子愣在了原地。虽然这只小个头的杰克布鲁塞尔梗看上去并不会伤害她，但它的叫声实在是太过于执著，其中还暗含着一种令人不安的警示信息，让她感觉它不只是在警告她离开。只见这只狗绕着她转了半圈，持续地吼叫了几声之后仰着头、眯着眼睛站在了那里，用一种令她倍感焦躁的方式打量着她。她试着掩盖自己的恐惧——她并不害怕狗，而是害怕一只似乎有着思维、能够洞穿她心思的狗——觉得在如此微小的生物面前袒露自己的恐惧实在是有些荒谬。没有人从屋子里走出来轰走这只狗。这个小家伙的身上散发着一种讨厌的固执气息，身上厚重的毛发似乎永远都警惕地立在那里。

当树篱后面的房子里终于出现了一个女子的身影时，艾琳害怕得简直心脏都要停跳了，一下子把狗的事情忘得一干二净。她本想转身走开，但没有及时地迈出后退的第一步，心知自己已经无法毫不愧疚地急着跑开了。那个女人——肯定是弗吉尼亚——正飞快地走过来找回她的狗，而那只小狗也颇有使命感地拼命跑回去，在半路上迎接她、绕到了她的身旁。看着那个女人从不远处向自己走近，艾琳差点没能把她和自己上一次见到的那个试穿伴娘礼服的顽皮女孩联系在一起。她打扮得十分漂亮，下身穿着一条棕色的宽松长裤，上身则是一件在阳光下闪着光的芥末黄色衬衫。

"需要帮忙吗？"弗吉尼亚站在几英尺之外的地方问道。她的发丝已经有些泛灰了，却不知为何像是被太阳晒脱色了一般看上去十分的健康，还被她扎成了简单大方的发髻。随着年龄的增长，她的身材更苗条了，举止间颇有军人的风采。弗吉尼亚好奇地看着艾琳，让她一瞬间误以为对方认出了自己，后来才意识到她只不过是在猜想这个女人在自己的草坪上做什么罢了。

"希望如此。"艾琳说，"我好像有点迷路了。这路转了好几个弯，我不知怎么就开过了。我必须得开回高速公路去。"

"你要找去哪儿的路？"

"抱歉，你说什么？"

"我问你打算去哪儿？"

"我刚刚探望完一位朋友，你也看出来了。我只是想回家。"

"你家在哪儿？"

"城里。"她答道，生怕弗吉尼亚听到自己喉咙里发出的紧张的哽咽

　　　　　　　不属于我们的世纪

声，"皇后区。我想我应该是需要沿布朗士河大道往哈钦森大道去。"

"皇后区？哪一部分？"

她的心咚咚直跳。"道格拉斯顿。"她回答，最后几个音差点儿因为嘴巴的干涩无法说出口。

弗吉尼亚详细地为她指明了方向，就连过了红绿灯大约会在几英尺外看到布朗士河的岔道都说得明明白白。她的身上丝毫没有艾琳记忆中散乱疲惫的那种感觉。想到自己几乎完全不了解弗吉尼亚，艾琳的心头突然涌起了一种孤独感。

她听着弗吉尼亚描述着那条熟悉的路线，趁机喘了口气。如今她再也不会回来了，再也不会向她表明身份或是无须经过一长串别扭的解释就能坐进她的客厅里去了。她在弗吉尼亚的脸上搜寻着自己从未听闻过的故事的线索——她是否已经做了母亲，丈夫又是否在身边，日子过得好不好。

"谢谢你。"弗吉尼亚讲完之后，艾琳应了一声。

"乐意效劳。"

"你的房子真漂亮。"她说，"真是一座美丽的房子。我实在是忍不住要赞美两句。"

52

　　离开奶奶家之后，他们驾车穿过了社区，沿着史密斯路驶上了郭瓦纳斯高速公路，绕过了法院。离开洛林路之后，他们向右转了个弯继续行驶着。

　　如今他已经知道所有街道的名字了。这也是他的父亲连续第三周载着他去参观老居住区了，试图要在自己忘记一切之前强行把这些画面全都塞进脑袋里。

　　他们到达了红钩池。"这就是我小时候游泳的地方。"他的父亲说道，"真不敢相信时间已经过了这么久。那时候所有人都是光着身子在里面游泳的，没人觉得有什么不妥。那种感觉棒极了。我们一整天都会耗在这里，一个个晒得像深紫色的李子干一样。你知道吗，这里直到今天还被当做是游泳池呢。"

　　康奈尔礼貌地点了点头。为了跟着父亲来看这里一眼，他错过了一个万圣节的派对。

　　"不是今天。"他的父亲纠正自己，"我知道。今天太冷了。我是说广义上的今天。"

　　他的父亲停下了车子，脸上满是诚恳坦率的表情。康奈尔的脑海中闪过了一丝丑恶的念头。

　　说真的，你知道吗？你还知道些什么呢？你原本就不是一位正常的父亲，不是吗？你总是比别人更呆。你和那些被你着了迷似的分门别类

收藏起来的唱片和录像带，你夏天里穿着的长袖衬衫和从没有穿过的短裤，你的老电影和粗俗的笑话。你和你的试验室大褂还有削尖了的铅笔。你和你对完美语法与清晰发音的坚持。你和你古怪的运动鞋、满是汗渍的棒球帽还有耳毛。你从不会超过限制时速几英里。你的大口烧杯、写字夹板还有公文包。你有关老街坊的那些无聊故事。只要我愿意，现在就能伤了你的心，你这个大笨蛋，你这个书呆子，你这个怪人，你这个无可救药的家伙，你这个草包，你这个天才。

很快，他的父亲又望向了前方的路，拐上哥伦比亚大道，来到了一座牌子上写着几个褪色大写字母"KOHNSTAMM"的被人遗弃的大楼前。"这就是我曾经工作过的工厂剩下的那一部分。"他的父亲说道。只见墙面上零星分布着一些涂鸦，大部分油彩都已在风霜雨雪的侵蚀下掉了颜色，厂名下只能依稀分辨出"药厂"字样的轮廓。"城里曾经有很多的药厂。如今这些工作都没有了。工厂的工作——我该怎么说呢？应该说是中产阶级的孵化器吧。"

他的父亲此刻神志十分清醒，可以就一个话题滔滔不绝地讲个没完，似乎脑子里什么问题也没有。每当看到这样的情形，康奈尔的心中总是会燃起些许的希望，期待父亲身体里的那一部分知觉能够跨过摇摇欲坠的绳索桥重新回来。

"要不是药厂的这份工作，我也不会有今天的成就。这个国家已经不再生产任何东西了。"

"我们生产导弹。"康奈尔回答，"电影。汉堡包。"

他的父亲似乎没有听见他的话。"我在这里工作的时候就像你这么大。"说罢，父亲端详了他一阵，"不对，比你稍微大一点儿。也就是20岁出头的样子吧。我总是觉得你比实际年龄还要再大一点。你长得很像我弟弟菲尔。"

康奈尔扭开了收音机，拨到了WDRE的调频，里面飘出了《少年心气》那首歌的开头部分。他调大了音量，不在乎父亲是否会要求他把音

量关小，因为在他的心里父亲并不是真的在那儿。也许他也并不是真的
存在他父亲的脑海里。

53

"我需要你帮我准备明天的辩论赛。"

"好的。"

"辩题是：安乐死在道义上是否是公平的。我既要写出正方的论点，也要写出反方的论点。你知道该怎么做吗？"

"我想是吧。"

"那我作为正方来和你进行辩论，你来做反方。然后我们可以交换。我先来做正方立论。你可以对我进行盘问。现在就开始。我会教你的。好了吗？准备好了吗？我的第一个论点是，安乐死是公正的，因为每一个人都有自我决断的至高权利。我们支持一个人决定自己在哪里生活和工作的权利。如果我们将这些权利视为神圣的，那么就没有什么权利能比选择自己要在什么时候死去更基本的了。通过允许人们自主做出选择，我们保护了人类自由选择的权利、维护了人类尊严。爸爸，你应该做笔记。"

"我在听呢。"

"你应该做笔记，这样才能攻击我的论点，试图反驳它们。给。把我说的都写下来。你得写得潦草迅速一些，还得想出反驳我的论点，试图找出我论点中的缺口，挑战它潜在的设想。你可以争辩说，许多渴望安乐死却战胜了不治之症的人最后都会很感恩自己没有被执行安乐死。狠狠地打击我，爸爸。我需要练习不露声色地躲开，表现得既自然又巧妙。

我需要保持冷静和自信。试着刺激我说些愚蠢而又吝啬的话。上周我表现得就很愚蠢，虽然完胜了对手，但裁判还是给了我 24.23 分，搞砸了我在八分之一决赛中的种子选手排名。可女选手却是想怎么激进都可以。真的是糟糕透了。史蒂中学的那个女孩说话醍醐极了，可还是得了 30.23分。话说回来，如果我的辩论技巧再好一些，就能表现得彬彬有礼，凭借自己的高风亮节得分。这就意味着我要不断地练习、练习。我要对你发起进攻了，爸爸。无论如何，你可以说：'这是不现实的，是不可能被公正实施的。'"

"这是不现实的，是不可能……后面是什么来着？"

"没关系。听着，有关疗效的话题是禁止提及的。所以我会说：'我的对手所做的政策论证是林肯－道格拉斯辩论中所没有的。'搞定！"

"什么？发生了什么？"

"我需要想出几条更好的假设，比如柏拉图、杰斐逊的名言。史蒂中学那些口齿伶俐的贱人是无法靠一条该死的比喻就把我干掉的。"

"你在说什么？"

"没什么。史蒂中学正和洛克中学争夺正方的席位呢。我想占领反方的席位。实际上，我巴不得做反方呢。就让他们占上风好了。我这个星期就能击败那个女孩。我已经感觉到了。我的第二个论点是'社会契约论'。个体会为了获得社会的保护而牺牲某种权利和自由。如果某一个体为了保护自己在社会上的生存而牺牲了伤害他人的权利，那么安乐死就是公正的，因为这并不会伤害别人。"

"我并不相信安乐死，儿子。"

"这就是你为什么要赞同安乐死在道义上是公正的这一论题。"

"不是这样的，儿子。它既不公正也不正确。"

"爸爸，我在和裁判说话呢。我不能看着你。和裁判进行眼神交流是至关重要的。你需要反驳我，用'滑坡谬论'好了。如果我们允许安乐死，那么用'滑坡谬论'来说自杀就是公正的，那么优生学就会猖獗起来。还有，胁迫和裹挟式的安乐死将造成种族比例失调，带来经济上的影响。人们可能会为了获取经济利益或回避经济困境被迫接受安乐死。"

"没有人会强迫别人执行安乐死的。起码在这个国家是不会的。"

"你要说帮助病人寻死并不在医疗领域的权利范畴之内。还要说他们的职责是帮助别人改善健康或至少是继续生活下去，无论这样生活下去质量如何。只要你这么说了，我就可以反驳说很多患有不治之症的病人都经受着巨大的痛苦，不希望通过人工的方式延长自己的寿命。"

"你把我说糊涂了。"

"我的第三个论点是，在病人面对极端痛苦的时候，安乐死是最人道的选择。"

"人们是可以忍受痛苦的。"

"你会说人类一直都在研制改良后的止疼新药。只有延长这些决定的时间线才能够反映科技变化的速度。"

"我只知道我不相信安乐死。"

"我的对手还没有回应我的第三个论点，所以你应该坚持下去，赞同这个论题。"

"什么论题？儿子，我们能不能不练了？我们可不可以聊会儿天？"

"你想知道自己可以采用的最精彩的反方论据是什么吗，爸爸？就是你。你的老年痴呆症。想一想吧。如果人们可以随心所欲地实施安乐死，你可能早就不在这个世上了。为了群体的利益。"

"也许你也早就不在了，儿子。"

"史蒂高中的女孩在这周的决赛上碰见我时可能也希望有人能干掉我呢。"

54

春季学期伊始，埃德的院长斯坦·科威在艾琳上班时给她打来了电话，告诉她校方收到了埃德学生们提出的好几项投诉，其中还包括一封匿名的死亡威胁信——尽管他向她保证这并不可信。

"死亡威胁？"

"也算不上是死亡。"斯坦温和地回答，"我不该说是死亡威胁，顶多是威胁要伤害他而已。"

"哦，这还真是让人松了一口气。"

"我打电话来并不是主要跟你讨论威胁信的事情。"斯坦说，"我们以前也曾处理过一些心怀不满的学生惹的祸。有些孩子认为公共机构、法定诉讼程序以及纠正不公的过程都是不可信的。我们需要讨论的是——"

"他们会把他臭揍一顿，斯坦。"

"他们更有可能雇人来下手。"他的声音听上去竟然有种古怪的合理性。

"一个打手！"

"差不多是恶棍吧。"他回答，"埃德会先得到一次警告。"

"这些该死的忘恩负义之徒。"她说，"一群肮脏下流、道德败坏的混蛋。他把自己生命中最好的年华都献给了这群禽兽。他们不配有他这样的老师。"

"他们会得到教训的。"斯坦安慰她。

不属于我们的世纪

"他们应该被开除。"她本想要继续说下去，*他们应该被施以火刑或是凌迟。他们应该被刀剑刺死，应该被带到行刑队的面前。*

"这也是有可能的。"斯坦说，"听着，我并不是想要讨论这些威胁，而是想要说说埃德的事情。"他停顿了一下，"有关他的工作。"

她的心跳加速了。原来这正是那个让她殚精竭虑了许久的电话。他们还需要一年半的时间才能让他积攒到 30 年的工龄。

"那你为什么要给我打电话？"她心想，最安全的方法就是用怀疑来掩盖自己的焦虑之情，"你直接找他来谈不是更好吗？"

"我早就想要找他谈话了，但他已经不再和任何人交谈了，只会突然出现在学院的办公室里查看一下自己的邮箱就匆匆离开。走在楼道里时，他也总是低着头，脚步飞快。我在他的邮箱里留了一张字条，却被他忽视了。我也曾试着在办公室里拦住他，让他坐下，但总是和他擦肩而过。在以院长的身份找他过来谈话之前，我想先以朋友的身份和他聊一聊。所以我才想到了给你打电话。"

"我很感激你。"她嘴上虽是这么说的，心里却对这个浑身上下都很平庸的男人燃烧着厌烦的怒火。早在他还是个初级讲师的时候，她就曾在杰克逊高地的家中招待过他好几次。如今他竟敢当着她的面称自己是埃德的院长。他当初之所以能坐上这个位置，唯一的原因就是埃德拒绝了这个职位。

"从我们了解的情况来看。"斯坦说，"埃德似乎给学生们判错了分数。我看过那些论文。肯定出了什么事情。他给秋季学期打的课程分数简直是一团糟。"

她不知道课程的分数怎么才算是一团糟，因为那张表格是在她的监制下完成的。也许埃德弄丢了写有分数的那张表格，只好在紧要关头做了一份新的。

"我之所以打电话给你。"斯坦说，"是因为，嗯，你知不知道他哪里出了什么问题？埃德有没有说些什么？"

她感觉自己被逼进了死角。"没有。"她回答，"我什么也不知道。"

"我需要知道，艾琳。埃德和我已经做了十多年的同事了。你知道埃德对我来说就像家人一样。他到底怎么了？"

他也许把自己当做是一位朋友，但却是以学院院长的身份打来的电话。"他最近有些头疼。"她本能地回应道，"偏头疼。他下周要去做一个头部扫描。他们想要查一查他是不是长了肿瘤。"

"肿瘤？上帝啊，艾琳。我很抱歉。"

"谢谢你。"她回答，"我们尽量往好处想吧。"

挂上电话，她拨通了贾斯伯·泰特的号码。贾斯伯是埃德的徒弟和大型研究项目伙伴。他4岁的女儿还是埃德的教女。他把自己与斯坦之间的对话告诉了贾斯伯，但并没有提及脑部肿瘤的事情。

"你肯定吓坏了。"他说。

"我能不能托付你件事情，贾斯伯？我的意思是说，我能不能信任你不会把我说的话告诉别人？"

"当然。"

"埃德爱你就像爱自己的儿子一样。"她说。

"我也把他当做父亲看待。"

她在电话的这一头沉默了很长一段时间。"他得了老年痴呆症。"

"我的上帝。"

"我们不想让学院里的任何一个人知道。"

"好吧。"

"我们想让他在学院里再多呆一段时间。他还不想离开教书的岗位。"

"当然。"

"我对斯坦撒谎了。"

"撒了什么谎？"

"我告诉他埃德准备接受脑部肿瘤的检查。"

贾斯伯由衷地笑了起来。她感觉积压在心中的郁闷逐渐消散了。

"我并不是故意要笑的。"他边说边试图让自己的声音稳定下来，"只是——斯坦。他太……斯坦了。"

"不。"她说，"我需要这么说。这整件事情都太不真实，太疯狂了。"

"我可以替他掩护。"贾斯伯说，"我还可以帮他备课和打分。他的学生也可以来找我寻求帮助。"

她知道埃德面对贾斯伯的提议会怎么说：*我不能这么对待你，泰特。你也有重要的工作要做。*有时，她感觉自己正走在长征的路上，却早已遗失了自己的指南针。她知道自己可能不该把这个可爱的年轻人卷进这场谎言之中。

"也许你可以帮他一阵子。"她回答。

"是的。这太好了。"

"帮我一个忙。"她说。

"什么事情都可以。"

"装聋作哑。别告诉埃德我们说起过这件事情。你只要帮他就行了。他不会注意到有什么不同的。对了，关于打分的事情，你可能还要说上几句。让他感觉他这是在帮你的忙。也许你是想要比较一下不同领域的工作质量，我也不知道。埃德的事情我就无须对你赘述了。就他所知，这段对话从没有发生过。"

一周之后，她给斯坦打了一个电话，说他们排除了肿瘤的可能性，但还未查出到底是什么引发了埃德的怠惰。她说她在弄清楚到底是怎么回事之后会尽快再打电话给他的。

第二天早上，她在埃德出门上班之前一把拽住了他。"等你一上完课，就马上离开那里。"她叮嘱道，"明白吗？"

他点了点头。

"别和任何人说话。你的学生也不行，谁都不行。只能理会贾斯伯·泰特。"

他又点了点头。

"如果你被迫卷入了一段对话。"她说，"无论是在何种情况之下，你都不许告诉任何人你被诊断出了老年痴呆症。"

"什么是老年痴呆症？"他问道。她感觉自己的精神就要崩溃了，直到她发现他脸上浮现出了一丝顽皮的笑容。

"别惹我。"她嘴上是这么说的，心里却在想，*上帝啊，别让他的这种个性死去。如果你还需要什么的话，就先带走他身上其他的部分吧，我可以给你列个清单。*

55

电话铃声响起的时候，埃德已经睡着了。一个月过去了，她一直都在担心着一通电话。

"事情已经变得越发糟糕了。"斯坦说，"他得离开教室。这是为了他好，也是为了学生们好。"

她烧了一壶水，试图让自己平静下来。狂风正咆哮着敲打着厨房的窗户。

"如果你觉得这是最好的办法。"她反问道，"那管理协议是怎么规定的？你有没有什么四壁都是橡胶的房间能把他关进去？"

"我在想，他应该退休了。"

"他没有兴趣退休。"她回答，"他说不定15年后才会去琢磨退休的事情呢。"

"他已经无法再胜任自己的工作了，艾琳。"

"他有权获得终身教授的职位。你们应该给他点时间纠正自己，不是吗？"

"如果他能退休，对学院也是有好处的。"

她感觉自己开始出于恐惧而不是愤怒地浑身颤抖起来，忍不住希望自己能够转而向埃德寻求建议；他在这种时候总是拥有清晰的判断能力。她知道，如果自己强迫他继续工作，就相当于将他置于地狱般的生活之中。这样一来，他和自己的学院之间就成了敌对关系，而他们也会从他身上找出更多无法胜任工作的理由。

"我才不关心学院呢。"她回答，"他奉献给学院的已经够多了。我关心的是我的丈夫。"她的脑筋疯狂地运转着。流逝的每一秒钟都会侵蚀她讨价还价的地位。她试着像埃德一样思考。埃德一定会在内心深处算计些什么，从而得出正确的答案。他肯定一开始就能预料到会有这样的结局。"他或许可以在那里坐上两年。"她说，"审核流程就是要花这么长的时间，尤其是对于埃德这种拥有典范记录的人来说。"

"这里没有人想要伤害埃德。"

就在这时，她突然想到了些什么，仿佛埃德正在她耳边低语似的：她得找一个既能让双方都高兴，又能够先发制人、采取拖延战术的方法。每天，他无论身体状况如何，都会把工作看做是当务之急——为此，她总是倍感挫败，甚至感觉有些疯狂——不过这种举动看来还是对她有点益处，能够帮他拿下 30 年工龄的。

"我不是要求启动审核流程。"她说，"他的病假都已经积累了一年多没有休过了。让他把今年的工作做完，然后允许他休病假吧。"

第二天，斯坦又打电话来说埃德的同事自愿在这一学期接下来的日子里替他上课。学校的工资将为他一直发到暑期结束，而病假则从秋季开始算起。

"这些都是我尽力想要为他做的。"斯坦说，"他不必来上课，也不必来学校做任何的事情。"

"你说话的意思好像这是件什么好事似的。"她说，"难道你不知道他有多么热爱这份工作吗？"

"所有人都知道他很喜欢教书。"

她想要相信的是，他从未发自内心地喜欢过教书。不知为何，这样好像能够将他们拉得更近一些。她想要相信他只是假装喜欢这份工作，假装耐心地审核那些蠢材交上来的无穷无尽的作业，只为了得到学生们的积极回应，好让这份乏味的工作能够变得轻松一些。可她知道，这些其实对他来说都不算是牺牲。他比她所认识的任何一个人都要热爱自己的事业。而为他这份快乐做出牺牲的人实际上是她。

"这些孩子不知道他放弃了多少东西。"她告诉斯坦。

1993年2月13日是埃德最后一次上班的日子。一个星期之后，她陪着他去人事处签了几份文件，这才发现自己算计错了。她算对了他未曾使用过的病假天数，却并不知道这些假期是不能算进退休前的工龄里去的。然而提出后悔为时已晚。她试着给斯坦打电话，想从他口中试探一下埃德是否还有机会再拖延一段时间，却一无所获。她在结束对话时骂斯坦是个混蛋，然后狠狠地丢下了听筒。

埃德6月份退休时总共为纽约市服务了29年——而不是30年。这意味着他今后只能领取工资中的一小部分。除此之外，鉴于他退休时还不到最低退休年龄，退休金的数额还得进一步降低。虽说残障人士社会保障体系每个月发给他的1400美元能够弥补部分差距，但他们还得寻求新的途径。

鉴于预算冻结的原因，埃德已经4年没有涨过工资了。传言说，未来一两年内工资会有一次上调，这样一来他就有望拿到自己早就应得的收入水平了。可他终究还是没有拿到自己该拿的那些钱。不过他并不只是指望一次调薪，而是正准备迈入事业中真正能够赚到大钱的阶段。他本打算教书教到70多岁的时候，工资每年一涨。

他也失去了政府一年3万美元的拨款，而这笔拨款正有望涨到一年4万多。损失这笔拨款对她来说打击最大，因为这曾是他们的超额收入和抚恤金，是对奢华生活的梦想和社会地位的象征。

只要埃德还能够领取工资，她就能分享他的健康保险。然而一旦医疗补贴停发、他开始领取退休金，这一部分福利也就随之取消了。

结婚几年后，他在选取福利方案时选择了能够为他们两人——以及在他离世之后为她一人——每月提供更多税后补贴的计划。这个方案的交换条件就是，在他退休或离世之后，她将无法享用健康保险。当初做出这个决定时他们坚信不疑，期待着她能够通过工作或其他途径获得退休后的健康保险。那时的他们还不知道某些事情会导致她每几年就要换一个工作：对更多职责、更高工资的承诺；对意志坚定的女性充满反感的上司；发现某些事情在伦理上存在问题时她又无法视而不见。

为了保住自己的健康保险，她将不得不继续做一份全职工作，任何全职工作都可以。从长远的角度来考虑，她必须在中北布朗士医院或其他市立医院生存下去。如果她想要获得纽约市基本养老津贴并在退休后享有健康保险，就还得工作10年。这对于她的年龄和薪酬范围来说可不是一件容易的事情。

她希望自己和埃德当初能够预见到后来会发生的健康保险问题，可谁又能对未来预测到这种程度呢？他们倒是早就想到了埃德会在几十年工作中表现得出类拔萃。他们下了一大笔赌注，结果却输得精光。而她所要付出的代价就是在埃德最需要她来照顾的同时坚持做一份全职工作。

如果她坚持不了10年便失业，不得不自己购买保险的话，他们手头就没有什么可供周转的资金了。这样一来，他们不仅将失去工资，还要在支付房屋贷款、水电账单、食品开销以及康奈尔几年后即将需要的大学学费（埃德刚拿到诊断结果后不久便要求她保证不会因他的病阻碍康奈尔进入梦想中的大学）之外额外支付的保险费。除此之外，尽管她不愿去细数，但最终还是不得不为了保住自己的工作而为埃德支付护理费（按照目前的价位来看，每周需要600美元），更别提将他送入疗养院的支出了（每月4000美元起）。而且前提是她能够买得起这些计划。现实中，由于她几个月前刚刚得了蜂窝组织炎，一条小腿已经肿成了原先的两倍大，她不得不全额购买私人保险——如果她还可以被保的话。若是她在没有救济金的情况下生病，就只能等着倾家荡产了。她自从15岁起一生都在勤勉地工作，每一次发工资都会抽出十分之一存起来备用，可即便如此，她的家产还是有可能因为美国的卫生保健系统而在一夜之间荡然无存——何况她还将自己的整个职业生涯都献给了这个系统，慈悲地照料别的病人，忍受这个行业加在他们势单力薄的身体上的巨大压力——她生活中的一切仿佛都被一块顽固的巨石碾得粉碎。

56

多少年来，康奈尔总是听父亲提起自己是多么期待能够亲自教他开车，可当他年满16岁、领到临时驾车许可证时，却不得不用甜言蜜语哄骗父亲允许自己坐在方向盘后面。他们迎着3月凛冽的寒风驾车来到了克罗斯县购物中心里的梅西百货，驶进了门前的停车场。他的父亲走下了车，绕到了康奈尔的旁边，挥手示意他蹭过去。

康奈尔练习加速、刹车、转弯、停车入位和倒车时，他的父亲一直十分冷静地坐在那里。可随着康奈尔鼓起勇气把车子从停车场开上了街道，他父亲脸上的表情就变得惶恐起来。就在车子接近第一个路口时，他踩下了自己想象中的刹车。"慢下来！"他喊叫着。

"可现在是绿灯！"康奈尔回喊了一句，但无论如何还是踩下了刹车。

在下一个红绿灯处，康奈尔打着灯减速朝左拐了过去。

"小心房屋！"他的父亲边说边踩脚。

他加速，他的父亲就会跳起来；他踩刹车，他的父亲就会大口吸气；他和别人错车，他的父亲就会紧紧扶住把手。

下一次他们出门时，他的父亲从车子离开车库到停回来的过程中一直都在尖叫。后来他的父亲可怜巴巴地坐在那里向他道歉，说自己就是控制不住自己。

他们又出去了几次，结果还是一样的。最后，康奈尔也不再要求出

　　　　　　　　　　　　不属于我们的世纪

去练车了，他决定等到自己上了大学二年级以后在学校里报名参加驾校。

一天晚上10点，康奈尔的父亲出现在了他的卧室门口，身上还穿着那件会员专属的夹克衫。

"跟我来。"他说。

"去哪儿？"

"你就跟我来吧。"

他的母亲正坐在厨房里喝茶。父亲经过她的身边，朝着地下室走去。

"他这是要去哪儿？"

"我也不知道。"康奈尔边说边跟着父亲走过了她的身边。

他的母亲在他们背后责骂了几句，可父亲并没有回应，所以康奈尔也没有做声。他跟着父亲走进了车库，钻进了副驾驶的座位。就在他们倒车出去时，他的母亲出现在了车库的门口。父亲并没有降下窗户，而康奈尔也只是耸了耸肩膀。她跟着车子走到了车道上，脸上隐隐出现了一丝担忧的神情。只见她一只手端着一只茶杯，另一只手则紧紧地攥着睡袍，试图抵御春夜里的寒意。

他的父亲缓缓地将车子倒上了车道，而他的母亲则转过头朝屋内走去。弧形的车道两旁立着固定在石墙上的树篱，尽头处还有几根石柱。想要从它们之间正向穿过就已经够困难的了，更别提倒着出去。为此，他的父亲不知道把车子擦坏过多少次，以至于他的母亲已经放弃了修理。他的父亲缓缓地驾驭着车子，在没有碰到树篱、石墙和石柱的情况下把车子开到了街上。

他们并没有朝着山顶的小镇方向驶去，而是走了另一条路，来到了克罗斯郡景观道路的入口处。驶过入口，他们在一处人行天桥下转了个弯，沿着斜坡驶进了购物中心。商店早已悉数关门。他的父亲在距离梅西百货入口处很远的地方找了个地方停下来，熄灭了引擎。

"你来开。"

他们都下了车，绕到车前交换了位置。停车场里几乎是一片漆黑，依稀可见的只有商店招牌的灯光、高速路上的背景光以及路灯照射出来的昏暗光线。除了几辆分散停放着的汽车之外，停车场里空空荡荡的。此前他还从没有开过夜路。他在还是个驾驶新手时就已经十分熟悉停车场的地形，却从没有在这里看到过这么大片的空地，因而感到有些意识恍惚，在点燃引擎、挂上挡位之后还有些喘不上气来。

"我想让你开出停车场，左拐之后在红绿灯处右拐。"

他开着车沿着与景观道路平行的米德兰大道一路驶去。

"穿过第一个红绿灯，驶过第二个红绿灯之后，左转进入克罗斯郡东路。"

"我是不能开上景观道路的。"

"按我说的话去做。"他的父亲冷静地回答。那个会一阵阵发疯或是假装猛踩刹车的混蛋不见了。近来，他的父亲时不时就会恢复往日的自己，仿佛一个能够在时空间穿梭的幽灵。

景观大道入口处的红灯在他驾车靠近时变成了红色。于是康奈尔低头检查了一下自己的安全带是否已经系好。绿灯亮起时，他慢慢地起步向左前方并了过去，感觉车子好像跑在了自己的前面似的。

"并道的时候加速。我们要到哈钦森去。"

"哈钦森？要是我被警察拦下来了怎么办？"

"哈钦森北路。"他的父亲回答，"并入左边的车道。别紧张。放松。现在车不多。只要你放轻松，就能做一个好司机。车速控制在 50 或 55英里就好。"

康奈尔踩下了油门。感觉到速度所带来的愉悦感，他踩得更用力了，看着指针爬升到了每小时 50 甚至 60 英里的位置。他放松下来，发现父亲也闭上了双眼。

"我们得让你习惯真实世界中的情景。"他的父亲开口说道，"保持左道行驶。我们要并入哈钦森北路了。我想让你找找通往马罗内克大道的路标，23 街北路。"

他感觉全国的高速公路都能汇聚在这一点上，也就是说他可以从这里开到任何地方去。他一整夜都不想停下来。

"快到了。"他的父亲说，"23 街北路。驶离出口之后，你会遇到一段坡道。只要你身后没有人，就可以开到尽头的红绿灯处。我想让你猛踩刹车。一切随时都有可能会发生。你需要保持警惕。"

57

出门上班之前，她给自己和埃德冲了一个澡，换上衣服、做好了早饭，还草草为他准备了午饭和晚饭。

她用粉红色的荧光笔将微波炉上的"开始"按钮圈了出来，还在微波炉的正面粘上了一张索引卡片，上面画了一个指向"开始"按钮的箭头，旁边写着"按这里"的字样。临走前她做的最后一件事便是把他的午饭放进微波炉里，然后设定好加热时间。她一直等到最后一分钟才肯离开，因为她依旧在担心饭菜放在那里几个小时会不会坏掉。

一整个早上，她都在担心他会搞砸一切。他需要完美的准确性才能做好这些事情。如果他按下除"开始"以外的按钮，就只能咀嚼冰冻的番茄肉酱烩意大利面或是咽下冰凉的牛肉炖菜了。说不定她赶回家时会发现微波炉上设定好的时间并没有改变，一半的食物都被倒在了地上，而桌子下则躺着一只破碎的盘子，桌面上粘着一份他没有读过的《时报》。

微波炉的套路一天只能奏效一次。于是她在冰箱里留了一只加了盖的盘子，里面放上了他晚餐可以吃的三明治。由于太阳已经开始提早落山，他吃晚饭的时间也跟着提前到了她到家之前。为他准备两份三明治显然要容易许多，但她觉得自己不在家时让丈夫吃上两顿冷餐实在是有些可耻，而康奈尔回家的时间也总是太迟，来不及为他加热晚饭。

她无法指望他能够照顾好自己，以免饿得胃绞痛，或是留意有线电视机顶盒上贴着的时间表，所以得亲自打电话提醒他吃饭，指导他完成

　　　　　　　　　　　　不属于我们的世纪

每一步。

早上，她会把电视调换到以迷你马拉松的形式稳定播放连续剧的频道。挑选一个像样的频道，让他一直看下去总比纵容他胡乱换台要好。趁他不注意的时候，她便会把电视和机顶盒的遥控器都藏在茶几的抽屉里。

他触碰过的所有东西都会被他搞得一团糟，但她还是继续让他处理账单，毕竟这是他男性身份的一部分。有些账单会被他支付两遍，其余的则有可能还没有被拆开便被他丢进垃圾桶。电话公司打电话来说，他们已经收到了她汇的 500 美元，并叮嘱她不用再汇钱过来了。于是她只好在下个月的账单寄来时把它藏了起来。然而，再下一个月时，他先她一步拿到了邮件，按照上面标注的未偿付金额写了一张支票。如今他们多偿还的账单差不多已经价值 1000 美元了。

她不可能在每一个地方都留下清单，事无巨细地说明一切该如何操作，因为她不知道他是否还能好好地阅读，更不知道他何时会变得束手无策、举止荒谬。相比之下，下班回家后清理干净地上的尿液对她来说还相对容易一些。

和她一起进城时，他会憎恶地故意躲避银行，甚至不愿陪她到 ATM 机前取款。这也许是因为他总是听她紧张地谈起有关收入和家中种种困顿的琐事。她知道让她目睹自己如此失控对他来说也并非易事。他还没有意识到她在这个世上除了想要继续把家中的重担割让给他之外别无所求，可这已经成了不可能的事情。她决定取消送报的服务，让他到镇上的报摊去取回报纸，以便通过交给他一项亟待完成的任务来让他获得一些尊严。他还会顺路取回一夸脱的牛奶。虽说她并不总是需要牛奶，但养成习惯之后生活的确会变得容易不少；这些事情逐渐烙印在了他的长期记忆当中。大多数时间里，取回来的牛奶都会被他放进冰箱，但有时也会被泼洒在台子上。好在康奈尔随时都会泡上一碗麦片——这似乎是他偶尔用来维持生命的唯一一种食物——所以她也很少需要把牛奶倒掉。

埃德每天都会带回家一盒多纳圈。她不知道他是如何偶然产生这份执着的。虽然她丢掉了大部分的多纳圈，但也会吃掉自己的那一部分。总的来说，她最近的食量确实有所增加，而这全都是压力所致。在不到一年的时间里，她的衣服尺寸就大了好几个号码。埃德一天要吃六只多纳圈，可身材看上去却是越发的瘦弱。

入夏之后，他们每逢周末便会一起步行到镇子里去。她简直不敢相信一路上有多少认识他的人。她知道他喜欢在食品百货所在的街区尽头找个长椅坐下。一想到自己搬家的决定最终被证实是正确的，她就感到十分的满足。要知道，他在杰克逊高地可没法生活得像现在这么自由。

她会趁他睡着时往他的钱包里塞一些钱，就像她在父亲退休之后供他入夜后去酒吧玩乐时所做的那样。大部分店主都认识他，而这一点在他站到收款机前时就显得格外有用。他会把自己的钱包递过去，等他们取出足够的钱并把找零塞回去之后再把它拿回来。她希望他们都能够耐心地对待他。吉拉德货铺里那些善良的人干脆为他记上了账。每周她都会在下班的路上去货铺一趟，支付账单上的费用。

他喜欢到托普斯烘焙坊里点上一杯咖啡和一个面包，因为他们那里有一套桌椅。店主戴安娜总是会亲自把他点的东西端过来。"就算你不付钱。"她告诉艾琳，"他也还是能够吃到这些的。"

一次，他逛完食品百货，垂头丧气地回到了家中。

"我觉得他们没有给我算对账。"他说。

她检查了一下他的钱包，发现里面的数额确实和收据上的找零不相符。

"你回来的路上有没有在其他地方停留过？"

他猛地摇了摇头。如果有人偷了他的钱，他肯定是会有所察觉的。尽管如此，她还是不能相信他的洞察力，也永远无法确认他说的是否和现实相符。

"不如我们回去一趟吧。"他提议。

她考虑了一下此举可能造成的场面。整个商店里的人都会探出头，在他们拿不出证据时令人难堪地注视着他们。她的声音会变得尖锐起来，以后也只能另找地方购物。

　　"这不值得我们再跑一趟。"她回答，"我们就不要管它了。别担心。那个偷了你的钱的孩子会得到报应的。"

　　说罢，她的眼前出现了那个人虚情假意、庆祝胜利的表情，心情也逐渐狂躁起来，于是干脆拉着埃德上了车，一路赶回了商店。埃德像个孩子一样把双手和鼻子都贴在了平板玻璃窗上，朝里面瞥了瞥。

　　"就是他。"他边说边伸手指了指。

　　她站在那里看了看那个孩子。他是个黑人，背后的一截衬衫没有塞进裤子里。他的动作温文尔雅、十分高效，双手迅速地从传送带尽头堆放的那一堆杂物里取出物品放到扫描器上。他看上去应该是个比别人的手脚更加敏捷的人，即便是偷懒也不易被人察觉。埃德也许在他的通道边结过好几次账，甚至把钱包交给他，请他自己取钱出来，所以才让他决定利用这次的机会占埃德的便宜。她的血压一下子升高了，嘴巴里充满了金属的味道。

　　"坐在长凳上。"她吩咐埃德。

　　她走了进去。商店里的空调吹出的凉爽空气与外面8月份闷热压抑的天气形成了鲜明的对比。她浑身上下打了个哆嗦，心中的怒火燃烧得更汹涌了。她本想直接走到那孩子的通道旁，却又不想表现得太过于歇斯底里，最好还是先发制人。她尽可能随意地走到了乳制品的过道上，拿了一些蛋。当她走到那孩子所在的收款机旁边时，前面的那个男子正在结账。她从货架上扯下了一包口香糖，扔在鸡蛋的上面，拿出了一张20美元的新钞。

　　"我想要你把找零一分不少地还给我。"她尽可能压低了嗓门，同时还不忘传达自己的不悦，"一分不少。如果你再敢对我的丈夫做出那种事情来，我就让你被炒鱿鱼。如果你觉得自己能够从你所在的鬼地方跑到这里来偷窃大家的钱财，那你就错了。我会报警抓你的。"

那个孩子缓慢而又用力地嚼了嚼嘴巴里的口香糖，默默地数着钞票和硬币，然后猛地从收银台上撕下了收据。

"我不知道你在说些什么。"他边说边把钱递到了她的手中，把目光从她的身上移到了下一位顾客那里，并且手底下已经开始扫描那个人购买的货物了。她当着那个孩子的面清点起了手中的找零，斜眼瞄到了站在自己身后的客人。只见那个男人正一脸厌恶地看着自己，仿佛是在暗示错了的人是她。

不过她并没有移开脚步，反而感觉这一战才刚刚开始。

"我希望你能活得久一点，好有机会体会一下你让他感到的羞辱。"她开口说道，"我希望你以后变成一个心神不宁、孤独终老的人。我希望你会坐在养老院的某个角落里怀疑所有人都去哪儿了。"

他告诉她，他会趁着弥撒仪式之间教堂还开着门的工夫进去，坐在教堂的后面。"很安静。"他说，"让人感觉很镇静。"

她想到了他脑海中各种错综复杂的噪音。那会是种什么声音？在她的想象中，那应该就是收音机电台调频之间的那种杂音。

"你在想什么？"她问道。

"你。"他回答，"还有康奈尔。我不想在自己走后让你们母子俩过得太辛苦。我会不惜一切地避免这种事情的发生。"

想到埃德孤独地坐在偌大的教堂里，她的心中感到无比的压抑。

"如果我为你写一份祈祷词，你会拿来用吗？"

"当然。"他回答。

他说的也许是真的。

"亲爱的上帝。"她写道，"我无怨无悔地任你差遣，但请你保护所有我熟识和心爱的人。"她整洁地将这句话抄在了一张索引卡片上，折好后把它放进了他的钱包里。

虽然她从没有听到埃德问起过"为什么是我"这种问题，但她不禁要替他问上一句。为什么是埃德？为什么是现在？为什么要趁他还如此年轻的时候？答案显而易见——这是随机的、无意义的，源自基因却又和环境有关——但她就是不喜欢这个答案。她也知道自己是无法接受另一种答案的：一切都事出有因。他们总会查清楚的。这世上并没有什么神圣的计划规定人生必须要有意义。她告诉自己，*人们的生活会因为他的疾病而变得更美好*。她告诉自己，*这会让他们更加珍惜生活。他会提醒他们，他们的生活比想象中的更美好*。这和任何事情一样都是一个美好的故事，看起来也貌似有理，但当她清醒地躺在夜色中，当一天的社交生活逐渐远去，当所有人都消失在了她的视线中，只剩下她一个人盯着自己的手背时，她满脑子想的却是，一切只不过是场幻觉，就连那些安慰她的，也都是假心假意的。在她还是个孩子时，每当父亲从酒吧里回来，她都会被抱上床，然后清醒地躺在那里聆听父母在客厅里翻来覆去地吵架。那时的她心想，*时间从那以后就静止了。我现在就在那里*。她还记得她会检视自己的手。眼下唯一能够让她把此刻和过去曾经发生过的成百个相似画面区分开来的——唯一能让她确信自己的生命不会陷入同一个轮回的——便是她指关节上堆叠的皱纹。她用手指抚摸着它们，感受着自己崎岖不平的骨节。

58

相识 28 年以来，这是他们第一次留在家中共度除夕之夜。虽说去年此时他们也只不过是开车去了麦圭尔家观看了时代广场的电视直播，但至少也算是离开了家。今年她实在无法面对带他出门时会遭遇的种种麻烦，因为她知道自己整晚都会顾及他，完全无法享受任何的乐趣。

作为他们相识的纪念日，新年对于他们来说拥有别样的意义。住在杰克逊高地时，他们会去参加舞会。埃德会穿上燕尾服，而她则会穿上镶着珍珠的闪亮礼服裙。她会穿着拖鞋四处狂奔，吹干自己的头发，再化上一个妆容，最后却失望地发现埃德还裹着毛巾，一边瞪着镜子里的自己一边刮着胡子。他们会把康奈尔留给布兰达·奥兰多照顾，玩到很晚才回家。第二天早上时，她会筋疲力尽却又心满意足地带着全家人出门去参加弥撒仪式。

她穿着居家服和拖鞋坐在厨房的餐桌旁，头发用一个塑料发夹夹了起来。康奈尔坐在她的对面，阅读着报纸的运动版面。

"你新年打算做什么？"

"和塞西莉亚去参加一个派对。"

"哪儿的派对？"

"白原市的某个地方。我也不知道。"

"那你计划怎么过去？"

"我想借用爸爸的车。"

"那你问过他没有？"

"我觉得没必要问他。我以为你们会呆在家里。"

他言语中的某些字眼激怒了她。"没错。"她回答，"但我们改主意了。我想带着咱们全家一起出去。"

"我已经有计划了。"

"我们三个可以出去吃顿晚饭。你可以饭后再离开。"

"我本打算在去参加派对之前和塞西莉亚以及她的父母吃饭的。"

"你可以打个电话给她，说你晚些再过去找她。"

"随便吧。好的。"

康奈尔愤愤地离开了房间。她朝着书房里的埃德喊了一句，提醒他去洗澡，然后走上楼去，为他取出了一件便衣外套、一件白衬衫、一条领带以及一条熨得整整齐齐的裤子。她套上了一件晚礼服，拉开了套着貂皮大衣的塑料保护罩拉链。

外面正在下雪。他家的那辆福特牌轿车正停在车道上，堵住了她停在车库里的那辆车的去路。埃德朝着驾驶座旁边的车门走去，被她一把拽住了胳膊。

"你带了你的车钥匙吗？"她问康奈尔。

"带了。"

"你来开车。你爸爸和我都累了。"

她是绝不可能让埃德在这种天气里开车的。即便外面万里无云，他近来开车时也总是让她险些突发心脏病。一次，他在车道上倒车时就撞上了石墙，将侧面的后视镜都蹭掉了，还在车身上留下了一条难堪的擦痕。在教堂门口时，要不是艾琳大喊一声，伸出一只手臂按住他的胸口，他差一点就要撞上人行道上的一位老妇人了。为此，她一直都在试图寻找一个能够把车从他的手中收走，却又不会让他和自己反目的方法。她不想成为那个当面指出他人生中的这一部分已经结束了的人，也不能直接拿走车钥匙或是把车卖掉，可她也不能眼看着他把车撞坏。有人会为此送命的，而那个人很有可能就是埃德。她必须尽快想个办法。

康奈尔跳进了车里。埃德坐在了副驾驶的座位上，而她则钻进了后座。她看着他笨拙地摸索着安全带，直到康奈尔伸出手来帮他卡好了卡扣。

康奈尔转过头来问她："我们去哪儿？"

"给我们来个惊喜吧。带我们到城里去。找个你喜欢去的地方。"

"你们才不会喜欢我去的地方呢。"他回答，"小饭馆。乌诺比萨饼店。我还去过一次硬石餐厅。还有埃德·德拜维克餐厅。你讨厌那地方。"

"你只管开车。我会告诉你去哪儿的。"

雪比她预料中下得更大。路面上已经结了冰。康奈尔小心翼翼地开着车，两只手紧紧地攥着方向盘，但还是一度滑出了几辆车的长度，在快撞上一座种着树篱的石墙前停了下来。

"我们不能冒这个险。"他说，"我们可以到社区里去吃饭。踢踏舞餐厅。小镇酒馆。"

"继续开。"她说，"你会没事的。"

"危岩迪克餐厅。"

"我们要去市里。"她坚定地回答。

"那就请系上安全带。"他说。

她看到他从后视镜里瞟了瞟她。"你好好看路就行。"她嘱咐了一句。当他把目光移开时，她系好了安全带。

他缓缓地又开出了一个街区，最终还是让车身失去了控制。他们滑行了好一段距离，重重地撞上了一辆停在路边的宝马汽车。

安全带紧紧地勒着她的肋骨，她打开了卡扣。肾上腺素让她感觉自己仿佛刚刚摸到了电门一般。"大家还好吗？"埃德看上去受到了惊吓，但并没有受伤。康奈尔没事。她也毫发未伤。

她走下车子，看到另一辆车的尾部已经被撞毁了，而他们的福特轿车头部也大面积损毁了。

"见鬼，见鬼，见鬼。"康奈尔骂着。

"不许说这么低俗的语言。"她怒骂了一句，嗓音随即又软了下来，"哦，该死。'见鬼'这话可能是对的。"

她小心翼翼地绕着车子走了一圈，在经过右车门和前护盖位置时停了下来。只见这一部分已经被撞进了轮舱里。底盘结构和车门的接缝处也被撞弯了进去。埃德浑身发抖地坐在车里，一只手摸索着门把手。

"我就知道我们不该开车。"康奈尔说。

"这门是打不开的，埃德！"她一边喊叫着，一边朝他摇了摇头。她转过头来询问康奈尔："你觉得这车还能开吗？"

"情况看上去还挺严重的。"他回答。右前轮朝一边扭曲着，仿佛是跪在了雪地上似的。康奈尔挠了挠自己的耳朵。"我也不知道车轮怎么会撞成这样。我开得并不快呀。"

"我觉得它没救了，你说呢？一辆这么旧的车？"

"也许吧。"

"过去吧，告诉他们发生了什么。让他们打电话报警。"她指了指一座街旁凹陷处的一座小坡上的房子，看上去像是一座庄园。

她坐进驾驶座，伸出一只手绕过了埃德——他正不屈不挠地用手拍打着自己的头顶，像是打算惩罚自己的肉体——她摸向了手套箱，拿出了一个在那里放了许多年的信封，上面用埃德的字体写着"保险与注册"的字样。很难想象这个曾经能够流利地写出一笔好字的男人如今竟然只能用斗大的大写字母和别人交流。

她看着康奈尔带着文件消失在了楼梯的斜坡上，然后发动了车子。还能工作的那只车头灯照射出的灯光在大雪中漫射开来，从那辆被撞坏的宝马车车身上反射了回来。她打开了暖气。当埃德伸出手来把它关掉时——这一定是种无意识的习惯动作，因为没有谁，就连他也不会那么荒唐——她拍掉了他的手，再一次打开了暖气。

她和儿子站在雪地中等待着拖车的到来。埃德则留在车里。

"真是一场灾难。"康奈尔说，"这肯定要花一大笔钱。"

她一直都在为埃德给这辆汽车购买碰撞保险的事情无休止地和他争执。她常常说这对于一辆十年的旧车来说简直就是浪费钱，可埃德却仍要坚持。

"也许这并不如看上去那么浪费。不管怎样，保险不就是为了这种事情准备的吗？"

"对不起，妈妈。"

"没有人受伤。"她说，"也没有人送命。车子还能再换。"*或者再也不用换了*，她心想。她感觉自己唇边闪过了一丝微笑，于是赶紧板了板脸。"好了。"她小声说道，"这也是一种摆脱这辆车的方法。"

"你说什么？"

"我说：'这也是迎接新年的一种方法。'"

"新年快乐。"他闷闷不乐地说。

"新年快乐。"

汽车协会的人提出在运车的同时顺路把他们送回家去。她坐在了埃德的大腿上，而康奈尔则坐在了他们和司机之间。当车子在他家的车道旁停下时，康奈尔询问司机是否介意让他搭车去火车站。

这话不禁让她大吃一惊。"你不会还计划着要出去吧？"他肯定已经想到自己一旦进屋就没有办法再离开了。司机和康奈尔都看着她，想要征求她的同意。"去吧。"她说着恼怒地朝他摆了摆手。

她从埃德身上爬了下来，扶着他下了拖车。大雪如今已经积了几英尺厚了。在小心翼翼地领着他走过蓬松的地面时，她一直都在牵着他的手。用力按下车库大门的密码之后，她看着拖车驶离了她家的门口。

走到楼上，她摘下珍珠项链，脱下晚礼服裙，换上了一身运动套装，然后帮他做好了睡觉的准备，也许他想要早点上床。

她从抽屉里取了两只勺子，从冰柜里舀了半加仑的冰激凌。出于愧疚的心理，那第二勺只舀了薄薄的一片。埃德最多只能吃两勺。

两人就这样捺着性子看完了双簧的娱乐节目，等待着倒数。埃德早在新年到来前的几个小时便仰着头睡着了，嘴巴张得大大的。她并没有叫醒他。

午夜来临之际，她想起了他们相遇的那个夜晚。他在钟声响起的那一刻才靠过来吻她，可实际上她已经等了整整一晚上了。他们站在舞池的中央，四周围绕着上百对情侣。被他亲吻的时候，她体会到了一种自己听人形容过成千上万次，却总是被她当做是在胡说八道的感觉：周围所有的人都消失了，只剩下了他们两个人。此时此刻，屋子里真的只剩下他们两个人了，所有人都消失得差不多了。大球无力地坠落了下来，屏幕上亮起了"1994"的字样。她试着回忆第一次吻他时是种什么样的感觉，可只记得他开始时很无知、很客气，随后才用双手捧起她的脸庞，猛然专注地吻了下去，仿佛为了这一刻已经等了许久，而不是几小时前才认识他。她当即便知道自己是要嫁给他的。从那一夜起，时间已经过去了许多年，而她此刻面对的这个男人也已经恍若他人。他的汗衫领子下面支着些许的汗毛，胸口微弱地起伏着，好像已经快要无法呼吸了。她俯身过去，把自己的双唇按在了他的嘴唇上。此刻的他紧闭着双眼，正如那一晚的她一样。她很害怕他会惊醒和尖叫起来，或是把她一把推开，但他却在睡梦中亲吻了她。

那辆福特汽车被宣告报废了。她把领来的保险赔偿金存进了他们的活期存款户头里。

她心想，也许她应该用这些钱给自己买一辆新车。她已经厌倦了购买美国车。或许她可以买一辆双门的宝马跑车，就像被康奈尔撞坏的那一辆，或是一辆拥有如同封了釉般无敌色彩的梅赛德斯 E 级汽车。她不必再为房顶和天花板上的中央吊灯周围剥落的油漆而畏畏缩缩，也不必担心生锈的房门关上时发出的巨大响声。她可以买一辆让她可以大大方方地停在教堂停车场里的汽车。

虽说抚养儿子的花销是巨大的，但他总有一天会回报他们些什么的。

59

　　人们从四面八方赶来参加埃德母亲的葬礼。这也是艾琳自埃德的惊喜派对以来第一次见到菲奥娜离开斯塔顿岛。菲尔和琳达从多伦多乘飞机赶了过来。菲尔的陪伴似乎徒增了埃德的悲伤，而不是让他稍感安慰。埃德仿佛终于意识到这么多年来他们分居两国的那些日子再也回不来了。葬礼举行的前一夜，他们在厨房的餐桌旁坐了好几个小时。菲尔说着，埃德听着。每一次她走进去，都会看到埃德的脸上挂着豆大的泪珠。

　　科拉是教区里——卡罗尔花园圣玛丽的海洋之星教堂——颇有影响力的一号人物，因此教堂里挤满了艾琳从未见过的人。身处自己儿时的教堂，埃德看上去和在家时有些不太一样。仪式过程中，他的脸涨得通红，以至于她不得不时常提醒他喘口气。虽说科拉已经病了好一阵子了，但她这一生过得很充实、很长寿，所以埃德好像从没有想过母亲真的会死去。

　　艾琳总是会想起埃德在自己母亲公寓里尽职尽责的样子。他愿意过去为她更换灯泡或是采购日用杂货，做到了一个颇有责任感的儿子应尽的本分。但他在面对她离世时的反应却展现出了艾琳不曾想象过的另一种深情。这也许和他自己的情况有关。毕竟和普通人相比，他距离死亡更近了一步。

　　事后，当所有人都急匆匆地向自己的车子走去时——那是2月里寒冷的一天——她的姨妈玛吉向埃德问起了墓地怎么走。

"哦。"他站在教堂门口问道,"你把车子停在哪儿了?"

"就在转角处。"

"好的。"他回答,"好的。"他揉搓着双手,仿佛它们能够给出什么答案似的。"你需要走高速公路。"

"哪一条?"

"就是这附近的一条高速。上帝啊,它叫什么名字来着?"

"你是说皇后区快速路吗?"

"没错!就是它。"

"我从哪里可以进入高速公路?"

他们距离埃德从小长大的那座大楼只有一个街区的距离。他肯定从他们所站的位置驶上皇后区快速路不下几千次了。

"不远。"他回答,"就几个街区的距离。"

她打断了埃德的话,给玛吉指明了方向,然后一直等到玛吉走到听不到他们对话的地方时才开口问道:

"你不知道皇后区快速路在哪儿吗?"

"我当然知道了。"他说,"就在这附近。"

她看了看被困在等待离开的车流当中的康奈尔,转而又把目光转向了埃德,猛然间意识到了这父子俩之间的年龄差异。埃德看上去更像是他母亲的同龄人,而不是自己的丈夫。他的肩膀向前弓着,脸上也长出了新的皱纹。母亲去世的沉重打击仿佛让他又老了好几岁。虽然她深知自己终有一天需要扮演他的保姆的角色,但还是希望这一天能够尽量晚点到来。

那天晚上,不顾服丧的礼数,也不顾菲尔和琳达就住在客房里的事实,艾琳还是爬到了埃德的身上,在前后扭动的同时紧紧地靠着他。完事之后,她躺在那里惊奇地回想起他竟然能在床上坚持那么久。想到自己有可能失去他的陪伴,她几乎一整个晚上都没有睡着,直到黎明时分才意识到她并不是在为肉体上的孤单而感到困扰,而是这才意识到自己有一天也会面临死亡。

她有一本日志，上面记录着他第一次忘记某件事情的日期，就像是幼儿成长日记的倒退版。某些行为的失常能够准确地标示他在智力方面的巨大变化，其他的则是些偶尔恍惚的假警报。

1994年2月19日：在科拉的葬礼后找不到皇后区快速路。失去方向感。

在凯伦·寇克力的婚礼上，她转过身去背对着埃德拿了一盘什锦小吃。等她再看到他时，他已经跑到远处的墙边和一群人站在了一起，等待着婚礼摄影师为大家拍照。那里站着的都是新郎的家人，她一个也不认识，可埃德还是坚持笑着站在他们中间，仿佛他们都是自己看着长大的似的。他的出现会毁了这张照片的。在摄影师按下快门之后，她敏捷而又无情地用力挥着手示意他离开，希望没有人注意到他。不过，对于凯伦和她的丈夫会在冲印出来的照片中发现他的身影这一事实，她已经无计可施了。

一个美艳的女子从人群中站了出来，看上去很慌张。"我被猥亵了。"艾琳听到她愤怒地说道，"这个男人把他的手放在了我的屁股上。"

"谁?"她的男友问道，"把他给我指出来。"

那个女孩朝着埃德的方向点了点头。那个身形如同包裹在西装里的香肠一样的男友开始用手掌推搡起了埃德，既有几分愚蠢地想要喧宾夺主的意思，又像是在掩饰内心的恐惧。艾琳本能地一个箭步冲到了埃德的面前，举起一只手挡住了他们前进的脚步，就像交通协管员在保护一个孩子似的。

"事情不是你们想的那样。"她尽可能冷静地说道，"事情真的不是你们想的那样。"

1994年4月16日：在凯伦的婚礼上摸了别人的屁股。要陪他去和别人见面。参加派对时留在他的身边。那次告别时他一把抓住了苏珊的胸

部? 肯定不是意外。

应办公室主任的邀请，他们来到了对方位于切尔西的家中参加一个派对。他们把车子停在了几个街区以外走了过去，感受着曼哈顿夜晚的活力。埃德穿着一身精致的西装，而她也套上了去年购买的一身还没有机会穿的昂贵连衣裙。她很喜欢穿着这条连衣裙。虽然她近来压力不小，但这条有些贴身的裙子还是很好地包裹住了她身材的曲线。

直到自己超过了他好几步，她才意识到埃德就像一只在遛弯的过程中顽固反抗的狗一样落在了后面。

"怎么了？"她走回去试着拽上他，"出什么事了？"

"你一个人去吧。"

"这太荒唐了。"她回答，"我们还有一个街区就要到了。"

"我从没有见过这些人。"

"那又怎么样？他们都是很和善的人。"

他摇了摇头。

"你必须过去，埃德。我已经回复了人家的邀请函，不能来这里捣乱。这个办公室主任，他对我不是很重视，年纪也比我小。我今晚必须要好好表现。我需要你随机应变。好吗？我必须要把这份工作撑到 10 年才行。"

"他们永远也不会认识真正的我。"他说道。

她此前还从没想过埃德会有这种想法，不过他们确实没有花太多的时间让他接触一些陌生人。

"半个你都比那里 90% 头脑正常的人要强得多。"说罢，她惊讶地发现自己竟然真的是这样以为的，"即便是现在，你也比那间屋子里大部分的人更风趣、更聪明。别忘了你是谁。跟着我，他们不会注意到任何问题的。"

他一整晚都紧随在她的左右，果然没有人看出任何破绽。派对的好处就在于对话无须进行得过于深入。如果某个问题没有立即得到埃德的回应，就会回到提问者的身上。而他回答问题的时间越长，看上去就越感兴趣。她举着盘子，只给他拿了些一口就能吞进去的食物量。昏暗的灯光，嘈杂的声响和拥挤的人群都是十分有利的条件。况且穿上这身西装的埃德光彩照人，和主人长时间畅谈起自己所做的研究更是如虎添翼。

离开时，一迈上街道，埃德就猛地摇起了头，仿佛是猝发了癫痫似的。她看得出来，他肯定已经为她耗尽了身上所有超人的意志力。

在接下来的几天中，他一直都筋疲力尽，很快就开始遭遇对话困难的问题。

1994 年 5 月 20 日：切尔西聚会后口齿不清。

弗兰克中风几个月之后，他们在大都会博物馆见到了露丝和弗兰克。弗兰克还坐着轮椅。

他们才呆了几分钟，露丝就坚称自己需要离开丈夫一会儿。艾琳理解她，如今的露丝全天候都要留在弗兰克的身边。她们让埃德和弗兰克在长凳那里等着，自己则溜进了一个服装展。尽管她全身上下穿得都很实用——深蓝色的羊毛衫对她来说有些过分了——露丝还是对她这份煞费苦心的漂亮装扮表现出了愉悦的惊叹。艾琳的目光徘徊在如瀑布般落下的那一摆摆手指般厚实的布料上，感觉那里宽敞得足以躲进一个人。

两人回到长椅边时，发现她们的丈夫不见了。虽然艾琳的心中一阵恐慌，冥冥之中却有种预感引领着她走进了主廊道。在那里，他看到埃德正手扶着轮椅的把手，站在他最喜欢的画作——戴维的《苏格拉底之死》面前。他和弗兰克之间没有一个身体是健全的。

她和露丝悄悄地走到了他们的身后。

"站在中间的那个就是苏格拉底。"埃德说。艾琳和露丝看了看彼此。"那个用手扶着他膝盖的男人。我把他的名字给忘了。"她本想开口说出"克里图"，就像她曾经听他说起的那样，但她并没有开口。"还有尽头的那个男人。我也不记得他的名字了。"柏拉图，她心想。"你知道这个故事吗？"弗兰克跟着点了点头。"他们正强迫他接过毒药杯。"弗兰克的头像个活塞一样来回点着。"他们害怕他给人们带来的影响。"她很讶异他竟然还记得这么多。埃德推着弗兰克靠近了画作。她感觉守卫的目光正紧盯着他们。

"看看他的手指指向的地方。"埃德说,"他在说:'我知道这种事情今后不会鲜见。'杯子里装满了……装满了……"埃德努力找寻着那个词。弗兰克也开始试图说些什么,可并没有吐出一个字,只是结结巴巴地发出了几个音节。

"毒芹。"露丝简洁却不失深情地回答了一句,然后便接过弗兰克的轮椅把手,朝着房间外面迈开了步子。

1994 年 6 月 11 日:去了大都会。埃德忘了克里图、柏拉图和毒芹。

他在厨房里紧紧地跟着她。她明白他想要感觉自己还是有用的,于是吩咐他切个萝卜。她背对着他做起菜来,却听到了一阵噪音。她转过头来,看到他把一把刀插进了萝卜里,用力地在切菜板上砸着这两样东西。正坐在桌旁翻阅哲学书籍、准备为即将到来的辩论季寻找例证的康奈尔跳起来抓住了刀子。

"把它给我!"他喊道,"上帝呀!你到底在做什么呀?"

她把康奈尔拽到了餐厅里。"如果我再看到你这么对你爸爸说话。"她说,"我就给你一巴掌。我才不在乎你多大了呢。"

后来,埃德一直都窝在电视机前,直到上床睡觉——那时正好是下午 3 点半。

1994 年 8 月 3 日:今天的睡觉时间打破了 4 点的界限。

60

　　他的父亲弯着腿站在咖啡机前，一眼看过去就像一个尿了裤子的婴儿，或是一个在沙漠中行走时被闪电击中的老枪手。他脖子上的领带戴反了，细的那一部分露在了粗的那一部分的外面。

　　他把滤纸拿出来时，似乎抖了不下一百次，然后把它平铺在了过滤器上，像只充满活力的动物一样一遍又一遍地调整着已经摆好的位置。康奈尔不安地看着他。父亲身上的那股认真劲儿仿佛是在暗示这世间的一切都要靠这台咖啡机似的，一直在用曾经打磨边缘或是切割木板时的专注眼神盯着它。滤纸被他弄皱了，所以无法合适地匹配过滤器。康奈尔从盒子里拿了一张新的滤纸放了进去，然后解开了父亲脖子上的领带，趁他温顺地朝着地板憨笑时重新帮他系好。

　　母亲回家时，康奈尔下楼来到车边帮忙提杂货，父亲也紧紧地跟在他的身后。他能够看出母亲是在思量过后才把选中的袋子交给他的父亲的。因为她要确保里面只有罐头、午餐肉和盒子，没有什么会滚得太远或是容易打破的东西。

　　还没等到拆包，母亲便从袋子里掏出了一盒手指饼，拆开了盒子。

　　康奈尔也撕开了一包土豆片。"我最近总是在不停地吃东西。"他对母亲说道。两个人的嘴里都塞得满满的。

　　"你可别染上我的毛病。"他的母亲说，"我吃东西是为了填补空虚。"

　　康奈尔心想，她所说的空虚就是这座房子本身吧。它太大，太空荡了；他完全可以想象自己呆在里面时会吃成一个大胖子。

他需要去很远的地方上大学。他去的地方越远，回来就越困难。高昂的机票会让他无法隔三差五就飞回家一趟。

他检视了一遍和母亲一起想出来的大学名单：哈佛、耶鲁、普林斯顿、哥伦比亚、宾夕法尼亚、威廉姆斯、阿默斯特、约翰·霍普金斯、乔治城，还有几所当地的保本学校——德鲁和福坦莫。名单上所有的学校距离这里都不到 5 个小时的距离。除了几所保本的学校，他决定一所都不申请，而是列出了一张新名单：芝加哥大学、西北大学、圣母大学、斯坦福大学和莱斯大学。这些高校规模都很大，母亲也都听说过，因此无须他来一一解释它们的优势。简而言之，这些都是她愿意为他支付学费的学校。他打算强迫她接受自己的决定。况且只要他考进了更好、更高级的学校，她是绝不会迫使他选择保本的学校的，即便那些学校有可能会为他提供奖学金：他的学习成绩和高考成绩都不错，还赢得了林肯－道格拉斯辩论赛的第三名。相比之下，她宁愿支付全额学费，然后在车子上贴上圣母大学的贴纸。她已经解释过自己计划如何为他支付学费了：她打算拿出一部分房子的抵押贷款，然后再借一笔私人贷款。他所知道的就是，母亲已经向他保证会把一切都处理好，让他不必为偿还贷款而担忧。如果天不遂人愿，他也决定选择德鲁大学——因为对于她这种只上过圣约翰大学的人来说，送儿子进德鲁大学也没有什么好失望的。

他感觉自己一下子能够看清整个世界了，打算把一切都抛在身后，让自己获得重生。但是这一次，他需要背上全部的防备，让自己在前进的过程中创造出一片新天地，一眨眼就能穿越千年。

不属于我们的世纪

61

康奈尔奔跑着追赶 1 点半驶离中央火车站的最后一列火车。可当他赶到站台时，火车已经离站了。他叹息着踢了一脚大个的金属报纸回收箱。生活在郊区，错过最后一班火车的场景并不鲜见。游荡在入夜后阴暗的城市里，他还要等上好长一段时间才能等到 5 点半的火车。

他决定不打电话回去说自己错过了火车——尽管他的母亲叮嘱过他，如果不打算回来，无论多晚都要打电话回来报个平安——因为听到母亲的声音会令他感觉很愧疚。自从一早踏出家门以后，他一整天都没有汇报过自己的行踪，而他那操劳过度的母亲也没有工夫对他实施宵禁或任何的限制，只能指望他不要给自己惹上任何麻烦。他可以照顾好自己，但他也知道她希望自己能够常在家里陪她。虽然她已经逐渐习惯了他的晚归，但心里还是感觉很受伤。当他从火车站外一条僻静的小路走回家，在两点半左右迈进家门时，他有时还会听到母亲在楼梯顶端的卧室里小声叫着他的名字。不过，她近来已经学会了熟睡到天亮。今晚他打算冒险在她早晨醒来之前回家，因为这样更容易避免冲突。

他穿过第 42 街，来到 B 线地铁附近，然后朝着第 4 街西段走去。曾经和他短暂约会过的一个女孩告诉过他，第 4 街西段上有一家叫做"斯莫"的店。她曾经在那里待一整夜。他们允许未成年的孩子长时间在那里逗留，只要他们不试图点些酒精饮料就行。那是一家爵士乐俱乐部。虽说他对爵士乐一窍不通，但待在那里总比处心积虑地赖在小饭馆的桌旁不走要强。

他交了一点服务费。这地方的人并不多。他在舞台附近的一张打着灯的空桌子旁坐了下来，要了一杯可乐。背景音乐是小鼓、钢琴和萨克斯伴奏下柔和的喇叭声。

人群中，一张张脸庞热情地朝他微笑着。女服务员似乎并不介意他无法给她签下一笔大额的账单。喇叭手的演奏结束之后，观众们稀稀落落地鼓起了掌——那是一种安慰式的零星掌声，就像夏日里擦过空调机的阵雨。

聚集在这里的人可谓是形形色色。他决定把他们全都想象成重要的决策者，幻想他们很乐意看到身边出现了一位年轻人——在他们看来，他的身上充满了成熟与高雅的气质。尽管他一点儿都不懂音乐，却还是试着尽力表现出满心的热忱，模仿真正乐迷的样子装出了一副深受启发的表情，随着一个长音痛苦地扭曲着脸庞，以示赞赏。

随着背景音乐的停止，人群逐渐散去了。表演者似乎也放松了下来，朝着坐在他附近的一些人点了点头，还和几个人攀谈起来，等了很长时间也没有演奏下一支曲子。他感觉他们正在准备一支不同的爵士乐曲，一支需要酝酿很长时间的曲子。

临近凌晨 4 点时，人们分散着坐在了他身后的条凳上。舞台上换了一批乐手。他的可乐不断地在续杯。这个夜晚似乎充满了可能性。时间在他这一边，他可以做任何自己想做的事情。

他此刻正在家中熟睡的父母似乎和他隔着一整个世界。他准备好了要致力成为热爱生活的奋斗者——而这些人就是他新的向导。

5 点钟时，服务员陆续端出了几盘食物，把它们一一摆放在了正门入口处的长桌上。他看到许多人都走了过去。

"这些是给我们的吗？"他向服务员询问道。

"无论是谁都可以吃。"

他还从没见过这样的好事。首先，他们允许他在这里耗上一整夜。

现在又给他准备好了早餐。虽说那并不是什么特别的东西，但这奇怪而又意外的一幕还是让他感觉这简直是一场盛宴。

他在盘子上堆满了面包卷和黄油，又用勺子盛了一些煎蛋，还给自己倒了一杯橙汁，满怀期待地打算让位给身后排队的人，简短地和大家交换一下心中的热忱。但他身后的那个人只拿了一个面包卷便坐了回去，而他的身后竟然一个人也没有。康奈尔胆怯地徘徊了一会儿，假装是在思索该拿哪一种涂抹调味品，直到感到有些难为情才低着头走回自己的座位，孤独地吃起了早饭。

早上 7 点，当他迈进家门时，发现母亲正趴在厨房的桌子上熟睡。独立工作台上堆满了锡箔纸，地板上撒落着糖粉。那天晚上，他本该和母亲一起制作圣诞饼干的。这是他们的一个小传统。可他当天下午就和朋友一起出去了，之后再也没有回家，因此把这件事情忘得一干二净。

他数了数锡箔纸的数量，看来她和往常一样做了不少。他提起其中包裹着的一张油纸，看到一些饼干上少了些点缀，还有一些则畸形丑陋。

她弓着背俯在桌子上，把头埋在了交叠着的手臂中，看上去一早醒来时肯定会腰疼。

他轻轻地摇了摇她。"妈。"他说，"上楼去吧。到床上去。"

他花了好一阵子才叫醒她。她缓缓地直起身子，朝着楼梯走去，在门口处停下了脚步，转过身来。

"我再也不会等你了。"她冷静地说了一句，不禁让他的心也跟着停跳了片刻，"我再也不会担忧你没有打电话回来了，也不会再担心你了。我发誓。你自由了。"

康奈尔晃进了他父母的浴室。瑞典肉丸的味道一下子就被熏衣草香皂给取代了。今天是平安夜。卧室里的收音机被调到了和楼下收音机一样的圣诞电台，仿佛他的母亲连换衣服那么短的时间都不能离开《在圣诞树边摇摆》这首歌似的。

他的父亲在涂抹剃须膏时用量随意得有些荒诞。他拿起一把蓝色的塑料剃须刀。那是一种批量包装的单刃剃须刀，即便是最灵巧的男人使用它时也有可能弄伤自己，可他还是坚持要用这一种。康奈尔看着他把那个折磨人的工具举到了脸边，开始摸索着刺戳自己的下巴。他必须赶在残杀画面开始之前离开。

他来到了楼下。他的母亲正在检查烤箱里的火鸡。

"你爸爸告诉我，他不喜欢圣诞节，从来都不喜欢。他还说我太鲁莽，总是让事情失去控制。"她在火鸡的身上滴了几滴油。只见鸡身上渗透出来的汁水滴落在了烤盘的底部，发出了巨大的嘶嘶声。"在你看来，这里的一切有没有失控？"

他们的四周摆满了准备好的食物托盘、折叠好的餐巾、抛光过的银器、洗干净的水晶器皿、丰盛的装饰品以及她一个人烤出来的饼干和买回来之后亲自包装好的礼物。

"你这里倒是没什么。"他回答。

"我试着留住像圣诞节这么美好的事物，因为无论我做什么或者不做什么，生活就是这么艰难。人的思想有时候需要被哄骗一下。"

他不知道母亲是怎么抵御从父亲那愚蠢的言行中汹涌而来的洪水的。康奈尔甚至无法与他共处一室。他对待她既残酷又无情。可当你和他对峙时，他又会像一个诡计多端的男孩一样矢口否认。他希望她无时无刻不在服侍他，却从不会表现出一丝感恩。

当他的父亲走下楼时，脸上果然粘着些许血丝，像是一群被拍扁了的蚊子。

"你该换一种剃须刀了。"康奈尔开口说道，"你现在用的这种把你的脸都割破了。"

"我的剃须刀没问题。"他的父亲回答。

"你应该试试马赫牌的第三代。"

"我的剃须刀非常好。"他的父亲咬着牙，一边回答一边愤怒地搓揉着双手。

"你也许可以试试电动剃须刀。"

"为什么所有人都要挑我的毛病？"

"没有人在挑你的毛病。"康奈尔的母亲插话道，"他只是想要试着帮你。"

"我不需要任何帮助。我自己就能做得很好。"

"你的剃须膏用得太多了。"康奈尔说。

"该死，你这个忘恩负义的家伙！"

"埃德蒙德！"

母亲跟着康奈尔走进了他的卧室。"你只要好好爱你爸爸就够了。"

"我爱他。"康奈尔回答，"我知道。"

"你们现在的这些争执——20年后就没有任何意义了。"

康奈尔打断了她的话。"我忍受的这些远远不及你所需要忍受的，我知道。"

他的母亲似乎是在思索他所说的话。他记不得她上一次沉默良久、忘记回应他是什么时候的事情了。这比她当即大发雷霆还要糟糕。

"你需要把目光放长远，好好想想你想成为什么样的人。我想说的就这么多。你有没有给你爸爸准备什么圣诞礼物？"

康奈尔移开了目光。

"给。"她说着伸手掏出了自己的皮夹，递给他两张20美元的钞票。

"这是干什么？"

"去商场逛一逛。"她说，"给他买个电动剃须刀，如果你这么在乎他的脸的话。"

圣诞节的那天早上，就在康奈尔把电动剃须刀送给父亲之后，便听到了他用它刮胡子的声音。当他走下楼时，手里依旧握着原先的那个剃须刀。

"这一次，很凑巧。"他的父亲说道，"我没有切到我自己。"

"很好。"康奈尔问道，"你喜不喜欢那个电动剃须刀？"

"我没有用它。"

"我听见它的声音了。"

"你什么都没有听见。"他的父亲愤愤地回答。

"我听见了。"

"你都不知道自己在说些什么。"他举起单刃剃须刀朝着康奈尔的方向戳了戳，"我用的是这个。"

"不可能。我听见了。"

他的母亲叹了一口气，然后突然发起火来："你就不能别管你的爸爸吗？"

"好。好。"康奈尔从冰柜里拿了些冰块出来，"不行，你知道吗？这些都是胡说八道。"

"注意你的措辞！"他的母亲呵斥道。

"我听见了。为什么他就不愿承认呢？为什么你就不愿承认呢，爸爸？真是愚蠢。"

"我就是用刀片剃的胡子。"

"不是的。"

"我是这么用的。"他的父亲把剃须刀举到了脸边，把刀刃嵌进了自己干燥的脸颊里。只见他抽搐了一下，却还是没有停手。"就像这样。"

"停下！"康奈尔的母亲尖叫起来，"停下，停下！"

康奈尔走过去，想要把剃须刀从他的手中夺下来。他父亲的下巴上渗出了一滴鲜血。他一边移动着身体一边朝着康奈尔挥舞着剃须刀。康奈尔扬起了头。

"埃德！"他的母亲还在尖叫。

"好了！"康奈尔说，"你用的是单刃剃须刀！"他试图从父亲的手中夺走剃须刀，不料父亲把它扔掉之后一把抓住他的手腕，拧了一下。

"我用的真的是它。"

康奈尔感到一阵疼痛。"那你能不能为了我用另一个剃须刀，爸爸？因为今天是圣诞节。我是为了圣诞节才把它买来送给你的。"

"当然。"他的父亲松开了手，"什么另一个？"

"就是我给你买的那个剃须刀。"

"我已经用过了。"他的父亲边说边露出了微笑，"十分管用。"

康奈尔看了看地板上的那个剃须刀。它看上去就像是一件带血的证据。他的手腕隐隐作痛，一心想要把剃须刀捡起来举到他父亲的面前。

"我很高兴你喜欢它。"他小声说道。

"这真是一件很棒的礼物。"他的父亲边说边揉搓着自己的下巴，好奇地看着手掌上的血，"很棒的礼物。你是个好孩子。"

康奈尔看到母亲扭曲着脸转向了洗碗机的方向，似乎是在和眼泪做着抗争。

"现在我们可不可以好好过个圣诞节了，求你们了？"她问道，"我们可不可以把这些全都忘记，好好地过一个圣诞节？"

62

在电视播放一则情人节广告的过程中，他的父亲站起身来，没穿外套就走出了家门。还没等他走到车道上，康奈尔就追了上来。

"你要去哪儿？"

"今天是情，情人，情人节。我得给你妈妈买张情人节贺卡。"

"我们可以等妈妈开车回来之后再去。外面冻死了。"

他的父亲转过身，继续朝着街道走去。康奈尔先是追着他喊了两句，然后又跑回屋里一把抓过两人的外套，追了出去。他的父亲一边目的明确地向前走，一边打着哆嗦。康奈尔几乎无法让他停下片刻穿上衣服。

"我会和你一起去的。"他说，"你慢点。"

他们徒步走到了镇子里，与寒风做着斗争。康奈尔挽住了父亲的手臂，带着他走进一家文具店，来到了展示情人节贺卡的通道里。他的父亲拿了一张又一张，手里堆了一沓的贺卡。

"等一下，爸爸。"康奈尔把一只手放在了父亲的肩膀上，示意他冷静下来。

"我需要这个。"他气喘吁吁地回答。

"让我来帮你。"康奈尔用力地把那沓贺卡从父亲的手中抢了过来，带着父亲走到了送给妻子的贺卡货架前，"从这里到这里，所有的贺卡都可以选择。"他边说边用手指凭空画了一个长方形。

他的父亲很快又挑选了另外一沓。康奈尔从他的手中把贺卡用力拽了过来。

"你想让我从中帮你挑选一张好的出来吗？"

"是的！"他的父亲欢快地喊道。

康奈尔找到了一张用草体的浮雕写着"致我的爱妻"字样的贺卡，字体上方还画着一束鲜花。看到贺卡里写着的那些泛泛的感性话语，康奈尔不禁怀疑为什么会有人亲自跑来买这种东西。不过它看上去就像是他父母之前曾经交换过的那些卡片一样，而他又正好不想太过挑剔，于是便把这张卡片递了过去。

"太好了。"他的父亲小声地说道，"太好了。"

既然来了，他想自己也可以为凯特琳挑上一张贺卡。说来奇怪，他找到了一张多多少少说出了他对她的感情的贺卡。他知道自己需要运用一点幽默来化解如此诚挚的一条讯息，以免显得太过尴尬，于是又挑了一张写着俏皮话语的卡片。

63

　　她喜欢火车站旁边的那家星巴克。它开业的时候，她曾经听到过一些怨言；哈根达斯曾经是镇上禁止连锁店入驻的一个特例。但她就是不明白为什么不能经常光顾那里。她喜欢那座意大利风格的建筑，喜欢用砖瓦铺就的屋顶和真材实料的木头。露台和上面摆放的桌子让她想起了自己和埃德去意大利旅行时见过的一个露天市场。虽然她大多数时间都会坐在室内，但有时她也会把咖啡端到室外来，看着上班族朝着火车站走去，或是望着那些血统纯正的狗拉着自己的主人往前跑。

　　她每个星期六都会光顾这家星巴克，给自己留出离开埃德的半个小时时间。她并不是为了咖啡因才到这里来的，而是因为这里可以容忍她一个人在一群陌生人中间坐着，而且点餐的效率很高：队伍移动得很快，点心全都被整齐地摆放在了玻璃展示柜里；空气中飘散着奶沫和浓缩咖啡粉的怡人香气，背景音乐也从不会太过于刺耳；就连她不小心听到的对话也不会令人任性地拍案而起。她喜欢这里不似小咖啡馆那般亲密无间的氛围。这样一来，她就不会感觉自己被人孤立了。即便是坐在一起的几个人也可以各自固守自己的孤岛。此外，无论她来得多么频繁，这里的店员似乎从没有认出过她，让她感觉很是惬意。她不想做个孤僻的人，却希望别人不要来打搅她。他们恰好任由她想待多久就待多久。

　　她坐在咖啡店里，读着从家里带来的《时报》。当她的目光从展开的报纸游移到隔壁的桌子上时，看到坐在那里的那个女人正在落泪。她比艾琳年轻一些，35 岁左右，长相不算出众，头发整齐地在脑后扎了一个马尾，身上还穿着合身的商务套装。她坐在那里，把两手塞到了膝盖下面，整个身子随着啜泣声上下起伏着。艾琳试着继续读报，可还是出于尴尬而又惊讶的心态忍不住瞟向那边。啜泣声越来越大了，引得坐在附近的人互相交换起了眼神。一个男人朝着艾琳扬起了眉毛，好像是在问，你能相信吗？她仿佛感觉自己面前那汪平静的池水被某只闯入的野兽给搅扰了。

她本想起身离开，却呆呆地坐在了那里。还有 5 分多钟的时间，她就得回家去照顾埃德了。艾琳不知道这个女人是否在期待任何人为她做些什么。艾琳是不是应该说上一句"不管发生了什么事情，一切都会好起来的"？作为一个彻底的陌生人，艾琳是不是应该把她揽入胸口，安慰她"好了，就是这样，哭出来就好了"？也许这才是唯一正确的解决方法。但她又怎么知道一切都会好起来呢？她能够做出这样的保证吗？

她决定再次把头埋进报纸里。借助眼睛的余光，她看到那个女人起身离开了，朝着庞德菲尔德的方向走去。她本想冲动地跟上去，却又不想让任何人以为自己认识她。于是她等了片刻才缓缓地走了出去，扔掉了手中才喝了一半的咖啡杯。

沐浴在门外新鲜的空气中，她感觉自己的决心有些动摇了。她朝着停在火车站停车场里的车子走去，却在走过第一排汽车之后转过头来向着庞德菲尔德的方向跑了起来。她不记得自己上一次这样奔跑是什么候的事情了，也不知道自己是否还能再看到那个女人，但她至少需要去寻找一番。她边跑边看着自己在商店橱窗里的倒影，心想她疲惫不堪地追逐着一个如此愚蠢的人时的那副德行肯定既笨拙又荒谬，尤其是在她不知道自己若是设法找到对方又能说些什么的时候。

她来到了公园和庞德菲尔德的转角处，四处搜寻着，发现那个女人正经过药店门口，朝着火车站的方向走去。艾琳知道自己该说什么了。她打算拦住她，询问自己能否帮上她的忙。她会说："并不是只有你一个人有这种感觉。"

她快步跟了上去，感觉自己的心跳得厉害。当她距离对方只有几辆车的长度时，眼看着对方正走过克拉文，她放慢了脚步，好让自己开口说话时不会太歇斯底里。现在她和那个女人之间只有几英尺的距离了。她深吸了一口气。

就在路过那个女人身边时，她加快脚步沿着弯曲的道路绕回了自己的车子旁边，头也没有回。走到车旁，她又犹豫了，于是决定驾车在街上转一转，看看自己能不能找到对方。她可以找个停车位停下来，下车走到那个女人附近。即便开不了口，她也可以静静地站在那里看着她。就算是她只能在一边旁观，对那个女人来说可能也有所帮助。艾琳看到那个女人还徘徊在自己刚刚超过她的地方，迟疑了一秒钟后继续向前驶去。令她倍感羞愧和尴尬的是，她竟然没有按照常规的路线行驶，而是绕了几条路才回到家中。不管那个女人遇到了什么事情，她都不得不自己去解决。有时候生活就是这个样子：你必须处置好自己的悲伤。假装若无其事是没有任何意义的。

64

康奈尔很快就要离开家去上大学了。他的母亲让他带着父亲出去玩一天。这么多年来，棒球和高尔夫练习场都是他们必去的地方，可那些地方如今已经不再流行了，而谢伊又没有比赛。于是他带着父亲去了大都会艺术博物馆，因为他想不出还能和父亲一起做些什么别的事情。

大堂里挤满了躲雨的人群。"这里看上去就像是火车站的候车室。"父亲的这番评论竟然如此恰当，不禁让康奈尔有些惊讶。他想起了几年前和父亲两人站在大都会的台阶顶端，正打算走进博物馆时的情景。"这里就是让我们的国家变得如此伟大的缘由。"他的父亲边说边揉搓着两枚两角五分钱的硬币。"这些钱足够让我们进去了。"他把硬币递到了康奈尔的手中，"这里都是过去那些拥有远见和品德的慈善家反馈给人们的东西。想看到这些无价的艺术品，你可以根据自己的能力来支付门票。"尽管如此，他的父亲还是支付了博物馆建议的门票价格。

康奈尔从大堂处带着他爬上了无穷无尽的阶梯。他们站在一幅名为《墨西哥湾暖流》的画作前，端详着画中那个形单影只的男子站在一艘折断了桅杆的小船甲板上，船身漂浮在大海波涛汹涌的浪头上，四周围绕着鲨鱼。只见那个男子用一只手肘支撑着身体向后靠着，看上去既有冠军般的冷静，又像是在向环境屈服。

"荷马。"他的父亲说道。

"你认识他？"

"他是我最喜欢的人物之一。在我还是个孩子的时候，我就时常在联合大街上的图书馆里找他的书来读。我不知道他是谁。我只是喜欢封面上的图片。我把那本书保留了好几个月的时间。"

"这我倒是不知道。"康奈尔惊讶地发现他的父亲竟然还记得自己曾经的审美偏好。他痛苦地想起了和父亲在这里的不同楼层上度过的许多个下午。他希望自己有一天能够成为一个尽力寻找能让别人开心的方法的人。

"这个窘境看起来很严峻。"他的父亲说，"我不知道他身处这样的境况之中，打算怎么办。"

"谁？"康奈尔问道，"荷马？还是船上的那个男子？"

他的父亲只是点了点头。"感谢上帝把天赋赠予了这些艺术家。"他回答，"不然我们就一无所有了。"

康奈尔笑了。"也许也不是一无所有。"他说。

他们离开的时候，大雨正倾盆而下。他父亲的双手颤抖着。康奈尔用一只手挽住了他的腋下，引导着他走下湿漉漉的台阶。雨水从四面八方飞来，拍打着他们的身体。

走到楼梯底下时，他的父亲短暂地停留了一下，让康奈尔感到有些恼火。他只想躲开这刺人的雨滴。在沉重的灰色大街的衬托下，他几乎看不清父亲藏在雨衣帽子下和湿漉漉的眼镜后面的脸庞。

"你还好吗？"他问道，紧接着便看到一丝耀眼的露齿微笑。

"真美。"他的父亲回答。

"什么东西真美？"

"这个。"他边说边指了指四周，"一切都很美。"

他走进父亲的书房，想要找些胶带纸，却发现父亲正坐在那里盯着自己的学位证书。架子边缘的几本书掉在了地上。康奈尔把它们一一捡拾了起来。所有东西上都蒙着一层薄薄的尘土。

几个小时之后，他把胶带纸送了回来，看到父亲还坐在同样的位置上。起初他以为父亲肯定是睡着了，随后却发现他正清醒地盯着墙壁。康奈尔问他正在想些什么。

"要想得到这些证书，肯定要付出很多的努力。"他的父亲回答。

康奈尔第一次前往火车站，准备赶赴机场飞往芝加哥时，他的母亲正在上班。他是多么希望她能够请一天假来送送自己啊。他往两只肩膀上各放了一个军用筒状行李袋，然后背起双肩包走出了大门。他的父亲正要步行到镇上的教堂去，于是两个人便一同上了路。当他们跨过横亘在斯普兰布鲁克公园大道上的那座人行天桥时，康奈尔看着两边来往的车流，思索起了一个问题：一张包含了所有小路的地图上到底能够容纳多少条道路和高速公路？想必它看上去应该很像是一张河流的地图，或是一张循环系统的示意图。于是他停下脚步看了一会儿，脑海中又出现了连他自己也解释不清的那些不成熟的想法。他知道这些想法会在他远赴大学之后变得锐利清晰起来。在那里，他将摆脱极其单调乏味的人格习惯、生物学的错误结论，获得照亮经验的纯粹理性。

到达距离火车站一个街区以外的布朗士河桥畔时，他的父亲停下了脚步，靠在了石墙边。起初他以为父亲的脑子又在胡思乱想了，随即才开始猜想他是否在模仿自己几分钟以前的所作所为，于是放下了其中的一个包袱，在汽车飞速驶过时拽住了父亲的袖子。"爸爸！"他的语气比预料中还要恼怒。他的父亲摇了摇头，指了指脚下的河水。"这是什么？怎么了？"康奈尔这才看到，原来是一只青蛙正蹲坐在岩石上，慵懒地晒着太阳。也许这里是青蛙的栖息点。也许他的父亲以前也曾见到过它，所以才想起要去找它。看到康奈尔也发现了这只青蛙，他似乎很高兴。他拍了拍手，吓得青蛙跳进了河里，在水面上留下了一圈涟漪。

隔着半个街区，他看到12点23分的火车已经驶入了火车站，如果他紧跑两步，还能追上这趟火车。站在骄阳下的父亲驼着背，看上去似乎有些不安。康奈尔还可以乘坐下一趟12点55分的火车，甚至是再等一趟，反正他还有足够的时间可以赶上飞机。

他带着父亲走到了铁路下方一家名叫"推磨的奴隶"的咖啡馆。他一整个夏天都耗在了这里。

"两杯'大脑冰柜'。"走到柜台前他开口说道，说罢才发觉自己就像个傻瓜一样。但即便他的父亲注意到了这一点，也毫不在意。康奈尔买了一个可供两人分食的玉米玛芬蛋糕，然后拉着父亲在里面的一张桌旁坐下，慢悠悠地吃喝起来。

"很抱歉我要去那么远的地方。"

"玩得开心点。"他的父亲回答，"学些你想学的东西。"

"我会想你的。"

"忘记这一点吧。过你自己的人生。"

室外，热浪从车身向四周辐射开来，晴朗的天空烈日当头。小镇里洋溢着夏末的活力。距离1点23分还有20分钟的时间。

"你能自己回去吗？"

他的父亲点了点头。父子俩走向了火车站。

"你没去成教堂。"

"这里也不错。"他边说边指了指咖啡馆。

他望着父亲走开去买报纸，自己则在阴凉处找了一个凉爽的石灰长凳坐了下来，从背包里掏出了一本书。想到父亲要独自走回空荡荡的家中，他一直无法集中自己的注意力，只读了一页就听到了火车进站的汽笛声。然而，就在他慌慌张张地收起书本、赶在火车到达之前收拾好行囊的同时，有关父亲的事情早就被抛到九霄云外去了。

65

不属于我们的世纪

10月的一个早上，她走过去为他打开电视，却发现屏幕上没有任何图像。修理工不能马上赶到，而她又必须赶紧去上班。她明知埃德除了坐在那里胡思乱想之外没有什么好做的，却还是把他留在了沙发上。其实她也无法想象在没有电视可供他分散注意力的情况下，他将如何度过漫长的一天。

她几乎什么事情也没有做成，给他打了不下6通电话。每一次接到她的电话，他都会只说上几句便匆匆挂断了，仿佛他有什么事情要赶回去做似的。

回家后，她发现他就坐在沙发的同一个位置上，和她离开时的情景一模一样。她不知道他有没有可能在那里一坐就是9个小时，于是检查了一下微波炉和冰箱。至少他还起身吃了点东西。盥洗室地板上遗留的尿液证据也让她的精神为之一振。她很高兴自己的电话还能强迫他站起来。

又一天以同样的方式过去了。第三天早上，修理工终于在她出门上班之前赶到了她家。

结果他需要做的只不过是为电视和有线机顶盒改变一下程序。除了修理公司的收费之外，她还额外给了他40美元的小费。

"如果我再需要你的帮忙，请你优先照顾我一下。"她试着用轻松愉快的说话方式来掩饰自己心中的绝望，"我们家简直是无法离开电视。"

66

康奈尔整晚没睡，试着赶在上课前读完《罪与罚》。黎明时分，在他与疲惫和破碎的意识作斗争时——考虑到他正在阅读的这本书——他产生了类似"脑膜炎"的感觉，仿佛故事带来了一种可怕的紧迫性，让他的阅读体验也变成了人身攻击。他隐约觉得所有身负重压又恰恰处于大学年纪的孩子，或至少是远离家乡、在西伯利亚的冷风中抱成一团的孩子，都有可能遭遇书中的精神崩溃。

9点钟时，他低下了头，想要花上5分钟的时间休息一下眼睛。可等他醒来时，时钟已经划过了10点50分，于是他争分夺秒地狂奔起来，以免误了11点的课。他再一次为自己住的是单人宿舍充满了感激，因为这些被野兽主义的人视为眼中钉的丑陋单人宿舍恰巧都离学校很近。

他匆匆套上几件衣服，冲下楼梯，一次跳下五六级台阶，最后重重地落在了平台上。他跑过建筑庭院——这是一座由监狱建筑师设计的建筑，看上去全是用水泥搭建而成的——如同自己每天所感叹的一样，讶异于这里竟与校园的新哥特风格建筑如此冲突。他又一次错过了早餐。为了上完连续的两节课，他也将错过午餐。他浪费了餐饮计划中的太多顿餐食，以至于他都分辨不出哪种是阵发的饥饿感，哪种是令人难受的愧疚感了。他的饮食经常是在美弟奇、佛罗莱恩或萨洛尼卡餐厅解决的，因为和他交往的那些话剧社的人经常会在排练前到那里去吃饭。他们会占据一张桌子，然后整夜轮流在那里值守。

不属于我们的世纪

他跑过了洛克菲勒礼拜堂，来到了四方庭院中，然后上气不接下气地全速奔跑着穿过校园，赶到柯布大楼时已然喘不上气了。要不是他因为决定追求精神生活而放弃了锻炼身体，这样的奔跑对于曾经的他来说简直就是小事一桩。尽管发现自己已经失去了自制力，但他仍旧认为这是一个崇高的选择。他身上的肌肉已经大量消失了，使得他本身就瘦长的身形显得更加纤细了。他的体重没有按照惯例长上15磅，倒是掉了20磅。他觉得自己看上去一定像是吸了毒，可实际上他根本就不敢碰触任何的毒品。拥有一位从事药物研究的父亲就已经足够了，偏偏老年痴呆症又让他的身边多了一个脑化学混乱的例子。当然，他明白睡眠不足和许多药品一样毁坏健康。他服用过最强力的药品就是咖啡因。他整天都离不开咖啡，喝得足以让他大部分时间都有些神经过敏。他留着50年代的厚重发型，鼻子上还架着一副粗大边框的塑料眼镜，看上去就像是舞台上的一个道具。10月、11月之交，天气就像他周边的人所拥有的性格一样多变：凛冽、严峻、分明，偶尔还会间歇性地爆发一阵暖流。

他在柯布大楼前停了下来，一边喘气一边盯着那些不知疲倦的烟民。不管天气如何，他们都会站在巨型的C形石质长凳入口处叼着高卢牌或好彩牌之类任何不带滤嘴的香烟，猛地向肺里吸着热气。不过，冬日的校园里每一个唇边哈着气的人看上去都像是个烟民。

走进教室，他在圆桌边坐了下来，很快就在全班注视的目光下清醒过来。教授叫他推断一下拉斯柯尔尼科夫除了自己所诉说的哲学原因之外还有什么杀人动机。康奈尔回答，他不知道拉斯柯尔尼科夫是否在和恋母情结作斗争。父亲的去世让拉斯柯尔尼科夫为了追求成功、养活妹妹和母亲背负上了巨大的压力。他把支持自己的房东太太当做母亲形象的替身。也许当铺老板本身也是那些尚未解开的感情的替身。

留着恶魔般山羊胡子的俄裔美籍教授脸上露出了愉悦的表情。这样的情况以前也曾发生过——康奈尔麻木的状态会被突然迸发的某个见解所打断。康奈尔认为，这位教授要不就拥有某种所谓"俄罗斯精神"的难以捉摸的品质，要不就是在自己的职业生涯中也遇到过类似的睡眠不足的状况，让他能够理解康奈尔怪诞而又六神无主的行为。当然，要是康奈尔没有做好阅读，也不会这么容易就给出这样的答案。但像这样当着导师的面厚颜无耻地在课上睡着，惊醒后又能给出让其他同学沉思良久的答案，尽管他们脸上带着轻蔑或怜悯的表情：教授似乎认为他具有研究拉斯柯尔尼科夫的天赋。

康奈尔实在是忍不住了。他从没有睡过一个安稳觉，就连站着也能迷迷糊糊地睡着，有时还会在对话的过程中打瞌睡。如果他在墙边靠了太久，便会两腿发软，险些一头栽下来。他有太多的东西需要去阅读，又总是和别人彻夜长谈。即便是那些夜猫子都去睡觉了，他也仍不打算休息。

下课了，他走到室外，想趁着课间休息的时候在楼前站上几分钟。他看到时常碰见的那位教授又带着自己的儿子来了——一个约莫四五岁年纪的红头发小男孩。他望着他们手牵着手走过校园。教授伸手指着什么东西，父子俩停下脚步看着一只麻雀失足从垃圾桶倾斜的盖子上滑落下来，掉进了一堆塑料瓶中。

他希望父亲也能够在这里陪伴着他。他们可以在校园外合租一间公寓。父亲白天时可以四处闲逛，晚饭时再与他会合；他也可以跟着自己来上课。他肯定会喜欢这里先进的试验室、聪慧的学生和崇高的目标感的。他的父亲还从没有这样在校园里闲逛过，尽管他总是宣称所有的大学校园在精神上基本都是一致的，只不过教授的课程在深度和种类上有所不同而已。

第二节课下课后，康奈尔返回宿舍做了点功课。吃完晚饭，他去参加了话剧社的排练。他拿到了《皆大欢喜》里的奥兰多一角，凭借辩论选手的经验为自己添色不少。问题在于，他除了做自己之外并不知道如何扮演他人，于是又研究了一下其他角色，想要寻找可供他抓取和改造的人物性格。他愿意把这看做是所有大学生都喜欢做的事情，可当他偶然遇见某些性格似乎是照着他的模子雕刻而成的——就赫拉克利特的哲学意义而言——天生充满惬意活力的年轻人时，却又感觉自己既愚蠢又内疚。好在他在《皆大欢喜》中扮演的那个角色有些幼稚，即使他在舞台上表现得气喘吁吁、手足无措，也同样说得通。

　　为了几个打斗的场面，他们已经在编舞上花了一个星期的时间了，而这也是整部戏中他唯一擅长的部分。他已经好几个月都没有锻炼身体了——如今是不是已经一年有余了？——但他还是充满了活力，空翻的时候格外轻松，以至于他都不好意思想象自己在其余场景中那些拙劣的表演。他的父亲肯定会很喜欢观看他练习打斗的场景，因为他一直都很喜欢看那些有关公海冒险或是兄弟在二战中并肩出生入死的虚张声势的电影。

　　演职人员在排练后去了美弟奇餐厅。他神采奕奕地和别人聊起了自由意志的本质。几个人挤进了一个卡座中，把他顶到了墙边。包括詹娜在内的女孩子——他和詹娜之间有过暧昧的经历，而她眼看着就要答应做他的女朋友了——都很宠爱某位舞台工作人员，因为他的木工手艺让他在抽象的大学生活圈中拥有了某种实在的优点。

　　在续了无数杯咖啡之后，康奈尔吃起了一盘烤意大利饺，随即又慵懒地玩弄起了小托盘中的一个糖包，脑袋里被一段深入讨论时间与空间本质的话语搅得乱七八糟。突然间，他似乎看到了所有曾经接触过这包糖的人的双手，直至它被交到自己的手中。他可以看到甘蔗生长、收获、切割和加工的过程，而他此刻正准备完成消费它的过程。他还能预见未来：糖包的包装会被扔进垃圾填埋池，在泥土中腐烂、分解。某一瞬间，他手中握着的这个糖包并不存在，不一会儿又再次出现，再过片刻就出现在了垃圾桶里，等待着被人倒掉。他知道自己是无论如何都无法向别人解释清楚的。其他男演员正争论着有关威廉姆斯、奥尼尔和米勒的话题，而康奈尔仿佛只是在座位上时隐时现似的。他心想，*多米诺糖。爸*

爸也曾制作过装在这种小包里的糖。*过去的某一刻，他的手里就握着这样的一个小包。*他能够看到父亲展望着未来模糊不清的轮廓，想象着自己拥有妻儿的人生。他的父亲死后终将入土，他也不能幸免。可这些糖还是在被源源不断地制造出来。

他想要打个电话给父亲，把自己疯狂的想法一股脑地告诉他，但他知道，即便是在最理想的情况下，这些话也是无人能够理解的，而他父亲此时的状态就更是混乱了。尽管如此，他还是很想与人分享自己心中稍纵即逝的灵感。但他甚至无暇转过来把它解释给自己身边的那个人听，于是只好在脑海中塑造出了父亲年轻时的形象，一边看着他穿着白色的工作服、手举着写字夹板站在那里，一边通过挤压糖包的方式把自己的想法传递给他——不管他正身处哪个空间或时间。他撕开包装，把糖倒进了杯子里，看着它慢慢融化。

这部戏的导演因为他的能言善辩误会了他的能力，并没有意识到口才是他仅有的优势。他可以站在人群面前声如洪钟地高谈阔论，但他之所以能够将年轻人的愚昧和无知表现得如此令人信服，唯一的原因是他的身体里正困着这样一种人格。他知道事实的确——这也是他对自己唯一能够确信的一点——他并不是在扮演一个角色。

第二天早上，他又起晚了，于是再一次蹦跳着奔下楼去。只不过这一次他重重地落在楼梯平台上时感觉到了什么东西突然折断的声音。他一瘸一拐地走去上课，然后又一瘸一拐地去了医院。那天晚上，他因为脚部骨折只好挂着拐杖出现在了排练场上，仿佛导演早就在等待这一幕的发生似的。当然，在没有候补演员的情况下，康奈尔还是得出演这个角色。鉴于他们必须彩排打斗的场景，他和他的对手提出了一种更高水平的改进方法，建议在他痊愈之后上演一场前卫的前锋表演，演出内容只有他们两人一遍遍地格斗，而将眼下的这一幕改为掰手腕。

挂着拐杖的康奈尔莫名其妙地感觉安全了许多。他不得不练习挂着拐杖在舞台上行走，而这一角色对于体力的新要求也减弱了他背台词时急不可耐的心情，让他终于在戏剧上演之前摆脱了剧本。虽说他骨折的事情纯属偶然，但他很乐意想象这并不只是运气，而是人生中某种更高等级的安排，仿佛他坐在喧闹的餐厅里盯着一包糖时，神秘地闪现在眼前的糖包的诞生过程其实是与宇宙的真谛联系在一起的。回想起自己能在注视着透明晶体融化在咖啡杯的同时，想象自己在另一个时间和空间里陪伴在父亲的身旁，他就感觉很安心。

他必须记得给爸爸打个电话。

67

　　11点钟的弥撒仪式过后，他们步行穿过社区，去了食品百货。他们邀请了寇克力一家过来吃晚饭，因此她需要买点东西。就在他们迈出商店出口的第一道电动门时，埃德突然在门廊处停下了脚步，开始尖叫起来："不！不！"

　　"现在别闹。"她说道，"我们得回家去了。"

　　"我不能和她一起！"他喊叫着，"警察！"

　　她猛地拉住了他的一只手，可他却死死地拽着滑动门向后退，不知怎么还设法抓住了购物袋。

　　"我们得走了。"她说，"求你了！"

　　"我不能跟你走！警察！警察！"

　　她拽得更用力了。只见他踉踉跄跄地后退了两步，摔在了地上，手里提着的那个哈密瓜从购物袋里掉了出来，滚落到了大街上。她无法使他让步。起初，路过的人们还只是向她投来好奇的目光，可紧接着就有几个人停下来呆呆地围观起来。在埃德继续呼喊警察的过程中，周围逐渐聚集起了一堆人。看着聚拢过来的人群，她羞怯地笑了笑。几个店员走了出来。有人还拨打了911报警电话。很快，两位警官拨开围观的人群走了过来。

　　"警察！"埃德看到他们时疯狂地叫了起来。

　　"警察来了。"她绝望地说道，"闭嘴吧。"

　　　　　　　　　　　　　　　不属于我们的世纪

她脸上愤怒的神色并没有帮上她的忙。她告诉他们，自己是他的妻子，可埃德还是继续叫嚷着让他们审问她。一个艾琳从未见过的、穿着羊毛衬里大衣的女子从人群中走了过来，说自己认识她是谁。"我在教堂里见过她。"她小声说道，"她很照顾他，并没有伤害他。"

　　艾琳如释重负，但同时也为自己成为众人瞩目的焦点而感到无比沉重。证人的出现让警察的语气也缓和了下来；其中一位警官驱散了人群，另一位则向艾琳询问起了埃德的情况以及有没有人可以让她打电话寻求帮助。处于混乱状态下的她一个人也想不起来，无论是邻居还是朋友。

　　"没有人可以让你打个电话过去吗？"

　　"我不认识这里的任何人。"听到自己的口中竟然给出了这样的答案，她自己也吓了一跳。两位警官沉闷地看着彼此，仿佛是被招来帮她搬运一屋子的书籍似的。他们一人搀住了埃德的一只胳膊，领着他往车子那里走去。

　　到家后，她打了个电话给寇克力一家，取消了晚餐的计划。埃德还在激愤地说着自己不会吃她做的任何饭菜，也不会吃她给的任何东西。在她的劝说下，他终于回到楼上的卧室睡觉了。

　　"这是不是很美好？"几个小时之后，在被她摇醒起来吃药时，他问道，"我们度过了多么愉快的一天。"

　　"你在说什么呀？"

　　"我们这一天过得不好吗？"

　　晚饭过后，埃德直接躺回了床上。她返回厨房，打开了自己为寇克力一家的到访准备的红酒。向售货员征询意见时，她说自己想要寻找一瓶能让品味最苛刻的人也感到满意的红酒。在过去的几年中，杰克·寇克力一直都在自学品酒，打算成为一个——他教过她这个词该怎么说——品酒师。售货员递给她一瓶她认不得牌子的波尔多红酒，称赞它的口感极佳，既带有浓烈却又柔滑的丹宁酸味道，又混合着水果的香气，入口后还略带烟熏的味道。她点了点头，试着不要露出迷茫的表情。这瓶酒的价格远远超出了她的计划。她本想买一瓶价钱便宜、自己又比较熟悉的酒，却总觉得售货员看她的眼神仿佛是在评判她，于是被迫把酒瓶拿到了收银台前。

酒瓶里的酒被她喝到快要见底时，她拨通了辛蒂的电话。

"我差点儿就要进监狱了。"她说，"可他还问我：'我们这一天过得是不是很美好？'"她咽下了最后一口酒，"这是我喝过的最好喝的红酒了。"

她挂上电话，开始消灭冰箱里的那些食物——她为了晚饭买回来的什锦小吃、剩饭，以及她那天早上烤的蛋糕。

她隐约感到有些头痛。头痛正是她远离酒精的原因。不过，她还是能够体会到红酒的吸引力：消除白天的忧虑，放开控制的缰绳，只在意自己是否要再喝一杯这么简单的事情，忘却一切烦恼。原来忘却的感觉的确很美好。

68

艾琳知道面对人群和严寒也许不是什么好主意——埃德比以前对寒冷更加敏感，而过度的刺激也有可能让他陷入狂暴的情绪当中——但是她就是控制不住自己。他们住在杰克逊高地时每年都会去第五大道上观赏圣诞橱窗，但自从搬来布朗士区之后就再也没有去过。一想到自己又会错过这么美丽的画面，她就感到满心的不情愿。

她把车子停在了靠近店铺街的一座车库里。她本以为他会怨声载道，结果在牵着他的手引领他向前走时却并没有被他拽回来。

他们先从罗德泰勒百货开始。《铃儿响叮当》的音乐声从橱窗上方隐藏的喇叭中倾泻而下。在第一个橱窗中，几个机械操纵的人偶在圣诞节早上的背景下悄无声息、不知疲倦地转着圈。一个男孩在看到自己的新自行车时上下挥舞着张开的手臂，仿佛是在跳哥萨克舞；一个女孩像是在玩飞机模型一样来回摆动着自己的新娃娃；而他们的父亲一直都在拉着盖在壁炉上的那块斗篷。埃德用拳头猛拍了一下她的肩膀。

"这是不是你见过的最棒的东西？"自从他们结婚以来，这还是她第一次看到他对这件事情如此热情高涨。"你看！"他高呼，"你看！"

站在隔壁的橱窗前，他的反应也是一模一样。从福图诺夫到梅西百货，他脸上充满孩子气的惊讶表情丝毫没有减少，在他领着艾琳站到一旁挂满花环的队伍中时更是满脸的期待。

回家后，她躺在床上失望地发现自己记不起任何一个橱窗的布置，只记得埃德脸上灿烂的微笑和眼镜里反射出的布展灯光。

第二天，康奈尔打电话回来告诉她，自己不能回家过圣诞节了。他决定在新女友家过节。感恩节的时候，他也用了同样的借口。

"那个女孩是谁？先是感恩节，现在又是圣诞节？听上去我们得见一见这个女孩了。"

"你们会见到她的。"他的话让她感到有些沮丧。

"好吧。"她回答，"你父亲肯定会很失望的。"

她决定取消自己计划的小型平安夜派对，反正埃德也看不出其中的差别；他们可以吃着冷餐看电视。要不是她在挂上康奈尔的电话之后很快又接到了帕特的来电，她真的打算就这么做呢。帕特告诉她，他和苔丝以及女儿们愿意来参加她的派对。帕特对她来说就像亲兄弟一样。从她20岁左右开始，他每年都会到她父母的公寓里来，帮她的父亲布置圣诞树。他让她强烈地回想起了自己的父亲。当帕特听说康奈尔不能回家的消息让她感到有些沮丧时，马上就表示他们会在23日星期六那天到达，在这里度过一个长周末。

"女孩们会帮你做好准备的。"他安慰她，"她们会做饭、会打扫、会完成我布置的一切任务。"

她知道自己应该感动，但这并不是她所计划的。她希望某些事情——或者应该说是所有的事情——都能够按照她的计划进行。

帕特带着苔丝和女儿们到达时，埃德出面迎接了他们。然而几分钟以后，就在她准备的盛大午宴就要开始时，他却消失在了楼上。她发现他坐在床脚的长沙发椅上，表情很困惑。

"你不打算加入我们吗？"

"楼下的那位女士。"他说，"我知道自己应该认识她才对。她是谁？"

"你是说苔丝吗？"

           不属于我们的世纪

"那是她的名字吗？"

"苔丝。"她回答，"是的。"

"好的。"他边说边站起身来。就在他们走到门口准备下楼时，他叫住了她："别告诉她我不认识她。"

"但你认识她呀。"

"别告诉她。"

"我不会的。"她回答，"相信我。"

"很好。"

"那你还记得她的名字吗？"

"别考验我。"

"这不是什么考验。"她说，"我只是想要试着帮你。"

他站在那里想了一会儿。"是什么来着？"片刻之后他开口问道。

"苔丝。"

"我说了别考验我。"

"我没有。"她笑着回答，"我没考验你。苔丝。苔丝是她的名字。"

他把她的名字重复了好几次。"再说一遍，我是怎么认识她的？"

"她是帕特的妻子。"

他看上去很恼火。"帕特，你的表弟帕特？"

"是的。"她回答，脸上仍止不住笑意。

"好吧。"他说，"你怎么不早说呢？"

"你知道帕特是谁？"

"你的表弟帕特。"他这话仿佛是在指责她很愚钝似的，"我当然知道了。"

"你当然知道了。"她咯咯地笑着，扶了扶他脸上的眼镜，带着他走下楼去。

早上，埃德照常出去取报纸。能够把他从家里支开一会儿，她的心头感到很轻松。为了派对，她还有很多事情要做，还好有她的外甥女帮忙。天气暖和得有些不像这个季节，所以她猜想他应该会想在食品百货旁的长凳上坐上一会儿。

伊丽丝负责帮她切土豆，而塞西莉则帮她抛光银器。她向两个女孩展示了如何制作乳蛋饼。圣诞音乐让她的动作也变得昂扬活泼起来。指导两个女孩的过程让她想起了埃德在改戴耳机之前是如何站在客厅里，举着一根看不见的指挥棒随着交响乐唱片的节奏快乐地挥舞手臂的。她很享受看着他越玩越疯狂的样子，更喜欢他嘲笑自己的荒谬时脸上的那副表情。

此刻的快乐几乎足以让她忘却康奈尔没有回家的事情了。看着伊丽丝和塞西莉认真工作的样子，她不禁开始想象自己拥有的若是一个女儿而不是儿子应该是种什么样的感觉。女儿是不会像儿子那样撇下他们远去的。她朋友的女儿似乎永远都不曾离开母亲几英里远。

埃德已经出去一个半小时了。考虑到他缓慢的步伐，她不难想象他仍在回来的路上，何况她此刻过得很快活。不过，过了一会儿，苔丝就开口问了一句："埃德去哪儿了？"艾琳这才开始担心：并不是担心他会遭遇什么不测，而是害怕他会走失。看来她还是太自满了。

"托普斯。"她回答，"那是一家本地的烘焙坊。那里的人对他可好了。我最好过去一趟，让他别去烦扰那里的收银小姐。如果他们不赶他走的话，他可以一整天都耗在那里。"

她开车沿着帕尔默路缓缓地行驶，不时停在店铺门口向里面张望，感觉自己就像个打算抢劫的罪犯一样。她绕着镇子转了一圈，可并没有在任何一张长椅上看到他的身影。天气比他出门时凉了不少，风也越来越大了。她开始后悔允许自己和埃德向虚荣心屈服、没有给他戴上一个医疗警示手环了，以至于正在街上到处乱转的他身上没有任何的东西能够解释他的病情。

她又沿着金博尔大道驶去，反复检查了一下他应该转头回家的那些小巷。当她开到米德兰大街时，眼前突然出现了一个男子。只见他正站在克罗斯郡人行天桥下的红灯下面，挥着手朝一辆车子走去。她晃了一下神才意识到那个人正是她的丈夫。她不顾危险地朝他跑了过去，而他在看到她时也拍起了双手。她一把拽过他的袖子，把他拉了回去。一辆蓝色的梅赛德斯轿车按着喇叭缓缓从他们身边驶过。起初她还以为那是和他们住在同一条街道上的邻居，后来才如释重负地看到一个她不认识的灰发男子。尽管如此，他会不会认出自己来？他会不会在晚饭时叙述起这个场景？

她气得有些说不出话来，试着想象埃德站在十字路口引起的混乱局面。他站在这里多久了？幸运的是，警察并没有赶过来逮捕他。

她把他塞进了副驾驶的座位，为他系好了安全带，在坐回驾驶座之前一句话也没有说。"你跑到离家这么远的地方做什么？"她终于开口问道。

"你找到我了。"他回答，"别这么大惊小怪。我们走吧。"

"你是不是迷路了？分不清方向了？"

埃德看着自己的双脚。她注意到，他的鞋底已经和皮面有些分离了。他需要一双新鞋，或者至少是一个新的鞋底。是她忘了照顾这些细节。她近来时常可耻地暗自以为自己大可以忽略这些事情，反正埃德什么也不会注意到。

"我试着去商场来着。"

"你到底在说什么呀！"她喊叫了起来，"告诉我实话。你是不是迷路了，试着想要回家？"

"不是。"他摇了摇头。

"我得知道，埃德。"

"我想要给你买点东西。"

"我们已经决定了。还记得吗？你我今年不交换礼物。这样比较简单。"

"不是为了圣诞节。"他回答。

"那是为了什么？"

"我们的纪念日。"他伸出手来戳了戳自己的戒指，"新年前夜。"他说。

"我们是 1 月 22 日结婚的，埃德蒙德。"

"但我们是在新年前夜相识的。"

她沉默了，脑子里想象着他们到家时苔丝脸上关切的表情。那表情仿佛是在善意地问她，*你当初怎么会放他出去？*埃德把身子深深地陷入了副驾驶的座位上。"我们得回去了。"她说，"大家都着急死了。"

就在他们快要到家时，她用余光看到他拿出了自己的钱包。

"反正我也没有钱。"他说。

她已经有一阵子没有往他的钱包里放钱了，还把银行卡都拿走了，以免有人占他的便宜。

她掉转车头开回了商场，在梅西百货的门前停下了车，从自己的手提包里翻出了钱包。只见里面装着一张 100 美元的钞票还有几张一元的纸钞。

当你把现金递给一个男人时，就挑起了他心中的自卑。在她父亲退休后，而她仍住在家里的那些年头中，她已经练就了拆除这种定时炸弹的本领。在埃德把钱包交给她时，她快速简洁地把 100 美元塞了进去，像是在打流感疫苗一样。

他们走进了百货商场。她告诉他，自己会在女包的区域里等他，然后看着他缓慢地走开了。只见他停下脚步和一个女销售员说了几句。对方伸手指了指扶梯的方向。看到他站上了扶梯，如同扶着船沿般用两只手紧紧地攥着厚重的橡皮扶手，向两边张望，她决定远远地跟着他，并尾随着他来到了女装区。她本以为他会发疯似的把一条又一条的连衣裙扛在肩头，却发现他很有目的性地漫步在走廊上，像一只正在跟踪猎物的大猫，睁着眼睛凝视着那些连衣裙，并不打算用手去触碰它们。他在衣架间移动着脚步，显然是在飞快地做着决定。他最终在远处墙壁旁的一排连衣裙旁边停了下来，开始品鉴着那些裙子，而她也假装在对面的走廊里挑选起了衣服。一位女销售员走了过来，却被他挥手轰走了。仿佛是读懂了艾琳觉得他面前的这些连衣裙都太过于寒酸的想法，他朝临近的一排衣架走去，用眼睛审视了一遍之后拿起了一条连衣裙。她能够看到那条裙子在灯光下闪烁光芒的样子。它的布料花纹很有品位，剪裁也颇为讲究。他再次疯狂地挥起手来，示意那个女销售员过来，手里像举着游行的标语一样捧着那件连衣裙。

她看到埃德和女销售员之间交换了一个奇怪的眼神。看到他把钱包递到了销售员的手中，那个女孩的脸上闪过了一丝沉着却又困惑的表情，满腹狐疑地望着他用力地掏着本应该放置信用卡的那个口袋。他有些沮丧地把钱包拿了回去，从里面抽出了一张纸，递到了女孩手中。

那个女孩点了点头，拿回了一条一模一样的裙子。他肯定是把艾琳的尺码记在了纸条上。她无法想象他为了记住这个细节花费了多少努力。尽管如此，衣服尺码合适的几率还是很渺茫的。她现在得穿 10 号的衣服了。

就在埃德朝着收银台走去时，她意识到那条连衣裙的价格肯定远远超过了一百美元，于是急匆匆地冲了过去。她知道埃德肯定会大发雷霆，但她现在已经管不了那么多了。她拍了拍他的肩膀。他向前跳了一步，像是受到了惊吓，嘴里还忍不住小声尖叫了起来。看到原来是她，埃德疯了似的欣喜地叫了她的名字好几遍，身上散发着某种被削弱的气息。

"在这里见到你可真有趣。"

"你喜欢这个吗？"他问道。只见那女孩用五官在脸上挤出了一个祝福的微笑，把衣服递过来供她审视。

"很美。"她边说边瞥了瞥衣服的尺寸：8 号。果然不出她所料。

"我喜欢你穿蓝色。"他说。如此简洁的话语让她的胸口一阵刺痛。他并没有因为她扰乱了交易的过程而对她心怀怨恨，似乎一心只想取悦她。他已经被剥夺了自尊心和自我意识，如今只剩下被击得粉碎的堕落躯壳。他变得软弱了。

"我们用这个来付款吧。"她在埃德还没来得及掏出钱包时便把信用卡递给了坐在柜台里的女销售员。那个女孩把留有埃德笔记的那张缩印卡片还给了她。只见上面写着"艾琳的尺码"几个字，而旁边的"6"被人划掉后重写了一个"8"。趁着埃德转过身去的工夫，她拿过一支笔，把"8"划掉后尽量模仿着他的笔迹在旁边写下了一个数字"10"。她可以过段时间再回来把衣服换成 10 号的。她偷偷地把那张纸塞回了他的钱包里，然后又抽走了那张一百元的纸钞，把它放回了自己的钱包里。她没有理由让他揣着如此大面额的钞票四处乱逛。

麦圭尔和寇克力两家人今年都没能来参加她的聚会。虽说他们各有各的借口——寇克力一家已经念叨了很多年要去亚利桑那州探望辛蒂的哥哥，而弗兰克住在缅因州的侄女刚刚生了小孩——但她还是不禁为他们没有努力留在这里而感到有些愤怒。最近他们在埃德身边时都显得很古怪，女人有些踌躇，男人则是多嘴而又冷漠。她猜想，他们一定在为有理由远离他而感觉释然。她觉得自己仿佛是从普通主妇的班级里毕了业，加入了罕见的"活寡妇"群体之中。

凌晨 1 点，她和苔丝汗流浃背地收拾着乱七八糟的房间。就在她以为自己可以度过一个没有大风大浪的夜晚时，埃德醒了过来，溜达着走出了卧室，在楼上的走廊里来回地踱步。留宿在客房里的客人一个又一个地放弃了假装熟睡的努力，出现在了房间门口——帕特、苔丝、两个女孩以及同样决定留宿的姨妈玛吉。帕特本打算雄赳赳气昂昂地站出来试着说服他，却被她拦住了。她允许苔丝帮她把埃德拉回了房间。

第二天一早，屋子里并没有充斥着拆礼物时的热情；两个女孩无精打采地抱着礼物，脸上露出了敷衍的笑容。在康奈尔成长的过程中，她一直都在努力维持圣诞节早晨的仪式感，于是也试着在两个女孩身上注入一些活力。可她们看上去已然是筋疲力尽，就连吃早饭时也了无生气，除了慢慢喝下几杯咖啡之外，留下了满盘没吃的食物。她心想，*康奈尔没有回家是对的。*

就在她往垃圾桶里刮着炒蛋时，她暗下决心，决定再过一次真正的圣诞节，让所有的节庆捆扎带都派上用场，并且一个仪式也不能错过。明年，她一定要把那颗巨大的绿色星星插到树顶上去。她不敢让自己爬到梯子的顶端、靠在树枝上，而她又绝不可能让埃德上去做这些。帕特到达时，她忙着指挥他完成别的任务，因此把这件事情忘得一干二净。可就在她在晚饭桌旁坐下时，除了担心埃德会让自己出糗之外，她满心惦记的都是如同肿瘤般立在那里的树尖。尽管他们所在的位置根本就看不到圣诞树，但那幅景象却在她的心里一览无余。她从未意识到那颗星星在完善自己精心构建的场景中起着这么重要的作用。灯灭掉的时候，它会闪烁出一种美丽而又朦胧的宝石绿色，似乎是要把你拉过去似的。明年，她得让康奈尔把它挂上去。此后，如果他不想再回家过节就不必再回来。她打算从下一个圣诞节中赚取足够多的完美回忆，供她在余生中好好地回忆。

欲望满是无尽的距离

1996

69

　　雇佣艾琳到中北布朗士医院来工作的保拉·库根转去别的医院工作了，艾琳惊讶而又失望地听说其继任者竟是阿德莱德·亨利——艾琳多年前在爱因斯坦医院的下属。阿德莱德果断地安排艾琳上了夜班，声称她需要艾琳这种等级的人监管轮班，可艾琳却猜测她是在试图迫使自己离开。这也许是出于缺乏安全感的原因，也许是为了报仇。艾琳记得自己对阿德莱德一向很严厉，但那只不过是因为自己注意到了她身上的潜力，不想看着她白白浪费自己的才华，尤其是考虑到管理层会因为她是黑人而更加苛刻地考量晋升她的决定。

　　不过，如果阿德莱德想要通过安排她上夜班来摆脱她，那她恐怕就失策了。即便是身处燃着熊熊火焰的末日之中，为了得到医疗保险，艾琳也是不会放弃最后两年多的工作的。除此之外，夜班对她来说实际上是一种福利，因为埃德会随着太阳落山早早上床，大部分时间都因为害怕黑夜而呆在床上，所以即便是下了床也不会离开家。除了担心他会打开炉灶、弄得满屋子都是煤气之外，几乎没什么让她不放心把他单独留在家中的理由，而她也可以和他一起在傍晚时分躺到床上，睡到10点时再起来去上11点的班。事情比她希望中进展得还要顺利：她不仅无须花钱雇佣任何人来看管他，还能在每天早上赶回来照顾他，同时保证充足的睡眠。

　　或许是因为她把自己很喜欢上夜班的事情告诉了不该告诉的人，又

　　　　　　　　　　　　　　　不属于我们的世纪

或许是因为她没有表现出足够的困扰之情，不出一个月的时间，她的班就被调回了白天。虽然她独自照顾埃德的日子已经顺利度过了好一阵子，但每每想到他有可能走失，她还是感觉心急如焚，何况埃德现在在警察局里已经"赫赫有名"了。她只想尽可能长久地把他留在家里。

她在医院里四处打听，想看看有没有人认识工作认真，又想捞点外快的住家保姆，并找到了一个留着高耸爆炸头的牙买加女孩。艾琳本以为她是这个工作的理想候选人，可她却在某一天早晨迟到，从而误了她上班的时间。对方还声称这是因为自己乘坐的公交车出了问题。考虑到女孩在前来上班的途中需要倒两趟车，再走上一段很长的路，艾琳并没有当即开除她，何况她也无法在没有后备人选的情况下草率行事，于是只好给了她一个警告。不料，同样的情况再次发生了。这一次她仍旧选择了警告她。当事情第三次发生时，她开除了那个女孩——即便是她手下的护士也不敢三番两次地犯错。不过，那个时候的她已经找好了备用的人选。

第二个女孩上班总是很准时，但艾琳某次提早回家时却发现埃德正坐在客厅的扶手椅上——他可是从来都不会坐在那里的——像只大猩猩般抠着自己的双手，而那个女孩却四仰八叉地赖在小书斋的沙发上边看肥皂剧边举着无线话筒讲电话。艾琳告诉她，她的一部分工作职责就是和埃德坐在一起，让他感觉自己像个正常的人。第二周，她再一次早早地回到了家中，发现那个女孩仍旧在打电话，这一次是在露台上。尽管这个星期还剩下 4 天的时间，但艾琳还是在给她支付了一整周的工资之后把她打发走了。

如果她能够留在家里亲自看着埃德，事情就容易多了。她已经在这一行干了 30 年的时间了——其中 25 年都是在做管理工作——护理能力自然是比这些孩子要强得多了。在她还是个成长中的小护士时就知道要永远把病人的安危当做头等大事，可如今的护士们心中却总是充满了乱七八糟的想法。

对于第三个女孩，她在试用的时候就有了不好的预感，因为女孩花了好长的时间才劝住埃德不要再挥舞手臂，艰难地喂他吃了点东西，可又在搀扶他上厕所时很难将他从座椅上提起来。不过，在无力支付丰厚报酬的情况下，她是很难找到得力助手的，因此无论如何还是雇佣了她。没过多久，她就在上班的时候接到了女孩的电话，说埃德摔倒在了地上，可她怎么也没法把他扶起来。

一位护士应该有力气举起比自己身体重好几倍的人和物才对，就像是救生员或蚂蚁一样。虽然那个女孩的体型看上去很健壮，但某些人隐藏的软弱是你无论如何也看不到的。

4个月的时间里，她已经换了3个护工，实在是没有力气再继续试用下去了。因此，她没有开除第三个女孩，而是严格地指示埃德不许给自己不认识的任何人开门，也不许离开家。她祈祷着他会听话，至少在她能够想出别的办法之前。

屈服后的她为埃德做了一条医疗警示手环。就算别人会像看待残疾人一样看待他，她也没力气再去阻止他们了。

　　　　　　　　　　　不属于我们的世纪

70

　　不知何故，艾琳的老朋友宝芬妮听说了发生在埃德身上的事情，查到了她的新电话号码，并打电话来向她提供支持。

　　宝芬妮是她当初在爱因斯坦医院实习时的同事。就在认识艾琳后不久，宝芬妮就嫁给了一位企业管理人员并辞了职。不过，她们倒是因为宝芬妮的女儿特雷莎与康奈尔同龄的缘故保持了好几年的联系。每年夏天，艾琳、埃德和康奈尔都会到宝芬妮家位于夸格的海滨小屋去住上一阵子。80 年代中期，在沃特接受了百事公司的一个职位之后，这一家人就搬去了帕切斯，卖掉了假日小屋，消失在了地图上。

　　宝芬妮告诉艾琳，自己就住在附近的佩勒姆，还说她已经和沃特离婚了。特雷莎高中还没毕业就辍学了，和自己的演员男友一起搬去了洛杉矶。

　　"特雷莎心碎了。"她说，"我告诉她，我只希望她能过得幸福。我一直都在试着说服她允许我过去探望她。也许我应该干脆不请自去。"

　　宝芬妮那个星期每天都会打电话来问候。面对其他朋友的退却，艾琳自然是十分欢迎这份关注，况且她一向都与拥有坦率的牙买加式幽默风格的宝芬妮十分合得来，而宝芬妮的所有朋友也都愿意和她掏心掏肺。艾琳的生活需要多一点坦诚，可与她亲近的朋友总是小心翼翼地对待有关爱的话题。

　　她邀请宝芬妮来家里喝茶。宝芬妮告诉她，离婚这几年来，她做起了精神导师的行当。"我想我对这一行的热爱早在离婚之前就已经萌发了。"她笑着说,"这也许与我们正准备离婚有一定的关系。沃特对我从中受到启发的事情并不是很支持。"她拿出了沃特的一张照片,这一举动不禁让艾琳有些奇怪。她不能理解宝芬妮为什么还要随身携带这样的一张照片。沃特看上去一点儿也没有老,仿佛宝芬妮为他烹饪的那些牙买加菜对他有着驻颜的功效似的。宝芬妮还给她展示了特雷莎离家之前的一张照片。她还是个孩子,嘴里还戴着牙套。

她说她还接触到了信仰疗法。她的术士给她起了个灵修的名字,叫做乌瓦穆斯。"有时间你应该和我一起去看看,说不定会喜欢的。"

"我对于任何巫毒宗教都没什么兴趣。"艾琳说。

"这不是巫毒。"宝芬妮回答,"这也不是宗教。"她笑了,"这一次我就先放过你。不过我对于自己想做的事情是很坚持的。"她又一次笑了起来,"我会追你追到天涯海角的。"

艾琳也笑了起来,心里却忍不住感到有些烦躁不安,于是又给自己倒了一杯茶,想要缓解一下紧张的情绪。

由于宝芬妮总是开车过来探望她,两人之间的关系很容易便亲近了起来。一个星期二的晚上,就在艾琳打算做一顿简便的晚餐时,宝芬妮出现在后门,告诉她自己想要带她去一个地方。

"我这里有埃德呢。"艾琳说,"我不能离开。"

"他会没事的。来吧。"

她朝着躺在床上看电视的埃德喊了一声,然后跟随宝芬妮走下了后门的台阶。

"我们要去哪儿?"

"给你个惊喜。"

她很高兴自己能够出门走走,更为朋友知道自己需要休息的这份体贴分外感动。她想象的是一家熙熙攘攘的餐厅,或是一家充满了嘈杂谈

　　　　　　　　　　　不属于我们的世纪

话声的咖啡厅。

宝芬妮看上去很快乐。她穿着一件罂粟花颜色的衬衫，与棕色颧骨上涂抹的淡红色腮红以及口红相得益彰。她把一只手放到了艾琳的头枕后面，倒车驶离了车道。

"但是，我们要去哪儿啊？"艾琳尽可能不动声色地问道，"你现在可把我的好奇心给挑起来了。"

"我要你保持一份开放的心态。"宝芬妮回答。

当她们驶入米德兰大道时，艾琳才意识到宝芬妮并不是打算带她美美吃上一顿或是疯狂地购物，而是要带她去参加她们的祭礼仪式。"哦，不。"艾琳说道，"哦，不。"

宝芬妮咯咯地笑着。"我知道，"她边说边发自内心地笑了起来，"但事情不是你想象中的那样，反而是很轻松、很愉快的。你会喜欢这些女人的，我知道。"

"我告诉过你我不感兴趣。"艾琳回答。可宝芬妮兀自开着车，带她穿过几个小镇，很快便把车子停在了帕勒姆。

"没什么好怕的。"宝芬妮把一只手放在了艾琳的手上，"你还不知道自己会怎么看待它呢。"

她凝视着宝芬妮狭窄的脸庞和聚拢的棕色眼睛。自从她们十年前失去联络以来，宝芬妮的皮肤并没有衰老。想罢，艾琳不禁为她自己需要这些戏法来哄骗自己感到有些遗憾。她决定就进去这一次，以示给朋友帮忙，顺便开拓一下眼界，就像自己在康奈尔四岁时带他参加迪斯尼世界的"动画角色早餐会"时所做的一样——只因为这样做是对的。

屋里，几个围坐成一圈的女子起身迎接了她。她在她们之间坐了下来，看到一个明显就是灵媒术士的女人从另一个房间里走了进来。她个子很矮，不足 5 英尺 2 英寸高，脑袋上故意顶着一头蓬乱的头发，仿佛是想证明自己就是个清心寡欲的人似的。她在没有任何仪式的情况下坐了下来，严肃地扫视了一遍在场的所有人，直到她把目光停留在了艾琳的身上。她和艾琳对视了一会儿，露出了笑容。艾琳不得不别扭地回敬了她一个微笑。

那个女人召唤大家做一次呼吸吐纳的练习。艾琳忍着笑加入了进来。

"我想要欢迎艾琳·利里今晚加入到我们中间。"那个女人说道，"是宝芬妮带她过来的。谢谢你，宝芬妮。艾琳和她的丈夫遇到了一些困难。我们是来帮助她的。"

艾琳感觉自己的脸一下子红了起来。她并没有料到大家的注意力这么快就全部聚集到了她的身上。"请不用管我。"她回答，"我来这里就是随便看看的。"

"艾琳的丈夫得了老年痴呆症。"那个女人自顾自地说着，仿佛艾琳刚刚没有开口说话似的，而屋子里的其他人也互相交换着关心和理解的眼神。"但正如我们时常遇到的那样，没有什么事情是表面上看起来的那样单纯。我们今天就要来探索一下她丈夫的灵魂到底遭遇了什么事情。宝芬妮告诉我，他的名字叫做埃德蒙德？埃德蒙德·利里？"

冲动的艾琳本想向她们隐瞒埃德的名字，好像她们会就此念出什么咒语，让永久性的恶毒诅咒附着在他的身上，害得他当街暴毙似的。

"没错。"她回答。

"我叫罗谢尔。很快我将召唤乌瓦穆斯来加入我们。他会和你说说有关你丈夫的事情的。我会引导他过来。也许那看上去像是我在说话，但我只不过是一个载体。没什么好怕的。我们会牵起手来，这样你就可以通过攥紧身旁的人的手来寻求安慰。在这段时间内，我的灵魂会离开这个房间。一旦乌瓦穆斯进入了我的身体，我就无法回答任何问题了。你必须把所有的问题都踢给乌瓦穆斯。不过我建议你可以单纯地听听他所说的话。你也许会注意到我声音的细微变化。那是乌瓦穆斯将我的身体用作一个载体的结果。"

罗谢尔开始有节奏地吐纳起来，同时用手画着圆圈。她的喉咙里发出了吟唱无序音节的声音，听上去就像是横笛演奏家在吹奏音阶进行热身。紧接着她开始说话了，声音低沉得几乎有点好笑。

"我是乌瓦穆斯。"她说，"我是来和你说话的，艾琳·利里。我要告诉你，你的丈夫是宇宙中最受压迫的灵魂之一。他生生世世都在与自己的灵魂对抗。他几个世纪以来一直都是亚特兰蒂斯人。"

艾琳知道宝芬妮和埃德相处得一向不太融洽。早在过去她们常在一起时，埃德也十分看不惯她身上那种新时代的倾向。因此，她不知道宝芬妮和这位女士交代了多少事情。

"这一次。"罗谢尔用沙哑的男中音痛苦地说道，"他也是在为了自己的灵魂而战。他肉体上的斗争反映了他灵魂上的战争。并不是疾病害得他痴迷于支配的权力，而是正好相反——他对于支配权的痴迷让他的病情发展到了顶点。他需要学着去打开自己的人生，把灵魂从奋战了几个世纪的战争中解放出来。"

艾琳必须承认她的话的确有一些可取之处：自从罗谢尔开始召唤乌瓦穆斯以来，就一点也没有演砸。尽管如此，艾琳还是很难严肃地对待这件事情。她不得不咬住自己的脸颊内侧，以防自己咕哝着说些什么。也许这对于那些意志更加薄弱或缺乏教养的人来说是颇有意义的。不管这个罗谢尔经营的是什么邪教组织，若是她认为这间屋子里又多了一个会皈依自己的人，那她就错了。也许艾琳正在经历一段苦难时期，但这并不意味着她会允许自己的头脑软弱下来。

71

　　她也曾多次想要杀了埃德；鉴于他如今退化得如此迅速，她只想让他在家里好好地待到圣诞节。她震惊地发现自己的目标竟然已经缩水到了这般程度，但这已经是她所能关注的所有事情了，即便现在距离圣诞节还有八个月之遥。她知道，一旦埃德离开，就永远都不会回来了。

　　他们曾经拥有许多个目标，还一度列过一张清单。一起学些盖尔语。去纳帕溪谷参观酒厂。她记不清楚清单上还有什么了，总之他们一项也没有完成。

　　他们还是没有整修完房子。虽然一层大部分地方看上去都焕然一新、引人注目，但二层还有很多地方仍是一片破败荒芜。

　　她没有回去读博，也没有去学习如何打好网球，而他们的第二次欧洲之旅也没有成行。也许他们永远也不会再去任何地方旅行了。

　　不过他们也不需要再去任何地方了。如果她能够让自己撑到圣诞节，就能毫无怨言地面对即将到来的任何事情。她想要的只是一次好好的送别，在平安夜那一晚围绕在亲朋好友的身边，让厨房——这座房子怦然跳动的心脏——热闹得像就要炸开似的。午夜时分，没有人会离开。穿着西装笑着端坐在沙发上的埃德不会遭遇任何的变故。之后便是早上的弥撒仪式；然后短途驾车到别人家做客，吃些咖啡蛋糕，在礼物旁稍坐片刻。之后的事情就可以随遇而安了。她并不需要一整天。让他在下午4点的时候发一通脾气好了，允许他胡言乱语、举止危险、悲痛欲绝。她

　　　　　　　　　　　　　　　　　　　不属于我们的世纪

会亲自载他回家。总之，她一直都很憎恨圣诞夜，因为那是一年中最孤独的夜晚。

72

艾琳同意让宝芬妮带她回去参加信仰治疗，或是灵媒引导——不管她是怎么称呼她的朋友罗谢尔的。她决定把这件事情当做一种文化现象来体验，就像是自己在读研时错过的那些社交聚会和自发性演出一样。既然她走进去的时候知道这些人的所作所为是完全不可思议的，就不必在心里竖起一道怀疑的围墙，反倒可以从人类学的角度来研究她们。

她和其他人围起了圈子，等待着"乌瓦穆斯"出来。那个叫做罗谢尔的女人光着脚，像只猫一样踮着脚尖拢了拢身下的袍子，用印度人的方式坐了下来。即便是被人下了药或是被一群男人强扭着，艾琳也无法摆出那个姿势。

罗谢尔／乌瓦穆斯开始对圈子里的另一个成员说话。她显然是这一次疗程开始时的焦点。细想起乌瓦穆斯所传递的真正讯息，而不是她用来传递信息的这种吓人方式，艾琳似乎也逐渐为这种形式的亲切和不羁所打动了。这整件事就是一场猜字谜的游戏，像是在以行为艺术为媒介来传达某种坚定的古老智慧，让人感到既离奇又有趣。在她的想象之中，定会有很多郊区主妇对这种前卫的方式表示信服的，惊讶于这些讯息竟然不是出自一位牧师、拉比或精神病学家之口。

过了一会儿，罗谢尔／乌瓦穆斯把她／他的注意力转移到了艾琳的身上。罗谢尔一下子就说中了埃德身上的某些要点。虽说艾琳并不会像乌瓦穆斯这样措辞，而罗谢尔也许还有宝芬妮的帮忙，但她看上去的确很像一位灵媒大师。在这个荒诞角色的包装之下，她的话竟有些暧昧的明智。

疗程快要结束时，乌瓦穆斯又和其他几个女人说了几句话。罗谢尔夸张地演出了一段精疲力竭的戏码。不一会儿，所有人都站成了一圈，品尝起了小吃。罗谢尔回来时已经脱掉了身上的袍子，换了一套衣服加入了大家中间。

宝芬妮在她回家时告诉艾琳，她前几次都在替她打掩护，下一次的聚会需要缴纳 100 美元的费用，而一次私人疗程的费用价格是 150 美元。

好几天过去了，艾琳一直都在为该如何告诉宝芬妮自己不打算再回去见罗谢尔而感到烦恼。然而，星期二的早上，就在她穿好衣服准备去上班时，却意识到自己其实很期待宝芬妮今晚的来访。宝芬妮是她的朋友中唯一一个在听闻埃德的状况后还愿意与她深入接触，而不是避而远之的人。艾琳翻了翻衣柜，找出了一条还能够挤得进去的便裤和一件能够遮挡她腰上赘肉的宽松短上衣。虽说她还没有被宝芬妮的异教组织吸纳进去，也永远都不会被她们吸纳，但她还是熨好了衣服，想好了该抹什么样的口红才能最好地搭配那件绿色短上衣。她知道自己需要到外面的世界去走一走。

6 点 40 分，宝芬妮按响门铃时埃德已经上床睡觉了。艾琳喷了最后一次发胶，关上盥洗室的灯，喊了一句"请进"，然后朝着厨房的门走去。宝芬妮穿得依旧十分时髦，蓝绿色的衬衫外面套着一件白色的短上衣。上车后，她拉下遮阳板，往上嘴唇抹了些口红，将双唇闭紧抿了抿。宝芬妮递了一张纸巾给她，让她擦干净多余的口红。

能有一群女强人陪伴左右是件让人心满意足的事情，她们大部分都是临近退休的职业女性。如果说她正是罗谢尔寻找的那种处于弱势心态的女子，那其他几个女人似乎并不属于这个类型。不过即便她们和她处境相似，她也并不在乎，因为她并不打算去了解她们。她相信自己不会被罗谢尔的魅力蛊惑，她只不过是精神上存在空白，需要被填满而已。她从没有想象过自己会出现在异教组织领导人的客厅里，或是能够如此镇静地坐在那里聆听着有关未来的预言。

她不清楚其他人能够从中得到些什么。正如乌瓦穆斯所展示的那样，这个世界似乎并不是很重要；我们只不过是自身生活在别处的真实存在的一个影子而已。她不需要在年逾五旬的时候再迈上什么全新的人生轨迹，只不过是想要利用那一个小时的时间离开自己的房子而已。

疗程结束后，她在写下支票时丝毫没有感觉到尴尬。宝芬妮笑着接过支票，递给了罗谢尔。艾琳知道自己被玩弄了，却很高兴这样的事情发生在自己的身上。有人惦记着自己的感觉很好，而她也喜欢让乌瓦穆斯来主导他们之间的对话。这可比心理治疗强多了。艾琳无法忍受布里尔医生办公室里的那种沉默，更是无法忍受他等待她开口，把埋藏在心底的话全都倾吐出来的那份期待。

73

许多年前，如果你在她的婚礼上告诉她，她有一天会在 5 月末的某个宜人的夜晚到警察局去接她的丈夫，她肯定会笑着说："你不了解埃德。"可她真的就接到了这样的一则通知。那天黄昏，她把车子挤进了两辆巡逻车之间，熄灭了引擎，坐在那里思考宿命是否终于降临在了她的身上。

她朝着签到桌走去，看到埃德正和一位警官一起坐在等候区里。他的衬衫散乱在裤腰外面，头发一团糟，脸上并没有愤怒的表情，只是一脸的顺从。他僵硬的坐姿看上去竟然很有王者气派，像极了古代埃及法老的塑像。

她上前做了自我介绍。那位警官是格尔中士。

"我很抱歉。"她说。

看到她，埃德发出了一声低吟，仿佛是被抓到和妓女在一起或是犯下了什么令人难以启齿的罪行。

"塞鲁罗警官会陪你的丈夫坐一会儿。"加格尔中士答道，"我想让你跟我到办公桌那里去签几份文件。"

她一心只想尽快离开那里，不想让他们以为情况已经完全失控，毕竟她并不清楚他们接下来打算怎么办。只要他们不把他带走，她可以忍受任何的不堪。

"你丈夫在教堂门口的路上来回走动。"加格尔警官低声说道，"还挥手拦截车辆。堵车的队伍一直排到了火车站。我们接近他的时候，他根本就不受控制。”

“我很抱歉。”

“要不是接警的警官看到了他手腕上的手环，我们很可能以扰乱治安和拒捕的罪名逮捕他。我们相信他是在试图寻找回家的路。”他取出了一片薄荷糖，并询问她是否也想来上一片，“是老年痴呆症吗？我说得对吗？”

“是的。”

“他似乎比我还要年轻。”

“54 岁。”

“我知道这已经不是第一次意外了。”警官说道。她默默地点了点头。“他还会到镇子里来？”

“他不会的。”她回答，“这是个意外。”

“没有人想要让这件事走上法律程序。如果我们认为你的丈夫对自己和他人存在威胁，或是家庭情况对他的安全造成了障碍——”

“我是一名护士。我懂法——”

“是你让他一个人出来的吗？”

“我们通常是由一位护士来照料他的，但我不得不让她走了。我还没有找到替换的人选。我之所以给他申请这个手环就是为了以防万一。我得去工作，我不能陪着他。”

“你有没有考虑过疗养院？”

“只要我还能照顾他，就不会考虑。”

“那你有没有家人可以帮忙的？”

“没有。”她说。

“没有吗？”

她想到了还在上学的康奈尔。她曾希望大学生活能让他成熟起来，但若是没人提醒，他连父亲的生日都不会记得打个电话回家。

“嗯，我还有个儿子。他在外面上学。他今年夏天要出演一出戏剧。

我不能要求他回家来。"

"你知道我在想什么吗，利里夫人？如果你不介意我这么说的话？"

"什么？"

"你当然应该打电话叫他回来。"

那天晚上躺在床上，她想起了加格尔警官看她的眼神。最近有很多男人都对她投来了这样的目光——修理工、送货工——他们来到她家后都目睹了埃德的身体状况。她的脸上如今已经平添了许多皱纹，还隐约长出了鱼尾纹。某天，她还以为自己长出了双下巴。尽管如此，她知道自己依旧风韵犹存。看到她由于埃德的缘故被迫处于这般令人心疼的境遇之中，就连最木讷的男人心中也会油然而生一种骑士精神。近日，她每每打开家门都会尽快给他们讲述这个故事，把解释埃德丧失行为能力的事情当做是自己的责任。他曾对自己得来不易的房屋整修技术倍感骄傲，因此总是很厌恶那些专业工匠，总觉得自己在他们眼中是个一无是处的家庭主夫。

他们充满同情地看着她，眼神中又不只是同情。他们不喜欢望向埃德，或是在他的身边提高嗓门，使得她和他们之间的对话不免像是在密谋策划些什么似的。

她无法拒绝承认自己也回敬了加格尔警官一个眼神。她知道这除了暧昧的不满情绪之外什么也传达不了，但心里还是充满了愧疚之情。在埃德伸手摸索她的肩膀时，她转过身睡了过去。

74

　　这是整个剧组的第一次排练。他和詹娜约好在美弟奇餐厅提前见面。他步行过去，绕着街区转了一圈，然后硬着头皮迈进了门槛，发现她正坐在后面的一个卡座里。

　　"抱歉，我迟到了。"他说。

　　第一次集体对台词时，詹娜活脱脱就是一个小精灵，既性感又哀怨。而康奈尔读起台词来也是一副纯熟的样子，无意中正好吻合弗朗西斯·弗鲁特这个角色——修风箱的弗鲁特在"戏中戏"里扮演的是提斯柏。他喜欢把自己想成更适合与她的迫克角色相配的仙王，可导演是不会上当的。仙王的角色被分配给了一个魅力足以吸引包括詹娜在内的大部分演职人员的高年级学生。当导演宣布提斯柏将会穿上一条粉红色的晚礼服裙时，整个房间里笑得最大声的就是仙王。

　　"没关系。"她俯下身来拿起了自己的背包，长长的红色头发滑到了胸前，挡住了他看她的眼神，"给，让我把这个给你。我们该走了。"

　　"等一下。"他边说边恐慌起来，"让我坐一会儿。"他的关节在他弯腰坐进座位里时发出了嘎吱嘎吱的响声。在她的对面摆好架势之后，他感觉淤积在胸口的紧张情绪最终在他的五脏六腑中化作了一种令人作呕的感觉。她是不会回心转意的。如果她是一时感觉遭到了背叛而弃他而去，那么黎明前片刻的欢愉，还可以让他把她拉回自己的身边。对于充满活力却又自私自利的年轻男孩，她总是保持着特有的宽容，甚至是几分怜爱。不过这个夜晚没有什么值得遗憾的，或许他早就准备好了要奉献出自己的忠心。他对她的需要已经在她的脚下沉淀成了一座山丘，挡住了她看他的视野。

"我想我们还有时间喝杯咖啡。"他说，"顺便聊上一小会儿。"

"那我们就喝一点儿吧。"她伸手示意着服务生，像平日里应付任务时那样惹人怜爱地皱了皱眉头。她不战而降的态度中似乎隐藏着某种含义：他们之间的关系对她来说已经退回到了过去。"你想说什么？"

"我只是想聊聊。"他不能把真相未加修饰地说出来——他不想让她离开他。两人就这样沉默地对坐着。他用刀子挖着一代又一代大学生在桌子上抠出来的小洞里填埋的烛蜡，眼神并不想望向她。

"你爸爸怎么样了？你要回家吗？"

他用手指敲击着桌面。"我不必回去，如果我留下能改变些什么的话。"

"你应该回去。"她说，"那里需要你。"

"我太想你了。"他终于屈服了，"我不知道没有你我还能做什么。"

"你在逃避些什么。你需要去正视它。"

"我很抱歉。"他回答。

她把嘴巴噘成了小小的一团。"为了什么抱歉？"

"为了没能给你的生日做任何的计划。"他说，"为了我犯下的所有错误。"

她笑了。"你做的唯一一件错事就是让我嫁给你。而我做的唯一一件错事就是没有立马拒绝你。"她看了看手表，掏出了一个封好的信封。"现在我可以把它交给你了吗？"

那枚戒指在信封的中央拱起了一个中空的鼓包。他感觉自己胸口一紧。

"我们还太年轻，不该谈及此事。"她说，"我们才 19 岁啊！我从一开始就不该接过那东西。我猜我应该是吓坏了。"

他沉默地试图把桌上的凹槽抠得更深一些，但手中这把迟钝的刀子却起不了任何作用。

"我们不要总是这么严肃嘛！开心就好。"

"我们可以想想办法。"他说。

"那就结账吧。我们迟到了。"她拍了拍他的手，寻找着服务员，"我们的对话很有成效。"

他坐在那里，安静得令人绝望。

"这算不上是什么事儿，哑口无言先生。咿唔先生。还有我没有提到的其他动物。"

他忍不住笑了。"你能不能试一试，哪怕只有一秒钟，不要表现得这么可爱？"

"我才不可爱呢。"她回答，"只有你是这么看待我的。这就是问题所在。我的内心其实和你一样乱。"

他们赶到的时候，其他演员都已经在做伸展运动了。这部戏是对大家体质的考验，因此担任导演的戏剧教授戴尔希望他们的身体能够更加柔软一些。鉴于演出将在雷诺兹俱乐部室外的星空下进行，他们会在室外排练，以习惯放开嗓子说话。

在做拉伸运动时，康奈尔演练了一下即将对戴尔说的话。康奈尔几乎不认识这个男人，就更别说上他的课了，但康奈尔已然把他看成了近似于父亲的角色，生怕自己会令他失望。他会在戴尔上班时到他的办公室去，聆听他滔滔不绝地讲述有关戏剧的事情。虽然他从没有读过戴尔提到的任何一部作品，却还是试着在恰当的时机点点头，离开办公室后直接大步流星地走到图书馆里去查找。尽管他会赶在下一次见到戴尔之前把那些书读完，却还是在对话中显得有些迟钝。

"这就是我们在接下来的两个月里要待的地方。"戴尔把大伙集合起来之后说道，"没有隐私，只有空旷，也没有回音。音响效果很糟糕。"

他指了指天空，"除了最嘹亮的声音之外，空地会把剩余的一切声响都吸走，而我们也没有话筒。你们得用声音来填满这片空间。"

康奈尔在戴尔说话的时候一直俯视着詹娜的肩膀。她的心情轻快得令人担忧。他看到她与仙王交换了几个眼神。

"现在。"戴尔说道，"我想让你们散开。"康奈尔试着留在詹娜的身旁。"排成两排。每个人都要在自己的对面找一个搭档。"交错的人群站定之后，康奈尔发现自己的搭档正是詹娜。"紧紧地靠近彼此。"戴尔说，"再近一点儿。把你的脸放在你搭档的脸旁边。"

康奈尔现在才意识到，自己不是当演员的料。他在舞台上从不知道该望向何处。他之所以会来这个剧试戏，是为了在头脑中留下更多有关莎士比亚的痕迹，顺便为自己和眼前正望着自己的詹娜创造一些共处的机会。他不知道自己的双臂该怎么办，于是只能尴尬地在体侧甩了甩手。

"我们要做一点小小的练习。我希望两排人都向后退一步。好的。你注意到有什么不同了吗？望着你搭档的眼睛。他们是不是也在望着你的眼睛？"

是的。她似乎正在为他们这次荒谬的配对真心地傻笑着。

"现在。"戴尔说，"我打算让你们做点不寻常的事情。我希望你能够告诉自己的搭档，你爱他。别害羞。现在就对他说出'我爱你'。"

"我爱你。"康奈尔站在距离她几尺外的地方说道。她也回了一句，眉毛高高地挑着，脸上还挂着灿烂的微笑，仿佛是在试图逗他和自己一起笑似的。他这才想起，她此前还从没和他说过如此珍贵的几个字。

"现在再向后退一步。"戴尔说，"退一大步。退到你们得用点力气才能够看清对方。也许不用那么大，步子收紧一点儿。距离拉开之后，你们感觉有什么不同？你们必须要怎么做才能够弥补？在室外，你们必须试着照顾到距离你们很远的人。现在，再对你们的搭档说一遍'我爱你'。"

康奈尔说话的声音比之前洪亮了一些。詹娜似乎也说得很真心。她无疑是很有天赋的。

"现在再退后一步。忘掉距离。说话的时候假装他就在你的身旁，只不过声音要更加洪亮一些。"

"我爱你。"隔着老远，他的声音听上去有些微弱。他还不知道怎么运用自己的横膈膜，因此气息很快就用光了。

"现在退后两步。这一次要喊出来！喊出这份对你来说极其重要的爱。"

他一边咳嗽一边照做了。此时的她只不过是渺茫的一排人中的一个。

"再退两步！"

这一次他什么话也没有说，只是听着。他听不清某个具体的人的声音，只听到了所有人正同声热切地呼唤着。

"最后一步！使出全身的力气喊叫！"

詹娜从另一边传来的声音很模糊。他的嗓子也有些疼痛。他甩开手臂尽全力大喊起来。

他的母亲打来电话要他回家，可他却说自己要为导演和剧组里的演员负责。他能够从她的沉默中听出，自己竟会以责任为由拒绝回家帮忙，她感到很震惊。实际上，他话刚一出口时，就连自己也被吓了一跳。

在母亲打电话来之前，他还没有意识到自己是多么害怕看到父亲，他以为自己只是近期没有计划要回家。詹娜曾是他的最佳借口，现在却已经算不上是借口了。他可以说自己会留在芝加哥和她——我未来的妻子——一起做些事情。他仿佛听到了自己事后为自己争辩，*至少我当时是这么想的*。但他已经赫然看清了他们之间的关系，因而无法允许自己再继续假装下去。

他是不是在试着让自己快点长大，好隐藏自认为自己还是个孩子的事实？难道他之所以向她求婚，就是为了寻找一个重要的统一理论，来解释自己的缺席？实际上，就连他自己也害怕和她结婚。换句话说，他对于此事的抗拒心理并不次于她。相比心碎，用释然这个词来形容他此刻的心情仿佛更加合适。可现在他却不得不去反省自己没有做过的每一件事。他已经没有借口不回家了。

他退出了演出，往两只军用行李袋中塞满了脏衣服，坐上了一班飞机。母亲说她不能去接他，所以他坐了一段大巴，转乘了火车，然后从火车站走了回来。

他扛着行李袋从后门挤进了屋，被书房里震耳欲聋的电视音量吓了一跳。他记得母亲曾经向他提起过，测试结果显示他的父亲已经失去了一部分听力。他向书房走去，却发现他的父亲正在门厅里晃晃悠悠地踩着梯子，扒着前门上的小窗户向外张望。康奈尔把电视调成了静音，走回来喊了他一句，但父亲的嘴里却在嘟囔着什么，于是康奈尔走了过去，碰了碰他的肩膀。"爸爸！"他用力说道，"我到家了。"这个消息似乎没有给他留下任何的印象，尽管他已经离家快一年了。

"他在外面。"父亲给了康奈尔一个严肃而又神秘的眼神。

"谁？"

"那个男人。"他阴郁地回答，"那个男人。他总是到这里来。"

"他在哪儿？"

康奈尔踮起脚尖向外张望了起来。外面没有别人，只有刚刚修剪完树篱的园丁正准备到隔壁去干活。

"你是说他吗？"他指了指，"你是说萨尔吗？"

"不是，不是，不是。"父亲的眼神闪烁着；一只手抽搐了起来，急促的语气和恐惧的眼神暗示着万事皆有可能。康奈尔想要相信父亲还是拥有正确预知风险的能力的。难道说他回来得正是时候？

康奈尔把目光再次转向了窗外，然后又退了回来，感觉自己很蠢。

"下来吧。"他搀扶住了父亲的手肘，父亲却站在那里不动。"只不过是一级台阶。把你的腿往前伸就好了。"他的父亲踌躇地迈出了一条腿，收回来之后又试了试另外一条腿。"靠在我身上。"康奈尔说。他的父亲照做了。刚一踏上结实的地面，他就拍起了手，似乎终于意识到了儿子的到来，脸上的表情还带着些许尴尬。他再一次走到了窗边，情绪很高涨，一直用手戳着玻璃。

"他在那儿！他在那儿！"

康奈尔奔了过去。父亲是对的，那个男人就在那里，而且是出了名的不可抵挡。他传递的既有可能是死亡和毁灭的信息，也有可能是食品百货的传单。

"爸爸！"他说道，"你难道不知道那是邮递员吗？"

邮递员消失在了树篱后面。"我不信任他。"说罢，他的父亲迈着令人惊讶的敏捷脚步朝着厨房走去。他高高地掀起了水池上方窗户前挂着的百叶窗，任何人都能从对面直接看到他的整张脸庞。

父亲挪开脚步之后，康奈尔发现百叶窗上有好几个地方都已经弯了。他的母亲肯定说服了自己去忍耐，而不是一遍又一遍地去更换它们。要知道，这个转变在她看来就已经是天翻地覆的了。

他的父亲打开门，然后又推开了出门时狠狠摆回来撞到了他的纱门。回来时，他用双臂把一大沓的信件紧紧地按在了胸口。几封信掉在了地板上。他把余下的所有东西都放在了独立工作台上，像是从高处丢下了一堆苹果。

"你在做什么？"康奈尔目瞪口呆地问道。

"我在取信呀。"

"就像这样？"

"我每天都会这么做。"

"可一分钟前你还说不信任他，一副吓坏了的样子。"

"他每天都会来。"他的父亲回答，"我不知道他是谁。"

"但你知道他是来送信的。"

"是的。"他有礼有节地答道，"他每天都会来。"

"那你为什么还要怀疑他？"

"因为我不知道他是谁。"他答道，"我每天都要去取信。那是我的工作。我还有其他的工作。"

他笨拙地蹭进书房坐了下来。康奈尔跟在他的后面，取消了电视的静音状态。电视的音量如同炮弹的爆裂声一样冲了出来。康奈尔返回厨房，捡起了掉落的书信，不知父亲上一次拆开一封信是什么时候的事情，也不知道他何时还能再拆开一封。他用花生酱和果冻给自己做了一个三明治。整个书房已经淹没了嘈杂的电视声之中。他走进去，发现父亲正注视着失去信号的电子雪花，仿佛那是什么节目似的。震耳欲聋的噪音并没有打搅到他的父亲。他紧紧地攥着遥控器，就像是攥着什么驱邪护身的东西。康奈尔试着把遥控器从他手中抽走，但父亲却坚定地握着它不放。康奈尔走到电视机旁，调低了音量，然后又调换了几个频道，直到屏幕上再次出现了画面。

"这个东西。"父亲厌恶地说，"不管用。"他的嘴微张着，流出了一丝口水。康奈尔提起父亲的衬衫袖子，擦了擦他的嘴角。父亲给了他一个会意的眼色。康奈尔不知道他的头脑中还留存着几分意识，只听到他的嘴里发出了微弱的哼鸣抱怨声。

"见到你真好。"康奈尔边说边伸出一只手臂抱住了他。

父亲的眼神还在盯着电视，却拍了拍自己的膝盖。"真好。"他说，"真好。"

他们一起看了《神探科伦坡》。彼得·福克饰演的贝克特式警探穿着标志性的风衣，皱着脸，看上去有些厌世又有些好笑——身上既有老到之处，又夹杂着无辜的气质。康奈尔心想，感谢上帝赐予我们《神探科伦坡》和重播的《法律与秩序》。若是没有电视，他真不知道该如何填补与父亲共处的时间。

每当电视开始播放广告时，他都不知自己该说些什么才好。他的母亲这个时候肯定会滔滔不绝地讲起世交家的故事或是简单地叙述一下自己的一天。康奈尔感觉若是讲起自己在外生活遇到的种种未免显得有些不太尊敬，最好还是聊些父亲已然知道的或是两人共同经历过的事情，却又局促地不知该怎么把它们引入话题。尽管如此，他还是能够感觉自己迫切地需要让彼此重新熟络起来。

"我得说我很喜欢保罗·奥尼尔。"康奈尔一本正经地开口说道。他的父亲继续盯着电视。"我不是那种为了恨他而恨他的大都会队粉丝。他是球队的核心，一直勤勤恳恳。"父亲在这段对话中的沉默让气氛显得越发绝望起来。"不管是不是洋基队，季后赛中能够再出现一只纽约的队伍总归是让人倍感激动的。"最后这一句评论似乎引起了父亲的注意力，因为他的脸上迸发出了明朗的微笑，仿佛这对他来说是什么新闻似的；康奈尔这才意识到，这对父亲来说确实算是新闻。父亲去年10月就已经看完了所有的季后赛比赛，而康奈尔每看完一场比赛都会打电话回来。

"是呀！"他说，"真好！"

康奈尔感觉自己如此小心翼翼地对待爸爸有些愚蠢。是时候面对事实了：他父亲的短期记忆已经终结了。他也许连几分钟之前的事情都记不得了。只要康奈尔一离开这个房间，他的父亲就会将他回家这件事情忘得一干二净。他不会让儿子在星期五的夜晚陪他坐上一整夜的，这会让他感觉难堪。康奈尔不想让他难堪，所以走上楼去做好准备，因为这座城市里还有许多他许久都没有见到的人。

他还保留着自己的第一瓶古龙水。为了能多用几年，他每次喷洒它时总是很节俭，两边耳后各喷一下，然后再在脖颈的两侧各喷一下。他曾在舞池里跳得大汗淋漓、在沙发上激烈翻滚时留下过它的痕迹。临行去上大学时，他把香水放在了自己浴室的柜子后面，当做是献给青春期祭坛的一点纪念。

他在父母的浴室里找到了那个瓶子，发现里面的香水已经所剩无几。

一种说不清道不明的恐惧感袭上了他的心头，逐渐转变成了愤怒。他的父亲肯定是在屋里乱逛时找到了这个瓶子。他能够看到父亲费劲地打开瓶口，把里面的香水泼溅得到处都是，看着它流过自己的手指，滴落在水池里。他想象着父亲用手掌接了一大捧的香水，动作极不协调地拍打着脖子，试图从儿子的未来之中偷走些什么。他还能闻到什么味道呢？他抹上那么多的古龙水又有什么用呢？他人生中的那一部分已经结束了。

康奈尔拿着瓶子大步走下楼来。"这是不是你干的？"他边问边把瓶子杵到父亲的鼻子下面，"这是不是你拿的？里面原来还剩大半瓶的香水呢？"

"我不知道。"父亲脸上露出了恐惧的表情，"我不知道。"

这一次他可不打算对父亲心软了。

"我明白了。"他回答，"你不知道。好，就是你用的。我知道这只不过是一瓶古龙水，但它对我有着特殊的意义。"

他的父亲睁大了眼睛，额头上布满了皱纹，嘴角也垂了下来。他坐回了沙发上。"对不起。"他说，"我不知道。我不知道。对不起。"

康奈尔的心里想要回应说这没什么大不了的，但不知为何就是说不出口。

"这样吧。"他说，"对我的东西小心一点。好吗？不管我留了什么东西在我的房间里，你不要去碰它们就好了。"

"对不起。"他回答。

他感觉自己的决心动摇了，只得抗拒着不要去安慰父亲。父亲可以毫不理会地糟蹋任何东西，而其他人就应该到处为他收拾残局。你不能对他发火，只能时时刻刻为他感到抱歉。好了，算了吧。康奈尔是儿子，又不是父亲。收拾残局可不应该是他的工作。

他去了城里的一个朋友家，逛了几间酒吧，直到最后一间也关门了，才坐上凌晨 5 点 30 分的第一班回家的火车。

他的母亲把他摇醒了。

"你爸爸现在养成了习惯。"她说道,"你打扰到他了。他需要坐在这个沙发上看电视。上楼躺到你自己的床上去。"屋子里很黑,只有滑动门的门缝透进来一丝光线。"快点上楼去。"她的脸上闪过了皱眉的神情,"你不必回家来的。"

"你在说什么呀?我这就起来了。"

"我得知道我能期待你在家里做些什么。"

"我来了。"他说,"你需要什么?"

"你能不能陪陪你爸爸?我今天不想丢下他一个人。"

"好的。"

她在那里站了一会儿,打量了他一番。

"我能指望你吗?"

"当然。"他回答。

"那你就呆在房子里,确保他会吃些东西,不会受伤。陪他坐一会儿。别太晚睡觉。"

"好的。"

"他为你回家的事情感觉很激动。"她的声音听上去充满了希望,却又蕴藏着些许的哀伤,"他的心里只惦念着你。'康奈尔在哪儿?康奈尔在哪儿?'"

母亲为他的父亲穿上了一件长袖衬衫和一条便裤,看上去就像他要上班一样。不过有一个细节她遗漏了:他衬衫的下摆还露在外面。她解开他的腰带,然后高高地提起他的裤子,再重新拉上拉链。

康奈尔经过他们的身旁,走进了厨房里。只见煎饼面糊碗里空空如也。她没为他多做一些煎饼。他用大拇指指了指自己的肩膀。"这些都是你们的。"他故意厉声说道。

他的母亲在楼梯上把他拦了下来。

"你到底要不要呆在这里?"她问道,"现在就告诉我。如果你非要表

　　　　　　　　　　　　不属于我们的世纪

现得这么不负责任的话，我会试着想点别的办法的。我可负担不起。"

"妈妈，放松。"他回答，"我会照顾好他的。去上班吧。"

站在楼梯的顶端，他听见母亲对父亲说，自己会把电视开着，而父亲则咯咯了几声以示回应。然后他就听到音量开始升高，越来越大。"如果你需要任何东西。"他的母亲隔着电视的响声大喊道，"康奈尔就在楼上。"就算父亲有所回应，他也什么都听不到了。"我爱你。"母亲说罢停顿了一下，"你能不能也对我说一句，亲爱的？"他不知道父亲有没有回应，或是他因为电视的音量太大根本就听不见父亲回话，可没过一会儿他就听到车库的门开了。

他觉得让父亲自己喝汽水是非常重要的。他的父亲抓住玻璃瓶的边缘，飞快地朝自己的方向拽了过去。玻璃瓶砸在了地砖上，摔得粉碎。康奈尔用手拾起了最大的几块玻璃，然后取来了簸箕和扫帚，将碎片扫进了垃圾箱，还用毛巾擦干净了地上的一摊水渍。结论就是：你不能让他喝任何东西。实际上，他得戴上围嘴才行。你必须将饮料举到他的嘴边，给他个塑料杯子，甚至是个鸭嘴杯。当你拿着海绵擦拭他洒在大腿上的饮料时，他也只是毫不抗拒地坐在那里，甚至不会试着把你的手推开，说要自己来，只是叹息着任由你摆布。他脸上脆弱无助的眼神，连争论众生孰能无过的心情都没有，看起来就像一只遭到了鞭打的狗，而那对悲哀深情的眼睛和逢迎讨好的言行更是加强了画面的完整性。

"一寸都不要挪动。"康奈尔说，"一寸都不行。"可他并不知道自己为什么要这么说。他还得清理干净每一粒玻璃碎片。

他的父亲抠着腰带，试图把它解下来。他上下抽动着腰带，像是在设法扇灭一团火焰。紧接着，康奈尔就闻到了一股怪味。他走过去解开了父亲的皮带，但父亲却不让他动手。

"不。"他尖叫着，"不！不！"

"爸爸！"他说着，"冷静下来。我得把你洗干净。"

当他把手伸到父亲的背后时，父亲呜咽了起来，努力拽住了身上的衣服。几番挣扎之中，一些粪便浸透了他的裤子。康奈尔想尽办法拽着父亲上了楼，把还穿着衣服的他塞进了浴室。可就在他试图解开父亲的裤子时，父亲却再次喊叫恸哭起来。他解开父亲裤子上的纽扣，然后停了下来。现在不是鲁莽行事的时候。他可以先脱掉他的鞋子，其他的自然会随之脱落。

"你能不能坐下来？如果你坐下来的话，事情会容易很多。"

"滚开！"他的父亲喊叫着，"滚开！"

康奈尔移动到他的身后，把父亲朝着自己的方向拉了过来，用自己的身体把他拽了下来。他的父亲用一只手肘撞着他的胸口，像个身上着了火的人似的抽打着自己的身体。如果他能转过身来，肯定会一拳打在康奈尔脸上的。

康奈尔紧紧地拽住了他。"没事的。"他一遍又一遍地说着。他得把所有的动作都慢下来。

他从父亲的身子下面爬了出来，把父亲的头揽进了自己的怀里。他拽掉了父亲的鞋，拉开他裤子的拉链，开始帮他脱裤子。他的父亲拽住裤子，对他拳打脚踢，可康奈尔还是把裤子从他的腿上脱了下来，拽到了脚边。父亲的双腿上沾着粪便，跟跄着摔倒在了浴缸里。听到水花飞溅的声音，康奈尔意识到他永远也成不了母亲那样的护士。父亲用力地喘着气，用怪异的紧张眼神瞪着他，仿佛是要逼他的眼神从自己的裸体上移开似的。

康奈尔把裤子堆在了地板上。他还没有勇气处理父亲的内裤，所以先把手伸向了父亲的系扣衬衫。父亲摔倒时浑身都沾上了粪便，很难被抓住。但康奈尔还是把他的衬衫脱掉了，只留下一条脏兮兮的贴身三角裤。

"你能不能别动，爸爸？你能不能安静一分钟？"

"滚开！"他的父亲喊道，"滚开！"

"你得听我的。"他厉声喝道。

"别管我！滚开！"

脱下父亲内裤的时候，康奈尔把眼神移开了，一部分原因是不想让父亲感到难堪，另一部分是因为自从小时候和他一起洗过澡之外，就再也没有看到过他的下体。闷热的浴室里飘荡的恶臭令他难以忍受，简直就快要窒息了。一些粪便遗落到了父亲内裤的外面，于是康奈尔像捧着一块尿布一样把内裤丢到了一个套着百货商店包装袋的小垃圾桶里。父亲光着身子躺在那里。康奈尔本想把父亲扶起来，帮他冲洗干净，但那样的话他就得把浴盆也清洗干净，不然两个人还是会把粪便弄得满屋都是，他的衣服也会被浸湿。于是他飞快地脱下了衣服，身上只留下了一条内裤。他需要用尽全身的力气才能把父亲提起来。父亲已经不再抵抗了，但身体还是死沉。康奈尔把他拉起来之后，急忙关上浴帘，打开了热水。沾在浴缸里的粪便被冲刷到了下水道里。他从架子上拽下一条毛巾，开始擦拭父亲的双腿和臀部。看起来光靠擦拭应该是无法弄干净他的身体了。他的父亲垂着头，耷拉着肩膀，胸口剧烈地起伏着，悲哀地叹息着。当毛巾已经脏得无法再用时，康奈尔把它卷了起来，扔到了地板上。他抓过一块肥皂和另一条毛巾，把它们做成了一块巨大的百洁布，清洗着他父亲的下体，又仔细地搓了搓他的双腿和后背。他这一生中从没有这样全面地触碰过父亲的身体。他用肥皂打湿了自己的双手，把父亲和自己的脚都好好洗了洗，然后又冲刷了一下自己的手臂、双腿和双手，随即关掉了水龙头。"我们就快好了。"他说罢拉开了浴帘，握住父亲的一只手，搀扶着他走出了充满蒸汽的房间。他跑到柜子那里抓了更多的毛巾过来，头脑中第一个想法就是要在父亲的腰间围上一条毛巾，从下面脱掉他湿透的内裤。但他在冥冥之中感觉到，在衣着完好的儿子面前脱得精光对父亲来说是一种莫大的耻辱，于是他也脱掉了内裤，光溜溜地站在了那里。他用毛巾把父亲从上到下擦了一遍，和父亲一起裸着身子站在一起，给彼此各系了一条毛巾。在父亲的药橱里，他找到了父亲的古龙水，便在手中喷了一些，拍了拍父亲的脖子。古龙水的香气朝他迎面扑来，让他想起了父亲教他刮胡子的场景。"要沿着纹理刮。"父亲当时是这样对着镜子说的，"避开小疙瘩。放轻松。别着急。尽可能不要在同一个地方刮两遍。"刮完之后，他还俯下身来让康奈尔摸了摸自己的两颊，感受他脸上的皮肤那种冰凉平滑的感觉。

康奈尔为父亲穿上了内衣和 T 恤衫，扶着他上了床，为他盖好了被子。

父亲睡着之后，康奈尔出门买了一盒成人纸尿裤。他不知道母亲为什么没有早点想到这一点，因为这显然是个能够让所有人都省去诸多麻烦的简单办法。他想不出任何一个理由不去使用它们。

"他想要在自己走后把书桌留给你。"第二天早上上班之前，母亲在吃早饭时对他说道。他的父亲正在楼上。"剩下的东西你就得等到我死了之后再拿走了。"

"上帝呀。"

"你还想永远做个孩子吗？你早晚都要听到这些话的。"

康奈尔知道，得到这张桌子的过程是他成年后和父亲少有的几次快乐经历。不过桌子对父亲来说已经没有什么用处了。如今，它成了母亲清算账单的地方。她可以用康奈尔房间里的那张小桌子来做这件事情，他可以把它们对换一下。

这是一张 5 英尺宽、3 英尺高的硬木书桌，从严格意义上来说算不上是什么传家宝。木面上的划痕清晰可见，还有几处椅子碰撞后留下的缺口，而支起桌面的是两侧的组合抽屉。

桌子的前方和侧面贴着一圈的缩印卡片。一张卡片上列举了他们三个人的出生年月日，另一张卡片上画着一张家谱，标注着从他的祖父母到阿姨、叔父和表兄弟姐妹的名字。还有一张写着"艾琳·图穆蒂·利里（妻子）和埃德·利里（自己）的儿子是康奈尔·利里（儿子）"的卡片，和一张写着"社保号码 #"字样的卡片，仿佛是他的父亲随意选出了一个字母进行成语接龙似的。桌子里的另一张卡片上粘着一根气针，旁边的说明上写着"篮球充气气针"的字样。

趁父亲在书房里看电视的工夫，康奈尔把这张沉重的书桌拆卸开来，搬到了楼上。完成组装之后，一种"一切皆有可能"的感觉让他的心中充满了活力。他可以填满这些抽屉，着手处理未来的一切重要事宜，仿佛只要他在这张桌子前面坐的时间够长，诸事就会自己找上门来似的。

他原本的那张桌子实在是太轻了，以至于他不用挪开抽屉就能把它拎到楼下去。把这张如同微缩家具一样的桌子摆在父亲的学位证书下方之后，他把刚才的那些索引卡片贴在了桌面上。

余下的工作就是把父亲的座椅搬到楼上去，然后再把他的搬下来作为弥补。他父亲的座椅上设有转环座架和轮子，椅背可以向后仰过去，为那些深刻的思想家思索重要的事情提供片刻的慵懒。

这把比表面看上去更沉重的座椅钉着一个金属底座，把它搬上楼之后，他的房间立刻就平添了几分庄严感。他坐在里面，用手指抠着桌面上残留的胶带，然后向后仰去，让思绪随心所欲地飞扬。

他一定是睡着了，因为他是被父亲的吼叫声唤醒的，于是赶紧跑下楼，发现他正站在书房里。

"我的书桌。"他的父亲哀怨地说。

康奈尔拽了拽他的衬衣边缘。"妈妈说你想要把它留给我。"

"是的。"他说道，眼泪成串地滚落在了他的脸颊上，"留给你。"他指了指康奈尔，用手戳着儿子的胸骨，"你。"

"我把它搬到楼上去了。"

"等我死了。"他说，"等我死了。"

康奈尔一下子回想起了父亲这辈子为自己做过的所有善事。

那天晚上，当母亲让他把书桌搬回楼下时，他几乎感到如释重负。

一瞬间，他希望父亲能够忘记这件事情曾经发生过，随即又意识到事情根本不会像他所想的那样。他会忘记你想让他记得的事情，却又会把你想让他忘记的事情记得清清楚楚。

第二天，他又坐回了自己小小的书桌前，试着给詹娜写一封信，可一个字也写不出来。他在信纸的两边都签上了名字，尝试着变换不同的方式。

天气很好。他决定试一试带着父亲出门玩一玩抛接球的游戏。

他在一个大手提袋里找到了几只手套。他的父亲用永久性记号笔在这只手提袋上写了他们家族的姓氏，那是父亲开始四处做记号、为所有的东西都做上标签时所做的事情。康奈尔越是紧盯着那些引人注目的大写字母，就越觉得它们听上去仿佛一个落水男子的哭叫声。

搬家那一年，父亲给自己和康奈尔都买了新的手套。看到父亲走起路来拖泥带水、脸上泛着赤褐色光芒的纯朴样子，康奈尔感觉很丢脸。从那时起，他们就几乎没有时间玩抛接球的游戏了。康奈尔的手套更破旧一些，皮子都已经从原先的地方脱落了。在他退出棒球队、加入辩论队时，曾经相信自己从运用肢体到运用思想的转变应该是不可逆转的了，因而就连离开家去上大学的时候也没有考虑带上自己的手套。

他往手套里塞了一颗网球，然后领着父亲走出了卧室。走到楼梯底下时，他伸手把父亲的手套递给了他。

"我们来玩抛接球吧。"

父亲已经很难将手套托在手里了，所以康奈尔决定丢掉手套。他让父亲背靠着墙壁，自己则后退几步，让球在地面上朝着他双手所在的位置尽可能近地弹过去。若是他没有伸手去接，康奈尔便会把球抓过来，放在他的手中。虽然父亲不能丢球，但他可以笨拙地把球弹回来。他能够看出父亲此举就是在丢球，因为那颗球会在他的手中停留一会儿，然后再顺势滑向地面。

陪着父亲坐在家里看了这么多的电视，他感觉自己快要疯了，或者至少是要失智了。他开始大部分时间都呆在自己的房间里，读读小说，试图忽略楼下的电视噪音，而那封给詹娜的苦情信也是写了又写。时间越久，他越是能够意识到自己永远都不会把这封信寄出去。他明白现在只是在给自己写信，试图弄明白自己身上到底出了什么问题，当初为什么会向她求婚。她是对的：他才 19 岁。他不禁为自己上学期大部分时间内的所作所为感到难为情——他既像个孩子又像个老头。

　　他听到父亲尖叫了一声，于是冲下楼去，发现他正面朝下地躺在厨房里。长条地毯在地板上蜷成了一团：他显然是被它给绊倒了。康奈尔把他翻过来，看到他的嘴角正在流血，还摔断了一颗门牙。他扶着父亲坐了起来，然后把一块浸湿的擦碗布放进了他的嘴里。他找到了那颗躺在地板上的牙齿，把它放在了独立工作台上。地板砖上洒落的血量不免让康奈尔担心父亲有可能咬掉了自己的一部分舌头，在强迫父亲张开嘴时才看到他只不过是咬破了牙龈，摔裂了嘴唇，让鲜血在他的舌头下面淤积了起来。康奈尔扶着他靠在了水池边，让他吐了两口，然后又扶着他坐在了桌旁。一个破碎的盘子倒扣在了地板上，肯定是他摔倒时扔出去的。康奈尔拾起碎片和那个用塑料薄膜包裹着的三明治，把它们胡乱包裹成一团，丢进了垃圾箱。

　　他家的长条地毯很容易就会皱成小山的形状，就连他自己也曾好几次被它绊到。他现在记得了——他怎么会把这件事情忘了呢？他的母亲曾嘱咐他用双面胶把地毯粘在地板上。

　　他看到父亲的喉结上下滑动着吞咽口里的鲜血。他用湿毛巾裹了些冰块，让父亲放在嘴里含一含。稍坐片刻之后，他扶着父亲上楼换了件衣服，然后又把他送回了楼下。他擦干净了地板上的血迹，把那颗掉落的牙齿放进了自己牛仔裤的小口袋里，因为他既不忍把它扔出去，也不好意思把它留在台面上。他转身和父亲一起坐在了沙发上，等着看母亲回来后如何发落他们两人。

他听到了车库门响的声音。他的母亲提着几包日用品走上楼来。她把几包东西递到了他的手上，然后把皮夹丢在了独立工作台上，吩咐他把东西收拾好。

"把鸡肉留在外面。"她说，"我打算把它做了吃。"

她对他的父亲说了一句"你好"，伸手给自己倒了一杯水。康奈尔故意把袋子倒了个精光，试图不看她。待一切都收拾妥当时，他转过身来看到她正刻意地饮着第二杯水，仿佛杯子里装满了药水似的，并且正透过杯子偷偷看着他。

"我可能要让你去商店里买些大蒜。"她说，"我忘了买大蒜了。"

"好的。"

"我得把音量关小一点。我都听不见自己在说些什么了。埃德蒙德！"她又叫了一声，"我回来了。"

她把水杯放在了水池里，脚步异常轻快。

"妈妈，等一下。"

"怎么了。"

"刚才出了点事情。爸爸受伤了。"

她把身子转向了他父亲的方向。"怎么了？"她的声音里充满了惊讶和恐慌，"出什么事情了？"

她拿起遥控器，调低了电视的音量。

"出什么事情了？"她再一次问道，语气比刚才对康奈尔说话时更警惕，或者应该说是从没有这么警惕过，"你到底要不要告诉我。"

他的父亲像尊雕塑一样坐在那里，视线绕过她望向了身后屏幕上闪烁的画面。

"他摔倒了。我当时不在这个房间里。他重重地摔在了地板砖上。"

"让我看看你，埃德蒙德。他伤到哪里了？"

"他摔伤了脸，划伤了下巴，还摔断了一颗牙。"

"让我看看你的嘴，埃德蒙德。"

他的父亲依旧冷漠地坐在那里。

"张开嘴！"她尖叫的声音听上去很绝望，转过身来看着康奈尔，"有多糟糕？"

"他流了很多血。"

"张开嘴！"说罢，她坐在了沙发上，伸出一只手摸向了父亲的嘴巴，撬开了他的嘴唇。尽管他紧紧地咬着牙，可康奈尔还是能够看到他的牙齿留下的漏洞。母亲并没有转过身来朝他吼叫，而是抚了抚父亲的头发，吻了吻他的脸颊。

"哦，埃德蒙德。"她柔和地问道，"我们该拿你怎么办才好呀？"

"没事。"他的父亲终于开口说道，"没事。别管我。"

他的眼神一直都没有离开电视，此刻却瞟了康奈尔一眼。这个眼神既有尴尬，又有某种类似挑衅的意思。

康奈尔招手示意母亲到厨房来。看到她并没有马上过来，他站在门口等了一会儿，因为他并不想让父亲看到他窘迫的样子。

音量再度大了起来。几分钟之后，他的母亲走了进来。

"怎么了？"

"我觉得我做不好这件事情。"康奈尔边说边把双手压在了台面的边缘处。

"做什么？"

"照顾爸爸。我也不知道。"

"出什么事了？"

他的眼睛看着脚下。"他摔倒了，就是这样。"

"嗯，你必须得好好盯着他。"

"这就是我要说的。我觉得我做不好这件事情。我以为我能做好，但是我不能。这对我来说太困难、太繁重了。"

"我 10 岁的时候就在做这些了。"

"但我不是你。"他回答，"问题就在于此。"

"好吧，真是太好了。"她说着把他推到了一边，从下面的橱柜里拿出了切菜板。

"我快要被逼疯了。"他说。

"那你觉得我就会好受吗？"

"你会去上班。"

"我哪里也不会去。"她说，"一整天，我的心都在这里。"

"对不起，我也不想让你失望。"

她用刀剖开了鸡肉外面包着的那层薄薄的塑料膜。"别担心你会让我失望，担心一下你会把我丢在两难之中的事情吧。见鬼，我需要帮助！"

"我可以找份工作，寄些钱回来。你可以雇个人来帮忙。"

"留着你的钱吧。"她说，"你以后还需要用它们去做心理治疗呢。"

"这话也太冷漠了吧。"

"我以为你的陪伴对他、对你都会有好处。"她用刀指了指他，"如果不管用，那就不管用吧。"

"我也希望我能做到。"他回答。

"你可以的。"她说，"你只是不知道而已。"她已经开始切鸡了，随即又把刀子放了下来。"给。"她说，"你来切。你觉得你能应付得了吗？还是想让我雇别人来做？"

他感觉热血一下子涌上了自己的脸颊。他的母亲似乎也注意到了这一点。"在胸口的地方下刀，切薄片。"她的语气温和了一些，说罢走到冰箱前拿回了一些花椰菜。"切完那个，把这个也切了。切小块。我的脚疼。"说罢她便走进了客厅。他把鸡肉切好，又把花椰菜放进水里浸泡。在动手切花椰菜之前，他走到门口，探着身子看了看坐在餐厅里的母亲。只见她把双腿放到了沙发上，一手挡着纱帘，一手揉着脚。她正望向外面的街道，丝毫没有注意到他在那里。他的心中涌起了一股冲动，想要告诉她自己愿意为她揉脚。在他还是个孩子的时候，她就曾让他给自己揉过脚，但他总是抱怨连连，因为她的脚在劳累了一天之后又湿又臭。这么多年过去了，她的脚肯定更加令人生畏，不仅茧子长得更厚了，连裂缝也更深了。但他想要毫无怨言地为她揉一揉它们，只是他找不到方法向她倾诉心中所想，所以只能注视她一阵子。她似乎正在望着什么东西。他已经记不清楚母亲上一次坐在那里是什么时候的事情了。他们刚搬进来的时候，她总是坐在那里。

他走回花椰菜旁，一刀刀重重地切着它，因为他记得母亲说过，落刀时响亮的声音会让切菜板感到满足。切完菜之后，他又在空的切菜板上有节奏地剁了一会儿，好让那声音听上去真的饶有架势。他走进了客厅。那时，她已经不再揉脚了，也不再望向窗外，而是坐在沙发上，在他靠近的时候给了他一个疲惫的眼神。

"怎么了？"

"我能帮忙吗？"

"你把花椰菜切好了吗？"看到他点了点头，她微微叹了一口气，"我会进去做饭的。你就把所有东西留在那里就好了。"

"我能帮忙揉揉你的脚吗？"

"我的脚？"

"你愿意让我帮你揉脚吗？"

她的脸上露出了扭曲的表情，仿佛是在衡量要不要说些赤裸裸的评论。很快，她似乎进一步考量了一下自己的决定。"你是说你要为我揉脚？"她半信半疑地问。

他想起了父亲嘴里的那个伤口和舌头下的那一汪鲜血。

他已经许多年没有碰过母亲的双脚了，心里还曾期望自己永远也不需要再触碰它们。

"是的。"

她挑了挑眉毛。"那太好了。"她回答。

他坐在了沙发上，像过去那样把她的一只脚放在了自己的大腿上。靠近母亲时的尴尬让他差一点吐了出来，于是赶紧踌躇着用一只手抵住了她的脚底。一切又回到了从前，那种熟悉的湿黏感觉，那些指关节上丛生的汗毛、被磨破了的水疱和污秽的指甲。

"你爸爸还好吗？"她问道。

"他很好，在看电视。"

她似乎放松了下来，把头靠在了靠枕上。他全身心地投入了这项任务之中，双手轻重有度地施加着压力，并且莫名其妙地越揉越得法。其实他早就练习过许多次。他父亲在书房里忙碌的时候，母亲就会让他放下论文，问他是否愿意为她揉脚。她向他抱怨自己上班时总是没工夫坐下来时的语气有些想用甜言蜜语哄骗他的意味，她也只有在这个时候才会对他做出如此的举动。此时此刻，他比以前更能够清清楚楚地看到她以往所说的是什么意思。那些凸起的青筋、麻痹的肌肉、鸡眼和拇囊炎、老茧和龟裂，无一不铭刻着她的职业经历。尽管她穿着干净整洁的鞋子，但鞋子包裹下的双脚讲述的还是一段负担过重的生活。只要她一脱下那双鞋子，真相就无从躲藏。

他在她感觉疼痛的地方加大了力度，试图释放她的痛感。她释怀地轻声叫了一下。当她想起自己是如何有负于她时，很可能会对他失望，但此时此刻的她可能只想让他好好继续揉下去。想罢，他揉得更加用力了。往常，即便她会为了让他多揉一会儿而说尽好话，但面对他的放弃也只能作罢。如今，他却感觉自己已经不那么容易累了。他要让母亲在恰当的时机告诉他这已经足够了。另一个房间里，电视的声音仍在咆哮着。他把她的另一只脚也抱了上来，好轮番按摩。他想起了自己口袋里装着的那颗牙齿。这也许会是她生命中最后一次有人来为她揉脚，因为他们不太可能再有这样的机会相聚。他接触母亲的能力总是很有限，对待女朋友时反而感觉容易许多，因此时不时便会要求为她们揉揉脚。他把自己所有的宠爱全都用在了她们的身上，期冀其中的某一段感情能够

不属于我们的世纪

长久，或是失去的爱能够回到自己的身边，但却从没能如愿以偿。尽管如此，他也只能更加地努力，毕竟每个人心中都有些感情需要被宣泄出来。

75

　　她不打算依赖她的儿子，但又不想再雇个护工到家里来。看来是时候换个角度来思考这个问题了。实际上，她已经被埃德绑住了，下班之后所做的一切都与他有关。她需要的是一个随时都有时间来长期照顾他的人，一个能够让她腾出手、让她找回一点儿个人生活的人；这个人还得有本事在埃德摔倒的时候轻而易举地把他扶起来。也许这个人还要拥有修理工的本领，帮忙维护一下家里的各种设施。也许她从一开始需要为这个家庭寻找的就是一个男人。

　　如果她打算找一个全职的护工，就得有钱来支付这笔费用。她决定利用按揭利率自她和埃德买房以来已经大幅度下降的事实。她重新申请了贷款，将利率从10.3%降到了8%左右，让每个月手头能多些钱来周转。

　　她在医院里四处打探，还张贴了传单，但没有得到任何有用的线索。不久，她属下一位名叫娜佳·卡尔波夫的护士告诉她，自己的哥哥塞奇是个可靠又强壮的人——娜佳说，像他这么强壮的人，做夜班出租车司机都不会有人担心他。虽说他没有什么护理经验，年纪也50多岁了，但她觉得哥哥这样耐心又冷静的人应该是可以胜任这份工作的。他没有汽车，住在布莱顿海滩，愿意长途跋涉乘坐A线火车和北线地铁过来。艾琳知道，娜佳提出的一周900美元薪金对她来说无疑是一笔巨款，因为这个金额只比埃德的退休金和社保金的税后总额少一点点。娜佳说，塞奇可能会欣然接受这个机会，让自己能够在韦斯切斯特度过一部分时间，远离她的嫂子。"她是俄罗斯人。"娜佳挑着眉毛言简意赅地说了一句。艾琳回敬着点头示意，仿佛她知道俄罗斯妻子有什么可怕之处似的。

"我们今天有伴儿了。"在娜佳准备带塞奇前来家里面试之前，她告诉埃德，"是我的一位同事和她的哥哥塞奇。我觉得你会喜欢他的。他对于要来见你这件事情很激动。他们在这里没有多少朋友，是从俄罗斯过来的。所以我需要你好好地招待他。"说罢，她发现坐在厨房桌旁的埃德纹丝未动。她想让他坐到小书斋里去，让出一些空间，给塞奇留出几分钟四处走走，熟悉一下家里的情况。这样一来，她就可以在塞奇明白这里有多温馨、她和埃德又是怎样的好人之后再带他和埃德见面。可埃德就是不肯退让。她已经能够预见到那个场面了——塞奇进屋还不到一分钟的时间，埃德就紧握着双手，大叫着想要扇塞奇一巴掌：这太过分、太古怪、太令人不适了，*他会找到别人的，很高兴见到你和你的丈夫*。然后他便会礼貌地道别，像康奈尔神不知鬼不觉地飞回学校那样再一次把埃德丢给她。

她试着用一盘奶酪和苏打饼怂恿埃德坐到小书斋里去，但他却非要在厨房的桌边喃喃自语。她朝他挥了挥手，又拍了拍身边的枕头。肯定有什么事情让他以为自己正在密谋背叛他。

她关掉了电视，和他一起坐在厨房里，还放了点百花香的干花瓣，仿佛是要企图卖掉这座房子似的。从某种意义上来说，她的确是在"卖"房。她知道俄罗斯人喜欢读书。也许塞奇会爱上埃德的那些藏书。也许它们会点燃他心中学习英语的热情，这样一切就能水到渠成了。

她倒了一杯酒，试着看看报纸，却不住地反复读着同一句话。门铃响起时，她从座位上跳了起来，冲过去整理了一下埃德向外杵着的衣领。透过玻璃，她看到了娜佳灿烂的笑脸和她身后的哥哥庞大的身影。虽然塞奇在进门时摘掉了帽子，但还是让房间显得有些狭小局促。他握了握她的手，然后又走过去握了握埃德的手。他的头顶上有一块秃斑，两侧还掺杂着些许的白发，但身上其他地方都很有男子汉气概：脸色红润，带领的衬衫里支出了些许的体毛，即便是穿着牛仔裤和皮夹克也显得十分严肃。他虽不及埃德个子高，但是身材却孔武有力。

"多漂亮的房子呀！"娜佳冒出了一句，"多美的社区呀！是不是，塞奇？"

他点了点头。艾琳邀请他们坐下，自己则把他们的外套拿到了小书房里。她回来的时候，看到娜佳已经坐到了埃德身旁，而塞奇则坐在他的对面。尽管艾琳嘱咐过娜佳，要把这一次当做是普通的拜访，但娜佳看待埃德的眼神还是透露出了些许的敏感。令人稍感欣慰的是，塞奇的样子倒是格外的冷静。虽然他的脸上也略带同情的神色，但却是靠后坐着的，给埃德留出了一些空间。他的举止表明他理解埃德正在经历些什么，而他的双手则让她想起了自己的父亲。她能够想象这样的一只手抓住啤酒桶、从卡车上卸货，然后用金属钩挂住铁环，把酒桶放进地窖里的情景。她也能够想象塞奇不顾酒桶里囤积的压力，把金属棒硬塞到酒桶里倒酒出来的画面。

她让娜佳帮忙看护埃德，自己则领着塞奇在家里转了一圈。走到客房时，她听到他脚下的地板发出了嘎吱嘎吱的响声。就在那一瞬间，她还真的以为他会因为地板无法承受他的体重而掉下去呢。

凌晨 3 点钟，埃德醒了过来，开始胡言乱语。她试着伸手去揉他的头，却被他一巴掌挥开，只好看着他咬着牙怨愤地吐着气。紧接着，她发现身下的床单是湿的。他肯定把膀胱里积存的所有水分全都尿在了床上。虽说她一向都很注意要在他入睡之前强迫他上一次厕所，但这一次也许是忘记了。这已经不是埃德第一次尿床了，而她也早已习惯了在床单有些湿润的情况下任由他和自己继续睡着 —只不过这一次床单已经湿透了。

不属于我们的世纪

在过去的几天中，她一直都在尝试上床之前为他穿上成人纸尿裤。尽管他抱怨纸尿裤会勒住他的腰部，还会在他移动时发出吵闹的响声，但她明白真正的问题在于他穿着它们时心里感受到的那份屈辱。自从他某天晚上脱掉纸尿裤任性地尿了床之后，她就放弃了这个念头。

　　急火攻心的埃德呻吟着爬下了床，开始没头没脑地在屋里转悠，似乎是被某种神秘的力量控制住了似的。她一会儿跑过去换床单，一会儿又跑回来把他从楼梯附近赶走，以防他会从楼梯上摔下去。待床铺终于铺好之后，她从他的身上拽掉了他的 T 恤衫，可他却不肯让她给自己换内裤。她实在是累得没有力气与他争辩了，于是任由他穿着脏内裤爬上床，再弄湿她刚铺好的干净床单。接下来她一整夜都没睡，总是不时伸手摸摸他的内裤，想要看看它干了没有。

　　为了迎接塞奇的到来，她把房子上上下下全都清理了一遍。对于让一个陌生男子住进自己家里这件事情，她心里也很忐忑。那是一个星期日，也是他开始一周工作的第一天。她从不喜欢星期日的晚上，因为这个日子让她的心中充满了对于返校的恐惧。

　　随着塞奇到来的日子日益临近，她经常会不经意地向埃德提起这件事情，希望这些暗示能够让他自然而然地意识到对方将会出现在他们的生活中。在她的想象之中，他此刻的感受应该和他给试验鼠注射不致命的微量纯可卡因时的感受一样。"塞奇会在家里帮我们的忙。"她说。"塞奇会为我们照料许多事情。""塞奇星期日的时候就来了。""塞奇也许会呆上一个星期的时间。"

　　那天早上，去教堂参加了几分钟的弥撒仪式之后，她带着埃德在镇上步行了两个小时。他疲惫的时候总是会表现得好一些。尽管如此，当她听到门铃声、让塞奇进门时，埃德还是一遍又一遍地喊着"不，不"，直到自己什么话也说不出来，只能像个婴儿一样啼哭为止。

"这个人是来帮我们的。"她说,"我能不能告诉你一件事情?"他的脸色有些泛红。"这个男人不是为了你才到家里来的,你明白吗?他之所以会在这儿,是为了让我不在家的时候也不必担心你。他是为了我来的。"

他开始冷静下来,脸上那抹通红的神色也逐渐消退了,看上去又可以呼吸了。

她半夜醒来时,看到埃德正半倚在她的身上,试图对她做些什么。她不确定他是否知道自己的所作所为,或者他是否正清醒着。她扶着他躺了下来,安抚着他怦怦的心跳,转而骑到了他的身上。虽然这样做既令她难为情,又让她有些心碎,但热血还是加速充斥着她的血管,让她感觉自己得到了朋友们多年来都不曾给予的关注。

每个星期五,塞奇都会等她到家后再离开。她也许不必每个星期都给他结算 900 美金,但她还是想要通过发薪水来传达这份工作的重要性,况且是她把这个男人从他的家庭和妻子身边拽过来的——即便娜佳告诉她,塞奇很高兴自己能有机会走出家门。

塞奇的主要工作是给埃德做饭和与他做伴。交易的过程不免让星期五的晚上显得有些尴尬。她会把数出来的一大堆 50 元纸币叠好之后递给塞奇,并回避他的眼神。有时候,塞奇也会在陪着埃德一起看完某个节目之后再离开,不然就会站在门边等待她到家。尽管有时候他看上去很乐意和她搭话,却也因为英语不好无法多说几句。从这一方面来讲,他和埃德倒是十分合拍。她想象着两人在她不在家时如同穴居人一样互相咕哝着些什么的画面。这应该不是世上最糟糕的事情。如果这样的局面发生在她的周围,她也许会表现得有些反感,但这并不意味着她不会为此暗自窃喜。

76

　　他的母亲不知道他留在那里还能做什么，为什么还不从学校回来。事实上，康奈尔并不介意让母亲把自己想象成一个不孝子，反倒是在想到自己竟是个反社会分子时感到有些不太舒服。如此不管不顾地离开，彻底抛下一切——这对于他来说也是无法接受的。他也不想把自己看作一个如此糟糕的人，于是才徘徊不前。他告诉母亲，自己会在力所能及的情况下帮助她，但又不想承担起照顾父亲的主要责任，于是母亲告诉他别费力气了。最终，他只好说自己之所以留下是因为他不想再回芝加哥过暑假。

　　一天早上，他告诉母亲自己打算去拜访从前的老师科尔索先生。

　　"那很好啊。"她说话的语气很平淡，完全不像他做出不回家的决定之后她应有的语气。

　　"我觉得我可以让他指导我一下。或许他能帮助我想明白一些事情。"

　　"这可不是你应该去找你老师说的话。"她抛开了刚刚平淡的语气，"而应该是你和你父亲说的话。他还是你的父亲啊。"

　　"我不知道自己能和他说些什么。我不知道自己该如何向他解释。"

　　"那你又打算和你的老师说些什么呢？"

　　"科尔索先生总是知道该如何迅速地解决问题。"

　　"在解决问题方面，没有人比你爸爸的头脑更敏捷了。"

"得了吧，妈妈，爸爸已经不是从前的自己了。"

"你爸爸还是从前那个自己。我不在乎科尔索先生有多伟大。他是所罗门王吗？他是马克·奥里利乌斯吗？如果不是，那就和你父亲聊聊。他还在这里。"

他们在科尔索先生摆满奖杯的办公室坐了下来，身边摆满了过往球队的照片。照片中的科尔索先生身边围绕着在他的教导下成才的学生——有人成了杰出的律师，有人成了好莱坞的主要决策者。其实他也不知道自己想要去那里寻求什么——支持、指引，或只是想要找个人来陪自己坐一会儿。康奈尔还记得自己做学生时总是看到毕业生到科尔索先生的办公室来拜会。他很难理解这些学生几十年后为什么还愿意再回来。科尔索先生在布里奇波恩特有一座度假小屋，而他又是那种既能做得一手好牛排，又能向你解释陀思妥耶夫斯基为什么能和托尔斯泰抗衡十局仍旧屹立于不败之地的人。如果人生对于科尔索先生来说永远都是一场比赛的话，那么他似乎有能力让所有人都莫名其妙地站到他这一边来。

"我真不敢相信你放弃了打球。"科尔索先生边说边把双手背在脑后，向后靠在了他的红色皮椅上，"拥有这样一双手臂，你竟然会选择加入有可能让自己被唾沫淹死的辩论队。"

自从他升入高二以后，科尔索先生就没少刺激他。当时正值棒球赛季开始之际，可康奈尔却决定要换到辩论队去。科尔索先生和康奈尔的辩论教练克托斯基先生一样喜欢与人争辩，但下班后还是更喜欢协助大学棒球队的教练，一边嗑着葵花子，一边坐在长凳上制定战略。他和克托斯基先生是友好的竞争关系。常被科尔索先生抱怨的克托斯基先生用自己标志性的犀利思维给一代又一代的学生留下了深刻的印象，更是利用自己的新生演讲为许多人找到了奋斗的意义。他们两人似乎将世界分成了两半。

　　　　　　　　不属于我们的世纪

"我报了英语专业。"康奈尔说，"我想要谢谢你。这还多亏了你。"

科尔索先生笑着在座椅上摇了摇，身下的弹簧在他体重的挤压之下发出了吱吱呀呀的响声。"二十年后，当你看到自己的银行账户时，可别来找我哭。"

他往前蹭了蹭，把两只手交织在一起，放在了书桌的前端。康奈尔能够看到他身上晒后脱皮所留下的粉色斑点。他的眼神既热切又犀利，眼睛上横着两条柔软的眉毛，满是痘印、崎岖不平的脸颊让他显得格外严肃坚毅。自从在高二退出棒球队之后，康奈尔就一直很害怕科尔索先生，但三年级选修课还是挑选了科尔索先生的现代主义文学课。在聆听了一个学期有关《尤利西斯》、《押沙龙》和《喧嚣与骚动》的课程之后，康奈尔记住的就只有科尔索先生在课上流露出来的慈父般的点滴智慧。一次，他为了解释供求对于价格的影响举过一个例子：让他们想象自己走向了热狗摊，发现车上只剩一只热狗肠，而这时候天空还下起了大雨。"你觉得摊贩会为这只热狗要价多少？"康奈尔记得他这样问道，"你觉得刻在价目表上的热狗价格会因为一片乌云而降价吗？"

"你今年夏天打算做些什么？"

"我要回家照顾我的父亲。"康奈尔忐忑地回答，"但我觉得我做不好护工的角色。你明白吗？"

科尔索先生默默地盯着他看了一会儿。"你怎么会觉得自己这样掉链子是没有问题的呢？"

"我妈妈雇了个人到家里来。"康奈尔依旧很忐忑，"这对所有人都有好处。"

"你的家人都很善良。"科尔索先生的声音中包含着一丝愤愤不平，"你根本就没有弄明白生活的意义，对不对？"

康奈尔转开了目光。两人又沉默了一会儿。

"那些和你辩论的人，他们有没有利用暑假打工？"

"大多是些有偿的实习吧。"康奈尔说，"在一些一流的公司。"

"那你想不想工作？"

康奈尔猜测，这也许就是他为什么会坐在科尔索先生对面的原因，尽管他在此前并不知道自己过来的目的。"想。"他点头答道，"我需要一份工作。"

"那你能否做一份真的工作？"

科尔索先生用手指击着书桌。他的指尖很肥大，指甲修剪得十分整齐。又是一阵沉默。康奈尔感觉自己裸露在空调办公室里的手臂和双腿上的汗毛直竖。

"当然。"

"公园附近一座大楼的管理员给我们打过一个电话，说他愿意捐助我们一些钱。作为交换，我们需要为他提供一些愿意为他工作的毕业生。门房、搬运工。"

他翻了翻书桌上的一沓文件，抽出了一张纸，问他是不是根本就不知道那地方在哪儿。

"这家伙是不是有个儿子？"康奈尔问道。

科尔索先生咯咯地笑了。"那个可怜的孩子才 10 岁。如今的家长很早就开始惦记申请的事情了。"

康奈尔试图掩盖面对这份工作邀请时的尴尬之情。"你想让我去告诉他，他是无法买通你的？"

"最好还是不要公开这一点。"科尔索边说边把那张纸折了三折，带着公事公办的表情把它递给了康奈尔，"如果你干得好，我们应该可以把这件事变成一个常规的传统——最少再延续五个暑假？如果那个孩子最终考进了我们学校，我们有可能还可以再延续下去。我们可以给它取名为'康奈尔·利里纪念奖学金'，用于纪念你逝去的运动员生涯。"

77

康奈尔被安置在了地下室，紧邻四座货梯之一。在这里等待时，只要电铃一响、指示灯一亮，他便知道自己赚钱的机会来了。关上电梯的大门，他按下相应的楼层按键，然后走出门去搀扶老奶奶到洗衣房去，或是护送业主到他们小小的储物间去。

地下室里还有几个阿尔巴尼亚的男孩——都是上大学的年纪，却没有学可以上，或是年纪比他稍大一些。康奈尔看到他们和马尔库先生说话时都很爽快，一脸雄心壮志地想要混到大堂里去工作。他们中有些人长得很粗野，而剩下的那几个新近移民则连英语都说不好。因此，他知道只要自己修剪好蓬乱的发型，剃掉散乱的山羊胡，就会比任何人都有机会得到晋升，但他并不在乎。他只不过是在混日子罢了，何况他相信马尔库先生一眼就能看出他心里的想法。

他被一位漂亮的住家用人叫去帮忙。在她把自己雇主的床单塞进烘干机里时，他幻想着走进去引诱她，然后在楼层间停下电梯、和她在里面做爱的情景。把她送回楼上之后，他站在平台上想象起了门的另一边那几间卧室长的是什么样子。他回到了地下室，坐在椅子上回想着她，直到自己起身朝着更衣室的小隔间走去。萨迪克重重敲门的声音打断了他，害得他什么也没有做成。

他把垃圾桶放进了电梯里，乘梯来到顶楼开始收垃圾，把住户们垃圾桶里的东西倒进自己的桶中。住在 12 楼的布雷弗曼老太太打开门，从一个装满了可乐的迷你冰箱里拿了一罐饮料给他，似乎她活这么久的唯一目的就是给搬运工们施些小恩小惠。她那间破败的住所让他感到有些困惑，里面满是废弃的家具和脱皮的墙纸，丝毫没有他在其他公寓中所看到的那般富丽堂皇。大块的混凝土地板一直延伸到了厨房的独立工作台对面，面积大得如同湖上的船坞一般。她也有子女，但他们从未来探望过她。看来金钱并不是尊严的保证。

他的出现吓到了住在 10B 的考尔德柯特先生。对方打开门，将自己的垃圾袋丢进了大大的垃圾桶里，然后就急匆匆地走开了。每当一抹亮光从门后闪现，康奈尔都会感觉自己就像个偷窥狂一样。这种感觉并不罕见：即便是最自负的搬运工，偶尔也会有康奈尔昨天那样的所作所为。等他返回地下室时，他准备翻一翻垃圾和废纸回收箱，除了翻捡些还能利用的东西之外，顺便看一看能够证明业主们财力的文件证据——银行账单、工作备忘录、令人目瞪口呆的收据——总之偷窥一下有关他们美好生活的所有琐碎细节。

一天下午，当整栋楼都陷入了午饭后的午休状态中时，他靠在了货梯旁边的油漆砖墙上读起了《看不见的人》。他并不打算为了光照和电源的事情做任何的努力，所以只能强忍着借助楼道里忽明忽暗的微弱灯光来看书。电梯是唯一拥有白炽光线的地方，轿厢里挂着一颗暴露在外的灯泡。几分钟之后，他把椅子直接搬进了轿厢里。然而，在第一次听到走廊里传来了足球的声音时，他的脾气就失去了控制。

从工作的角度来说，他根本就不应该看书。不过只要不至于碍眼，这样的行为还是可以忍受的。为了看书，他会在电梯门口站上好几个小时的时间，一听到有人靠近便把书藏在身后。不管马尔库先生何时经过——他那天心情不错，每次出现时都会招摇地吹起小曲——康奈尔都会兀自抬头望着亮灯的天花板，就像试验室的猴子在等待试验者为它扎针似的。然而，康奈尔有一次却没能敏捷地把书藏起来。马尔库先生既没有发号施令也没有问这问那，而是叮嘱康奈尔应该做些什么，仿佛他

不属于我们的世纪

拥有某种灵媒的直觉似的。"你到外面去扫扫大楼附近的地。"他说,"然后到商店里去给我买一包特醇万宝路硬壳香烟和6瓶一提的喜力啤酒。"（马尔库先生第一次吩咐他去买啤酒时,康奈尔说自己还不到买酒的年龄,但马尔库先生却回答——这是他的原话——"看到你这身打扮,没人会问你问题的。"）"等你回来以后,就去清理防火梯。"防火梯从没有人用过,但康奈尔那个星期已经用拖把清洗过它3次了。他一共有4段防火梯要洗,每一段有16级台阶,上面从来都是一尘不染。

78

今晚异常温暖。从车子旁一路走来，艾琳种下的花朵散发出的香气一阵阵扑面而来。塞奇正站在房子的后面，在布满星空的晴朗夜空下抽烟。她尴尬地和他打了声招呼，不知自己是否应该邀请他进来，还是让他抽完烟之后自己进来。他看上去似乎是在等她。

她上了楼。不一会儿，他快速地咳嗽了两声，宣布自己进屋了。在她的丈夫还躺在她的身旁时听到另一个男人在房间里出没的声音总是让她感觉很奇怪。自从塞奇来到她家以后，她就很难睡个整宿的安稳觉。她甚至不再去担忧埃德夜里的胡言乱语，只是躺在那里睡着，任由他在房间里走动。

她听到塞奇爬上了楼梯，清醒地躺在那里听着他屋里的电视发出的低沉声音和笑声，以及他偶尔迸发出来的含糊的笑。

塞奇关上房门之后都会在屋子里做些什么对她来说是一个谜。她也曾趁他不在的时候进屋去看过，发现里面大部分东西都是她把房间交给他时留下的，包括电视、广播、扶手椅还有床头柜。屋里放着一小摞英语翻译的俄文书，一本英俄字典，一瓶须后水，以及一个装满生活用品的箱子。当然，还有一张床。

她颤抖着感觉自己的心底里涌起了一种令人生厌的欲望。她躺下来试着去忽略它，但它却紧紧地霸占着她的全部注意力，让她感觉自己的指尖都在抖动。屋子里热得令人窒息，就连床单也失去了往日的柔软，蹭着她的皮肤。尽管她知道自己不能这么做，尽管这感觉像是一种背叛，尽管埃德就躺在她的身旁，但她还是开始抚摸自己。她已经很多年都没有这么做过了，直到自己无助地发出了一声类似悲鸣的尖叫声之后才停下手来。她赶紧躺好，呼吸时感觉喉咙有些干燥，心中有种未被满足的瘙痒感。她又试着做了一回，可这一次却什么结果都没有。

79

康奈尔并没有听到马尔库先生靠近的声音。当他把眼睛从书本上抬起来，看到他正站在那里时，忍不住像是被人勒住了脖子一样叫喊了起来。

"到我的办公室来。"马尔库先生说。康奈尔起身跟在了他的身后，"先把那些报纸绑好。"

康奈尔进门时，马尔库先生正盯着一个和墙壁一样宽的水族箱。

"你经常看书。"他开口说道。

康奈尔忐忑地点了点头。

"那你听说过加缪的《坠落》吗？"

他怀疑这是个陷阱。马尔库先生经常会在下班时趁你没有时间反应吓你一跳。康奈尔就曾因在赶来上早 7 点至晚 3 点的班时迟到而遭到了他的批评。他怀疑马尔库先生从不睡觉，或是在每一个出入口都安装了摄像头，后来才明白是萨迪克给他打了小报告。只要一有机会，这帮人就会小题大做。

"是的。"他回答，"不过我没有读过这本书。"

马尔库先生对自己为了家庭责任被迫退学之前曾在爱纳大学学习的经历颇感自豪，还不止一次地提到过自己打算攻读英语专业。

"那是一则有关地狱的预言。"马尔库先生说，"魔鬼是一个酒保。"他挥了挥手，"书里有很多值得琢磨的内容。"他从烟盒里磕出了一根香烟，在没有窗户的办公室里点着了它。"你星期三的早上 6 点 45 分来上班吧。"他递给康奈尔一堆叠好的衣服，"换上这身门房的制服，刮刮胡子。"

80

就在宝芬妮倒车离开车道时，艾琳看到康奈尔出现在了上坡的路上。大部分夜里，他午夜之后才会回家，有时候他若是第二天早上不用上班也是在日出之后回来。艾琳摇下了自己那边的车窗。

"冰箱里有些鸡肉。"她期待着他会挥挥手，然后继续向前走，可他却停下了脚步。

"你要去哪儿？"

她转过头去看了看宝芬妮，因为对方拉住了她的手，轻轻捏了一下。

"出去溜达一会儿。"她回答，"家里还有土豆。放在微波炉里热一下就好。"

回家之后，塞奇正在厨房里等她，嘴里还嘬着一杯看上去类似于咖啡之类的东西。不过据她所知，那里面也有可能掺了伏特加。

"今天的工作很辛苦。"他开口说道。

"一切还好吗？"

"在俄罗斯时我也不曾这么卖力过。"

"怎么了？出什么事了？"

"说出来不太好。"

"埃德还好吗？"

"他在睡觉。"

"那就行。"她说。

"我不介意努力工作。"他说，"但他太棘手了。"

他吹了一声口哨，似乎是在做着某种职业的评价。她认同地点了点头。

"他把粪便抹在了浴室的墙上。"他说，"我把那里打扫干净了。在墙缝里。现在全都没有了。"

"谢谢你。"她回答，"我很抱歉。"

"你介不介意我……"他拿出了一包烟，而且嘴里已经叼上了一根，心不在焉地弹着打火机。

"我们到外面去吧。"她说。

站在露台上，他点燃了香烟。她不知道该说些什么，于是沉默不语。他吸了一口烟，望向了她，香烟背后的眼神在闷烧着。他的身体既健壮又结实，头发浓密。尽管他只是站在露台中间的位置上，却似乎占据了那里大部分的空间。

"你要吗？"他说罢递过那包香烟。

"不用了，谢谢，我不抽烟。"

"试试。"他说，"就这一次。能让人感觉很放松。"

她还从没有抽过烟。除了单纯地认为主动摄入可以避免的致癌物质是一种愚蠢的行为之外，她总是觉得它们是种恶毒、有害又难闻的东西——她只在高中时期爱上过一个抽烟的男孩，中毒般迷恋烟味混合着他身上的古龙水和汗水的味道，以及他嘴巴里的口气和他抽完烟后和她接吻时给她带来的冲动。但看着母亲抽烟的那段记忆却让她对香烟充满了厌恶之情。每当她看到一个满满的烟灰缸，胃里就会如同翻江倒海一般；她想象着自己被迫吃掉这些烟头的画面，看着烟灰不由得有些想吐。

"好吧。"她说着从他手中接过了一支烟。她想，生活有时候就像是这个样子。多少年来事情总是一成不变，可突然之间，令人措手不及之际，一切就已经物是人非，像是积攒下来的压力终于找到了发泄的阀门一样。她伸手想要去拿打火机，可他却从口中取下自己的香烟，用点燃的烟头为她做引子，然后又把烟递回了她的手中。

"你得用正确的方法来点烟。"他说。

她心神不宁地喘了几口气。塞奇告诉她，要深深地吸上一口。她一边照做一边看着他寻求着肯定。他被逗乐了似的笑了起来。她的肺里充满了热气，害得她大声地咳嗽了起来。

"别笑话我。"她说。

"这是常事。"他回答。

"对青少年来说是常事。"她说，"对一个 54 岁的女人来说可不是。"

"我也曾遇到过这样的情况。"他流利地答道，"你不是 54 岁。"

"我是。"

"你也许是 54 岁。"他说罢比了一个难以理解的手势——艾琳猜测那个手势可能会为一个俄罗斯本地人传达更多的信息，"但你看上去绝不到 54 岁。"

她脸红了。"我觉得我抽不下去了。"说罢她把香烟丢在了地上，用脚踩灭了它。看到那根几乎完整的烟，她难为情地向后伸脚把它踢向了房子的方向。

"你工作非常努力。"塞奇继续抽着烟，"我妻子已经 30 年没有工作过了。"

"谢谢你。"她慌乱地答道。和塞奇说话让她感觉很不自在。起初她还以为这不过是因为语言的障碍，现在才开始明白其中另有原因。那是一种允许其他男人住在自己家里的根深蒂固的诡异而又忐忑的感觉。

"我过了 60 岁之后就不想再工作了。"他抽完手中的烟，踩灭了烟头。他们走回屋里。塞奇坐下来看了两眼报纸，而她则收拾起了碗碟。

她并没有听到他迈上楼梯的声音，在他进屋时也是背对着他，但她准确地预感到埃德已经加入了他们之间，胃部由于紧张和焦虑一下子揪成了一团，耳边响起了埃德试图吐字时的吸气声，就像小鸟求救的呼号。

塞奇放下报纸，给了他一个坚忍的眼神。

"你为什么不坐下来呢？我给你泡杯茶。"她说。

"我的。"埃德结结巴巴地说着，吸气声变得更加绝望了。

"埃德，亲爱的，求你了。"

塞奇举起一只手，让她别再说了。他站起身来，示意埃德坐在自己的座位上，然后走出了房间。她听到他迈着沉重的脚步走上了楼梯，自己下意识地把水壶里本要倒进杯中的热水倒掉了。水池里蒸汽四起。当她反应过来时，壶里的水已经不够倒满一杯了。

"看看你把我吓的。"她说。

塞奇一离开房间，埃德就冷静了下来。他坐在塞奇坐过的位置上摇着头，继续吸着气，只不过语气柔和了许多，就像一只咕咕叫的小鸟似的。"不。"他低声结巴着说。

"没事的。"艾琳站在他的身后，揉了揉他的后背，"没事的。"

"是我的。"他说。

81

夏季的制服只有短袖上衣，没有夹克，但裤子却是用厚重的羊毛化纤织成的。他们又不允许他摘下帽子。天井大堂里没有空调，所以他们打开了通往封闭四方庭院的所有大门，希望能让微风吹动起来。

高温带来的一大好处就是，楼里大部分的住户都离开了城市。康奈尔把一大堆的行李和几车的收纳挂袋全都塞到了他们的路虎汽车和吉普车里，从他们手中接过 10 美元的小费，看着他们朝汉普顿斯或长滩岛驶去。就连马尔库先生也会出城去度周末。每个星期五的下午，他都会背着自己的高尔夫球杆、穿着马球衫走进大堂，说是来取汽车和须后水的。康奈尔喜欢马尔库先生不在的日子，因为他可以放心大胆地公然看书。

留下的那些住户也没有给他带来太多的麻烦。这其中就包括把最后一撮稀疏的头发搭在油腻头皮上的奥林匹亚财富公司船王。他低着头急匆匆穿过大厅，客客气气却又心事重重，好像是在为自己的非法入侵而感到抱歉似的。还有那些尚未在汉普顿购置房产的青年才俊。他们会和康奈尔讨论运动、评论女人，只要他不表现出要与他们争个平等的意思，他们就不会摆架子。他们会自己叫出租车，告诉康奈尔不必在听到他们的脚步声时从椅子上站起来，但若是他认为他们这样做是理所当然的，他们反倒会露出横眉冷对的表情，把一切交情都抛在脑后。

住在 12C 的沙那罕先生可能是楼里事业最有成的房客了。他并不是最富有的——这个荣誉自然应该归属船王——但他却是权力最大的那一个，手下管理着一家投资银行。他长着和电影明星一样的饱满额头，一口整齐的牙齿，身材微胖，比楼里任何一个人对待门房时都要自然亲切。在得知他上大学时也曾做过门房的工作之后，康奈尔倒也觉得这没什么好稀奇的了。

沙那罕先生花了很多时间陪伴从寄宿学校回家过暑假的儿子蔡司。他会乘坐林肯城市牌汽车回来与蔡司一起吃午饭，有时还会提早回家，不久又带着儿子出现在大厅里，父子俩身上都穿着慢跑的服装。去中央公园慢跑之前，他们会在庭院里做做伸展运动，再做几个俯卧撑。从严格意义上来讲，他们是不应该在庭院里做这些事情的，但所有人都会装作视而不见，因为沙那罕先生的确是个好人，而且很少有机会看到自己的小孩。

有时候，沙那罕先生和蔡司会在出门前趁其中一人系鞋带的时候或是利用回来时喘口气的机会在大堂的长凳上坐一坐，用预科学校学生打趣的方式逗弄着彼此。沙那罕先生显然十分为儿子感到骄傲。年仅15岁的蔡司身高已经超过6英尺，几乎和沙那罕先生一样高。每当看到他们走出大堂开始慢跑的背影，康奈尔都感到有些羡慕。

总之，康奈尔喜欢呆在楼上。只不过在傍晚时分，当太阳的清晰光线射进大堂，耳边响起包裹在潮湿空气中的喇叭声时，他的心头还是会被懊悔的情绪所包围。这不仅是因为他把父亲抛给了一个陌生人，还因为他的做法让母亲多了一笔不必要的开销。她支付给塞奇的薪酬是他在这里的工资的两倍，而那项工作本是可以由康奈尔免费承担起来的。他一定有什么办法能使这件事情看起来不那么阴暗。他一定有办法解释自己的自私。若是说这件事情牵扯甚广，那么一定有些事情是他无法承受的。他大三时的英语老师格罗斯曼先生某天曾经讲到过恋母情结在《哈姆雷特》中产生的影响。哈姆雷特并不理解影响自己思想的所有因素，那些相互冲突的欲望与义务。格罗斯曼先生说，早早失去父亲，又要担负起所有责任的境遇让哈姆雷特很难做出反应。也许康奈尔的脑海中也有着同样庞大却又隐秘的矛盾。他很害怕自己永远也看不清它。

82

　　她给自己安排了一次单独的疗程。宝芬妮开车把她接了过去。

　　为了宣称自己才是这次交易的主导，艾琳试图在进门时就把支票递给罗谢尔，却被罗谢尔精明地推开了，只好事后再给。罗谢尔安排她在客厅的中间坐下。艾琳这才意识到墙上并没有悬挂有关罗谢尔的任何一张照片。也许这座房子只不过是她的信徒借给她召开集会用的。

　　她们很快切入了正题。宝芬妮紧靠着坐在她的身旁，握着她的一只手，陪她聆听乌瓦穆斯说话。艾琳几乎能够真切地感受到那些华丽的辞藻正在自己的身边来回打转，但有宝芬妮靠着自己，她还是放松了不少。

　　"你丈夫的真实故事远比表面上要复杂许多。"乌瓦穆斯不遗余力地咬着每一个字，随即长久地咳嗽起来，仿佛罗谢尔还没有进入角色似的。艾琳喜欢把自己当做一个不迷信的人，此刻却发现自己竟然有些期待乌瓦穆斯不要说出些不好的事情来。"你只是在这一世才和他相遇，可你的儿子却已经和他纠葛了好几世。这一次，你的儿子既有才情又有感情，而你的丈夫却只有才情。他在为自己的灵魂而战。"

　　"真的吗？"艾琳满腹狐疑地问道。对方对于埃德的评价在她看来大错特错，因此她很想要从原则上挑战一下这个观点。任何与埃德相识的人都知道他是一个重感情的人，但她又该怎么和乌瓦穆斯争辩呢？

　　"但这也是为了自己好。"乌瓦穆斯说，"他把别人都排在了自己的前面。"

528

她想起了埃德是如何为了康奈尔和她，而不是自己祈求救赎的。也许这正是乌瓦穆斯的意思，又或许是因为罗谢尔深知让艾琳带着负面情绪离开会有损于自己的生意。

"你儿子离开是因为他对自己的父亲感到愤怒。"

"太有趣了。"她回答，"我以为他是去上大学的。"

她试着微笑，却发现乌瓦穆斯脸上没有一丝的笑意。"他已经和你的丈夫抗争了几千年的时间了。"

这一切显然都太过于荒谬了，但艾琳还是决定关掉自己脑海中批判的声音，选择沉浸在罗谢尔催眠洗脑般的话语中。艾琳知道其实她才是那个织网的人。她每周都要花上好几百美元，就为了得到一件其他东西无法比拟的礼物：脱离自己的生活。

"有时候是这个样子的。"她回答。

"你要有所防备。"乌瓦穆斯说，"这是因为你童年时期的某些经历。我们都清楚那些是什么，现在也无须再悉数重复了。你必须让自己的心灵打开一扇窗子，因为你的灵魂需要新鲜的空气。你需要把手伸向你在乎的那些人，给他们一个爱的拥抱。记住，触摸，在我们交流爱意的过程中扮演着至关重要的角色。"

"好的。"她感觉自己仿佛在聆听一段临终的自白，更离奇的是她竟然感觉自己有义务执行乌瓦穆斯所说的话。

"你有一个好孩子和一个好丈夫。他的这场战争与他对你的感情无关。这一世，你已经帮助了他的灵魂。"

"谢谢你。"她回答，"非常感谢你。"

83

8月初的一个慵懒的下午，马尔库先生打着响指从康奈尔的身边走过，示意他跟着自己下楼去。走进办公室后，康奈尔在一张破旧的皮沙发上坐了下来，听着马尔库先生在电话里朝着一个承包商大吼大叫。他看着小丑鱼和天使鱼在盐水水族箱的珊瑚中相互追逐，猛地看清了几小时前还总是混沌不清的万物秩序应有的深远意义。电话里的那个家伙想要让自己的工人周末时也能出入大楼，以便尽快完工，可马尔库先生就是不肯让步。门房和搬运工都认为马尔库先生从这种事情上揩些油是理所应当的。可就在康奈尔听他逼迫那个男人退让时，脑子里却出现了一个极端的想法。也许这其中并没有隐藏什么愤世嫉俗的故事，马尔库先生有可能只不过是一个坚守原则的人。

他想起了母亲，还有他偶尔偷听到的那些电话对话。他为自己偷听的行为感到内疚，却又忍不住要凑过去，因为只要他在家，母亲对宝芬妮的那位女性朋友的身份就总是讳莫如深。看到母亲有意欺骗自己，他的内疚也随之变成了愤怒。

既然马尔库先生人脉广博，也许会认识能够吓唬一下这位女士的那种人，让她别再去招惹自己的母亲。他可以找几个人来，让他们出现在她家的门口，然后一句话也不多说。

马尔库先生挂上电话，靠在自己的椅子上点燃了一支香烟，给了康奈尔一个长久的、没有恶意的眼神。然而，康奈尔却觉得毛骨悚然。马尔库先生说话从不做铺垫，总是开门见山。

"你不刮胡子，我给了你一把刮胡刀，吩咐你去收拾一下自己的脸。"他说，"你吃起午饭来总是格外耗时，我会说你还是个长身体的男孩。你和住户没完了地聊天，我说我很高兴你的英语说得很好。可当你不戴帽子，当你不戴帽子站在我面前时……"

"你是打算开除我吗？"

"还不是。我还没有这么打算。"马尔库先生说，"我告诉你的老师，我会好好地看着你，对你严格管教。你还是回到楼下来工作吧。"

84

每个星期二晚上，她都会通过电话参与大家的聚会，又为自己安排了每个星期四晚上的单独会面。电话参会的费用要便宜许多，每小时只需要 25 美元。

一天晚上，在她和罗谢尔讲电话时，坐在桌旁的康奈尔露出了不悦的表情。出于难为情的心理，她试图把他轰走，可他却不愿离开，于是她只好告诉罗谢尔自己一会儿再打电话回去。

"怎么了？"看到她挂上了电话，他追问道。

"什么？"

"宝芬妮怎么了？"

"没事。为什么要这么问？"

"我那天看了一个有关这种事情的节目。他们会把你所拥有的一切都夺走的，人们最终落得无家可归。"

"看看这间厨房，"她说，"看看这个台面，在你看来，这一切像是我会无家可归的样子吗？"

下一次宝芬妮开车来接她去罗谢尔家时，空气中仿佛弥漫着一种诡异的气氛。康奈尔走进厨房，身后还跟着塞奇，两人一起走进了地下室。当她大声说出自己要走了时，耳边却没有听到任何的回应。就在宝芬妮把车子倒出车道之后，艾琳看到车库的门升了起来，康奈尔开着车离开了，副驾驶座位上还坐着塞奇。其实这两个人一起开车出去也并不是艾琳此前从未见过的场景。于是她一路上都在猜测他们会去哪里。往常，她还是很享受开往罗谢尔家的这段路程的，还会和宝芬妮和着流行乐广播唱着歌，可她的注意力却被埃德单独留在家里这个想法分散了，即便她离开的时候他已经睡着了。

她刚在地板上坐定，门铃就响了起来。当宝芬妮打开门时，艾琳看到康奈尔和塞奇正站在门口。康奈尔迈开步子走了进来。"对不起，年轻人。"宝芬妮一边试图挡住他的去路，一边说道。不过，塞奇毫不费力地一挥手把她推到了一边，跟着康奈尔走了进来。

"你们来这儿做什么？"艾琳问道。

"我想要看看你来的是什么地方。"

"你跟踪我？"

"我不知道这是什么情况。"他说，"但我就是不喜欢。"

看到他来了，一种奇怪的安慰感涌上了她的心头。一瞬间，她感觉自己仿佛不再势单力薄。

"你父亲呢？"

"他在家。在床上。"

"你应该回去了。"她说。

"你才应该回去。"他回答。他的声音中有一种令人意外的权威性，似乎一瞬间就大了10岁。她发现自己眼看着就要朝门口走去了。

罗谢尔带着一股自然而又狂妄的气质走进了屋里，把一只手放在了她的肩膀上。"这一定就是你的儿子吧。"她说，"我很高兴见到你。"她的声音里充满了消除敌意的温暖，"我一直都在期待这个机会。"

她伸出了一只手，康奈尔不假思索地接了过去。

"你和我想象中一样活力四射。"

"我猜我该说的是，谢谢。"他从罗谢尔那里转过身来，"走吧，妈妈，我们得走了。"

"你的这位朋友是谁？"罗谢尔问道。

"他是我丈夫的护工，塞奇。"艾琳回答。

塞奇叉着双手站在那里，一脸漠然。康奈尔为了让他扮演这个角色肯定已经做好了准备。想到这里，她的心里不由得有些感动。

"走吧，妈妈。"康奈尔说。

"好了，我能理解你的感觉和我们很不一样。"罗谢尔对他说，"愤怒，困惑，失控。我也知道你的心是好的。我比你想象中还要了解你的想法。你有机会可能也会想要找我亲自聊一聊。"

"不必了。"他说，"你省省你那骗人的万灵油吧。"

"注意你的措辞。"宝芬妮说着朝他迈了一步。塞奇挪了挪身子，挡在了康奈尔的面前，和宝芬妮看上去就像是一大一小两只狗在为打斗摆好架势。屋子里弥漫着浓浓的紧张气氛。

"我们为什么不深呼吸一下呢？"罗谢尔提议道，"请吧，请坐。"

"我才不坐呢。"康奈尔说，"我来是要接我母亲离开的。"

"这就是你带这位朋友过来的原因吗？"

康奈尔点了点头。

"肉体是一回事。"罗谢尔说，"肉体是可以被要挟的。而思想就完全是另一回事了。思想会寻求一种自然状态，那就是自由。你不能永远禁锢自己的思想。如果你的母亲想要寻求自由，就还会回来。你、我或任何人都没有办法束缚那份欲望。你可以试着用锁链把她铐住，但她的思想还是会挣脱的。我们在这里所做的就是训练思想挣脱锁链。"

康奈尔看上去似乎是在等待她向自己伸出援手，但她却愣在了那里，不禁有些好奇还有一年才大学毕业的他会如何应付这样的挑战。

"我不知道该怎么表达了。"他说，"我相信你是个好人，但我只是来接我妈妈的。"

"你没有资格告诉你的妈妈该如何生活。"宝芬妮火冒三丈，"如果她发现了一些你不能理解的事情，你就不能挡在她前面。"

艾琳的汗毛都竖了起来。"放松点，宝芬妮。"

不属于我们的世纪

罗谢尔用一只手摆出了一个平和的手势。"你是个聪明的年轻人。"她冷静地说道,"你是否愿意考虑一下,你其实也有可能不太理解自己的感受?也许事情不是表面看上去的那样?"

"妈妈!"他的语气已经有些出离愤怒了。

"你为什么不问问她想要什么?"宝芬妮迈着大步走到了她的身后。艾琳感觉宝芬妮正用指尖推着她的后背,催促着她朝双人小沙发的方向挪去。令她倍感惊讶的是,她竟然坐了下来。"她一生都在听从男人们告诉她该做什么,不该做什么。她也不打算再接受自己儿子的摆布了。"

康奈尔靠在墙上,一脸筋疲力尽的样子。塞奇仍旧叉着双臂站在那里。她知道自己在康奈尔看来一定是中了罗谢尔的魔咒。她希望康奈尔能够看到自己心中的怀疑态度,因为那是罗谢尔永远也抹不掉的,无论她介入多久。

"我想让你知道一些事情。"罗谢尔对他说,"你的母亲在这里被照顾得很好。"

"我们能不能离开这里了,妈妈?"

"我没事。"艾琳说,"我不想让你觉得这里有什么奇怪的事情发生。"

"你给了她们多少钱?"

"他只在乎自己的遗产。"宝芬妮说,"这还用想。"

"这样说对孩子不公平。"艾琳说。

罗谢尔朝着康奈尔的方向迈了一步。"听到你把你妈妈和宇宙真理之间的关系形容得过分简单,我很难过。我的确有可能在促使她顿悟的过程中收取一点微薄的费用,但这仅仅是为了支付最基本的管理费用,再无其他。"

"你这是乘人之危,应该为自己感到可耻。"

"注意你的态度。"宝芬妮警告他。

"别管我妈妈。"

"你除了是个小流氓之外什么也不是。"宝芬妮说。

"你们才是疯狂的邪教老太太呢。"她指着宝芬妮和罗谢尔说,"你,还有你。"

艾琳知道她应该站出来了,但却什么话也说不出来。

"我之所以容忍你在这里,是因为我尊重你母亲。"罗谢尔说,"你已经不受欢迎了。现在就请离开吧。"

宝芬妮向前迈了一步,塞奇也跟着迈了一步。

"妈妈。"康奈尔只是哀怨地叫了一声。

"你已经侵犯到我了。"罗谢尔说,"我要求你离开。如果你再不离开,我也没有选择,就只能报警了。"

"没有我妈妈,我是不会走的。"

"我十分确定这不是你该做的选择。"罗谢尔说,"你为什么不能安静地离开,让我们回去试着为你妈妈做些好事,而不是任由她在这里无端地焦虑呢?"

康奈尔并没有挪动。

"现在!"罗谢尔说。

"妈妈!"

"没事的。"艾琳回答。

"你听见你妈妈的话了。"宝芬妮朝着康奈尔的方向迈了一步,"现在就走吧。就算罗谢尔不打电话报警,我也会这么做的。"

塞奇正用深邃的眼神恳求着她,她感觉他的心中燃烧着一团压抑的怒火。她能想象只要有人敢动康奈尔一根手指,这团怒火就会立马爆发。

"你就打算和这些人留在一起?就这样吗?"

她想要说,我一会儿就回家,但还是什么话也没有说出来。

"你太无知了。"宝芬妮说,"你就是个无知的孩子,根本就不知道自己在说些什么。我为你感到抱歉。"

"别这样对我儿子说话。"艾琳听到自己说。房间里逐渐安静了下来。她站起身。"他不是无知。他的本意是好的。如果他冒犯了你们,我很抱歉。我相信他也很抱歉。对不对？"

"当然。"康奈尔显然是在试图抓住这股势头，"对不起。"

"我要回家了。"她下意识地加速朝门口走去，"我累了。谢谢你们为我所做的一切。"

"你不必这样让自己被愧疚所控制。"罗谢尔说，"你就快要接近重大突破了。"

"你已经帮了我了。"她说，"让我的生活产生了很大的变化。"

"你还有很长的路要走。"罗谢尔说，"别骗自己了。"

"我确实是这么想的。"

"我可不这么认为。"

"别让他影响你。"宝芬妮说，"他比你的丈夫强不了多少。"

艾琳很平静。"你根本就不了解他。"她掏出钱包，把支票递给了罗谢尔。

"别傻了。"罗谢尔试图抓住她的手腕。艾琳甩掉了她的手，把支票留在了桌子上，"这里永远欢迎你。花点时间考虑一下吧。"

她肯定是站了太长的时间，因为康奈尔一直都在呼唤她过去。她朝门口走去。宝芬妮追过去想要阻止她，却被如磐石般滚动到位的塞奇庞大的身躯挡住了去路。艾琳继续向着外面的街道走去。

"没事的。"宝芬妮在她的身后喊道，但艾琳并没有转过身来。康奈尔一路在前面跑着，由塞奇领着她走下楼梯，来到了车子停放的街道终点处。他为她打开了车子的后门。康奈尔目标明确地驶上了马路，如同负责帮逃犯驾车的目标明确的司机一样。

身处在车上的寂静氛围中，她猜想自己的儿子是怎样密谋这件事情的，有多少人知道，而他又是如何向塞奇解释的。

他们把车子驶进了车库，回到了楼上。塞奇回了房，留下她和康奈尔站在厨房里警惕地盯着彼此。

"你不必这么做。"她说。

"不，我有必要这么做。"

"我希望能够把这件事情解释给你听，但我也知道这些话在你听来都像是在找借口。我从没有遇到任何危险。这段时间里，一切都在我的掌控之中。"

他只是看着自己的脚。她不知道他是什么时候长这么大个儿的。她的心里产生了一种多年都未曾想起的感觉，仿佛他正在自己的双眼中一点点长大。她意识到，自己在儿子的眼中没准和他的父亲一样失控。也许他会觉得他们两人都疯了。

"不管怎么样，我想要谢谢你的关心。不过我没事。"

"没关系。"他回答。

"我是认真的，你是个好孩子。"

"你不用这么说，你是我妈妈。"

她想让儿子拥抱自己，可他却半信半疑地站在那里望着她看他的眼神。

"到这儿来。"她用双臂抱住了他，感觉他正抵着自己的胸口呼吸，想起了自己怀抱孩提时的他的那种感觉。他身上洗熨过的睡衣和他的皮肤一样柔软馨香。她用两只手正好能够托住他的整个身子，手掌接触着他的衣服小小的后襟。那一刻的他把自己看做是爱的来源和给予者。她不需要向他隐瞒任何事情，除了他的存在之外也不需要从他那里索取任何的东西。他在罗谢尔家的出现意味着一切，而他现在靠在她的臂弯里也意味着一切。

当拥抱结束，两人松开手时，他奇怪地看了她一眼。

"什么？"

"也许那些疯狂的老太太真的帮了你的忙。"

"这是什么意思？"

"这是你第一次这么做。"

"做什么？"

　　　　　　　　　　　　　不属于我们的世纪

"主动拥抱我。"

她摇了摇头。"这是不可能的。"她说。

"总之，在我的记忆里是这样的。"

她再一次摇了摇头。"我拥抱你的次数绝对比你记得的要多。"

当她走到楼梯顶上时，正好碰见塞奇从浴室出来。他给了她一个羞怯的眼神，仿佛彼此是楼道里赶着去上课的小学生一样。她在卧室的前厅站了一会儿，听到埃德在床单下面用力地喘着气。

她走到床边，发现他正清醒地躺在那里，脸上一副被吓坏了的缄默表情，眼神直直地盯着她。

"哪里?"他问道，听上去仿佛正处于半梦半醒之间，"去哪里了?"

"我和宝芬妮出去了。"

"谁?"

"我过去的一个同事。这不重要。"

埃德看人的直觉总是既敏捷又准确。她爬上床躺在了他的身边，不料他却挪开了。她清醒地躺在那里，听着自己、塞奇和小书斋里的电视机同步的低语声，想象着塞奇是否也醒着，和自己一样孤独地守着这个夜晚。

85

埃德已经丧失了对于自己身体物理特性的信心。那一晚，他在上楼的途中每走一步就要停下来一次，害得她不得不紧紧地跟在他的后面，拍一拍他的一条腿，示意他该用哪边，然后帮他把腿抬起来。一只脚悬空的时候，他显得很狂乱。两人行进起来如同冰河运动般缓慢，最后干脆停下脚步，任由她如何推动他的腿也不肯向前。尽管他的腿部已经开始萎缩了，但还是有着不小的力气。她不能让他松开楼梯的扶栏。每当这时——类似的情况最近发生得越来越频繁了——她都会期望塞奇周末的时候在这。

终于走到楼梯顶端时，他们两人都已经筋疲力尽了。她推搡着他走进浴室，费尽周折帮他脱掉了衣服。要想让他把一条腿抬过浴盆高高的边缘绝非易事，而把另一条腿也抬过去似乎就是不可能的事情了。他叉开双腿跨坐在浴缸壁上，就像是一个杂技演员正跨坐在腾跃的马儿身上。她弄翻了他的平衡，让他把另一条腿也迈了进去，但问题却接踵而至——想让他躺下根本就是不可能的事情，而想让他再站起来也是妄想。若是不选择浴缸直接给他冲澡，又有可能冒险让他滑倒，撞得头破血流。要是让他受了如此严重的伤再把他送到医院里去，他们肯定会把他带离自己身边的。在浴缸还干燥时，她的焦虑之情还是可以控制的；当水漫上来时，她却开始认真地烦躁起来。防滑垫对他来说根本就不够用。一旦他滑倒，除了她的身体之外就没有任何可抓的地方。她打开淋浴，准备

　　　　　　　　　　　　不属于我们的世纪

为他清洗身体，可当洗完需要离开时，他的焦虑之情却变得一发不可收拾，死活不肯迈过浴缸的边缘。她试着哄骗他，强迫他把一条腿抬起来，或是佯装要攻击他，但都无法使他退让。他的双腿长时间保持着抵抗站姿，挂着几滴冰冷水珠的身体不停抖动着。她决定再把水打开，帮他暖暖身子。他沉默地站在那里冲着多余的洗澡水，一直等到她把水龙头关掉。可他们总不能一直这样继续下去。她想要去拿无线电话呼救，却又连几秒钟也舍不得把他单独留下。除此之外，她也不知道该打电话给谁，还担心救护车的到来会害他永远也回不来。即便她大声呼救，也不会有人听见。

她试了好几次，拍拍他的腿示意他抬起来，劝告他像个男子汉一样配合一下，诱骗他放松些，然后趁他不注意时搬起了他的腿。然而她的手臂一环抱住他的小腿，他就变得僵硬起来。她真希望自己当初应该买下那把淋浴椅。他此刻已经闹累了，虽不想抵抗她，但也控制不住自己。他想坐又不能坐，想走又不能走，却不知为何还有力气站在那里。她知道他是不可能永远站在那里的，终有一刻会像棵被伐倒的大树一样倒下来。她坐在瓷砖地板上，看着赤裸着身体的他。

"求你了，上帝，告诉我该怎么办。"她大声地说道。

看到她的挫败，他的心中似乎被触动了一下。一种原始的、想要保卫自己伴侣不受侵犯的冲动驱使着他动身迈出了浴缸。她跳起来伸手稳稳扶住了他。他猛地用力抬起了一条腿，好像是与泥沼挣扎，腿上还残留着黏糊糊的泥巴似的。她领着他走进了卧室，这才发现自从他们迈上楼梯以来已经过去了两个小时。那是一种近乎预言的感觉：他的大脑被冻住了。他们能够一起留在这座房子里的时间说不定已经不多了。

她小心翼翼地为他穿上了衣服。他坐在雪白的床单上，身上只穿了内衣和T恤衫。她的心头涌起了一阵很久都不曾感受过的温情和渴望。她帮他盖上被子，把被角塞到了他的胳膊底下，然后爬上床紧紧依偎到他的身旁，试图记住他如尸体般躺在自己身旁的感觉。她睡不着，躺在那里听着他的呼吸，望着他胸口的起伏，映着窗口照进来的月光盯着他的脸庞。有时她也会在夜里感觉到他的勃起，于是会顺手脱掉他的内裤。若是他并没有惊醒，而是轻声温柔地哼哼起来，她便会爬到他的身上，让他进入自己的身体。她用他们新婚时看对方的那种眼神望着他，而他也没有躲开。尽管他身体的其他机能都已经退化，但还是能够感受到高潮，而她也会随着他惊奇地睁大眼睛感到一种嬉闹的快乐。事后她会在他的臂弯里躺上一会儿，在任由思绪飞扬时想起自己的父母。今晚和埃德这段似乎不太可能的结合在别人眼中看到的只不过是夫妻亲密生活中的一个片段。接触的渴望可以逾越棘手的困难。她开始重新考虑自己父母的生活，想象他们的心中至少也会残存一丝的激情。

如果她想要入睡，就得和他保持一点距离，可她又想要靠近。这么多年以来，这是她第一次试图面朝着他睡觉。她本以为自己是打不起盹来的，可睁眼时房间里已经充满了阳光。

星期六的那天早上，她想要去拜访一下刚刚做完胆囊切除手术的辛蒂，但又不想带上埃德，于是便把埃德留给康奈尔照顾，自己驾车去了纳苏大学医疗中心。

当天晚上，她回家时发现屋里所有的灯都灭了，只有厨房的一盏橱柜灯还亮着，而埃德正躺在门廊冰冷的地板砖上。她狠狠咒骂着康奈尔，也狠狠咒骂着自己，因为她早在出门时就已经预料到会发生这样的惨剧。她知道自己不能信任他，却还是不管不顾地把埃德留给了他。她喊着他的名字，没有得到任何的回应。

她无法把埃德从地上拉起来，甚至无法扶着他坐起身来。即便他还活着，身体也是僵死的。她冲到无绳电话机旁，看到一张便条上写着康奈尔进城去和朋友见面去了。一股怒火涌遍了她的全身。她把电话机拿到埃德身旁放了下来，试图钻到埃德的身子下面，用自己的大腿把他抬起来，可怎么也找不到立足点。她又试着把他的身体滚到地毯上，但面对他胡言乱语的状态只能作罢，转而徒劳地安抚他的情绪。他的嘴里又发出了吸气的声音，身体也紧缩了起来，整个人感觉无比的沉重。她不知道自己能否在康奈尔回家之前控制住局面，但他很有可能会乘坐从中央火车站驶出的最后一趟列车。

救护车几分钟之内就到达了。两个男子将他绑在了轮床上，带着她驶向了劳伦斯医院，并为他在那里办理了住院手续。躺在救护车上的那段路程想必让他恢复了精神，因为他是在别人的搀扶之下自己走进医院的，随后还在急诊室里发起疯来，一边尖叫一边挥舞双臂，还攻击他的护工，他们不得不用护具把他绑了起来。

"为什么？"他不停地问着，"为什么？为什么？"

他看上去已经不如几天前健康了。她惊讶地发现分解代谢的过程一旦开始，竟能如此迅速地控制住一个人的身体。她并没有意识到他的身体有多么的纤瘦，牙齿又是多么的腐坏，脑袋上的头发也急需修剪。

她一直待到不能再逗留才离开。回到家中，她提不起勇气上楼，只好坐在了餐厅的桌子旁。她并不是有意在等康奈尔回家，过了一会儿才意识到自己正是此意。她试图在小书斋里看会儿电视，但无法集中精力看任何的节目。唯一能够让她静下心来的就是安静地坐在厨房里。她咀嚼着愤怒，紧咬了自己的牙关。

2 点 15 分，他走进了家门。她沉默地坐在那里看着他。

"你还不睡觉？在这里做什么呢？"他把一个帆布包扔在了独立工作台上。

"我让你陪你爸爸留在家里，你为什么要留下他一个人？"

"我只离开了一会儿而已。"

"你怎么会觉得把他一个人留下不是什么大事呢？"

她已经开始吼叫了。只见那孩子抖了一下，瞪大的眼睛里满是恐惧。他从台面上拾起了布包，挎在了胸前，一脸想要逃跑的样子。

"我离开的时候他正在睡觉。他哪儿也不会去的，何况你一个小时之内也就回来了。"

"好吧。"她回答，"他去了某个地方。"

她上楼埋头打了个盹儿，醒来时发现屋里已经大亮。楼下响起了洪亮的塞奇打招呼时的喉音。时间已经是下午1点钟了。她想不起自己上一次睡到这么晚是什么时候的事情了，但却记起埃德此刻还在医院里。

她走到楼梯的扶栏边，低头看了看平台。"我本应该给你打个电话的。"她说，"发生了这么多的事情，我给忘了。我不需要你再来了。"

他站在前厅里，胸前举着自己的帽子。"你今天不去教堂了吗？"

最近，每逢星期日，他都会提早一会儿过来，好在他们参加完12点钟的弥撒仪式后迎接他们。

"埃德出了点事情。"她说，"他可能垮掉了，已经住院了。"

"我在这里陪你。"他说。

"我很快就要走了。"

"那我也还是要留下。"

"这是没有必要的。"

"我陪你。"他又说了一遍，这一次的语气更加决绝了。

康奈尔不在他的房间里。她走下楼去呼喊他的名字，也没有听到他的回应。她没有冲澡便穿上了衣服，而这并不是因为她起晚了，而是因为没有埃德的存在，塞奇就像是家里的客人一样。虽说塞奇经常坐在那里无所事事，但她的心中仍旧有种奇怪的感觉，认为自己有责任招待他一下。

当她走下楼时，发现他正坐在厨房的餐桌旁，一脸怒火中烧的样子。她能够看到他正在做着深呼吸，双拳紧紧地握着，其中一只手还攥着自己的帽子。面对她的询问，他只好实话实说，攥着帽子的手攥得更紧了。

"我要留在这里。"他说。

　　　　　　　不属于我们的世纪

艾琳走进病房时，护士正试图让埃德吃些东西，却遭到了埃德的奋力抵抗。在护士举着叉子靠近时，他疯狂地挥动起了双臂，同时紧闭着嘴唇。在护士试图将食物塞进他的嘴里之后，他冷静了下来，若有所思地嚼了几口，然后又改变了主意，把食物吐到了托盘里。

"他吃早饭的时候也是这个样子。"

"我来吧。"艾琳说。她厉声对他喝了一句，让他好好配合，不然就——不然就怎么样呢？她还有什么筹码可以制约他呢？

"如果你不吃饭。"她说，"我就不允许你回家了。"

他猛地挑起眉毛，没怎么抵抗便把剩下的食物咽进肚子里。艾琳和前来巡房的医生讨论了一下他是如何因为身体情况突变而入院的。他们的治疗目标是让他康复：只要他能够独自站起来走到厕所里去，他们就准许他出院。从他的状况来判断，这远远没有给她留出足够的时间来适应眼前的新局面。她需要埃德表现得差一些，好让她有时间想清楚下一步该怎么办。

第二天，她陪着埃德待到了很晚，离开时已然饥肠辘辘。开车回家的路上，她想起了冰箱里空空如也的架子，意识到自己不得不叫份外卖，尽管她已经没有什么力气打电话，更别提去思考想吃什么了。她永远也不能再转过头问埃德："我们该吃点什么？"她不想加热冷冻柜里的任何东西，一想到那些冷冻的炖菜，她就由衷地感觉恶心，仿佛它们是别人上辈子留下来的食物。这话也没错：它们都是她和埃德一起生活时留下来的。

当她走进厨房，看到独立工作台铺上了罩子，炉子上也摆好了锅子时，释怀之情几乎让她欣喜若狂。

塞奇从沙发上站起身来，坚持要她坐下。他加热了锅子，还端来了一杯水。他不多不少地从锅中舀出了一部分食物，然后站在那里等着看她的反应。原来那是一锅类似炖牛肉之类的东西。

"把菜谱给我。"她说，"我得报答你。"

他习惯性地挥了挥手。他总是这样：顽固得像颗臼齿一样。准备食材的台面已经收拾得一尘不染，所以干净的炉灶上只有一个炖锅。洗碗池里空空如也，盘碟晾干架上也干干净净。也许这些都是他为自己做的，也许他已经厌倦了冷切三明治。她感觉这可能正是埃德此刻对于食物的感觉：它们会像变魔法一样出现在自己的面前。

感觉到塞奇紧盯着自己的目光，她感到有些不自在，于是开口请他坐下。他照做了，在桌面上敲击着手指，直到摸到一本邮购目录，才把它卷成一团，一边看着她吃饭一边轻轻击打着桌缘。

早晨，她一早醒来载着康奈尔向机场驶去。堵在车流之中，她望了望坐在副驾驶座位上的儿子熟睡的脸庞。所有人都说他长得很像埃德，但她却怎么也看不出来。

就在车子到达航站楼之前，他正好醒了过来。他们需要把行李从后备厢里拿出来，也承诺过要宽厚地彼此告别。她从车上走下来和他站在了一起，脸上片刻露出了足以让人释怀的表情。

"如果你需要我回来——"他看着她身后的大门说道。

"感恩节之前就不必了。我承受不了。"

"很抱歉我没法儿留在这里帮你。"

"我这里有塞奇。"她说，"我会没事的。"

他缓缓点了点头，似乎打算说些什么，却又低下了头，在和她的眼神相对之前转开了头，满眼温情。

"你会误了飞机的。"她说。

他拥抱了她，提起了自己的包。"如果有需要的话，给我打电话。"他说。她能够看出他是想要严肃地谈论这个话题，可他迎着阳光眯眼的动作却让她想起了他还是个婴儿时，坐在自己大腿上朝着她脑后的窗帘伸手的画面。岁月怎么会推着他们走到这一步呢？

"走吧。"她说。她看着他转身走进滑动门，消失在了街角。一辆警车停在了她的车子旁边，催促她赶紧挪车。她望着窗外后视镜里的飞机，直到什么也看不见了才离开。

她回到医院里工作了很长一段时间，这才收到劳伦斯医院打来的一通电话，通知她埃德已经被准许出院了。那个女人说，他们大约会在下午两点钟左右把他送回家。

"这我可不能接受。"艾琳说，"我不在家，没法接应他。这太突然了。"

"这上面说你家里有护工可以帮忙。"

"是的。"

"那我们会把他送到你的家庭护工手里的。按理说他已经不用呆在这里了。他的情况很稳定，血压也降下来了，也能吃饭了。我们必须送他回家。"

"他能站起来了吗？"

"他在有人辅助的情况下是可以站起来的。"

"告诉我，他入院的时候自己能站稳吗？"

"他入院的时候我不在。"

"那就让我来告诉你。他可以。他是从救护车上走进医院的。所以他现在的状况依旧是不稳定的，如果你问我的话。"

"我要告诉你他已经准备好要出院了。"

"我们的协议是让他能够走路时再出院。他得有能力上下楼。"

"这在有人辅助的情况下是没有问题的。"

"我要申诉。我不同意出院。凭借医疗保险，我能让他住两天，对不对？"

"没错。"

"那就把他留在那里。"

她猛地摔下了话筒。一旦他回到家中，她就不得不把他留到那里，直到最后。从感情上来说，若是没有发生这种让她不再内疚自责的事件，她是不可能亲自把他送进疗养院的。这样一来她就只能等待，甚至在内心最黑暗的地方下意识地期待他的身上会发生什么坏事。她不想再这个样子生活下去。最困难的是——无论她认为自己是个多么优秀的护士，无论她在人手危机、员工罢工和不合时宜的大规模人员失踪期间如何证明她一个人能顶三个人，无论她多么清楚自己比任何人都更能照顾好他——她竟然开始怀疑疗养院对他来说未尝不是一件好事。也许现在是时候鼓起勇气将埃德接回自己家来了，但她就是做不到。她已经触碰到了自己的底线。如果这是将他脱手的唯一时机——她是这么认为的——那么她就得抓紧它，然后带着愧疚生活，甚至这样度过余生。

她花了一个早上的时间咨询区域内的疗养院。她已经无法等到晚上再打电话了，因为那时候办公室就全部关闭了。这并不是一件容易的事情。阿德莱德似乎在监视她的每一步。

打完一圈电话依旧无果之后，她带着心结早早下了班，开车去了位于她家北部一小时车程的切斯特港梅普尔格罗夫疗养院。他们愿意接收埃德，也接受了她的申请，但要求她提前支付三年的护理费。他们明显不想让埃德被纳入医疗救助计划，因为计划内的人能比普通公民少支付不少费用。三年的护理费用，再把六个月涨价一次的因素考虑进去，总额就会超过 22.5 万美元。即便她把现金存款全部花光，也只能支付十分之一的费用。她还必须取光所有的退休金账户，因为他们已经支取了一部分房屋抵押贷款作为康奈尔的学费。尽管如此，她还是无法及时凑齐这笔钱。

在整个职业生涯之中，她也结交了不少的朋友。由她任命到圣约翰主教医院工作的朋友艾米丽就在州检察官办公室里有熟人。艾米丽让办公室的一位代表给梅普尔格罗夫疗养院打了个电话，让他们放弃了提前付款的要求。即便如此，艾琳仍需支付第一个月的 5800 美元护理费，同时准备好申请医疗救助计划的文件。医疗救助计划可供支付前 20 天的全部费用和接下来 80 天的共付医疗费中的八成。之后，她就只能自食其力了。

她给劳伦斯医院打了个电话，让他们把申请表通过传真发给她。

"他们明天就要把他送回来了。"她告诉塞奇，"也许你可以多待一会儿，以免我需要任何帮助。就我所知，他也许会回来的。"

塞奇点了点头，仿佛是在说他本来也没有设想过事情会有别的转机。

"当然，我会付钱给你的。"她嘴上虽这么说，心里却不知道该从哪里拿到这一笔钱。她得事后再考虑这些细节。眼下最重要的是先挨过这段艰难的时光。

他们沉默地吃完了他准备的饭菜。他脸上某个地方，也许是那圆润的轮廓，减弱了她的焦虑。相比话语，她似乎更喜欢无言的表情，尤其是其中的两种：一种是能让她想起自己父亲的一丝怒目而视，另一种则是圆睁着眼睛、几近无辜的微笑。

吃完饭，在他开始洗碗时，艾琳把他轰走了。他表示了抗议，说若不是她坚持自己要用厨房电话将有关埃德的消息通知出去，自己是不会离开房间的。她竭尽全力通知了不少人，直到时间已经太晚了，即便是将时区的问题也考虑进去。她离开厨房，面对着一楼的其他地方，关掉所有的灯光，走上楼梯，一个人回到卧室为埃德收拾起了行李。

这是一项荒谬的任务，她无法精简他的衣橱，仿佛眼前的一切都是必不可少的。问题在于，埃德的必需品在她看来并非总是必需的。他最喜欢的几件衬衫早就该被用作清洁的抹布了。她拿出了他们短途旅程所用的旅行袋，挑选了三四样东西塞进去，随后又从顶楼上拿出了一个更大的旅行袋。虽说她稍后会有时间搞明白埃德到底需要什么，但她还是想要备齐他所需的东西，以免头几天遇到什么灾祸。想罢，她看到了他的双排扣大衣，只见上面遗失了几颗纽扣，手肘、手腕和领口处也已破损。虽然埃德穿着它就像流浪汉一般，可他还是偏犟地坚持要留着它，仿佛他永远也没有离开儿时长大的那间没有供暖设备的公寓。他的这份执拗已经快要把她给逼疯了。不过，他对于物质生活兴致寥寥的事实确实也让他们省下了一大笔收入。她用双手抱住了这件大衣，直到自己几乎就要情不自禁地痛哭起来，才把它挂回衣架，从衣橱里拿了一件稍微新一些的大衣。

缺乏睡眠的她整日里如同行尸走肉一般，感觉阿德莱德的双眼一直都在紧盯着她，仿佛她的这位上司能够感觉到她的心思不在这里。正午时分，他们把埃德送进了疗养院，可她连个电话都不能打。她想要把阿德莱德拽到一边，向她保证自己并不打算篡夺她的职位，可她又怎么能表明自己不是在与她抗衡呢？她很庆幸自己能有这份工作，却又找不到方法在不铤而走险的情况下和上司交流此事。一旦阿德莱德意识到了她的弱点，就一定会紧抓着不放。艾琳并不完全怪她。为了提高卫生保健系统的有效性，朱利亚尼市长的办公室将家庭医疗保健贯彻到了极点。如果阿德莱德想要保住自己的工作，多多少少还是要更无情一些。在圣约翰主教医院工作的那些年里，艾琳一直都处于管理层压榨的对立面。起初，每每想起自己时时都要背负高级管理层的沉重负担，她就感觉很困扰，可现在却一点儿也不在乎了。

如今，是时候让自己聪明起来了——既要聪明又要坚强。她不知道自己是否还有机会沦落得愚蠢而又软弱。她总是害怕会在其他所有人都变得愚蠢而又软弱时沦落得和他们一样，只不过这次的这份愚蠢中已经没有丝毫浪漫可言了；他们会变得衰老、蹒跚、贫困。至少她不像埃德那样孤独。虽说埃德的身边围满了人，却没有一个人和他一样。他更年轻，因而也更多地放弃了生活。即便所有人都安然无恙，像埃德这样的人依旧是在哪里都十分罕见。他是最聪明的，也比任何人都更加的感性。在面对孤独这一方面，他比她准备得更加充分。他这一辈子大部分时间都在扮演这个世界的陌生人。

86

下班后，她开车去了疗养院。她走到了几条走廊会合处的环形接待台前。柜台下摆放着一排文件夹，夹子脊部贴着写有"DNR"字样的红色标签，意为"不必抢救"。虽然她早在申请时就为埃德钩选了这一点，但当这个选项如此直白地呈现在她眼前时，她还是吃了一惊。令她更加羞愧的是，旁边还零星摆了几份没有标明"DNR"字样的文件夹。它们意味着那些病人的家人还不愿放弃希望，或是他们愿意一直撑到最后，撑到此生科学技术发展的尽头。

她被指引到了一间电视房里，里面的一个个轮椅被排成了半圆形。放眼望去，这里都是比她丈夫年长不少的女人，有些甚至比他大上好几十岁。她们的注意力似乎并不在电视节目上，而是对电视机散发出来的光芒更感兴趣。房间里也有几个虚弱畏缩的男人。她并没有一眼看到埃德，后来才发现他正躲藏在一个鼓着腮帮子，如同在吹中音大号的男人身后。埃德看上去仿佛是被困在了一场交通拥堵之中，低声地呻吟着。看到她出现在了自己的面前，他的呻吟声变成了哭号，手臂也上下挥舞了起来。她把那个"中音大号演奏家"推到了一边，只见对方一脸狐疑地看着她，嘴里还掷地有声地吐着气。她让前台的工作人员带她去了一间公共休息室，希望自己不要打扰到他的室友。

埃德仍旧在一边哭号一边猛烈摆动身体，试图在座位上扭动起来，好转身看她一眼。当他力图站起来时，座位上的绑带却拦住了他，如果他尝试着进一步站起来时，肩膀上的压力也会让他跌坐在轮椅上。在走廊尽头转了几个弯之后，她来到了公共休息室。所幸这里空无一人。她关上身后的大门，把他推到了一把柳条椅旁边，坐在那里面对着他。看到他还在继续沮丧地喊叫，她伸出一只手按住了他的肩头，试图安慰他，结果却被他一巴掌扇开了。她又试着抚摸他的脸庞，可他却佯装要开口咬她，摆出了一副咬牙切齿的样子。她坚持抚了抚他的头发。他看上去既狂野又邋遢，就更别提他们给他穿的那套寒酸、不搭配的外套了。她得找他们谈谈这件事情。让他们悉心照顾他最简单的方法就是让他们知道自己一直在盯着他们，不给他们偷懒的机会——这和她监管那些护士的方法一样。

开始的几分钟，他受不了她想要把他的头发压下去的企图，总是伸出一只手搔动着头皮，仿佛是有意想要弄乱她的成果似的。

"我知道你不想呆在这里。"她说。

"不要。"他摇了摇头，"不要，不要，不要，不要。不要。"

"我在这儿。我就在这里。我每天都会过来。"

他的表情中出现了一丝困惑的哀伤，似乎在挣扎着传达自己的感受。

"我没法在家里给你提供足够的照顾。"她边说边重重咽了一口气，"我不能保证你的安全。"

他静了下来，可她却发现自己很难冷静下来。她已经决定了不让自己崩溃，一定要撑过这一关。

"不要。"他说。

"好。"她回答，"这只不过是暂时的。等你稳定下来，我们就带你离开这里。"

听到"暂时"两个字，他轻蔑地哼了一声，仿佛恢复了一丝的幽默感。紧接着他又开始闷闷不乐地嘟哝，只不过喉咙里呢喃的声音听上去很诡异，不像是针对这段对话，倒像是在冥想似的。看到他开始陷入恍惚状态之中，她摇动着他让他停下来，所幸他最终还是安静了下来。

"我白天没有办法过来。"她说，"但我每天下班后都会来看你。你明白我的意思吗？我一直都会在的。你以后说不定看到我都会觉得腻呢。"

他的眉毛猛地挑了起来。"不，不，不！"他说。

"别担心我。"她说，"我会没事的。我会帮你的。"她伸出手又捋了捋他的头发，不料又被他用力而又决绝地扇开了。

"不！"他喊叫起来，语气不像是在乞求，而是在发号施令。他伸出一只手指指向了她，"不！不！"

"不什么，埃德？"她的心头有些战栗，生怕他知道了些什么。虽然她还没有告诉他，自己并没有辞退塞奇，但她感觉他们此刻的对话应该与塞奇有关。

"怎么了？"他再一次逐渐安静下来，沉思着，噘着下唇，拱着下巴，眼神上下打量着她。

"不。"虽然他的声音听上去有些委曲求全，但语调依旧十分决绝。

"不什么？你不想让我来帮你吗？"

"不是的。"

"那好。"她回答，"那我会过来的。我会尽力的。"

"不。"他又重复了一遍。

她回去的时候，天空中还残留着一丝日光的光亮。她决定绕路到镇子里去一趟，她选取了庞德菲尔德附近的河谷路，一路向山上驶去，开进了一群豪宅之中。这条路上不仅弯道频繁，而且路面十分狭窄。一次，她不得不把车子开到了路边，才让对面的车子错身驶了过去。茂密的树林毫不掩饰身上张扬的碧绿，为庄严的都铎风格建筑平添了几分生机，且每一棵树的位置和间距看上去都恰到好处。

她把车子停在了弗吉尼亚家门前，猜想弗吉尼亚会不会看到自己，有没有注意到自家门口或是街对面总是会出现同一辆汽车，稍作停留后又再度离开。

她沿着下山的路驶去，取道公园附近，停在了空空荡荡的网球场旁边。他们还生活在杰克逊高地时，她曾经在法拉盛的网球中心给埃德报过一个专家培训班。她永远也不曾忘怀第一次见到他拿起网球拍和汤姆·卡达西对抗时心中涌起的自豪之情，以及她是如何仰慕他在接受些许专业点拨之后便有能力将自己培养成一个出色网球选手的才情。网球似乎是种为他量身定做的运动，或者至少应该说，如果他能够按照她所期待的那样生活下去，这对他来说是极为合适的一种活动。挥动球拍的过程不仅让他得到满足，还能和慢跑一样有效地消耗他的体力。当地的网球场也都是十分先进的，在那里教学的教练要不就在试图加入美国公开赛联合会，要不就刚刚退役归来，正好能为埃德结交朋友、搭建合适的人脉，以及为鼓励自己追求之前不曾设想过的雄伟计划提供场合。这里没有乡村俱乐部那种故弄玄虚的氛围，因而也不会使他感到畏缩。尽管如此，他还是以拒绝浪费钱财为理由没有去上过一堂课。康奈尔也不愿意去。所以那 200 美元的学费自然也就打了水漂。

她在镇子里绕了一圈，再一次转回庞德菲尔德，驶过那些几星期之后就会搭建户外用餐桌椅的餐厅。她想象着自己和埃德在其中一张桌旁用餐，举杯把盏、呼朋唤友的画面，可她现在却只能孤零零地坐着，对面要不就是从别处赶来探望她的朋友，要不就什么人也没有，因为她在这里谁也不认识。

她把车子停了下来，走过邮局、酒馆、文具店、托普斯烘焙坊、朗吉熟食店、阿尔卑斯商场、街对面的特莱弗洛斯花店，然后又经过了橱窗里摆放着从胸衣到裙边都镶满了宝石的美丽婚纱的波蒂切利婚纱精品店，来到了火车站里向北行驶的列车停靠的站台，找了张长椅坐下来望向不远处的劳伦斯医院——因为它，她才来到这里。气候很宜人，溽热的暑气正逐渐转为秋燥。人们开始聚集在对面的站台上，等待着开往市里的火车。她有些冲动，不禁想要登上火车看看夜色会把她带到哪里去，可塞奇还在家里，而她也必须要回家。

一列火车朝着她这边的站台驶来。她望着车头的灯光从转角处的几个光点逐渐变成了耀眼的闪光，直到车身呼啸着驶入了车站。她脚下的站台抖动了起来。一段略显拖沓的等待之后，车门滑动着打开了。里面的乘客鱼贯而出。大家似乎都不慌不忙，但又不像是在游手好闲，有的步入了隧道，有的则迈着坚定有力的步伐四散到了街道上，走向开车等待自己的伴侣，或是直接踏上了回家的路途。站台很快就空旷起来，把她一个人留在了那里。不一会儿，对面站台上的火车也来了，车站里随即变得空空荡荡。

　　埃德永远也不会来接她，而她也不用去接他了。没有人会在漆黑的雨夜等待着她，让她循着亮起的汽车尾灯朝他的方向走去，或是替她坐在驾驶座上。如果她不想从火车站走路回家的话，就只能叫一辆出租车。那些排着队等待运送火车乘客的出租车司机脸上全都面无表情。除非你愿意加钱，否则他们是绝不会把车开到你家的车道上的，而是会把你丢在空无一人的房子外面，任由远处高速公路上模糊的卡车声冲击着你的耳膜，或是让令人昏昏欲睡的静夜淹没你的灵魂。

　　她走回车上，再次穿过镇子，开了很长一段路才原路返回家中。她把车子停在了车库里，熄灭引擎，坐了很长一段时间，直到门轨上的灯都已经熄灭了，把她整个人都吞没在了黑暗之中。她聆听着房子沉默的心跳声。地下室里的热水器发出了轰鸣的声音。就算是隔着好几层楼的距离，她也能听到塞奇的广播发出的微弱声响。

　　她走上二楼，站到了他的房门口。他正在收听古典乐。需要一个人聆听古典乐的男人心中好像总有些难言之隐，仿佛那些被激起的波澜会让他们感到很难为情似的。于是她一直等到乐声停顿下来时才动手敲了敲门。他走过来开门，长运动裤上的条纹和雪白的运动鞋搭配一本正经的马球衫的样子让人有些忍俊不禁。

　　"我想让你知道我回来了。"她说，"谢谢你留下来。"

　　他挥手制止了她的客套话。

"你想喝杯茶吗？"

"好呀。"他回答。

"我家没有俄罗斯茶，只有爱尔兰茶，不过也很浓。"

"什么茶都行。"他附和道。

她把茶壶放在了炉灶上，拿出了自己这个星期早些时候为了款待即将返校的康奈尔而制作的剩下一部分蛋糕。水壶的汽笛声响起时，他走下了楼梯。她让自己沉浸在了茶点的准备工作之中，想要逃避和他共处一室的寂静。语言的障碍剥夺了她的本能。她并不想说服他，因为她发现自己一说起话来语速就会变慢，声调也会随之升高。过了一会儿，当她实在没有什么东西好准备时，她把水壶端了过来，给他倒了一杯茶，然后和他一起坐了下来。

"你喜欢古典乐？"她绝望地问了一句。他挑起了眉毛，点了点头，掐断了她继续与他谈论这个话题的希望。她发觉，无论用哪种语言，他都是个不善言谈的人。"我丈夫和我去——去过——卡内基音乐厅听交响乐。我们订过一段时间的票。"

当时她差一点儿就傻乎乎地问起他是否听说过卡内基音乐厅了，幸亏他用权威而又低沉的语气说了一句，他的女儿曾经在那里登台演出过。她很庆幸自己及时把马克杯举到了唇边，否则就很难掩饰自己的惊讶之情了。

"她是茱莉亚音乐学院的学生。"他说。

她这才意识到自己从没认真和他聊起过有关他家庭的事情。她知道他有两个孩子，老大是儿子，在西岸工作，但名字她已经想不起来了，现在才开始猜想他没准是在硅谷的某家软件开发公司的员工。她以前一直把他想做是一个保安。

"卡内基音乐厅。"她搭话道，"那还真是一项不小的成就呢。"

"她是拉小提琴的。"

"小提琴是最难演奏的乐器了。"她说，"反正它们对我来说都很困难。"

"是，也不是。"他充满哲理地答道。她充满好奇地想要再多问一些，却又不想开口，只能在心里猜想他每个星期五晚上离开她家后会过着怎样的生活。她想象着他的女儿会在周末时回来，一家三口坐在布莱顿海滩边某座大房子里的餐桌旁，喝着风味伏特加，听着音乐。她觉得他在家度过的时光才是他真实的人生，而和她一起呆在这座房子里的日子只不过是一份工作。

"我很感激你留了下来。"她说，"我想要再重申一遍。我不知道这样的情况到底还要持续多久，也不知道埃德要在疗养院里住到什么时候。当然，我会支付你留在这里期间的正常工资的。"

他又朝她挥了挥手，打断了这段单调陈腐的对话。若不是她心中倍感安慰，也许还会误认为他是在冒犯自己。他靠在了座位上，似乎是在品评她。幸好他此刻喝的是茶水而不是伏特加，否则他脸上浮现的温情就会显得更加意味深长。一瞬间，她开始猜想他是否也曾在楼上用小酒壶或小瓶子喝过酒。

"我需要工作。"他咯咯地笑着，"就算你不付钱给我，我也会留下来的。我不介意离开我的妻子。你明白吗？"

她飞快地抿了一口茶。

"她和你不一样。"他说，"她不会努力工作。她根本就不工作。俄罗斯女人不是美国女人。我是开出租车的。我该退休了。"

"不用担心生计的日子确实会容易许多。"

"生活只有在拥有一个不需要你照顾的又能照顾好你的妻子时才能容易起来。"

她又切了一片蛋糕，紧张地咀嚼起来。

"但是。"他说，"我带钱回家的时候，她是开心的。"

"你呆在这里的时候我有些工作要给你做。"她说，"是家居装饰方面的工作。我丈夫和我计划了很多他后来无法完成的事情。你的动手能力怎么样？"

"在俄罗斯，我是一位工程师。"他骄傲地回答，"我还曾经出于爱好凭空做出了一把小提琴呢。我可以完成你的工作。"

"你也不需要做那么复杂的工作。"她边说边试图掩饰自己的惊讶，直截了当地说了一句，"你可以帮我把这地方修整好，然后卖掉它。"说罢她才意识到自己从未想过要卖掉房子。在她的内心深处，她一直以为自己会老死在这里。

"这是一座漂亮的房子。"他说，"能卖很多钱。"

"你可能会感到惊讶。这里的市场价现在并不高，附近又有一些低收入者的住宅。很多人都会对此嗤之以鼻。"

"你们从这座房子上获益了不少。"他不屑一顾地说。

"我们用房屋抵押贷款支付了康奈尔的学费。"她犹豫着回答，"你知道那是什么吗？"

"房屋抵押贷款，是的。"他边说边露出了不耐烦的表情。她再一次感到有些羞愧，仿佛是某种奇怪的约定，让她总是在试图弄清楚他都明白些什么。她感觉其实他比自己想象中知道得更多。想到这里，她的太阳穴感到了一阵嗡嗡的压力。

"所以我还有很多钱要还。"她说，"如果我能搬进一间小一点儿的房子，可能还有机会周转得开。"她也不知道自己为什么要和他说这些。

"你会没事的。"他说，"你很聪明。"

她能够感觉到情绪有所转变。他们两人之中必然有一个人已经心软了。

"如果埃德的情况稳定了，我不知道他什么时候能被准许回家。"她此刻正在即兴发挥，"我也希望你能呆在这里，万一埃德的情况有所改变，也能帮得上我的忙。至少是帮我一阵子。请告诉你的妻子，我很感激她在我面对新现实、作出调整时给予我的耐心。我相信她也不明白埃德离开家后你还在这里做什么。"

"我的妻子，她不知道你丈夫已经去疗养院了。"

"她不知道？"

"不知道。不。"他笑了，"这又有什么区别呢？只要我能带钱回家。"

艾琳沉默了。

"你丈夫回家的事情，你想等多久？"塞奇问道。

艾琳脸红了，开始叠起了盘子。

"越长越好。"她回答，"直到我知道他不会再回来了。"

她将话题转换到了自己明天上班时需要他在家里做的事情——清空车库，把下水道里的树叶清理干净，更换房子另一边烧坏了的探照灯。她不知道他能否看出这些都是自己在匆忙之中编造出来的。事情不多，但至少够他忙上一阵子的了。她走上楼，铺好了床铺。和几位女性朋友通了电话，她一直和她们聊到了夜里10点多，不过她并没有提到塞奇。

挂上电话，她躺在床上猜想自己第二天去疗养院时会遭遇什么样的情形。她害怕自己若是整晚都呆在那里也许会导致埃德失去往日里的自控力。她无法忘怀处于退化状态中的埃德盯着她时那种清晰而又充满仇恨的眼神，仿佛她把他留在那里就是对他的背叛，而她每天都把他留在那里更会让她罪加一等。

塞奇走上楼时，她聆听着他安顿下来的声音，一直等到他开始轻声打起了鼾。她伴随着深夜电视节目的光亮和朦胧的声音昏睡了过去。尽管嘈杂的广告声不时也会让她惊醒，但她还是一觉睡到了大天亮。

在前往前台的半路上，她碰到了公关主任。只见那个女人的手臂上立着一只巨大的热带鸟，并试图把它展示给艾琳看。

"这位是卡吕普萨。"那个女人边说边伸出了手臂，"打个招呼，卡吕普萨。"

"你好，卡吕普索。"艾琳强装欢笑。

"是卡吕普萨。字母'a'结尾的。打个招呼，卡吕普萨。"虽然那个女人身上的名牌写着"凯西"这个名字，但她并没有做自我介绍——尽管她是这里的公关主任。那只鸟也只是站在她的手腕上，用一种怪异的眼神看着艾琳。

"我叫艾琳。"

"如果你把手臂举起来一会儿，它就会爬过去的。"艾琳想不出其他的方法来化解此刻的尴尬，所以只好不情愿地伸出了一只手。"伸直。"那个女人厉声说道，"把你的手臂伸直。它会直接走过去的。"

艾琳伸直了手臂。不一会儿，那只鸟果断地跳到了她的手腕上。在它爬向自己手肘处时，艾琳强忍着没有尖叫出来，结果鸟儿却正好站在了她手肘皮肤最柔软的地方，把爪子深深地扎了进去。

"会有点儿疼。"那个女人说。

"没错。"

"你会习惯的。"

"我想应该会吧。"艾琳简洁地回答。

"我会带着它四处转转，和病人互动。它喜欢爬到他们的身上。"

艾琳半信半疑。"爬到他们身上？"

"到处爬。"

她很难相信埃德会享受这种事情。这只鸟正沿着她的手臂爬向她的肩膀，最终像立起了一面旗帜一般站定了脚。艾琳放松了一些，尽管那只鸟正隔着衣料捏揉她的肩膀。

"那——它——会不会伤害他们？"

"它是不会伤害任何人的。"那个女人有些愤慨地回答，"无论他们朝它尖叫还是挥舞手臂，它都会表现得像个淑女一样。"那只鸟啄了啄艾琳的衣领，眼看着就要啄到她的耳朵了。只见那个女人朝它挥了挥手，嘴里发出咯咯的声音。从表面上来看，她似乎是在和那只鸟说话，但艾琳却感觉她是在针对自己。

电视房拥挤的人群里并没有埃德的身影。

"我的丈夫去哪儿了？"她向前台的值班护士问道。

"您说的是谁，女士？"

"埃德蒙德·利里。"她回答，"他是昨天才住进来的。"

"他可能在睡觉。他今天过得可不太寻常。"那个女孩挑起了眉毛。

"出什么事了？"

"有时候确实是需要一段调整期。"

"到底出什么事了？"

"我们不得不把他束缚起来。他不愿意换衣服。他比我们这里的病人平均年龄要小许多，身体也更有活力。"

除了关切之外，她还从对方的语气里感觉到了一丝的得意。想到自己要去见他，她的心中一阵刺痛。她沿着走廊走过去，发现他正盯着天花板，床边还摆放着一台正在低语的收音机。几秒钟之后，她意识到收音机被调到了一个说唱的电台。她愤怒地关掉收音机，走回了前台。

"我丈夫的收音机里在播放说唱电台。"

那个女孩面无表情地捋了捋头发——不管那是不是假发——只见那些头发在她的头上堆成了一座色彩斑斓的小塔，看上去就像是一只涂釉陶瓶。她从一开始就不该以为这个女孩能够理解自己。

"他的收音机里永远都不应该出现说唱电台的。"

"对此我很抱歉，那位谁……太太。"

"利里。艾琳·利里。我的丈夫叫做埃德·利里。我每天都会过来。而且我不希望他的收音机里出现说唱音乐。"

"我是个护士。我理解他们会在更换床单和打扫房间时打开收音机，但是他的房间里无论如何也不该播放说唱电台。"她感觉身上已经冒汗了，"我已经试图表达得很清楚了。"

"您想要和我的上司沟通一下吗？"

"我明天会打电话的。"艾琳说，"谢谢你。"

"这不是问题。"女孩回答，"我向你保证。"

"我知道这不是问题。"艾琳回到埃德的房间，脑海里似乎能够听见女护士对她的种种怨言。自从她当上负责的护士长以来，这种声音就没有离开过她的脑海，因此她也并不是很介意。

在她内心深处的某个地方，她清楚埃德若还是像原来那样能够接纳说唱音乐且多才多艺，说不定还真的能认真地听一听这段音乐。曾几何时，埃德的兼容并蓄对她来说就像千刀万剐一般，但她还是可以忍受的，因为他有时候也会向种族的忠诚屈服，即便偶尔有些不耐烦，让她血压飙升——她永远也忘不了那一天晚上，听着几个西班牙裔的孩子靠在房前的路灯下骂了一个小时的脏话，一向忍气吞声的埃德终于捺不住性子了。他斥责他们，让他们把这种低俗的语言用到别的地方去，因为这里不是那种地方。她站在前厅，越过他的肩头看着他们偷偷躲藏起来。不过，此时此刻，在他连事情都分不清楚时，她却连呼吁的力气都没有，无法合情合理地躲避围绕在他们身边的新时代音乐噪音。寂静的广播似乎是在申斥她的无能。她为他放上了一张纳京高[1]的CD。

临走前，她步履艰难地在一模一样、百转千回般的走廊里迷了路。尽管她想要寻找的入口位于大楼的后面，但她还是按照别人口中的说法四处询问起了"前门入口"在哪里——在她的想象中，只有面向街道的入口才应该被称作"前门入口"。如果她从"后门入口"出入，那么就得绕过整座楼，走到"前门入口"处去找自己的车。

这地方的设计似乎就是为了让你发疯。说不定设计理念就是不想让你离开。从电视房里稀稀落落的访客人数来判断，大部分人都已经屈服了。

她并不是来做客的，而是在下班以后来探望自己的丈夫的。这仅仅是她每日生活中的一部分。她要向他们展示，虽说埃德不能留在自己的家中而是和他们住在了一起，却没有什么改变。

他们大可把他的房间安置在迷宫的中央，她照样能够每晚找到出路。

---

[1] Nathaniel Adams Coles（1919-1965），美国著名钢琴演奏家、爵士音乐家。

她要成为这段不朽婚姻中不离不弃的那个女人。即便她的丈夫在护工们眼中只不过是另外一个老糊涂，但她对他的看法是不会削减的。他们完全不知道跌落在他们膝下的是什么样子的一个男人，但她并不打算解释给他们听，因为他们不配听到那些话。她不介意他们把他看成是个口齿不清、体弱多病的笨蛋，只要她的心智还清晰，就永远都会比他们知道得多。

87

　　她让塞奇在车道上铺了一层柏油沥青，还让他把里里外外所有能够粉刷的东西都粉刷了一遍：雪松镶板、围栏、窗棂、通往楼梯的沉重铁门，甚至是砖块。他撕除了旧墙纸，铺上了印有清新图案的新墙纸。她还让他扒除并更换了阁楼上的绝缘材料，把地下室和阁楼里的垃圾全都拖出去扔掉，疏浚了房前的排水沟。他撤掉了一楼小卫生间里那个可怕的坐便器，换上了一个新的，并加装了一个化妆台。他做大多数事情时都不需要帮忙，只会在休假时让她花钱聘用园丁来帮忙。他用的全是自己的工具，从不会碰她为埃德购买的那些东西。他修补了车库里那些被水浸泡过的墙壁，还加固了车道尽头的挡土墙。这里正好是房子的地基抬起的地方，如今已经开始微微倾斜。有人曾经告诉过她，如果再无人维护，墙面最终肯定会坍塌。他竖起了一道临时的木头扶壁，防止墙壁向前倾斜，又将墩基处的填料全都挖了出来，在沟渠里填上了水泥块和织物，防止淤泥堵塞，最后在上面重新盖上了一层泥土。他还在墙面上方两层楼高的平台上搭建了一个木架，在里面填上了水泥，抹平做得毫无瑕疵，让她联想起了花式蛋糕上的糖霜表面。

　　她的朋友们也对他的工作赞叹不已。从他们的溢美之词中，她能够听出一丝的挑逗。即便他们不打算说明自己的潜台词，她也愿意让他们把那些想法默默藏在心里。也许他们以为他是来代替埃德的。也许他们以为她从根本上失去了控制。也许他们以为她需要在过去的生活和崭新的生活中搭建一座桥梁是件很可悲的事情。也许他们以为她和他上过床。*随便他们怎么想好了*，她告诉自己，*随他们去推测猜疑，随他们出于怜悯或反对地去饶舌。*

她很骄傲自己的房产修缮能够达到这样的水准。就连从没有和她搭过两句话的邻居也开始向她询问这样的手艺出自谁之手。她犹豫着模棱两可地把他说成是自己的一个朋友。当她把大家都在打听他的消息转告给塞奇时，他的脸上意外地露出了骄傲的神情。她宁愿他回避人们对自己手艺的赞扬，这样他就能永远单纯地保持一颗置身事外的心，她也不必顾虑他是否会因为环境而贬低了自己。不过，看到他面对赞赏时的那份高兴劲儿，她也决定不再担心他是为了迁就自己才勉强接下这些工作的，因而也就能够更舒心地把他留在家里。为了寻找这份安慰，她已经思索了很长一段时间。若是他走了，她就真的该不知所措了。

10月、11月之交，随着繁重的修缮任务逐渐缩减为小修小补，整座房子显露出了她签下一纸公文，将自己的命运与这一墙一瓦绑在一起时幻想的那种光芒。不过她也明白这样的修缮必然会落得一个虎头蛇尾的结局，因为她并不打算完成阁楼或地下室的修缮工作，而房子里的电路系统也无法升级。除此之外，她更是没有能力挖出房子里的油罐，或是更换管道、拆换石棉。按照每个月将近4000美元的薪金水平，她很快就会无力雇佣塞奇。眼看着能够支付100天费用的医疗保险就要到期，她很快就不得不向疗养院支付每月6000美元的费用，而这笔钱只能从他们的退休金账户和剩下的房屋抵押贷款中支取。

她想要和他讨论离开的事情，但和看着收入和存款一周周减少相比，向自己承诺下一个付薪日便会提起这个话题对她来说似乎更加容易一些。*只要我能把钱带回家*，她就会很高兴，她记得塞奇曾经这样说过。

一天，塞奇开口询问自己周末时能否也在这里留宿。这个请求让她感到有些惊慌失措，因为那天正好是她打算提及结束雇佣关系的日子。

事实上，她恰巧打算开口和他商议此事。紧接着，他告诉她，自己早已在几星期之前就离开了妻子，周末一直都睡在妹妹家的沙发上。

她很是震惊。"我承担不起你在这里做全职工作的费用。"

"你不用付钱给我。"他说，"我可以向你支付留宿的费用。"

"向我支付费用？"

"我可以做些杂务。"他回答，"为你的邻居们工作。"

这个激进而又古怪的提议似乎包含着某种十分诱人的合理性。她假装有些半信半疑，心中却清楚这一计划的采纳是不可避免的。

"我喜欢这个社区。"他补充了一句，填补着她敞开的思维留下的间隙。

"你不用付钱给我。"她回答，"你可以继续在附近工作，同时想办法让自己站住脚。"她感觉自己的两个脚后跟不自觉地磨蹭了起来。"这就足够弥补你使用房间的费用了。当然，你最终还是得找个地方落脚。"

她为他做了一个告示，在上面留下了自己家的电话号码，但并没有提及自己的名字。她把告示复印了几份，贴在了劳伦斯医院名为"推磨的奴隶"的公告板上，还在《省钱一族》上刊登了一则广告，甚至到曾经向她打听过他的邻居那里知会了一声。

电话开始打进来了。她在上班的路上把他放在了史密斯·凯恩斯商店的门口。他在那里买了一辆二手的金牛牌汽车。大多数早上，他在她还没醒来时便已离开，还不忘为她泡上一壶咖啡。他自己则是从来不喝咖啡的。

她不再为了他长期离家导致分居的事情而感到内疚了。离开他的妻子是他的问题，和艾琳没有任何的关系，何况据她了解，这也是积怨已久导致的结果。如果每个星期分开一段时间都足以破坏这两人之间的关系，那么也许分居也是势在必行的。

他每个星期五都会留下很多钱，支付他的伙食开销绰绰有余。而且他的用电量也很少。

　　一起吃饭对于他们来说是件过分亲密的事情。两人对坐在桌旁时会有大把的时间需要想办法打发。她做饭的时候会自己先吃，然后把他的那一份留在炉灶上；而他做饭的时候则会把她的那一份放进冰箱里。她会敲一敲紧闭的房门，告诉他楼下有东西可以吃。他则选择用蹩脚的英语给她留一张字条："今晚我来做晚饭。你不用做了。"

　　他冲澡的时候会把衣服带进浴室，出来时也一定会穿戴整齐。一次——他肯定是不知道她已经回家了——她站在楼梯底下看到他迈着强有力的步伐走回了自己的卧室，腰间还缠着一条看上去像是从健身房里拿回来的惨白的浴巾。浴巾的两端勉强系在了他的臀部上。只见他的小腹紧紧地顶着浴巾的边缘，而不是盖在上面，身体仿佛比她还要紧实。一团残余的蒸汽尾随着他飘荡在走廊里。通红的脸庞和胸口让他看上去就像是一只刚从滚烫的热水锅里逃出来的龙虾，而身体其他的地方却如雪花石膏一般雪白。

　　他不仅会自己洗衣服，有时还会帮她把衣服洗好，不过他从不会把两人的衣服混在一起洗。如此严格的区分措施并不需她开口提出，他就是这么自觉执行的。

　　他们会在各自的房间里看电视。小书斋里的电视机几乎再也没有人用过，除非有时夜色已深，她才会在确定他已经安然睡下之后穿着拖鞋走下楼去，打开电视机，调小音量，关掉灯光。但凡听到楼梯上传来一丁点类似被他体重踩过的声音，她都会按下静音键，却发现只不过是虚惊一场。有时她也会恍神般在厨房里看到一个黑影，仿佛是他走了进去，结果那里却什么人也没有。

　　她会把《时报》带到医院里去。这不仅是因为她在换班时需要看报，也因为她把报纸带回去之后可以留给他随时阅读，避免两人讨论分阅不同版面的尴尬。下班后，她会把报纸放在独立工作台上，而他也会自然而然地等到她离开厨房之后再拾起报纸，读完后丢进回收桶里。大多数日子里，作为交换，他也会把《邮报》留给她。自从搬离杰克逊高地以来，她就再也没有享受过这种充满罪恶感的快乐了。那时的她总是要到奥兰多家的各个房间里去寻回康奈尔。她早已忘记自己是多么享受坐在奥兰多家餐桌旁的那种感觉——可以一边无所事事地翻阅着《邮报》和他们聊天，一边听着康奈尔央求让他留下来的那些话。

感恩节的临近已经困扰了她好一阵子。她必须找出一个正当的理由，向康奈尔解释自己允许塞奇继续留在家中的原因。不知为何，她总是在试图向他隐瞒这一点，幸而他也不常打电话回家。她还告诉过塞奇不要去接电话，尽管她知道自己不该去管那些。最终，她告诉康奈尔不必回家，把钱攒着买下一次的机票。她对儿子说，家里的经济情况很紧张，何况他也只能回来几星期而已。他提出了抗议，但听上去也是半心半意的，从而让她为自己的推辞找到了些许的安慰。她知道他很内疚，但他的内疚并不只是因为他不在这里，更多的是因为他并未因为不在这里而感到更加的自责。

几位好心的朋友邀请她过去吃饭，但她却告诉他们自己要去拜访表弟帕特。那天早上，她过去和埃德一起吃了顿早餐，然后为自己和塞奇准备了全套的感恩节晚餐，不仅小菜一道不少，连火鸡都大得足够他们吃上好几个星期。

这是塞奇吃的第一顿美式感恩节晚餐。她望着他在自己的盘中堆叠起高高的一摞食物，风卷残云般吃光之后又添了一盘。当他第三次把餐具伸向棉花糖甜薯时，她的心头涌起了一阵温暖的自豪感，像是咽下了一口加了香料的热红酒一样。他还一个人吃掉了一整罐的蔓越莓酱。

12月初的某一天晚上，艾琳筋疲力尽地离开了梅普尔格罗夫疗养院。今晚的埃德不仅拒绝吃饭，还不断地发出悲伤的哀鸣，而她在前去看望他之前已经在工作岗位上度过了萎靡不振的一天。就在她顾不得多坐一会儿便开始刷洗粘着烘肉卷外皮的烤盘时，她听到塞奇在她的身后走进了厨房。通过窗户的倒影，她看到他正站在门口。过了一会儿，她已经无法假装自己不知道他的到来了，因为他的脚步声实在太沉重了。此刻的空气中似乎飘荡起了某种电荷。她放下刷子，重重地喘了一口气，然后转过头来面对着他。他出奇的安静，只是站在那里用诡异而又专注的眼神盯着她。看到他朝着自己迈开了步子，她本能地举起了还戴着橡胶手套的双手。他绕过了独立工作台，站到了她的面前。她感觉自己的呼吸也急促了起来。他一点点地靠近了她，那种试探性的举动警醒了她，仿佛他是在担心他们两个人的命运，却又控制不住自己似的。她开始自责让一个陌生人在家里留宿的这个决定。他可以对她为所欲为，可她根本就没有能力阻止他。

他把一只手伸向了她的腰部；她感觉自己的灵魂已经出窍，在她一动不动之际站在一旁看着自己。他把另一只手也伸了过来。

"你在干什么？"

"没事的。"他说。

他把她拉向了自己。她半推半就地抬起双臂保护自己，任由冰凉湿润的橡胶手套刺激着自己的皮肤。靠着他，她感觉自己的身体有些膨胀湿软。自从埃德被确诊以来，她在几年间就胖了50多斤，相当于把丈夫瘦下来的斤两全都长在了自己的身上，仿佛是打算通过吃来维持他们之间的平衡似的。塞奇凑过来吻她时，脸上十分光滑，让她不禁怀疑他是否在下来之前刚刚刮过胡子。他凑近后，随意抹在脸上的药店须后水味道并没有她想象中的那样令人讨厌。她感觉到他的心脏在胸膛里扑通通地跳着，双手仿佛摸遍了她身体的每一寸肌肤。她就这样跟着他走上了楼梯。

事后，她锁上了自己的房门，搬来一把扶手椅挡在门口。她知道这很荒谬，但还是感觉自己需要隐藏起来，做好自我保护。她爬上床啜泣了一会儿，然后不知怎么任由自己睡着了。醒来时，时间已经过了半夜。伴随着让人心神不宁的灯光，她听到塞奇的电视传来了低沉的轰鸣声。不知为何，她知道他并没有醒着。

　　第二天一早，她直到洗完澡、换好衣服之后才挪开那把扶手椅。就在她冒险走出房间时，却看到塞奇的房门是敞开的。她走过去探头瞧了瞧里面，发现他所有的东西都不在了。她小心翼翼地走下楼去，惊讶地发现他正坐在桌旁喝着咖啡，身旁还摆着一只行李箱。

　　"原谅我。"他说。

　　"原谅你什么？"

　　"如果你觉得我应该离开，我能够理解。"

　　"别傻了。"她说，"你还要去工作呢。你可以开始寻觅住处。在此期间，这里就是你的家。就我个人而言，已经没什么好说的了。"

88

　　听说母亲要在圣诞节当晚举办圣诞节派对，康奈尔利用整个感恩节的时间策划了一番。和去年一样，今年的平安夜晚宴又被辛蒂·寇克力包揽了下来，似乎这样的老规矩如今已经很难被推翻了似的。他的母亲说，自己的派对虽然算不上理想，也没有太多值得期待的东西，何况大家也不能久留，不过，今年能在家中举办一场圣诞派对、邀请熟识的朋友们过来，对她来说似乎格外的重要。虽然她知道让同一拨人参加两场聚会实属多余，可她还是打算坚持一下。她说她希望这个圣诞节能够过得和往年一样温馨。他心里清楚，若是父亲不能出席这样的场面，母亲一定会心碎的，于是他打算确保父亲无论如何都会露面。

　　圣诞节那天早上，母子俩一起去探望了埃德。疗养院布置得充满了节日的气息。每一片休息区内都聚集着一群又一群的访客，以至于很多房间都挤满了人，到处充满了喜庆的气氛。护士和护工们在面对那些从遥远的地方乘飞机赶来的病人的成年子女与孙辈时似乎要比对待他的母亲放松很多，服务也更加细心周到。她每天都来探病的举动肯定给他们带来了诸多不便，更别提她作为一位职业护士总是感觉自己拥有某种权利。

　　他们发现他的父亲正躺在床上睡觉，嘴巴还张得大大的。他们并没有叫醒他，而是坐在病床两侧的椅子上，等待着他醒来。康奈尔的心里涌起了一阵毛骨悚然的感觉，仿佛他们眼前所看到的是父亲的尸体。就在他准备伸手摇醒父亲时，他的母亲却先动了手。父亲平静地睁开了眼睛，急不可耐地念叨起了几个音节。他抬起一只手，缓缓搔了搔鼻子，仿佛是想要抠掉什么看不见的黏黏的东西。母亲早就嘱咐过他要做好心理准备，因为他父亲的状态自夏天以来恶化得相当厉害。当他们把他搬上轮椅时，他甚至无法在无人辅助的情况下坐起身来。

父亲在轮椅上坐定之后，康奈尔看着他的膝盖，搜寻着多年来将他们父子紧紧绑在一起的岁月残留的痕迹。从他很小的时候起，父亲就喜欢用双臂环抱住他，嘴里还念叨着："我有个多么好的孩子呀。"患病初期，每当康奈尔拥抱他时，他都会紧紧地回抱康奈尔，简单地说上一句："好孩子。"后来，他的力气弱了，拥抱也就变成了轻拍；而当他连协调能力都已失去时，轻拍就变成了击打。"揉一揉就好了。"一次，父子俩拥抱时康奈尔说道，"揉一揉。现在把你的手放在那里停留一会儿，就像这样。"后来，父亲的口齿开始不清楚了，能够说清楚的就只有"好，好，好"，最后连一个"好"字都已退化成了一个模糊不清的声响——即便没有人知道他在说什么，康奈尔也依旧能够理解那是什么意思，俯下身来摆出拥抱的姿势，让坐在沙发上的父亲伸出手臂。最终，父亲连手臂也抬不起来了，就只能拍一拍自己的膝盖。康奈尔发现，只要自己在家，父亲便会无时无刻不在拍动自己的膝盖。可如今坐在轮椅上的他却连动也动不了。

康奈尔把他推到巨大的观景窗旁，俯视着外面的草坪。地面上覆盖着前段时间留下的积雪。天气太冷了，无法把他推到阳台上去。母亲也没有提起带他回家过圣诞的可能性。看到父亲的情况，他也明白这是为什么。不过他可不会泄气。康奈尔会提起父亲的身体，扶他坐进车里，背他走上楼梯，帮母亲找回自己原来的人生，哪怕只有一天。

他们买了几份礼物，一一替他打开。一阵沉默之中，交换礼物的过程在不到两分钟的时间就结束了，让他们感觉自己仿佛是空着手来的。

他的母亲为了今天这个场合特意为父亲打扮了一番，让他穿上了他在圣诞时最喜欢穿的、中间绣有一段雪花图样的灰色针织毛衣，以及一件带领衬衫和一条礼服裤。可这一身衣服看上去却像是无意中给他套上了一身宽大的道具服似的。康奈尔还没有做好心理准备，因而看到父亲的身体在衣服里晃荡时还是不免有些震惊。

公关主任凯西举着手臂上的热带鸟走了过来。"你看，利里先生。"她说道，"卡吕普萨想要祝你和你的家人圣诞快乐，度过一个愉快的假期！"只见那只鹦鹉穿着一件迷你的圣诞老人衣服，腰间还系了一条黑色的腰带，头上顶着坠有毛球的红色小毡帽。它震动着身体小跳了几步，逗得康奈尔忍不住大笑起来。*也许这就是它穿成这副模样的意义所在*，他心想，*也许这就是她疯狂的思路*。他的母亲几乎没有抬眼，既没有理会那个女人，也没有望向那只鹦鹉。把鸟接过来举了一会儿之后，康奈尔拿定主意要带母亲离开这里，以免她的情绪继续压抑下去。"我们走吧。"他开口说道，"还有很多事情要做呢。"他把父亲推回了房间，在返回车子旁边时对母亲谎称自己要上厕所，然后急忙跑回去把当晚想要把父亲接回去的计划告诉了接待员。她查了查他是否在签字放行的名单之列。

"没问题。"她边说边合上了他父亲的档案夹，"我得提醒你，一旦你签字把他接走，他就是你的责任了。"

"我明白。"康奈尔尽可能平心静气地回答，但仍旧没能掩饰住自己声音里的颤抖。

他必须等待一个恰当的时机离开，因为母亲肯定会仰仗他的帮助。为了这一年的圣诞节，她已然累得筋疲力尽：崭新的串灯、崭新的装饰盒、两个布景以及圣诞树上立着的新星与墙上悬挂着的看上去价值不菲的花环。

大家都为今年的节日准备工作投入了不同以往的热情。在塞奇进行最后关头采购的同时，康奈尔从阁楼上搬下了几箱子东西，在一楼已经摆好的那一排圣诞老人、木头士兵和雪人外面又装饰了一些东西。每一面墙上都悬挂着人造的冬青树枝，上面还装点着一些饰片，而每一扇门上也都挂上了花环。挂满了装饰物和一串串彩灯的圣诞树略显沉重，厚厚的金箔看上去如同煮熟了的菠菜一般。壁炉、护壁板的板条、门框和楼梯栏杆上也被挂上了装饰彩灯。茶几和断层式书架上立着插电式的蜡烛。亮着灯的马厩布景和陶瓷的圣诞树摆设相互争辉。每一样东西的里外或背后似乎都散发着光芒。不知怎么，尽管摆满了东西，在所有的一切都被灯光照亮之后，屋子里还是感觉缺了点什么。黑暗的角落显得比明亮的地方更加引人注目。

厨房里堆积如山的食物似乎在暗示烹饪的过程是一场团队作战，而非一个人单枪匹马就能完成的。盘碟、盆罐和煎炒的锅子占据了台面和独立工作台上的每一寸空间。每一块活动桌面都被撑开了的餐桌也被铺上了雪白的蕾丝衬布和红色亚麻桌布。餐桌旁还摆放着一张延伸到客厅里的小桌子。鼓手男孩样式的餐巾架上摆放着餐具。即便是这么宽敞的桌面，也已经很难找到摆放酒水饮料的地方了。

客人们陆续到达了。康奈尔接过他们的外套，把它们拿到地下室的衣架上挂好。大家都聚集在厨房里，手里捧着奶酒或红酒，面前摆放着一碗又一碗的奶酪块、黄油饼干、松露巧克力和坚果，以及插着牙签的瑞典肉丸、炸好的薄脆饼干、摘好的葡萄粒、蘸着黏稠酱汁的薯片、裹着热布里干酪的面包块、摆放在手工篮子里的美味猪皮和进口熏肉片——不一会儿，背景中还响起了交响乐的声音。剩下的食物足以让他们全家吃上一个星期。

他看着母亲钻进厨房，和汤姆打趣地说着让他为晚餐留点肚子，然后又一边收拾着装满牙签的盘子和面包渣，一边与玛丽搭着话。为了这场派对，她已经竭尽全力。不得不说，她在使人安心方面确实很有天赋。

　　　　　　　　　　　　　　　不属于我们的世纪

她总是说自己能够成为一流的外交官或政治家，但康奈尔知道若是他能够代替她实现这些理想，她会更加的满足。

白炽灯的灯光和热闹的人群很快便让小书斋里的温度热了起来。他打开露台的门，不料一阵猛烈的料峭寒气却吹得他不得不再度把门关上。客厅里的安乐椅、折叠椅和沙发上都坐满了膝盖上放着小吃盘的人。中厅的吧台旁，杰克·寇克力和住在这条街上的一个男子正站定在那里聊天，任由宾客穿梭在他们之间拿取饮料。有人为了通风把前门廊上的大门打开了一条缝。康奈尔把门敞开，看到了杰克用一年的时间在自己的车库作坊里制作出来的木头麋鹿，以及装点着彩灯的围栏、走道和灌木丛。

他走到门外，关上了门，拔掉了一串彩灯的电源。房子的右侧顿时陷入了一片黑暗之中。他又走回屋里，告诉母亲外面的彩灯坏了，自己要到商店里去买一串回来换上。他知道她是无法容忍这个完美夜晚被任何一点瑕疵毁坏的。他跳进车里，朝着疗养院的方向掉转车头，把车子停在房子外面，看了看自己留下的那片黑暗。他明白她为什么会为了这样的细节而担忧，因为他也隐隐感觉到了一种不祥的预兆。他把广播调到一个圣诞电台，飞快地驶向了漆黑的夜色之中。

他把车子停在了停车场里，等待着被放行。穿过门廊来到大厅，一条红色的帆布带横亘在了大厅里，两头用尼龙扣粘着，拦腰截住了他。虽然它看上去很像是一条超大号的终点线，但实际上却是能够有效阻止病人逃跑的工具。康奈尔撕开了尼龙扣，在把它毛糙不平的一端粘回另一端时，心中涌起了一种毛骨悚然的悲哀。

他在瞭望台上找到了父亲——那是一间能够俯视前庭草坪的小屋子。平日里，较为吵闹的病人总是会被隔离在这里用餐，以免打扰其他的人，而他们表现好的时候也会被安置在这里度过下午的时光。那里聚集着十几个病人。饭后，随着护工的离去，病人们纷纷推动自己的轮椅，像在开碰碰车一样冲撞着彼此。他的父亲低声呻吟着，发现康奈尔站在那里时，脸上的表情似乎微微变化了一些，但还是很难脱离混沌的状态。现在已经过了他睡觉的时间。他们之所以把他留在那里，就是在等康奈尔过来接他。墙上的电视已经开始播放晚间新闻了。

康奈尔推着他走出了病房，在帆布带前面停下了脚步。

"我要去输入密码了。"他说道，"我可以告诉你密码是多少，只要你不把我的话告诉别人。"

他想要看看父亲的眼中是否会闪烁出一道亮光，表明自己早就想要知道通往自由的钥匙在哪里，可父亲似乎并没有注意到他在说些什么。低沉、哀恸的哼鸣声还在继续。他按下密码，拉开带子，把他推了出去，感觉自己仿佛刚刚从监狱里把父亲接出来。父子俩走到门外后不久，父亲就停止了呻吟。

"这就是你想要的吗？"康奈尔弯下腰来问道，"你想要出来？"

父亲的沉默似乎是在默许这个答案。

"我早知道就好了！天气有点儿冷，我们不能在外面久留。而且我们要去一个地方。我猜你看到那里肯定会很高兴的。"

康奈尔走到车边，打开车门，把两只手臂都插到父亲的腋下，让他从轮椅上站了起来。安顿他在车里坐好之后，康奈尔为他系上了安全带，然后把折叠好的轮椅放在了后备厢里。

几个月以来，这是他的父亲第一次离开疗养院、走在大路上。康奈尔不知道他看到车子沿着长长的车道行驶时心里会作何感想。树叶全都掉光了，光秃秃的树枝在大风的吹拂下胡乱摆动着，在车头灯的照射下仿佛是伸长了手臂想要阻止他父亲出逃的卫兵。一路上，父亲一直都消沉地把头默默靠在车窗上，双手扶着大腿，脖子被扭成了一个格外别扭的角度。

"坐直了，爸爸。"康奈尔说道，可父亲并没有挪动。他伸出手来把父亲的身体拉直，然后打开了收音机。他希望父亲能够望向窗外，看一看别人家院子围栏上悬挂的彩灯、窗口处点燃的烛光、草坪上摆设的装饰物，以及——从更广泛的意义上来说——疗养院的栏杆外面的世界。他想让父亲知道现在正是圣诞节，甚至是说世界上的确有圣诞节这个日子存在，然而他的父亲似乎根本就没有意识到自己已经离开了那座瞭望台。没关系。到家后，当他看到整座房子都为圣诞节而布置了起来，肯定会回想起那种喜悦的欢呼声，回到自己往日的生活之中。他这样做不仅能让父亲快乐，更重要的是能够让母亲在家中度过最后一个阖家团圆的佳节。在他的父亲被送进疗养院之前，她曾经无数遍地提到过这件事情，因此当希望在眼前一点点破灭时，她心中想必是苦不堪言的。也许这趟旅程对于他的父亲来说并不意味着什么，但那是因为他根本就不知道自己要去哪里。一旦到了家，他就会理解是康奈尔把孤独的他从那间门上只贴了一张从药店买回来的圣诞老人贴纸的房间里解救出来的。何况康奈尔是无法忍受在没有任何庆祝仪式的状态下让父亲在混沌无知之中度过这个夜晚的。

路上的车很少，车子行驶得很顺利，因而几乎不会让人猜疑他外出采购彩灯的借口。由于街道上停满了汽车，他不得不把车子停在了距离房子稍远一点的地方。他本打算扶着父亲走进去，让他在沙发上坐下，但最终还是取回了轮椅，推着他走到了家门口。走近车道时，他看到露丝·麦圭尔正按动着钥匙上的按钮，似乎是要锁上自己的车子。她肯定是把弗兰克留在了家里。看到他走上前来，她睁大了眼睛。三个人就这样在车道的尽头碰了面。

"这是什么？"

"圣诞快乐。"康奈尔边说边俯身给了露丝一个拥抱，可露丝的身子却僵硬得有些诡异。

"你好呀。"她和他的父亲打了个招呼，弯下腰亲吻了他，然后又站起身来，"怎么回事？"

"我觉得全家人应该团聚在一起过节。"

露丝放下了手中提着的礼物袋。"你妈妈知道这件事情吗？"

"这是个惊喜。"

"不。"她摇了摇头，"这可不是什么好主意。她一点儿都不知道吗？"

"这全都是我的主意。"他回答。

"哦，上帝。"她的脑子似乎在飞快地旋转着。她再一次拾起那几只袋子，敏捷地转了一圈，然后又把它们放下了。"这可怎么办？这可怎么办？"

"没事的。"他说，"这是件好事。我们会度过一个很愉快的夜晚的。她也是这么想的。"

"你妈妈最近压力很大。"露丝告诉他，"她一直都过得很辛苦，就更别提过节的时候了。相信我，这一点我是知道的。"她伸手指了指她丈夫本该坐着的副驾驶座位。"我把弗兰克留在了家里，让护士来照顾他，因为我很难在这样的夜晚专心照料他，也不想让你的妈妈难过。她只想度过这个晚上，然后继续自己的生活。"

"她情绪不错，看到他也一定会很高兴的。"

露丝和他们拉开了一点距离，挥手示意他离开轮椅。他把轮椅锁在了原地，朝她那里走了过去。

"相信我。"露丝劝诫他，"她会尽全力熬过去的。她会尽力的。你为什么不把你爸爸送回疗养院去呢？"

"我好不容易才把他接出来。"他回答，"我不想让他失望。"

她严厉地瞪了他一眼。"你不会让他失望的，他根本就分不清楚这有什么区别。你为什么不把他送回去呢？这样我们也不必向你的母亲提起任何的事情。"

"若是她发现我失踪了这么久，肯定会大发雷霆的。"

她恼怒地甩了甩手。"那就让她发火去好了。别再为难她了。"

"可今天是圣诞节呀。她难道不会觉得和他一起过节会更快乐吗？"

"至少先进去把你的想法告诉她，我会在这里陪着你父亲的。告诉她你的做法，给她一个机会来决定，别这样吓唬她。"

露丝走到轮椅边，把一只手放在了他父亲的肩膀上拍了拍。

"我想让她看到他出现在厨房里。"康奈尔说，"我想看到她和他脸上的表情。"

他接过轮椅的扶手，打开了轮锁。

"你想不想听我的话？我和你妈妈已经认识好几十年了。"

"她是我妈妈。"

"康奈尔。"她瞪着他。

"我不能把他现在就送回去。"

"你可以的。"

"这里太冷了。"他回答，"我想先带他进屋。"

"那至少给我一个机会向她解释一下吧。"

"没事的。"他应和道，可她已经提起袋子、沿着车道走在了他的前面。他推着父亲的轮椅，绕过两旁的车子，朝着房子走去。停在楼梯前，他把父亲从轮椅上拽了起来，迈开了步子。门上没有把手，所以他不得不用一只手臂抵着墙壁，另一只手环抱着父亲的腰部，一步一个台阶地往上挪动。他的胸口涌上了一股焦虑的期待。他的父亲又发出了几声低沉的呜咽。他们缓缓地向着那个似乎会让情绪达到高潮的瞬间迈进。他在心中祈祷这将成为一个难忘夜晚的开端，让他的母亲在回顾这个节日时感到一切都是圆满的。他突然感到有些反胃。拉开纱门，他努力用一只手肘抵住门框，不料它却在他试图抓住父亲时重重地甩了回去。里面的那扇门打开了，杰克·寇克力带着热情的笑脸出现在了门口。看到康奈尔的父亲，他一下子换了个表情，赶忙用手撑开纱门，好让康奈尔把父亲扶进屋里。就在这时，露丝也和他的母亲从前厅里走了进来，边走边焦躁不安地讨论着什么，脚下的步子还迈得飞快，谁也没有抬起头来。当他的母亲终于扬起目光看到他们父子俩时，她的脚步停了下来，而聚集在厨房里的每一个人也都朝着他转过头来，脸上带着或困惑或沉重的表情。直到这一刻，他才意识到自己犯下了一个代价高昂的错误。他的母亲并没有像他期待中的那样冲上前来，只是站在那里默默地开合着嘴巴。虽然时间并没有过去多久，但他却感觉自己仿佛已经过完了一生，脑海里只留下了一个长时间曝光的画面。塞奇在自己常坐的座位上挪动了一下臀部，人们手指间勾着的潘趣酒酒杯也悬在了半空中。他听到母亲的喉咙里发出了一声短暂而又嘶哑的叫声："哦，埃德。"她的语调向下坠着，一只手还捂在了嘴巴上。自从他赶到疗养院匆匆把他接出来之后，这也是他第一次低头审视自己的父亲。他实在是走得太匆忙了，根本就无暇停下来好好看一看他。只见一串浑浊的口水正挂在他父亲的嘴角上，不雅地拉着长线滴落在了地板上。康奈尔帮父亲擦了擦嘴，悔恨而又愤怒地站在以母亲为首的人群面前，故意一本正经地把父亲推到了小书斋的壁炉旁。这场派对还没有开始便结束了。塞奇站起身来，离开了厨房，似乎是无法忍受大家相对无言时的那种焦灼气氛。康奈尔可能还要等到下一次或是下一辈子才能够赎清自己的罪孽。他从没有感觉自己和父亲之间竟然存在着如此遥远的距离。看着他逐渐消失在一群人的背后，康奈尔等待着母亲走过来，揪住罪有应得的自己痛斥一顿。

"帮我把大衣拿来。"她用低沉而又急促的语气说道，似乎没有时间表达自己心中的怨恨。她这一生都在与失望的情绪打交道，因此知道该按照什么样的顺序来应付这些事情。"给大家添点饮料。我们得妥善处理这件事情。"

按照母亲的吩咐做完事情之后，他走到前门廊上拾起了自己拔掉的彩灯，重新插上了电源。灯光一下子就亮了起来，使得勾勒着母亲为了错车和标志车道拐弯处而竖起的围栏扶手轮廓变得完整了起来。他站在那里看着这幅整洁的画面，试着从灯光中获得一点点愉悦，试着忘却这些彩灯以及屋子里成百个小灯泡也未能阻止的深不可测，以及渐渐吞噬他们的黑暗。他的父亲已经远去了，远去了。

89

她很担心派对会一直持续到深夜，因为所有人都被埃德的出现吓呆了，不知道自己什么时候才能离开，或者是否可以离开。不过他们很快便开始陆续准备踏上回家的路途。趁着所有人还没有离开之际——她知道一旦这些人迈出这道门槛，陷入痛苦之中的自己就很难再将他送回疗养院——她宣布自己打算先行把埃德送回疗养院，并开口吩咐杰克和康奈尔把他扶到楼下来。她简短地和所有人告了别，还安排了露丝帮大家递送大衣。康奈尔想要亲自把父亲送回去，或是和她一起返回疗养院，但她却坚持要自己过去。

返回疗养院之后，她把车子停在了前门的门外——尽管那里不允许停车。她把轮椅留在了后备厢里，用熊抱的方式把埃德从座位上扶了起来，挪动着碎步，仿佛她正在拥着一个昏厥的男子跳舞，试图让他站直身体似的。疗养院里一片暗淡，只有大堂入口处还亮着一盏灯。她按响了门铃，用两只手臂撑住了埃德，后悔为什么没有让他在车里等着，或是把轮椅从后备厢里拿出来。不过，此时的她已经顾不上那么多了。她又按了一遍门铃。抱着浑身颤抖的埃德，她第三遍按下门铃，心想自己是否应该把他扶回车里，因为她不知道疗养院的人是否会出来迎接他们。就在这时，一位接待员出现在了门口。艾琳向她要了一辆轮椅，表示自己一会儿就会把另一辆轮椅换回来。她推着埃德返回了病房，扶着他躺在了床上，给了他一个晚安吻，趁着自己的情绪还没有沉淀下来之前赶忙离开。她飞快地左右摇着头，同时来回挥舞着两只手，似乎是在试图发泄心中的郁结。

她自己都不曾鼓起勇气让埃德当晚在家里过夜，因为每每想起这一次接他回来就是为了让他再一次离开，她都会感到心碎，何况塞奇也和她有着相同的感受。自从那一晚如干柴烈火般跟着他走进他的房间之后，她就再也没有和他发生过亲密的关系，而她也就快要说服自己这件事情从没有发生过了。然而，他们最近却逐渐养成了一种习惯。他会在她上床之后躺到她的身边，静静地抱她一会儿。有时候，他在入夜之后会起身返回自己的床上，但有时候也会一直睡到她早上醒来的时候。有一次，她睁开眼睛时甚至发现自己就躺在他的臂弯里。她不能让埃德睡在这张床上，因为她感觉这已经不是自己和埃德共用的那张床了。可它也不是她和塞奇的床，甚至越来越不像她自己的床了。事情就是这样。她几乎无法躺在上面入眠。早在许多年前，她就一直想着要换一张新床，可直到现在才明白自己必须要尽快动手了——恨不得明天就要动手。既然埃德已经回过家了，事情就不能再这样继续下去了。

她很高兴康奈尔还在睡懒觉。她下楼的时候，塞奇正坐在厨房里等她。他敏捷地制止了她的话，伸手示意自己能够理解，让她顿时放松了不少。她这才意识到，既然他什么都明白，自己好像也没有什么必要非要揪着他说些什么不可。他总是有办法为她减负。昨天晚上，一看到埃德进门，他便上楼回到了自己的房间里，再也没有下来过。好在埃德的出现分散了大家的注意力，她相信没有人会怀疑塞奇的离开，而她也十分感激他及时撤退的举动，因为这恰恰是当下最好的选择。她甚至不需要开口要求他做些什么。

他很快便收拾好了自己的东西，其实本来也没什么好收拾的。当她问起他准备到哪里去时，他回答打算搬到女儿那里去住上一阵子，直到想明白下一步该怎么办。她心里隐约感觉他最终还是会回到妻子身边，因为他从一开始就未曾和妻子做过什么了结，一切只不过是他为了自己和艾琳所做的权宜之计，好让他能够逃出来重新振作起精神。

看到他站在门口，她的心头有些恐慌，于是上前询问他是否愿意到镇上和自己吃些早餐。得到他的肯定之后，她飞快地拉着他走了出去，仿佛是在害怕若是儿子看到他们一起离开，在她心头萦绕不去的那份想象便会莫名其妙地永久成真似的。

她坐进塞奇的汽车里。她此前还从没坐过塞奇的车。看到车内既干净又整洁，连一张纸片或是一个食物包装袋都没有时，她感到心中有些动容。车子里弥漫着空气清新剂的香味以及断裂的皮革散发出来的气息，还有——她从没想过自己竟然一下子能闻出来——塞奇身上的味道。

她本想带他去皮特餐厅，或是镇上其他几间她永远也记不住名字的小饭馆，但却在他开车时意识到和他坐在一起点上一顿正餐享用，然后等待账单将会是一件很难为情的事情。想到自己不得不应付长时间相看无言的窘境，她这才明白她从未承认过自己一直都是对他有感情的。想必他对她也是一样的，不然是不会忍受仅仅与她发生一次亲密关系的。

她让他把车子停在了帕尔默街附近的一家百吉饼店门口，带着他走了进去。她惊讶地想起，这还是他们第一次一起出现在公众场合里。她问他想吃什么。他让她看着办，觉得他喜欢吃什么就点什么。她记得自己曾经看到过他吃鸡蛋奶酪三明治，所以就为他点了一份夹着美式奶酪的原味三明治和黑咖啡——看到他满心欢喜的样子，她不知为何感到有些惊讶，毕竟这些东西都是最安全的选择。她也为自己点了同样的东西，只不过把夹馅换成了切达干酪。付钱的时候，她实在是太紧张了，以至于差点少付了店家一美元。她似乎能够想象埃德付钱时的感受了，一种悲哀或愧疚的情绪油然而生——尽管她也不确定那到底是种什么感觉——如同触电一般击中了她的身体。她一边付钱一边看到塞奇正用坦率直白而又无可置辩的眼神盯着自己。也许此刻的他终于可以为所欲为了。而她也相信柜台后面的那个女子一眼就能看清他们之间的关系——老实说，她也只能这样来解读这个故事。

她取来了食物，选了一张塑料椅子，和他在一张小小的咖啡桌旁坐了下来，聊起了最安全的话题：天气以及这里的咖啡如何。他请她为自己再取一张餐巾纸，因为店家把纸巾摆在了柜台后面。若是由他开口，双方不免又要交涉一番。回想起他拥着她入睡的一个个夜晚，她感觉自己与他之间似乎存在着某种关系，就像是一只叹着气趴在壁炉旁睡觉的狗。她想要伸手触碰他的脸庞，但她知道他们是永远也不可能在一起的，而这其中的缘由恰恰就是让他们得以相遇的境遇。他们有着截然不同、毫不相称的生活。即便这件事情对于当下的她来说比那时那日的意义更加重大，如今也早就随风而逝了。

吃完手中的三明治，她又点了一个玛芬蛋糕与他一起分享。看着自己和他就这样温柔地、不慌不忙地用叉子分食着蛋糕，她在感到有些悲哀的同时也找到了些许喘息的空间。随着蛋糕一块块被他们咽进了肚子里，谁也没有理由再逗留下去时，他们对坐在那里看了彼此一会儿。现在她已经不在乎柜台后面的那个女人会怎么想了，因为她想要为了自己好好享受这一刻，不让它轻易溜走。她能够看出他也有着同样的感觉，尽管她并不准备追究这到底是种什么感觉。他们只是静静地坐在那里，任由这无名的情感如同雷暴中的狂风般吹过彼此的面前。不一会儿，她站起身来，而他也跟着走出了百吉饼店，陪她一起走回了车子旁边。他提出要送她回家，但她却说自己可以走回去。是时候让他坐回车子里去了。不同方向的人流开始朝他们走过来。一想到有人会看到自己和他在一起，她就感到忐忑不安，因为她知道大家一眼就能看清其中的原委。她伸出双臂草草拥抱了他，最后一次感受他把她抱在胸口的那种感觉，趁还没有陷入他的臂弯之前拦住自己。她并不想忘记任何一个细节：他衬衫上混合着古龙水、香烟和汗水的清新味道；他的夹克衫磨蹭着她脸颊的感觉以及那上面让人看不明白的红黑格纹；他紧紧拥抱着她的那种力度；他一呼一吸的声音。她感觉自己终于自埃德生病的这几年以及他离家的这几个月以来有了振作起来的勇气。那种滋味在她的胸口里来回地翻滚，可她又不敢将它释放出来，因为她觉得自己不配拥有它。至少她还需要让它在心里再酝酿一段时间。他轻轻地吻了吻她的脖子，用俄语对她说了一句她听不懂的话，然后伸出双手捧住她的耳朵，猛地在她的额头上吻了几下，迈开步子绕回了驾驶座的门旁。他再一次意味深长地望了她一眼，俯下庞大的身躯钻进了车子里。车身随着他进门的动作震了一震。她听着引擎点燃的声音，看着车子驶向了拐角处，随即掉转方向朝着布朗士河驶去。她一直等到他的车子消失在视线中，才转过头走回百吉饼店，给康奈尔买了几个百吉饼。她打算等他起床后和他一起分享它们。这样一来，她就无须再过多地解释些什么了。这样一来，如此真实的画面就会变成只属于她，而不属于任何人的一幕。这一次，她终于可以为自己做些什么，却又无须去道歉了。艾琳盯着那个女人的眼睛，把钱递到了她的手中，推开门朝家走去。回家的后半程全是上坡的路。她知道自己到家时肯定会累得喘不上气来。

埃德蒙德·利里的财产

1997—2000

90

入夜后，她总是很难丢下他一个人，因此最好还是不要和他道别。她告诉他，自己要去办点杂事或是小睡一下——试图用自己的方式暗示他，她会回来的。"我只不过是需要去商店一趟。"说罢，她便会机械地穿过走廊，迈出后门，一路上不停地告诉自己，她随时都可以转过头去回到他的身边。

一次，当她说道"我打算去找点东西吃"时，他嘲讽般地笑了起来。她看着他，试图在他的表情中寻找某种有意惩罚她的信息，却只看到了他盯着某种她看不见的东西时那种熟悉的空虚与木然。或许这个病也让她患上了妄想症。

她每天都会去探望他，从不接受周末请她去乡下或海边的邀约。她的朋友们都说她对自己太苛刻了，可她却觉得自己过得太舒适了。*我可以把他带回家*，她想要说，*我可以照顾他*。他们告诉她，她也需要找回些许自己的生活，如此过下去未免太为难自己了。她心想，*这还不够。看在上帝的分上，我是个护士，这就是我应该做的事情*，可她嘴上却只能说："我很好。我很好。我很好。"

他的钱包还放在衣柜上。她用手指揉搓着表面陈旧却又光滑的皮面，抽出里面的驾照看了看，又读了读他们一起写的祈祷文。钱包里的东西都是他还能行走的最后那几年中她允许他带在身上的，同时也是他作为

不属于我们的世纪

一个彻底的文明社会成员的最后一天所携带的东西：7 美元现金；一张她亲手写好的，列有他的姓名、地址、电话号码和她工作电话的缩印卡片；他的老年痴呆症协会安全送返卡（"如果我看上去迷了路或有些困惑，请帮我拨打……"）；他的美孚和阿莫科加油卡；他的美国汽车协会会员卡（"入会 27 年"）；两份不同的选举委员会选民登记确认函；带有支票兑现特权的沃尔鲍姆超市超值购物卡；杰克·R.寇克力咨询公司的普来胜卡；美国退休者协会卡；布朗士社区大学的证件；一张写有车载电话号码的缩印卡片；西尔斯百货卡（"1973 年以来的忠实顾客"）；他的蓝十字会 / 蓝盾计划卡；他的团体医疗保险卡；由公共事业委员会－纽约市立大学签发的、标明他是当地美国教师联盟一名声誉良好的会员的卡片，编号2334（美国劳工联合会－产业工会联合会）；他的纽约科学院会员卡；一张她拍摄于 1968 年 6 月的照片，当时的她还很苗条；一张康奈尔高一身穿棒球队队服的照片；一张康奈尔上幼儿园时的照片；一张康奈尔从圣女贞德学院毕业时的照片；一张被改写过的、标注她衣服尺码的缩印卡片。她打开了卡片，本想将上面的数字"10"划掉之后重新写上"12"，却还是决定把它扔进垃圾桶里。当她看到那上面的"10"还是她自己的笔迹时，眼泪一下子涌了出来。

　　他的室友名叫莱茵霍尔德·哈金斯。哈金斯先生曾是一位有名的钢琴老师，如今却只能推着成人学步车四处走动，还拒绝在医院病号服里面穿上一件内衣。他裸露的后背被病号服上系紧的绳子分隔成了两半，脚步细碎而缓慢，身形微微隆起。他总是出奇的警惕，除了要求喝水之外很少主动说些什么，但若是她问起他过得怎么样，他总是会回答一句"不错，谢谢，你呢"，语气低沉温和得让她不得不俯下身来才能听到他的话，而且语调也从不会上扬，让人感觉他并不是在提问。尽管他说起话来是这种语调，长相却十分的吓人，一嘴灰白成绺的胡须，脸上从没有一丝笑容。一次，当她试图引导他坐到休息室的钢琴旁边时，他伸出细长纤瘦的手指紧紧地攥住了她的肩膀。她再也没有这样做过。他说话或坐在椅子上时经常会举起食指，像节拍器一样来回晃动着指尖。除此之外，他并不是一个糟糕的室友，毕竟楼里还有情况更加不堪的人。

克雷恩太太和索纳本太太喜欢坐在休息室的观景窗旁聊天。艾琳很惊讶她们的意识竟然如此的清晰。她站在远处观察她们的面部表情、笑声手势以及用某个兴奋点来打断彼此的那种方式时，甚至会以为她们是在滔滔不绝地谈论自己的孙子和孙女。在疗养院待久了之后，她的好奇心逐渐驱使她凑过去聆听她们的对话。克雷恩太太说："我的女儿，我的女儿，她会来，我的女儿，带着100美元。"而索纳本太太则会一遍又一遍地用一个听上去类似"保重"的词来回应她。

1997年12月2日，她终于交够了10年的养老保险金了。出门上班之前，她给身在柏林的康奈尔打了个电话，但他并不在家。没有联系到儿子，她的心里竟然有些如释重负。她不知道他能否理解这个消息的全部意义，也不想让自己的这一通电话显得过于愚蠢或是软弱，所以她给他留了言，让他给自己回电话，心里猜想他的好奇心应该会驱使他在一周之内给她打来电话。当这一天真的到来时，她却感觉提起它未免有些过于坦诚，不想冒险让他不愿理会自己。她从未想过这件事对自己竟然有着如此重要的意义，也从未想过自己真的能够撑到这一天。在此过程中，医疗保险对她已经不是那么重要了。她在乎的是一个能够让她为之奋斗的目标，一个能够让她坚持活下去的理由。

下班之后，她带着半瓶香槟酒去了疗养院。公共活动室里，一支鼓乐队正在有组织地演出。公关主任凯西站在正中间，脖子上还挂着一个小鼓。艾琳在门口停下了脚步，观看起来。凯西击鼓的动作看起来比别人都要花哨，同时还不忘热情地朝着病人露齿微笑，试图让他们来模仿自己。在场的大多都是女性病人，不过也有几个男性病人稀稀落落地穿插其中。艾琳很庆幸埃德身上的疾病让他远离了这种活动。她就这样看了好久，直到凌乱的鼓声逐渐减弱。凯西的两只手飞快地轮番敲击着鼓面，发出了塑料杯子撞击硬木地板一般的砰砰声。"现在，轮到你们了！"凯西用恳求的眼神四处搜寻着。一个老太太叹了一口气应和道："哦，算了吧。"艾琳真想给她一个充满感激之情的拥抱。

她在房间里找到了埃德。软木塞进出来的声音吓到了他；他瞪大了眼睛，可身体却并没有挪动。她只好慢慢地把香槟酒喂到他的嘴里，还要防止酒水从他的嘴角里滴落出来。她发誓，当她把这个好消息告诉他时，他的嘴唇露出了一丝不易察觉的微笑。

这么多年过去了，她总是在幻想自己该如何撑到能够领到退休养老金的那一天，可当她坐在那里喝完一小瓶香槟时，才意识到即便她的经济状况已经有所好转，即便养老院的费用没有每半年涨价一次——眼下是每个月不到 7000 美元——她的心里还是没有丝毫想要退缩的念头。如果她退休了，除了整天耗在疗养院之外也没有什么事情好做了，可她还有未完的人生可以去奉献。无须回避的是，她对于她的工作很在行。她这一生都在思考自己也许还能另有作为——她总是说自己也许会成为一名律师或是政治家，因为那是大麦克·图穆蒂家的孩子有可能成就的事业最高峰，即便这个孩子恰巧不是男孩——可她现在才恍然大悟，她已经尽力了。在她左顾右盼的过程中，护士这份职业已经被铭刻上了她的名字。问题的关键并不总在于你想要什么，而是在于你能够做什么，又该如何做好它。她辛勤耕耘了这么多年，就算暂且不提这份事业在为她带来一座房子的同时还支付了她儿子的教育费用，它能够延续至今本身就是无人可以从她的履历上抹去的痕迹，即使根本就没有人在意。

91

　　1998 年感恩节后的那个早晨，康奈尔一个人去了疗养院。探望完父亲，他在走廊上走到一半时转头回到了父亲的房间，站在门口向里面张望了片刻，然后又转身离开了。当他打算把钥匙插进车子里时，他再一次回去了。这一次他走进了房间，在父亲床边的一张椅子上坐了下来，牵起了父亲的手，仿佛他刚刚才到似的。

　　正午时分，他们一起去吃了午饭。餐厅里充斥着女人的呼救或语无伦次尖叫的声音。那声音穿透了父亲混沌的思维，让他颤抖着在轮椅上晃动起来。康奈尔把这看作是父亲骑士风度的本能体现，因为男人的尖叫声就无法引起他身上相同的反应。

　　午饭后，坐在父亲的房间里，康奈尔很快就把自己所能想到的一切话题全都说完了。他向父亲讲述了大都会队在赛季最后一星期内溃败 5 分之后又是如何差一点儿输掉了外卡赛的，还有洋基队是如何在常规赛历史上赢得最多比赛之后又捧得了世界职业棒球大赛奖杯的。他还给父亲讲述了自己大学最后一年的生活。他不知道父亲能否理解他所说的任何东西。相比之下，母亲在这时似乎会显得自在一些，仿佛他的父亲随时都有可能回应她所说的话一样。她会把家里出现的问题悉数讲给他听，然后再说上一句"你总是告诉我们不要那么做"或是"你早就知道了，对不对"。尽管如此，他还是无法用浮夸的语气对自己的父亲讲话，因为他就是无法摆脱不相信父亲会回答他的那份怀疑，好像把陈述句转变成问句就是对父亲的不敬似的。于是他只好默默地坐在那里或是播放音乐。

房间里既平静又安宁。哈金斯先生那一边的小钢琴上摆放着一个花瓶和一对相框。他从未看到过哈金斯先生在钢琴边坐下，不过对方也很少在屋子里停留，总是没完没了地在楼道里走动，手里推动着他的成人学步车，仿佛要把自己累垮似的。

"你知道哈金斯先生是德国人吗？我知道我给你讲过柏林的事情，但是你就让我再给你讲一遍吧。柏林很棒。艺术、文化、文学。整座城市就是一个建筑工地。他们把所有东西都建成新的，却又试图不让任何东西看上去是新的。从这个意义上来说，他们似乎不愿意在未经深思熟虑的情况下掩饰过去的任何事物，试图用一种周到的方式来处理历史的遗产。这并不完美，而他们也知道是永远无法通过改正自己的行为让人们遗忘纳粹时代的暴行的，可他们还是企图成为这个世界的记录者，或至少是这个世界痛苦的良心。他们坚持关注国内局势，毫不留情地提防历史修正主义、对过去生活的多愁善感和任何带有些许可能引领他们走向毁灭的线索。没错，那里确实还有新纳粹主义者存在，就像哪里都会有种族主义者和仇外主义者一样。可作为一种文化，至少是一种知识分子文化，他们总是格外审慎地想要趁那种思想站稳脚跟之前就把它彻底镇压下去。你不能责怪德国人，或者至少是柏林人——柏林的知识分子以及我在自由大学认识的那些人试图假装纳粹主义从没有发生过——你明白吗？我从他们那里学到，要把自己的话限制到无懈可击、坚如磐石的程度才行。他们甚至还要思虑周全，时刻提防自己饱受良心的谴责。他们对于良知疲劳的警觉有着坚定的原则。良知疲劳。凭良心办事——不，他们不会说良心，那意味着某种'良好的礼貌'。鉴于他们总是逼迫自己铭记那份存在于自己出生以前的历史中的罪恶，他们苛刻地要求自己不能自我感觉良好。在对待奴隶制、印第安问题、日军集中营、黑人问题、塔斯基吉梅毒试验或任何给美国人的灵魂留下污点的历史暴行方面，我们都可以从他们的身上学到些什么。"

他们再一次静默地坐在那里，直到他从自己提前买给父亲的圣诞礼盒里抽出一张唱片，放上了莫扎特的音乐。他已经决定今年不飞回来过圣诞节，只不过还没有把这个消息告诉母亲。他猜想这样才能迫使她接受寇克力家的邀请，而不是再留守在梅普尔格罗夫疗养院里度过一个压抑的平安夜，正如他去年在德国时她所做的那样。要是他赶回家中，她肯定会希望一家三口能够一起过节，可他却不想这么对待她，所以才想出了如此强人所难的方法，迫使她放手让别人——辛蒂之类的——来照顾她。

他的父亲伴随着乐声拍手欢呼起来，康奈尔也跟着拍起了手，同时不由得回想起了小时候一起和父亲坐在卡内基音乐厅里的经历。那时的他只有看到父亲充满权威性的拍手时才知道自己什么时候该鼓掌。

一曲终结——唱片封套上的文字显示这是莫扎特的第40号交响曲——他的父亲极其兴奋地笑了起来，随即又忧悒地啜泣起来，以至于他根本就听不见背景里的音乐是什么。康奈尔不知道是交响曲让他反应如此强烈，还是他的潜意识里有什么东西正在沸腾。他的心里燃起了一股无名的怒火。不过，他趁着那种感觉还没有涌上头脑，让这次的探病变得无比尴尬之前便把父亲推到了电视房里，转身离开了。这一次，他这么做全都是为了父亲好。

　　　　　　　　　　不属于我们的世纪

92

连续好几个星期，她已经看出他的大限之期不远矣。他面如死灰，呼吸泛酸，眼神空洞，意识也没有一刻是清醒的。他永远都垂着头，仿佛脖子上的肌肉已经不起作用了，几次偶发的痉挛差点就把他从座位上颠了下来。

在他离世前一个月，他做了一件事，让她事后每每提起这段回忆，都会忍不住猜想他到底是否意识到自己就要不久于人世。他时常展现出一副恢复了些许神志的模样，可她知道那不过都是她自己的一厢情愿。相信他根本就记不得自己失去了些什么似乎不会那么痛苦，但她心中的另一部分——她知道这很自私——却还是希望他能够记得自己是谁。

情人节的前几天，她正推着他下楼返回房间。疗养院里装饰着粉红色的彩带和心形的纸板，仿佛这里不是一家老人服务机构，而是一座满是情窦初开的少男少女的中学。当她为了躲避与他们相向而来，也推着轮椅的人而不得不靠墙行走时，埃德伸手摘下了挂在墙上的一个心形纸板。用"摘"这个字来形容他似乎有些夸张，因为他的动作顶多只能算是松松地握着拳头轻擦了一下墙壁。紧接着，他的手就开始抽搐起来，几乎无法绷直。她拾起了那颗桃心，差一点儿就脱口而出，问他这是否是送给她的，可她转念一想，意识到自己并不想面对得不到答案的窘境，于是便把那颗桃心放在了床头柜上。

他的嘴角淤积着一坨黏着的口水，牙齿上还残留着些许永远也洗不掉的噬菌斑。那些斑点的颜色经过长时间的沉淀，已经由黄色变成了坏疽般的淡蓝色。

她取来一张蘸湿了的纸巾，擦了擦他的脸。"情人节快乐。"她边说边吻了吻他的嘴。她已经记不得自己多久没有吻过他了。她惊讶地发现，他的嘴巴吻起来竟然还是如此的馨甜。

93

　　母亲留言中的某些讯息迫使他立刻把电话回拨了过去，全然等不及周末结束之后再说了。她从不会通过答录机来传达什么坏消息，但声音中肯定会透露些许的线索，一丝不易察觉的颤抖。他需要的就是那一点点的线索。这么多年以来，他早已练就了预知祸事到来的本领。他知道这是荒谬的；他父亲的疾病并不意味着突发的变化，只能是漫长的衰退；尽管如此，每当电话铃声在他的睡梦中响起，他都会惊醒过来，一跃而起。

　　"你爸爸病了。"接起电话，母亲开口说道。

　　他扫视了一眼自己的公寓，只见地上撒满了纸张，每张纸上都堆积着厚厚的尘土。他和他的室友已经好几个星期都没有打扫过房间了。这是他们大学的最后一段时光，每个人都有责任尽力从剩下的日子里获取更多的价值。他闻了闻屋子里弥漫着的味道，那是脏衣服散发出来的淡淡氨水臭气，以及盖满灰尘的水池里未洗的碗盘的霉味。只有在他室友的女朋友开口抱怨时，他们才会动手清理它们。

　　"他可能熬不过今天晚上了。"他的母亲说道，声音里满是笃定。她听上去很无助。这可能也是他第一次听到她用这样的嗓音说话。

　　"你确定吗？"话一出口，他就意识到自己的这个问题有些愚蠢，毕竟在她面前离世的人少说也应该有几百个了。

　　"他得了肺炎。"她冷静地回答，"这种病对于他这样的病人来说可不是什么好事。"

"你为什么不早点打电话来？"

"我想要等等看他能否撑过去。我不想在没有必要的时候把你拉回来。总之，我现在不是打电话过来了吗？"

"他怎么样了？"虽然这也是个很傻的问题，但他还是希望，甚至是有些半心半意地期待母亲这一次的答案能够有所不同——不管是些许的微调还是截然不同。

"一切都很安静。"她回答，"我正守在他的床边呢，试图让他感觉舒服一点。"

他的眼前出现了笼罩在一片黑暗之中的疗养院。漆黑的走廊里，只有他父亲房间的门缝里还透着一丝的光亮。他仿佛看见母亲正用一只手抚着父亲的胸口，望着他费力的呼吸和眼中的恐惧。

"我们只能祈祷他能够撑到你赶回来的那一刻了。"她说，"给捷蓝航空公司打个电话。用那张美国运通卡买一张机票。"

此前他从没有属于自己的信用卡。这张美国运通卡是他离家上大学的那一天母亲给他的，上面用大写字母写着他的名字，康奈尔·J. 利里，上面还有一行字："1967 年入会。""这是给你应急用的。"那天早上，她在上班之前把卡片递到了他的手里。像往常一样，她说的最后一句话还是"保重"。

为这一次的旅程收拾行李的过程似乎被赋予了某种仪式感。和每次出行时一样，他的心中都充满了忐忑的兴奋感，但这一次的意义似乎更加重大。人们都说，父亲的去世对于一个男人的一生来说是个决定性的时刻，也许如此关键的一刻就要到来了。他很快就要加入那些深谙生命只是一条单行道的沉默人群之中。他的锐气已然被自己醒来之后就会蜕变成另一个人的可能性打磨干净——他即将成为这个家族承上启下的一代。他叠好放进行李包中的每一件衬衫、每一双袜子都是他照着想象中自己降生以来最体面的样子挑选出来的。一件庄严的西装上衣，一条实用的宽松长裤，一双最高级的皮鞋。他这番准备的目的已经变得愈加清晰了。他还有很多事情要做：扔掉垃圾、洗干净水池里的碗盘。他带着从未有过的热情与专注——做好了这些事情，权当它们是承担更大责任的先导——作为母亲的儿子和这个家庭的代表——简而言之，他就是这个家庭的男主人。他的每一个动作都将被赋予具有认可意义的目的性。没有时间多愁善感，他只能像个男子汉一样毫无怨言地好好处理这些事情。

他在门口站了一会儿，向门外望了望。这也许是他最后一次带着少年的眼光看待公寓门口的街景了。他深深地吸了一口晚风，闻到了树木的清香和汽车尾气的臭味。一瞬间，他的公寓似乎多了几分古怪的别致；他发觉自己原来一直都深深热爱着即将被他抛在脑后的这段时光。他即将展开一段新的人生；没有人能够阻止他，也没有什么可以伤害他。他有能力踏过火海，等到自己到达彼岸时再想办法冷静下来。

离开之前，他又打了一个电话。"他怎么样了？"他之所以这么提问是因为他不能表达得过于直白：*他还活着吗？*

"他很痛苦。"她回答，"不过他人还在这儿。"她说着说着有些破音，"我告诉他你就快回来了。他捏了捏我的手指。"

他在中途机场办理了登机手续，走过安检，在登机门旁边坐了下来。他用不着等很久，因为他是赶在登机之前到达的。他试图坐下来读读书，心里却一直被父亲正在远离人世的想法困扰着，一时间有些惊慌失措。他已经在没有父亲的情况下生活了好一段时间，现在却仍旧要像朝圣般回去看望他，只为了用耳朵贴着他胸口的心跳聆听他的遗言，只为了在他的坚持下获得一份安慰，只为了用鼻子紧紧蹭着他的脖子，记住他轻柔而又无意识的呼吸频率。他仍旧是他人生的旗手，仍旧是他的父亲。

他是这一排座位上第一个登机的人。他把书放进了座椅后背的口袋里，放下小桌板，在桌面上敲击着手指。乘客们三三两两地缓缓走进了机舱。很快，他不得不起身让坐在靠窗座位上的乘客进去，或是看着坐在走道旁的乘客把行李放在头顶的行李舱里。他希望自己没有那么着急上飞机。他并不需要上厕所，但还是收起了小桌板，站起身来。

他紧靠着镜子，把额头抵在上面，口中呼出的气息聚在了镜面上。他打算尽可能长时间地呆在里面。他似乎是在寻找某种东西、某种证明，尽管他也不确定那是什么。

那一刻，他看到了。一切都在眼前：他父亲那副永远都大惊小怪的长相，还有那沿着头皮一路向上冲的美人尖、总是微微翕动的鼻翼、宽厚结实却又留着一道凹痕的下巴、浓黑的头发和稍大的耳朵。

他咬紧牙齿。为了拥有一口好牙，他历尽了千辛万苦。早在他还是个孩子时，就很不喜欢换上代替牙箍用的夜间矫正器，还伪造过记录佩戴时间的矫正日志——前往牙齿矫正医师诊所之前那令人惊恐万分的最后一刻，看着自己日志上的大片空白，他有些不知所措，于是换着色笔记下了几个不同的数字，还编造了一些符合自己作息规律和佩戴时长的虚构故事。整整两年的时间，父亲每个月都要开车载他到牙齿矫正医师那里去一趟；康奈尔每次都会等待着有罪判决在耳边响起，却屡屡都能"死里逃生"。他的父亲从不会为此而训斥他，因为父亲很乐意开车载他出来，很乐意为了儿子的笑容签字付账。成人的世界似乎早就料到小孩子做事会粗心大意。

他的牙齿不如父亲的整齐。他的父亲有一副假牙桥托。每当康奈尔看到父亲在水龙头下冲洗牙托，都会央求他为自己表演牙齿上下咬合的戏码。如今，他的门牙却少了半颗，是他在康奈尔窝在房间里发呆时摔倒在厨房的砖地上留下的。

"你就要飞回家了。"他对着镜子说道，希望自己能够脚踏实地，看清现实，"你的父亲就快要死了。他曾是你最好的朋友。你的人生从此再也不一样了。"

这一招并不管用。回到座位上时，他已然忘记了自己在厕所里的那种感觉。一位和他年纪相仿或是长他几岁的漂亮女子坐在他身旁的靠窗座位上，而坐在走道座位上的则是一个根本没兴趣和她搭讪的上了岁数的商人。康奈尔一边从他的身边挤过，一边坚称不需要他站起来，不料那个男人本来就没有起身让位的意思。

等待起飞的过程中，康奈尔看了看椅背上的迷你电视。屏幕上显示的地图表明了他们所在的位置，上面的飞机图标和一个州的大小差不多。乍看上去，这架飞机似乎在转瞬间就能飞完整段路程，可它却只是静静地停留在原地。

"我听说那本书不错。"他伸手指了指女孩手中的书。

"哦，是的。"她回答，"写得很美。这个作家写的所有作品我都很喜欢。"

"你去纽约做什么呀？"

话题的突然转变似乎吓到了她，可他的确没有读过那本书，也不知道书的作者还写过些什么。"我要去探望一位朋友。"她回答，"我的大学室友。她为了给一家高级时装店工作搬去了纽约。"

"我叫康奈尔。"他为了伸出一只手，笨拙地夹紧了手肘。

"卡拉。"她应和道，"很高兴认识你。"

他觉得自己仿佛听到那位商人叹了一口气。

"那你去过纽约吗？"

"没有。我很兴奋。"

"你准备待多久？"

"一个星期。"

"有什么计划吗？"

"没有。"她说，"我连导游书都没买，只知道自己可以住在朋友那里。我很忙，所以一直都没有时间坐下来细细筹划。"

"一定要坐一趟斯塔顿岛渡轮，那是观赏城市景观的最佳线路，而且只需要花50分钱。"

商人咳嗽了一声。"现在免费了。"他说。

"你说什么？"

"过去需要花 50 分钱买票。现在已经免费了。"

商人重新低下头来，在手中的那一沓纸上做起了笔记，落笔之前还不忘看了康奈尔一眼，意思是说他明白康奈尔怎么了——他要不就是太久没有回去过了，要不就是个骗子，打算引导那个女孩误入歧途。

"不管怎么说，这主意听上去都很棒。"卡拉说，"我喜欢坐船，更喜欢便宜的东西。"

康奈尔和卡拉对看了一会儿。她的笑容很可爱，很开朗，看了看康奈尔便继续低头读起了手中的书，而康奈尔也把刚才放在座椅背后口袋里的书掏了出来。不一会儿，她开口问起纽约是否是康奈尔的家乡。他回答，曾经是。她又问他为什么要回去。他如实以告，说自己的父亲生病已久，眼下恐怕是不行了。她听罢表达了自己的惋惜之情。这段告白似乎让两人陷入了更深的沉默之中。他有些后悔，早知如此还不如编造些故事出来。飞机震颤着起飞了。他注意到她在胸前画了一个十字，双手合十之后还轻轻闻了闻自己的指尖。

航程快要接近尾声时，他开口问她喜不喜欢吃印度菜。

"你知道吗？"她回答，"我想我还从没有吃过印度菜呢。"

"第二大道和第三街的交汇处有两家相邻的印度餐厅。它们长得一模一样：同样的装修，同样的吊灯，墙上还都悬挂着塑料做的辣椒串。它们已经竞争了很多年了。两位店主会站在各自的店门口，拉你走进自己的店里，仿佛那扇门后面是什么世外桃源似的。你可以做选择：左边或是右边。然后你就和那一家店里的人是一伙的了。他们会记住你的。你下一次也休想到另一家店里去。"

"那你会选择哪一边？"

"右边。"他回答。

"那你怎么知道两家是一模一样的？"

"我还从没有考虑过这个问题呢。"他说，"我猜我应该是不敢去探索真相吧。你不知道那些家伙有多么可怕。"

她笑了；他能够感觉自己已经勾起了她的兴趣。整个航程的大部分时间里，他都在等待这个能够扭转两人关系的时机，让她不要再把自己当做是陌生人。眼下也许正是他的机会。

"趁你留在这里的这段时间，我们没准可以出去走走。"他说，"我们可以去左边的那家店坐坐，如果你有兴趣的话。我愿意冒这个险。"

"我可不想怂恿你'叛变'。"她边说边在座位上挪动了一下，让他不禁有些担心自己的话是不是说得太早了。这样一来，情形就又会变得尴尬起来，毕竟他们还有一小段旅程要共度呢。

"你说得对。"他说，"小心不出大错。"

"你确定你会有时间吗？我的意思是——你的爸爸。"

"我可以腾出点时间来。"他说。

"你不用担心我。"她说，"我有的是计划可以让自己忙碌起来。你还有家事需要照料。"

"没关系的。"他回答，"我可以溜出来。此外，他也许不会有什么大碍。这种事情以前也发生过。"

"哦。"她附和道，"只要不会打搅你就好。"

"我会给你打电话安排一下的。"

他们交换了电话号码。她的脸上闪过了一丝困惑挣扎的神情，似乎是被他给吓到了，宛如一个潜入水中才意外地发现那是一潭冰水的人一般，心中满是震惊和愕然。她又稍稍审视了一下他的眼神，好像是在追问他是否真的确定要在自己手头还有更重要的事情时费心招待她。这更让他坚定了要在她面前展示自己是一个开朗乐观的男人的决心——即便身处绝望，即便生活中还有更加重要的事情，他也依旧能够宽容地给自己留出一些时间。毕竟若是没有这些小插曲，人也只能干巴巴地、例行公事地混日子罢了。

飞机降落后，乘客们陆续走下了机舱。由于卡拉还要从头顶的行李舱里拿回自己的东西，因此和康奈尔之间隔了几个人的距离。他站在走廊的尽头等待着，尽力回避着其他乘客的目光，尴尬地以为大家都能够看穿他的意图。他认为陪伴她走到提取行李处很有必要。这个城市就要展现在她的眼前了，而他则是她在这次旅行中遇到的第一个男人。短暂相遇之后，他的这一优势很快就会让渡给其他人，从而使她轻易就会忘记自己。因此，这最后几百米的距离至关重要，将决定他能否保证这样的情况不会发生。

和她一起在航站楼里绕来绕去的途中，他发表了几则有关纽约的枯燥无味的言论，逗得她忍不住笑了起来。他的心头涌起了一种欢快的感觉，就连肩上的背包也不那么沉重了。为了赶上他脚下大大的步子，她似乎一直都在加快脚步。他隐约看到了一丝曙光：这很有可能会成为一段序曲，供他们今后在这座城市里再续前缘。这也是他这趟旅程的第一天，无法预知未来会发生什么。不过和这个女子同行了一路，他倒是感觉心中充满了期待。在旁观者看来，他很有可能就是她的男朋友，也是第一次到访这座城市。

接近通往行李提取区的时候，他们两个人的步伐几乎就快小跑起来了。在此过程中，他一直都在转头看她。走出大门，他这才记起自己为什么要回来，于是隔着灰白的玻璃寻找起了帕特舅舅的身影，可一张面孔也认不出来。

随着旋转门隐约出现在了下坡路的尽头，一股焦虑的情绪爬上了他的心头。他发现自己的脚步慢了下来，脸上的笑容也渐渐消失了。他不再那么关注卡拉了，而是一直望向了站在旋转门另一边等待他的帕特舅舅。不一会儿，他真的慢了下来，以至于卡拉都开口询问他到底出了什么事情。隔着玻璃，他看到了舅舅和母亲模糊的身影。母亲的出现只能说明一件事情。他缓缓地从卡拉身边走了过去，没有理会她的提问。他不想让母亲看到自己正在和她说话，发现他竟然是如此轻佻的一个笨蛋，就像他心里突然意识到的那样。很快，卡拉也不再和他搭话，而是径直向前走去。他跟在距离她身后几步的地方，心里仍在惦记着自己隔着玻

　　　　　　　　　　　　不属于我们的世纪

璃猜测的一切，却又不敢彻底承认。终于，他再也无法逃避，眼前出现了母亲满是泪水的脸庞。他这才确定，父亲已经在自己完全将他抛到九霄云外时离开了。

他推开旋转门走了出来。母亲一边用手为自己的脸庞扇风，一边试图向他解释他已经心知肚明的一切。他的舅舅站在一旁，什么话也没有说。

"我很抱歉。"她说道。

父亲最终还是没有等到他，在两个小时以前离开了人世。母亲从疗养院那里获得了批准，将父亲的遗体暂时停放在那里，好让康奈尔能有机会和他道别。

帕特舅舅如同一位方程式赛车手一般飞速踩着油门，朝着疗养院的方向驶去。在把他的母亲安顿在入口处的长沙发上之后，帕特舅舅陪着他穿过走廊，来到他父亲的房间门口，然后留下他一个人走开了。父亲的双眼仍旧是睁着的。康奈尔望了一会儿那双美丽的蓝眼睛，感觉它们仿佛正盯着什么别的东西，然后像往日里那样伸手抚平了他竖起的头发。他低头吻着父亲的前额和双颊，感受着父亲冰冷的体温。尽管知道他已经不在了，但他还是自顾自地开口和他说起话来。父亲的嘴巴也是张着的。他看了看他那颗摔断的牙齿。他已经不需要那些牙齿了。他什么都不需要了。

过了一会儿，他的母亲跟了过来。"到这里应该足够了。"她说。

他又给了父亲一个吻，在迈出门口之前转过身来回望了父亲一眼。就在他打算走回父亲身旁时，却看到了舅舅严厉而又哀求的眼神，而母亲脸上的表情似乎也在诉说着她留在这个房间看着他的父亲时到底有多痛苦。她一直坚持不肯让康奈尔回家，可道别的时间已经到了。虽然她多年来已经见到过不少病人的尸体，但眼看着自己的丈夫也变成了这番模样，她的心里肯定格外难挨。想必他父亲的遗体看上去应该和其他无数具死尸没有什么分别吧。他轻轻地关上门，跟随着舅舅和母亲一起走向了楼外的停车场。

94

杀死他的是肺炎。在大脑退化的同时，他身体的其他器官也停止了工作。他的肺里充满了黏液。他就这样淹死在了那些黏液之中。

埃德于 1999 年 3 月 7 日去世之后，她决定，如果真的有来生，她希望自己能够被归入另外一个完全不同的标签类型里——某些标注着"假日"或"阳光"之类热情奔放的词条中。不过，这一辈子的她仍旧是艾琳·利里。她永远也不会再婚。这就是人生：你只能破釜沉舟。谁能说这算不上是爱情故事中的一种呢？

她睡在了他那一侧的床上。她一直都很不喜欢他那一边，却又没有勇气睡在自己那一边。无论她何时翻滚过去，都只能彻夜回想自己面朝着他入睡的情景，回想自己是多么希望时光可以倒流——哪怕只有一夜也好——这样她就能把身体转过来面对他了。

她知道他会愿意把自己的遗体贡献给知识界，不过给他确诊的神经科医师是不会为他做解剖的；他们相信他的病症就是老年痴呆症，因此很久以前便停止了调查研究。而进行药物研究的团队也不会对他进行解剖。

总之，她得自掏腰包为他做解剖，还得完成一些文书工作，把他的遗体从一个郡县转移到另一个郡县。整个过程需要花费 8000 美元，或者说和她当初每个月支付给梅普尔格罗夫疗养院的费用差不多。她突然意识到，把解开埃德脑袋里留下的谜团这件事拿来与任何金额的钱财挂钩都是很不体面的。单单是为了荣誉，他们也应该吵闹着要执行解剖才对。

最终，她还是没有勇气完成这个计划。她无法忍受让别人打开自己丈夫的头颅这个想法。他的牙齿断了，牙龈也已红肿，一头乱发，曾经让他倍感骄傲的肌肉萎缩得如同下垂的袖子一般，浑身上下到处都是割伤和结痂，皮肤因为缺少日晒而变成了灰白色。她无法想象自己还要进一步地毁坏他的身体。一想到他会被人解剖，而曾几何时他才是那个动手解剖别的尸体的人，她的心里就会涌起一阵明显的反感。他已然归于尘土，所有答案的问题都已经得到了回答，而那些没来得及提出的问题则永远也没有机会再寻找答案了。科学在他身上的应用已经走到了尽头。剩下的就只有一具肉体，而她只想要慎重地对待它。

尽管她费尽了千辛万苦才给那只积家牌的手表装上一条皮质的表带，但埃德却从来也没有戴过它。它就这样在盒子里躺了 32 年的时间。

她把手表从盒子里取了出来。那条金表带如同干燥的蛇皮一样躺在盒子的天鹅绒里衬底下。她找了一家珠宝店，请店家帮她把金表带装了回来。鉴于成色上佳，又有收藏价值，而市场上金价不菲，修复后的手表一定相当值钱。可当她把它佩戴在埃德的手上葬入墓地里时，它身上的一切物质价值也随之化为了尘土。

装修工人偷走他的旧工具之后她为他添置的新工具从来也没有使用过。他去世几个星期之后，她花钱请人把它们统统拖走了，包括他办公室里的那些东西：成堆的唱片、家用录像带和科学教科书。那些书籍都已经过时，如今也没有人再听唱片了。录像带上的内容全都是埃德用黑白电视录下来的模糊影像，包括一些老电影和有关教堂与桥梁的纪录片。

康奈尔对这些东西可是一点儿兴趣也没有，况且它们也没什么价值。

　　守寡后的漫长岁月里，她还是会经常想起丈夫刚刚患病、离开工作岗位的那段日子。那时的他还是那么英俊，尽管头发有些稀疏，却并没有失去那引人注目的浓黑。他那双蓝色眼睛里闪烁着亮光，只是眼白已经开始发黄。他的个子比以前矮了一些，衣服也略显宽大。某天傍晚，客房里很暗，只看得见电视机的亮光和从露台门上的窗帘缝隙里透出来的些许光线。当树影随风摆动时，房间里涌进了大片的阳光。床头柜上的台灯是屋里最后的光源，但匆匆忙忙赶去上班的她却忘了打开它，而他又无力起身去开灯。从早上8点钟开始，他就一直坐在那里盯着电视，她认为那些电视节目能够分散他的注意力，让他忽略她离家去上班的漫长时光。到那时为止，他已经看遍了电视里的每一集侦探电视剧，尽管衰退的记忆力让所有似曾相识的片段都成了崭新的画面。他也会在剧集之间的某个地方忘记了剧情是怎样发展的，铭刻在脑海中的只有故事的基本情节：响亮的辩驳、愤怒的脸庞和幸福的团聚。他还会有感觉，也还是会哭泣。他的确哭过，在完全不自知的情况下。哭过之后，他能够感觉眼泪已在脸颊上干涸，仿佛他刚刚从噩梦中惊醒。他已经不能再阅读了，读到一个句子的结尾时，他就已然忘记了它的开头。但他还能勉强解读报纸的头条标题；通过这些标题，他大概能够拼凑着感觉出这个世界正在发生些什么事情。他被留在了电视机前面，只有她在家的时候才能欣赏一下音乐或是听她读书给自己听。他饿的时候会试图到厨房去，却很难从沙发上站起身来。他三番五次地尝试着，最终成功拿着食物返回沙发上时却又找不到电视遥控器。他已经不想再看这个频道，不想再跟随这个故事了。他知道它与一桩谋杀案有关，而里面的人物正在进行调查工作。那些侦探总有查不完的案子。有人偷了些什么，又有些什么被人偷了。

　　　　　　　　　　　　不属于我们的世纪

书柜的一个盒子里装着一个头骨，那是埃德的一个标本，是他用来教授解剖课的工具。他给它起名叫"乔治"，可她除了"头骨"之外拒绝用任何名字来称呼它。他也曾不时地把它拿出来展示给康奈尔和他的朋友们看，画面恐怖得让她总是忍不住打断他们。男孩子会把手指杵进头骨的眼窝里，用指甲抠着散发着光泽的头骨上那一道道凹槽，或是把手探进象牙色的牙齿里，一边说着愚蠢的对话一边按动下颚结合处的关节。有一年——应该是在康奈尔八九岁的时候——她为街道上所有的孩子举办了一场万圣节派对。"乔治今晚要登场了。"一早，埃德坐在早餐桌旁对康奈尔说道。在派对的气氛达到高潮时，所有的孩子都聚集在了地下室里。埃德披上一件黑色的披风，把从烧焦的锅底上抹下来的黑灰涂在了自己的脸上。他关掉了地下室的灯，缓缓走下楼梯，来到了围坐成一圈、期待着惊喜的孩子们中间。他假装用低沉的声音讲着话，打开手电照亮了漂浮着的头骨。孩子们浑身颤抖着，充满恐惧却又满心欢喜地尖叫了起来——包括明知这一幕会发生的康奈尔在内。

　　埃德曾经说过，他死后想要让自己的头骨被用于解剖课程——他兴奋地听说，曾有一位优秀的舞台剧演员打算把自己的头骨留给同伴，在《哈姆雷特》中扮演尤里克的角色，从而确保自己能够得到永生。

　　她把盒子从柜子里拿了出来，放在了书桌上。她还从没有亲自打开过这个盒子。她抽出其中一片盖板，然后又陆续把其余的三片盖板也缓缓地取下，在看到那个头骨的顶端时打了个冷战，但还是把它从盒子里捧了出来，让它面对着自己立在桌面上。尽管她从事护理行业这么多年，没少和死亡打交道，也上过无数节解剖课，却从未摆脱过面对人类遗骸时的那种原始的恐惧。她坐在那里盯着头骨空洞的眼窝。在她认识埃德的这些岁月里，他的五官后面都支撑着这一副头骨，因此想必这个头骨也曾联系着血肉，联系着亲情和友情。她突然意识到，相比开头，她似乎更加靠近结尾。

　　她也曾想过把它捐献给桑德斯高中的科学系，却最终否决了这一想法。她觉得不如在自己死后把头骨留下，由康奈尔找个地方安置它，或是负责把它扔掉。他将成为它命运的主宰，就像是她将决定如何处置丈夫的遗体，而康奈尔也将决定如何处置她的遗体一样，以此类推。

她越是回想起埃德多年前拒绝纽约大学教职的事情，越是能够感觉接纳其他神秘的可能性：除了回避野心所带来的刺激之外，他说不定还有别的理由；也许他对于布朗士社区大学的需要比他们对他的需要更迫切；也许他害怕改变自己的人生轨迹，或是将自己暴露在难分伯仲的选举局面之中；也许他知道的比他坦白的更多；也许他早在她察觉之前便已经意识到了什么。

针对他病情的研究一共持续了三年。其中的两年间，她一直都坚持让他服药，直到他很难再把药片吞进去为止。面对他的抵抗，她并没有故意刁难他，因为她知道他天生就害怕被噎住的感觉。

埃德服用的这种药物还没有名字，只用一连串的字母和数字作为代号——SDZ ENA 713。后来，他们把它命名为艾斯能，使它成为了一种处方药。再后来，事情又发生了巨大的变化。他们改用膏药来代替药片，免了病人吞药的痛苦，从而省去了不少的麻烦。

她也曾问过自己，她之所以感觉如此低落，是不是在懊悔药物所引起的僵硬让他最终摔倒之后无法在别人的搀扶下站起身来。僵硬是这种药的副作用之一。若是她允许他停药，是否就能让他在家中多留一些时日？这样能不能改变他死在一张陌生床铺上的命运？

有时候她也会躺在床上想起这世界上某个地方一定有人正在研制能够改变一切的药物。尽管她觉得心中苦乐参半，但埃德却肯定会欣喜若狂。科学的进步是他人生中最快乐的事情。科学的进步，还有康奈尔。还有她，她不得不承认。每每想到这里，她都会情不自禁地放声痛哭起来。

许多个夜晚，想起自己曾在无力为他的剧变找出任何解答时，简短地考虑过要和他离婚，她都感到一阵惶恐，不知自己若是真的这么做了，他的晚年会落得怎样的光景。尽管她绞尽脑汁，却还是无法想象他会生活在哪里，身边又有谁能够照顾他。随着时间的流逝，她开始相信自己是注定要陪他走到最后的。这一切正是她生命的全部意义——照顾自己的母亲、从事护理行业——从某种意义上来说，这些都是在为她生命中更重要的一项事业做准备。只有这样想，她才能让自己再次安然地入睡。

这是他留给她最后的礼物：抛开她在人生道路上留下的遗憾。

她还是会经常到疗养院去，因为她已经喜欢上了探望其他的病人。她会给他们带去饼干，和他们一起坐在电视房里观看晚间新闻或是重播节目，直到该回家了才起身。某些夜晚，她也会给本齐格太太读读杂志，不过大多数时候，她都会在大家变得有些焦躁不安时主动调换一个电视频道，不管现在正在播放什么节目。

一天晚上，当她正准备离开时，哈金斯先生推着成人学步车沿着走廊朝她走了过来。头顶上的照明灯早已在入夜后被关掉了，唯一的光源是一盏昏暗的台灯。灯光照得他的病号服反射着雪白的光，让他看起来如同某种恶灵的信使一般。

"你好，哈金斯先生。"她在靠近他时说了一句。他停下了脚步，两只手扶着学步车站在了那里，然后朝着她举起了一只手，显然是想要表达什么感情。他说话的声音实在是太微弱了，以至于她不得不俯身靠了过来。

"没了。"她听到他像个婴儿般温柔地说着，"没了。"

她端详着他的脸，想要弄清楚自己想的是否就是他想要表达的意思。除非她把耳朵直接贴在他的嘴旁，否则是听不到他嘴里正在说些什么的，但她可以读懂他的唇语。他的确是在说"没了"，一遍又一遍，同时还摇晃着脑袋。

她意识到，只要愿意，她完全可以把这一幕当做是某种象征。她决定不去顾及任何人的意见，因为她的生活中只剩下了她孤身一人。哈金斯先生是对的。她不能永远躲到这里来。她需要一个人来示意她停下。

她吻了吻他满是胡楂的脸颊。"谢谢你。"她说，"晚安。再见。"她走过屏障，来到了门外，停下脚步回头看了看。这个地方在她的脑海里留下的最后一个画面是哈金斯先生灰白的后背。他迎着灯光缓慢转弯走回房间的样子就像是一只浮出海面的鲸鱼。那个他和埃德曾经共享的房间里如今只剩下他一个人了。她不知道他是否也会怀念埃德。她希望他根本就不记得埃德。

所有人都劝她卖掉这座房子，找个更小、更便宜的地方住下，在这次变故之后为自己存些钱备用。但她并不需要钱财。人寿保险的赔偿金已经足够她还上为了给康奈尔交学费和交付疗养院费用而支取的房屋抵押贷款了，甚至足够满足她的需要、为房子换上一个屋顶。虽然她没有太多的积蓄，但她还有房子和埃德的养老金，且只要她继续工作下去，就还有工资可以领取。她已经不需要支付任何疗养院费用了，也无须再雇佣塞奇，而康奈尔也眼看着就要毕业了。

除此之外，若是把房子卖了，她又能去哪儿呢？回到杰克逊高地去吗？她在那里早就一无所有了，何况她当初买下这座房子时就打算要死在这里。这个计划至今也没有改变过。

辛蒂·寇克力试探性地对她说："这里有你前世难忘的记忆。"

那不是我的前世，艾琳心想，是我曾经为未来所筹划的生活。那才是在这里挥之不去的记忆。那才是我几乎快要达成的人生。只要我不离开这个地方，我曾经计划的未来就不会死去。

她紧接着想到，我们在这个国家已经迁徙过太多次了。

95

父亲去世三个星期之后，康奈尔开始了大学里最后一个学期的课程。康奈尔的专业只剩下一门课可修了，此外还需要完成一门科学必修课和一门戏剧选修课——排练田纳西·威廉斯的戏剧。他打算写一篇论文探讨贝洛对马丁·艾米斯的影响，却总是无法拿起笔来，也不再关心自己能否以优异的成绩从学院里毕业。大学普通学位就足够了。

开学前不久，他开始和一个名叫丹妮尔的女孩约会，还经常带着她和朋友们一起去蒂基或吉米餐厅。他会打台球、桌上足球和《亚当斯一家》里的弹球游戏。在咖啡因的作用下，他经常与人长聊到深夜，和丹妮尔没完没了地做爱。他的沙发上几乎每晚都会有人留宿——他或他室友的朋友们——感觉就像是一场没完没了的派对。他开始翘课，但自从9月份起，他每个星期还是会往"蓝色滴水兽补习中心"跑三趟，和一个名叫德洛莉丝的五年级小女孩见面，帮她补习阅读课。他会在丹妮尔上课时待在她的公寓里，等待她回来。因为她见到他时总是一副十分开心的表情，所以他也从没有考虑过自己是否是在浪费时间。他钻研着在威廉斯的独幕戏《如雨声般倾诉给我听》中的角色。这部戏剧讲述的是一个男子回家后对着自己默默受苦的女友倾诉他整夜都在街道上徘徊，感悟脚下的路正如自己的生活，而他回家时的感受又恰似她时常回到等待在家中的他身旁一样。康奈尔在其他的课程上都掉了链子。他少交了一篇中世纪文学课的论文，错过了科学课上的一个项目。学期过半时，他明知道自己这样下去会挂科，却又无计可施。他不能挂掉任何一门课，因为他总共只修了三门课。他知道自己已经深陷漩涡之中，感觉身体正在逐渐下沉，却又抓不住任何牢固的东西。他的母亲可能无法出席他的毕业典礼，因为她刚刚得到晋升，实在是抽不出空来，所以他也不必向她解释自己为什么没有和其他人一起上台领取学位证书，甚至不用把自己根本就没有毕业的消息透露给她。丹妮尔还在上大三。她告诉他，和他在一起的这段日子很开心，但她决定趁暑假的时间到佛罗伦萨去学习文艺复兴时期的艺术。他卖掉了所有能卖的东西，邮寄了自己的书籍，然后为了纪念父亲，坐上了美铁的火车。他们曾经讨论过要一起坐着火车穿越美国。"湖岸特急"列车夜里出发，途中会穿越印第安纳州、俄亥俄州和宾州，最后到达纽约的上城区。太阳升起时，他的眼前出现了一些小城、几座旧的交通枢纽以及壮观的哈德逊河景观。他看了会儿书，没有睡觉，也没有和任何人说话。大多数时间里，他都望着窗外，怀念着父亲，回想着他曾经对以废弃工厂、生锈建筑和大堆破烂为代表的美国制造历史是那么怀念。火车驶过波基普西市之后，他开始啜泣，然后断断续续地哭了一个半小时的时间，直到火车驶入了宾州火车站。他踏上这趟旅程时并没有打算要在路上缅怀父亲，可此刻才意识到自己最终是在做些什么。自从他坐上驶离芝加哥的这趟列车以来，他已经不眠不休了 20 个小时，直到眼前出现了纽约上城区那令人焦虑不安的繁华景象，他却无法对自己言语些什么时，才理解这意味着他的父亲真的已经离开了。

走进公园大道那座建筑的大堂，他看到一个骨瘦如柴的孩子正穿着一件不合身的门房制服，看上去仿佛是借了父亲的衣服来进行角色扮演一般。此外，还有一个穿着服务生制服的人正拽着一个湿淋淋的拖把毫无条理地清洗着地板砖。"你在哪儿上高中？"他询问那个坐在控制面板后的孩子。从对方既顺从又殷勤的眼神中，他产生了一种似曾相识的感觉：这里对他来说也不过是个暂时的栖身之地。那孩子肯定了他的疑问。自从他的任期结束之后，就不断有毕业生被介绍到这里来工作。

他打听了一下马尔库先生在哪儿。那孩子压低了嗓门，竭力用成熟的声音朝着对讲机说了几句话。几分钟之后，马尔库先生出现在了公寓的门口，走上前来给了康奈尔一个温暖的拥抱，一下子就卸下了他心中的防备。两人一起走进了他的办公室。只见那里的鱼缸如今小了很多，鱼的数量却多了不少，而且每条都是色彩缤纷。

"你感觉挺好的嘛。"马尔库先生边说边点了根香烟，"看上去也不错，终于刮胡子了。"他揉了揉自己的下巴，眼神透露出了愉悦的神采，"你还记得来看我。"

"我确实是专程来看你的。"康奈尔回答，"为了工作的事情。"

马尔库先生盯着他看了许久。"你大学毕业了。"

康奈尔在大腿上按了按一支钢笔。"是的。"

"你想要回到这里来。"

"没错。"他说，"很抱歉上次的事情结束得那么仓促。"

马尔库先生挥了挥手，仿佛是在驱赶一只苍蝇。"暑期工？"

"我想要的不只是这个。"康奈尔回答。

"像你这么聪明的孩子，肯定还有不少选择。"

"我会好好工作的。"康奈尔说，"比以前更加努力。"

马尔库先生停止了眨眼，眼神里的些许赞许之意随即变成了紧盯。

"这些家伙有妻子、有家庭、有账单。对于他们来说，这份体面的工作能够给他们带来体面的收入。可这并不适合你。"

"我不会再带着书来上班了。"康奈尔说，"我不看书了。我也会戴好那顶帽子，每天都刮胡子。我懂得怎么做这一行。"

马尔库先生摇了摇头。也许他想起了康奈尔的缺点——他的拖沓，他在楼里好管闲事的行为，还有他一有机会就会坐下来的那份懒惰。

"我已经不是个孩子了。"康奈尔说，"我现在懂事了，不会再迟到了，不会多话和目中无人了，也永远都不会坐下来偷懒了。"

马尔库先生笑了。"就连我也要坐下来休息呀。"他再次摇了摇头，不过这一次似乎是在尝试着盘算些什么。"我这里没有全职的工作。"

"什么都可以。"康奈尔向他保证。

"你可以凭借你的大学学历到别处去试试看。"他劝诫他，"这份工作对你来说没有什么意义啊。"

"我喜欢这里。"康奈尔说，"我不想坐办公室，整天趴在书桌前填写文书。"

两人接下来长久的沉默被鱼缸里的一阵躁动打断了。

"你明天早上 11 点 45 分来上班。"马尔库先生终于开口了。

"谢谢你，先生。"

"暑期工。"他说道。康奈尔点了点头。"我就只能帮你这么多了。剩下的你就得自己去闯一闯了。"

康奈尔要替轮番休假的门房或是守在进户门旁边的工作人员顶班，负责进行员工出入记录和运行 A 线电梯。他的工资比三年前高出了许多，但自从工会罢工以后，员工的工资标准就开始按照资历等级实行递减制度了。如今，暑期工资只有全额工资的百分之八十。虽然他还得熬上一年的时间才能达到其他人的工资水平，但他并不介意；也许这样一来他们就不会总是认为他自命不凡了。

他坚持剃须，把头发剪得短短的，还时刻戴着帽子。鉴于他的年龄而对他恭敬有加的高中小孩子和他说话时总是格外的谨慎和礼貌。他怀疑他们眼中的自己是一个落败到了人生低谷中的男人。

8 月初的某一天，备受爱戴、人缘极佳的老门房苏格兰人约翰——也有人称他为苏格兰佬或是斯科蒂，但从没有人简单地叫过他约翰——结束了连续 30 年"朝七午三"的工作，在蛋糕和咖啡的庆贺下退休了，留下了一个虚位以待的负责人职位。马尔库先生把康奈尔叫到了自己的办公室里。

"告诉我，你计划在这里做到什么时候？"

"我能做到什么时候？我以为我的任期9月份就要到了呢。"

马尔库先生沉默了良久。"你回来是为了纠正自己的错误？"

听到这句话，康奈尔感到有些难为情，却又充满了感激，于是也沉默地看着马尔库先生。

"明天早上6点45分来上班。"马尔库先生说。

"接斯科蒂的班？"

马尔库先生点了点头。康奈尔也点了点头，仿佛自己一下子长成了大人。"朝七午三"的这一班岗是楼里唯一一份还有点技术含量的工作。住户们都会在这个时间段离家去上班或上学，而保姆和承包商也会在此期间前来报到，就更别提快递公司送来的包裹和邮递员丢下的那一包包需要被分拣和投递到收发室小文件夹里的邮件了。

过了一段时间，他逐渐发现了全职员工对待自己的态度产生了微弱的变化，仿佛他已经不再属于身边那群有些自私的年轻人。无论何时，他都愿意替他们打掩护，帮他们掩盖做事能力方面的不足，尽一个门房所能对他们施以援手。9月，在那些孩子全都升入了大学之后，他感觉自己已经变成了老员工。他和其他门房之间唯一的区别就是，他下班的时候会看书，而其他人顶多就只会翻翻报纸；午饭时，他也不会在衣帽间里胡说八道，而是会到社区里去逛一逛，看一看古根海姆博物馆，或是找一间餐厅坐下来，面前摊开一本书。

他变成了大厅里固守岗位的可靠人物。他知道所有住户的姓名和公寓号码，也知道他们那些周末从大学里返家的子女的名字，连他们的保姆、带着便携式桌子上门的女按摩师以及他们不愿声张的情人的名字也全都了然于心。他为他们保守秘密，如同鼹鼠熟悉自己的洞穴一样了解前台的情况。一看到门前出现了某个熟悉的身影，他便会立刻把自己的手指放到按键上，为对方打开对应的电梯门。当某个陌生人靠近时，他则会拿起手中的对讲器，准备把接收器拿到耳边，按响相应的门铃。

他能看出自己的出现让几位住户感到不太舒服。若是他的英语不太流利，或是没有上过大学，哪怕是没有上过好大学，长得再有点儿像巴尔干半岛或墨西哥的人，事情就会容易许多。为了避免给他们心里不自在的小火苗扇风，他尽量少谈及有关自己的事情。暑假里的那群孩子是一回事，他们只不过是在阶级认同的水塘里搅起了一时的波澜，因而是完全可以忍受，甚至是可以被纵容的。通过领取一笔可观的收入、升入好的学校——有时甚至还是住户的孩子都没能考上的学校——他们证实了住户们生活方式的公正性和他们精英理想的持久性。

他的母亲一直都在强迫他申请研究生，或是换一份工作。他该怎么向她解释，在她花费了那么多钱供他上学之后，他竟然连大学本科都没有毕业呢？她的声音仿佛是隔着水体传过来的一般，听上去有些模糊，湿漉漉地粘着他的心。他感觉自己的头脑已经不如从前灵敏了，想象力也受到了遏制，口齿更是越来越不清晰。

他失败的大学最后一年生活中，唯一的亮点就是辅导德洛莉丝的那段日子。他开始腾出一些时间辅导马尔库先生上八年级的儿子彼得。彼得自从小学三年级以来就从没有考过低于 90 的分数。康奈尔负责对他进行词汇量方面的训练，看着他坐在大厅旁边的小房间里练习做些标准测试的习题。

感恩节假期期间，大一的新生像凯旋的英雄一样纷至沓来，要求和马尔库先生见面。从办公室里迈着大步走出来的马尔库先生给了他们每人一个大大的拥抱，看得康奈尔心里有些难以言喻的嫉妒。他们把康奈尔看做是一个出色的大哥哥，可他却并不觉得自己有多出色，反而为他们纡尊降贵的态度感到有些痛心。他住在格林角，室友是他过去的越野赛跑队队友陶德·库格林介绍的。他和陶德是在鲍艾里剧院的一场音乐会上碰见的，对方正好就住在对面。每天晚上，他都会去逛逛画廊，参加几场派对或是观看一些演出。和他约会的女孩名叫维奥莱，既是个演员又是个调酒师。她从不会质疑他的职业选择，以为这只不过是他开创人生方向过程中的一个临时解决方案而已。

他写了一张支票给母亲，让她拿去偿还大学贷款的本金。她当着他的面把支票撕碎了。"别为了我这么做。"她说，"我会继续还清你的学费的，别以为你只要能把贷款还上，就不用为了自己的工作而感到内疚。"

他还没有想清楚秋天时为什么还没有回到学校。在某种程度上，回去感觉就是一个谎言，仿佛是在对自己或母亲许下一个他无法信守的承诺。此外，这样做无疑是在向母亲坦白自己当初并没有顺利毕业。他也并非不想为自己的人生做些充满雄心壮志的事情，只是还不确定应该把自己的抱负投入到哪个方向。

几个月过去了，他心中那只承载着罪恶的杯子就这样干涸了——里面也包括他未能在父亲需要自己的时候陪伴在他的身边，导致他住进了疗养院——除了例行的工作之外，他的心里空空如也。他已经不再以为自己正在过着别人的生活，却也没能找回为自己而活的感觉而苦恼了。

他从没有核查过自己的银行余额，只是不断地存钱。这些钱支付账单是足够的。他只是不想去考虑任何长期的财务决策，因为一想到要把那么多年串联在一起——20年，30年，40年——他的心里就充满了恐惧。

1月初，看到彼得·马尔库考上了瑞吉斯学院，康奈尔快乐得有些心潮起伏。他希望彼得能够扼住这个世界的喉咙，好让他这个助手也能够从中获得一份欣慰。

他受邀前往马尔库先生家参加庆祝晚宴。他惊讶地发现，自己竟然这么快就忘记了这里也是他上司的住所。马尔库先生的家和公园大道上的任何一间公寓没有太大的区别。对讲机响了几声之后，马尔库先生起身接起了电话。托尼带着一个巨大的信封出现在了门口。除此之外，康奈尔感觉自己就是一位受人尊敬的老师，因为曾在他们儿子的升学之路上担任过可靠的角色才受邀来参加这次的答谢活动。他们吃了些意大利饺，分享了几瓶葡萄酒，又风卷残云般瓜分了马尔库太太所说的美味的传统阿尔巴尼亚蛋糕。

　　和大家一起喝着咖啡时，康奈尔看了看彼得脸上骄傲的神情。男孩的感恩之情是显而易见的，不过就算他不想表示感谢也没有什么关系，因为康奈尔很清楚自己发挥的作用。突然间，他猛地意识到自己很想成为一位老师——当然，要是能争取成为一位大学教授就更好了。可即便他设法考上了不错的博士课程——首先他必须拿到文学学士学位——他也不确定自己能否撑得过去。尽管他很享受在大学里写论文的那些日子，但他对学术界的专业性——知识专业化和对发表论文的执着关注——并没有多大的兴趣。对他来说，最有希望的就是在高中教书。不过这也不太理想：每一代人都应该比自己的上一代做得更好；每一个男人都理应超越父辈的成就。如果他当上了高中教师，就只能承认自己不如父亲成功。他的母亲对他寄予厚望，可他却在公寓楼里看门。不过至少他眼下还有破茧成蝶的可能性。如果他真的过上了此刻想象中的那种人生——在自得其乐的同时帮助孩子们度过错综复杂、令人苦恼的青春期——他将不仅仅是一个令人失望的人，还是一个永远都会令母亲失望的儿子。

　　如今的他已经成为了门房中最惹人喜欢的那个小伙子，还帮助上司的孩子迈入了拥有体面社会地位的门槛之中。他的新身份将会被附加上特权，为他的这份工作经历带来某些微妙的便利。除此之外，这座大楼对他来说也有了几分家一样的含义——大堂，地下室的衣帽间，还有他上司的公寓。他可以经常过来吃晚饭。他可以陪伴彼得再度过至少四年的时间，引导他的决定，让自己的观点为他带来一些益处，送他进入一所提供奖学金的好学校。等彼得从学校回家时，或是未来从市中心的复式公寓里赶来探望家人时，抑或是坐着公司的轿车停在大楼门口，和他的父母坐下来吃晚饭时，康奈尔可以无怨无悔地为他打开车门，因为那时候的他已经衰老得感觉不到任何的怨恨了。他所要做的就只剩下打发时间了。随着时光荏苒，一切都将变得简单起来。他不需要去任何地方，只要留在这个大厅里，岁月就会主动找上门来。

康奈尔心想，如果非要找一个地方看时光飞逝，这座大堂也不见得是最差的选择——尤其是在静谧的夏日夜晚，当你把所有的门都打开，感受着宜人的微风和薄暮包裹住整座城市，而落日的余晖恰好反射在朝向公园那一旁的窗户上时。

看到马尔库先生提起咖啡壶，康奈尔用一只手盖住了自己的马克杯。马尔库先生用果断的眼神望着康奈尔，问他是否确定自己不需要再来一杯。马尔库太太又切了一块蛋糕。康奈尔看着她把蛋糕放进了他的盘子里，心头涌起了一种遭人出卖的别扭感觉。他知道那只不过是一块蛋糕，但又感觉它的身上带有一种诡异的、近乎神圣的力量，仿佛他若是吃了它，就要放弃自己对于人生的设想似的。难道他这就要发表新的效忠誓言了吗？他们用这么一点点东西就想买断他的未来：几片手工甜点，对进一步亲密关系的承诺，些许家的感觉以及勉强称得上是哥哥的地位。他没有力气去抗争，尤其是在他没有什么更好的例证时。他的手像是被粘在了叉子上一样，鬼使神差地伸向了那块蛋糕，看着自己从中切下了一大块。他松开了盖在马克杯上的手，任由马尔库先生在里面续满了咖啡。彼得安静地望着这一幕，把一切都看在眼里，倒像是一个旁观者而不是被人围观的人。惊呆了的康奈尔这才猛然发现，用敏锐而又犀利的洞悉眼光来看，这已经不再是属于他自己一个人的经历了，而是与彼得的人生经历产生了交集。他还从没有看到过篡位者的到来。

96

早在艾琳还是个少女时，就梦想着要去死亡谷看一看，睡在夜空下望着整个苍穹上的星星。如今已经 58 岁的她终于向梦想做出了妥协，留宿在了一个名叫火炉溪客栈的奢华度假村里。

她是趁着天气最凉爽的 2 月份去的，因为她忍受不了热浪，更不想在阳光下炙烤自己苍白的皮肤。第一天过去之后，纵然她已经做好了预防措施，却还是在无垠的沙漠中走了一圈之后大为震惊，之后大部分时间里都躲在室内。她留在度假村，每天只坐在餐厅、带有壁炉的休息室和温泉泳池旁的躺椅上打发时间。

一天晚上，她报团进入了国家公园，站到了如同蜥蜴的皮肤般破裂而又干燥的跑道盆地上。她不需要向导，也不需要一丁点的天文学知识，就能知道自己仰头看到的是什么，因为挂在天际的正是一道清晰可见的银河。向导伸手指了指几块会漂移的石头。他说，至今仍没有人能对这些石头为什么会孤独地在这里漂移给出令人满意的答案。其中一个游客滔滔不绝地讲述着这些石头有可能是在风或冰的作用下才能移动的。艾琳可以看出，他对于科学的理解是很不可靠的，他口中所说的那些如奇闻趣事般的解释显然也是从流行杂志上看来的，和埃德的博学多识相比简直就是相形见绌。埃德在理清思路之前是绝不会妄下评论的。若是他在这里，她肯定会很乐意看到他认真聆听这些观点，眼神里还闪烁着推测的神采。而她也能在他耐心对待这位只会胡说八道的游客的过程中学

　　　　　　　　　不属于我们的世纪

到一点东西。他肯定会喜欢这些身后留有漫长轨迹、永不停歇、公然蔑视任何解释说明的石头的。

97

父亲去世一周年的祭日这一天，康奈尔坐着火车来到了布朗士区，准备前往天堂之门墓地。母亲到火车站迎接了他，把他载到了一家花店的门口。

"买点漂亮的花。"她吩咐道。

面对琳琅满目的选择，他有些不知所措，于是拿了一束事先做好的混合花束。当他捧着花回到车子旁边时，母亲却露出了厌恶的表情。

"他们就没有玫瑰花吗？"

"我不知道。"他回答，"我只不过挑了一束看上去很不错的。"

"这些是菊花和小雏菊。你应该选几枝玫瑰花。"

"你可没提玫瑰花的事情。"他的母亲看上去有些由衷的失望，"那我回去再买几枝玫瑰吧。"

"不用了，这样就行了。"她说，"反正你父亲也认不出来。要是换他来挑，说不定也会和你做出同样的选择呢。"

一阵狂风席卷了墓地。他的母亲清了清嗓子。

"亲爱的上帝。"她开口说道，"请照顾好我亲爱的丈夫埃德的灵魂。"她看了看康奈尔。"让他知道我们很想他，也很爱他。"她又看了看康奈尔。"我一向不太擅长祈祷。如果真的有天堂，你的爸爸肯定就在那里。这一点我是知道的。"她说罢把目光转向了坟墓，"埃德，我无时无刻不在思念着你。也许这一点你已经知道了。也许你能够听得见我的心声。如果真是这样，那就太好了。那意味着我也许根本就不需要开口说话。可我一开口就停不下来。有时候，我感觉你好像从来都没有离开过。我想要找你说些什么，你却不在那里。我折好了书页，想要和你分享一篇文章，可你却没有坐在我的对面。康奈尔也想你。我会把这过去一年中发生的事情全都向你娓娓道来，但如果你能够听见我说的话，那你肯定早就知道这些了。否则我就只不过是在自言自语罢了。我深深地爱着你。我猜，现在是时候让我们一起诵读一段《天父》了。"

她开始朗诵主祷文。康奈尔也加入了进来，脑海中回想起了睡前做例行祷告时的那种令人倍感安稳的熟悉感觉。他背诵主祷文时格外流利，心里猜想这些文字是否已经深深地埋藏在了意识深处，成为自己死前记得的最后几件刻骨铭心的事情。

母亲做完祷告之后伸手拍了拍地面，寻找着可以被堆放在墓碑前的鹅卵石。这是她学来的一项犹太习俗，让她看上去就像是一只在用哀伤为自己搭窝的喜鹊一样。除了两颊上透出了红红的毛细血管之外，寒冷的天气似乎没有影响到她。她是个坚强的女人。可当康奈尔与她并肩站在萧瑟的寒风中时，却不禁想到了她孤独地生活在那座大房子里、面对着许多个空荡而又冷寂的房间的画面。在他稍后吃完茶点迈出家门之后，她会继续留在那里。他原本很高兴地听闻母亲有了卖掉房子的想法，可她最终还是没有让它挂牌上市；有什么东西让她产生了犹豫。

母亲捡了两块鹅卵石放在墓碑上，后退了两步，与狂风做着斗争。"这是你爸爸自己选的墓地。"她说，"我们搬过来不久之后就曾看过这里的宣传手册。那时候我们还不知道他得了病。这话听起来有些恐怖病态，实际上并不是这样的。他想要亲眼看看这块地，所以我们就来了。那时候这里还没有被填平，不过施工的计划都已经做好了。你爸爸想要被葬在这座山上。他会喜欢这样的天气的，冷风飕飕，薄雾笼罩，天空中布满了乌云。我不知道你还记不记得，他可喜欢墓地了。我们每一次出行时，都会在某一块墓地前停留片刻。他喜欢阅读墓碑上的碑文。也许我应该想点更好的碑文给他。"

他细想了一下墓碑上刻着的"深爱的丈夫和父亲"这几个字——虽说未免有些陈腐，但毕竟墓碑并非是值得发挥新奇想象力的地方，况且这句适用于大多数男人的碑文也正好总结了他父亲的一生。碑文下空着的那块地方是留给他母亲的。尽管她此刻还能和他站在一起，但终有一天也会离开人世，由他来把她埋葬在这片泥土之下。他想要伸出双臂抱住她，为她阻挡可能到来的一切，却感觉胸口一阵恐慌。为了驱散这份恐慌，他所能做的就只是伸出一只手臂，环抱住她的双肩。

"这是你爸爸真正关心过的唯——份财产。"她的话仿佛是在回应某个隐蔽的想法。这是个不起眼的地点，景色却很漂亮。如果再加上露丝和弗兰克·麦圭尔购买的隔壁那块墓地，这里俨然就是一座小小的社区。早先买下这两块墓地时，他们还是这片区域的开拓者，可就在此后的这么多年里，一批又一批的亡灵掠过了这片土地，将它一块块填满，如今更有一路"先锋"已经盘踞在了道路上方不远处。这里已经没有可以留给康奈尔的位置了。不过没有关系。他可以自己决定最后的栖身之地，或是让某个他还不认识的人替他做出选择。

财产。他不禁听出了这个词语的另一层含义。什么才是他父亲的财产？投资证券组合，房子，房子里的一切；他对科学的贡献；那些在他的教导下改变了自己命运的学生，以及他们给别人带来的影响。还有康奈尔自己。他也是父亲的财产，只不过眼下还处在水中。

他也拾起了一块鹅卵石，叠加在了墓碑上。母子俩朝着车边走去。

"你父亲曾经对巴比·鲁斯也葬在这里的事情感到很兴奋。"

康奈尔想起曾经读过一篇报道，说一些球员会专程驾车来探望鲁斯的坟墓，汲取一些好运，可他并没有意识到报道中所说的正是这一片墓地。

"他的墓在哪儿？"

"不远。"

"那爸爸去那里看过没有？"

"他在墓前驻足了好一阵子呢。"她咯咯地笑了起来，"一句话也不说。一副庄严肃穆的样子。你们两个说起有关棒球的事情总是那么严肃。"

他们驱车来到一座矗立在路旁的高大墓碑旁。只见墓碑的基座上用大写字母写着"鲁斯"的字样，上面还立着一块石雕，描绘的是向一个男孩比着手势的耶稣。一块较小的石碑上刻着红衣主教斯佩尔曼的一句话："愿鼓舞巴比·鲁斯赢得至关重要的人生游戏的精神启迪美国的年轻一代。"另有一行字记载了鲁斯和他妻子克莱尔的生卒年。墓前堆叠着一些祭品，包括几只棒球、一支球棒，还有几张粘在石碑上的棒球卡。

他想起了被葬在道路不远处的父亲。除了家人之外，没有人会记得他。虽说死亡是最有力的水平仪，但奈何墓地里依然存在着等级制度。

他走上前去，用掌心摸了摸墓碑。他并非是想要祈求一点好运。若是母亲不在他身边的话，他甚至有可能会跪下。刹那间，他仿佛变回了那个身处教堂之中的小男孩，将 25 美分投入盒中，点燃了一支祈愿的蜡烛，现在该是诵念祈祷文的时候了。说一句祈祷，许一个心愿，在心中默念——难道不都是一样的吗？真的有人在听吗？宇宙中除了虚无还有别的吗？*帮帮我*，他心想，*帮帮我*。可巴比只是漠然地站在灰白的石碑上，和他脚下的岩石一样缄默无言。

走进家门，母亲泡了一壶茶。康奈尔走进书房，打开了电脑。书房里仍然弥漫着父亲身上的味道，或至少是与父亲有关的东西的味道——旧书、削铅笔刀、台灯上被烤热的金属部分。他的母亲走进来，从书桌上拿起了什么东西。

"我在收拾文件柜的时候找到了这个。"她说着递给他一个写有他名字的信封，"你爸爸很早以前就想让我把它交给你，但后来发生了那么多的事情，我应该是把它放错了地方。"

他试图不让她看出如毒药般在他的身体里涌动的怒火。"上面说了些什么？"他尽可能平静地问道。

"嗯。"她回答，"其实我也没有把信拆封看过。我记得他想要把一些理念传承给你，还让我等到他的精神不再健全的时候再给你。不过显然他也没想到会让我等这么长时间。"

康奈尔小心翼翼地接过了信封。"谢谢。"他说。

"也许你想要一个人读这封信。"母亲说罢离开了书房。

他没有拆开信封，而是把它当做未读的判决词一样放在了桌上，转身来到文件柜旁翻起了抽屉。一只抽屉里装满了他小时候留下的纪念品——成绩单、获奖证书、他写给父亲的生日和父亲节贺卡、他幼年时在学校制作的艺术作品、一只被他遗忘的曾经不可或缺的兔子玩具。随着时光的流逝，父亲收藏的东西也越来越多。这无疑也都成了帮助他记忆的工具，直到他最终忘记了自己需要去收藏。

在另一只抽屉里，他找到了几个装满六寸相簿的鞋盒子，里面的相册都免费附赠一只冲洗胶卷。相册上没有标注日期，但其中一本记录的是他参加过的那一次越野比赛，所以应该是在他高一那一年拍摄的。照片里的主角大多都是康奈尔，尽管其中没有一张是他正对着相机拍摄的，仿佛父亲一直都在等待着他转过头来面对自己。想象着父亲看着取景器默默在心里呼唤他的目光，一种可怕的孤独感袭上了康奈尔的心头。几张万考兰特公园的草地风景照让他稍微放松了一些，可当他翻到一张父亲伸着手臂搂着他的老队友拍摄的照片时——他绞尽脑汁才想起那个因为高一过得不顺而转学的敏感小孩叫做罗德——他竟然感到有些妒忌。罗德比他的父亲矮小不少，所以父亲是特意俯下身来与他拍照的。他们的脸紧紧地贴在一起，嘴角还都挂着笑容，仿佛罗德也是父亲的亲生儿子似的。

他心里清楚，自己是不敢去阅读那一封信的，于是又转身走到了书架前。父亲的藏书如今就只剩下了两架子参考书和一些尚未被他母亲丢掉的哲学与文学类硬皮书。此外还有一个书架上摆放着父亲的智慧结晶——一座用发表过的论文、笔记和笔记本搭建起来的祭坛。康奈尔想起了父亲退休前在实验室里度过的大把时光。他现在才明白，父亲当时肯定已经知道自己就快要放弃那座实验室了。他有没有可能是在竭力寻找甚至是制作能够治疗自身疾病的解药？不管他当时在研究什么，此刻都已经化成了泡影，但也许会给外面的世界带来什么影响。如果是这样的话，那么这些笔记本就会成为为他正名的关键，让他不只是一具被葬在山上、被人遗忘的骸骨。他希望有人某天也会来探望他的父亲，向父亲致以他身后的敬意。

康奈尔找到了父亲后期书写的一个笔记本，却没有在上面找到任何启发性的内容，也没有看出可供他对已逝的父亲刮目相看的原始素材。本子上只有一些潦草的笔记，以及无穷无尽、没有标记名称的一栏栏数字。

他坐回书桌旁，把信封举到了眼前。他对于这份审判词的恐惧已经随着他翻阅父亲笔记本的过程逐渐减退了。他的心中闪过了一丝幼稚的希望，期待其中能够包含某些他急迫需要听到的话语，随即又犹豫着不敢撕开信封，生怕自己会感到失望。他想要保留这信中被封印的各种可能性，把自己想要投射在上面的一切选择全都储备在里面，让想象力拽着自己离开这个深渊。

98

1992 年 5 月 16 日

我亲爱的儿子：

我想要花点时间告诉你几件我只想让你从我口中得知的事情，因为不久之前我收到了几则坏消息。从某种程度上来讲，我现在告诉你的这些事情也许有一天能够回答你心中的某些疑问，所以我想要把它们一一讲给你听。我不打算向你强调它们有多重要；我想要在死后让自己于你生活中的存在，是落在你肩膀上的一只手，而不是用它扼住你的喉咙；但如果它们对你来说很重要，那么从严格意义上来讲对我也很重要。我希望你能够看得懂我的字迹，当然，能跟上我的思维就更好了。我害怕自己也许比任何时候都要糊涂，所以想趁机会溜走之前给你写这封信。

我想让你记住我，但前提是你想要记住我。我试图成为那种能够让儿子敞开心扉而不是出于责任去回忆的父亲。我在你心目中的父亲角色也是我最单纯的自己。我们之间的理解无须用语言表达。只有在这个角色之中，以及我和你母亲共存的那片四维空间里，我才能自在地生活。对于未来的后代来说，了解我的生平也许对于他们在族谱的树枝上添上几片树叶是很重要的，但这些都是虚无缥缈的概念；你才是我写这封信的原因，你才是我的骨血至亲。我不想留给你满腹的疑问。我想让你幸福地把我装在心里，让我给你力量。如果你需要的话，我还想让你原谅我。我希望你能够汲取我生命中的精华。

不属于我们的世纪

我会慢慢说，做个深呼吸。

如果你想要记住我，就记住我们一起做过的那些事情。比方说我们花了好多个小时为拼字比赛背诵词汇。你背起东西来就像是一个正在念经的和尚。我们会在晚饭前开始，饭后再继续，一直背到你上床睡觉为止。记得我们在练习场里打空了一筒又一筒的球。记得我们的垂钓之旅和独木舟之旅。记得我们钓到过的鱼，看过的比赛。记得我们一起组装的无线电和遥控汽车。记得我们去过的漫画店、意大利和迪斯尼乐园。记得我们会一起检查你的功课，和在棒球打击练习场里共同度过的时光。我教会了你鸟类、植物和动物的名字。我带着你去观鸟、去听交响乐、去看戏、去麦迪逊花园广场看美孚公司的比赛。我们看到过运动员打破撑杆跳、跳远和赛跑的纪录。我们观看过尼克斯队的比赛和摔跤的比赛。乔治·"动物"·斯蒂尔。金刚邦迪。巨人安德雷。霍克·霍肯。我会拍抚着你的背，直到你入睡。还有我们一起通过广播聆听的大都会队赛况，在入夜后一起读过的书本。我朝你打出过的地滚球、腾空球。我开车载着你在五个区之间穿梭，送你到朋友家去，或是在你打来电话时去火车站接你。还有我们去过的博物馆、理发店。我们总是并肩坐在一起理发。每年，我们都要为你添置一套新的棒球装备，还会一起慢跑、做俯卧撑。即便天气寒冷，我们也还是会到室外去玩抛接球的游戏。在寇克力家的夏日度假屋里，我们克服了你对秋千的恐惧。我们还一起跳过火车栈桥，做过复活节彩蛋。你喜欢观看颜料片溶解在水中、化成一缕彩色云雾的画面。我们还一起出门铲过雪。

眼下最重要的事情就是让你听见我有多么希望你能够过好自己的生活，乐在其中。我不想让发生在我身上的事情拉着你停滞不前。

我想要你知道，我热爱自己的工作，也做出了一些成就。我相信那些成就比任何的金钱都要可贵。我虽没能给你一生的荣华富贵，但我确信自己给了你一位值得骄傲的父亲。

也许我不能在你的生活发生重大事件时与你探讨人生的起起落落。

不过当最艰难的时刻到来时，我希望你能够想起这些：

想象你自己正身处一场越野比赛之中，今天的步伐有些艰难。所有人都超越了你。你很疲惫，睡眠不足，饥肠辘辘，垂头丧气，已经准备好了迎接失败。你向生活索求多少，生活就会给你多少，可也有某些东西是它给不了你的。今日的胜利就是其中的一种。除了这一次的失败，今后还会有更多的失败尾随而来，但也有更多的胜利在向你招手。你活在这世上不是为了计较得失，而是为了去爱和被爱。不管你是否垂头丧气，心中都还有爱。不管你是否完成了比赛，也都会有人来爱你。

可我想告诉你：这是值得你鼓起一些勇气的。赢也好，带着骄傲奔跑也好，到达终点的你都是最强大的自己。时光转眼就会过去，我也会离开人世。你还是否会记得我曾站在跑道旁为你呐喊助威？我不能永远都站在那里，但我会把自己的大部分心意都留给你，让它一生都与你相伴。

等我走了，我希望你能够在脑海里听到我的声音，在你最需要的时候，在你最绝望的时候，在你最孤独的时候，在生活看上去太过于残酷的时候，在爱似乎所剩无几的时候，在你失败的时候，在你找不到活着的意义的时候，在你止步不前的时候。我希望你能够从我的身上获取力量，记得我曾经是如何珍视你、为你而活的。当你感觉这个世界充满了俯视自己的巨人，当你感觉仰着头成为了一种挣扎，我希望你能够想起生活中除了成就还有更多的东西值得你去追求。做好人、做好事，一切都还是值得的。

世界的大门即将为我关闭。我要开始与自己赛跑了。终点线上没有花环在等待我，也没有获胜者的名字需要被宣读。我的奖励就是离开这样的生活。

我希望你永远也不要遗忘我的声音。

我挚爱的儿子，你对我来说意味着全世界。

不属于我们的世纪

99

他的母亲正捧着一杯茶读着报纸，面前还摆放着一盘饼干和一套为他准备的杯碟。

"怎么样？"她问道，"信上说了些什么？"

他站在门口。"还没完。"

"那你为什么不把它读完呢？你看上去像丢了魂一样。过来，坐下。"

他朝着椅子走过去，手里还握着那一封信。他把信放在了碟子旁边的桌面上。

"你为什么不把它读完？"

"我读了。"他回答。

"你刚才不是说你没有读完吗？"

"我读完了，妈妈。"他感觉嘴唇在颤抖着，"给我点时间想一想。"

"好吧。你准备好了再告诉我。"

他为了做点什么顺手拿了一片饼干。那是一款黄油饼干，上面还点缀着她喜欢的果冻。他咬了一口，把饼干含在嘴里，让它逐渐在自己的舌头上融化开来。

"我说的还没完——"他开口说道，"——并不是指这封信，而是指别的事情。"

"你还有什么事情没有做完？你到底在说什么呀？说话颠三倒四的。"

"大学。"他说，"我没有读完大学。"

"你当然读完了。"她飞快地应了一句，拿起了一片饼干。

"我没有。"

"你想跟我说什么？"

"我没有读完大学，还有几门课没有通过，就回家来了。"

她给了他一个严厉而持久的眼神，嘴巴缓慢地咀嚼着。

"你现在倒是愿意把真相告诉我了？"

"我为什么要在这件事情上对你撒谎呢？"

"你倒是说说看呀。显然你一直都在撒谎。"她又拿起一片饼干，飞快地嚼了起来。他也拿了一片，想要分散心中焦虑的感觉。

"我没有撒谎，只是没把事情说出来而已。"

"你是说，你没有拿到学位证？"

"没有。"他回答。

她叹了一口气，把脸埋进了手中。"这就是你为什么要在那座该死的大楼里工作的原因吗？"隔着双手，她说话的声音有一点模糊。

"是的。"他回答，"也许吧。我也不知道。"

"没错。"她实际上已经喊了起来，"这就是你为什么要那么做的原因。"她的脸色亮了起来，但并非是出于喜悦，而是散发出了某种洞悉万物的神采。"这就是为什么。你不是我养大的那种孩子。我知道。我就知道事情有些可疑。我早就该看清自己了。我不知道我怎么会错过这一点。"

她的眼睛里露出了缥缈的眼神，仿佛是在一次性思索着好几个问题的解决方法。他已经很久都没有看到她如此豁然的表情了。和他的父亲共同度过的这些年中，压力消磨掉了她圆润的脸庞，只在上面留下了一道道的皱纹。

"对不起。"他说，"我知道你很生气。"

"哦，这你倒是说对了。"她回答，"我这是怒不可遏。你可别搞错了。你没有权利这么做。我不在乎这是不是你的人生，因为这里面还牵扯着别人的生活——不仅是我和你父亲，还有我的父亲，我的母亲，以及你

　　　　　　　　不属于我们的世纪

父亲的母亲。不知有多少人的努力工作和多少钱财的投入才让你拥有了今天的生活。"

"我会偿还你们的。"

"你要做的——"她厉声说道，"——是看在上帝的分上立即辞掉那份工作，回到学校里去，把毕业所需的那几门课上完。我不在乎是否需要亲自开车送你去芝加哥，也不在乎是否需要坐在那里，像你小时候那样看着你完成功课，更不在乎你有什么理由为自己的做法辩解。让我来告诉你那些理由都是些什么吧。它们全都是胡说八道。你得把学位证拿下来，认认真真过你真实的人生。如果你觉得除此之外还会发生些什么的话，我愿意为此受到诅咒。"她拍了拍手，"我真不敢相信自己居然会目睹这些。我知道这不是你。我知道。"

"什么不是我？"

"你现在这种荒谬的生活。"

"如果这就是我的生活呢？"

"这不是。"她说，"是我把你生下来的。我多多少少还是了解你的。"

"我现在的生活有什么不对吗？"

"别这么趾高气扬地和我说话。"她说，"我母亲拖地拖了30年。你明白吗？她得跟在那些妄自尊大的孩子后面清理他们的呕吐物。努力工作并没有什么错，错的是这不应该是你的人生，永远都不应该是。它是属于别人的。你只不过是把它借来了而已。我不许你再做那种事情，就这样。"

"你不能强迫我回到学校里去。"他说。

"我可以，而且我也会这么做。我不在乎你是不是愚蠢得看不出我这么说是出于我对你的爱。你可以等我死后再感谢我，但你绝不能再站起来给什么废物开门了。如果我允许这种事情发生在我儿子身上的话，那就让上天来惩罚我好了。再怎么说，我还是你妈妈。"

100

当艾琳听说同事正在出售两张大都会队比赛的门票时，她想起了搬家前的那个春天埃德告诉自己他从同事那里买到了两张门票的情景。那时的她认为这不过是一种托词，此刻却很乐意把事情想做是一个处境艰难的男人为了陪伴家人度过一个无忧的下午真心做出的努力，即便他无法坦诚地告诉他们。那些日子里，还不理解发生了什么事情的她对待埃德总是十分的苛刻，直到现在才有办法宽容地看待他的往事。

她买下了那两张门票，一个人去了球场，把空出来的座位留给了埃德。那是 2000 年 10 月的第一天，树叶已经开始变色，除了有些多云之外还是十分温暖的——她仿佛听见埃德在自己耳边说道，*真是看棒球的好天气*。这是这个赛季的最后一场比赛。她听说赛况并非处在什么紧要关头。不管结果如何，大都会队都能进入季后赛。她到得有些迟，发现体育馆里已经座无虚席。对手是蒙特利尔博览会队。在她的印象中，这并不是一支强队，但对手是谁似乎并不太重要。她的周围洋溢着一种张扬的活力，正是埃德最享受的那种氛围，尤其是康奈尔也坐在他的身旁时。

她把钱包和大衣全都放在空出来的座位上，坐了下来。一个叫卖热狗的商贩气喘吁吁地沿着走道爬了上来，停在了她下面的几排座位旁。她看着他托起一块被切开的面包，熟练地扎起一只正在烤着的香肠，然后把手伸进了鼓鼓囊囊的围裙里摸索着零钱。她饿了，却又不想故作平常地从他汗湿的手中接过热狗。

她一直在试图保持头脑清醒，不让每日生活中的噪音来烦扰自己，包括她一个人待在家里时那种会将她吞没的沉寂——这里就是个适合发呆的好地方。当其他人都站起身来时，她仍旧坐在那里，也没有跟随大喇叭里播放的节奏用力地拍手，更没有像所有人那样呼喊"冲啊"，但她允许自己感受他们的身上散发出来的过剩活力。

大都会队一直险胜，直到博览会队在第7局时将比分扳平。在第9局接近尾声时，比分仍旧保持平局；大都会队第3次出局后，她用一只手重重地砸着膝盖，看了看被咬坏的指甲，这才意识到看到他们赢下这场比赛对她来说是至关重要的，即便这样的结果对于球队来说无关痛痒。埃德应该很乐意看到比赛朝着加时赛的局势发展下去吧：决定命运的一刻就此停滞，两队都要靠借来的时间做出一番努力。比赛的结果随着每一次的出局而变得越发重要起来，仿佛只要大都会队获胜，世界上的一切就都会步入正轨一般。

她明白这些比赛为何能够引起丈夫心中强烈的兴趣：比赛中的每一天都会有新的纪录被打破，而外面的世界却总是一成不变。只要比赛还在进行，就总有新闻传来，即便那其中的内容根本就不值得报道。虽说每一次的丢球和每一次的挥棒都有所不同，但它们都属于同一个熟悉主题的不同变体。球场上的界线，球场外的围栏——完整存在于具体而又无限时空里的整齐几何形空间——仿佛就是整个世界的界限。

第10局结束之后，比赛进入了第11局。两个安打和一个牺牲短打——她永远也忘不了这个名词，因为完美的"牺牲短打"是埃德最喜欢的战术之一，在他看来仅次于击跑配合战术和三垒打——在一人出局的情况下把跑垒者送上了二垒或者三垒，保送下一个击球手上垒。但大都会队投手平稳地把对手的最后两人送出了局，让她深深吸了一口气。第11局结尾的两次快速出局后，下一个上场的击球手击出了一垒安打，紧随其后的击球手又将一记激动人心的平直球直接送到了场中央，但被中外野手丢给了游击手，转而飞往了接球手的方向，将从本垒上朝三垒奔跑的跑垒员触杀出局。第 12 局一开局，大都会队的投手就直接将对方的击球手三振出局——一举全歼，她仿佛听到埃德一边砸着拳头一边说道——而博览会队也在本局后半段安排这些击球手依次下了场。第 13 局开场，面对无人上垒的局面，她听到背后有人说了一句，这是大都会队这一年打过最长的一局比赛。那当然了，她心想，可她的心里还是有些无法接受。

　　第 13 局结尾，当第一个上场的击球手被保送上垒时，她听到埃德的声音在她耳边说道，*要命的就是每局的第一个击球手*。紧接着，击球手变成了投球手。她知道投球手是不会击球的。在这种情况下，球队通常会为他们安排替补击球或是让他们打一个触击球。可不知为何，他挥开了球棒，安全上垒，打出了一个未出界的地面球。她发现自己忍不住站起来喊着"跑！跑！跑"，声音被上千名观众异口同声的呼喊声盖了过去。下一个击球手摆好了架势，准备接住对方的触击球——*摆好架势*，她想起埃德总是这么说，*直面你的命运*——球棒触击棒球的那一刻，三垒手奔跑着接住了球，却失手投了个坏球，让二垒上的跑垒手一路飞奔最终得分。她攥紧了两只拳头，感觉自己的喉咙在周围如瀑布般倾泻而下的欢呼声中紧绷了起来。

　　赢得这场比赛对于他们来说意义不大，但也没有什么比这更重要的事情了。球员清场时，一阵转瞬即逝的喜悦感偷偷袭上了她的心头。她坐在座位上看着球迷们纷纷离开，空旷的体育馆随之变得格外安静。跑垒道上还隐约可见跑垒员留下的足迹。场地管理员用扫起来的尘土填平那些足迹时，她迈开了步子朝着自己的车子走去。

　　　　　　　　　　　　　　　　　　　　　　　不属于我们的世纪

101

她按下了记在地址簿上的门牌号码电铃。一个腼腆的小个子女人为她开了门，用西班牙语回应了她。艾琳在她身后的客厅里看到了一张婴儿床以及一件平铺在熨衣板上的衬衫。她开口询问奥兰多一家是否住在这里，可那个女人似乎不知道她在说些什么。艾琳借故离开了，回到了楼下。大厅的登记处也没有记录奥兰多一家的名字。

她来到了位于转角处的帕伦博家。帕伦博先生出现在了门口。八年未见，他显然老了许多，想必如今也是年近八旬的人了。

"是我，帕伦博先生。"她说，"艾琳·利里。你好吗？"

她不知道他是没有认出自己还是不想承认。她一向很少和他说话，但毕竟和他做了那么多年的邻居，因此想要靠这一点来和他套套近乎。当他手心向下地伸出自己的右手时，艾琳也满怀感激地伸出了自己的手。他的指关节像滚珠轴承一样，皮肤却很平滑。他紧紧地握住了她的手，开始用另一只手拍打着两人的手背。双手温暖得如同小火炉一般。

他说他的妻子已经去世了。艾琳向他表达了慰问，但并没有主动提起埃德。他说自己的儿子搬出了楼上的公寓。"我这个年纪的人是很难做房东的。我女儿想让我把房子卖掉，和她的家人一起搬到哈克斯特镇去。我也考虑过这个选项，可我在那种荒凉的地方能做什么呢？看着门前长草吗？住在三楼的那个哥伦比亚裔人是个好孩子，他负责房子里的各项维护工作。我也会上去和他打打扑克。"他笑着说，"他把我的钱都赢走了。"

　　她开口询问奥兰多一家的下落。帕伦博先生提起了唐尼，然后转身在房子里消失了好一阵子。他回来的时候递给了她一张名片，上面写着一家加登城的车身修理店地址。他解释说，唐尼早在几年前就开了这家店，如今又开了几家分店，还提供洗车的服务。

　　"很成功。"他说，"他也再婚了。对方是一位很不错的女士。他们生了两个女儿。"

　　她感觉自己露出了欢快的微笑。被恶劣环境所困扰的唐尼创造了一个奇迹。埃德肯定会为他感到骄傲的。

　　"太棒了。"她说。

　　"我去探望过他们。很漂亮的社区。盖瑞住在院子的车房里。布兰达负责为几家店管账。你应该看看莎伦。真是个美人。她肯定能成为一个电影明星。"

　　"我的上帝呀。"她惊呼道，"那丽娜呢？"

　　"她在我妻子过世之后也离开了。"

　　看到帕伦博先生在胸前画了一个十字，艾琳也跟着比画了一下。当帕伦博先生问起她的家庭时，她的回答既模糊又保守。她感觉自己不愿承认埃德已经去世的做法很愚蠢，却又控制不住自己。她需要让这个男人相信埃德还活着。

　　他们互相道了别。当艾琳转过身走下门廊时，听到房子里传来了某种东西掉落的声音。她恐惧地以为那是帕伦博先生摔倒了，于是再一次惶恐地敲了敲门——对于自己的反应，她也感到有些意外。当帕伦博先生前来应门时，她开口说出了自己脑袋里的第一个想法。她想要祝他感恩节快乐，以免在那之前无法再来探望他。他看上去有点儿被逗乐了，但还是对她的祝福表示了感谢。听罢，她再一次孤独地转身离开了。一阵惊雷占据了她的内心。她感觉嘴巴里偷偷袭上了一股源自恐惧的锡铁的味道。她在他家的门廊上坐了一会儿，好让自己冷静下来。她决心不再害怕被人忘记——但那是不可能的；她早在那之前就离开了。尽管她为唐尼感到高兴，却还是在得知他一直以来并未生活在这里而感到有些焦躁。她还从未想过他能够鼓起勇气采取如此激进的行动。每当想到他仍旧维持着原来的生存轨迹，留在原地不自知地为她保存着她的那一段过往，她的心中就会倍感安慰。相比之下，把这个世界想象成一个永磁体更让人感觉害怕。

她并没有创建出一个家族，甚至不确定自己的家庭能否延续下去。她的儿子已经返回了芝加哥的大学，但她还是忍不住为他担心，而且担心的事情也比原来更加现实。她开始不那么担心他能为自己孙辈的未来打下什么基础了——如果情况允许的话，他会遇见一个好女孩，然后安定下来、成家立业——而是更加担心他的未来。

她想要和唐尼聊一聊，却又不知道在沉寂这么多年之后该如何与他取得联系。她用手指拨弄着那张名片，把它放进了钱包里。她心想，我希望你能拥有一段美妙的人生。我希望你能拥有一个可爱的宽敞后院。我希望你一边翻转着牛排，一边看着自己的女儿在周围欢快地跑动，心里想着，我终于可以瞑目了。

她站起身来，走到自己的老房子前站了一会儿。新屋主种在花盒里的植物看上去十分茂盛，还把所有的门都重新粉刷了一个颜色。她不太喜欢窗前挂着的新窗帘款式，但这无疑还是她留下的那座房子。她曾无数次地站在现在所站的地方欣赏着它，一阵喜爱之情顿时让她为自己曾经绝望地想要逃离这里的记忆而感到羞愧。她迈上了门廊。

街灯亮了起来，可夜色还不深。她想让时光倒流，把自己送回原来的生活之中。小鸟在树上哀鸣，汽车飞驰过街道，栏杆上平滑的油漆让她的掌心恢复了活力。她闭上眼睛，聆听着那些熟悉的声音——飞机远去的轰鸣、远处的汽笛以及汽车尾气与卷起的落叶混合在一起时那种诡异却又引人入胜的声音。她可能刚刚结束劳伦斯医院漫长的一天工作回到家中，或是在阿图罗餐厅享用过星期日的晚饭后跟着埃德和康奈尔的脚步迈上了门廊。她推开房门，也许会看到埃德正戴着耳机躺在沙发上。她会对他说，*想听多久就听多久吧。把你所有的唱片都听完。我会一直在这里陪你的，哪怕等上几年都没有关系。*她会用自己的双手牵住他的手，温柔地亲吻他的手背，向他表示这不是什么策略。*我们就留在这里好了，*她会这样说。*永远都留在这里。*

她不认识这些人，但感觉自己即便看不见这座房子也能回家。她用尽了一生奔跑，现在终于累了。总有什么方法能让过去与现在融为一体，即便她转过身去。

她把门环握在手中，轻快而又坚决地敲了三下。一个年轻人打开了门。她很难把他和当初的那个男孩联系在一起——那时的他应该只有七八岁的样子吧——开放日当天，他随着父母参观完房子时，她曾在门外看到过他。他的个子很高，肩膀宽阔，头发梳得整整齐齐，露着一口雪白牙齿灿烂地笑着，看上去很像是一位当选的行政官。

"有什么我可以帮忙的吗？"

在自己的房子门前被人当做陌生人来招呼让她感觉有些心绪不宁。看来她得遏制内心的自负，以防它将这一次的冒险毁于一旦。

"我叫艾琳·利里。"她回答，"我原先住在这里。"

她感觉自己就像是挨家挨户宣扬晦涩的信念和宿命中的奋斗目标、诱导别人改变宗教信仰的说客一样。若是他在她踌躇着讲完自己的意图之前就把门关上，她也不会感到惊讶或是责备他，但他还是把她请进了屋里。

"我不想打扰你们。"她边说边迈进了门槛。

"怎么会呢？"他说道，"你介意把鞋子脱掉吗？"

这正是她思索良久、想要在自己家里执行的做法，却总是找不到机会把它提出来。穿着长筒丝袜的她感觉门厅的瓷砖有些冰凉，好在客厅里铺着舒适的丝绒地毯。她曾经摆放扶手椅的地方如今被他们摆上了一台电视，那位置看上去很引人注目，让她不禁猜想自己和埃德多年前为什么没有好好利用这块地方。托马斯先生一看到她——她想起他的名字了——便优雅地用手拍了拍膝盖，伸展着修长的身体从沙发上站了起来。

男孩开口介绍她，却被他的父亲给打断了。"我知道你是谁。"他亲切地说，"欢迎回来！这里看上去还和以前一样吗？我妻子正在做晚饭。安娜贝尔！过来。"

迥异的装修风格让她很难估计房间的长度和宽度；仿佛那间曾让她在装修时费尽脑筋、总是这里宽一寸那里窄一寸的房间竟然顺从地改换了维度，满足了新主人的需求，还在此过程中寻找到了天然的和谐，仿佛一直都在等待他们的到来似的。不过，当她望进餐厅里时，还是看到了那面占据了整个墙面的旧镜子。她的身体感到一阵剧痛，胃里也如翻江倒海一般。屋里摆满了大大小小各种东西——若是换做她家，她早就火冒三丈了，但在这里却暗示着人丁兴旺。

"我喜欢你对这里的改造。"话刚一出口，她就感觉有点愚蠢。八年多了。他们也许没有对这里进行任何的"改造"，只不过是把它变成了自己的家而已，或者他们早就改造好了，觉得不值得一提罢了。

大家一脸和气却又有些尴尬地站成了一圈。这种情况下，介绍彼此的责任一般都会落在男士的头上。看到那个男孩偷偷摸摸地瞥了一眼电视，她的心里一下子充满了怜爱之情，因为她的儿子在此情此景之下也一定会有同样的反应。

在脑海里搜寻着可聊的话题时，她注意到一张边桌上摆放着一只奖杯，上面立着一个得意地伸展着双臂、背后长有翅膀的女性雕像。"这是什么？"她欣喜地拿起了奖杯。奖杯比她想象中的还要重，不像舞蹈表演或少年棒球联合会的参与奖奖杯那么脆弱。

"那是他在辩论比赛上赢来的。"他的父亲回答。她这才想起对方的名和姓都叫做托马斯。"州冠军。我们都很为他骄傲。"

"别听他骗你了，我哪里是冠军啊。"那个男孩说道，"我是亚军。"

"今年就会是冠军了。"他的父亲回答。

她发现这个男孩在成为众人的焦点时似乎有些难为情，于是放下了奖杯。她想起他们都是天主教徒。"你上的是圣女贞德学校吗？"她问道。

"是的。"男孩回答，"我是三年级的时候转校进去的。"

"我的儿子也曾在那里上学。"她猜想这个男孩肯定也和康奈尔上的是同一所高中，因为该校的辩论队实力很强，却又不想让自己的问题使他感到尴尬，以防他没有考上那所学校。"我记得你还有个姐姐。她也在这儿吗？"

"她考上了耶鲁大学。"托马斯先生骄傲地回答，"我们不常见到她——只有在放假的时候，还有每隔几周她需要洗衣服的时候。"他咯咯地笑了起来，嘲笑着女儿大老远回来就为了洗衣服的荒谬行径。可是艾琳还是能够从他的言语中听出几分欣慰的感情，好像是在说，尽管她已取得高就，正在迈向能够给自己带来丰厚回报的职业生涯，她终究还是他的女儿。

就在艾琳沉重地回忆起自己的儿子多久没有在她的洗衣机里洗过衣服时——如今就连她自己也是一个星期才洗一次衣服——托马斯太太从厨房里走了出来，在看到一位陌生人站在那里时惊喜地尖叫了一声。想必她一直都在专心做饭，根本就没有听到敲门的声音。艾琳十分清楚那种感觉——家务的紧迫性、为几张嗷嗷待哺的嘴巴做饭时的心情。想必她也会把他们的狼吞虎咽看作是对自己的奖赏，就像自己每次看到丈夫和儿子吃饭，心里都会格外动容一样。

"你好。"那个女人一边打招呼一边把头转向自己的丈夫，寻求一个解释。

"安娜贝尔，这位是利里太太。"

"利里太太？"

也难怪认出她的是这个家的丈夫，而不是妻子。正是因为她终日里辛勤地操持家务，才让他有可能保持清醒的头脑。想必她在完成了一天繁重的家务之后根本就没有脑子去思考其他的事情了。为了展示自己的尊严，艾琳振作精神挺直了腰板。

"利里太太。我们就是从她的手里买下的这座房子。"他补充道。

她把一只手举到了嘴边，努力掩饰着声音中的震惊之情。"哦！欢迎！什么风把你吹来了？"

"我也是正好路过。"

"原谅我。我真是一团糟。"她指了指腰间系着的一个围裙，只见那上面还明显残留着一道新鲜的污渍。"维贾伊，请接一下利里太太的外套。"原来这就是男孩的名字。如此重要的细节竟然要等到妻子出场时才被透露出来，看来托马斯先生还真的和埃德有几分相像：虽然风度翩翩，却在礼仪方面多有疏忽。男孩走上前来，两只手一左一右依次帮助艾琳脱下了套在肩膀上的外衣。"我能不能带你到处看看？"那个女人问道，"我相信你一定很好奇，想要看看房子变成什么样子了。"

艾琳的确很好奇。看到眼前这个名叫安娜贝尔的女人如此准确地洞穿了自己的心思，艾琳的精神不禁为之一振，感叹着她竟能洞察到如此细微的变化，差点儿就忘了回答她。

"我很愿意看一看。"她答道，"我的名字叫做艾琳。"

她们相互赏识地用力握了握手——仿佛是要共同掌权一般。安娜贝尔带着她走进了飘荡着小豆蔻和咖喱味道的厨房。如今，他们把这里改造成了船上厨房的样子，留出了更多的台面空间。和她的房子不同，他们在这里铺上了花岗石板，甚至还开辟了一片用餐的区域，下面插着吧台高脚凳。不过，她看得出来，他们还是在餐厅吃饭。改造工程做得很有品位。如果她和埃德愿意投入这么多的经费，一定也会赞许这一方案的——若不是她每次看到这座原先属于自己的房子时潜意识里都会想到这里已是别人家的话。安娜贝尔简短地带着她参观了一圈。他们也改造了浴室：新的瓷砖、新的爪形足浴缸、漂亮的台式水池。他们将主卧室里的一个橱柜改成了一间小浴室。她以前也总是希望那一层能有一间额外的浴室，这样她就不用在其他人上厕所时走到地下室里去了。房子四周都贴上了新的踢脚板。每一处元素都透露着明显的印度风格——丝绸挂毯、木质雕像还有珐琅黄铜花瓶——不过墙上也挂着几个十字架，主卧室里甚至还悬挂着一幅教皇的画像。她愣了一会儿才认出这里正是她和埃德原先的卧室。只是卧室里的一切都变了模样，床铺上似乎散发着这对同床共枕的老夫妻多年生活积攒下来的活力。

"你的丈夫和儿子怎么样了？"

此情此景下，她无法再用模棱两可的回答来搪塞这个问题。"我丈夫去年 3 月去世了。"她回答。

"哦！我很抱歉！利里太太！"

"谢谢你。"她说道，"请叫我艾琳。"

"重回这里的感觉一定很奇怪吧？"

"实际上，我感觉很好。"

"请留下来吃晚餐吧，我们正要开饭呢。"

她知道自己该说些什么来应对这种出于礼貌的客套话：*我必须离开了*，或是*我真的不能留下*，只要能让彼此轻易保住面子，返回各自正常的生活即可。可她此刻什么也不想说。她实在是太累了，因而发自内心地想要留下来，在他们用她丢下的房子改造出来的温馨家庭中待上一会儿。周遭某些东西的变化让她感到十分压抑却又难以复原，然而她还是能够想象若是自己永远也不曾离开，生活会变成什么模样。她并不期待回到自己空荡荡的家中，听着狂风尖叫、树枝拍打着房屋的侧面，让她在睡梦中都担心有人会从窗户爬进屋里。这座房子里充满了生机，让人一点也不会心生恐惧。不过她也明白，和自己的家相比，任何人的家都不会让人心生恐惧。这就是做客的好处。

她被领进了餐厅，在桌旁坐了下来。托马斯和维贾伊关上了电视，心满意足地一边嘟囔着一边坐到了桌旁。

"你喜欢印度菜吗？"安娜贝尔溜进厨房时，托马斯开口打破了沉默。艾琳惊恐地愣住了。她已然坐下，餐巾也铺在了大腿上，因此是无法再脱身了的。虽然她不想在这些人面前失礼，可事实上她憎恨印度菜，看见就讨厌——一摊泛着土色的酱汁，如烂泥堆砌在一起似的肉块。她本以为自己刚一进门便闻到的香料味道只不过是个必不可少的细节——种族的标志，而非日常生活中的一部分。因此，她莫名其妙地忘记了去考虑托马斯一家真的会在家里烹饪印度食物。他们难道还没有被同化吗？想到这里，她不知道自己该如何理解这些人了。他们融入了这个社会，却又特立独行；他们的身上与她有着共同之处，却又不失个性；他们的孩子与她的子女受着同样的教育，或是更好的教育，内心的根源却在一个完全不同的地方。

她怎么能说自己憎恨他们的食物呢？这样一来，她就得把前因后果全都解释一遍了——她是如何看到这个社区的变迁，如何看待自己的生活，如何期待这个世界的未来：简单明了、可以预见、了如指掌。她并不是讨厌他们的食物，而是不喜欢那种气味，香料的味道，不可思议的重口味调味品，还有神秘的配菜过程。事实上，她已经别无选择了。突然之间，她的生活中出现了这么多的印度人，而她的大部分朋友都离开了。某一刻，社区里所有的餐厅都变成了印度菜馆。很快，在她的最后一批朋友也搬走之后，那些印度菜馆依旧保留了下来，似乎还有不断扩建的趋势。她无法忍受眼前的景象，如今却还要坐下来"享用"这些食物。

"我不知道。"她说，"我从没有吃过印度菜。"

她终于说出了真相。尽管她对这一菜系百般厌恶，一直坚称自己吃一口就会吐一口，但实际上根本就没有品尝过印度菜。毕竟这样的推辞说起来也容易一些，无须再做进一步的解释。相比之下，"我不喜欢"这样的话应该比"我太生气了，根本就不想去尝试"来得更简单一些。但你总不能永远对自己撒谎。

她的喉咙又紧又干，于是举起杯子喝了好长时间的水，几乎快要把一整杯都喝完了。

"你会喜欢的。"托马斯趁着妻子端着盘子走进来时说道。他为她一一介绍着菜名；艾琳实在是太紧张了，什么也听不进去。他用汤匙舀了一盘食物给她，而维贾伊则递了一碗如干柴般细长柔软的面包给她。在她接过自己的盘子之后，其他人也依次盛好了自己的饭食。扑面而来的气味并不像她想象的那么刺鼻，还包裹着一种香甜的辛辣气息。虽然堆砌在她盘中的食物看上去有点像火星的颜色，但她已经回不了头了。

托马斯又重复了一遍这道菜的名字。她用手中的叉子叉起了一块，一口咬了下去。原来，被她放进嘴里的是一块鸡肉，酱汁里还包含着番茄和某种混合着奶油和不知名香料的酱汁。这种食物的口感复杂、冲突，浓淡两种味道在嘴里你争我抢，给人带来一种愉悦的满足感。除此之外，粒粒分明的米饭也为这一盘滋味丰富的菜品增色不少。她意识到，自己的记忆中确实没有什么能够与这一充满生命力的经历相媲美。如果说品尝被遗忘的食物能够唤起过往的回忆，那么尝试完全陌生的口味则能够提醒你未来仍旧充满了可能。她正在创造一段全新的记忆。她正在享受印度的美食。要知道，她可从没有想过会在有生之年看到这一天的到来。

"好吃。"她试着审慎地作出评价，直到再也忍不住了。"真的非常好吃。"她把叉子放在盘边，惊讶地支起了身子，看到他们都在热情地望着自己。这时她才恍然意识到，他们一家在桌边的座次和自己家住在这里时一模一样——父亲坐在桌首，背靠着窗户，儿子背靠着镜子，而妻子则坐在儿子的对面，随时准备起身更换碗盘。艾琳所坐的位置是家中时常空着的那一边。她望着摆在桌子中央的食物，心想若是有人能够不请自来，把世界展现在她眼前该有多好。她还从没有站在访客的角度看待过这个画面，因此也从未预料到生活的画面竟能如此完整，仿佛世界上该有的一切都已经按部就班地安排好了。

"我也不知道自己在怀念些什么。"她说。想到自己若是不交代清楚整个故事便无法解释内心的想法，她拾起叉子，又往嘴里送了一口食物，希望他们除了礼貌还能从自己舒展的笑脸中看出些别的东西。

尾声

—

2011

天气闷热难耐，仿佛所有事物移动起来都慢了半拍。他推开窗户，打开了电扇，可空气却还是静置在房间里，烦扰着他们。随着期末考试的临近，他匆匆讲完了课，还不情愿地加了几堂课。通常，随着天气转暖，大学二年级的学生都会在避免有失尊严的前提下尽可能地少学些东西，但极端的酷热天气却让课堂的气氛陷入了一种专注的寂静之中。这正好也是午饭前的最后一句话。他们没有用粉笔灰在活页纸上画上不雅的男性器官贴在别人的背后，也没有在被点名朗读的时候发出阴阳怪气的声音，或是故意使用缓慢得让人难以忍受的语速、异口同声地念出每一句话的最后一个词语。起初，他也曾很享受这样闷热的天气。如今，作为一个需要别人尊重与关注的老教师，他却最讨厌这样的天气，心中总是有种黔驴技穷的感觉。提升的空间总是有的。当卡麦恩·普里奥里把书本丢向空中，让他别再假模假式的，早点放他们下课时，他的心中竟然感到十分的欣慰：至少这正是青春活力的象征。

　　临近下课，他意识到自己忘了他们正在课上讨论什么，也不记得自己讲到了哪一点，更不记得他们谈及的是哪一本书。他转过头去向黑板求救，可除了一个显然是用他的笔迹潦草写就的、画着下划线的词语"同情"之外什么也找不到。他看了看面前的一张课桌。《变形记》。他开始恐慌了，脑子里闪过的第一个想法就是老年痴呆症——恐惧袭上了他的心头。他才只有34岁。

　　他做了一次深呼吸，因为他只能强迫自己放松下来。他知道《变形记》，也了解这些孩子：这边坐着的是尼克·印迪里卡托和托米·道尔顿；那边坐着的是马尔文·奈里和布伦丹·金；还有那个睡着了的——他用手拍了一下课桌，吓得那个男孩猛地跳了起来——就是卡麦恩·普里奥里。

至于他，他是康奈尔·利里，朋友口中的"骗子"，学生们眼中的利里先生。等到学生们也过了而立之年，有了自己的孩子，他还会是他们眼中的利里先生。

他试图摆脱这个想法，但脑子里如同进水般一片空白的感觉还是挥之不去。一种熟悉的恐惧感悄然袭来。这不是一场梦。这里的确是他的房间，一间他和历史系同事共用的教室，里面张贴着古今世界地图、一张莎士比亚的海报、一张托马斯·杰斐逊的海报，还有一张戴维的画作《苏格拉底之死》的裱框复制品。随着这段令人震惊的沉默越发的深入，男孩子的脸上闪过了兴奋的表情，互相看着彼此，小声念叨起来。

"安静！"他吼了一句，"马上安静！"他觉得自己的声音听起来就像是电影里的那些老师一样，充满了不通人情的古板和乏味。他需要尽快采取行动，如果他还想要维护自己的权威。"我可以在这里等上一整天，直到你们这几位先生准备好要学点什么为止。"他边说边朝着父亲的桌子走去，"你们可以陪我一起等。"他长久却又枉然地停顿了一下，"我们来做些重要的事情吧。让我们来掌控自己所学到的知识。先生们，我需要你们来讲述这份教材，把我当做一个一无所知的人，给我讲讲课。我要让你们其中的一个走上讲台来做老师。"学生们异口同声地发出了夸张的呻吟声。"要不然我们就来一场突击测试。"他冲着那几个抱怨得最起劲的抗议者说道。他选定了坐在后排的贾斯丁·尼克斯——长着和蔼圆脸庞的贾斯丁似乎从不在乎英语标准写作中的语法规则。他指了指自己的胸口，在其他孩子哄堂大笑时表演着身后还有其他学生的哑剧。

"好吧，利里先生。"贾斯丁边说边抬高了脚步朝着教室的前方走去，"我来了。伙计们，我要变成利里先生了。"

他递给贾斯丁一支粉笔。"去吧。"他说，"说说我们都知道些什么，还需要知道些什么？"

他在椅子上坐了下来，陷入了一群青春期少年聚集在温室里时散发出的体味之中。他听到贾斯丁的声音忽远忽近，仿佛是从水池底部传出来的似的。贾斯丁没有开始讲述《变形记》，而是模仿起了利里先生站在黑板前揉着脑顶、推着眼镜的样子。看来贾斯丁早就对他的小动作了然于心。在看了一分钟的哑剧之后，康奈尔感觉自己又能呼吸了。孩子们都在观察他的反应。"你真是帮了我大忙了。"他试着冷静而又不失讽刺意味地说道，不想让孩子们看出自己的确是这么想的，"我想我们都从这段小小的展示中受益匪浅。大家掌声鼓励一下他。"

孩子们中间爆发出了夸张的掌声，其中还夹杂着讽刺的欢呼声和上下挥动手臂的声音——大家似乎都在释放心中压抑已久的能量。他又叫了两三个孩子上来，他们倒是讲了些书本上的东西。听罢他从椅子上站了起来，感觉自己已经恢复了精神，再度将权力握在了自己的手中。

"我想让你们思考的是。"他开口说道，"格里高尔的父母在房门打开后一看到这只巨大的甲虫便知道那正是他们的儿子。你们之中难道没有人觉得这很奇怪吗？他们为什么没有冲进去看看格里高尔是否躲在衣柜里？他们为什么没有站到窗户边确认他是否跳出去摔断了腿？他们为什么马上猜测自己的儿子变成了一只——他变成了什么来着，特列夫？"

"一只蟑螂。"特列夫回答。

"我们讲过这一点了。卡夫卡在这部作品的德语原文中对他的称呼可以被翻译成类似害人虫之类的意思。我们还知道，在故事的结尾，卡夫卡借由女清洁工之口将他形容为某种昆虫。贾斯丁，鉴于你刚才这么优异的表现，不如由你来回答这个问题吧？"

"一只蜣螂。"贾斯丁回答。

"很好！蜣螂。正如我们讨论过的那样，这种昆虫吃的是粪便。"

学生们异口同声地抱怨起来。他感觉自己进入了某种类似于神游的状态，心知自己应该是能够完成今天的任务了。他站在学生面前，在没有崩溃的情况下引领着学生阅读了文本，讲起话来也没有明显的停顿。然而，他的内心却因为恐惧而怒不可遏。

"这无疑让格里高尔感到格外的耻辱。总之，我们该如何解释他的父母一眼就认出这只蜣螂是自己儿子的化身呢？也许他们也把儿子看做是一条害人虫。也许他们一直都认为他缺乏人性。他一直都在满足他们的需求，做他们的后盾。正如他们所看到的那样，也许他的灵魂终于和外表达到了一致。"

下课的铃声响了起来。他提醒学生完成自己布置的阅读计划，然后开始动手收拾东西。他低着头，感觉几个人聚集在了自己的桌旁，其中就包括了丹尼·布巴诺和贾斯丁。丹尼总是会在下课时出现在他的办公桌旁。他是个不善于在他人面前讲话的孩子，却很喜欢谈论课上讨论的那些书籍，因此康奈尔也总是十分地迁就他。

"今天不行，丹尼。"他边说边从他们的身旁蹭了过去，"明天再找我聊吧。"他能够感觉到丹尼的心中有点受伤，也知道自己不应该表现得如此粗鲁，但他必须要离开这里。贾斯丁跟着他走出了教室的大门，快步追随在他的身后。

"我是不是有麻烦了？"

"你？为什么？"

"因为我刚刚的那段模仿。"

"没有人惹上了什么麻烦。"康奈尔回答，"一切都很好。"

他来到走廊尽头，在贾斯丁还没有来得及回应之前穿过了大门。他走下一阶楼梯，抬起头发现贾斯丁正看着自己朝楼下走去。他知道自己看上去肯定像是一个身上着了火的男人。

来到室外，他迈开步子小跑起来。看到街角的红灯亮了起来，他全速奔跑着穿过了街道，然后跨过几个街区，来到了哈德逊河畔的公园里。他瘫软在一张长椅上，试图喘一口气。他身上的衬衫已经被汗水浸透了。

自从高中毕业以来，他就再也没有这样卖力地跑过这么长的距离了。他喘了几口粗气，深吸着河水散发出来的气息，试图集中注意力感受照耀着自己脖颈的阳光。一艘路过的拖曳船发出了响亮而又尖利的喇叭声，让他想起了牛蛙的低鸣，心中萌发了一种诡异而又熟悉的、不可名状的感觉。他望着悬浮在空气中的透明水雾，看着船只缓慢地划过水面朝着河对面的天际驶去，想起了水作为生命之源的话题。

他以前也曾收到过这样的暗示。一次，他站在被黎明前的黑暗笼罩的厨房里，拔掉了妻子手机的充电器，插上了自己的充电器，然后把它托在了手中，却根本想不起这个东西的名字。他用双手按住了柜台的边缘，把额头靠在了微波炉上，努力和脑袋里挥之不去的失语症做着斗争。时间至少过去了一分钟，他开始感觉到一阵恐慌，如同睡梦中的他会因为压麻了手臂而惊醒，一边喊叫着一边无谓地长时间甩动着手臂，以为自己已经永远失去了它，直到血液重新流动起来才痛苦地恢复了些许神志。他的脑子里能够想象的只有一首破碎的诗歌里的最后一句——黑莓，黑莓，黑莓——过了一会儿他才记起了那首诗的标题——《拉古尼塔斯的冥想》——最后如释重负却又满怀恐惧地想起自己手里握着的东西叫做"黑莓"手机。看来和他的意识相比，他的潜意识检索起信息来似乎更加的迅速，而这有可能预示着某种病症的到来。

巴比·鲁斯职业生涯中打出了714记本垒打，汉克·艾伦755记，巴里·邦兹763记。1930年，哈克·威尔森创造了单赛季跑垒得分190分的纪录，不过几十年后历史学家们通过一张个人技术统计表将这一分数改成了191分。卢·格里克连续参加了2130场比赛，卡尔·瑞普肯2632场。1988年，奥利尔·赫希瑟曾经连续59场比赛一分未得，超越了曾经58又1/3场未曾得分的唐·德赖斯代尔。赛扬赢得了511场比赛的胜利，沃尔特·约翰逊417场，克里斯蒂·马修森和彼得·亚历山大都是373场。巴里·邦兹被保送上垒2558次，瑞奇·亨德森总共拿下过2295分，汉克·艾伦助攻跑垒员获得过2297分，彼得·罗斯打出过

4256 次安打，超越了泰·柯布在 1985 年的 4191 次纪录——也有人说是 4189 次。由于在职业生涯末期的几个赛季中表现平平，米奇·曼特尔退役时的安打率只有 0.298。1941 年，当年安打率为 0.406 的泰德·威廉姆斯还是将最有价值球员的称号输给了拥有 56 场连续安打纪录的乔·迪马乔。新人德怀特·古登总共将 276 人三振出局，而仅仅参加过 11 个赛季的拉尔夫·金纳也赢得了 7 次全垒打。

也许他应该找些其他的事情来记忆。也许他应该背一背有关选举日期和武装政变的故事。也许他应该按照先后顺序背诵总统和副总统的名字，以及他们当选和去世的日期，或是美索不达米亚平原和冶金术的历史，抑或是学习一下量子力学的基本原理，但这些事情他都没怎么听说过，他只懂得棒球。起初他之所以学习棒球知识是出于父亲对于棒球的爱好，何况父亲也很喜欢和他分享这些知识，从而使得那些数据成为了最后遗留在他脑袋里的信息。

罗伯托·克莱门特职业生涯的安打率是 0.317，17 次入选全明星赛，最终击出了整整 3000 次安打。1974 年，他在赛季休假期间乘机飞往尼加拉瓜为忍受灾荒的难民发放食物，途中不幸在波多黎各遭遇坠机。他去世后很快便入选了名人堂。为此，美国棒球记者协会特意放弃了考察球员对于棒球事业贡献价值的 5 年考验期。

他等待着恐慌的空虚感再度袭来。过了一会儿，他开始怀疑自己到底根本就没有得病，或者这一切都是他因为恐惧而杜撰出来的。发生在课堂里的那一幕触动了他，让他想起了某些似曾相识的恼人画面。他不断地回想着自己转过身来、看着黑板上那个孤零零的词语时的画面，却怎么也想不起来事情是怎么发展到那一步的。整件事情令人费解地萦绕在他的心头，里面似乎包含着某种急迫的信息。

他想起了父亲确诊之前自己跟随他去上课的那段经历。那时的他是亲眼看着父亲在自己的眼前崩溃的。

同情。他并不是一个常常心怀同情的人。这种感情就像是一块需要

你去锻炼和保持的肌肉。有时候，他觉得自己的真正目标并不是教会学生写出更好的论文，而是让他们更多地去思考身为人类的意义。

米歇尔一直在试图劝说他重新考虑不打算要孩子的坚定立场——哪怕只要一个孩子也好。他从一开始就告诉过她，自己不愿冒险得上这样的病，或是把病症遗传给孩子。他说过，这个家族的血脉会在他这里终止，而她也表示愿意接受，直到她的母亲在圣诞节后也去世了。

他拿出钱包，从夹缝里的一个凹槽处取出了一小片牙齿。他迎着阳光把它举了起来，用指尖感受着上面光滑的珐琅质。它看上去有可能是一片海贝、一片岩石或是一颗小石子。这么多年过去了，他每换一个钱包都要把这颗牙齿塞进去。他不能再这么折磨自己了。带着满心的悔恨，他是帮不了任何人的。

就在前一天晚上，他同意了去接受基因测试。她让他做出了保证，只要他没有疾病的基因，就决定要个孩子。他这才意识到，他站在全班学生面前头脑里一片空白时想着的全是这个有可能到来的孩子。他仿佛能够看到那个孩子的脸庞，融合了他和妻子的五官特征。事实上，即便他的身体里带有致病基因，他也愿意要这个孩子，而这并不仅仅因为自己只不过有一定的患病几率。就算他发病了，也会尽可能不让自己的孩子知道。

他现在明白了，老实说，他现在最想要的就是和妻子养育一个孩子。她的家庭和他家一样人丁稀少。她的母亲去世后，父亲搬去了加州和她的哥哥瑞奇同住。除了一个住在休斯顿的表亲以外，米歇尔就再也没有任何其他的亲人了。米歇尔和他的母亲多年来相处得一直都不融洽。起初他以为事情一定与米歇尔是尼加拉瓜裔美国人脱不了干系，最近才明白其实是因为米歇尔和他的母亲个性都很强悍。即便没有什么矛盾，她们也要和彼此针锋相对。这也许和米歇尔是个律师有关。她曾经是最高法院法官的书记员，如今又进入了律所工作，还不满 35 岁便过上了他母亲梦寐以求的生活。不过，米歇尔和他的母亲近几年倒是越走越近。如

　　　　　　　　　　　　不属于我们的世纪

今，每当夫妻俩需要和她协商些什么事情时，拿起电话的总是米歇尔。去母亲家探望她时，米歇尔也会在晚饭后坐在厨房的桌子旁边和她下几盘西洋双陆棋，任由他坐在小书斋里看电视。他知道如果他们能够生下一个孩子，米歇尔肯定会和母亲变得更加亲密。不难想象，米歇尔很快就会开口称呼他的母亲为"妈妈"了。想罢，他真心地为两人感到高兴。

他可以用父亲疼爱自己的方式来疼爱自己的孩子，以此来纪念父亲。如果他需要在孩子的面前表现出自己的软弱、无助、无能、可悲、丢三落四、自暴自弃甚至是迷失回家的路，他也不会在意。若是他的孩子无法很好地应付这样的情况——没关系，孩子就是这样的。他们可能会经常不在家或晚归，不好好说话，不愿承担责任，甚至会伤透你的心。但多年之后他们会省悟过来的。

那父母又该怎么办呢？他们总是能够比自己的孩子看得更清楚，因而也愿意原谅孩子，即便他们嘴上不是这么说的。没错，即便他们嘴上不说，心里也是原谅自己的孩子的。

他等不及要回家去寻找自己的妻子了。知道他改变了心意，她一定会感到十分惊讶的。等他说完埋藏在自己心里的话，她说不定还会感到更加的惊讶。她总是试图劝诱他多说两句。好吧，今晚他就要开口了，而她想拦都拦不住他。他准备把整个故事一五一十地讲给她听，就连那些让他感到羞愧的部分也不会落下。他必须要找出一个叙事方法，好让自己的话能够更有意义。他得从头讲起，为她提供足够的素材，让她自己去判断。幸运的是，他在这方面的记忆力还不错。他相信这些过往全都深藏在他心里的某个地方，而今晚就是让它们重见天日的时候。

他站起身来，朝着围在河岸边的栏杆走去。他最后看了一眼手中的那片牙齿，把它丢进了水里。只见它在没有掀起一丝波澜的情况下便默默消失在了水面下，沉到了深不见底的河床上。几千年之后，它也许会漂泊到大海之中。再过几千年，又会被冲刷到海岸上，进入一个拥有不同物种、不同气候、不适宜人类居住的新世界中。眼下，在他还能够呼吸和移动，还拥有感觉和思想的时候，在此时此刻和他最终归于尘土之间的这段岁月中，他的生活还有很多值得盼望的东西：新泡的红茶散发出来的那种柑橘香气，两只手托着一摞折好的热毛巾放进衣柜里的那种触感；卧室窗外传来的远处孩童的嬉闹声；满嘴的奶油甜馅煎饼卷馅料；马匹突然扇动耳朵驱赶着苍蝇；室外操场的那抹柠檬绿；路人手中地图的褶皱；泥土的气息、手感甚至是味道；身边有人紧紧挨着自己时的那份惬意。

他会尽力拥抱自己的孩子。"很好。"他会说，"很好。很好。"

不属于我们的世纪